"学术湖南"精品培育项目"新时代湖南文学发展研究"（22ZDAJ001）系列成果之一，由中国作家协会新时代文学研究中心（中南大学）、湖南省新时代文艺研究中心中南大学基地编撰。

中国作家协会新时代文学研究中心
（中南大学）资料书系

大地意识、史诗建构
与文体拓展

——罗长江《大地五部曲》评论集

晏杰雄 ◎ 主编

百花洲文艺出版社

图书在版编目（CIP）数据

大地意识、史诗建构与文体拓展：罗长江《大地五部曲》评论集 / 晏杰雄主编. -- 南昌：百花洲文艺出版社，2025.4. -- ISBN 978-7-5500-5871-2

Ⅰ. I207.22-53

中国国家版本馆CIP数据核字第2025LC4333号

大地意识、史诗建构与文体拓展
——罗长江《大地五部曲》评论集　　晏杰雄　主编

DADI YISHI、SHISHI JIANGOU YU WENTI TUOZHAN
—— LUOCHANGJIANG《 DADI WUBUQU 》PINGLUN JI

出 版 人	陈　波
责 任 编 辑	杨　旭
特 约 编 辑	张立云
装 帧 设 计	云上雅集
出 版 发 行	百花洲文艺出版社
社　　　址	南昌市红谷滩区世贸路898号博能中心一期A座20楼
邮　　　编	330038
经　　　销	全国新华书店
印　　　刷	长沙市精宏印务有限公司
开　　　本	710 mm×1000 mm　1/16
印　　　张	24
字　　　数	370千字
版　　　次	2025年4月第1版
印　　　次	2025年4月第1次印刷
书　　　号	ISBN 978-7-5500-5871-2
定　　　价	98.00元

赣版权登字 05-2025-175

邮购联系　0791-86895108
网　　址　http://www.bhzwy.com

图书若有印装错误，影响阅读，可与承印厂联系调换。

《大地五部曲》作品简介

　　罗长江所著《大地五部曲》恣肆汪洋、元气淋漓，既是一个结构宏大、肌质复杂的语言织体，又是一个能量充沛、辐射着巨大生机和活力的自在生命。这一史诗性巨著共五卷，近60万字，体量当是散文诗领域的"世界之最"；其内容与形式充满探索性、开拓性、原创性和经典性，将散文诗超拔到一个崭新的高度。

　　在结构上，五部作品分别对应"五行"——金木水火土，为交响曲抹上了鲜明的中国底色，它们分别代表着关于大地的历史、现实和梦想，体现为一种大思维、大结构、大境界的结构缜密复杂的大型交响诗。在内容上，以乡土文明、民族战争、城市嬗变、生态文明、人类梦想为主题，将丰繁、厚重、斑斓、宏阔的社会生活场景引入散文诗，植根湘西大地而对中国的历史与现实、传统与现代、自然与人生、城市与乡村、战争与和平、光荣与梦想等进行全方位审视，作整个人类命运的思考；在形式上，通过"跨文体"的诗性总体书写，吸纳各艺术门类和非艺术门类的诸多元素而糅于一体，它是散文诗，其文本的内涵却大大撑破通常概念的"散文诗"的外延，结晶为一个具备复调和复合性质的超级文本；在思想上，体现最深切、最深入、最深沉的精神运动，字里行间流淌着诗人沉重思考的"血滴子"，直抵人心与人性的深度，以生命书写一部真正意义的精神大诗。以往不适合重大题材的散文诗，经由作者艺术开拓，变得包容大气、宏阔瑰丽，书写出生生不息的人民史诗。

序：雄文自有知音赏

卜寸丹

时隔三年之久，我仍然清晰地记得：那个决定，并非一时兴起。

2021 年底，当我端起盒装本《大地五部曲》时，不觉手腕一沉。那一刻，我分明感觉到了文字的重量、散文诗的力量。皇皇五大卷，洋洋五十余万言，令我赞佩之余，对这次阅读更是充满期待。果然，深夜品读，急管繁弦处飞瀑鸣溅，俯首低眉时珠落玉盘，长江兄这部鸿篇巨制寓万象于巨构，绘古今于长卷，穿行在大地与历史之间，我个人阅读的第一感受是，如读惠特曼，如读聂鲁达，如读圣-琼·佩斯，如读彭燕郊。难耐兴奋，索性伏案写了一小段读后感：

2021 年，五卷本大型长篇叙事散文诗《大地五部曲》的横空出世，无疑令人震惊和感动。诗人罗长江耕耘文学领域四十多年，个人创作成果斐然，尤其是他历时十余年，专心于一，数易其稿，以大气魄、大格局、大主题完成这一熔铸史诗气质的鸿篇巨制，这不仅是贡献给散文诗界难得一遇的大文本，更是当代散文诗创作的重大收获。庞大的思想根系、精微的心灵气象、自如的气息吐纳、蓬勃的生命意识，罗长江将散文诗超拔到一个崭新高度，由此，我们有了在一个全新维度来探讨与解密散文诗的庞杂与丰富、先进与优越的可能。这也意味着，散文诗——它还可以建设更为复杂的美学、更为庞大的现场、更为隐秘的脉流、更为坚实的抒情，以象征、寓言、梦幻、时间的语言，描述万物交织共生的命运。

后来，罗长江、龚旭东二兄抵达益阳，做客散文诗杂志社。旭东兄是老友。长江兄是第一次见，我及杂志社同仁与其倾盖如故，神怡气愉。大家相谈甚欢，话题自然围绕散文诗、《大地五部曲》。交流中，我当即拍板决定：翌年（2022年），约请国内部分一线评论家专门撰文，在《散文诗》上半月版"诗话"栏目特辟专栏，全年刊发《大地五部曲》相关评论。

这个决定，是对一位散文诗拓荒者的虔诚致敬！

随后，《散文诗》上半月版2022年第1期"诗话"栏目从"编者按"开始，整整一年，陆续或独立或连载发表了黄恩鹏、王幅明、崔国发、晏杰雄、黄永健的评论。《散文诗》作为国内第一本全本可视听、可交流的全媒体杂志，这些评论伴随油墨清香、扫码即可听的音频，声播千家万户，进一步扩大了《大地五部曲》的影响力。《大地五部曲》迅速赢得诗坛瞩目，读者、诗友交口称誉，好评如潮。

几乎同时，《文学报》2021年12月23日第7版、第8版，分别以《"文学雄心"熔铸"伟大交响"》和《植根湘西的散文诗巨制》为题，集中刊发众多名家评介文字；2022年1月8日，在中国现代文学馆，《诗刊》社、《中华辞赋》杂志社、湖南省作家协会、张家界市委宣传部和张家界市文联共同主办"罗长江长篇叙事散文《大地五部曲》研讨会"，与会专家、学者针对《大地五部曲》立足湘西大地的写作，以及围绕散文诗写作如何展现重大题材的史诗性、如何进行跨文体写作的探索性以及散文诗发展的广阔前景等多个话题展开深入研讨。14日，《文艺报》即以"植根湘西的大地歌者"为题，在第7版整版刊载了罗长江《大地五部曲》研讨会综述。光明日报社主办的《博览群书》月刊2022年第1期亦为《大地五部曲》编发了20000余字评论专辑。《大地五部曲》一时洛阳纸贵。长江兄以吾道一以贯之的识见，破壁突围，完善、调整并开拓了新时代文学语境里的文学边际与秩序、散文诗的文化观与方法论。

《大地意识、史诗建构与文体拓展——罗长江〈大地五部曲〉评论集》是一部及时之书。

逢人说项，诚不我欺，雄文当有知音赏。《大地五部曲》付梓前，就有前辈谢冕、秦兆基、邹岳汉、王志清、龚旭东相继欣然作序；甫一出版，篇篇作品专论即纷纷出炉，这些方家、同道览尽广大，穷尽精微，均一语中的，均切中肯綮，形成了当代散文诗坛"《大地五部曲》现象"，他们为散文诗这种独特的文体一证清名，展现出应有的灼灼光华。他们联手扫迷雾，明瞽目，为散文诗的创作方向指明昭彰大道，启示和引导一些散文诗作者摆脱细碎烦琐之樊篱、束手束脚之羁绊，亲近自然，凝目众生，以大气势、大格局、大视野去审视和重铸民族传统，以超拔、稳健、创造的实践精神步入散文诗创作正途，诚实而有效地去完成一个个显露思想力、审美力、诗性力的作品，超越自我，打破惯例，永远探索！

以上序言、专论完整地入选本书第一辑、第二辑，尤为欣慰的是，随着本书的出版，必将有更多的作者吸收到养分，给当代散文诗创作带来新的更多的可能。

长江兄说得好："为一百年后写作。"

简简单单一句话，便可看清这个人的雄心和勇气，这是一个写作者难得的觉悟和超越，更是文学创作中一种宝贵的品质。是的，任何文字可疾如雷霆，却不能短暂如一谢昙花，一个诗人笔下的每一笔、每一画，都应该能够听到灵魂深处的回响。张家界"奇峰三千，秀水八百"，长江兄多年来蓄势聚气，始终将其视作一个永恒的母题，心中日月皎洁，腕底风雷驰奔，他以自身胆大如斗的激情和才情、不同凡响的气质和智慧，在诗路跋涉之途，选择永无止境的攀登。涉笔大事件、大题材，他的视阈天地开阔，风樯阵马，笔墨横飞，冲开形制的束缚，却又无法而法，章法井然，通篇玉振金声，充盈的浩气、强烈的画面感，极具艺术感染力。

当历史以血性、诗性呈现，宛若绝唱，我看到了长江兄清正、博大、仁慈的诗格。

我深为长江兄"很多不能入诗的东西入诗"这种独树一帜的创作理念所打动。"艺术中，要紧的首先是细节，其次才是整体"（埃·米·齐奥朗），他在历史的长河中搜罗、钩沉，风土人情、渔猎农耕、城市映像、自然生态、家国记忆……林林总总，均一一入篇，去迷障，多元素，《大地五部曲》这才融古汇今，通天达地，一部具有史诗气象的作品由此弥漫出了人间的盎然趣味。文学创作最忌讳苍白无物、头重脚轻，书中这些故事、细节，不是附庸、黏滞，更非累赘，它们反而给主题内容、作品内涵增添了具象动人的血肉脉络，成全了这位拓荒者的实验和探索，亦给散文诗这种文体的多样化创作手法呈现出具有引导性的示范。写到这，我又想起埃·米·齐奥朗的另一句话：

"真正的诗在诗之外"。一个真正的有心人，不是写什么像什么，而是写什么就是什么，正如一画之法，乃自我立，长江兄脱却匠气见匠心，十年磨剑，终现光华。《大地五部曲》作为文本所凸显的非同寻常的意义与价值，自然应该得到前辈、同道、读者的首肯和推荐。"应该对这样的探索和探索者表达敬意"，蒋登科和卓今的评介，道出了我们共同的心声。

纵然深藏身与名，依然吾道不孤。我特意阅读了本书的第三辑、第四辑和附录，长江兄的创作谈、访谈，以及他与前辈、诗友的书信往来，个人创作成果等，翔实的资料，清晰的脉络，将他磨砺多年的心路历程完完全全地展现出来，有如一段银幕外的旁白，加深了我对《大地五部曲》的认识，对作者的了解。"是亲爱的张家界成就了我"，在这里，他仿佛独行侠一般龙翔凤翥，天马行空，却始终根植湘西大地。由此可见，《大地五部曲》的成功，并非一蹴而就，而是水到渠成，是对这位散文诗赤子的深情回报。

亦由此可见，《大地意识、史诗建构与文体拓展——罗长江〈大地五部曲〉评论集》这本书，更是一部应有之书。

是为序。

2024 年 10 月 13 日定稿

（卜寸丹，散文诗人，《散文诗》杂志总编辑。）

目　录

第一辑　名家序言

第二辑　作品专论

第三辑　作家创作谈

第四辑　创作书简

附　录

第一辑
名家序言

五个恢宏的乐章组成了关于大地的伟大交响曲。

——谢冕

持清醒公允的态度来看，时下中国散文诗也有足以震古烁今、与世界散文诗经典相颉颃的作品，如彭燕郊的《混沌初开》，罗长江的《大地五部曲》。在文学史上，《大地五部曲》应该有着自己的位置。

——秦兆基

在中国散文诗发展史上，彭燕郊树立了继鲁迅《野草》之后的又一座丰碑，在抒情散文诗领域创造了一个奇迹，一座高峰；罗长江则在叙事散文诗领域创造了另一个奇迹，另一座高峰。从彭燕郊到罗长江——"双峰并峙"。

——邹岳汉

罗长江找到了最适合自己慷慨任气而磊落使才的文学体式，在中国当代散文诗领域走出了一条属于自己的路。

——王志清

时间将证明，罗长江创造的这一艺术奇迹，将是当代中国文学文本研究绕不开的一部勇气之作、大气之作、开创之作。

——龚旭东

序1：盛大华美的大地交响曲
——一个传统文体的拓展与延伸

谢 冕

一

回顾几十年的笔墨生涯，我真正的文学创作，是从散文诗起步的。当然，和许多文学爱好者一样，引导我进入文学的是诗，是诗人的梦想。但我一开始就感到诗有天然的约束（分行以及音韵等），写着写着，就想冲破那约束，找一种既是诗的又比较放松自然的文体。那时还不知道那是什么，其实就是现在我们谈论的散文诗。那时我写了，也发表了许多诗，但我不认为那是我文学的起点，我的起点是一篇散文诗体的初中作文①。除了写诗，我也写散文，但当年更多的写作和发表是散文诗。因此之故，我一直关心散文诗的发展，也发表过一些这方面的见解和主张。

2021 年 5 月 25 日，诗人箫风转来罗长江给我的信件。信件来自湖南张家界，是关于散文诗创作的一封很专业的信。作者与我素未谋面，但他认真系统地读过我关于散文诗的一些文字，特别赞同我关于散文诗的一些粗浅的看法。读了他的来信，我感到亲切，引为未曾谋面的知音。罗长江的信中，转引了我关于散文诗的一些论述，特别是我关于在信守这一文体的独特风格的前提下拓展和绵延诗意的主张。"保持原样，不设边界，可以拓展，可以深刻，也可以凝重、厚重、沉重"，并就我述及的"担当""拓展""深刻"等意蕴，完成了他的散文诗长篇巨著《大地五部曲》。

《大地五部曲》结构宏大，分别为《大地苍黄》《大地气象》《大地涅槃》《大地芬芳》和《大地梦想》5 部，全书近 60 万字，是一部宏伟的大地颂歌，也是迄今为止我读到的最长、最全面，也最系统的散文诗长篇巨制。《大地五

① 《公园之秋》发表于 1948 年 11 月 25 日《中央日报》（福建）副刊，署名谢鱼梁。

部曲》是一部我称之为盛大华美的大地交响曲。想到他的这番创作构想与我有关，内心深为感动，也为他的成功致贺。

二

散文诗是一种特殊的文体，简单地说，这一文体就是散文为其形态，诗歌为其灵魂。它是不分行的诗，而在它散文式的行进中，跳动着的却是诗的节奏和韵律。散文诗是一种对诗的突破而又保留了诗的意蕴的一种散文。它的"两栖"的特性凝聚而成为一种优美、轻盈、灵动、隽永而始终高雅的特殊文体。散文诗这一体式在作家的长期实践中，形成了它的微小自然的形制。虽有鲁迅《野草》内涵宏阔深远的创作开局在先，但它的外形依然是小而微的。它一般不被认为具有号角和战鼓的性能。从早先墙角"三弦"的沉郁，到映着早霞的短笛的明亮，甚至河边陌上的叶笛的轻盈，人们对散文诗这一文体有自然的"认定"。①

一百多年来，许多人在散文诗这个有限的乐池中跳出了如花的舞步。在取得辉煌功业的同时，也有更多的作者在寻求"越界"的飞翔！他们寻求这一文体有更多、更大、更重的承载。他们希望散文诗走出"小微"的局限，而使之拥有与时代、历史结合得更为紧密也更为广阔的天地。散文诗始终在寻求着、积蓄着变革的热情，这热情如火山在凝聚着迸发的岩浆。

而此刻，展开在我面前的《大地五部曲》则是这一长久追求中的一颗耀眼的明珠。苍黄的大地有它的气象，涅槃的大地有它的芬芳和梦想，五个恢宏的乐章组成了关于大地的伟大交响曲。这位来自湖湘大地的诗人罗长江，终于把"野草"培成了树林，把一曲乡间的叶笛奏成了博大恢宏的黄钟大吕。而这一切，是以高雅秀美的散文诗为基点而逐步展开融汇的。

三

人们注意到，这部博大华美的交响乐章的起点不是别的，竟是传统的"三弦"和"短笛"！一部关于人间世界和太空星河的伟大梦想的揭开，其"原点"不是别的，竟是作家热爱的桑梓之地大湘西！是的，是沈从文和黄永玉的大湘西，是曾经诞生了"边城"、如今诞生了"大地颂歌"《大地五部曲》的大湘西！贯穿整部作品的交响乐章，始终复现着"湘西"的奇美情调，这就是

---

① 这里指沈尹默的《三弦》，柯蓝的《早霞短笛》和郭风的《叶笛集》。

生长巨作的本土元素。立足于湘西，放眼于历史，想象于浩茫空间，罗长江以散文诗为基点和出发点，举步完成了一次跨时空也跨文体的大超越。

罗长江是一位有准备的作家。诗、小说、传记文学、纪实小说、散文，当然更有散文诗，他拥有非常丰富的生活阅历和写作经验，他有自己的目标和追求，自言是"不甘平庸"的作家。长时间的、多种文体的写作，加上他"熟读"了关于大地的经历和经验，这些可贵的积累，如今都集中到这部鸿篇巨制中来。

罗长江追求的是一部建立在散文诗这一基点上的史诗的建构。因为他深知散文诗这一文体的特性和局限，于是他要以巨大的魄力和决心，建造一种深沉宏阔的涵融今古、思接千载、既是中国的也是历史和世界的、凝聚而包容的交响诗——这就是他的关于大地的伟大颂歌。

四

无所不在的湘西风情和中国意象，确立了这一交响乐章的基本主题。

传统的中国五行——金木水火土，为宏伟乐章抹上了鲜明的中国底色，它们分别代表着关于大地的现实、历史和梦想。在此基础上抒写着作者对于乡土文明、民族战争甚至历史街区演变的追怀与念想。抚摸历史，审视现实，畅想未来，罗长江把握和展开散文诗这一亲切的文体，圆满地到达他所憧憬的表现重大题材与熔铸史诗品质这一重大的创作蓝图。

沅湘流域不仅有迷人的湖山胜景，更有丰裕的历史积淀，正所谓"惟楚有才，于斯为盛"。屈原在此留下他行吟的足迹，留下《离骚》《天问》等伟大的诗篇。在争取民族独立和人民解放的战争中，这里发生过可歌可泣的长沙保卫战、常德和衡阳保卫战等气壮山河的战斗。中国的士兵、大湘西的英勇男女为祖国流过鲜血。这些，造就了感天动地的大地气象。作者引用《九歌》的构架，用新的九章祭奠新的国殇。

鲜明沉郁的中国元素，成为交响乐曲中时时浮现的基本旋律。二十四节气，匹配着二十四首竹枝词，讲述一个村庄的二十四个故事，等等，随处可见构思的缜密和诗意的充盈。它的色彩是中国大地的色彩，它的音响是中国大地的音响，他的想象是中国大地的想象。"一双素手无人识，民间大美印花蓝"。一个美丽润湿的乡村早晨，正是青春期漫无际涯的季节，一卷水意森森的丹青，濡湿了整个江南。山那边鸲鹆的叫声，清凉的溪水，石头，丝丝草，银鱼跳动，还有碎米虾子。以及，一夜之间，陌上的梅花开了，那支名叫《梅花引》的箫乐悄然而至。古典悠悠的清芬潜漫而至，出现了一位身着士林布旗袍的女子，她吹着洞箫……

五

这是一部结构缜密复杂的巨大交响诗。作家为了完成他的创作，调动了他毕生创作的积累，抒情的，叙事的，还有想象的。不仅是叙事，所以，不能称之为叙事长诗，作为整部交响乐的基础是抒情的散文诗，但是它已完成了质的飞腾。所以，与其说是叙事的，不如说是抒情的，或者，更确切地说，是综合的。

我注意到交响曲的大地梦想一章，这里出现的是西方音乐的意象和手段：广板，快板，行板，如歌的行板，叙事曲，回忆曲，幻想曲，复调，和弦，变奏……这样看来，它不仅是湘西，是中国和东方，它的旋律是世界的。

祝福和庆贺，为散文诗，也为此刻我们阅读的华美和盛大的交响诗！

2021 年 8 月 31 日于北京大学

（谢冕，著名诗评家，原中国当代文学研究会副会长，北京大学教授，中国新诗研究所所长。）

注：此文先后刊于 2021 年 12 月 2 日《文学报》和《博览群书》2022 年第 1 期专辑"由《大地五部曲》想到的"，后者发表时标题为《从散文诗开始的"越界飞翔"》。

序2：无边无沿的旷宇　酣畅绵邈地挥洒
——序罗长江散文诗巨著《大地五部曲》

秦兆基

与罗长江先生订文字交，已有五年多了。2016 年 7 月，收到他的两部大著《大地苍黄》《大地血殇》，以及一封恳挚而热情的信。读后甚为感动。多年没有见到如此元气淋漓地表现我们民族生存环境和艰难行进的历程，彰显我们国家精神史诗型的作品，特别是其文体为现代中国诗坛所罕见的长篇叙事散文诗，于是为其写下题为《力透纸背的抵达》的评论文字。次年，在张家界参加了罗先生"大地"系列的讨论会，有了最初的见面，在会上和私下交谈中，得悉他的《大地五部曲》的整体创作构想，很为其宏图和胆识而高兴。其后的年月里，陆续收到其修订与续作的文稿来征求意见，直到今年得见全璧——即将面世的文本。

从体量上看，2500 多页、60 万字的长篇叙事散文诗，从题材范围上看，囊括天空之下的大地的种种：山岳河川的情貌，砂岩大峰林的交响诗，幽谷丛林中的奇花异木，通晓生物界"伦理通则"的飞鸟灵兽，城市、村庄里世代栖居于其间的人们的歌哭；得以进入正史、方志的英雄、烈士的行传，无以进入正史、方志的小人物的行迹偶记；锐志兴复、殉国的伟丈夫，快意恩仇、殉情的小儿女；世纪孑遗，别处难以领略的巫风傩雨；跨越时空，希腊学园式的思想家的华山论剑。曾经有的、可能有的、必然会有的种种异象，纷至沓来。

概言之，罗长江的《大地五部曲》，是长篇叙事散文诗型的史诗，也是史诗型的长篇叙事散文诗，在散文诗艺术形式上自铸新体，在思想追求上夐夐独造，以其开拓与独创，拓展了史诗的疆宇。我在即将问世的新著《散文诗诗学》中写道："持清醒公允的态度来看，时下中国散文诗也有足以震古烁今、与世界散文诗经典相颉颃的作品，如彭燕郊的《混沌初开》，罗长江的《大地五部曲》。"[①]在文学史上，《大地五部曲》应该有着自己的位置。

[①]《散文诗诗学》的这句话，系入选此书时作者所作修订。

一、身寄峰林　心炉炼丹

罗长江生身于湘西大地，长期在张家界工作，栖身在武陵源砂岩大峰林之间，徜徉于金鞭溪、澧水之畔，大自然陶冶了他的品性，楚地巫风沐浴了他的心田，形成了他带有浪漫主义色彩的绮思和艺术精神。

层层叠叠的有形和无形的历史卷宗既提供了大量有待整理的史料，也向这位后来者提出了许多有待思辨和完成的课题；改革开放的时代，给予了他比前人更多的思想和艺术营养，开阔了他的视野，激励他实践前人没有过的对诗歌王国大峰林最高的乾坤柱的攀登。

十年磨剑，十年如斯。我想起了清代词人朱彝尊《解佩令·自题词集》中的几句："十年磨剑，五陵结客，把平生涕泪都飘尽。老去填词，一半是空中传恨。"十年，从严格意义上讲，岂止十年，《大地五部曲》第一部《大地苍黄》卷末标注"成稿于2010年5月—2021年5月"，算起来该是十一年了。这么多年来，罗长江在自己的写作世界中，和他长篇叙事散文诗的种种艺术形象——无生和有生的物象、景象、人物形象共处，塑造、打磨、组合，乃至打散了、捣碎了、糅合了再重来，营建起一个个自足的艺术天地，终于构成了这长长的艺术链。

这是怎样的一个过程？我想，也许只有台湾诗人余光中先生将诗歌写作比作心炉炼丹的说法可以比拟。用自己的心火，如道者所言的三昧真火，将种种炉料熔化，不断提炼，执着一念，拒绝一切诱惑，打破种种魔障，方得见九转丹成。

罗长江提炼的《大地五部曲》这颗艺术金丹，也该是和山中高士炼就的一样吧？我毫不怀疑他的执着一念，湘人的性格向来就是九死未悔的执拗，这里要着重探究的是他所打破的魔障。

经典的铸造需要时间。歌德的《浮士德》跨越过程超过六十年，写作时间也长达五十多年。从一般的写作体验去理解，歌德并不是放下所有的工作专写《浮士德》，而是把思考的重心放在思考这部作品写作有待解决的问题，诸如某些宗教问题、人类终极命运的理想追求。每个作家的处境不同，需要化解的心结，也自然不同。

罗长江构建《大地五部曲》的心结是什么？

罗长江营建的这部诗章的心结，可以概括为对"大地"的主要方面和可能涉及之处的思忖：诸如各个表现对象的本质，以及彼此之间的联系；寄身于兹的生灵与非生灵的命运，以及他们的过往、今天与明天；作品叙说序列的构成和展开。罗先生《大地五部曲》的设想早就成型，在最初的通信中他就提出过，但是最终的结构方式的厘定却是在最近才见到的文本之中，足以说明其心结解开的不易。

为了更好地理解这点，笔者不揣谫陋，先对其整个诗章作一次"破坏性"的解构：

卷名	属性	题材	指向	意旨
《大地苍黄》	土	乡土文明	历史的叩问	著录一个村庄美丽与沧桑
《大地气象》	火	民族战争	铭记的血史	还原昨天的国殇和国家记忆
《大地涅槃》	水	旧城改造	众声的喧哗	城市化进程中的阵痛与嬗变
《大地芬芳》	木	生态文明	童心的反照	赞颂一片峰林的神奇和瑰丽
《大地梦想》	金	人类梦想	和谐的交响	从肉身的大地向灵魂的天空飞升

这种结构表接近于作者创作思想赤裸裸的摊开，但也算是理出作品的筋骨，可以从中看出作者是怎样依据五行之说为每部作品定性，安排序列，选择题材内容，明确指向，从容揭示创作意图的。

"五行之说大概是古代民间常识里的一个观念。古印度人有地、水、火、风，名为'四大'。古希腊人也认水、火、土、气为四种原质。五行是水火金木土，大概是中国民族所认为五种原质的。"并认为这种五行观念，经过思想家、政治家的加工，成为一种学说，"可以适用到宇宙中的一切现象，可以支配人生的一切行为，可以解释政治的得失和国家的盛衰，故这种思想竟成了一个无所不包的万宝全书。"（胡适《中国中古思想史长编》）作为一代学人、"五四"新文化运动首领的胡适自然不能接受由邹衍提出而由董仲舒、刘向最终完成的"五德终始论"，但也肯定了五行说作为中国民族原始思维的合理性和普遍适应性。

罗长江取五行而分系于五部曲，但并不拘泥于方士和学者的陈说，这是对于传统的回归和再出发。"无名，万物之始；有名，万物之母。"（《道德经》）老子将"无"作为一切事物发生、发展的极则，他认为人的思考一旦达到"无"的境地，就可以永远取之不尽，用之不竭，随着它不断演化、发展。如今，人类虽然在"有"的一面凌驾于前人，然而，在"无"的一面，即在人格精神和生存智慧上，却并未必见得比我们的祖先走得更远。也许这就是艾略特、普鲁斯特要将自己的作品的思维模型取鉴于《圣经》和希腊史诗的缘故。

《大地五部曲》，不是简单地搬用五行之说来表述和阐明自己的理念，只是据此穿透事物、事件、人物等一切表现对象，理出事物之间的种种联系：

> 金生水、水生木、木生火、火生土、土生金——
> 五行相生之生，一个万物此生彼长的，无限生机的词根！
> 土，是五行之金产生的本原。五行之金，一头连着土的脐带，
> 一头往水、木、火注入自己的属性。

《大地五部曲》，不是将一类事件、事物、人物简化、纯化，并且律定其性质的，而是从他们的某种特质旁涉到其他特质，显示出其作为复合体的活生生的存在：

> 水流有金的属性。水声滔滔，鸣动着金属感的喧哗；
> 水花溅溅，闪烁着金属色的光泽；河床的沙砾间，不动声色地
> 预设着披沙拣金的愿景——

《大地五部曲》，每一部都有自己结构方式，这些结构方式，一方面，是依据这个部分的特质，如《大地苍黄》着眼于表现一个村庄的美丽与沧桑，有着更多的乡土味，于是就选择了二十四个节气的"竹枝词"贯穿全书。《大地气象》着眼于表现昨天的国殇，于是就选择了《楚辞·九歌》，用古老而又现代的民间祭祀仪式：招魂——送神，贯穿全书；一方面，又得考虑整个交响曲的内部结构，如《大地涅槃》着眼于书写城市化进程中的阵痛，揭示老街"拆迁"引发出河街居民群体以及远及海外的河街人的一场文化遗产拯救活动。事件发生在 21 世纪，人们普遍用上智能手机，以微信交往，于是就分置了"抢救河街记忆"与"活在文字中的河街"两个系列的交叉进行，博文跟帖，众声喧哗，互相呼应，互相推动。从交响曲的整体结构看，前三部是急管繁弦，到第四部，境界应该有所变化了，于是就有了从凤管鸥弦中展示出的清风霁月的境界，于是就有了走出城市的女孩叶子与爷爷在砂岩大峰林度过的暑假，于是就有了按周设置的序列。最后的乐章《大地梦想》有类于尼采《查拉图斯特拉如是说》的第四部分中的《梦行者之歌》，尼采把这个部

分比作音乐家 E.W. 弗利兹的交响乐《生命颂》，并期望"将来总有一天，人们会唱着这支歌来纪念我"（尼采《瞧，这个人》）。于是罗长江就将这部分作为乐曲处理，将这部书的三个部分作为三个乐章，并为每个乐章标出曲式、节奏、调号等等。

读《史记》时，我在震惊于作者卓越的史识和秉笔直书的史家勇气之余，还震惊于其在写作艺术上的开拓精神。太史公于先秦以来相沿的编年、记事的史书之外，别立新军，创立了纪传体史书体例，用本纪、书、表、世家、列传，将所掌握的材料，无数精神碎片——史料，按照其所设定的位置，一一安排，各得其所。他所设定的体例遂垂为定则，为后来的正史所袭用。罗先生的《大地五部曲》自铸新体，亦当作如是观。

二、寻求托身之所

记得童年时读《封神演义》，觉得最为迷人，最为惊心动魄的该是哪吒闹海，与父亲决裂，拆肉还母、拆骨还父以后，魂无所寄，幸赖太乙真人以莲花和藕作躯体终得复活的故事。灵魂找到得以托身的躯体，才能有活生生的存在。文学理论中常说，内容决定形式，我们是不是可以另说一句，内容决定于形式，内容亦如哪吒的灵魂，要找到赖以托身的躯体。

法国诗人夏尔·波德莱尔（1821—1867）用 150 多首格律诗——十四行体，或是十二个音节构成的亚历山大体的，写出《恶之花》，但他觉得这种诗体并不足以畅达地表现自己的情怀，于是就寻求别样的更能承载自己思想的文学样式。他在读到路易·贝尔特朗（1807—1841）的《夜之卡斯帕尔》的时候，不禁惊呼："我们谁不曾，在志愿奢大的期间，梦想过一种诗的散文的奇迹，音乐的却没有节奏与韵，敏锐而脆响，正是以迹象性灵的抒情的动荡，沉思迂回的轮廓，以及天良俄然的激发。"（波德莱尔《献给阿尔塞纳·马塞》，此为徐志摩译文，见《新月》第二卷第十期，1929 年 12 月）他用贝尔特朗提供的艺术样式，并为之命名，曰"散文诗"，创作了被如今所有散文诗人视为原典的《巴黎的忧郁》。从这个意义上看，不妨称贝尔特朗为波德莱尔的太乙真人。

罗长江也何尝不是如此。正如他自己所言："写作《大地苍黄》，换言之涉足长篇叙事散文诗，事出偶然。一天，我翻出彭燕郊先生送我的《隐形的城市》。……读着他为主编这套丛书（指《现代散文诗名著译丛》）而写的总序，真有种说不出的亲切。"罗氏通过这套译丛得以见到其他西方名家的长篇叙事散文诗，诸如纪德的《地上的粮食》、希梅内斯的《小银和我》、圣－琼·佩斯的《航标》《阿纳巴斯》和《流亡》等等。他记得彭燕郊先生生前与之的一番交谈，"由于散文诗曾经被视为处于两个遥远的极端而被人为地凑合在一起的异物，传统观念习惯于将其当作无足轻重的'小道'，今天，经过诗人们的努力，它的发展不仅包容了自由诗。而且……有着将在很大程度上，取代自由诗的趋向。诗歌史上从未出现过的一场巨大变化正在悄悄地而不可遏制地进行着"（罗长江《大地苍黄·自序》）。彭先生针对散文诗偏见所发的议论，对罗长江来说有如醍醐灌顶，他找到可以师从、可以借鉴的范本，找到自己的思想情感及其所黏附的精神碎片，找到可以托身的躯体——长篇叙事散文诗。就这点而言，彭先生及其主编的译丛，不妨也可称之为罗长江的太乙真人。

彭燕郊先生是"七月诗派"的重要作者，散文诗的创作和研究几乎贯穿了他的全部文学生涯，其晚年的《混沌初开》更被誉为20世纪中国知识分子的"精神史诗"。在彭先生的启示之下，罗长江开始了以长篇叙事散文诗为话语载体的创作，现代史诗型的。

写作现代史诗型的长篇叙事散文诗，对罗长江是一个巨大的挑战，因为这要把深沉的历史感与强烈的现实观照统一起来，用现代的散文诗话语方式予以表述，没有现成的范型可以借鉴。《大地五部曲》，一方面注意到史诗宏大叙事、证解史实，考辨社会风习，还原历史现场的特点，另一方面又注意到它与历史叙事的区别点。

"（史诗应）着意于一个完整划一，有起始、中段和结尾的行动。这样，他就像一个完整的动物个体，给人一种由它引发的快感。史诗不应像历史那样编排事件。……荷马真可谓出类拔萃。尽管特洛伊战争有始有终，他却没有试图描述战争的全过程。"（亚里士多德《诗学》）。《大地五部曲》中作为战争史诗的《大地气象》，既完整划一，但又不是一部关于中日湘西会战的战史；《大地涅槃》著录了澧水之滨"旧街改造"中的纷争和化解的全过程，但它并不是一部河街史，或者说有关河街改造的纪实文字、口述实录。诗的大幅度跳跃、种种事件碎片的连缀以及以象示意的诗的表述，让其走向史诗。

《大地五部曲》，一方面注意体现传统史诗厚重的历史感，另一方面注意到走向现代，赋予其作品以现代精神。

在写作《小说理论》的文学批评家卢卡奇眼中，小说是无神世界的史诗，属于半艺术，功能在描写现代世界的恶质无限性和超验家园的失去。台湾诗人、诗论家痖弦在这点上似乎说得更为透辟："西方诗从 T.S. 艾略特以后便起了巨大的变化，那便是西方诗人把作为长诗中的叙事的任务完全让给了历史和小说；长诗不再作事件的叙述，使事件成为次要的部分，而把重点放在事件后面的精神背景上。一首现代的长诗，与其说是记录事件，毋宁说是记录人性的历史和现代人心灵遨游的历程。……这种变化，使西洋的长诗修正了过去的缺点，而达到前所未有的精纯和严密，换句话说，现代的西方诗人是以制作短诗同样严格的态度来制作长诗的。"（痖弦《现代诗的省思》）罗长江在注意到这些经典作家对于现代史诗特质的律定和阐释之余，不会不注意到另外一些诗人、诗论家的反拨。美国诗人威廉斯有句名言："没有意念，除非在事物中。"意念必须寄身于事物、事件、人物、景象的描写之中。罗长江将自己的心力投向精神背景的营建，走向现代的精神史诗，又注意到人、事、景、物的工细刻镂，让意念在这些描写中得以自然流露。

兼具长篇叙事散文诗和现代史诗的文学样式，给予罗长江以运其灵思从容挥洒的艺术空间，罗长江的艺术创作也反转来，为这个文种提供了属于他自己的也是可供借鉴的艺术经验。

三、元气淋漓　蕴藉清绮

元气淋漓中"元气"，就是人们常说的真元之气，就是原始思维、野性精神，雄奇超迈，该属于阳刚之美的范畴；蕴藉清绮，蕴藉，就是含蓄，讲求言不尽意，清绮就是脱俗，就是绚烂之极而化作的平淡，正如顾翰《补诗品·清丽》所言："远水淡碧，遥峰孤青。一叶扁舟，潇湘洞庭。……只有水瑟，仿佛可听。"该属于阴柔之美的范畴。《大地五部曲》可谓既是元气淋漓，又不乏蕴藉清绮之致，在酣畅的大笔挥洒之中，有着绵邈工细的刻画。

《大地五部曲》中，作者用自己的心力，将雄奇、绵密和柔秀、疏淡结合起来，和谐而自然，没有太多的斧凿痕迹。

其一，《大地五部曲》，在文本样式和话语方式的杂取和运用上，将散文诗这种介于散文和诗之间，兼具这两种文体因素的散文诗的疆宇几乎毫无约束地扩张开来。从散文这一块来讲，它不仅容纳了文学散文，还吸纳了神话、童话、民间故事、戏剧、小说、纪实文学、口述历史等叙事文体，吸纳了文学文体以外的非文学的话语样式，诸如新闻类中传统媒体的通讯、消息，现代媒体中的博文、跟帖、简书，应用文类中的日记、书信、短评、电报稿、布告、祭文等等；从诗这一块来讲，它不仅容纳了中国古典诗词、日本俳句，还吸纳了民歌、山歌、田歌、童谣、巫歌傩曲，还有带着表演说唱意味的套曲——《河街十二拍》《河街十二帖》《河街九张机》，甚至还有宗教和民间信仰中的经咒等等。不过所有这些形态各异、美学特性和功能不同的文类，从话语方式这个根本点上，都跳不出广义的散文与诗（韵文）的范畴。

以博取胜，以杂为尚，并非罗长江先生《大地五部曲》的终结追求，杂取种种文学或非文学的文本因素植入自己的作品，是表述的需要，而不是炫奇。一场腥风血雨的大战即将揭幕的时候，需要一纸檄文，激励士气，鼓舞民气，于是一张被称为民国版的《出师表》——《五十七师保卫常德文告》插进去了，文告道出中国军人的血性精神："我们要有最大的牺牲决心，和敌寇战至最后一个人，最后一颗子弹。"它是与作品整体悲壮氛围一致的。

散文诗，是散文和诗的基因，或者构成元素，打散以后，在一定的语境下的重新组合。它并非如某些论者所谓的"散文其形，诗歌其质"的说法，而是这两种文类（包括其子类）的基因重组，形成你中有我，我中有你的新文类。正如法国诗人马拉美所认为的那样，在散文诗之中"诗与散文的界限正在消失，诗的评议应引入空间范畴的自由语言，所有符号又还原为原生独立的有机体。"（转引自黄经华《夜之卡斯帕尔·译序》）《大地五部曲》给我们在艺术创作的启示，不仅在于它的博取，更在于糅合，即使之进入化境。

其二，《大地五部曲》，在题材的处理，思维方式运用上，将实境、虚境、幻境错综组合，原始思维、现代思维，理性和非理性意识层面之下的思维方式交相为用。

大湘西田园风光的美丽和骨子里透露出的沉滞、落寞，抗日战火中显现出的国人的血性精神。走向现代化未来中的文化传承和乡土重建的艰难行程，心灵最后家园和乐土的皈依感的释放，至高至美万物共生共荣愿景的示现，需要用多样的笔触、手法去营建各式各样的境界，运用不同的思维方式。营建除了实境以外的别样的境界（虚境、幻境）。理性思维以外的思维方式（神话思维），虚境、幻境和神话思维，有时会起着实境描绘难以取代的功效。比如招魂——用歌舞设坛祭祀，这种仪式带来震怖感，——在想象中亡灵来归引发的哀思和震撼，也许会在一场国民公祭之上。作用于人们情感的，也许比理性的启示、昭告更有穿透力。懂得报恩用自己利爪尖牙惩治邪恶的狼，富于人情味依恋恩人的燕子、鸿雁，以幻境及其背后未必存在的动物伦理，批判了人性之恶：趋利忘义的自私、在"大义灭亲"口号下苟全自我的怯懦、庸众看客的冷漠和麻木等等，其锥刺之痛，也许在运用人间世各种鲜活的事例来教诲为甚。作为古今思想者峰会来表现的《荒野里的过客》，用绝无可能的幻境——鲁迅和他的影子，与但丁、尼采、庄子的思辨性交谈，不仅阐明了《野草》中深寓的鲁迅哲学思想，而且有如文艺复兴时期拉斐尔的名画《希腊学园》那样，具有强烈的视觉冲击力。

现实与历史再现于实境与虚境、幻境的交相辉映之中，使人明白为什么有那么多现代作家醉心于魔幻现实主义了。灵鬼仙狐的故事，投射着现实人生的影子，可以从中看出世生众相的本相。"照花前后镜，花面交相映。"用多种思维方式打造多种境界，虚实相间、相生，显现出宏大的艺术气魄和绵邈无尽的情思。

其三，《大地五部曲》，在结体和话语表述上，既是恣意铺陈、肆力挥洒，又是着意经营，注意细部的刻镂和以兴象来传情达意。这就是如前面引述的痖弦先生所说的，"以制作短诗同样严格的态度来制作长诗"。

从《大地五部曲》的整体结构方式和话语流的组合上看，是运用了中国传统"赋"的结撰方式。赋，在刘勰《文心雕龙·诠赋》中有着很好的阐释："《诗》有六义，其二曰'赋'。'赋'者，铺也；铺采摛文，体物写志也。"《诗经》的体制和表现手法有六种，第二种叫"赋"。"赋"是铺叙，铺叙辞藻，创作文辞，体察物象，抒写情志。《大地五部曲》尽管结构方式上变化万千，或以农历节气的交替，或以《九歌》演唱的顺序，或以河街记忆保存和抢救的进度，或以女孩叶子和爷爷山间生活的时序，或以交响乐曲式变化，兼以链接、画外音、博文、跟帖、和弦、复调、变奏等等方式，可谓仪态万千，但万变不离其宗，从本质意义上看，都是铺，都是赋体在现代叙事散文诗体史诗中的运用。

《大地五部曲》的话语使用上，可谓恣肆放纵，着力渲染，无所拘束，而又有着适当的节制和调节变化，予以另样呈现。作者多用排比、复沓、示现等方式，致力地予以形容，各种材料的罗致、植入以及故实的运用，也就是铺采，显得典丽风华。如《"告别河街"演唱会》中《河街谣》《南门口》和《好想再摆一回合拢宴》，歌词的——不厌其烦地书写以及演奏场景，工细近于琐屑的描写：

> 一个电吉他手，一个沉默、秀美的手风琴女孩，一把贝斯，一套鼓，伴着温厚得带点沙哑、沙哑得带点磁性的男中音，像温暖一样忧伤，像惆怅一样迷人。

但作品中也不乏空灵而带有原生质的拙朴的描述，如《大地芬芳》中女孩叶子天真未凿的怅问和日记的书写。

罗长江身居三楚之地，深濡屈子开辟的楚辞文学传统。刘勰在上面的同篇引文中论及"赋"的流变时，说："及灵均唱《骚》，始广声貌。然则赋也者，受命于诗人，而拓宇于《楚辞》也。"就是说，（赋）到屈原创作《离骚》中的时候，开始扩大对声音形貌的描写。那么赋这种体裁，起源于《诗经》的作者，在《楚辞》里才扩大了疆界。近代学人刘师培说："屈平之文，音涉哀思，矢耿直，慕灵修，芳草美人，托词喻物，志洁行芳，符于二《南》之比兴，而叙事纪游，遗尘超物，荒唐谲怪，复与庄、列相同也。南方之文，此其选矣。"（《南北文学不同论》）屈原的文字，基调哀怨，充溢着高洁的志向，但又符合北方文学《诗经》中代表二《南》以比兴寄托深义的路数，在整体风格上的空灵、恢宏、奇谲，又与庄子、列子相同，应该被视为南方文学的杰出代表。在这个意义上，罗长江的《大地五部曲》既是踵武前贤，承续了中国南方文学的历史传统，又是以观照世界的广阔视界，接纳西方文明的馈赠，运用自己的心火炼出的金丹。

传统史诗，无论是希腊的、罗马的、印度的，还是我国几十年前发掘整理出的汉族史诗《黑暗传》；创世史诗、战争史诗、英雄史诗，无论是集体创作，在历史长河中口头流被的，还是出自文人精心结构的拟作，都是源于既成的史事，着眼于记下前人的功绩，民族的历史功绩，而罗长江这部作品不满足于这些，有着更高的精神追求。我在以前评论其"大地"系列第一、二部时，移用了司马迁《报任安书》的几句，"究天人之际，通古今之变，成一家之言"来评价其思想追求，如今得以窥见这个系列的全璧以后，更坚定了这个想法。

草草地写上这些，未必有当，很有些惶惶然，不过想到古人的名言"诗无达诂"，又想到艾略特的一句解嘲的话："一切批评都是误读。"也就释然了。让作品给时间与今天和明天的公众去检验吧！

就在这篇序言撰写就要搁笔的时候，忽然想起王昌龄的诗："忆君遥在潇湘月，愁听清猿梦里长。"金鞭溪边的月色如何，罗君是否听到梦中的猿声？不过我想到该是交卷的时候，于是就此作结。

是为序。

2021 年 9 月 28 日于苏州

（秦兆基，评论家，中国散文诗理论终身成就奖得主。）

注：此文刊于《博览群书》2022 年第 1 期专辑"由《大地五部曲》想到的"，发表时标题为《让文学史思考〈大地五部曲〉的位置》。

序3：生命书写的传奇

——序罗长江《大地五部曲》

邹岳汉

摆在眼前的这五卷本叙事散文诗集《大地五部曲》，无论是在规模的宏大、抒写的广度、思想开掘的深度以及文体的拓展创新诸方面，在散文诗领域都堪称一个奇迹。

作者罗长江，以他对于散文诗的挚爱，对于散文诗"诗性"品质的追求，对于开拓散文诗新领域的雄心，以及他丰厚的人生体验和艺术素养，再加上他大半辈子生命的投入，终于把他自己和他的作品，都书写成了中国散文诗发展史上的一个传奇。

一、一位以生命投入散文诗写作的诗人

罗长江是一位有抱负、有才华、有准备、有创造力，而且是有足够的毅力展示其抱负与才华的散文诗人。

早在20世纪80年代，罗长江就在散文诗界初露头角。

1987年。他的散文诗《远处是岸——一个跋涉者的心路历程》，获得散文诗杂志社主办的"全国首届会龙散文诗大奖赛"优秀作品奖（见《散文诗·全国首届会龙散文诗大奖赛获奖作品专辑》）。他在作品里这么写道：

> 波峰浪谷间，他奋动着双桨。
> 远处，如蓓蕾一般默默等待的，如夕阳一般遥遥瞩目的，便是岸么？……
>
> 岸近了，近了。
> 红嘴唇一般潮湿而灼热的岸呀。
> 长臂膀一般丰腴而柔软的岸呀！

34 年后的今天，蓦然回首：这不正是当年处于青壮年时期的罗长江，奋力划动散文诗这艘"梦之舟"启程，航向诗之海洋的自我写照么？

那一年他 37 岁，却已在文学领域耕耘好多年了。

获奖 20 余年后的 2011 年，罗长江突然来电话说，他最近写了一部近 7 万字的长篇叙事散文诗《大地苍黄》，随后寄来了厚厚一沓打印书稿，征询意见。

这部有着全新创意的新作使我感到震惊：原来罗长江自获奖以后的这些年来，一直都没有远离散文诗，而是在积蓄力量，潜心突破！

对于他的努力，我当时表示由衷的赞赏和肯定，并在作品节奏的把握上提出过几点参考意见。

随后，《大地苍黄》全文发表在大型文学刊物《芙蓉》杂志 2012 年第 1 期。

第二年初，本人主编的《2012 中国年度散文诗》和王幅明、陈惠琼主编的《2012 中国散文诗年选》不约而同地选入了《大地苍黄》中的优秀片段《裸月》。

罗长江还告诉我：《大地苍黄》只是他计划创作、出版的五卷本叙事散文诗《大地五部曲》里的第一部。这样的雄心，在当时还是一个遥远的梦呢！

可是他一步一个脚印地往前走。

不久，他又有长篇叙事散文诗《大地血殇》《澧水·印象》相继发表、出版。

人们常说"十年磨一剑"，而罗长江在散文诗领域的耕耘，何止十年！

从他开始潜心创作这五卷本叙事长篇散文诗《大地五部曲》算起，到今天正式出版，前后花费整整 11 年！而从他最初投入散文诗创作算起，到现在已经历了 40 年！

罗长江是把他一生中最美好的年华、最主要的精力投入了他最钟爱的散文诗写作，才书写出了叙事散文诗鸿篇巨制《大地五部曲》。

二、从彭燕郊到罗长江："双峰并峙"与文体超越

散文诗从它的开创时期起，无论是波德莱尔的《巴黎的忧郁》，后来泰戈尔的《吉檀迦利》，鲁迅的《野草》，直到当代的郭风、柯蓝、耿林莽、李耕等人的散文诗作品，无不体现出短小精悍的特点。

短小精悍是散文诗的一般形态。但是，若把散文诗理解为"三五百字"的固定模式则欠妥了。散文诗和其他现代文学体式一样，只受其内部结构的约束，不可能也不应该有具体字数、篇幅的规定。

在分行新诗和散文诗写作上均做出过巨大贡献的前辈诗人彭燕郊，从 20

世纪 80 年代末至本世纪初，先后推出了《无色透明的下午》《漂瓶》和《混沌初开》等一系列长篇散文诗，在中国散文诗发展史上，树立了继鲁迅《野草》之后的又一座丰碑。

其中长达 2 万余字的《混沌初开》，创造了单篇抒情散文诗篇幅最长纪录。这个纪录，一直保持到现在。

罗长江近 60 万字的《大地五部曲》从字数、规模来说，则是大大刷新整个散文诗界的纪录了。

彭燕郊是在抒情散文诗领域创造了一个奇迹，一座高峰。

罗长江则是在叙事散文诗领域创造了另一个奇迹，另一座高峰。

同为当代湖南诗人，罗长江与彭燕郊曾是忘年之交，他从彭先生那里获得过教益。

他十分仰慕彭燕郊（《大地五部曲》里写到这一点）。但罗长江的可贵之处在于——不仅仅止于仰慕，而是刻意要从彭燕郊创造的那座高峰出发，去创造另一座属于自己的高峰。

罗长江的《大地五部曲》布局恢宏，独具一格，前无古人。

它以"大地"为母题，而其中的五个分部又各有其特定的历史背景、特定的重大题材、特定的思想指向和特定的叙写方式，开创了融合分行与不分行、叙事与抒情、纪实与虚构、议论与评说、名人名言与古典诗词、乡风村俗与民歌俚曲的散文诗形式，甚至把古今中外的小说、散文、诗歌、戏剧、电影、微信等多种文体片段，巧妙地连缀一体，极大地扩展了散文诗书写的可能性。

它突破散文诗的原有边界，超越时空，纵横捭阖，随手拈来、行云流水般的文字令人读之眼界大开，击节而叹！

创新散文诗文体，是罗长江的自觉追求。他说：身为湘人，体内流贯着"敢为天下先"的血液。做一名文体作家，写一部散文诗领域的里程碑式作品，是我致力长篇叙事散文诗的初心。

《大地五部曲》开辟出散文诗的一条新路，也是罗长江从初心出发收获的硕果。

三、深入个体生命的书写，发掘人性之美

而就作品本身的价值而言，《大地五部曲》最为成功之处还在于：它深入个体生命的书写，在揭示人性的普遍性、复杂性方面，达到了同类作品里少

有的高度。

《大地五部曲》涉及民风民俗、自然环保、历史记忆、民族战争、社会变革等方方面面。如此丰富的内涵，作者都是通过一系列有着浓厚乡土气息和民间、民族气质的人物故事来体现的。仅《大地苍黄》这一部里，就写了发生在一个村庄里的24个故事。加上其他四部里大大小小的故事所描述的，各种身份、各种性格、各种命运和结局的人物，构成了一个面貌各异而血脉相连、栩栩如生的中华人物长廊。

罗长江长期生活在湘西北澧水流域武陵山区腹地。在那一片神奇、灵秀，某一段历史时期曾经相对封闭的土地上，那里特有的自然风光、人文环境、历史沿革以至乡俗民情、农事谣谚、民歌传说等等，他都耳濡目染，有着切身的体验；再加上阅读、交游广泛，多年来文学创作、艺术修养的历练提升，使他又能站在比较超脱的角度来观察、理解周围的一切。

因此，罗长江才能够以如此细腻、传神的笔触，写出生活在这片土地上的一个个有棱有角、有血有肉的人物，多维度地描绘出普遍存在于民间底层，最质朴而又最闪光的"人性"，及其在与乡风习俗、传统观念的种种纠葛中，顽强地延续的现实和可能遭遇的困境，还不时地绽放出令人叹为观止的传奇色彩。

罗长江沿着传奇事件的脉络，深入到人物的心灵，发掘那幽微或光亮的人性之美，揭示其存在的普遍性、复杂性、永恒性。

比如前面提到的《裸月》，写一个不甘被命运作弄的寡妇，遵从民俗，在一轮皓月的见证下与一棵山中大树"圆房"；《鸭客谣》则写一个以放养鸭子为生的"鸭客"，为了断掉"在英雄遗孀身上动一丝一毫邪念"，竟至于挥刀自宫。在这里，人性里原始的冲动与人的理性自制、愿望的美好与现实之严酷，如此真切甚至是血淋淋地交织在一起。

《大地梦想》里的《午时：归来者》一节中写到一个女子与两个现役军人之间的情感纠葛，提出了"爱是无罪的"命题，最后，主人公还是自觉、不自觉地回归伦理的规范。《罕见的婚礼》中写一位1949年离开大陆去台湾的老兵死后留下的骨灰盒和遗书，1989年终于有机会由他尚健在的朋友带回大陆，来到故乡雁鹅界，转交给在那里苦苦等待了40年、青丝已变白发的未婚妻奉恬妹。奉恬妹悲恸至极，毅然手捧未婚夫的骨灰盒和遗书，当即举行了一场罕见的婚礼！作者呈现这一幕人间悲剧的时候，没有任何关于爱情坚贞的阐述，而古人"问情为何物"的意绪，却在字里行间绵缈不绝。

《大地梦想》里写到雨果名著《悲惨世界》所体现的人性之光，紧接着罗长江以"钩沉"的笔法续上一段笔记：在秋瑾女侠就义刑场附近有一棵树，当年监斩的县令，在完成上峰的指令之后，在此自缢而死——他选择了以死谢天下！

一个监督行刑者居然为一个受刑者以死相殉。

一个无名县令之死早已被历史的尘埃所掩埋了吧，又有多少后人知晓？

可这就是中华民族不曾泯灭的良知啊！

罗长江发掘、礼赞了一个几乎被人们忘却了的"民族良知"。

无论西方、东方，古代还是现代，在人格与人性上原本是息息相通的。

作品里永恒的人性之光，就隐藏在每一个人物、事件独特的细节里。

四、象征与杂糅：诗意的淬炼与提升

散文诗的本质是诗。

更确切地说，散文诗就是诗——诗之一体。

散文诗从文体的边缘、交叉中产生，但绝非"诗"之外的边缘文体。

叙事散文诗的本质同样是诗。而作为一部成功的叙事散文诗作品，根本性的标志就是其诗性的纯粹与浓度。

罗长江深谙此道：叙事散文诗的创作必须"保持和彰显散文诗的本质特征和属性"。

罗长江大胆采用了诗的象征手法，避实就虚，既增加了作品的表现力、概括力，也极大地扩展了诗的想象空间。《大地涅槃》里有这么一个片段：

@柴大官人

"文革"闹武斗也挂过人头。我那时还小。但我死死记住了城门楼上那一弯惨白的月亮。

作者回复：那不是月亮，那是一道汩汩流血的伤口！那是一弯镰刀般支起耳朵而泣血质疑的问号！

精练。纯粹。深刻。一幕不忍复述的历史惨剧，一段不可忘记的历史伤痛，全都映射到"城门楼上那一弯惨白的月亮"上了。

罗长江的叙事散文诗是地道的诗意的书写。

前面提到的《午时：归来者》主体叙事，然而罗长江落实到笔墨上，却是这么地充盈着诗意，优美，抒情：

他说，谢谢荷塘，谢谢那场雨，又能闻到前世闻到过的，好闻的荷花香了。

哦，水面清圆，——风荷举……

值得一提的是：罗长江在形式上、内容上广纳博取、兼容并蓄，杂糅交错，既为他这一部承载着"大地意识与大地精神"的巨著提供了内核的支撑，也为他诗意的书写提供了广阔天地。在《罕见的婚礼》末尾，他信手拈来一首堪称经典的民歌，把那一对不幸的苦恋者的内心世界、精神品格推到极致："生相连，死相连 / 我俩结交订百年 / 哪个九十七岁死 / 奈何桥上等三年！"这短短四行谣曲的插入，使整个作品的题旨意蕴、民族色彩乃至诗意的扩展都同步得以提升。

罗长江大开大合地把"叙事"与"抒情"等不同体式的片段杂糅交错，增加了语言的跳跃性、节奏感，诗的氛围也更加浓厚。在《大地梦想》里，于一段叙事之后，插入了完全是直抒胸臆的片段《风是精神》，充分展示出散文诗辞章浩荡、酣畅淋漓的一面：

风蓬勃！风爽朗！风踔厉！风昂扬！
风温柔！风粗犷！风执着！风顽强！
……
——风啊风，你这自由自在的精灵呀！

罗长江以单纯而极富表现力的象征手法、宏大而清晰明朗的结构、抒情而含蓄的诗的语言，把整部叙事作品淬炼到了散文诗应有的纯度，也为当代散文诗创作开辟了一条可资借鉴的新途径。

追求文体自由自在的罗长江，也将在散文诗广阔的天地里飞翔至更新的高度。

2021 年 10 月 9 日凌晨于益阳

（邹岳汉，中国首家散文诗期刊《散文诗》创办人，主编中国首部《中国年度散文诗》至今已连续出版 21 卷，获"纪念中国散文诗 90 年·重大贡献奖"等。）

注：此文刊于《博览群书》2022 年第 1 期专辑"由《大地五部曲》想到的"，发表时标题为《当散文诗深入人的复杂性后》。

序4：浩大的工程　宏阔的建构

——序罗长江《大地五部曲》

王志清

本来就怕写序，这个序尤怕写，似也尤难写，真个是举笔维艰也。

2021年初，罗长江发来《大地五部曲》(《大地苍黄》《大地气象》《大地涅槃》《大地芬芳》与《大地梦想》)的电子稿，很受震撼，也很为鼓舞。

十年前，读其《大地苍黄》时，便生成一种特别的好感而评曰："罗长江的《大地苍黄》则以立体长卷式的全新文本，美丽地装点了散文诗寥落的天空，为散文诗长了脸，也使散文诗的呵护者与歧视者们看到了散文诗并不黯淡的前景。"

此后又捧读其《大地血殇》(后易名《大地气象》)。在散文诗沦为病弱、甜腻的小摆设之当下，长江鸿篇巨制而横空出世，这种追求壮大宏阔的散文诗探索，非常为我所看好。在长江作品的研讨会上，我当即与他说，索性做大，做成一个系列。

想不到，他竟做出了五部，花了十年的时间。

尤为想不到，长江兄要我作序。泱泱大作，洋洋大观，眼前有"景"道不得也。

长江这么大的投入，应该有个相当的人来写序，而德位相配也。真不是谦虚，我只是个散文诗的票友，虽也写过一些为几十种选本入选的散文诗，也写过一些有点影响的散文诗理论文章，甚至还在中国现代文学馆拿过散文诗理论奖。但是，我的主要精力不在散文诗上，我是古代文学的教授，专攻唐诗，尤以研究王维为主，单篇文章发表量在全国排名靠前，还写过几本学术理论的长销书与畅销书。我的唐诗研究，与我的散文诗研究比，如果单以数量计，十比一的比例。因此，有人让我为其新诗或散文诗集作序，我总以不"权威"、不"般配"来婉拒。

我怎么才能让长江兄也高高兴兴地接受我的"婉拒"呢？

为这个事，我与长江通话，前前后后至少二十个小时。终于，他让我说服了，也觉得应该找个相当的人来序书。

我推荐的第一序书人选是北大教授谢冕。

终于，长江不久也得到了谢冕先生的亲序。

此后，长江告诉我，龚旭东也给他写了序。龚旭东是湖南省作协副主席、著名文学评论家。我说，谢老序列于书前，作序；旭东序放在书后，作跋。已有新诗理论泰斗谢冕之大序，分量很重了；且有评论家龚旭东之序，锦上添花。

然长江兄转弯抹角地说出了让我作序的意思。"犟"不过长江，主要还是不忍心伤害长江的美意，便亦自曲求全也。然而，当我准备动手写序时，读到了旭东先生的序，眼前便另有了一种"景"而让我道不得也。旭东把我要说的话都说完了，我们所见略同。即便是我比旭东说得好，而并放在一起，也是一种重复了。于是，我迟迟不能交稿，一向比较流畅的笔，滞涩不行，真可谓"眼前有景道不得"也。

多年前读罗长江的大地五部曲的前两部，就有"万里昆仑谁凿破，无边波浪拍天来"的感受。如今，五部通读，更有"始觉今朝眼界开"的惊叹。我已经给长江写过两篇评论了，也说不出更高明的话来。好在序不是评论，序的功能，主要应该是"导读"，主要是与读者交流。我也便硬着头皮，说几点启示而与读者交流了。

启示一，散文诗也能够有壮大气象，也应该出"慷慨任气、磊落使才"的诗人

法国的著名哲学家、诗学家狄德罗在 200 多年前就说过，"诗需要一些壮大的、野蛮的、粗犷的气魄"。我在好多场合引述过这段话，也在好多文章中引述过这段话。真不知是什么原因，散文诗则以一种小摆设、小格局、小气度的病弱之躯而自降品格。故而，我特别希望，散文诗壮大起来，甚至应该粗犷点、野蛮点的。在散文诗饱受歧视与凌辱时，散文诗特别需要有壮大气象。散文诗的诗品种里，需要血性，需要骨头，需要奔马的雄风与烈性。罗长江的《大地五部曲》五卷本系列，一扫散文诗的当代纤弱，给人最深刻的印象就是"大"，大主题，大格局，大气魄，堂庑特大，气象宏大，多声部的大交响，联袂组唱，熔铸史诗品质，将繁富复杂的社会内容与日渐陌生辽远

的生活场景引入诗中，纵横捭阖而激越奔放，创造出现代立体的、宏阔壮大的艺术时空，成为反映时代精神、表现盛世面影的经典之作。

笔者一直以为，散文诗不是文体不行而让人看不起，而是写作散文诗的人实力不行，甚至自坏家门。因此，散文诗呼唤"慷慨任气、磊落使才"的散文诗作家，呼唤英风豪气，呼唤壮大气象。笔者曾经发表文章指出，魏晋南北朝时兴起的小赋，大类于现代的散文诗。而唐诗中的庞然大物乐府歌行，是从小赋化出来的，歌行写得好的最突出的几个人，骆宾王、李白与岑参，都是以赋为诗的，或者是将赋的优势移植到诗中来了。骆宾王七言歌行，气势宏大，视野阔阔，神采飞扬，节律跌宕，情韵激越，以慷慨磊落气息，驱使富艳瑰丽的词华情采，而有五十韵乃至百韵的宏大建构。诗魔洛夫说："长诗并不是人人可写，也不是每个诗人都得写长诗。"长江在《大地苍黄》的自序中引用这句名言。长江似乎没有解释为什么。窃以为，洛夫是在强调诗人的才情以及文化底蕴等素质的准备。而从罗长江这个具体的人看，具备了写长诗的创作天赋与文化准备，尤其是他拥有深入楚歌、巫风、傩舞之乡的得天独厚的生活优势。而他"五部曲"的庞大高亢的联袂组唱，则证明了只有这种长诗，才最能够反映长江的创新精神，最能够表现他建构全局的把控能力，表现其汪洋恣肆的才情睿思与开阔高远的艺术视野，因此，也表现出了散文诗的磊落风神的时代壮美。

启示二，散文诗真应该作为一个工程来做，做就做成一个精品工程

长江是彭燕郊先生的私淑弟子，自觉继承自鲁迅到彭燕郊的散文诗精神传统。这种艺术的使命感，让长江把散文诗当回事来做，当个事业来做，以饱满的创作激情、充沛的思想元气、开阔的创新精神、丰富而雄健的艺术笔力，而将《大地五部曲》当个工程来做。

诗歌已没了神圣性而被亵渎、糟蹋甚至败坏，或沦为沽名钓誉的工具，天天是诗歌的节日，到处是诗人的狂欢，在诗人急于求成的浮躁氛围中，长江的这种艺术责任感与使命感是多么的难能可贵啊。长江2010年起步，坚忍不拔的十年苦工，完成了近60万字的系列长篇。"字字看来皆是血，十年辛苦不寻常"。这是曹雪芹完成《红楼梦》后的创作体会。我有这样的自然联想，是因为我十分欣赏与推崇长江的这种精品意识与水磨功夫。十年磨一剑，起于单本，合成五部，美各其美而又美美与共，确实是个艺术奇观。邹岳汉先

生说:"《大地五部曲》是散文诗界的一个奇迹!"王幅明先生说:"长篇叙事散文诗开拓者罗长江。"秦兆基先生说:"《大地五部曲》是类乎《战争与和平》的皇皇大著。"这是三个散文诗的资深评论家的评论,他们还是很有影响的编辑家,具有很强的艺术品鉴力。

伟人毛泽东说:"人是要有点精神的。"做散文诗,把散文诗做好,也是要有点精神的。我于长江的《大地五部曲》里,看到了一点精神,接续鲁迅《野草》或彭燕郊《混沌初开》的传承精神,超越传统的创新精神,超越自我的挑战精神。罗长江自己这样说:"我们需要自己照耀自己,同时照耀世界。身为湘人,体内流贯着'敢为天下先'的血液。做一名文体作家,写一部散文诗领域的里程碑式作品,是我致力长篇叙事散文诗写作的初心。"长江站在新的时代高点,思想触角深入到当代社会生活的方方面面,形成了独特的生命体验与思想运动,完成了浩大的散文诗创作的工程,其《大地五部曲》的规模和体量合为叙事散文诗之最,堪为散文诗界的"神舟飞船"。

启示三,散文诗最突出的文体优势是自由,罗长江最重要的成功是他获得了自由

自由是诗的灵魂。自由,也是新诗最重要的特点与优势。而散文诗比起一般新诗来,最大超越也就是自由。散文诗文体的探索与革新,正是诗人自由精神的生动反映。笔者非常认同秦兆基先生的观点:"《大地苍黄》《大地血殇》的创作,就文体认知而言,是对自由精神的体认;就作者而言,是个我自由精神的释放;就读者而言,是接受自由精神的洗礼。"①长江睿智地选择了散文诗,也就是选择了散文诗无所不能的绝大自由;而散文诗的自由精神,也适应了长江思想与才情的挥洒,而从内容到形式所具备的原创性和开拓性,体现了这种自由精神。长江自己这样说:"形式上,则致力于跨文体,在保持和彰显散文诗本质特征和属性的前提下,将散文、小说、自由体新诗、纪实文学、戏剧、电影、民间歌谣、旧体辞赋乃至音乐、绘画、摄影等各个艺术门类的元素糅于一体。以其充满张力的诗性叙事,提供一个'散文诗还可以这样写'的新文本、全文本,为丰富散文诗这一文学样式和文体表现力,为提振当代散文诗写作的信心与前景,做切实努力。"罗长江进行

---

① 秦兆基:《力透纸背的抵达——从罗长江"大地"系列看长篇叙事散文诗》,《创作与评论》2017年3月号。

着这种"跨文体"写作的探索，在跨越文体中也跨越时空，而在这种自由跨越的写作中充分地享受着跨越的深度自由。他的这五部作品，充分地表现出散文诗形体散漫的包容性，涵容了诗歌与散文乃至其他文学文体的生命基因、艺术优势与精神气质，什么都可以借鉴，什么都可以移入，什么都可以搬取，在形式上超出了文学文体的狭隘局限，他尽可能多地调动一切可以调动的艺术手段与方法，尽量发掘一切新的艺术可能性，而形成多元、开放、自由的艺术集合体，成为与诗人生命精神高度契合的"这一个"，创造出以往艺术经验无法涵盖的高度自由的诗性时空。正如评论家王涘海所盛赞的，"罗长江的'大地'系列是小说、散文、诗歌、戏剧之外的第五文体"。罗长江立足大湘西，根植大地，抚摸历史，审察现实，举凡乡土文明、旧城改造、民族战争、环境保护与人类梦想等均皆摄入。《大地苍黄》用"二十四节气"为贯穿线索，以绾带乡风、民俗、村事，内容对应节气。《大地气象》袭用屈原《九歌》框架，写一场为抗日阵亡将士招魂的民间祭祀活动，重拾一段国家记忆、一场昨天的战争。《大地涅槃》则将微信写作与互动贯穿始终，别出心裁地推动故事发展。《大地芬芳》以七周的度假时间为架构元件，将每周之所见所闻所写设置为一个板块，每周的内容设计各有侧重，纵横交织，随意穿插。《大地梦想》共有"大地""天空""追梦人"三个乐章，文字演奏交响，气势激越、磅礴而恢宏。长江在内容和形式两方面做出了大胆而成功的探索，通过摄取重大题材，熔铸史诗品质，将丰繁、复杂和辽远的社会生活场景引入叙事散文诗写作，极其自由地将诗歌、散文、小说、戏剧、电影、民间歌谣、纪实文学、旧体辞赋等各个艺术门类的元素杂糅于一体，形成了极具张力的诗性叙事，提供一个"散文诗还可以这样写"的新文本、全文本。笔者在评论罗长江《大地苍黄》的文章中评赏说："大地苍黄，苍黄大地，作者思接天地，接通了地气，也进入到自由之境，打开了畅想的空间，使得这些历史的、现实的、原生态的生活形态纷纷进入了作家当代意识的烛照，进入了诗性的文化的关怀。诗人突破了古今之圈，同时也疏离了具体现实和当下心灵，极其自由而流畅地驰骋着想象，忽古忽今，忽远忽近，忽虚忽实，忽浓忽淡，忽张忽弛，从容流转，娓娓道来，建构起张力饱满的文化空间，成为诗意饱满的生态情境。湘西故乡的那些已经逝去了的历史与故事，成为一方方美丽的块面，仿佛漫不经心地信手拈来，而形成了美与美的块面的美的组合，大类于王维诗歌纯以物象并置的手法，表现出强劲的艺术张力。尤其是作者通过这种画面的并置与叠加，反映出湘西地域的成长史、文明史、民族史、风俗史、精神史，也表现出诗人对生命价值的拷问，对精神高度的向往。"①其实，其他四部也是这种特点，自由放纵，随心跨越，思接太空而叩问未来，直抵人心与人性的深度。

黑格尔《美学》里说："史诗之所以成为自由艺术的作品，就单凭它本身就是一个完满的整体，通过整体来描述一个独立自足的世界。"罗长江的"大地"系列是长篇叙事散文诗，应该是部史诗，或者说是史诗写法，形成了"一个独立自足的世界"。诗人挥洒自如又艺术把控，自然展示了湘西北历史记忆深处的美丽与苍凉，然部分纪实性的描述，有意识地打乱自然顺序，时空交错，根据自己的"程序"设计，打造出自足的天地，形成了一幅婉丽而深沉的风情风俗的立体长卷。长江大量汲取各种艺术营养，所有的想象和虚构，既是独立性的部分，松散性的个体，又服从于也统一于诗人所创造的"自足天地"。长篇散文诗因为不像小说那样可以靠故事情节、靠人物形象来缩联与结构，其散漫与严谨的矛盾也就格外的尖锐，而罗长江散文诗在叙事上的探索获得了可贵的成功，表现出独特的美学追求和艺术个性。笔者曾在长江作品的一次研讨会上说："罗长江找到了最适合自己慷慨任气而磊落使才的文学体式，并且获得了重大突破，表现出前无古人的壮阔恢宏。笔者早就在罗长江《大地苍黄》的创作初衷中看出了他的勃勃雄心，艺术创新的勇气，他自负其'霸得蛮、不信狠'的湘人性格，不迷信教条，不追逐时风，立意开辟属于自己文学的道路而振一代雄风。罗长江有想法，有预期，也有勇力，在中国当代散文诗领域走出了一条属于自己的路。"用这番话应该可以对长江做一个总体评价。

眼前有景道不得，却说了这么多的话，我似乎还沉浸于长江《大地五部曲》中而不能自拔。真不知道这样的言说，还能不能算个序？我问长江，我问读者。

2021 年秋分于三养斋

（王志清，评论家，诗人，中国王维研究会副会长。）

---

① 王志清：《让人豁然开眼的全新文本》，《西北军事文学》2014 年第 6 期。

序5：从厚重大地向精神天空飞升

——喜读罗长江"大地"系列长篇散文诗五部曲

龚旭东

前不久，罗长江兄告诉我，他的《大地五部曲》终于确定要出版了，令我欢喜莫名，兴奋之情几不亚于长江兄本人。长江兄令我为之作序，我说不敢称序，但为之作文则是义不容辞。因为关于这部大著及其相关的话题，我正颇有一些话想说。

我认为，"大地"系列长篇散文诗五部曲的完成与出版，是近年来湖南文学乃至中国当代诗歌令人欣喜和振奋的一件大事。我愿以张家界的金鞭岩为鼓槌，擂响天地之大鼓，为之鼓与呼。

从罗长江 2011 年完成、2012 年第 1 期《芙蓉》发表"大地"系列的第一部《大地苍黄》至今，已经整整十年过去了。在《大地苍黄》之后，长江兄一鼓作气，以饱满的创作激情、充沛的思想元气、开阔的创新精神、丰富而雄健的艺术笔力，再接再厉完成了《大地气象》《大地涅槃》《大地芬芳》《大地梦想》，构成了近六十万字的"大地"系列长篇散文诗五部曲。坚持 10 年的这一写作工程，从单部作品变成五胞胎巨著，各具其美又相互映衬，蔚然结成全璧，在这个浮躁喧嚣的时代，是一个真正的艺术奇观，真是让人大震撼、大欢喜、大振奋。

十年前《大地苍黄》创作完成后，我有幸先睹为快。一读之下，生欢喜心，并且认为它在文本创新方面独具价值与意义，为中国散文诗乃至中国文学的开拓创新，提供了具有启示意义的文体文本。《大地苍黄》出版之际，长江兄命我写推荐语，我认真地写下了我的感受："作者以散文名家，而将小说、诗歌、散文融冶于一炉，铸就这一部诗性洋溢之新文本、全文本、超文本，沟通古今与中外，汇聚美丽与沧桑，寓大情怀、大浪漫、大悲悯，处处充溢着湘西的灵性与精魂，展示着中国腹地乡村的风物、风土、风情、风韵。"现在看来，这个感受与概括不仅适用于《大地苍黄》，也适用于整个《大地五部曲》。

大情怀、大悲悯、大浪漫、大格局：致广大而尽精微。打通古今中外，诸多美学品质熔铸成独特而浩瀚的诗性美丽景观

《大地五部曲》最为感人、迷人、攫人、撼人处，首先在于它们蕴含和展现了作者的大情怀、大悲悯、大浪漫、大格局。长江兄在《大地五部曲》中，对以湘西为切入点的中国历史、自然、社会、战争、文化、现实生活等方方面面，进行了全方位的审视与思考。作为一位有责任感与担当意识的作家，这种审视、思考与表达颇具自己立场和价值观的高度、广度与深度，其视野之开阔、气势之雄浑、元气之充盈、架构之宏大、肌理之精巧缜密、形式表现之丰富多变等等，在当代中国文学特别是诗歌领域，是少有的。不说达到了，但至少是朝着"致广大而尽精微"的方向努力，而且结出了不可忽视的创作硕果。《大地苍黄》中湘西乡村的风情民俗、人物际遇，有着大地的凝重与厚实，承载着民族悲欢命运与灵性精魂；《大地气象》（原名《大地血殇》）以屈原《九歌》、招魂式的巫风楚韵祭祀为切入点，将民族抗战的国家记忆与心灵史，与当下世界对接，有着厚重大地的气度与气派，宣示民族血性、生命大美、自由向往；《大地涅槃》有着大地载物、嬗变的厚德，围绕一条六百年河街面临拆迁引发的抢救文化记忆的民间行动，展现现实日常生活中历史文化载体的前尘今生、城市化进程的嬗变与阵痛，体现出强烈的现实人文关怀与反思精神；《大地芬芳》有大地瑰丽、丰饶的蕴藏，从世界自然遗产地张家界砂岩大峰林的绝版风景，生发自然与人类生态的深度关联、严峻状况和命运前景，诗性抒写对地球生命的深切关注与多重叩问；《大地梦想》则聚焦千年鸟道，奏响天、地、人、鸟的交响，将人类的丰茂梦想从大地升华，飞向广袤的天空宇宙，通过和弦、复调、变奏、复变奏等音乐手法，将苍茫厚重转化、超越、升华为汪洋恣肆的天马行空……《大地五部曲》打通古今中外，通过将苍凉、哀伤、悲怆、沉痛、悲壮、雄阔、柔美、绚丽等诸多美学品质熔铸成独特而浩瀚的诗性美丽景观，折射出我们民族从古至今历经沧桑、审察现实、根植大地、放飞梦想的历史进程与心路历程，展现出中国当代诗歌中少有的历史现实长卷与思想文化交响组曲，为当下的中国文学创作如何关注、审视和表现历史与现实关切，提供了可宝贵的实践经验。

诗性洋溢的新文本、全文本、超文本：展示散文诗可能、可以具有的广袤艺术空间

《大地五部曲》的第二个突出特点，是其强烈的文本创新价值与意义。我提出它是"诗性洋溢的新文本、全文本、超文本"，即是想要强调这一点，并提请人们关注和研讨这一点。时间将证明，这将是当代中国文学文本研究绕不开的一部勇气之作、大气之作、开创之作。《大地五部曲》熔铸了诗歌、小说、散文、戏剧、音乐、绘画、摄影、电影等各种艺术形式与艺术表现手法的元素，作品中随处可见对古今中外文学艺术作品的随手采撷，开阔的文化艺术视野与丰厚底蕴、汪洋恣肆的意识之流与长河般的艺术思维构成，都真正体现了现代散文诗开阔自由、兼容并包、无拘无束的美学品质，体现了波德莱尔以来世界散文诗发展所呈现的重要艺术法则及启示，让读者看到了当代散文诗充满现代意识的思想开创与艺术创新意识、诗性叙事与诗性语言可能性的浩大空间、结构，展示了散文诗可能、可以具有的广袤艺术空间。

相当一个时期以来，中国文学特别是诗歌创作中功利性、商业性、私我化的作品泛滥，相当多的作家深陷于自娱自乐、小情小调、急功近利、一地鸡毛的文字制作泥潭之中，且自我陶醉、津津乐道、乐此不疲，文学缺钙病严重，作品不走心、不扪心、不诚心、不用心、不呕心，因而也就没公心、没关心、没尽心、没会心、没匠心，历史责任感与现实担当意识淡漠，大量所谓的作品几无"风骨"可言。在这样的状况下，《大地五部曲》的产生与出版，无异于一股强劲的清风，有荡涤时弊、清澈文心的作用与意义。长江对历史和现实的思考、对自然生态与人文生态的审察，对人心、人情、人性的洞察与揭示，既有思想含量又有艺术创新勇气与成就的探索，就有了非同一般的可贵品格与品位。在中国作家群体中，从来就并不缺乏有才情的作家，缺乏的是正大雄浑健朗自由的精神元气、真诚真挚脚踏实地的思想风骨、甘于自置孤寂之境沉潜于创作的心性毅力、敢于打破外在与内在藩篱的艺术勇气与血性。十年来，对于《大地五部曲》，长江念兹在兹、专心致志、苦心经营、不断探索、反复修改，这个创作过程，我非常了解。每一部作品构思之初、写作之中、修改之后，长江都全神贯注，每有所思所想，长江都常有电话飞来，甚或从张家界专程来长沙交流研讨……因此，《大地五部曲》是真正的素心、真心、诚心、衷心、壮心、狠心、潜心、专心、精心的有思想艺术含量的创作。

在这个过程中，我也跟着长江、跟着长江的这些"孩子们"一起沉思、欢乐、唏嘘、拍案……心潮澎湃，思接千载，想浮万里，出入于历史与现实。每一部作品，我都有幸成为最早的读者，感觉自己也像这"五胞胎"的亲人一般，时刻关注着、惦记着、关心着、琢磨着，真要感谢长江这十年的创作历程给了我如此丰富奇妙的感受与享受。

大思维、大结构、大境界的诗性意境："土、火、水、木、金"，太极式多重连缀复合结构交响作品

"大地"系列长篇散文诗五部曲还有一个突出的思维构造特征，《大地苍黄》《大地气象》《大地涅槃》《大地芬芳》《大地梦想》五部作品分别对应"土、火、水、木、金"，长江兄以中华传统文化阴阳五行思维来命名这五部曲的作品属性，体现了一种大思维、大结构、大境界。传统阴阳五行本就是一个相克相生互济互动的整体系统，而《大地五部曲》更是一个气韵生动、充沛、丰茂的结构意境——《大地苍黄》（土）乡村风物、风土、风情、风韵叙事中的泥土芳香凛冽之气，《大地气象》（火）的缅怀、祭奠民族抗战的忠烈血性之气，《大地涅槃》（水）源远流长的文化传统之流和蕴藏在日常世俗生活中的浩然节义之气，《大地芬芳》（木）欣欣向荣的大自然天地山川之气，而《大地梦想》（金）天地人鸟相互重奏、变奏、复调、交融的华丽乐章意境中，梦想从大地向天空飞升、贯穿古今时空时的光华、震颤、律动，汇聚成吉金鸣振之气……构成了一个相互扣联衔接、元气充沛、格局宏大的艺术整体。因此，《大地五部曲》不是五部作品的简单累加，而是一部整体思维运作下的内在张力强劲的太极式多重连缀复合结构交响作品。

在某种意义上，这浩大的思想艺术构想，也正是对当下文学创作太缺乏格局感的一种自觉匡正与反拨。大时代需要、呼唤着与这时代相称的大作品，《大地五部曲》无愧于这个时代，体现了一位真正有人文关怀大情怀、有文学使命感责任感的艺术家的艺术胸襟与气度。

什么是现代诗？什么是散文诗？中国新诗百年历程的重大命题：传承、发扬《野草》精神传统

除了文本本身的突出价值，在中国诗歌特别是散文诗要继承什么样的传统，如何更新理念、开拓创新之路等方面，"大地"系列长篇散文诗五部曲显示出令人深思的启示性。

中国现代文学及中国新诗已经走过了百年的漫漫长路，站在新世纪的上坡处，回顾这一百年历程，真是让人感慨万千。在中国新诗发展史上，鲁迅先生的《野草》是最早与世界诗歌发展同步且处于高峰的创作，"是自有新诗以来最富现代感、世界感的真正的新的诗"（彭燕郊语），但是，因为种种缘故，《野草》的精神传统未能发扬光大成为中国诗歌特别是散文诗的一贯主流。特别是 1949 年以后，散文诗恰恰成为陈旧的浪漫主义诗风与趣味的重灾区，以郭风、柯蓝等为代表，各种轻吟漫唱、风花雪月、自我私我、滥情矫情的小情小调泛滥，堆砌华丽辞藻，追求轻柔秀美绮靡工巧的文风，单纯单调单薄的颂歌或牧歌式的语调、短小灵巧的形式与风格趣味等等，成为相当长时间里散文诗写作的时髦与程式，这种所谓散文诗给读者们戴上了认识理解散文诗的有色眼镜，也使大多数散文诗写作者陷于固化的理念和形式藩篱之中自我封闭、不能自拔。直到彭燕郊、昌耀的诗歌创作实践中，散文诗才真正接续了《野草》传统并有所开拓发展。

彭燕郊先生在近七十年的诗歌（含散文诗）创作中始终自觉地坚持承继鲁迅精神传统，他晚年（1980 年代开始）的诗歌创作多半为散文诗，他以《混沌初开》《烟声》《门里门外》《飘瓶》《无色透明的下午》《德彪西〈月光〉语译》等一系列佳作衰年变法，超越自我，敞开了中国散文诗创作的一种壮丽景观和全新可能性。值得强调的是，他是在一辈子从事新诗创作与研究，全面深入研究、思考自波德莱尔以降的世界现代散文诗及整个中国诗歌发展的历史与现状之后，进行他的散文诗创作的，深具理论、观念、思想、形式、语言、风格的创新开拓自觉性——这并不是说他的散文诗创作是主题先行的创作，而是说，他具备了全面的诗学素养、站在了世界诗学发展的高度上，他的站位与思考的深广度，在他的同辈诗人乃至后辈诗人中都是罕有其匹的（只要略列他撰写的诗论集《和亮亮谈诗》，他主编的《诗苑译林》丛书、《世界散文诗译丛》、大型丛刊《国际诗坛》《现代世界诗坛》等就足以说明问题了）。当他晚年又一次遭遇生命和精神放逐、咀嚼着难以排遣的生命体验郁积时，他那些横空出世的作品便不可抑止地迸发出来了。

什么是现代诗？什么是散文诗？这是中国新诗及散文诗在中国产生之初起就争议不休、许多写散文诗的人更一直模糊不清的一个问题。许多散文诗作者和研究者常常是从既定观念出发，而不是从散文诗的创作实际、特别是时代及创作者自身新的发展与表达需求出发来认识、理解、诠释的。彭燕郊先生认为，时代的发展要求诗人们必须对现实生活、自然、传统、文化等等有新的视野、新的感受、新的思考、新的表达。在这种新的感受、思考、表现中，必须在思维方式、结构形式、语言文风等各个方面真正面向未来实行新的创造。他认为，现代诗歌的发展要求"诗从表达人的情感，发展为表达人的意识，人的全部精神活动"，诗歌特别是散文诗是诗人"精神活动的产物"，应该"抒写精神活动过程"，"表现的是思想过程而不是结果"，诗人需要审视外部世界，更需要审视人的内部世界，必须"多角度、多层次，全方位地把握现实"。他以自己的《混沌初开》等这样伟大的作品实践了自己对现代诗（不仅仅是散文诗）理应达到的境界的理解与期盼，为此后的中国诗人及传统留下了一份我们至今尚未真正认识和理解、亟待传承发展的诗学遗产。散文诗恰恰是现代诗生产的最具典型特质与本质精神的宁馨儿。理解了这一点，才能真正理解彭燕郊先生诗歌创作的意义与价值，才能对散文诗的实质及其特性、特质有真正的理解，也才能真正理解罗长江《大地五部曲》的精神及艺术价值。

长江兄是彭燕郊先生的私淑弟子，对彭燕郊的诗歌及诗学理论有深入的了解，并且自觉以接续从鲁迅到彭燕郊的精神传统为自己的使命，他的《大地五部曲》正是传承、发扬这一精神传统正脉的努力与探索。我认为，这种精神传承的要旨，不在于从内容或形式上模仿或重复表现鲁迅《野草》或彭燕郊《混沌初开》等作品，而在于在创作理念上不断站在新的时代高点，依据自己的生命体验与思想运动，表现这一特定时代背景下新的体验、关切、思考、想象等等，不断探寻、发掘新的艺术可能性，敞开新的诗学空间；这种精神传承的要义就是，为了更加真实、深刻、开阔地表达新的时代与现实生活中的新的生命体验、思想波动、灵魂运动，必须有勇气、有魄力、有智慧，敢于挑战、超越自我及一切以往的艺术传统，打破以往一切有形无形的束缚，调动一切可以调动的艺术手段与方法，尽量发掘一切新的艺术可能性，创造一切必要的新的艺术形式、结构、语言、风格等等，最终创造出一个以往艺术经验无法涵盖的高度自由的新的诗性时空。而这一切的基础，是作家必须有自我解放、自我挑战、自我超越的精神与勇气，必须有为自己、为艺术、为作品文本尽可能争取精神自由和艺术自由的心气与心力！

《大地五部曲》就是这种努力的结果。它在思想空间、理念、想象时空、艺术构架、语言表达等诸多方面的新开拓新实践，证实了作者是一位真正的艺术开拓者、探险者、攀登者。在当代诗歌实践中，在彭燕郊的《混沌初开》之后，很少有过这样自由不羁地冲决既往诗歌藩篱的浩阔的艺术表现。彭燕郊《混沌初开》和罗长江《大地五部曲》都基于自己内心思想运动开拓与表达的需求，溢出了文坛已有的散文诗观念范畴，打破了传统的诗歌（含散文诗）外在形式（包括旧体诗和新诗）既定面貌，具有诗性的内核（诗性的叙述、诗性的情绪、诗性的情感、诗性的思想与灵魂运动）与新的诗意形式，充满思想艺术内在张力与自由精神，构成了吸纳一切艺术手段的灵活不羁的新文学形态，真正体现出散文诗在思想、结构、文体、艺术手法、语言文风等各个方面独有的立体审美的艺术杂交优势。缺乏文体自觉与文体创新自觉是中国诗歌乃至中国文学创作中一个十分普遍而严重的问题，彭燕郊《混沌初开》和罗长江《大地五部曲》都以真正有说服力的创作实践，证明了这种自觉意识的重要性。

"现代的中国诗人应该是怎样的人，现代的中国的诗应该是怎样的诗？"如何回应中国新诗的这一百年之问？一位认真、有责任感、有担当的作家应该以怎样的状态艺术地关怀、关注、思考、表现这个时代？

《大地五部曲》更加重要的启示，在这个剧烈嬗变的时代，一位认真、有责任感、有担当的作家应该以怎样的状态去艺术地关怀、关注、思考、表现这个时代？怎么去体现一位有责任感的作家的良心与艺术创新力？罗长江以他长达十年的一次艺术实践作出了自己庄严、虔诚、深挚、精深而有魄力的回答。

关于散文诗乃至中国新诗，诗人彭燕郊先生在他的雄文《再会吧，浪漫主义》（又名《关于现代诗》）中曾有过精辟的论述，并提出了每一位诗人乃至文学写作者都应该自我省问的问题："现代的中国诗人应该是怎样的人，现代的中国的诗应该是怎样的诗？"这个百年之问，至今仍是每一位希望认真创作的诗人无可回避却仍未能得到很好解决的。对此，彭燕郊先生认为，我们必须回到鲁迅先生那里去。鲁迅先生在他最早的论文《摩罗诗力说》中曾明确期盼：诗人应该是"精神界之战士"，"作至诚之声"，"致吾人于善美刚健"，"作温煦之声"，"援吾人出于荒寒"（鲁迅先生还在《野草》中提出过"敢于直面惨淡的人生，敢于正视淋漓的鲜血"的"真的猛士"）。鲁迅先生对中国诗人和中国诗歌的这种期盼，至今仍是一个绝尘的文学标高，在我看来，能够达标的诗人和诗歌很少很少。先不要说自己的作品能否"援吾人出于荒寒"，每一位认真从事文学创作的人，难道不应该将自己和自己的创作与鲁迅先生的期盼作一比对与反思，认真地问一问自己：我是一名"精神界之战士""真的猛士"吗？我的写作发出的是"至诚之声""温煦之声"吗？我的写作有"善美刚健"的元气、正气、底气、勇气、生气吗？中国的文学写作者亟须这样的自省与自觉！不敢、不屑于面对这个问题的作家、诗人，是不可能写出元气充沛、大气磅礴、正气凛然、生气蓬勃的直面这个时代的大作品的。我们常常看到许许多多文学写作者对生活与时代反应迟钝，对生活及其发展趋向冷漠乃至无知，他们无非是玩一玩文学的夜郎国人和桃花源中人罢了。而罗长江，是有这样的自省与自觉的。因此，他才以沉潜十年的苦心孤诣和艰辛努力，创作了这样一部"善美刚健"的大作品，表现了自己对这个时代的艺术关怀、艺术思考、艺术揭示、艺术观照、艺术展望、艺术梦想，他以自己独特的艺术方式，高扬了自己的思想艺术元气、正气、底气、生气、勇气，表现了自己要做"精神界之战士"的努力。

这，才是罗长江《大地五部曲》带给我们、带给中国文学最重要的意义与启示！

我已经说得够多了，当然，这也仅仅是择其大端而言，其余延展衍生处可以略而不论。还是请朋友们用更多的时间去读罗长江这如大地般厚重、从历史与现实的大地向精神的天空飞升的鸿篇力作吧。

我相信，朋友们一定会有收获，有发现，有感悟的。

2021年夏秋之际于长沙尖山下及望麓园荷花池

（龚旭东，评论家，湖南省作家协会副主席。）

注：此文刊于《博览群书》2022年第1期专辑"由《大地五部曲》想到的"，发表时标题为《对文学缺乏格局感的修正》。

第二辑

作品专论

罗长江把散文诗进行了开拓，具有突破性。

——李少君

波德莱尔对散文诗文体有开拓之功，但他只能代表十九世纪；鲁迅和彭燕郊则代表二十世纪；罗长江属于二十一世纪。笔者有种预感，《大地五部曲》或将作为二十一世纪散文诗的史诗性巨著，永久载入中国诗歌史。

——王幅明

真正让我感到震撼的是这部作品的恣肆汪洋、元气淋漓，既是一个结构宏大、肌质复杂的语言织体，又是一个能量充沛、辐射着巨大生机和活力的自在生命。

——唐晓渡

史诗的初衷和雄心跃然纸上，气势恢宏，有交响乐的磅礴。

——何向阳

用"大地"这个总体意象作为承载，并将之具体化为土地、河流、族群的生存，大地上的所有表象，等等，贯穿了人文主义的精神和当代性的世界视野。

——张清华

罗长江将散文诗超拔到一个崭新高度。

——卜寸丹

植根湘西大地的散文诗巨制

——喜读长篇叙事散文诗《大地五部曲》

王志清

　　湖南作家罗长江隆重推出《大地五部曲》，可谓创作巨构，卷帙浩繁。著名诗论家、北大教授谢冕先生在序言中抑制不住内心的激动，呼之为"伟大交响曲"；鲁迅文学奖得主、湖南省作协主席王跃文说："这是一部宏大立体的大湘西人文历史与自然生态的全景式诗篇。"

　　这种宏阔的散文诗探索，给人最强烈的印象就是一个"大"字，大气魄，大情怀，大主题，大格局，将繁富复杂的社会生活内容与日渐陌生辽远的历史场景引入诗中，纵横捭阖而激越奔放，创造出现代立体、宏阔壮大的艺术时空，成为反映时代精神、表现盛世面影的经典之作。

一、"跨界写作"的格局

　　谢冕先生指出："不少作者执着地坚持散文诗'美文'的性质，他们认为既是散文诗就只能是写那些清雅娟丽的画面，调子也只能是那样美和轻柔。习惯成自然，这一文体便和题材的狭小、风格的轻婉联系了起来。这是一种自我封闭。"由于社会对散文诗的误解，散文诗通常也是"矮人一等"的（陈平原）。也由于散文诗作家对散文诗文体的误解，散文诗通常也自囿于精致微型而成为一种"小摆设"。而《大地五部曲》55万余字，多声部大交响，联袂组唱，由《大地苍黄》《大地气象》《大地涅槃》《大地芬芳》与《大地梦想》组成，突破了散文诗以精约见长的文体认知，体现了现代散文诗开阔自由、兼容并包的美学品质。

　　罗长江睿智地选择了散文诗，选择了散文诗无所不能的绝大自由。《大地五部曲》属于"跨界写作"，熔铸各种艺术表现手法与生活元素，展示了散文诗之诗性叙事的最大可能，创造出以往艺术经验无法涵盖的高度自由的广袤艺术空间，为中国散文诗的开拓创新，提供了具有启示意义的文体文本。罗长江自己这样说："形式上，则致力于跨文体，在保持和彰显散文诗本质特征和属性的前提下，将散文、小说、自由体新诗、纪实文学、戏剧、电影、民间歌谣、旧体辞赋乃至音乐、绘画、摄影等各个艺术门类的元素糅于一体。以其充满张力的诗性叙事，提供一个'散文诗还可以这样写'的新文本、全文本，为丰富散文诗这一文学样式和文体表现力，为提振当代散文诗写作的信心与前景，做切实努力。"这段表白，也暴露了作者越界写作、自铸一体的"野心"。罗长江以他的"五部曲"告诉世人，散文诗具有"跨文体"写作的充分自由性，而作者也在跨越文体的写作中自由跨越且充分享受着自由跨越的深度自由。他的五部曲极其自由，而在形式与表现上则超出了文学文体的狭隘局限，尽可能多地发掘与借鉴一切新的艺术，涵容了各种文学文体的生命基因、艺术优势与精神气质，显示出对于长诗写作的把控能力，创造出以往艺术经验无法涵盖的高度自由的诗性时空，也表现出了散文诗的磊落风神与时代壮美。

罗长江的《大地五部曲》可谓自铸新体，五部曲气象恢宏，大气磅礴，建构起了散文诗同样可以反映家国情怀与人类命运的文学大气象，提供一个"散文诗还可以这样写"的新文本、全文本，在文本创新方面独具价值与意义。

二、生活的源头活水

当下散文诗严重的"同质化"现象，很大程度地限制了散文诗的自身发展，也使散文诗这种文体陷入"寂寞开无主"的尴尬。从根本上说，这是散文诗作家缺乏生活积累、生活体验与生活感悟而造成的。作家的生活库藏陈旧，生活感悟浅薄，造成了文学创造力的萎靡与文学生命力的贫血，导致了散文诗作品的模式化和概念化，而缺乏大视野、大情怀与大景象的大手笔。

生活是取之不尽、用之不竭的创作源泉。中国历来提倡读万卷书、行万里路的为学之道。也就是说，光读书读得多还不行，中国古代作家漫游成风，行走也是深入生活、丰富扩大自己经验和阅历的必然途径。21世纪以来，社会生活更是日新月异，散文诗作家需要生活，需要深入生活、扩大生活范围的实践，更需要在丰富和更新生活库藏、熟悉和了解生活新变化的同时，把深入生活的重心调整到思考生活上来。诗魔洛夫说，"长诗并不是人人可写，也不是每个诗人都得写长诗。"洛夫是在强调诗人的才情以及生活与文化方面的准备。罗长江根植于湘西，深受湘西风光与楚地巫风的浸渍与陶冶，有着深入楚歌、巫风、傩舞之乡的得天独厚的生活优势，也形成了他浪漫主义的艺术绮思。改革开放大潮兴起，更加激发了罗长江深入生活的热情，开阔了他的视野，让他不只是热衷于从西方引进的各种观念、方法和技巧，而是积极投身到农村和城市经济改革的大潮之中，身历心受，力践躬行，获得了直接参与改革的经验，获得了反映这场深刻社会变革的灵感与冲动。《大地五部曲》全方位展示湘西乡村的历史沧桑、风情民俗与人物际遇，充分显示了他丰厚的生活底蕴与开阔的文化艺术视野。五部曲的第一部《大地苍黄》，用二十四节气的"竹枝词"为贯穿线索，乡土味十足。第二部《大地气象》则袭用屈原《九歌》框架，写为抗日阵亡将士招魂的民间祭祀，展示民族抗战的国家记忆与民族血性。第三部《大地涅槃》书写的是城市化进程中的阵痛，揭示老街"拆迁"引发的一场文化遗产拯救活动，表现出城市化进程的嬗变与阵痛。第四部《大地芬芳》以七周的度假时间为架构元件，写出了诗人对地球生命的深切关注与多重叩问。第五部《大地梦想》里共有"大地""天空""追梦人"三个乐章，聚焦千年鸟道，将人类的丰茂梦想从大地升华，飞向广袤的天空宇宙。《大地五部曲》展示了一幅沧桑而婉丽、深沉而生动的风情风俗的立体长卷，以金木水火土发声，演奏出一阕大地精神、中国底色、人类视野的伟大交响！

罗长江 2010 年起步，十年苦工，完成了近 60 万字的系列长篇。"字字看来皆是血，十年辛苦不寻常"，这是曹雪芹完成《红楼梦》后的创作体会。我们作这样的自然联想，是因为十分欣赏罗长江的艺术责任感与使命感，也特别推崇他"十年磨一剑"的精品意识与水磨功夫。

三、大地精神之直抵人心

人道是，中国作家只有土地意识，而缺少大地意识和大地精神。罗长江说，这是促使他着手以"大地"为主题写作的主要动因。罗长江立足大湘西，根植大地，拥抱时代，抚摸历史，审察现实，从乡土文明、旧城改造、民族战争、环境保护、人类梦想等方面切入，跨越了已有的乡土书写和出场方式。《大地五部曲》中的大地，是世界的大地，是人类的家园，而不是哪一处的风景，也不是哪一处的乡土。诗人超越了一般性乡土文学的概念，不是简单的对乡土的回望与眷顾，而突破了湘西地域的限制、冲破了故乡怀旧的情怀，对中国历史、自然、社会、战争、文化、现实生活、城市与乡村、传统与现代等，进行了全方位的审视，作整个人类命运的思考。

罗长江关注的是人类命运共同体，关注的是整个人类的家园大地，关注的是万物共生共荣的美好愿景。大地题材，湘西故乡的那些历史与故事，已成历史的悲壮抗战、即将被拆迁的老河街，还有楚歌巫风和土家族法师等，浸透了作者的经验和感受的场景和细节，包含着作者对时代、社会与生活的理性思考。诗人突破了古今之囿，也疏离了具体现实和当下心灵，以当代意识烛照这些历史的、现实的、原生态的生活形态，让湘西这片热土，进入了诗性的文化的关怀，得到了真正文学的淬炼与精神的升华，其笔下的湘西大地色彩无限迷幻而充满了生命韵律，反映出湘西地域的成长史、文明史、民族史、风俗史、精神史。罗长江从湘西的一方山水中反映中国社会现代化的进程，反映一定时代社会生活的面貌，比较深入地揭示了伟大社会变革的本质内涵，湘西大地也便具有了比较普遍的社会意义和价值。

罗长江摄取重大题材，其成功经验表明，真正的文学创作需要作家全心全意地深入生活。散文诗与分行新诗相比，其社会性似更强，社会化程度也更高，或者说，其可以更紧地贴近社会，表现社会的程度也更高。

罗长江充满了深入生活的热情与从生活中获取理性认识的自觉，在深入生活的过程中对生活进行深入的理性思考，从湘西大地切入而深刻地反映和阐释处在伟大变革进程中的新时代，在叙事散文诗的文体探索上获得了可贵成功，走出了一条属于自己的路。在跨界写作、自铸一体、史诗品格诸多方面，为中国散文诗的开拓创新，乃至整个现代诗的写作提供了若干宝贵的启示。

注：此文刊于 2021 年 12 月 23 日《文学报》。

磅礴的山海经与卓荦的精神史

——评罗长江的《大地五部曲》

黄恩鹏

安德烈·纪德的《大地的粮食》中有这样一句："大地有令人眷恋的美"。著名诗人罗长江的长篇叙事散文诗《大地五部曲》是一部卷帙浩繁的诗剧长卷，作品弥漫着浓郁的"母土"气息：祖先、自由、爱情、生存、战争、神话等等，似曾相识的事件，以不同视角、结构和手法，构建了长篇散文诗滔滔时空的"宏大叙事"。我与《散文诗》刊主编、诗人卜寸丹交流这部作品时，她的看法是：纵横捭阖，思想滂沱，是散文诗的重要收获。天下文章出湖南。罗长江贡献了毕生学养，将民间歌谣、战争事件、采写笔记、民间神话、典籍传说、现实事件等等熔于一炉，多元立体，复调结构，叙写了大湘西的人文风貌。有江湖与庙堂的比较，有文明消亡与文化救赎的思辨。左右逢源，浑灏一体。写地理史实与民生本态，写时间的流程与精神的沧桑。以民间"大剧场"的审美视域演绎活生生的人类与自然故事。大地主题，人性思考，灵魂抒写，乃"散文诗是大诗歌"（周庆荣）这一重要理念的具体的文本体现。

一、眉批《大地苍黄》

农事诗葳蕤，竹枝词婆娑。泥土的声音，物象的闪烁，二十四节气的命理，人类的本态与山河的镜像，在大地的一隅，熙攘呈现。第一部《大地苍黄》卷一《节气里的春天》之《陌上梅花》从一阕平仄开始，讲述"好遥远好遥远的事情"："十八岁那年"与"一九二七年暴动失败"，然后是一九三七"八一三"抗战伊始，继而立春那天的"新坟"、十年动乱的跌落，梅之欣荣与凛冽，梅之寂静与殇逝，梅之魂曲与香散，恍若听一曲《梅花引》，一生故事，如泣如诉。调子是悲壮的湘地花鼓戏。《蓝印花布》以"女知青"的视角，读秋水长天，读美轮美奂的村庄。祥云桃花，佛的超脱与道的物化，让灵魂找到了归宿。《雷生与牛》中的雷生是放牛娃，他还没有体验生命的甜就在雷声中逝去，连牛都悲伤。人的命，只有那头牛来续了。此章有如希梅内斯的《柏拉特罗与我》。《鸭客谣》类似汪曾祺乡村小说的场景，迷惘与彻悟，醉与醒，客佬与听书的男娃，客佬与痴情的女人，少不了"葵花"作阳光般的内心镜像，诗句的隐含与外现，是心灵的苦难。《三姑娘》在"清明"诞生，套盒式结构，又有"插入的歌谣"《孟姜女小调》也是文本的一部分，也就是说文本套文本，此种写法，拓展了叙事的空间。《当暮色渐蓝》"谷雨"篇，文本套文本：叙事与叙事，结构套结构。稻草人札记，写法上无疑交响化，或者说复调。卷二《节气里的夏天》之首章《风琴》是一幅乡情画面。人性的美好历来是文学要表达的，而生命的品格历来与人性相关。而对人性的思辨，是在寻常的瞬间展现出来的天机，从而生趣盎然，一片活泼，其中蕴涵着自然意义与生命奥秘。《界上农事》的结构：竹枝词《小满》平仄开场，"采访笔记"题引，民谣与七言杂诗（扬歌）、颠倒歌（古怪歌）交织，劳作的热闹、民间的神祇、薅草锣鼓，恍如演绎一场民乐合奏。织体结构明显，性灵之美，自然细润，既有民歌小调的唱板，又有乡土戏曲的韵味儿。《风动花开的季节》之"芒种"篇，幺妹与眼镜佬的爱情，从"糊仓"开始，到"芒种"成熟，再到"秋天来了，她开始为第一枚青果的即将成熟操劳了"的思念，美好、悲伤与痛楚，一个乡村爱情曲，泣血泣泪的故事，情有寄托，笔含温情。《天籁》之"夏至"篇，女孩木叶与音乐家的故事，不流于平庸。《裸月》之"小暑"篇，也是以"采访笔记"作题引，主体的"在场"感让叙事真实。《萤火虫的传说》之"大暑"篇，神性的民间话语，神性的故事传说，与现实存在感，皆以文本映现，隐含行世哲学。卷三《节气里的秋天》之首章《一样的月光》"立秋"篇，以小喻大，以物象喻物象。《鸣哇歌》之"处暑"篇，歌王的吼唱，农事稼穑，民生活剧。《收脚迹》之"白露"篇，以民间传说为主题，"脚迹"所能够认识的草木，聚与散，归与别，摇心恻肠。《拧苞谷的老人》之"秋分"篇，小说文本，诗意呈现。《雁来红》之"寒露"篇，师法自然，行乎大道。灵物之说，让文本充盈神性，有魔幻现实主义和超现实主义味道。炭花舞、雁来红、巫歌、放排人。《荞妹》之"霜降"篇，以"采风札记"作题引，"哭嫁"是民间特有的一种婚嫁文化，也是一种道场。卷四《节气里的冬天》之首章《血蝴蝶》"立冬"篇，写战场险境，痛楚、悲壮、绚美。梦幻与现实之穿插式结构。《树故事》之"小雪"篇，写了三株树的故事。雪花树，神性；场坪果树，民间性；高坎古树，历史性。三株古树概括了村庄的历史，映衬了狭隘和善美。《媚草》之"大雪"篇，猎手进山找白狐，精短的叙事，有如老人桑地亚哥与白鲨和激浪搏斗场景。《鼓·舞·火》之"冬至"篇穿插民歌，景与人，人与乐，生命是自由的、奔放的。《七盏灯》之"小寒"篇，民间的"招魂"活动，歌剧式的结构。《水磨坊》之"大寒"篇，10章组构，写爱情，写农事，写离别，写生死。人活于世，自己是自己的角色，自己是自己的剧场。

二、浅议《大地气象》

湘西会战是一场大战役，以散文诗来体现，无非就是直接叙事，按照材料或者战争例典来写。但似乎还有另一类写法，让时空的有限性变为无限性。比如《九歌》的诗境，用以作时空结构，来统领全篇，不但增强了感官阅读的新奇，也让文本活泛起来。古与今交织，历史与现实交融，神性与物性相合。物事万象，皆可入诗。感发志意，引譬连类。寂然不动，而应乎无穷。时而暗哑沉默大恸，时而无限深情啸歌。伤别离，嗟沦丧，叹流徙，哀亡灵。参悟、启示、内省，一场战争，惊世骇俗，有沉郁愤慨，也有怨怒激昂。诗所表达的不仅仅是抒发内心的感喟，还有"事典"来佐证所要写的内容。从卢沟桥到七里桥，时空的道途，何止千里之遥。《大地气象》篇什以"祭祀体"组构。《九歌》歌队，如聆谭盾的悲慨之编钟大乐，岁月的炽烈，历史的峥嵘。诗所叙写的题材独特，带有某种传奇色彩，产生"惊人"的审美效果。第一歌的《开坛》，主题为"虽九死未悔"的《序曲》，然后是《开坛扎寨》"美酒举得高高"的众神奉请。"日出东方。群山回唱。万千气象。牛角声呜咽不绝。""大地空无一人"句反复歌剧式的回旋。红色法衣，令尺，司刀，瑶席，玉镇，美酒。历史的角色，今人的形骸。散文诗大组构，写出了一场悲壮慨然的险恶战争。感发志意，大而化之，共斯永恒，乃最大的"移情"。不雨花犹落，无风絮自飞。兵燹城邦，慨当赴难。《扎寨辞》九歌体诗说，《诗经》之《国殇》，或者有如李贺的《雁门太守行》都是有着喋血家国的精神品质。第二歌《招魂》每章的序曲皆为屈原的诗意延展，解读其实也是借用的旨归。比如"云中君""大地"和"歌队"，咏之唱之，波诡云谲。第三歌《英雄故事歌》之"湘西会战"与第四歌、第五歌、第六歌之"湘西会战续歌"等等，结构上采用"序曲"和"战例"的结合。"歌队"的曲式谱系，拟古体排律；现代的散体，则以传统散文诗形构文本。"战地记者的阵中日记""插入的故事"或以但丁之《神曲之地狱篇》作引，写战争的残酷与英烈的卓荦；或有插入的故事之"二人剧""四人剧""多人剧"等"剧场文本"，将不同时期、不同时空的历史与现实人物，或者同一时期不同战场上的人物组构一处，与诗人进入心灵的对话来叙事呈现。另有"镜头与画外音"来将内与外交替呈现。"镜头"是内视，"画外音"是现实语境，不同程度上消弭了意义本质带来的刻意成分，从而走向自然而然。常德保卫战、衡阳保卫战、金盆岭七壮士、乡党矮疤子、杀猪匠吴二、晚清进士郑家溉，从战役到个人，粗细搭配，一种神妙感。其实《九歌》代表了屈子的生命精神，与放逐感强烈的《离骚》不同，与质疑混浊国家的《天问》不同。《九歌》源于祭祀歌乐，却能超越其抒怀的神采。《大地气象》巧妙利用了"巫歌体"叙写人鬼之间的言说，人与人的对话，从一定程度上与之契合。近巫和说古，神话的隐喻（如插入的故事6：在蚩尤屋场听古歌），都是夯实文本的手段。原始信仰与原始拜物教都是开拓精神的荒芜，突破有限的存在而与无限相沟通，展现了一个广阔而奇妙无比的天人之际、山川之院的神话幻想空间。《大地气象》对英灵的咏唱、唤魂，沅湘地区巫女的迎神仪式，神志恍惚的迷幻给诗的本体提供了空间。《大地气象》创造了一种有意味的形式，一种多棱镜像的诗学结构，这是诗形式中的神话哲学，或神话哲学中的诗形式。古神话的多义性，并非莫衷一是。神话信仰的出现，也在相当大的程度上体现了初民对自身无法把握的命运的寄托和关怀。第七歌《跳殇》、第八歌《引魂》、第九歌《撤营》似渐离渐远的声响游魂，给人以余韵未尽之感。《大地气象》附丽于《九歌》之上，所隐含的生命信息和祷祝有高度的普适性。因此诗人也能够以此为镜鉴，叙写一个民族的心灵史。有如古希腊荷马的两大史诗《伊利昂纪》和《奥德修纪》，有别于古代神话的片段性、非情节性和多义性功能形态。胸中磊落，自成丘壑。《大地气象》的战争事典有虚构和非虚构，都是文学的表达。

三、辨思《大地涅槃》

第三部《大地涅槃》的设计是"源自微信群聊"，有现代感、信息感。一是记录历史的客观性，二是文物和生态保护的前瞻性，三是人的精神品质的证明与生态意识的觉醒。《小引：水流云在》其实也是对当年"河街多么美"的诗意陈述，写出了祖辈的智慧塑造，与梦想融为一体的存在。河街的模式和理念，都是生活的一部分——赏心悦目与本态的生活品质，因此才有众多的维护者。主题沿着"抢救河街"进行。现代性的网络交流必不可缺，也都让诗人"拿来"或者"借用"，以此来增加文本的涵容。结构以网络元素呈现："萍踪侠影"作文本的启引，提纲挈领，眉批主题；"链接"是现实，叙写事件，叙写人物，多是往昔的生活场景；随后，"微友跟帖"来"口述历史"或者回归现实思考。"微友跟帖选"是"民间发声"。说道，说理，说态度。如第一章《打捞窨子屋》和第二章《河街十二拍》，叙写"河街"的卫官巷、吊脚楼、南门口、伏波庙、银鱼井、万寿宫、大悲庵、福音堂、半边街等等。第三章《与河为伴的日子》叙写"河流"。"链结"篇有如散文诗体小说，用故事凸显"河流多么美"的主题。第四章《远隔重洋的采访》写"河街"的品质，蕴含在石头、土地、流水、草木、建筑、光影、声音和气息里，蕴含在五百年的窨藏里，有线索之美，更有生命秩序之丽，是艺术化的生态中心主义。第五章《河街九张机》写植物，写人，写事。如《进城的树》表达了约翰·缪尔有"生态中心论"和利奥波德有"生态道德论"观念。第六章《"告别河街"演唱会》，不论我们如何改变大地，始终是自然性与人性的对立。第七章《不眠之夜》有点儿类似伍尔芙的小说《海浪》或者《墙上的斑点》。驳杂，烦琐，离谱，无整体意识，对美轮美奂的破坏。第八章《河街文物惊呼'刀下留情'》批判现实。第九章《外公外婆的家族传奇》由《济生堂药号的一把火》等8章组成，人与物件，都是生命。精神的微茫，隐跃而出。第十章《溯流而上的日子》是一个长组章，小说的结构、散文诗的语境。故事纷繁，串起了一个溯澧水而上的那段日子，是"地理意义上的一次溯流，历史意义上的一次探源，生命意义上的一次追寻"。第十一章《拼命画郎》写性灵之美，年轻的画家与河街。第十二章《京城来了视察团》，"河街"看似新闻体，实以文化专题"剧本"形式来写。第十三章《河街网红榜》，"网红"是信息时代的产物。所选取的这几个人物，也无疑都具有代表性。他们有着积极的人生精神和品质，乐其日常，胸次悠然。"微友跟帖选"是对"网红"的精神概说，"作者回复"智慧而准确。第十四章《河街十二帖》是一组大章，以"十二时辰"为结构，以名家诗句作题记，每一个都是一个独立的小故事。描绘的历史与现实，总有另种味道。第十五章《河街，渴望"凤凰涅槃"》，文明的天性是弱的，它让人无法摆脱一种负罪感。第十六章《顺流而下的日子》与第三章《与河为伴的日子》、第十章《溯流而上的日子》是互文的关系。从在澧水成长的少年方水生，到溯澧水而上行走的中学生方水生，再到顺流而下行走的大学生方水生的故事。成长与打磨，感受河流文化给予生命的滋育。与生命的涛浪联类，写得有滋有味。

四、聊说《大地芬芳》

"物活论"也叫"泛灵论"，是17世纪诞生的有关哲学的思想。它很好地灌注在了自然主义文学当中。物活或泛灵，拆除了主客之间的樊篱，体悟自然之妙，让主客浑然一体，洞照其间。《大地五部曲》第四部《大地芬芳》，诗人选取的场景是最引人瞩目的生态大境张家界风景区砂岩大峰林，从一个孩子和爷爷的视角，以童话语境和寓言构筑一部生态大散文诗长章。武陵松、岩峰、岩壁、九磨十难或者众多美丽植物，让《植物经》扮演角色。文本复调式结构——虫子的童话、虫子的故事、鸟的故事、草木故事、巫傩故事、渔猎故事、地名故事、风俗故事、叶子的诗歌、故事诗、微电影故事诗、大峰林交响诗、交响散板、树叶贴画、手机录音及视频、孩子的日记等，多视角、多维度、上下左右，进行杂糅，辽阔而纵深，博大而广远。生态之说，汇成一部蔚然壮观的生态大文本，让山水诗人在其中阅读那些寂静植物和生物。"森林醒来了。森林醒来了。山有木兮。林木喧哗。群山歌唱。"独唱，重唱，合唱，多声部合唱，全在这里了。这是一个浩大的自然场域所能够提供的大生命世界。城市逼仄的环境，没有给人的感官提供足够的空间，而是狭隘的、自私的、迷惘的。那么，自然大境不一样，总是慷慨地映现旺盛的生命本质。读山，读水，读草木，其实也是读人类自己。

"第一周"的"虫子们的世界"开场就是一个清隽的大天地，像《纳尼亚传奇》的童话场景，一切都是新奇的、神性的。小女孩在森林中认知了诸多植物和生物。神话说扩容了文本空间，涤除时间的漫长，分鉴于岁月的广远。小生命天地曲曲弯弯，大生命世界滔滔荡荡。以童趣之目，写精神的游踪。《大峰林交响诗》是给孩子们想象的，也是给成人阅读的。一句"太阳风鼓动腮帮，将彗星的尾巴吹长又吹长"概说了时间的苍茫与漫远。"第二周"《群鸟种子般撒向天空》中鸟雀的故事融入的是精卫、后羿和巫师等神话色彩。人鹰与黎民百姓，战死沙场的壮士和山鹰，中了枪伤的大雁与孩子，皆是诗人的新神话。喻象的存在与人性的存在，是人与人、人与物的感应。自然天道，超现实童话。人如草，如鸟，如蚁，如果实，神性就在这里。"第三周"的主题"人间草木有灵性"或是草木本记。《林子里长满藤葛》中象征和隐喻的《丢草坡》《榉木之殇》《听松》《跟植物私聊》以及微电影故事既有传统性也有现代性。《大峰林交响诗》之《苍穹在上》是自然学与人类学笔记，为文本的诗性表达释义。"第四周"的主题是"遍地巫风傩雨"。鬼婆草、雷公老子、电母娘娘、雀宝郎逸闻、大梯玛、小巫女的童话等等，物性、神性与人性，绾接成一个生命神圣的链条。"第五周"主题是"回望渔猎时代"。文本喻示的世界图式与生态的毁灭图式其实是一样的。峰林峡谷生态是一个动态系统，随时生也随时灭。因此最应该让人类警惕的是时时都会听见"远去的虎啸"和"哭泣的娃娃鱼"，它们发出了呼救的声音。"第六周"的主题是"守候老鹰聚会"，与昌耀的《一个青年觇见鹰巢》和海子的"神的家中，鹰在集合"有异曲同工之妙。"第七周"的主题是"村寨风情不打烊"。地理的精神性也是孩子学习的品性。大自然的"微电影"和"交响诗"，丰富了自然地理中的深刻存在，诗人揭开了幽闭内心的东西，使其"敞亮"。

五、趣谈《大地梦想》

第五部《大地梦想》是一部宏大的"众鸟交响曲"。此部作品以"叙事曲，广板""幻想曲，快板""回旋曲，行板"三大乐章组构。其中又以"天空下的大地""大地上的天空""千年鸟道的追梦人""阅读如飞鸟掠过生活"等系列组构，集叙事、抒情、思考于一炉，铸造出了金质的大片大片的鸟鸣的声音。由鸟及人，俊鸟是用翅膀飞翔，而有着高贵品格的人，则能以精神翱翔高天。诗人在文本中列举了张骞、玄奘、郑和、李陵、哥伦布、亨利·贝斯顿等等。两千五百年前《诗经》里的吟唱。"大地下的事情，不都是一块芯片能够解决得了的。"神圣的大地，需要心灵来呵护。万物皆神圣，佛陀密宗如是说。神圣也是神秘，自然之镜像，照映内心，裨补精神，驱散身体内外灵魂的不洁，归还给人以本相，就是神圣。鸟儿是自然生灵，以其圣洁比衬复杂的人性；鸟儿是一种镜像，照映了人的行为。山河大地，皆为圣灵之物，能为人所用，也能给人鉴示。山谷里、江海畔，那是鸟儿的天下。它们飞起来，白云蓝天，哗哗流淌着鸟的脚步；它们落下来，江海溪涧，汨汨回旋着鸟的叫声。诗人举证诸多作家关于飞鸟的思考，亦是以鸟论道，以鸟说理。"遥想当年，三只眼的仓颉先生'视鸟迹之文'造中国汉字，惊天地泣鬼神而普降粟米，恍若一场大雨。从天而降的那些灿黄灿黄，金亮金亮，在我眼里不是粟米，全是汉字在熠熠发光哪。上苍以这样一种特别的方式，开启大地之上——撰写中华文明的盛大狂欢！"（《大地上的神性》）上下环视，俯仰古今。文学与哲学，有我与无我，本我与他我，全是人生之况味。而诗性哲学的追求其意义在于：一是洞见自然物象；二是观照人类自己；三是认识人的精神本质。"嘤其鸣矣，求其友声""神之听之，终和且平"。哲学家从鸟儿的身上读到了神理的存在；音乐家从鸟儿的鸣唱中听到了清隽和纯粹；八大山人从鸟儿的身上看到了俊逸和清澈。深入观照，涤除玄鉴。清楚了本质，就有了左右逢源的道场。因此文本中有许多"人性"思考的地方，求证鸟之理学与人之理学。《戴胜鸟·戴胜叔》《麻雀怨·麻雀婆》《喜鹊误·喜鹊婶》《乌鸦书·乌鸦山》《乌鸫鸟·鸟媒子》《鸬鹚帖·鸬鹚爷》《燕归来·燕子客》等等，人与鸟，鸟与人，相携相挽，相映相衬。"天空播种梦想，大地长出翅膀。"是《神曲》之天堂，是"满天空都是古时候鸟的影子啊"，是《山海经》里的太阳，是阿多尼斯慨叹的"世界让我遍体鳞伤，但伤口长出的却是翅膀"，是鸟儿所展现的梦想的美学……鸟儿所在的地方，都似故乡。就该有苍苍蒹葭的岸畔和雎鸠的鸣唱；就该有参差荇菜的河洲和黄雀飞舞的灌林；就该有桃之夭夭灼灼其华的秀姿和素朴女子采苹采藻的南涧之滨。天空，大地，世界，人类。千年的鸟道就是千年的人道。阅读飞鸟而知生活本态应该是什么样子。飞鸟阅读人间大地——只有它们，能够知晓一切，且能够时刻警醒自己。"千年鸟道"文本，已然将历史的、过去的、现实的、未来的，以及诸多思考：庄子、雨果、鲁迅、卡尔维诺、《海国图志》、"醉里挑灯看剑"的那个将军、汨罗江畔的那个沉江前与渔父讨论"沧浪之清浊"问题的诗人、《山海经》里的九个太阳、《充乐》故事里的女娲氏、哈姆雷特的关于"生存"问题、浪漫主义、批判现实主义、魔幻主义、象征主义、超现实主义，林林总总，全然托出，锦绣文采，浩荡笔墨，尽落斛中。

结语

罗长江的《大地五部曲》文本手法其实并不陌生。鲁迅的《野草》中有寓言文本和剧场文本，言说现实，批判现实。比如，以对话为主体的剧场文本《过客》《失掉的好地狱》，寓意或反讽的《狗的驳诘》《聪明人和傻子和奴才》《墓碣文》《死后》，自然人格化、悲壮且彷徨的《秋夜》，对"暖国的雪"和"朔方的雪"隐喻的《雪》以及具有象征意义和理想主义的《好的故事》等等，隐喻精妙。20 世纪 20 年代的作品中有不少这样的力作，如沈尹默、刘半农、许玉诺、庐隐、许地山、焦菊隐、郑振铎、王统照、高长虹等作家的作品。更值得一提的是 20 世纪后期彭燕郊的有关大生命本质之哲学思考的《混沌初开》以及灵魂漂泊和精神征跋的《漂瓶》，刘再复以"人性"与"神性"相融合、营造圣美天地的《读沧海》以及彷徨追怀梦想的《寻找的悲歌》等等长篇散文诗作品，开掘了"人本精神"探寻的问题，也验证了"散文诗是大诗歌"和其文本可具备的阔绰容量。因此，在文本的"扩容"上，罗长江显然受到上述文学家的启发。或许如同安德烈·纪德《大地的粮食》受到《圣经》的影响："从《圣经·福音书》中获得了诗的灵感，通过音乐的形式捕捉到了对'人的命运'的思考"的感悟。又或许受到了圣-琼·佩斯跌宕起伏的《海标》的变奏尤其是精于节拍、抽象思维和叙写中无不浸透着渺漠的生命沧桑感与宏大的宇宙感的影响，于是就有了气脉充足、涛流壮阔的《大地五部曲》。其盛大的织体结构，弥荡着强烈的歌唱性。笔无空发，墨无虚掷，以变幻结构与内涵有效地扩展了文本容量；以生命的关怀，灌注无尽的遐思。文本策略是以小说的语境、剧场的效应、电影蒙太奇等等手法安排和架构整体，不拘一格并葆有诸多新文体"杂糅"，让语言的绵密与思想的布局相关，与理想化了的风格相关。当然从整体的概念、风格、结构、人物、情节等来求证独特的语境对散文诗文本的适用，甚至是开掘性的。《大地五部曲》的文本立场明显，根基坚实，从而枝叶纷披，思情饱满、想象充沛，也让诗的意象粲然生光。诗人一方面受"物色"感知，喻写自然；一方面运用主体之思，关怀人类的处境。诗人以含蕴"事典"（历史民间事件与现实民间事件）的文本，打造生动活脱而又卓荦不凡的"大湘西"意境，抒写了人类生命大地之形态；在一部作品里，驰骋自由自在的精神品格。《大地五部曲》还穿插零碎的片段，或者说一些"随笔式"的思考。思理绵密，格局开阔，不为表象所滞，而是把哲理性的思辨与叙事性的诗歌融为一体；关注人类的整体命运，将一种广义的"人类学"完美地呈现出来。其思考是与自然合拍的，是与人文精神相契的。因此，从这些意义上讲，《大地五部曲》是散文诗坛又一个重要收获。

（黄恩鹏，散文诗人，评论家，解放军艺术学院教授。）

注：2022 年，《散文诗》杂志社为《大地五部曲》开辟评论专栏，刊发了黄恩鹏、王幅明、崔国发、晏杰雄、凡哲汝、黄永健等评论家的评论作品。此文连载于 2022 年第 1 期、第 2 期、第 3 期、第 4 期《散文诗》。

散文诗的史诗性巨著

——喜读罗长江的《大地五部曲》

王幅明

一、长篇散文诗长廊里的新贵

中国是名符其实的诗国,《诗经》作为"经"书的地位,已达二千年之久,是学生的必读书。但中国的诗歌传统主要是抒情,虽然也有过叙事诗,如乐府诗《孔雀东南飞》、杜甫的《北征》、白居易的《长恨歌》等,但篇幅有限,没有一部可以称为史诗的作品。当然,少数民族是有的,藏族英雄史诗《格萨尔王传》、柯尔克孜族史诗《玛纳斯》、蒙古族英雄史诗《江格尔》,被称为中国少数民族的三大著名史诗。史诗,无一例外地都是长诗,且都是长篇叙事诗。

20世纪新文学运动以来的百年诗歌,出现了一些长诗,洛夫主编的《百年华语诗坛十二家》,选了海峡两岸12位诗人的12部长诗,这些长诗风格各异,但基本上都不属于叙事诗,其中入选了彭燕郊先生的长篇散文诗《混沌初开》。《混沌初开》文本独特,蕴意深厚,经《芙蓉》发表后,引起广泛关注和评论。诗人公刘说:"作为主体诗与散文诗,固然并无高下优劣之分。但对燕郊的《混沌初开》,我却有一个固执的看法:它是一部真正的长诗,二万四千字的长诗,气势磅礴,光彩照人的长诗,记载了一个中国知识分子、中国文学家的心路历程的长诗。"(《混沌初开》序)无疑,《混沌初开》是百年华语诗坛长篇散文诗的杰出代表。但它不是叙事诗,按照通常汉语词典对"史诗"的定义"叙述英雄传说或重大历史事件的叙事长诗"来对照,它不属于史诗类作品。

当我看到近日由山东人民出版社出版发行的罗长江的长篇叙事散文诗《大地五部曲》后,震撼之外便是由衷地欣喜:中国散文诗终于迎来了史诗类作品!至少有两点,我们可以判定它属于史诗类作品,其一,它是长篇叙事诗，而且是系列作品，共有5部，超过66个印张，加个5篇序文和作者后记，总字数长达107万字，体量之大，堪称中外散文诗之最。其二，它叙述了当今中国的重大历史事件。5部系列作品包括《大地苍黄》，乡村风情长卷，其背景是中国现代化进程中城镇化建设带来的文化乡愁；《大地气象》，还原一场昨天的战争与国家记忆；《大地涅槃》，见证一条600年历史老街的改造中，引发的一场抢救文化记忆的民间行动；《大地芬芳》，中国第一个国家森林公园的绝版自然生态，斑斓地域风情，为人世间点燃"共生共荣"的自然之灯；《大地梦想》，聚焦千年鸟道，写候鸟迁徙，发生在人鸟之间的故事，抒写人类的终极梦想。试问，这5部作品，哪一部不属于当今中国的重大历史事件？更何况5部作品的故事都发生在同一民族、同一时代、同一地域之中，它们之间又有中华民族特有的五行哲学思想贯穿，就更使这部巨著具有了浓郁的民族性和形而上意象的色彩。

史诗有两种类型：口头史诗和文人史诗。前者属于口头文学，由长期口头传诵形成的，如中国少数民族的三大著名史诗，都属此类；外国的，如古希腊诗人荷马整理编写的两部伟大诗史《伊利亚特》《奥德赛》，集古希腊口述文学之大成。口头史诗又称为英雄史诗或民间史诗，之所以被保留下来，在于一部分职业诗人或业余诗人的加工整理。文人史诗又称文学史诗、非口头史诗，是由文人创造的，最著名的如古罗马诗人维吉尔的《埃涅阿斯记》、意大利诗人但丁的《神曲》等。散文诗的史诗性作品，仅有法国诗人圣－琼·佩斯的《远征》等。二十世纪史诗的一个显著特点是，将现代小说的意识流等手法运用到史诗创作之中，使史诗这一古老的文学形式放射出异彩。

史诗是民族精神的结晶，是人类在特定时代创造的高不可及的艺术范本，是特定历史时代的产物。每一部史诗都是具体历史的和具体民族的。史诗与历史有特殊关联性，但史诗不是编年史式的实录，对历史有着特殊的概括方式，体现了史诗的创造者对历史和现实的理解和个性表现特点。

在散文诗历史上，多位大师都曾营造过长篇散文诗的佳构，并在世界各地广为流传，如尼采、纪德、泰戈尔、希梅内斯、纪伯伦、圣－琼·佩斯等。其中，纪德、泰戈尔、希梅内斯、圣－琼·佩斯还都是诺贝尔文学奖得主。他们的作品极富创造性，是长篇散文诗这一文体存在的依据。

罗长江的《大地五部曲》是一部极富艺术个性的文学史诗巨著，它既是中国当代长篇叙事散文诗的翘楚之作，也称得上中外长篇散文诗长廊里的新贵。

二、雄浑博大的时代交响

《大地五部曲》是罗长江有雄心、有长期准备、别具匠心的作品。在此之前，罗长江已经有40余年的创作经历，出版有长篇叙事散文诗、长篇小说、长篇纪实文学、长篇传记、散文集、诗集等22种，还有作品入选中学语文课本。现在看，以往的阅历和经验，好像都在为这部巨著的写作做准备。终于，十年磨一剑，一经出炉，便惊艳于世。

这是一部具有大时代特征的大格局、大气象、大情怀、大手笔的宏构巨制。它具有多方面的特色，其中，艺术架构的匠心独运是一个重要特色。架构里既有鲜明的时代气息，又有中华民族独有的文化印记。

笔者注意到五部书的书脊和内页书名的上方用4个甲骨文和1个小篆（甲骨文没有"金"字）印着"土、火、水、木、金"五个字，这是中国特有的"五行"。五行是"气"的五种运行状态，是"气"运行产生的结果，"行"即运动。中国古代哲学家用五行理论来说明世界万物的形成及其相互关系。五部书是变化之书，写中国几十年来产生的巨变，既各自独立又相互关联，作者嵌入五行学说，意在揭示全书的哲学底蕴和中国元素。令笔者不解的是，五行的通常排列是金、木、水、火、土，作者为何改变了顺序？我在后记中终于找到了答案：作者是有意还原他在写作五部作品时的先后顺序，从肉身的土地始（土，第一部），升腾至梦想飞翔的天空作结（金，第五部）。作者在每部书的《小引》中，诗意地阐述了他对五行的理解。显然，作者对五行，特别是对"土"和"金"的阐释，更多地加入了时代的因素。

五部书采用了或隐或显的音乐结构，既有民族的，也有外来的，犹如五大乐章，构成了一部雄浑的时代交响曲。

第一部《大地苍黄》，采用竹枝词《廿四节气》的形式，分为春夏秋冬四个乐章，每个乐章里又包含六个小调，唱出发生在同一村庄的24个故事。古代竹枝词是可以唱的，边歌边舞，吹短笛击鼓为伴奏，但它并不是民歌，而是文人创作的，类似于词，只是具有民歌风，接地气。这是一幅乡村风情长卷。"苍黄"二字为此部乐曲定下基调，因为故事里既有暖意又有苦涩，令人扼腕叹息的人物命运，谱写出一曲农耕文明的挽歌。

第二部《大地气象》，共9章，袭用屈原《九歌》的框架，每一章前都引用《九歌》的诗句作为开端，以一场祭奠阵亡将士的民间祭典为主线，正面书写湘西会战，穿插折射长沙会战和另外几场湖南会战。这是一部展示大地气象的民族战争诗史，极为悲壮，也极为辉煌，足可光耀千秋。一场血性与自由的生命之歌、之舞。此部作品发表和出版单行本时书名为《大地血殇》，这次出五卷本改为《大地气象》，意境得到升华。前者强调战争的残酷和悲壮，后者则突出了向英雄致敬和胜利的含义。仅从九歌的名称"开坛""招魂""英雄故事歌1""英雄故事歌2""英雄故事歌3""英雄故事歌4""跳殇""引魂""撤营"看，就能让人心旌激荡，欲罢不能。

第三部《大地涅槃》，以"街"与"河"的复调形式，演奏出一部已有600年之久的临河历史街区如何进行改造，最终获得新生的进行曲。乐章节奏明快，再现了五彩斑斓的市井风情和数十个人物的生死歌哭。此乐章最接地气，极具时代气息，很多故事都来自微信，而且每个故事后面都有"微友跟帖选"。"涅槃"一词用得极妙，可以给人诸多思考和启迪。

第四部《大地芬芳》，以"我"和小孙女来张家界核心景区度假7周的见闻和经历为基本构架，描摹绝版的自然风光和地域风情，直面人类生态状况之严峻。此乐章多为慢板，在对森林中鸟雀草虫的童话描摹中，呈现出自然万物的草木本心。

第五部《大地梦想》，又分"天空""大地""追梦人"三个乐章，以"我"行走于千年鸟道的所见、所闻、所感作为基本脉络，写候鸟、人鸟之间的真实故事和梦想故事。此乐章调动了和弦、复调、变奏、复变奏等多重音乐手段，抒写人类梦想，汇成一部关于天、地、人、鸟之间缠绵悱恻的梦幻曲。诗人将它冠以五行中的"金"，可以理解为金色梦想，人类的终极梦想。诗人在书前引用了庄子的语录："天地与我并生，而万物与我为一。"按照哲学家冯友兰先生由低到高的人生四境界说（见《新原人》一书），人生的最高境界是天地境界，即庄子所言天人合一的境界，诗人诠释的人类终极梦想，正是此种境界。

作品所谓的音乐性，实际上是诗人通过高超的技艺来实现的。从书名看，五部曲是三部曲的延伸，三部曲的名称最早来源于古希腊，是诗剧的一种，指情节连贯的三部悲剧。但这只是借用。作品中大量采用的中国古典和西洋音乐的种种调式和演奏样式，特殊的段落、句式形成的节奏感，特殊的抒情方式，插入的民歌、民谣及短剧，等等，形成一种无处不在的音乐感。

厚重的精神内核，广阔的生活场景。各种文学形式的融汇，再加上别出心裁的宏大架构，最终产生了震撼人心的效果。正像谢冕先生在序言中所赞叹的："五个恢宏的乐章组成了关于大地的伟大交响曲。这位来自湖湘大地的诗人罗长江，终于把'野草'培成了树林，把一曲乡间的叶笛奏成了博大恢宏的黄钟大吕。"

三、大地颂歌里的家国情怀

大地是人类栖息的家园。书名的内涵即让人感到亲切。这是诗人献给大地——家园的深情颂歌。在大地颂歌里凸显出诗人浓烈的家国情怀，构成了《大地五部曲》的另一大特色。

在中华文明的价值谱系中，家国情怀是一抹最亮眼的底色。家国情怀是古代文人士子对国家认同感、归属感、责任感和使命感的高度融汇和系统集成，是一种深层的文化心理密码，也是诗人高尚品格和博大襟抱的必然呈现，是中国诗歌几千年来不变的主旋律。展开中国古代诗歌的浩瀚长卷，历朝历代的伟大诗人无一不是家国情怀的典范，他们留下的思国怀乡、忧国忧民的传世之作，同他们的名字一起流芳千古，激励后人。

罗长江即是这一优秀诗歌传统的继承者和集大成者。

罗长江是湘西隆回人，《大地五部曲》里的故事也全都发生在湘西。这里有他的家乡，也是他的安身立命之地。在中国人的观念里，家与国密不可分，家是国的一个个细胞。罗长江的大地情怀，凸显的正是他的家国情怀。5部作品的内容与表现手法虽各不相同，但令我们感动的点却高度一致：作者的家国情怀。

说他是集大成者，是指他的表现领域之广。古代诗人表现过的领域他都写到了，因受时代局限，古代诗人没有表现过的领域，他作出了开拓性的贡献。"乡愁"历来是诗人们抒发家国情怀写得最多的题材，罗长江写到了，《大地苍黄》集中写乡愁，其他几部中也多有涉及。另一个是战争，屈原的《九歌》、唐代的边塞诗、宋代陆游等人的爱国诗，都与战争有关。罗长江也写到了，《大地气象》集中写战争，写发生在他故乡周围的几场反侵略战争，比屈原的《国殇》更悲壮，英雄的壮举可歌可泣，与大地同光。除此，忧患意识、入世精神、悲悯情怀贯穿于他的多部作品之中，成为他作品的重要标识。他最具创新意识、前无古人的作品可列出《大地涅槃》和《大地梦想》两部，前者有着浓烈的时代气息和人文关怀，后者是人与自然的多重交响，几乎找不到同类题材并达到如此高度的长诗作品。

这是一部被新时代呼唤，应运而生的散文诗巨著。

作者在全书的扉页上写下这样的题词："谨以《大地五部曲》，致敬散文诗奠基人波德莱尔，致敬中国散文诗奠基人鲁迅，致敬亲爱的导师彭燕郊先生。"并在书的后记中做了说明。罗长江以自己的作品向中外散文诗历史上三位杰出人物致敬，除去谦恭之意，也包含了他的师承。我们在五部作品中已经感受到了他的师承。当然，我们从他在作品中引用的古今中外的大诗人的名句中，可以看出他的读书之多、阅历之广、思考之深。正因为他是站在中外散文诗大家的肩上来营造此部巨著，其视野辽远，思维活跃，才有可能超越前人。他，确实作出了某些超越。《大地五部曲》不是临摹之作，而是在继承前贤遗产基础上的创新之作。波德莱尔对散文诗文体有开拓之功，但他只能代表十九世纪；鲁迅和彭燕郊则代表二十世纪；罗长江属于二十一世纪。

笔者有种预感，《大地五部曲》或将作为二十一世纪散文诗的史诗性巨著，永久载入中国诗歌史。罗长江为家乡做出的贡献，足有资格佩戴一顶"沅湘之子"的桂冠。

最后，我用《大地涅槃》中的两行诗句作为本文的结束：

一波过去，一波又来，河流长在。

一代过去，一代又来，大地长存。

（王幅明，评论家，编辑家，《中国散文诗百年经典》执行主编。）

注：此文刊于 2022 年第 5 期《散文诗》。

抒写大地的勃兴与宏盛

——评罗长江散文诗《大地五部曲》

崔国发

罗长江是一位胸中有丘壑、眼里存山河、腹内藏乾坤并具有精神魄力与艺术雄心的诗人，是湘西山水和文化的知音，具有善于总揽诗的大局而在诗艺上独当一面、不断迸发创造激情的大手笔。他的《大地五部曲》（山东人民出版社 2021 年 11 月版）甫一问世，便一石激起千层浪，在散文诗的汪洋大海中，掀起了巨大的波澜，一举夺得了第八届中国诗歌春晚 2021 中国十佳散文诗人桂冠。

罗长江的长篇叙事散文诗《大地五部曲》卷帙浩繁，瑰丽多姿，行神如空，行气如虹，灵动大气，生生不息，蔚然而成散文诗界洋洋大观。诗人将心灵的宏富、思想的宏奥、知识的宏博、文化的弘扬、理想的宏猷、境界的宏大、艺术的宏肆熔于一炉，将中国传统文化中的易经之乾刚坤柔、天干地支、二十四节气、阴阳五行学说、天人合一思想、心学、屈骚古调、竹枝词风等熔于一炉，将小说、散文、戏剧、电影、绘画、音乐、快板等艺术之长熔于一炉，将民俗、谣曲、神话、传奇、史籍、寓言、微信、新闻、田野调查、口述实录与沅湘风情、楚地巫风、傩舞之祀、现实场景、人生百态、乡土文明熔于一炉，将象征、隐喻、梦幻、意象、感觉、意识流、穿越、跳跃、闪回、拟人、咏物、叙事、抒情、议论等手法熔于一炉，竭力寻找散文诗写作的各种可能性，使得散文诗再一次取得难能可贵的新的重大突破，使得《大地五部曲》真正地做到：情思绵邈，取精用宏，壮声英概，气象万千，滔滔不绝地成为一部人类、民族、家国、自然、山川、历史、社会、文化、天文、地理、军事、审美等多元繁复、立体交叉、纷纭杂糅、错综联袂的华美盛大的交响诗，是一部精神浩瀚、思想巍峨、文化辽远、诗意飞腾、气韵生动的人生启示录。

罗长江的写作盛举告诉我们：散文诗哪里是什么"寂寞"的文体，它分明是在苍茫的文学大海上，叱咤风云，驾雷挟电，惊涛拍岸，气吞万里；散文诗哪里是什么"柔弱"的文体，它完全可以在风格追求上，汪洋恣肆，酣畅淋漓，恢宏大度，旷达弘毅；散文诗哪里是什么"小"文体，它照样可以表现大格局、大视野、大胸襟、大情怀、大感觉、大担当，折射历史烟云，弘扬时代精神，书写人间悲欢，塑造典型形象，阐发大情大理，与多个兄弟姊妹艺术体裁比肩而立，甚至于会出奇制胜、异军突起；散文诗哪里是什么"非驴非马"，它竟然还可以是一头睡醒的狮子或腾飞的巨龙，横空出世，笑傲江湖，纵横捭阖，俯仰天地；散文诗哪里是什么"易写"的文体，罗长江先生十年磨一剑，今朝把示君，原来也是下了真功夫、硬功夫、苦功夫，聚土成山，集腋成裘，积小流为江海，积小胜为大胜，才得以成就今天这部宏硕的《大地五部曲》！

直至今日，我与罗长江先生并未谋面，我也无意于在此流露虚美、溢美之词。我只是想说，当我精研细读过罗长江的宏著之后，情不自禁地对这部厚重、凝重、沉重、深重、庄重的扛鼎之作报以崇高的敬意。之所以为之击节赞许与激赏，是因为它通过大感觉的体味、多声部的唱叹、真性情的表达，写出了大地的温情与伦理、大地的性格与气质、大地的忧愁与欢乐、大地的兴替与荣辱、大地的沉厚与深邃、大地的博大与精深、大地的希望与梦想。一言以蔽之，即是写出了大地的勃兴与宏盛。

为何用"宏盛"这个词来评述罗长江的《大地五部曲》呢？

从篇幅架构上考量，其宏盛之"宏"，可能是我至今所见到的世界上最长的散文诗文本之一，它包括《大地苍黄》《大地气象》《大地涅槃》《大地芬芳》《大地梦想》等，共60万字。如此大的建制，诗人精骛八极，穿越时空，驾轻就熟，心游万仞，而能够见前人所未见，发他人所未发，写自己所未写，是当下我们有目共睹的散文诗鸿篇巨制，不拘一格，守正创新，敢为人先，另辟蹊径，对他人、对自己否定之否定，绝不蹈常袭故，具有鲜明的实验品质，有着戛戛独造的开创之功。

从思想命意上品陟，其宏盛之"宏"，在于为理想铸魂、为时代发声、为民族立心、为英雄歌赞、为人生练达、为自然忧忡、为梦想焕彩，具有沉甸甸的思想深度与思想闪电的穿透力。他始终以一个思想者姿态出现，在散文诗中遵奉自己的生命逻辑与思想逻辑，贯注诗人的"大地意识与大地精神"（王志清语），从而实现精神镜像的薪火相传，融入瓜瓞绵延的文明之思，凝聚温暖的人性关怀，激扬思辨的哲学风采，而愈发使我们为之震魂荡魄，钩深致远，参赞化育，心源遥印，一种难以获致的心灵的洞识、通达与大器。

从艺术气格上观照，其宏盛之"宏"，贵在"入乎其内"又"出乎其外"，所谓"入乎其内"，就是入情入理见其诗心，意欲把握散文诗之诗核；"出乎其外"，就是出新出色，勇于跨界，超越时空，兼容并包，自由开阔，尽量拓展散文诗写作的向度，在多重复合型构中延伸到新状态，寻求文体更大的负载。散文诗唯有广摄博取、异质变构，采得百花成蜜后，才能走进广袤辽远的新天地。

从谋篇布局上剖析，其宏盛之"宏"，则是围绕湘西风情和中国意象展开，恰如著名诗评家谢冕先生所言："传统的中国五行——金木水火土，为宏伟乐章抹上了鲜明的中国底色，它们分别代表着关于大地的现实、历史和梦想。在此基础上抒写着作者对于乡土文明、民族战争，甚至历史街区演变的追怀与念想。抚摸历史，审视现实，畅想未来，罗长江把握和展开散文诗这一亲切的文体，圆满地到达他所憧憬的表现重大题材与熔铸史诗品质这一重大的创作蓝图。"

我把这部结构缜密的交响诗概括为：天与地的宏大叙事、血与火的宏伟史诗、街与河的宏富交响、爱与美的宏丽画卷、诗与梦的宏阔华章——这，就是我在读过罗长江五部曲之后所受到的深深感染与心灵震撼。

一是天与地的宏大叙事

卷一《大地苍黄》抒写天地道心和农耕文明，生动地展示出一个地域源远流长而绵延不绝的成长史、文明史、风俗史、精神史、心灵史。诗人把宏大的灵魂叙事放在农历二十四个节气时序之中，以二十四首竹枝词来映衬诗的抒情基调、思想情调与艺术格调，通过讲述大湘西一个普通村落跌宕起伏、扣人心弦、引人入胜的二十四个故事，赋予这片十分古老而又如此年轻的大地上栩栩如生的人物以悲与欢、苦与乐、思与情、灵与魂，以及人性中的纯朴与光亮、生命中的风骨与气象，重温一个村庄的凝重与丰厚、美丽与沧桑。岁月更迭，季节轮回，而诗人则念兹在兹，魂有所寄，一次又一次用自己的文字表达乡土文明，于苍黄的大地上不断地实现精神的扎根。二十四节气作为中国元素的代表之一，它是中华文化瑰宝，是农耕文明的产物，是历法中表示自然节律变化的特定节令，也是我们日常生活的另一个仪轨。竹枝词是一种诗体，二者的珠联璧合，为富有传奇色彩的故事提供了真切的体验。节气里的春夏秋冬，有陌上梅花、蓝印花布、裸月、萤火虫、月光、血蝴蝶、雪花树、白狐媚草、篝火、七盏灯等大自然中各种色彩和线条的流转，也有鸭客谣、风琴、天籁、鸣哇歌、牛皮大鼓、水磨坊的水磨转动的声音，还有老祖父、三姑娘、拧苞谷的老人、荞妹、小蝶儿、村里公认的好猎手等亲切可人的乡间人物，更有庇护我们的精神家园与心灵密码、乡土文明的创建，以及来自生活哲学的思考与美的沉思。诗人确信"泥土是有声音的"，他关注的是湘西"大地上的事情"，聆听的是二十四节气中"泥土的声音"。他"跟泥土有着手足之情"，其宏大叙事本意是一种"完整的叙事"，往往以历史与现实中的博大场面去感知一个时代的纵横，或者几代人的故事。天明地静，他的散文诗讴歌天地道心，浸润人的生命到泥土的循环与运动之中，应和着生命和土地水乳交融的内在节律，他"歌唱'天地之大德曰生'，从太易之中生出水，从太初之中生出火，从太始之中生出木，从太素之中生出金，从太极之中生出土，五行应运而生了，天地乾坤应运而生了，日月星辰应运而生了，昼夜寒暑，风雨雷电，草木山川、人兽禽虫应运而生了。/ 生生不息的，泥土的声音啊。"(《大地苍黄》小引：泥土的声音)。"蓦然，天地间一片出奇的岑寂。/ 悠悠岁月如梦。"(《火》)，天地道心通过人心体现，人心通过诗心体现，诗心又蕴藏于诗情中，即如老子所称颂的人处在天地道中，最终还是"自心"在其中穿梭自在，也就是天地心、道心、人心，只是一心。此心合乎自然，即为天地道心，而罗长江的宏大叙事，我以为其《大地苍黄》既关乎天地道心，当然亦关乎岑寂岁月中的世道人心，一种"苦涩与暖意、轻盈与苍茫、幻美与救赎"，折射出一种面貌各殊、血脉相连又生死相依的人性之美。

二是血与火的宏伟史诗

卷二《大地气象》是血写的国殇与"民族心灵痛史"，以及英雄的坚强意志和抗争精神，谱就一阕气壮山河的英雄浩歌。罗长江是诗人，也是散文坛的"历史控"，他的历史诗性与史诗品格，表现在他的作品具有宏阔的历史视野，能够彰显一个历史时期血与火的"史诗性"，并袭用屈原《九歌》的框架，以一场阵亡将士的民间祭典为主线，全景式地描写湘西会战那一段铭心刻骨的"昨天的战争与国家记忆"，诗里行间既有浓墨重彩的重大事件抒写，又有英雄人物性格、巫风楚雨的民情风俗、战争风云的细致描绘，具有历史的纵深感，又充分体现诗歌的灵动性。作品虽不像小说那样有着故事的完整性，而是以多个似断实连的片段，包括折射长沙会战、常德保卫战、衡阳保卫战等其他几场战役，却仍然能以其史诗性给予读者以审美崇高的启示并对英雄的精神品质表示由衷的敬意。展卷即阵容强大的《九歌》歌队，"日出东方。上下天光。万千气象"，竽瑟齐奏，繁音急鼓，且歌且舞，开坛扎寨，为湘西会战和湖南会战抗日阵亡将士招魂。接着诗人唱响了"英雄故事歌"，点兵、发兵、镇邪、犒将，在战争歌舞中庄严宣告：有一种尊严叫血性、有一种铿锵叫担当、有一种耻辱叫遗忘、有一种愿景叫和平。招亡与跳荡、渡桥与散花，最后在第九歌《撤营》中收坛："东风骀荡。群山回响。大地气象。"忠烈昭日月，浩然大气象，那些为国捐躯的英魂宛在，魂兮归来！与日月分齐光！一群充满着理想主义、英雄主义精神品格、在战火中出生入死、浴血奋战的将士形象跃然纸上。"一个民族的血与火，苦难与光荣，/在五脏六腑，无声地燃烧。/中华大地的血火气象啊！""火便是血。血便是火。火是血在烧。血是火在烧。/用我们的苦难之血，信念之火，/铺出中华大地的血火气象！"诗人亲近血与火，亲近血性、崇高与庄严，那些气壮山河、气势磅礴、元气充盈、感天动地的浩气长歌，在历尽沧桑的民族的血脉中汩汩流淌；那高扬着爱国主义精魂的正气歌，在三湘四水奔腾不已，荡气回肠，造就民族的精神史诗。

三是街与河的宏富交响

卷三《大地涅槃》不啻是活在文字里的河街记忆，也不啻是为行将消失的老街唱挽歌，更是一部惊呼人们把根留住，特别是留住乡愁、留住城市记忆、留住活态精神文化的醒世恒言。作者以"街"与"河"为复调，见证澧水之滨一条老街改造的前世与今生，反映了城市化进程中的嬗变与街区文化遗存或将"流逝与消亡"的阵痛，从而引发了人们对捍卫民间文化与精神家园的关注与思考。"远远的，我搂定河街街口衔住的那一轮落日。/落日由一抹灿如火焰的晚霞衬映着，缓缓西沉而硕大无朋。/晚霞渐渐暗了下来。暗若燃烧过后余温尚在的灰烬。慢慢消失，消失，归于寂静与恒远。"面对网友的留言，诗人触景生情，因景生忧：莫非即将拆迁的老城区绝无仅有的一条六百年的河街，就是这一轮"落日"和慢慢消失的"晚霞"？"这颗心，已是被碎片化感伤与柔和浸透又浸透了……"古河街是一个特定文化历史发展的珍贵的有形见证，是历史文化的容器与活态的遗产，它是物质文化遗产和非物质文化遗产的综合体，是镌刻着人类智慧光芒的"活化石"，是一个地域与人们生活融为一体并有着亲和力和凝聚力的文化形态。随着工业文明的发展，人类生产与生活方式的现代演进，许多如古河街一样古老的历史街区，正面临着被现代建筑所替代的严峻的挑战。如何对河街保护与珍重，抢救河街志愿者在微信上发出宣言："抢救'河街记忆'！让照相机留下文化细节的珍存，让摄像机留下现实版本的鲜活，让录音机留下挨家挨户的口述体，让文物收集六百年老街的风雅颂。/多媒体时代结束了，我们得让河街活在文字里，活在图片里，活在音像里，活在实物里，活在有声有色里。/活成一本书，一本纪念册，一轴'清明上河图'。/活成一座文字、图片、音像、实物全方位展示的陈列馆。/活成一份可供念想的精神遗产、文化乡愁。"微友的逆袭，寻找延续这些传统文化的良方，虽流露着现实的感伤、悲怆之情，却也承载着道义与机智应对的力量。古河街自有它研究的价值、学术的价值、见证的价值、历史文化的价值、审美的价值、欣赏的价值，一句话，就是它的精神价值。一场抢救文化记忆的民间行动，无异于使古河街如"鹰的涅槃与重生"，水流云在，大地长存。值得我们推崇的还有，作者在散文诗体式创新上亦可谓标新立异、别出心裁，全书采用"微博留言互动"方式，在艺术表现路径上做了大胆的试验，原来散文诗也可以这样写。

四是爱与美的宏丽画卷

卷四《大地芬芳》是生态文明的颂歌，它体现着诗人自然写作的文化自觉，善于在散文诗中与张家界瑰丽与神奇的大峰林展开心灵的对话，与自然建立和谐共生而血脉贯通的关系，并对我们诗意栖居的大地产生温暖、热爱与美好的亲情。罗长江先生系张家界人氏，长期生活、工作于湘西北，这里有被誉为"地球生命之花"的中国第一个国家森林公园。该处风景名胜为世界地质公园和世界自然遗产地，美丽而神奇。或许诗人蒙此自然所赐的恩泽与灵感，他的作品中自有一种来自大地的深刻启悟力，以及从灵魂深处生发出的爱与美、朴素与本真、谦卑与虔诚、永恒与宁静。《大地芬芳》便是以"我"与小孙女来到张家界核心景区度假7周的见闻和经历为基本架构，描摹自然生态和探寻自然的奥秘，借小学生叶子之所见所闻所感所歌，举凡天地峰林、草木虫鸟、巫风傩雨、渔猎梦想、流水天空、山鹰聚会、村寨风情，尽皆耀目入心，诉诸诗美的笔端，竭力表达着对砂岩大峰林这片绝版风景区特有的审美感受以及温馨的眷恋之情。诗人融情于景，化景为情，情景相生而使全书幽微远渺，情理并茂，试图呈现人与自然万物的生存与生命状态，包括自然给予心灵的慰藉与滋养。山有木兮，岩峰上的武陵松，"长成一大片一大片永恒的绿色。/ 长成一大片一大片生命奇迹的有情和有觉。/ 长成猎猎作响的一面面旗帜，宣告生命的尊严与强大。/ 面对武陵松群落，会更加感到贴近永恒，会更加鼓起生命的热情、信心和勇气，以及对生命的敬畏。"生动的自然客体与自由的生命主体互摄互映，于永恒的绿色中浑然一体地融入生命之诵与灵魂之咏，"生命奇迹的有情和有觉""生命的尊严与强大""生命的热情""对生命的敬畏"等，一种近乎自然原生态的武陵松，原天地之美，于心灵的经验中转化为生命美学与泛灵之爱。"幻美得啊就像一个梦，幻美得就像不是真的了。然而，恰恰它是真的，取景于中国张家界的乾坤柱。/ 叶子和我，一同为美轮美奂的张家界风光鼓掌！""张家界！张家界！天人合一的生命场！生态文明的绩优股！/ 张家界彰显的'共生共荣'，是为人类点燃的自然之灯啊！/ 叶子呀，共生共荣就是爱。只有'共生共荣'，只有'爱'，才是拯救地球和人类，共筑人类命运共同体的不二选择。"（《乾坤柱·悬浮山》），与大自然共生共荣，在现实版的张家界，既是一次美轮美奂的精神洗礼之旅，更是一次人生美与爱的参悟。"唯有爱！才能让人们回归常识和真理，敬畏自然钟爱自然，尊重、友爱和珍惜生命，拒绝贪婪与丛林法则，致力建造一个和平、公正和可持续的星球。"（《苍穹在上》），正是因为诗人对大自然的美感体验情之深、爱之切，才使得诗人直面人类赖以生存的地球生态环境严峻时产生忧思、关注与诘问："原本美丽异常的蓝星球，已是千疮百孔了啊！/ 原本资源丰饶的蓝星球，已是面目全非了啊！"警策之语有千钧之力，是生态圈中先天下之忧而忧的"离骚篇"。

五是诗与梦的宏阔华章

卷五《大地梦想》，顾名思义，就是如本卷封底推介语所说的"聚焦千年鸟道，抒写人类梦想，聆听一阕天地人鸟的交响"。诗人以"天空""大地""追梦人"三个乐章为基本架构，调动和弦、复调、变奏、复变奏等音乐手段，"天地之间，响彻人与鸟、大地与天空、神话与现实、光荣与梦想的多重交响。"我个人认为，长江先生的第五部曲是对第一部曲《大地苍黄》阐发"天地道心"和第四部曲《大地芬芳》礼赞生态文明的更进一步深化与升华。"天地道心""生态文明"本身即言"天、地、鸟（物）、人"的彼此独立又相互依存的关系。所以作者在第五部曲《大地梦想》扉页引录庄子的话"天地与我并生，而万物与我为一"，恰能印证我对这个问题的分析判断。有道是"三才者，天地人。三光者，日月星。"在此请允许我再做一些引述与考论。不妨再百度一下：

"古人认为构成生命现象与生命意义的基本要素是天、地、人。'天'是指万物赖以生存的空间，包括日月星辰运转不息，四季更替不乱，昼夜寒暑依序变化。'地'是指万物借以生长的山川大地以及各种物产资用。'人'是万物之灵，要顺应天地以化育万物，最终达到'神于天，圣于地'的理想境界。《易经·说卦》：'是以立天之道，曰阴曰阳；立地之道，曰柔曰刚；立人之道，曰仁曰义；兼三才而两之，故《易》六画而成卦。'人的存在意义，跟天与地是一样的，天、地、人并称为'三才'。人秉承着天地的正气而生于世间，就应当效法天地的高厚覆载之德，用一颗仁义之心来为社会大众作出贡献。否则，人与禽兽只不过是名字不同而已！"我们再来观照罗长江先生笔下的"天地人"。第一乐章"大地"借用"宫角羽徵商"古曲乐调，写人鸟之间的故事，把"我"在千年鸟道的行进中的踪迹措置在白鹭洲、打鸟坳、老鸹寨、雁鹅界、鸟树下，并以复调书写：大地上的远方、大地上的伦理、大地上的神性、大地上的爱情、大地上的声音。举个例子分析：大地，是"天空下的大地"，即如诗人题记中"天空，以大地为起点！"换句话说，就是要脚踏实地，仰望星空，从大地出发，沿着天空的向度，即意味着腾越与飞升，这正是追梦的状态："梦想的别名叫远方。诗意的别名叫远方。/生命的冲动、迷惘与憧憬，在远方……"有了诗与远方，人生就会筑梦追梦；身下有大地，心中有远方，就会插上理想的翅膀自由飞翔。"大地上不能没有远方，就像人类不能没有梦想。/当一座山有了远方，山便有了企盼。/当一条水有了远方，水便有了渴望。/当一只鸟有了远方，鸟便有了动力。/当一个人有了远方，人便有了天堂。"简直就是励志的金句，拥有鼓舞人心、催人奋进的力量。第二乐章"天空"借用"光影歌雨风"等天象写古往今来人类渴望像鸟类一样飞翔的梦想与故事，并以和弦弹拨：有一份诗意叫"奔月"、有一种精神叫"精卫"、有一种爱情叫"银河"、有一幅壁画叫"飞天"、有一类飞行叫"跨界"。"飞行"是第二乐章的关键词，"天空播种梦想，大地长出翅膀"，飞行的目的也是梦想："梦想是梦想的起跑线。梦想是梦想的通行证。梦想是梦想的指路牌。梦想是梦想的接力棒。梦想是梦想的凯旋门。"可见，飞行与梦想的关系，梦想与人生的关系。"没有梦想的人生，与徒有翅膀却不做飞翔的家禽有什么区别？"可谓发人深省、启人心智。第三乐章"追梦人"借"坎离巽坤乾"等易经，写千年鸟道追梦人的故事，并作回旋变奏：人世间的救赎、书生报国、荒野里的过客、发出自己的天问、未来已来。仍是以"梦想"为母题，举隅说明"有梦想的人是幸运的""生而为人，不能没有梦想""人是靠梦想活着的""有梦想，就大声说出来！有梦想，就可以飞起来！""我有一双隐形的翅膀，带我飞，飞过绝望……"等人生哲理，由此可见天地道心、天人合一等中华优秀传统文化的持久魅力。

罗长江在新世纪中国散文诗巨大的坐标系上，找到了自己的 C 位。

他怀揣着恢宏厚重的长篇叙事散文诗《大地五部曲》，从三湘大地出发，脱颖于群星璀璨的文学星空，闪烁着耀眼夺目的理想的光亮。

他的散文诗创造了一个全新的散文诗时空，上下五千年，纵横九万里，自由跨越任驰骋，逸兴遄飞自凌云，于双元宇宙中拓展与延伸，已飞至广袤、开阔、辽远的境界。

他的作品，赓续着中华优秀传统文化的精髓，熔铸着时代、社会和人生的大情大理大气度，高扬着大地意识和大地精神，字里行间充盈着健朗的思想风骨与精神元气。

作为一名执着的散文诗的探索者，罗长江先生堪称艺术"跨栏赛跑"的高手。跨越的勇气、跨越的思维、跨界的能力、跨文体的写作，大大丰富了散文诗表现力、叙事力、创新力，散文诗这一文体因此再一次获得新的解放、新的突破、新的疆域、新的视角！

罗长江的创作实践告诉我们：散文诗的潜力是无限的！散文诗人不可以不弘毅，任重而道远！

（崔国发，散文诗人，评论家，池州学院党委副书记。）

注：此文连载于 2022 年第 6 期、第 7 期《散文诗》。

情意合一实相

——读罗长江的散文诗《大地五部曲》

黄永健

一、《大地五部曲》的文体归属

湘楚诗人罗长江激情迸发，十年不辍，发奋创作《大地五部曲》，论者谢冕、秦兆基、邹岳汉、王志清、龚旭东等从不同侧面，对《大地五部曲》进行了评价和阐释，总的来说，评价甚高。

从审美特征上看，散文诗从一开始就是以对于浪漫主义的单向性情感组合模式的反叛而崛起的一种文体。因此，单向性情感组合模式的散文诗从本质上就是反散文诗的"散文诗变体"。散文诗从法国传到英伦，再传到俄国、美国、西班牙、意大利以及东方的印度、中国和日本，由于创作理念的不同，且对于散文诗应具有的批判、反讽、审视功能的淡化，其间也产生了大量的单向性情感组合模式的散文诗，我国二十世纪五六十年代在特殊的历史时期所出现的"颂歌""牧歌"式散文诗，包括四十年代的"战歌"式的散文诗，以及当今的政治歌颂性散文诗，都可以视为反散文诗的"散文诗变体"。单向性情感组合模式散文诗从情感组合的方向性来看，是一种线型结构，或者说是很容易自我依从线型延伸的结构模式。现代散文诗的结构模式分为三大类型：

（一）情感模块的平面性组合

这种组合形式类似于散文，不管它是精短的篇章还是长篇大作（7000 字以上），这种类型的散文诗极易被散文同化，如果不在语言上和意象处理上向诗的表现性靠拢的话。试看柯蓝的《黄昏·星星》：

> 黄昏，是一个不见的休止符吗？是一个拼搏的战士，骑马休息的一个瞬间吗？

那么，星星呢？是一个一个升起的信号弹吗？是一个拼搏的战士，翻身上马迎接黎明的出发点吗？

黄昏太寂寞，星夜太宁静了。但在这寂寞和宁静中，却蕴藏着出击。……

在生活中你能经常出击吗？在人生中，出击是最勇敢、最智慧的象征，是最诱惑人的形象。它带着成功和失败的两翼。我愿意时刻拥有生活中的失败和成功。

（二）情感模块的立体交叉组合

它已不是传统审美观照下的情感组合模式，而以某一肯定性的情感配以否定性诸情感，或者相反以某一否定性情感配以肯定性诸情感，这时，情感之间就产生了多向性的立体组合形态，它更符合现代人的内在情感形式。试看：

黑色的峡谷，一位少女款款而来。黑色的裙裾飘逸，颤动着夜的叹息。

一朵簪花点缀星空，在情人的湖泊，荡漾一片古典的心绪。

梦之翼，被沉重的泪湿润了。

无梦的子夜，冷寂如荒原。远方唯一的枯树上，听见一条蛇蠕动的声音

在唱歌。

……于天之外，寻觅一曲恋歌。

桃树，在你的眼里，摇曳着苦楝的凄凉。泪的果实，晶莹而剔透。无尽的滋味，谁人能解？

又希望谁人能解？

你，这夜的精灵！

箫声，悠远的沉思与祈祷，冥冥之中，叩开众妙之门。每一个音符，盛开着玫瑰，或五月的石榴花。

自然，我们化为一个平凡的音符，长眠在箫管里，听你的心动，数尽历史的坎坷。

而吹箫少女，穿黑裙子的少女，为什么你原始的唇，吻岁月的潮涨潮落，要如此急切地把我吹成

黎明之鸟？

（闻笛《吹箫少女》，原载《散文诗》1997年第4期）

（三）情感模块的网络状组合

现代性的情感体验中，美丑并存于同一审美对象，美丑相互依存于同一审美客体，并在更高的审美观照层面上统一起来，这已成了二十世纪诗歌语言的基本原则。瑞恰慈说："通常互相干扰、冲突、排斥、互相抵消的方面，在诗人的手中结合成一个稳定的平衡状态。"如当代散文诗诗人喻子涵的《门》：

午夜，当我猝然醒来，我已踩响漆黑的旋律——多少年不再发光的星辰在脑子里流闪；一座座石墙，一道道门坎，荆棘与血块铺垫的金色大道，我向你走来时的泪光莹莹。

坚定地坐下来，就在这积满尘垢的十字路口。你不要再问我从哪里来，

那里实在太远，杳杳然如天籁之音飘过之处。我已忘却家乡丢失在哪里。支起我疲惫的身躯，舐抚我的伤口，心灵的尖塔在第一千零一座城垣的上空闪烁珠光。

向一道门走去就意味着死之复生，跨过一道门就意味着生之复死。生命就在这一千零一道门之间飘过迷迷蒙蒙的小雨；一丝丝凄绝的回忆、淡淡的忧思、青涩的怀想，化成缕缕的温暖、辛酸与迷梦，既像清明时节泥泞小路的幽幽哭声，又像墓园里、石碑前一束无名的洁白小花在雾露中的清香。

终于，我跨过最后一道门看到了天边的一轮星。我向他祈祷。天国的光辉普照我的灵魂之舟，使我生命的黑幕缓缓下降接受忏悔的沐浴。

《大地五部曲》整体的情感模块属于立体交叉组合和网络状组合，它对应的是诗人生活的现实和其心灵的现实，各自独立又相互回护的五个诗性文本，通过个体情感立体交叉组合和网络状组合，"情义合一"地书写了湘楚大地特别是张家界的历史、人文及地域风情，情感模块的立体交叉组合和网络状组合外边的"圆"至为重要，它总揽情境，范围漫溢的情感、情绪之"目"

于一个自足的情感结构之内，从而构成"奇特的情境"。《大地五部曲》之《大地苍黄》《大地气象》《大地涅槃》《大地芬芳》《大地梦想》五部作品分别对应"土、火、水、木、金"，作者以中华传统文化阴阳五行思维总揽情境，范围漫漶的情感、情绪之"目"于一个自足的情感结构之内。《大地五部曲》不是五部作品的简单累加，而是一部整体思维运作下的内在张力强劲的太极式多重连缀复合结构交响作品（秦兆基）。因此，《大地五部曲》被视为汉诗写作创新实践中的长篇叙事性散文诗，并无不可。

二、情义合一实相理论

近年来，我国艺术界原创性不足，跟风模仿盛行，创作失范，评论失衡，文艺理论界具有不可推卸的责任。已有学者指出，我国当代文艺理论研究乃至艺创理论研究越来越远离艺术本体，偏离艺术范畴的认知和认识，沦为哲学、美学、史学，乃至社会文化学、考古学和政治学的附庸，因此，文艺理论研究偏离艺术本体的现象值得警惕。艺术的本体是情意复合体，或曰"情意合一实相"，"情意合一实相"之相，《说文解字》训为"从木目"，站到树上看，故"目接物曰相"——肉眼能看到的一切都是"相"，相当于与主体相对的客观事物，而在佛学中"实相"为本体、实体、真相、本性，引申而指一切万法真实不虚之体相，或真实之理法、不变之理、真如、法性等，相当于终极存在，只可意会不可言说的"道""体""绝对理念"等。艺术作品可见、可闻、可触，是实际存在的客观事物，是为"实相"；艺术作品又可能永远消失于历史风尘，不可见、不可闻、不可触，犹如佛家的"法相"，它是虚幻不实的存在。因此，"情意合一实相"又可以指向历史上出现过、存在过又消逝了的艺术作品，以及将要出现的艺术作品，"情意合一实相"对应着过去、现在及未来的一切艺术存在，情义合一实相理论可以拿来对当代诗歌包括散文诗文本进行价值评判。

评价艺术作品的第一标准——情性、情感、活感性，其次才是意——意理、意蕴、意涵。一切艺术作品"以情为本"，"以情窥真"，痛苦的、绝望的感情与欢快的、昂扬的感情以及人类一切的悲欢离合是艺术品发生、存在的根据，伟大艺术的第一要义是"真情实感"，而不是"真理妙义"，后现代艺术号称玩观念——观念先导，与"文革"艺术观念先行，都是背离艺术本体的反艺术行为，其极端是消解了艺术。但是，艺术徒为畅情、放情、滥情，没有情思、情致、情境——通过情感的自觉抵达生命和宇宙的真实性存在，则这种艺术虽"真"而难以"善美"，有些流行歌曲表现了欲死欲活的世俗情感，迈克尔·杰克逊在舞台上狂情轰炸，观众至晕厥死亡，这种艺术情真意乖，以暴戾之情将艺术接受者引入诡异之境，其意不正，作品在特定时空可以被贴上"伟大"标签，时过境迁，却终归不可能成为经典。

三、《大地五部曲》的艺术价值

在情义合一实相本体论的观照中，第一流艺术情意合一，从《诗经》到《红楼梦》，从《哈姆雷特》到《泰坦尼克号》，情为经，意为纬，情意合一，情醋理密。第二流艺术意情合一，现代实验先锋艺术、戏剧，意为经，情为纬，意情合一，最多只能成为第二流艺术，后现代艺术号称玩观念，与"文革"八大样板戏一样，观念先导情性隐退，都是背离艺术本体的反艺术行为，理念至上观念先行，或者将意义作为评价艺术作品的唯一标准，则最终艺术为哲学取代，艺术消亡。第三流艺术唯意无情，如中世纪宗教艺术、哲学诗、观念艺术等。

我们注意到，当代汉语散文诗写作也存在原创性不足，跟风模仿盛行，创作失范，评论失衡的情形。一些散文诗写作者迷信所谓的"思想""哲理"，认为理念、内容或者强迫读者去猜谜的个人性的"偏见"更为重要，特别是一些坚信"解构主义""破碎思维"为创作圭臬的诗人作家，在中华民族伟大复兴和构建人类命运共同体的新语境中，依然不肯进行必要的文化省思，创作出来的散文诗和自由诗顺着西方后现代文化蔓延的方向，不知所终，而评论界没有足够的理论勇气对其进行客观评价，主要原因就是我们还没有建立本土化的并符合人类文化演化方向的艺术本体论、知识论、价值论和方法论。《大地五部曲》是不是创新之作，有无内在的甚至恒久的价值，这需要我们以本土创化出来的"艺术本体论"加以观照。首先，《大地五部曲》是散文诗文本中的"情义合一实相"，贯穿的五部作品中的首先是"激情"。试看：

> 一天夜里他从被窝里钻过去，跟小姑姑睡一个枕头。他去抓小姑姑的奶子，小姑姑轻轻打他的手。他打着哭腔说，小姑姑，我想妈妈了！小姑姑愣了一下，把他搂过去，让他的脸埋进温软的胸脯。迷迷糊糊睡着后，他做梦，梦见母亲了。梦见母亲踩着云朵一样的土地，脚不沾地似的，轻飘飘沿着河岸走，岸边长满了芭茅和野樱桃。河面上起着雾，看不大真切。他猜是母亲的背影。真的就

是母亲！他一边大声喊妈妈，一边撒开脚丫在后面赶。母亲却不搭理他，只顾走她的。他已经跑得飞快了，可还是赶不上。他一边赶，一边喊，一边哭。哭啊哭啊，泪水掉落岸边，野刺莓的枝叶间长出来殷红殷红的小果果；泪水掉落田野，堆好的稻草垛长出来嫩芽；泪水掉落大河，河床发大水了……

少年转身往洲尾走去，河水无声地流淌。

少年面朝东去的河流，唱着心底的酸涩：

鹭鸟年年秋天离开，
会在二年春天回来，
我的爹妈离开以后，
再也没有回来过了。

《大地五部曲》以各种强烈情感的反复叠加、映射、穿越来唤醒读者对于自己心灵世界和现实生活的感应、感觉和感知。昌耀晚年创作了一批掷地有声的散文诗，在他晚年出版的《昌耀的诗》的后记中，谈及诗的分行与否，他写道：

我并不贬斥分行，只是想留于分行以更多珍惜与真实感。就是说，务使压缩的文字更具情韵与诗的张力。随着岁月的递增，对世事道德洞明、了悟，激情每会呈沉潜趋势，写作也会变得理由不足——固然内质涵容并不一定变得更单薄。在这种情况下，写作"不分行"的文字会是诗人更为方便、乐意的选择。但我仍要说，无论以诗的形式写作，我还是渴望激情——永不衰竭的激情，此于诗人不只意味着色彩、线条、旋律与主动投入，亦是精力、活力、青春健美的象征，而"了悟"或"世事洞明"既可能是智性成熟的果实，也有可能是意志蜕变的前因，导向冷漠、惰性、无可无不可。我希望自己尚未走到这样一个岔路口。

昌耀认为他晚年创作不分行的文字（散文诗），完全是见识增长、情感沉潜之后的自然选择，虽然晚年理性力量有压倒感情活力的趋势，但是"永不衰竭的激情"相对于"了悟"或"世事洞明"来说，更具有决定性的意义。

昌耀这里所说的"永不衰竭的激情"实际上相当于叶燮所说的才胆识力之"才"（才情、天分）。

其次，"情义合一实相"《大地五部曲》中的"意"导人向善趋美，人秉七情，看似痴迷不悟，而实际上"有情人"身陷情窟，体情入微，情性相通却能通过"情"的无常暂驻，彻骨之痛，依境攀缘，始得省悟与"情"合胞同体的宇宙大道。在人类的情感的深处，含藏着人类的思想、理念、价值观，原始艺术以其激烈的情感性和直觉性，表达初民对于宇宙和生命的认知和想象。进入文明社会之后，各民族的艺术文化以其各具个性的艺术形式或艺术语言，表达各民族人民对于宇宙、生命和生活的认知和判断，"艺以载道""艺以载情"，各民族的艺术所载之"道"和"情"，必存差异，如果其所载之"道"为"正道""正见""正念""正思维"，则其艺术精神是"正能量"，相反，其所载之"道"为"歪道""邪见""恶念""乖思维"，则其艺术精神是"负能量"；艺术作品所载之"情"，或喜乐昂奋，或低沉凄凉，或多情迭出相与对话糅合，只要这些情感过程、情感直觉、情感触悟最终指向"正道""正见""正念""正思维"，则其精神品质是"正能量的"，其社会作用也是"正能量的"。

《大地气象》以叙事散文诗笔法还原了一九四五年四月九日至六月七日，发生在雪峰山地区的湘西会战，中国军大败日军，粉碎了日军的"迷梦"。相看白刃血纷纷，死节从来岂顾勋。作者在血与火交织成的散文诗文本中，以"哀而伤""怒而喜""悲而欢""爱而恨"多种情感的相互穿插、互动和联觉，最终揭示的是"世界祈望和平"的大结论。

> 美丽的侗寨。良风美俗的侗寨啊！
> 炊烟连着炊烟。田埂连着田埂。
> 鸡犬之声相闻，近邻胜似远亲。
> 用佛教的话说，同船过渡缘分是五百年前修就。
> 用基督教的话说，众生平等，大家都是上帝的子民。
> 天灾人祸，大伙抱成团共同面对。
> 逢年过节，大伙摆出千家宴欢庆。
> 谁家的老人过世了，大家帮着治丧。
> 谁家的儿女考上学了，大家帮着高兴。
> 谁家的女人难产死了，婴孩吃百家奶长大。
> 明里，暗里，伤天害理的事不干。

再穷，再富，见利忘义的事不干。

没有人压迫人，也没有贵贱之分。

管理公共事务的人由大家推举产生。

有了磕磕碰碰，由族老秉公调解。

出现矛盾纠纷，按款约划清责任。

大大小小家庭组成的村寨是一个命运共同体，

你中有我，我中有你，千百年就这么相依相携走来。

多想把它放大成"地球村"啊，

大大小小的国家好比村中的睦邻。

注入和平的正能量。让战争远离人间。

便如刘欢和月亮女神歌唱的那样：

"我和你，心连心，永远一家人。"

《大地梦想》最后部分敞露他对"大地"未来的畅想是美且善的：

相信未来！相信雾霾过后是晴天，明亮万里河山。

相信未来！相信冰雪过后是春天，春天嫁接梦想。

相信未来！相信无论世界有多少危机与"末日"，都会有一个"化险为夷"的词语迈着猫步，机智地绕开形形色色的雷阵和陷阱。

相信未来！相信人类终将学会摆脱"外挂"给自身的种种不能承受之重，心灵从大地往天空飞升，轻盈如白云。

根据本人阅读《大地五部曲》的直觉感受和以上分析，我们可以认为这部书是符合"情义合一实相"艺术创作规律的当代长篇散文诗作品，在当代中国散文诗文本中，难能可贵，《大地五部曲》得到了读者、学者和出版界的推许，自在情理之中。

（黄永健，评论家，深圳大学教授。）

注：此文连载于 2022 年第 10 期、第 11 期《散文诗》。

自铸伟体，取径辞赋

——长篇叙事散文诗《大地五部曲》的建构和表现艺术

秦兆基

　　罗长江的《大地五部曲》全书结构显现出作者在艺术创作的终极追求：以大湘西为原点，对我们民族一百多年来从乡土中国艰难而又缓慢地走向现代中国的历程，予以全面显现。作品从农耕社会的沉滞而淳朴的风习，写到关乎民族存亡的抗日战争、城市化进程中的阵痛、生态环境的保护和改善，直至民族复兴愿景和人类梦想的示现，可谓以"文学雄心"熔铸"伟大交响"。

　　为了实现这样的"文学雄心"，在进入创作过程中，罗长江首先碰到的颇为棘手的问题，就是要为自己的创作构想找到最为合适的结构载体和话语方式，因为只有择定足以容纳并能从容表现如此宏大题材的文体样式和表现方法，才能完满地显现自己的创作意图。内容决定形式，文学理论教科书常常这样说，其实，反过来也一样，内容决定于形式，就像好马要配好鞍才能显现出英姿一样。

　　在前辈诗人彭燕郊以长篇散文诗结体的《混沌初开》——被视为20世纪中国知识分子的精神史诗——的启发下，罗长江选择了长篇散文诗这种文学样式。但彭氏这部作品取鉴于骚赋，将赋体——自中国文学源头的古老文体和来自欧西的新兴文体散文诗融为一体，因为作品的题旨和骚赋相近，侧重于个我思想探索和情感变化的揭示，而不是社会历史和现实的形象展示，抒情性重于叙事性，属于叙事抒情性的作品，而非完全意义上的叙事散文诗。

　　以《混沌初开》为范本，简单地套用、因袭，看来是不行的，因为罗长江需要的是有着更大的艺术容量，能够呈现我们民族在现代化道路上行进的历史与现状图景为旨归的载体，但是，彭燕郊对长篇散文诗的开拓昭示了他，取径于辞赋中体制宏大、铺张扬厉、散韵相间为基本特征的汉代大赋，直追枚乘和司马相如，借鉴辞赋的结构方式建构，广泛地运用辞赋的话语方式进行表述，将来自异域的散文诗与来自传统的辞赋予以糅合，自铸宏构。

一

取鉴于辞赋，以提高散文诗的表现力，前辈学人和散文诗诗人早就思索过，并在艺术实践中尝试过。这是因为散文诗作为一种外来文体，必须实现本土化，融进中国元素，化为具有中国风格、以适应中国公众美学兴味的艺术样式，才能在华夏沃土上滋生蔓长；因为辞赋蔓延纡徐、散韵相间、词丽义雅的特点与散文诗自由、无拘无束的野性精神有着相通之处。

在相当多的先哲时贤眼中，散文诗与辞赋几乎被视为同质异形体。早在1906年，王国维认为"庄、列（庄子、列子）的某部分，即谓之为散文诗，无不可也"。现代学者、诗人郭沫若则谓在古代"我国虽无'散文诗'之成文，然如屈原的《卜居》《渔父》诸文，以及庄子《南华经》中多少文字，可以称为'散文诗'的"。当代古代文学研究家袁行霈先生立足华夏文学本位，作出思辨性的阐述。先说："散文诗（Prose Poem）肇源于欧洲，中国古代何所谓散文诗耶？"接下去话锋一转："然则，古代果无散文诗耶？恐亦未可遽言之。散文诗，以文视之，有诗之抒情性；以诗视之，有文之描叙性。法兰西诗人波德莱尔所谓'足以适应灵魂抒情之震荡，梦幻之波动与意识之惊悸'者也。以此衡鉴我古贤之作，多有暗合者。"最后作出论断："故可谓古无散文诗之名，而不可谓无散文诗之作品。"当代学人陶文鹏先生张扬此说，于其主编的《中外散文诗鉴赏大观·中国古代类散文诗卷》中，入选自先秦到清代被视为中国古代散文诗的大量作品，其中甚多辞赋类的作品，诸如楚辞中的《卜居》《渔父》，汉代散赋中张衡的《归田赋》，六朝小赋中江淹的《恨赋》《别赋》，宋代文赋中欧阳修的《秋声赋》及苏轼的前、后《赤壁赋》等，从骚赋直至文赋，旁涉四六文与小品文。不过对汉代的大赋，仅选了枚乘《七发》中的《观潮》部分。

借鉴华夏固有的文学样式，以丰富散文诗的表现力，而倾情于辞赋的，前辈作家做过不少尝试。如鲁迅《野草》中的《好的故事》《雪》分明就留有六朝抒情小赋的痕迹，《墓碣文》《死后》更可谓直追骚赋；何其芳的《画梦录》中不少篇章，则近于王粲的《登楼赋》和庾信的《哀江南赋》。但是偏偏忽视了辞赋重要的一支——汉代大赋，散文诗人中甚少有取径于此者。

罗长江为什么别开蹊径，径自地走向汉大赋？

其一，《大地五部曲》作为史诗型的长篇叙事散文诗，在中外散文诗中难以找到类型相近而可以直接模仿或套用的范本。

中国散文诗中，史诗型的长篇叙事散文诗，在罗长江之前没有人尝试过，而在西方散文诗中虽有不少长篇叙事散文诗，诸如法国诗人波德莱尔的《拉·芬法罗》，洛特阿罗蒙的《马尔多罗之歌》，圣-琼·佩斯的《航标》《流亡》，纪德的《地上的粮食》，德国哲学家、诗人尼采的《查拉图斯特拉如是说》，西班牙诗人希梅内斯的《小银和我》，但都有情节设置的。唯一和罗长江要营建的《大地五部曲》差近的，是意大利诗人、小说家卡尔维诺的《隐形的城市》（现译为《看不见的城市》）。罗长江说过："写作《大地苍黄》，换言之涉足长篇叙事散文诗，事出偶然。一天，我翻出彭燕郊先生送我的《隐形的城市》（花城出版社 1991 年版）。读着他为主编这套译丛而撰写的总序，真有说不出的亲切。"是卡尔维诺的这部作品和彭燕郊的谈话，引发了罗长江最初的创作冲动和构想。不妨说，卡氏的这部长篇叙事散文诗为《大地五部曲》提供了建构的某种借鉴。

从比较文学的角度看，《隐形的城市》在结构和话语表述方式上，与汉大赋有不少相近的地方：第一，它是由忽必烈汗与旅行家马可·波罗对谈中展示的，有类于汉大赋中常用的"主客谈"的模式；第二，它是由马可·波罗历数了他旅游中见到各种各样的城市，为忽必烈汗建设理想城市做参考，摛文铺采，着意描述，竭尽夸张之能事，有类于汉大赋的话语方式；第三，它将一个城市作为一个独立的叙述单元，各个单元平行设置，有类于汉大赋平行展开的结构方式。不过，一则其篇幅并不太长；二则有着淡淡的情节——大汗与马可·波罗一次次交谈——贯穿全部作品。罗长江创作《大地五部曲》，从题材处理、意旨体现、话语方式等角度来看，简单地套用仍是不行的。

其二，汉代大赋，是与中国现代散文诗，确切地说，是其中的以抒情为性征的小散文诗，在美学追求和表现方式上有着很大的差别，而抒情性的小散文诗又被不少诗家视为正宗。

汉代大赋以宏大叙事为性征，它上承《诗经》《楚辞》的文学传统，"赋也者，受命于诗人，拓宇于楚辞也。"现代学人瞿兑之就这句话作出解释："这话极精，诗有六义，其二曰赋。用诗人赋物的方法，加上《楚辞》的形式，便形成汉魏以后的赋。"又就汉赋说开去，云："汉朝的皇帝都喜欢提倡文学，于是宫廷文学尤其重赋，而赋的对象也以宫廷为主，司马相如《上林赋》，扬雄《羽猎赋》《长杨赋》都是。再扩而广之，班固《两都赋》，张衡《两京赋》、左思《三都赋》，也是从描写宫廷而出发的。"

司马相如、班固、枚乘等人的大赋，在中国文学史具有自己的意义；从体制上看，创造了体量空前庞大的以叙事为主的文学载体。《诗经》中多是些短章什篇，《离骚》虽是长篇，但也只有375句、2459字，比起汉大赋连篇累牍构成系列、动辄万言来，可谓不可以道里计。从表现方法上看，汉大赋承续和发展了传统的赋物手法，肆力铺衍，致力形容描绘。从语体风格上看，汉大赋改变了先秦精简朴实的文风，而以奇谲瑰丽为形态特征的话语风格炫耀于世，更为重要的是，它创制了足以从正面展示重大题材，足以承载巨大容量的结构方式。当代西方结构主义学者霍克斯认为："事物的真正本质不在事物的本身，而在于我们在各种事物之间的构造，然后又在他们之间感觉到的那种关系。"结构所揭示的事物内部关系，是体现事物本质；对于结构的审视，是把握事物本质的途径。汉大赋为《大地五部曲》的创作，提供了最为贴近，也是最为合适的结构方式。

罗长江取鉴于《隐形的城市》，而皈依于汉大赋，在西方长篇叙事散文诗和中国古代辞赋，特别是汉代大赋糅合起来，成为适应自己创作要求的具有独特风格的新文类。

二

赋体是有一定格律约束的，**但是**，处于文体发展早期的汉大赋，比起后来的律赋、四六文，要自由得多，且更富有诗性精神。正如前人评《子虚赋》《上林赋》所云："从《高唐赋》而铺张之，加以纵横排宕之气，其局开张，其词瑰丽。"也正如前人评《封禅文》："如云兴水溢，一片浑茫骏邈之气。"结构的整饬、严密，并不会有损于作品的诗性精神。

《大地五部曲》五卷，五个乐章，循着历史和题材内容的经纬平行设置，从历史、现实走向未来的愿景，在每一部中，也依据赋体设定自己的结构方式，以适应本部分特定题材和意旨表述的要求。如《大地苍黄》着眼于表现一个村庄的美丽与沧桑，有着更多的乡土味，于是就选择了二十四个节气的"竹枝词"贯穿全诗。《大地气象》着眼于变现昨日发生在湘楚的国殇，于是就选择了《楚辞·九歌》——有着巫祝色彩、缘于三湘的诗章，用古老而又现代的民间祭祀仪式：招魂——送神，贯穿全诗。再如最后的乐章《大地梦想》，有如尼采的《查拉图斯特拉如是说》第四部分中的《梦行者之歌》。尼采把这部分比作音乐家E.W.弗利兹的交响乐《生命颂》，并期望"将来总有一天，人们会唱着这支歌纪念我"。于是罗长江就将这部分作为交响乐来处理，将这部分视为三个部分，并为每个部分标出曲式、节奏、调号等等。

再从《大地五部曲》每个乐章结体的内部看，基本模式是分先为若干乐段，每个乐段，以诗起兴，主体平行展开，最后予以收束。这个模式也和汉大赋相近。刘勰述及汉赋结构方式时，云：其结构"序以建言，首引情本；乱以理篇，写送文势。按《那》之卒章，闵马称'乱'，故知殷人辑颂，楚人理赋，斯并鸿裁之寰域，雅文之枢辖也"。就是说，这些大赋用序言开头，用总论结尾。序言作为发端，开始引出作赋的情事根由，结论用来总结全篇，加强文章的气势。按《商赋·那》篇的最后一章，闵马父称为结论，所以知道殷人编撰《商颂》，楚人作赋，都有结论。这都是属于鸿篇大制的关键。刘勰就汉大赋所作的这些论述，就是说大制作，一定要讲究结构的完整性和缜密性。如《大地气象》的第三歌《英雄故事歌·湘西会战》，分为五个乐段，计为：一、序曲，二、点兵，三、战争歌舞，四、雪峰前奏曲，五、南部战争掠影，完整地表现这次战役。其后还设置了一则类似"乱"与"尾声"的"链接"——《有一种尊严叫血性——战场内外：镜头与画外音》，除了总结全乐段，强化文势以外，还如曲终奏雅，余音袅袅，逗人情思。

三

《大地五部曲》对于辞赋的借鉴，不止于结体方式，正如文章前面所言，也包括其话语流的构成和语体风格。

辞赋语言的风格特征，刘勰先就骚赋而论，"气往轹古，辞来切今。惊采绝艳，难与并能矣"；后就汉赋和六朝小赋而论，"原夫登高之旨，盖睹物兴情。情以物兴，故义必明雅；物以情观，故词必巧丽。丽词雅义，符采相胜，如组织之品朱紫，绘画之著玄黄，文虽新从而有质，色虽糅而有本，此立赋之大体也"。就是说，骚赋的语言，才气压倒古人，文辞超越后代，文采惊人，美艳绝顶，难以和它比美了；就是说，汉赋和六朝小赋的语言，推求其登高作赋的目的，是揭示看到景物兴起的情思。情思因外物兴起，所以含义一定要明显雅正；外物通过情思来观察，所以文辞一定要巧妙艳丽。巧丽的文辞，雅正的含义，像玉的美质和文采配合得好，含义分邪正，像丝织品分为正色、间色，文辞求藻采，像绘图的显示色彩，文辞虽新而有内容，色彩虽繁复而有意义，这是作赋的大概要求。刘勰所提出的作赋的原则，总括起来说，就是物与情要相配，文与质要相应，作者要用巧丽的文辞来传递出雅正的含义。

《大地五部曲》在立意上，力图实现至高的精神追求，"究天人之际，通古今之变，成一家之言"。在诗情含蕴与显示上，直追楚骚，在对中国历史与现实的全相呈现上，遥承汉赋，于语言材料方面，广采博览。基于散文诗和辞赋散韵相间一样兼具散文和诗的因素，毫无约束地扩展自己语体运用的领地。从散文一块看，不仅容纳了文学散文，还吸纳了神话、童话、民间故事、戏剧、小说、纪实文学、口述历史等叙事文体，还吸纳了文学文体以外的非文学的话语样式，诸如新闻类传统媒体中的博文、跟帖、简书等，应用文类中的日记、书信、短评、电报稿、布告、祭文等；从诗这一面看，它不仅容纳了中国古典诗词、日本俳句，还吸纳了民歌、山歌、田曲、童谣乃至巫歌、傩曲，甚至带有套曲意味的表演唱——《河街十二拍》《河街十二帖》《河街九张机》，以及宗教和民间信仰中的经咒、祈祷辞等等。这些所有形态各异、话语方式各异、美学特性和功能各异的文类，统统被至高的精神追求统一起来，予以雅化。

注：此文刊于 2022 年第 4 期《中华辞赋》。

《大地五部曲》的丰富性、建筑美和中国意象

任　瑜

　　作为散文诗，罗长江《大地五部曲》的体量之庞大、内容之丰裕、结构之复杂，在自身的文体领域内，即便不是后无来者，恐怕也是前无古人，以至于谢冕先生都说这是他迄今为止读到的"最长、最全面，也最系统的散文诗鸿篇巨制"。"鸿篇巨制"是对文学作品的一个具有相当高度的赞誉之词，这样的赞誉对于小说而言可能算不上罕见，对散文诗来说却是非同寻常，也更为宝贵。毕竟，以散文诗的形式创作出鸿篇巨制，几乎是一个艰巨的文体性挑战。作为一种常常被视为"特殊"的文体——诗歌和散文的"混血儿"，散文诗天然在形制上有着双重的特性，相应地，也有着更多的限制。被给予的创作空间的先天不足，再加上长期形成的观念定式，让散文诗的写作常常有着"螺蛳壳里做道场"般的局促，很难形成广阔的格局和恢宏的气势。所以百年来的散文诗创作，多见灵雅、隽永、轻盈之风格，却鲜少厚重、宏伟、华美之气象。虽然有过鲁迅和波德莱尔，有过纪伯伦、兰波、何其芳等散文诗大家，但散文诗给予读者的鸿篇巨制的阅读体验，无论如何是谈不上充分的。如今，《大地五部曲》以自身的宏阔和浑厚战胜了这一挑战，为我们的散文诗阅读提供了难得的鸿篇巨制，这一胜利本身在文体上的价值和意义，自是毋庸置疑的，也是值得强调并珍视的。博尔赫斯在《诗人的信条》的演讲中谈到"厚重的巨著"时曾说：很多书的地位就在于他们的长度。就《大地五部曲》而言，"鸿篇巨制"本身就足以标示它在散文诗发展中的地位了。

　　当然，《大地五部曲》的价值，不单单在于它的厚重和长度，更在于它丰富的内容和形式，给散文诗的阅读者、写作者、研究者出了一道"难题"：面对如此鲜见的体系性、复合式作品，如何才能不挂一漏万、顾此失彼，准确而全面地理解或评价它在内容与形式上的创造性价值？这个"难题"并不是不可解答或难以解读，恰恰相反，其"难"正在于它可解答的问题太多，可解读的内涵太丰富。《大地五部曲》之中包含着许多鲜明且值得探究的文学特性与元素，它们在不同程度上牵涉或指向了不同的文学话题：从文体范畴、

文本样式到结构设置、话语方式，从题材、修辞到审美、情怀，从叙事到抒情，从技术到艺术，从传承到创新。简言之，文学范畴之中尤其是散文诗领域内的诸多重要话题，皆能在《大地五部曲》中找到例证，而且，是能够引发思考并足以展开探讨的例证，也包括令人肯定甚至赞叹的例证。对于这一点，谢冕、秦兆基等先生已经在《大地五部曲》的序中从多个角度给予了充分而专业的说明。可以说，像《大地五部曲》这样有着开阔、多维文学空间的作品，本身就是一个丰富而迷人的文学话题。只要是一个阅读者，打开这套书中的任何一部，都能获得比预期更为复杂也更为深刻的感受及触动：关于文学和艺术的，关于民族和历史的，关于大地与生命的，关于万物与人类的……

丰富性、建筑美和中国意象，是作品给予笔者最为强烈的感受。

一、作品的丰富性

不需要专业的文学知识，我们就能直观地从《大地五部曲》中感受到"新"与"旧"——现代和传统——的融合及其艺术效果。"新"的和"旧"的，或者说，现代的与传统的文化元素、艺术手法乃至思想情感，在"大地"系列中有着几乎无处不在的交错与和谐。其中，既有散文诗这种现代文体对于古典诗歌和辞赋的灵活运用，也有五行、《易经》等传统文化元素与思维的现代阐发，亦有宫角羽徵商的古典乐章与现代交响诗的灵魂合奏，更有传统审美意趣与现代人文关怀的水乳交融。如果说，第一部《大地苍黄》中是将古典诗歌嫁接于现代散文诗之中以生发出新质——以二十四首节气竹枝词来引领季节的轮转、描绘时间中的人及情，那么，到了第二部《大地气象》，则是将古典诗歌融入了现代文本的血脉与精神之中——以屈原的《九歌》来架构全篇，从骨架上承托起对国族记忆的历史书写，刻录下曾经的耻辱、伤痛、血泪以及永远的不屈的精神，将屈原深切的国族之爱和《九歌》的激昂悲愤之情，以新的内容再一次惊心动魄地表达出来。这里对屈原和《九歌》的引入，已不单单是形式上的借用和结构上的启发，更是内容及情感上的呼应，精神和情操上的相通，可谓《九歌》的现代"复调"。诸如此类的"新""旧"结合，让《大地五部曲》具有了一种不同寻常的新质，那便是传统史诗的厚重与现代艺术的轻灵之间的交错与和谐。由此我们也发现，所谓的"新"和"旧"，在文学的"时间"中并不重要，重要的是，能从中创造出真正的超越时空的"新"，就像《大地五部曲》所做的那样。

同样的，不需要专业的阅读技能，我们也能真切地从《大地五部曲》中领会"雅"与"俗"的融通贯通。在散文诗的主框架之内，《大地五部曲》纳入了诸多雅的、俗的表达形式和话语方式，有高雅的交响乐、歌剧，也有充满生气的民间小调、山歌、童谣；有严肃深沉的历史剧、诗剧，也有野蛮生长的民间故事、口述实录；有但丁、波德莱尔式的幽深而璀璨的经典诗句，也有普通人朴实无华的日记和聊天记录。这些不同美学特性的表达形式，被融入同一个文本之中，说起来似乎是风马牛不相及，看起来似乎是跳跃和转折，感受起来却是那么自然而鲜活、流畅又生动，让我们不由感叹，原来，所谓的"雅"和"俗"，可能本就是一体的两面。而且，不仅在"文"的层面如此，在"质"的方面，《大地五部曲》亦是雅俗兼及，且彼此相呼、相应。其中既有烟火升腾的日常岁月——如河街的日子，也有远离俗世的清风霁月——如大峰林的假期；既有生老病死、男欢女爱的世俗生命关怀，也有深沉超越的诗性文化与生态文明情怀。超脱的和凡俗的、现象的和本质的，就这样融为一体，为我们呈现了一部多声部、多风格且大雅大俗、雅俗共赏的"散文交响诗"。

　　此外，从《大地五部曲》中，我们还可以感受到"宏大"和"细微"、"抽象"与"具象"的奇妙结合：在还原和考辨的史实之外，存在着超绝的空幻之想；在思辨的哲学与伦理之思中，穿插着鲜活具体的世俗生活；既有高远的"言志"之诗，也有浓郁的"思有邪"之情。诸如此类的兼收并蓄，不一而足。显然，《大地五部曲》丰富的艺术特性和内涵，并不需要专业的"显微镜"来辨识。散文诗的写作者、研究者及普通读者——都可以在对《大地五部曲》的阅读中体会到它那鲜明的复合多义的丰富性。

二、作品的建筑美

　　近一个世纪之前，闻一多先生在为新月诗派的格律诗寻找艺术理论的时候，提出了著名的"三美"理论——绘画美、音乐美、建筑美，对诗歌的创作产生了深远的影响。然而，长久以来，我们对诗歌的阅读，多有"绘画美""音乐美"的感受和体会，却鲜有对"建筑美"的深入表达。也许是因为在理解"建筑美"之时，我们常常下意识地将之简化为一种形式布局上的效果，寻求的是闻一多先生所说的"节的匀称和句的均齐"，但疑惑也因此产生：如何在诗歌的形式中形成多样的"建筑美"？或者说，"建筑美"只有形式的"匀"和"齐"才可以形成吗？如今，《大地五部曲》以散文诗的形式，为我们提供了一个关于"建筑美"的独特答案。

　　纵观整个"大地"系列，五部曲的组合就像一座精心设计、精密打造的综合建筑体。由金、木、水、火、土五行搭建出的主结构，既是严密、契合的，又是开放而延伸的。主结构之中的每一部又分别是一个自成体系的小结构。每个小结构都有自己的宏观主题，如果将第一卷《大地苍黄》的主题取向归为"时间与人"的话，那么第二卷《大地气象》则是"国族与人"，第三卷《大地涅槃》是"生活与人"，第四卷《大地芬芳》是"自然与人"，第五卷《大地梦想》是"梦想与人"。依据各自的主题内容，每一部在结构形式上又都有自己的安排和设置，形成自己的风格和特征：《大地苍黄》是四卷二十四章，对应四季和二十四节气；《大地气象》是"九歌"；《大地芬芳》是包含了七个七日（一周）的假期；《大地涅槃》是各种具有生活气息的形式组合；《大地梦想》则是乐曲和乐调的变奏与演绎。甚至每一部的每一个章节，都有相应的形式设置，依据内容插入不同节奏和类型的文本来变化与应和。与此同时，五个主题结构之间，就如同五行的彼此相生，也是彼此呼应、互为支撑的，你中有我，我中也有你，血肉般契合在一起，最终将天地、生灵尽收囊中，形成了一个几乎无所不包的宏大幽深的"旷宇"。简言之，《大地五部曲》的结构和形式，就像一座"巴比塔"，通向的是文学的、艺术的丰富，但在外观上又宛如一个实在的客体，庞大、复杂、精密，各部分之间既独立又紧密联结，各自的风格既鲜明又互为呼应，整体上呈现出多种建筑性的美学特征——繁复、精美、雄奇、典雅、阳刚、绵邈……这不就是闻一多先生所说的诗歌的建筑美吗？

　　最重要的是，这样的建筑美的形成，并不仅仅依靠形式上的设计和组合。《大地五部曲》的结构，本身固然是一种具有艺术性和审美意义的形式，但更是一种与内容相融合的、无比恰切的，因而其本身的艺术性也更加彰显的形式。它以自身为实例告诉我们，文本的建筑美的形成，绝不仅仅是一个外部形式与布局的问题，而是在内容与形式相契合的基础上如何同时承托内容与形式，并达到具象的审美效果的问题。也就是说，一方面形式呈现本身具有审美性，另一方面形式与内容相互融合、相互衬托，共同实现更大的审美效果。其实，就《大地五部曲》的例子而言，还不止于此，它的形式与内容都具有各自的丰富性、复合性，而它所获得的审美效果也因此更为鲜明而缤纷。概言之，《大地五部曲》的文本已经溢出了内容，将其本身的形式也包含其中，形成了一个涵盖更多的"复合文本"，诗性建筑美则是作品所凸显的具有整体意义的美学特征，创新性地拓展了散文诗的文体空间。

三、作品的"中国意象"

《大地五部曲》的名字，已经直白地向我们表明，它所有的表达和呈现，都凝汇、承托于一个宏大的意象之中——大地。我们都知道，相较于西方诗歌常常歌唱海洋，东方诗人更钟情于大地——我们的华夏文明就诞生在这片孕育了五行"金木水火土"的沃土之上。《大地五部曲》将"大地"作为"母题"式的总意象，来承托包罗万象的内容和深沉凝重的情感，也承托作品的精神和魂魄。天地、生灵，文明、历史，现实、想象，所有的一切，都被"大地"所孕育、所滋养，也被它所承载、所包纳。如此古老、厚重、丰富、绚烂的意象，既能涵盖《大地五部曲》的内容和情感表达，亦能在更宏大的精神层面代表作品自身。而这个永恒的"大地"意象之中，既包含了各种各样的时间和空间的、视觉和听觉的、自然人化的诗性意象，又包含着许多中国元素，节气、丹青、歌赋、笛箫等等，这些大地之上的中国元素，汇集于"大地"意象之中，让"大地"更具华夏文明的血脉气息，就如谢冕先生所说的，成为一个鲜明的"中国意象"。

《大地五部曲》为散文诗注入了新质，开拓了新天地，让这个在文学园地常常偏居一隅的文体有了更阔大的表达空间，更多元的表现形式，更迷人的艺术效果——这样的事实性的"总结"，当然是正确的。不过，我们也可以再回到开始，回到第一卷《大地苍黄》的扉页，看一看作者向波德莱尔、鲁迅和彭燕郊先生的致敬，可能会发现更耐人寻味的东西——对这三个人的致敬，不单是缘于散文诗这一文体的诞生、发展以及作者自己的师承，也是因为波德莱尔的热烈和灵性、鲁迅的宏厚和深刻、彭燕郊的丰富和开拓，而《大地五部曲》也正以自身的呈现践行着这一致敬。这一点，也许是我们理解《大地五部曲》的最佳入口。

（任瑜，郑州师范学院副教授，文学博士。）

注：此文刊于 2022 年第 4 期《中华辞赋》。

大视野与大情怀酿就的"越界写作"

马为华

在到处充斥着碎片化阅读的网络时代里，湖南作家罗长江的《大地五部曲》(《大地苍黄》《大地气象》《大地涅槃》《大地芬芳》《大地梦想》)简直有点"卷帙浩繁"的感觉。五部作品，作家写了十年，这不仅仅是数字意义上的十年之功，这一系列作品更重要的冲击与挑战，在于以左奔右突的艺术形态，形成了种种"越界"性质的审美境界，形成了一种汪洋恣肆的艺术大气象。

一

《大地五部曲》首先跨越的是已有的乡土书写和出场方式。大地通常会被等同于乡土，中国乡土写作产生于城市崛起之时，是冲入城市的作家们望向来处的目光，或怀恋缠绵，或决绝冷静，前者怀旧缥缈如乌托邦，后者坚硬理性甚至绝望。二十世纪中国的乡土文学史几乎就是一部在传统与现代之间撕扯的摇摆史，不知不觉间，现代成为看待乡土的隐形装置。之所以说隐形，是因为今天的我们已经如此地被所谓的现代或者说城市所塑造，已经感知不到自己望向乡土的目光里所隐含的、不由分说的宰制性：大部分的乡土文学写作里，乡土或者提供现实失意后的抚慰，或者提供我们对现代的向往。在这样一种看起来二元对立的图景里，共享着一种对乡土本身的忽略，乡土只承担功能性的情感价值。

今天的乡土更是只有在被看成是一片美丽的风景时才有存在的价值和意义，而风景是一片土地被改造后所呈现出的、具有完善配套设施的光滑的景观的组合，这种景观切断了土地和历史的深度联系，是已经被设计和控制过的景色，突出的是想让我们看到的部分。我们看到的乡土都是旅游公司帮我们看到的风景。在看和被看之间，乡土成为被凝视的客体对象，乡土被呈现为什么，取决于用什么样的眼光来看待。今天全国各地的景区里，如画的风景面前拥满了来去匆匆的游客，所谓从自己活腻的地方跑到别人活腻的地方去。乡土、风景凸显而承载一切的大地隐去，而《大地五部曲》用穷形尽相的方式把大地从风景和乡土的遮蔽中召唤出来，大地不仅仅是哪一处的具体风景，也不仅仅是一些人的乡土，大地是世界的大地，是人类的家园。

在《大地五部曲》里，大地首先被呈现为一种非常丰腴的所在，没法当成一个整体来看的所在，作家说写作是一种迷路，"像一个人在山野上行走，随便从一个草丛或一片灌木林穿过去，自己也不知道往哪儿走，也不知道在哪儿休憩在哪儿落脚，像是迷路了，但越走脚力越充沛，慢慢哼起了歌曲，惊喜在无意间冒出来"，从泥土的声音开始，水牛村庄瓦窑蟋蟀、白生生的番薯、白生生的雾气，不声不响的土地庙、并没有成为历史遗迹的楚歌巫风，土家族法师，野蜂飞舞，悲壮的抗战、多灾多难的土改，即将被拆迁的老河街，还有鸭客、猎人、采茶女、音乐人，一笔笔、一节节，让原本可能充满猎奇色彩的湘西地域结结实实变成了一方水土，充满生命律动的韵味和各种错杂的声音。同时，作家并不止步于地方性，五部曲以大地泥土起始，最后一部以视野高远的天空和飞翔作结，冲破了湘西地域的限制，冲破了故乡怀旧的情怀，作家所要显现的大地，是一种万物承载于其中并不停流转的生机盎然的宇宙，是整个人类拥有的或可能拥有的一种淋漓元气与"自由自在的生命精神"。

作家忧心于人类当下所面临的整体性生存危机，期待能够重塑人地关系，"背深渊而临虚无，人类已经走到悬崖边了"，军备竞赛、生态危机、社会达尔文主义流行后的人性危机，从偏安一隅的湘西出发，到最后承接的是浩渺宇宙里整个人类命运的思考，大地是在这样的背景下被思考与描摹的。

大地是人类唯一能够托身的家园，在专业分工条块分割极其细致的当下，科技日益发达，人的精神空间却日益狭窄逼仄，各种宏大叙事似乎都在失效。《大地五部曲》较为罕见地关注人类命运共同体、关注整个人类的家园大地，这种看起来不合时宜的宏大思考和书写，在作家笔下却不是舒阔迂腐的老生常谈，秘籍何在？人文地理学者段义孚问道："如何学会热爱呵护我们的环境？如何负起我们的生态责任？除非我们用所有的感官去感知，除非森林草原对我们来讲不仅是一种景色，还是一种声音，一股芬芳。"诗人依列娜·法吉恩说："玫瑰不是诗，玫瑰的香气才是诗；天空不是诗，天光才是诗，海不是诗，海的喘息才是诗。"诗意的栖居就是把大地当成家园，事实意义上或心灵意义上都该如此，当大地的心灵意义未被开启，大地就只能成为待征服的对象，异己而充满敌意。《大地五部曲》里充满着对味道、声音、气味的描写，我们在这五部曲里看不到纯然、死寂、被动的物，每一样存在都被转化成了感觉化的表达，大地就是微小的个体在浩渺的宇宙间劳作繁衍、相爱相杀的家园，是一代代人喜怒哀乐的生动历史，在宏大与渺小之间架起桥梁的是极为细致灵动的感官书写：

> 汨罗江啊！见到你，总是想起诗人怀抱的那么一大把问号，为什么我在诗歌里摸到的是骨头？为什么我在骨头里摸到的，是水声四起的唢呐？为什么我在唢呐里摸到的，是血流满面的问号？为什么我在问号里摸到的，是流水沉重如铁锈？问号悬在高处，模样恍如一只耳朵，能否听到隔世的呼愁，泥石流的心事，打补丁的露珠，微风吹动黎明的胎衣，历史枝条上最初的雨水、最近的战栗？问号倒过来，模样如同一个秤钩，能否称得出死亡的分量，活着的意义，江山的体重，历史断层的脸谱，以及苍茫大地的钙质和肋骨？水鸟为什么突然变成了流沙？箴言为什么突然变成了石头？

这是一段极富作家个人特色的文字。屈原的天问是千古流传的典籍，是知识分子风骨气节的典范，这段文字并没有在寻章摘句中书写屈原，在问号、骨头、唢呐、秤钩、耳朵等一系列出人意表而又与日常贴切的意象中，屈原的精神回到了切近的人间；接下来一句，问号是可以被摸到的，但是摸到的却是流水沉重如铁锈，这一组意象是超出日常生活经验的表达，却又在一种几乎不可能的转换中，富有张力地把屈原当年的焦灼迅即突兀地带入当下、穿越具体时空乃至生死的界限。天问在这一连串的语言里，几乎要变成交响乐般恢宏而又回旋往复，屈原的思索仿佛永远留存激荡于大地，等待应答。

二

以上分析可见，《大地五部曲》的文字具有鲜明的抒情性，符合散文诗的抒情文体特征。"散文诗是既体现了诗的内涵又容纳了有诗意的散文性细节、化合了诗的表现手段和散文的描述手段的某些特征的一种抒情文学体裁"（王光明）。

文学抒情存在两种传统。其一是源自西方浪漫主义传统的、重个体重情感重想象的表达方式，其二是海外汉学家王德威等人提出的、意欲彰显中国文化最具特色的抒情传统。关于后一种抒情传统，有人认为至今为止界定并不清晰，具有很多重含义；甚至有人认为所谓的抒情文化传统不过是一种发明出来的传统，并不能覆盖整个中国诗歌，解释效力非常有效。在笔者看来，中国的抒情传统虽不至于整体化地覆盖一切，但是的确可以理解为特殊的感觉结构，这种结构以"世界万物是一种血缘共同体""人与群体和世界是一体"为特色，不但人与人之间声息相通，即自然之物色亦莫不与人相感相应（张淑香）。

两种抒情形成了不同的主体与世界之间的关系，西方抒情的主体意欲于张扬自我到可以取代世界的地步，而中国抒情传统中的主体几乎要消隐到和宇宙万物的和光同尘当中变成无我。

《大地五部曲》跨界于这两种抒情传统之间。"我以一座岩峰的名义置身于茫茫峰林，置身于泉石相称、树峰相依、鸟唱枝头、猿蹄幽壑、草木禽兽共生共荣的风景之中，猛然发现：这里原来是一个美丽而湿润的，水意森森的世界。"这里的抒情主体似乎既有西方浪漫主义式的、寰宇之内我居于高处的开阔恢宏，但同时又把自己降格为和泉石峰林、草木禽兽一样的存在，作家纵浪大化中体会大自然鸢飞鱼跃的生动意趣，这样的抒情主体饱满高大但又不会骄傲到以自我为中心，且避免了趣味主义的自足赏玩。作家何以能够跨越两种抒情传统？我认为最后一卷写到的"非我"，可以解释这种跨界中蕴含的方法论，非我是自混沌当中溢出的，混沌"是一种开放的结构和无限深广的前景"，是"狂热的自我搅拌"，"看不见的溶解、分离、提炼，看不见的沸腾、蒸发"，非我既不是我的极度扩张也不是我的让渡消隐，而是处在不断流动、生成、融合、联结之中，自由不羁而又充满了体察和思考，这样的主体建构使得散文诗的文体功能跨界具有了坚实的基础。

三

我们通常意义上理解的散文诗，就是散文和诗的相加和混合，尽管有作家不断呼吁"散文诗不是两者（诗与散文）的结合，散文诗完全超越了这两者的存在，它是一个可以包容所有文学艺术中精华的元素来铸就自己美学品格的文体。如戏剧一样，音乐、美术、诗歌、散文、小说等要素融为一体成就了戏剧这门艺术"（灵焚），但很少有散文诗作者有这样的文体自觉，而且对散文诗的文体功能并没有什么很高的期待，就像谢冕所说的"不少作者执着地坚持散文诗'美文'的性质，他们认为既是散文诗就只能是写那些清雅娟丽的画面，调子也只能是那样美和轻柔。习惯成自然，这一文体便和题材的狭小、风格的轻婉联系了起来。这是一种自我封闭"。其实，不仅是散文诗，就连散文通常也是"矮人一等"的（陈平原）。谢冕先生认为，散文诗有"两栖性"特征，兼采诗和散文之所长，摒除诗和散文之所短，谢冕先生虽然承认散文诗的文体优势，但他也认为散文诗是三弦之类的"小乐器"，不是大锣大鼓，来不得惊天动地。它有自己的擅长，它所擅长的，未必别人能做到。说到当下，人们对有的文体失望了，而钟情于这个原先并不起眼的"小摆设"。好比吃腻了浓郁的肉食，转过来喜欢清淡的菜蔬。人们开始钟情于散文诗自有他们的道理——这是紧张之后的放松，疲劳之后的休息。

阅读《大地五部曲》，我们会发现散文诗可以清丽雅致、梦幻灵动，符合惯常意义上的散文诗以精约见长的文体认知，但更多的时候我们都能体会到作家追求文体功能越界的野心，这种越界在第二卷《大地气象》中体现得特别鲜明和成功。整个第二卷致力于打造抗日战争的国家记忆。开篇给出了一个巨大的嵌套结构：一场大型民间祭祀仪式上，阵容强大的《九歌》歌队在倾情演唱，屏幕墙在播映林怀民制作、蒋勋解读的舞剧《九歌》。接下来的抗日战争书写都被嵌套于楚辞《九歌》的展演中，这种与古老祭祀仪式的嵌套与接通，使几乎已经要被淡化的抗日战争记忆，很自然地获取了应得的庄严仪式感。接下来的几组英雄故事歌用近乎电影蒙太奇的手法跳脱地掠过惨烈的战场："霜冷。尸寒。土腥。烟浓。"四个词排成行，间以不容分说的句号；作家写曾经是唢呐客的号兵捐躯于战场，"一块弹片削去了号兵的脑袋，却不见号兵的身子倒下去，依然保持吹号的姿势"；第二次长沙会战因为顽强抗敌被俘被杀的营长死后被钉在墙上，"用残损的肢体，用最后的一滴血——给历史签名""将士们不怕死""官兵们不怕死""湖南民众不怕死"，使用一组组镜头来表现抗战，是作家想要在有限的散文诗篇幅里，纳入更多的不该被忘记的誓死捍卫家园的普通士兵和百姓。

这一部不仅书写了战场上的壮烈，还写到了对战争的遗忘：寂寞的忠烈祠、如同失踪者的抗战老兵，"为国家而战，却并未成为个体的光荣"，"他们虽然活了下来，却活得十分苦涩与艰辛"，中国远征军"阵亡将士的尸骨流落异邦整整七十一年"，急管繁弦的战争书写之后，这些猝然出现的"一个个清贫中的垂暮老人，佝偻的身躯，浑浊的目光，沟壑般的皱纹"，真是让人"难以言表的酸涩与心疼"，作家痛惜"教条化模式化的历史叙事，总是试图改写记忆、重构记忆和垄断记忆"，历史记忆蜕变为"记忆的置换"。在此基础之上，作家发出了痛切的质问，作为神话，"国殇"的主神是"战争"本身呢，抑或是"弃置原野、迷途不返的亡魂"？立足于这样的高度，作家就兑现了书写国家记忆的抱负，激活了自楚辞开始就没有断绝过的悲壮热烈。散文诗兼具叙事与抒情两种手法，抒情提升叙事的精神品格，叙事保证了抒情的开阔，在二者互为激发的张力中，作家用自己的笔为抗战国家记忆书写增添了浓墨重彩的一笔；作家写德国总理勃兰特在犹太人墓前的"华沙之跪"，写和平时期日本前军人代表祭奠死去的对手，并祈愿不再发生战争，这样的书写又为国家记忆的书写增添了世界性维度，为我们需要怎样的国家记忆、战争记忆增添了理性思考的框架。

这恐怕是大多数人没有想象过和期待过的散文诗写作，它提供了一种启示：原来散文诗不仅仅是风花雪月或心灵感悟，也可以是家国情怀、人类命运；春风化雨桃红柳绿怡然自得、渔阳鼙鼓金戈铁马壮怀激烈，只是风格的参差，而不是文体或心灵的疆界。由此，《大地五部曲》就以当代文坛甚为难得的大视野和大情怀，建构起了一种"越界写作"的文学大气象。

（马为华，评论家，文学博士，中山大学文学院副教授。）

注：此文刊于2022年第1期《艺术中国》。本文未标注的引文皆出自罗长江《大地五部曲》（山东人民出版社2021年版）。

罗长江《大地五部曲》湘西形象的建构

刘　霞

罗长江，用十余年的时间完成了近六十万字的长篇叙事散文诗《大地五部曲》（即《大地苍黄》《大地气象》《大地涅槃》《大地芬芳》《大地梦想》），无论是结构的宏大、题材的摄取、思想的深度、想象的奇特，还是文体拓展的超越与创新诸方面，在散文诗领域都堪称一个奇迹。

阅读完罗长江散文诗《大地五部曲》，极为震撼。同时，笔者有一种强烈的感觉：罗长江的叙事散文诗，兼容并蓄，大开大合，主体大都叙事，却诗意浓厚。他注定就是一名诗人，执着于湘西世界里的山、水、人、物的书写；一名在诵祷声中凝视湘西民族心路历程和悲壮史诗的诗人；一名关注湘西社会变革和叩问未来的诗人。作者以湘西为题材的个人偏好、审美趣味和创新思维，将关注现实、爱国爱民的思想蕴藉等深意寓于其作品之中。骨子里澎湃着的那种对生活的热爱、对湘西命运的关注、对人类精神世界的探索，使得罗长江的作品闪耀着坚守善良和本真的人性光芒。

散文诗多因文体受限，不少作者写作时内容的呈现往往冲破不了"小圈子"的藩篱，但罗长江不然，他的"大地"系列长篇叙事散文诗，以"大地"为母题，容纳了小说、散文、诗歌、神话、民间故事、纪实文学等多种叙事文体，多年来湘西生活的浸润、文学创作的探索及其艺术修养的历练，使得宏阔空间里的湘西形象通过罗长江的散文诗被"正面赋形"。

一、湘西民间信仰的神秘力量

湘西是一部集地理、文化与历史于一体的大书，一部读不完的书，一部常写常新的书。汉文学中的湘西形象源远流长，是一种独特的文化与文学现象，早在屈原的诗歌中就有对神秘传奇湘西的吟诵。"昔楚国南郢之邑，沅湘之间，其俗信鬼而好祠……其祠鄙陋，因而作《九歌》之曲。"（王逸《楚辞章句》）《九歌》是对湘西驱鬼敬神民俗的生动写照。历来湘西的地理空间被神秘的文化氛围包裹着，就如沈从文对湘西的描述："充满原始神秘的恐怖，交织野蛮与优美。"同样，罗长江笔下的无名小村也有着民族的"文化特质"和优秀作品的精神共性，因而，他也让自己的作品有了一个与世人对话的理由。

罗长江的《大地五部曲》，是对湘西本土的诗意呈现，是对湘西诸多诡异习俗的叙写，是对湘西人物命运的反复吟唱。我们既惊叹于那疯狂而神秘的湘西神巫文化，也为那曾经发生在这片神奇土地上的传奇所吸引。《大地苍黄》中，《树故事》中的"喂年饭""神树"：从老铁匠引着六岁小孙子给果树喂年饭的一问一答，到村外高坎上的古神树被缠满的祭拜的红布条的叙写；《裸月》中那个两次婚史的女人，改嫁前与山上一棵树"同房"七七四十九夜的故事；《收脚迹》里的"只要灵魂来到，当年的脚印自会一个一个浮上来。老屋一夜里窸窸窣窣，于是她猜到是他收脚迹来了"的念想；《媚草》里猎手寻找嬲嬲药，只为那份对女知青的爱恋……一个又一个神秘的章节，作者引导读者走进一个民族的记忆里，有意或无意地将湘西民间流传的"万物有灵"宗教信仰及神话传说与自然万物融为一体，更显神秘和诡异。罗长江通过作品传达他对万物的敬畏和感激之心，为的是在时代潮流下，保留人类对美好事物的感受能力。细品之，不难发现罗长江"大地"系列作品中折射出的湘西世界，赋予了湘西民族悲欢命运更丰富的内涵和精神意义。其作品中的崇神叙写绝不是为了猎奇和博取读者的眼球，而是撩拨人们的心灵，引发人们"怀想一座村庄的美丽与沧桑"的幻想情绪。

幻想是诗人的翅膀，文学传承是需要想象的，罗长江笔触之端，激情洋溢，与现实生活息息相连，却又杂糅神性和魔性，当笔下的湘西神秘形象立于众人面前时，自会惊艳诱人。

二、自然与人文完美融合的美丽湘西

湘西世界里如诗如画、恬静淡远的自然美的书写，我们可以通过沈从文笔下的"湘西世界"找到答案；可以从罗长江的散文诗《大地芬芳》《大地梦想》的"湘西世界"找到答案。如果说沈从文对湘西的水比较热衷，那么罗长江则对"地球生命之花"的张家界砂岩峰林感兴趣。他不惜笔墨描摹自然生态，探寻自然奥秘，"峰如钰，峰如烟，三千奇峰宛在虚无缥缈间""叩开一群峰林的瑰丽与奇特"……

同时，罗长江《大地五部曲》以"原生态"的叙述视角，呈现了湘西场域的民俗风情，建构起诗意饱满的生态情境。青山、溪流、古树、老井、草垛、野荞麦、茶园、炊烟、鸭客佬、吊脚楼、水筒车……古老而又纯美。《大地苍黄》中的《风琴》对村庄春季的描绘："开满油菜花的田野，是乡村孩子们的乐土。玩疯了的时候，就在花野里撒开脚丫子放肆奔跑……因了油菜花的摇曳起伏，如同大海里的一张一张舢板而奔跑。因了飘移的云朵，如同阳光灿烂的花野晾晒一张一张大床单而奔跑。因了跟在屁股后面的黄狗黑狗，有时受到某种召唤或指令，有时什么也不为，狺狺低吠着，在田塍上无缘无故奔跑而奔跑……"这一个个特殊而平凡的生态图景让人流连忘返；《鸣哇歌》里的苞谷林、《风动花开的季节》里的吊脚楼莫不如此。这个理由，在他的《大地苍黄》题记中标注得异常清晰："怀想一个村庄的美丽与沧桑。"

另外，鼓声咚咚、傩戏小调、九歌祭词、薅草锣鼓、哭嫁跳丧等活脱脱是一个由各类民俗活动编织而成的原生态乐章，在《界上农事》《天籁》《湘西会战》里，呈现的这一系列有关湘西的古老民俗，是湘西人最本原的一种生活状态。

竹枝词是一种诗体，这是由古代巴蜀间的民歌演变过来的。罗长江在布局《大地苍黄》时，用《竹枝词》串联二十四个节气，从"立春"到"大寒"，将相对独立的片断故事串联成为有机的一体。譬如"七盏灯"一章，"二十四节气"是"小寒"，有类似竹枝词题记："纷纷游子返家中，渐进乡关年味浓。腊肉腊肠腊八豆，香飘农舍岁寒风。"诗章跳跃性的结构展示了湘西历史记忆深处的一幅幅美丽与苍凉的图画，最终形成一幅较少遭受人为破坏的风情风俗的立体长卷。这种原生态的文学魅力激发了人们精神层面的文化生态意识，激发了人们"乌托邦"式的桃花源想象，也激发了人们回归本真的渴望。

罗长江擅长以自然生态为主题，从细微的、日常的、个体的经验出发，着力挖掘日常生活情境中所蕴藏的诗性与智性之美，不断扩大想象的边界，建构起一个横跨古今，连接过去、现在、未来的共时性时空结构，在虚构与纪实之间探寻历史的真实。《大地涅槃》富含浓烈的时代气息，围绕山城一条六百年河街面临拆迁而引发的抢救文化记忆的民间行动，重新唤起人们对自然生态文明的渴望与追求，演奏出一首与时代合奏的交响曲。表现手法从不同的文体文类中借鉴技巧，移植手法，打通文体的界限，在更为自由的创作空间中坚守诗性书写的立场，给读者带来一种陌生化的与众不同的审美感受与审美体验。

三、湘西人的精神气质

从古到今，历代文人对湘西人不羁的生命力做出了诠释，罗长江融进自己生活的经验和情思，借用自己笔下的湘西人物形象向我们展示了湘西人的人性美，呈现出湘西文化对民族与国家的责任与担当。

罗长江笔下的男女形象，质朴、自然、痴情、仗义，具有湘西人性美的基本属性。《鸭客谣》里，那个"燃起葵花秆的女人一个淡淡的眼神，却跟烙铁一般印到他心坎上了呀哈"，但当鸭客佬知道女子的男人是绿林豪杰的遗孀时，只是默默地帮着干些活，不动一丝邪念。酒醉后非故意的过失，让他羞愧难当，放弃了自己憧憬已久的情爱，报名上了抗日前线。鸭客佬仗义、博大的情怀在湘西这块土地上表现得是那样质朴与从容，一切都显得顺理成章。罗长江从伦理道德的角度透视人生，以表现人性为中心内容，以探讨民族品德的重造为旨归。《三姑娘》中，孟同与三姑娘的爱情故事，洋溢着青年男女真挚的、热烈的、活泼的生命力，讴歌了浪漫的、野性的原始生命形态，充分表现了追求自由与爱情，歌唱人性美的本质特征。

"还原一场昨天的战争，还原一段国家记忆，以纪念中国抗日战争暨世界反法西斯战争胜利 70 周年。"这是《大地气象》的题记。同前一部《大地苍黄》相比，这部散文诗集更加自由奔放，充满张力，充分表现了刚强坚韧的抗日英雄群像。

罗长江传承了屈原精神，当年伟大的爱国主义诗人屈原写"国殇"，唱出了一首将士为国捐躯的祭歌，而《大地气象》运用叙事散文诗的形式写战争，是为抗日救亡战争中湘西一带为国捐躯的将士和民众谱写的又一首祭歌。这是一首悼念亡灵的祭歌，又是一首悲壮、惨烈的伟大英雄颂歌，融合了湘西的自然美景、民风民俗、屈原的爱国情怀等元素，把民族情感、爱国主义放到抗日战争的大背景之下，建构和张扬了一种民族的特性，渲染着一种久违的英雄主义精神。《大地气象》抒写湘西人的"大义""大爱"的家国情怀，充分传达了主流价值，作品对湘西血性的英雄人格的表述，承载了相当厚重的美学意义和文化内涵。在当今全球化背景下，湘西人的血性精神对中华民族具有不可忽视的意义。

"板凳十年冷，甘苦寸心知"，花十年时间完成的《大地五部曲》作者罗长江，本身就有湘西人的蛮劲和不羁。"文学即人学"，《大地五部曲》这部关于湘西大地的颂歌，承载着厚重的历史文化底蕴，凝聚了人间的真善美，表达着情感愿望。它的魅力在于它美的形式、美的形象、美的情感、美的语言，其文学价值需要我们细细咀嚼、慢慢品味。

（刘霞，张家界学院副教授。）

注：此文刊于 2022 年 11 月 22 日《湖南日报》新湖南客户端。

大地精神史诗的雄辩与理想

——罗长江《大地五部曲》评

陈啊妮

　　罗长江的《大地五部曲》是散文诗界鲜见的具备精神雄辩性的力作以及重大题材。在时间与非时间、虚构与历史、目击与见证，以及村庄、城市、山水、史境和人类驳杂的梦想里，诗人以磅礴知性，兼容自然，并蓄生命本体自觉去勾勒行云流水般的宽阔史诗。《大地五部曲》有朝圣者的灵魂，它默默记载了土地上沉痛的苦难，也静静地把大地肋骨深处的忧伤入选悲悯的人间汉语俯临。五卷各为情感的支流，"大地"有五圣曰：苍黄、气象、涅槃、芬芳、梦想。诗人分别采用了散文、小说、诗歌等杂糅手法，也组成了各种独立而又整体的奇诡象征，诗中的责难与期待、理性与理想、态度和立场都无疑在这五线谱似的诗语合奏中得到了某种思想合一，深入体现了个体，又以平和的情感发掘人性之美。

　　《大地五部曲》全璧两千多页，六十余万字的长篇诗语，是诗人罗长江耗时十年之久铸造的当代散文诗之巨篇。全集题材深阔，囊收广袤大地与历史天空的冗杂情境，峰林和鸣，城市故土，栖身人间的复兴荣衰故事，伦理道常，各类一笑泯恩仇，酣畅醉孤意的纸短情长，甚至虚实结合的逼仄经历与当下现实，爱恨情仇的缘由，而更多的是跨越历史时间的握手，意象串联变换与融合。它们都成为一面历史性的镜子，或者以新汉语美学输出的精神里的清明上河图，这是一个光怪陆离又仿佛触手可及的史诗，诗人在思想上格物致知的追求不断净化和崇高化着文本的精神因子，在字里行间始终汩汩流淌着诗人沉重思考的血滴子。以我有限度与短浅的阅读和理解评析《大地五部曲》只能是偏颇的，这里只能呈现几点自我阅读觉察到的只言片语或所谓的"观不同"。

　　首先《大地五部曲》是有一个历史时间基准线的，当然历史的发展不可能是直线行驶，是曲折的，我们有时可能走在坦荡如砥的大道上，但更多是走在坎坷峥嵘的幽深中。从《大地苍黄》里的呈现可观，一种温婉、绵长又厚实的古典式格调初露端倪，节气里的季节春夏秋冬、寒来暑往，农事中翻滚的白月光，雁来红了的秋色，水磨坊的拾遗往昔，树木与泥土眷恋的声音，古老村庄在大地有力的足印。就如同从历史的深处砍伐出了一簇劲勃的梧桐花，"大地静好，尘世生香"，重要的不是嘘声叹息，而是时时倾听着那来自久远地方的声音——崭新的诗歌理想的呐喊或献歌，黄土养育芸芸众生，五部曲的本质就是怀揣梦想继续逆风飞翔。

在卷中诗人引用了竹枝词《廿四节气》、《孟姜女小调》、《河街九张机》、清代竹枝词、荡气回肠的《河街谣》、屈原《九歌》以及各类民谣小曲和摘要诗文，若日出万里，群山万壑赴荆门，气象葱茏之间叙述的力量始终透着从容的古典英气，思想气质凛洌逼人。这是一个回归历史自然轨道的契合，诗人仿若化身古代文人骚客，这种一出一入的语言艺术呈现更像是对传统格律诗的继承。而在这种继承的同时，在现代新诗中又融入更多鲜活的个体生命经验，在新的散文诗亦突破固有的技法，着力刻画古风与现代诗语的变通、对照和确认，它是一种新思想的强大苏醒写照，即罗长江尝试的是对现代诗歌的一种有力量的挑战和重塑，古典与现代散文诗双轨并置的美学立场。

"心远地自偏"是中国士大夫精神的审美极致，而当诗人的直觉与自然中的历史化而为一，在古风中捕获一种词语的绵延之秘籍，顿悟生命怡然中的开悟，罗长江的散文诗就很自然地具备了历史性的清正之气，含蓄平淡，又幽邃曲折，仿若在历史地域的诗记"胡同"提灯而行，在青砖鼓楼、南城水阔之间"一桨击起千年明月光"。一气灌注，浑然天成，他所着眼的是景与情的协调和融合，"无名，万物之始；有名，万物之母"是曰其精神价值取向。小迂回、小浪漫、小情怀都组成了诗人情感生活的音调摹写，这是新汉语语言的审美"声音"，也是源自内在生命更深层的个体精神价值追求。《大地》《天空》《追梦人》等那些朴实、憨直和自然的生活细节，物象之间简单的派生关联，都成为诗人行文扎实而又透亮的选择和发现，与生命现象和生活本身达成同构的语言关系。

其二是散文化的小说呈现，故事感推衍中的诗语叙述，小史剧里的谣曲温情摇曳、杂记阅读的细腻道来等手法的娴熟杂糅和运用，这些都交织复构成为相映成趣又变幻斑斓的日常意象，诗人信手拈来的直觉与意象无不是经由内心的感受，历史时间的淘洗，写景寓情，寓情于理，遣怀沉痛又不失豪迈中的灵动浪漫，叙述中处处见"心"。两相对阅，各种手法的综合表现是喜悦和感动的，无疑诗人罗长江为此做出了卓越的思想和精神耐心的巨大努力。在翻阅中，一幅幅闪动的画面是散漫的语势，舒心的意象罗织，缓慢抒情中推进的远景、中景、近景和特写，无不暗示诗人激荡又蓬勃的热切，已经钟情于迹写心境中的历史的兴奋或深深的隐痛。你会深刻感觉到诗心里的衷热，让你陌生，让你着迷，让你行走在熟悉或未知的各色领域，就如随意打开一扇扇窗棂，四季从历史天空扑面而来，大地荒芜，在诗人杂草丛生的脸上，又时刻流着那么生动的泪水。

《大地五部曲》有着大地辽远的凝噎举步，是苍茫大地、历史时空、人文关切和情感哽视中奏起的雄浑又复调的生命交响曲，是思想构造别致的佳作，诗人的各种手法的交叉行文不断丰盈着自身生命本体的认知和理性。一位成熟的作家无论身处哪一个年龄段，诗心应该始终是包容、慈悲、理性和活泼的，也是纯粹与真诚的，他对外界事物和世界时刻葆有觉察和敏感、善意和布施、审视和远观的阔达态度。罗长江从自然节气着手厘清，乡土味的《乡村书院一天》，昨日国殇之《英雄故事歌》系列，捕捞老街记忆之《抢救河街记忆》系列直击，《生命之河》中与博尔赫斯时空对话等，诗人在紧锣密鼓的布局中也聚力于散文诗综合精神嬗变的基数，在辽阔动荡的历史潮汐中，生命将被洗去一切污垢和灰暗，变得更加纯洁，自由，散发出太阳一般的光芒，金属一般的品质。

还有几点，比如《大地五部曲》民族性的旗帜是火热的，有着真正意义上的先锋性特质，以及彰显诗人艺术穿透力的散文诗大作品。诗人罗长江锚定了历史意识，必定为其倾注了巨大的精神心血，以自身特定的区域文化幽深之美，转向对现实性和生存境遇的观照，在历史的缎面文刺个体生命的深度思考，追求人与自然的和谐共存，呈现不断攀升的螺旋式思想庞大结构，是强大的主题与主体精神的互为观照。

诗人苦苦寻觅的古老史料、风物状情、国殇旧痛、涅槃之境或梦想守望等都紧密融合现代意识的审视，即注重诗性叙述，即使散文化的呈现也是立体多元和异质化的，很丰富多彩，有其厚重深邃的洞察。

罗长江当过十年农民。这一段经历，助其形成了朴素而执着的底层意识、平民情结和悲悯情怀。长期涉猎长篇小说、长诗、长篇报告文学、长篇传记文学、散文、散文诗、戏剧、电影剧本乃至新闻特稿、电视专题片、文化读物、学术专著等各类文体，长期涉猎音乐、书法、绘画、摄影以及创意策划等，这些经历在长篇叙事散文诗创作中一一派上了用场。不安分的艺术荷尔蒙驱使下，越具挑战性就越具征服欲，就越能撩拨创造的激情，越能激发身为湘人的蛮劲，创造着和享受着不安分带来的写作快感。通过挑战散文诗和挑战自我，以期实现艺术梦想，实现人生价值的最大化，通过《大地五部曲》可以确定，诗人罗长江让诗歌的理想在晦暗的逼仄逆旅中照进了他的生命现实。

纵观全卷，罗长江是有宏阔与远见的理想型诗人，也是有极大热情与诗歌野心的思想格局型大诗人。诗人是写出了灵魂搏斗与拯救中的血淋淋的思想努力，他始终在鞭挞暴力与苦难，俯临尘世低处的赞歌，大地永远是孕育生命与诗歌的母体，这对于一位脚踏实地的作家是最大的困境，也是罗长江已经具备的铁肩扛孤勇的诗歌意志，他用洋洋洒洒的篇什一步一个脚印从泥泞与困苦中勇敢而孤独地跋涉出来了。我相信，那个诗歌背影是不会终止的，终会留在诗歌光芒四射的地平线上。或许这样偏执的讴歌和创作思想是接近精神意向明确中的，就是一种以生命去写一部真正意义上的精神大诗，是诗人孤勇中的语言逆行悖论性探索，有些反常规、非常态下的审视，我想诗人写作过程中的挣扎与矛盾可能更多，更激烈或者临近嘶鸣，而当这部题材安顿有序，思想内蕴瑰丽，有着浓郁汉语色彩和民族性的全景式缜密史诗巨制面世，一切都是初心的答案。

（陈啊妮，青年诗人，评论家。）

注：此文刊于 2022 年 12 月 31 日《张家界日报》。

史诗《大地五部曲》的民间叙事研究

袁启君　杨　春

　　即是这样一位文学践行者，2010 年提笔到 2020 年搁墨，诗人罗长江历时十年，完成了长篇叙事散文诗《大地五部曲》（山东人民出版社 2021 年版），全书近六十万字，共分《大地苍黄》《大地气象》《大地涅槃》《大地芬芳》和《大地梦想》五部。作品以大湘西为原点，全面呈现民族百年来从乡土中国艰难而又缓慢走向现代中国的历程：从农耕社会的沉滞而淳朴的风习到关乎民族存亡的抗日战争、走向城镇化中的阵痛，到生态环境的保护和改善，到乡村振兴战略的逐步实现，直至民族伟大复兴愿景的示现，可谓是一部新时代的湘西人民史诗。

　　史诗指反映英雄传说和重大历史事件的叙事长诗，以叙述历史或当代人物事件为内容，有完整的故事情节和人物形象，《木兰诗》《孔雀东南飞》《伊利亚德》等均属史诗。"史诗就是一个民族的'传奇故事''书'或'圣经'。每一个伟大的民族都有这样绝对原始的书，来表现全民族的原始精神。"[1] "史诗，是民间叙事长诗中一种规模比较宏大的古老作品。他用诗的语言，记述各民族有关天地形成、人类起源的传说，以及关于民族迁徙、民族战争和民族英雄的光辉业绩等重大事件，所以，从某种意义上来说，一部史诗，往往就是该民族在特定时期的一部形象化的历史。"[2] 在现代语境中则可泛化为题材涉及时空背景宏大、包容人物事件众多、主题具有厚重历史分量的叙事文类。"书写生生不息的人民史诗"指的是坚守人民立场、坚持以人民为中心的创作导向，书写中华民族走向独立、富强、复兴的历史进程，激发读者爱国之情和奋进之志的叙事类作品，是新时代文学蓝图最为精彩的篇章，也是新时代文学之魂。

　　民间叙事作为叙事风格的一种，将描写视角置放于民间，利用人物背景

---

[1] ［德］黑格尔：《美学》第三卷（下册），商务印书馆 1981 年版，第 108 页。

[2] 钟敬文：《民间文学概论》，上海文艺出版社 1988 年版，第 282 页。

的塑造和人物关系的特殊性，来表现民间独特人文魅力、思想魅力的特殊叙事角度。民间叙事与时政叙事、精英叙事相对，是从平民立场、人性立场和世俗立场出发，少雕琢、去粉饰、存真情、直抒胸臆，既充满浪漫想象，也直面现实人生，遵循快乐原则，发扬狂欢精神，描写日常生活，关注生命本身，抒发世俗情怀，传达民间趣味，让读者感到亲切、轻松、愉悦的叙事方式。民间叙事是在传统叙事理论基础上对叙事观念的一次边缘化和延展，既是民间活动的核心内容，又与日常叙事、官方叙事、文人叙事等相区别联系，在叙述内容、叙述话语和叙述形象等方面都有其特质。新时代湘西人民史诗《大地五部曲》无论是作为民众的生活方式还是作为艺术的表达方式，都显示了自己独特的民间叙事特色。

一、叙事内容的本土化

叙述内容，即被讲述的故事，包括事件、人物、场景等等。民间叙事的意识形态本质既制约着民间叙事的内容，也制约着民间叙事的形式。作为与时政叙事、精英叙事相对的叙事，民间叙事张扬的思想与主流意识形态保持相当的距离，关注的是下层意识形态，表达的是下层民众的喜怒哀乐，正因为这一缘故，民间叙事对象易被视为"鄙俗""浅陋"而被排斥在主流文化之外。如作为民间叙事代表的民谣不仅是民间文学，在很大程度上，更是一种社会舆论，一种民间的意识形态，一种民间政治的表征。《大地五部曲》民间叙事内容本土化集中体现在自然风光和人文环境的地域性。

《大地五部曲》以百年湘西的山川河流、草木虫鱼、婚丧嫁娶、节庆仪式、拜师规矩、行业戒律、曲艺杂耍、饮食习惯等风土人情、民间习俗为叙事内容。《大地芬芳》中着墨较重地介绍了位于湘西北、有"地球生命之花"美誉的世界地质公园、世界自然遗产地——张家界国家森林公园，在每一章的结尾处以"大峰林交响诗"为总题分别介绍了张家界砂岩大峰林的苍凉之美、狂狷之美、大气之美；大峰林腹地的"空中田园"的凌空高悬之美，清冷之中的晴煦温暖之美；大峰林谷地十二华里金鞭溪的幽静之美、灵动之美。

《大地苍黄》的二十四个故事沟通古今，汇聚苦涩与暖意、轻盈与苍茫、幻美与救赎，怀想一座村庄的美丽与沧桑，既是一幅乡村风情长卷，又是一首农耕文明挽歌。《陌上梅花》借梅娘一生诠释了桑植民歌《马桑树儿搭灯台》中的相思的痛苦、力量、信仰，以及这些背后大地静好、尘世生香的豁达。《蓝印花布》中展示的湘西北地区土纺家织布，家织布上质朴自然、简洁苗壮的花朵、草叶、鸟兽、童子是湘西北文化的载体，展示的是湘西北人民含蓄沉稳、内敛亲切的文化基因。《三姑娘》尽显"十八姐儿六岁郎，洗完澡了抱上床。睡到半夜寻奶吃，佬佬哎，我是你妻不是你娘"的地域文化隐痛。《荞妹》则以"采风札记"作题引，展现了"哭嫁""换扁担亲""开脸"等大湘西地区的民间婚嫁习俗以及其背后的生生不息的生命之火。

《大地气象》着眼于变现历史中发生在湘楚的国殇，选择了《楚辞·九歌》有着巫祝色彩、缘于三湘的诗章框架，用古老而又现代的民间祭祀仪式"招魂——送神"贯穿全诗。作者将巫风楚雨的民间祭祀与苍凉高古的屈原《九歌》对接，将尚未远去的战争与历尽沧桑的民族心灵史对接，谱就一阕气壮山河的英雄浩歌！作品中富于传奇色彩的故事、奇异的风俗、一唱三叹的人物命运，无不折射出大湘西地域的成长史、文明史、风俗史和精神史。

二、叙事形象的平民化

叙事形象是以语言为物质媒介而形成的艺术形象，也是作家的美学观念在文学作品中的创造性体现。《大地五部曲》的叙事形象存在叙述形象下移至基层社会的平民化特点。

民间叙事以普通大众为叙述对象，与以时代热点、宏大叙事为叙述对象的精英叙事、时政叙事不同，叙事形象是处在普通大众的生活视野中的角色，是生活在社会底层、游走在社会边缘的普通民众，主要包括农民、市民、商人、学生等。从平民利益出发，用细腻而又充满温情的笔触去描写他们所处的世俗生活，借普通人的人生百态来表现人类普遍的人性。民间叙事作品的平民立场、人性立场和世俗立场紧贴民间大地，紧贴大众生活，紧贴读者需求，能有效地调动广大读者的阅读兴趣，并引起他们的情感共鸣。

《大地五部曲》中那些亦正亦邪、亦美亦丑的普通小人物和凡夫俗子一举取代传统文学中显赫的人物角色，他们从边缘性的地位走向前台，以最真实的生命形态向世界宣示着自己的存在，他们既世俗也超脱，既龌龊也圣洁，是最真实的人性体现。罗长江由衷地欣赏、赞美甚至崇拜这种弥漫于民间世界中的充满张力与迸发活力的生命形态，他不吝笔墨地塑造、歌颂着这些不屈的精魂，挖掘着他们身上那饱含生命力量的狂放恣情的性情与品质，表现着永恒的人性与民间社会的生生不息。

《大地五部曲》通过一系列有着浓郁乡土气息、民族民间气质的人物故事来展现，塑造了一个个面貌各异、栩栩如生的人物形象。《雷生与牛》中的放牛娃雷生,《鸭客谣》中的客佬、听书的男娃、痴情的女人,《裸月》里的寡妇,《守林人和他的女儿》中的守林人。《大地气象》更是以"祭祀体"组构,体现岁月的炽烈,历史的崚嶒。

罗长江深入人物的心灵,挖掘幽微光亮的人性之美,揭示其存在的普遍性、复杂性、永恒性。正如费孝通先生在《乡土中国》中指出的那样,那些平时被我们看作"土头土脑的乡下人"才是中国社会的"基层",土是他们的命根子,而土地神恰好是在数量上占有最高地位的一尊神。可以说,土地这一丰富的资源让生长其上的人们形成了特定的空间感和时间感,进而影响到了他们的生活方式、政治秩序和道德规约。正是这样一群物质生活、精神内涵均相对匮乏,处在社会阶层最末端的"小人物",才让罗长江以小见大映射出芸芸众生的窘迫、悲戚、确幸,还原了某个年代最为真实的社会记忆。

三、叙事话语的生活化

叙述话语,即叙事作品中使故事得以呈现的陈述语句本身。民间叙事话语包括了生活色彩浓厚的口语、肢体语言等多元陈述方式。地方语言、口头语言和粗鄙语言这三类民间语言的大量运用,可进一步加强作品的生动性,也为抓住读者提供了有力的保障。美国描写语言学派的代表人物爱德华·萨丕尔(Edward Sapir)在其论著《语言论——言语研究导论》中强调:"语言的内容,不用说,是和文化有密切关系的","语言的词汇多多少少忠实地反映出它所服务的文化,从这种意义上说,语言史和文化史沿着平行的路线前进,是完全正确的"[1]。

罗长江长期生活在湘西北澧水流域之武陵山区腹地,那里特有的自然风光、人文环境、历史沿革以及乡俗民情、农事歌谣、民歌传说等,他都耳濡目染,有着切身的体会,所以他刻意摈弃了那些有着官方色彩、精英色彩、启蒙色彩的叙述话语,而选择有着浓郁乡野气息、朴实无华、真正贴近与反映民间百姓生活形态的民间性话语,由此而形成了其在叙事话语层面鲜明的个性色彩。《大地五部曲》中叙事话语的生活化体现在叙事话语的方言化、地域化和生活化。

方言乡音无疑是联结、笼络并维系乡亲、乡情的重要的情感纽带,民俗

---

[1] ［美］爱德华·萨丕尔:《语言论——言语研究导论》,商务印书馆1985年版,第196页。

学和民间文艺学学者在田野作业中发现，即使像"村落"这样较小的语言共同体，它同时亦是一个民俗文化的共享场域，其为村民共同的文化记忆和民间叙事提供了基本的、传统的语境和空间，方言则是一个地域文化呈现的内核所在。所以方言与民间叙事轨迹存在一定程度的重合，二者之间的联系是深厚的、惯常的、必然的、自然而然的。且方言作为民间口头语言具有高度生活化、具象化的特点，能够在民间叙事中进行形象而又生动的表达。《大地五部曲》中散落的方言词汇随处可见，《大地苍黄·乔妹》中哭嫁词："叔啊，我家门前尖尖岩，那背时的媒人天天来。叔啊，你放鱼也要选个好池塘，绹牛也要选个好廊场。"在西南官话（大湘西方言）中，"尖尖岩"音同"尖尖挨"，与下半句"来"押韵，"廊场"意同"地方"，同在《大地苍黄·乔妹》中的"二天"为"将来"之意。大量方言词汇的运用，大湘西人民的生活气息扑面而来。

叙事语言的地域性主要体现在古典民间诗词的借鉴和乡村习俗、种植农谚、粗词野趣、俚曲乡谣的引用。《大地苍黄》选择了二十四个节气体例创作的"竹枝词"结构全篇，有较强的地域色彩。《界上农事》以竹枝词《小满》平仄开场，"采访笔记"题引，民谣与七言杂诗、颠倒歌交织，劳作的热闹、民间的神祇、薅草锣鼓，恍如演绎一场丰富的民俗盛宴。《七盏灯》中"山寒水瘦入隆冬，愈近年关味愈浓。户户争腌腊八豆，香飘四季土家风"；二宝在外乡工地摔亡后，尸体被村里伙伴背回后，红衣巫师以父母、妻子、弟妹、儿女以及亡者自己的口吻喊魂的词"你要是远乡远土认不到路，只管沿着河水往上走""那砍脑壳的猪崽，不认得你主人，也不记得那溏桶圆圆"；《收脚迹》中"人将辞世的时候，魂魄会离开身子，将生平去过的地方再走一遍，把这以前留下的脚印，一个一个捡起来"是为"收脚迹"；《鸭客谣》中的俚曲"鸭子客来鸭子客，手拿篙子十八节，哪个田边我没到？哪个树脚我没歇？"均是大湘西地区平凡普通人的生活痕迹和记录，是坚持和信念。

叙事话语的生活化即为叙述用语具有较重的生活气息，贴近生活。《大地五部曲》生活化的叙事话语集中体现在博文、跟帖、书信、日记等当下市井生活语系中。《大地涅槃》分十六章呈现一条老街的前尘和今生，作者在开篇即重点说明："本书内容源自微信群聊，略去图片、视频和音乐，仅保留文字部分；语音置换成文字，部分表情包用括号加文字显示。"且十六章每章结构均为@萍踪侠影的过程简述、一篇链接内正文及微友跟帖选三部分构成："萍踪侠影"作文本的启引，提纲挈领，眉批主题；"链接"是现实，叙写事件，叙写人物，多是往昔的生活场景；"微友跟帖"用来"口述历史"或者回归现实思考，是"民间发声"。文中更是运用了大量篇幅短小凝练的民间叙事诸如俗语、谚语、格言、歇后语等，说道，说理，说态度。内容的发布平台及语境决定了叙述内容的语言风格，"亲""逆袭""搬砖狗"等当下线上的高频词汇频繁出现，"@辣子嘴豆腐心""@柴大官人"等微博、微信符号进入文本，（视频，同期声）（视频，解说）（图片）等说明性文字占比较重。《大地芬芳·虫子联欢会》中青蛙和蟾蜍的合唱唱词：虫子建了微信群，呱呱、呱呱、呱呱。群友都是一家人，呱呱、呱呱、呱呱。不退群，不被踢，呱呱、呱呱、呱呱。团结友爱好开心，呱呱、呱呱、呱呱。正是以微信、微博、朋友圈等这样出现在人人生活中的交流平台上的内容展现了河街的流逝与消亡，展现了河街人与河为伴的日子里建立起来的近乎血缘的隐秘联系，展现了时代潮流的浩浩汤汤。

四、叙事情感的质朴化

质朴化的情感即为自然状态的情感倾向，罗长江身处时代发展洪流中，在理性占主导地位，感性让位于科技发展、意识形态等宏大叙事面前，力图通过展示叙述对象遵从原始道德、尊重人的本性、建构人与自然和谐共生的世界来表达自然朴素的原始主义情感倾向。

原始主义是在西方19世纪工业化大生产冲击下，人性受到压抑和扭曲以及精神上的贫乏与挣扎的大形势下一种对往昔的赞美，对原始淳朴生活环境的向往，对文明史前单纯、质朴社会的缅怀，是与传统的社会进化论观点相悖的审美观点，是"一种对世界的看法，即一方面认为人类历史是一个从美好到衰落的每况愈下的过程（时间原始主义），另一方面则认为人类的救赎之路在于回归简单生活（文化原始主义）"。《大地五部曲》中的原始主义情感倾向集中展现在对原始道德的崇尚和对自然万物和谐之美的书写，以原始的淳朴、本真、和谐为主体，构建一个适当与当下社会保持一定距离的生存环境和状态。

诚如书名《大地五部曲》，大地是罗长江最深情的表白对象。罗长江用穷形尽相的方式把大地从风景和乡土的遮蔽中召唤出来，"土能生万物，地可至千祥"。从泥土的声音开始，水牛村庄瓦窑蟋蟀、白生生的番薯和雾气，不声不响的土地庙，并没有成为历史遗迹的楚歌巫风、土家族法师，野蜂飞舞，悲壮的抗战，多灾多难的土改，即将被拆迁的老河街，还有鸭客、猎人、采茶女、音乐人，让湘西地域结结实实变成了一方水土，充满生命律动的韵味和各种错杂的声音。

《大地五部曲》中构建了一个淳朴、宁静、和谐，与主流社会保持一定距离的世界。在这个世界里，人和万物和谐共生。当众人在积雨未消的翌日，在浊水盈盈的山塘找到放牛娃雷生的尸体后，那头花黑色母牛眼泪汪汪，不吃不喝躺在雷生新坟旁边第三天，产下一牛崽子后断了气，之后剩下雷生他爹和牛崽子相依为命，牛崽子被起名为雷生，在雷生他爹那里享受到同睡牛栏屋的温暖和抱头痛哭的寄托，直至雷声他爹离开这个世界还不忘嘱托：等到雷生崽老了，公家莫要杀它。这是大湘西人民万物有灵、生息与共的朴素世界观的真实写照。

在这个世界里，文明退却，淳朴复位。这个世界里，不用王公即位年次，也不用天干地支方法记录时间，而是用"青蛙产卵的季节""细鱼飙滩的季节"来定位时序，展现时光的流逝和推移，营造一个相对封闭、承载所有悲喜的世界。这个世界里，知识、法律、文明让位于自然、原始和民族良知，所以监斩女侠秋瑾的县令在完成监斩指令后自缢而死，以谢天下；所以"虫子的辈分，要比造字的仓颉老先生还高"。

当代学者普遍认为，民间文化形态在现代文学史的描述中具有特定的含义，它真实地反映出来自社会下层劳苦大众的生活状态、思想情绪，比较真实地保留了自由自在的审美风格，由此体现出人对欲望的追求。随着文学创作和文学理论的发展，"民间叙事"得到引人注目的发展。陈思和认为，民间作为一种特殊的文学形态，应该具备三方面的特征：其一，它远离于国家权力中心，底层民众的生存面貌和情绪世界能得到较为自由的表现，有着较为完整而独立的生存文化形态；其二，其核心的审美风格是自由自在的，人类原始的生命力在这里得到凸显；其三，精华与糟粕共存，价值判断存在一定困难。

史诗在现代语境中则可泛化为题材涉及时空背景宏大、包容人物事件众多、主题具有厚重历史分量的叙事文类。一直以来，史诗被认为是文学的最高境界，而人民史诗则是大历史观观照下的经典，打通古今、融汇创新，要"把中华美学精神和当代审美追求结合起来""要正确运用新的技术、新的手段，激发创意灵感、丰富文化内涵、表达思想情感，使文艺创作呈现更有内涵、更有潜力的新境界"。《大地五部曲》叙述了当今中国的重大历史事件，有乡村风情长卷后的中国式现代化进程、城镇化建设带来的文化乡愁，有昨天的战争与国家记忆，有抢救百年历史老街文化记忆的民间行动，有中国大地上绝版自然生态、斑斓地域风情及为人世间点燃"共生共荣"的自然之灯，也有寄托在候鸟迁徙的千年鸟道上的人类的终极梦想。罗长江先生正是秉承这样的大历史观，坚守人民立场，如习近平总书记指出的那样，书写出生生不息的人民史诗。

黑格尔说："尽管一个时代和一个民族的精神是史诗的有实体性的起作用的根源，要使这种精神实现于艺术作品，毕竟要由一个诗人凭他的天才把它集中地掌握住，使这种精神的内容意蕴渗透到他的意识里，凝为他自己的观感和作品而表现出来。"[1] 侧重于史诗中"史"与"诗"的关系问题考察，强调要以"诗"的艺术规制，以文学的个人的方式表现"史"的存在。由此可见，作为文学的、叙事的史诗的建构，实际是由对象客体的史诗存在，也就是民族的传奇故事"全民族的原始精神"和作为主体的史诗叙事共构而成的"艺术作品"。从这一点来看，《大地五部曲》就是一种达成度很高的人民史诗的诗史性书写。他从家乡湘西的根性历史开始写起，写了这块土地上风云际会、波澜壮阔的大事件。他的五部曲起承转合，内在勾连，本质的推动力推动着作者的创造力，一部部作品创作出来。《大地苍黄》中的苦涩与温暖、苍茫与救赎、命运与奋争，可见湘西漫长的成长、风俗与精神的演进；《大地气象》中惨烈的战争与瑰丽奇谲的湘楚祭祀的氛围，更贴近地域人文的灵魂；《大地涅槃》中抢救文化记忆的数十人的生死歌哭，引发关于诗意栖居和自我更新的思考；《大地芬芳》借小孙女探寻自然奥秘，将文史哲美与风土人情融入诗性的表达和对生态严峻形势的叩问；《大地梦想》以"天空""大地""追梦人"为书写对应物，以"我"行走于千年鸟道的所见所闻所感为演绎推进的脉络，写了人与鸟、大地与天空、神话与现实、光荣与梦想的多重交响。《大地五部曲》创作的地气、底气和生气都来自大地，来自生活，来自民间，成为新时代的湘西人民史诗。

（袁启君，张家界学院副校长，副教授；杨春，张家界学院副教授。）

注：此文刊于 2024 年 1 月 16 日《张家界日报》。

---

[1] ［德］黑格尔：《美学》第三卷（下册），商务印书馆 1981 年版，第 113—114 页。

罗长江《大地五部曲》的四个意识

简德彬　朱岚武

诗人罗长江的《大地五部曲》皇皇近六十万字，共五卷，由怀想一座村庄的美丽与沧桑（《大地苍黄》），还原一场昨天的战争与国家记忆（《大地气象》），见证一条老街的前尘与今生（《大地涅槃》），托出一群峰林的瑰丽与神秘（《大地芬芳》），聆听一曲"天地人鸟"的交响（《大地梦想》）构成。五部作品的地理范围都在他心中的母国——湘西大地。但作品视野所及，则覆盖到中华大地乃至地球上凡有人类痕迹的所有地方，并致力彰显大地精神、中国底色和人类意识。五部曲庞大高亢的联袂组唱，不仅反映了罗长江的创新精神，还表现了他建构全局的把控能力，汪洋恣肆的才情睿思，及开阔高远的艺术视野，作品所展现的神话意识、自然意识、生命意识、自由意识，更是呈现出大地般的泥土感、厚实感、起伏感、宏阔感、美丽感和沧桑感。

一、灌注精魂的神话意识

韦勒克在《文学理论》中言："神话是诗歌隐喻合法的、规模巨大的源泉。"而在《大地五部曲》中也多处呈现了或浓或淡的神话色彩，极具浪漫性的诗性特质。第二部《大地气象》中，他表明了该部写作主旨是"为了还原一场昨天的战争与国家记忆"。可即使是在书写历史时，诗人罗长江也没有采用史官般的春秋笔法，而是从神话层面上建构着其极富想象的思维线索。作者以屈原的《九歌》串联起大地气象的整体脉络，围绕"血火气象"展示出中华大地经受战争之苦，从而凸显出中华民族特别是湘西儿女的英雄力量。他借用《楚辞》中的东皇太一、云中君、湘君、湘夫人、大司命、少司命、东君、山鬼、河伯等神话原型，引入了后文对湘西会战烈士们的情感抒发。同时，他的文字也结合了舞台剧的内容与形式，借歌声与舞蹈的相互呼应与配合，营造出瑰丽、迷离的艺术美感。

声、乐、舞多种艺术形式的配合促使文本的描述视角不断转换，从楚辞般磅礴、欢腾的审美效果出发，《大地气象》处于虔诚、质朴、热情的情感焦点，反映出了湘西会战胜利之光荣，触摸到血性战士的疼痛与悲怆。《乐记》云："其哀心感者，其声噍以杀；其乐心感者，其声啴以缓；其喜心感者，其声发以散；其怒心感者，其声粗以厉。"在各种不同的强烈情感下，《大地气象》抒情话语的重复、押韵、排比、对仗使得语句变化万端，短促的音节、长短句结合、瞬息万变的情境，使得声音形式极富感染力。"一脉脉山岭在出击。一道道峡谷在出击。一条条溪河在出击。一面面崖壁在出击。一片片树林在出击。一弯弯山路在出击。千峰万壑一同复仇！一齐敌忾！一齐森严！一齐壁垒！一齐挟雷！一齐掣电！一齐天罗！一齐地网！"产生了强大的铺排效果。语言组织密集且完整，和谐又统一，有时语言一泻千里，有时却又戛然而止。《大地气象》从开坛迎神到撤营、礼魂，都延伸出了双重甚至多重的思想意蕴，整体的神之形象是人们与诸神借对话实现祈福的仪式，而寄托的却是创作者对古时英雄的万般崇敬。个体的神与战争剪影分别对应："与日月兮齐光"的云中君之后，紧跟着招魂辞；"横大江兮扬灵"的湘君之后，是湘西会战南部战场的片段；"洞庭波兮木叶下"的湘夫人之后，是湘西会战中部战场的掠影；"悲莫悲兮生别离"的少司命之后，是描写北部战场的序曲……从屈骚文化深处迸发出的神话思维与雄浑气魄，在大地气象中重现宏阔而阳刚的血性与力度，更是对应罗长江让诸神在现代复活的意旨，诸神的到来蕴含着责任，也是为当下的时代注入庄严和激情。反观后现代主义美学所强调的反传统、反崇高等主张，现代派们将戏谑与解构视为其美学特点，而诗人罗长江高扬对生命价值的维护，在楚地强大的文化根系下，将《大地气象》与楚湘风俗、风物、风习对接。《艺概·赋概》云："斯于千态万状，层见迭出者，吐无不畅，畅无或竭。"在创造者笔下，写尽了"一个民族的血与火，苦难与光荣，在五脏六腑无声地燃烧，中华大地的血火气象啊"。"血与火"隐喻着饱受苦难的大地上曾经的烽火与战火，血是无数英雄战士们的浴血，最终指向的是湘西大地的涅槃，这种涅槃是人超越物质层面产生的精神存在，一种永恒的、完整的存在。

"精骛八级，心游万仞。"《大地五部曲》第五部《大地梦想》，是一种具有"笼天地于形内，挫万物于笔端"的遨游。由"鸟"为核心元素，在各个不同的情境下发生与呈现，继而交织成一个个完整的世界。"人类早期。天空高古。大地粗糙。遍是鸟图腾鸟崇拜闪耀的光芒。"与鸟有关的史前神话："混沌如鸡子，盘古生其中"；战神蚩尤"状如雄鸡"；楚人先祖祝融乃凤凰化身；太阳与鸟同栖于汤谷的扶桑树上，金鸟负日；三星堆文明"青铜神树"上的九只鸟，分别站立在三根树枝之上；喜鹊搭桥成全牛郎织女约会；等等。除此之外，嫦娥奔月、精卫填海、女娲补天、夸父追日、大禹治水等中国古代神话中的经典，以及敦煌壁画中的"飞天"女神、上天入地的孙悟空等，亦纷纷登场，一并交织出"神话从大地走出，神话开放了大地"的瑰丽景象。

二、立足大爱的自然意识

"心生而言立，言立而文明，自然之道也。"言辞由人的心中产生，人是文学的主体，而最终体现的却是自然之道。第一部《大地苍黄》以"泥土的声音"为引，延伸了关于"土地"意象的词语"泥土"，同时又抓住的是"声音"，体现了独特的观察角度。《大地苍黄》顺应着春、夏、秋、冬的四时节奏，呈现村庄里日常生活的诸多细节，展示乡村的小人物命运。作品从大地里的声音写起，书中多次穿插山歌、民谣、锣鼓、哭嫁等声音，是一种听觉的展示与再现。再由对应二十四节气的竹枝词展开，正是写了天地依存、人与地依存、人与人依存的生活状态。采茶、种稻、薅草等生产劳动串联着复杂的关系，而在《大地五部曲》中，一以贯之的大自然既是文本世界所有浪漫的总和，也是想象的总和。蓝印花布中阳光渗入植物纤维，是和风吹拂下蓝草起伏，无数人工之物都质朴自然，"每一根神经都和大地相连"。

山水常常被视为文章情感之助，而五部曲中的自然变化是诗人借以移易故事的载体。二十四节气的中华元素一头连接着四季有常的时间顺序，一头连接叙事话语及其情节因果关系，尤其是在人物记叙上描述了各种真实的生活经验，"雷生""三姑娘""荞妹"等人物的故事都是以泥土和大地为生活场景，其叙事的节奏乃至命运纠葛亦与时间变化和四季更替有着某种隐秘的关联。如梅娘坟前的白梅与立春飘雪的节令之间，如雷生的出生、死亡与惊蛰雷之间（《雷生和牛》），如台湾老兵与秋风落叶的银杏树之间（《收脚迹》），如荞妹与山坡上那片荞麦地之间（《荞妹》），等等。他写的"三姑娘"与沈从文笔下的萧萧更是一种形象共通的人物，童养媳的命运与自然的欲望碰撞下的二者，归于爱之色彩下的忧伤与无奈。文本中诸多人物的生活场景不是展示乌托邦式的桃花源，他们的生活里也不乏偶然与困惑、痛苦与逝去，生命也有凋零与萧瑟，命运的无法预测与对外界压力的祈祷或疑问，都是世俗意义上的悲悯情怀使然。

表现乡土环境下的人与人之间的情感有无数种，比如鲁迅式的劣根性批判，比如萧红式的生死轮回的不止息。诗人罗长江以其执念激发的独特的论证方式，认定爱是一切事物的意义，是人类得以存在和前进的前提和基石。他的笔下，是人们把对自然造化的爱融入蓝印花布的纯净；是梅娘托生于白梅般真挚的爱情；是鸭客佬对妇人真诚而洒脱的爱慕和欲望（包括对欲望的节制）；是乡村少年丁丁对悠扬风琴的痴迷；是木叶女孩吹奏木叶时产生的悸动……这些，便有如沈从文式的对农人的温爱，以及《湘行散记》式的关怀，情感浓度呈现出一种中和自然、和而不同的大爱。

将大自然景色"复魅"，是对健康真美的热爱。这种自然观，是一种自发的、从内心生发的、不得不抒发的热爱之情。罗长江在自然中展现了艺术的诗意，这种诗意也带来了艺术的欢欣，对在自然中成长出来的善良与美好进行赞美与讴歌。在第三部《大地涅槃》中，傍晚时分，在大庸南门口看着满河的橹歌，夕阳投影在河面，河水上光影起伏交错，忽地想起了沈从文笔下那句："山头夕阳极感动我，我心中似乎无什么渣滓，透明烛照，对河水，对夕阳，对拉船人同船，皆那么爱着，十分温暖地爱着。"诗人于是写下了"绿水长流澧水河"的句子，那是他挚爱着的家园，寄托了他如许深情的地方。关于河街、澧水，他都留存了太多回忆，而河街的网红榜、十二帖等也是他记录世界的渐变步伐，表现了社会的转型。在城市的变迁与乡村的留存下，布迪厄曾认为，个体的喜好、判断的倾向是和社会结构有关的，场域塑造着人物的"惯习"。城市场域中，现代化的进程、工业化的发展使得河街迅速改变，都市意识使得作品拥有了多维指向的线索，是全面覆盖的网状结构，从而使作品呈现开阔、开放的艺术空间。在写到城市相关内容时，罗长江打破了单一的线性顺序，利用都市特有的文化元素、个人思绪、时代科技等，赋能以网络状结构，同样是自然意识驱遣下忠于现实、忠于生活、忠于内心的真情抒写。

三、共生共荣的生命意识

《大地五部曲》时时刻刻展现一种物我合一的交融，眼前实实在在的景物，包容在创作者的内心。"月光赤着脚上岸了，蹑手蹑脚地走进院墙的葡萄架子下。""卵石给黎明的泉音浸润了，一位少年坐在那儿读浓丽的早晨。"诗人用其艺术化的眼光写就了灵活自由的句子，重视事物的情态面貌，展示对美的一种向往。"环顾大峰林的一尊尊褐色或褐红色石峰，粗粝、苍郁，有棱有角似斧劈刀砍，如同青铜时代的武士，浑身透出一股子血性与野性。"生命与自然同律。那是何等苍茫、何等雄强崔嵬的自然画面。

而对美好景物，罗长江先生的态度却又有庄子的物我关系的体现，这是天人合一式的，类似文中暗示出的"木叶女孩"的生命脆弱却美丽，如同薄薄一片木叶；是可爱的小落落为治母亲眼病的月女如新月，新月是枝头抽出的一片嫩叶，是生命鲜活和蓬勃的美好。"随物以宛转，亦与心徘徊。"在对生活的积累中，化为主体和物象之间的通感，而这种诗意的凝聚与内在追求，礼赞了人与自然的交融。作品中写道："我禁不住上天入地，神游于这一片汪蓝。一任幻觉舒展开长臂往空中划出优美的弧度。一任幻觉潜行于峰三千水八百之间。"合了《毛诗正序》中"鸟兽草木以见意者皆兴词也"的观点，反映的是对自然的态度，既体察入微又合乎情理。"兴"似乎是以最原始性的诗意调动，激发与沟通了接受者的类似体验。创作者精锐的艺术感受力使得作品舒放流丽，壮大、跳脱、通感的动态感受是诸多物象起兴的结果。这来源于"睹物有感焉，则有兴"。那种被外物感发却又不滞于物的超越物我的思维状态，在《大地五部曲》中，往往表现为由密集意象的跳跃与改变，借以折射和暗示作者彼时彼地的情感驱动与独特心境。

第四部《大地芬芳》中，以虫入诗，以昆虫的微观视野叩开了一群峰林的瑰丽与神奇。轻与重、微观与宏观结合，为张家界大峰林风光的书写提供了另一种思路，一草一木、一花一虫、一山一林多是昂扬的生命存在。"入乎其内，出乎其外"，孙女的每一句话中都带着轻盈而智慧的童真，沿着小学生叶子的儿童视角，大地是芬芳的、晶莹的。童年的嬉戏里饱含的对人情美、自然美的印象，是可爱的甜蜜的乐。在这种视角下，大地即是乐园，没有条条框框的规定，也没有思想枷锁的束缚，可以和植物私聊，聆听"看得见"的声音，收集鲜活的故事，其中"虫子联欢会"一篇揭示了一个小女孩眼中的大自然景象，轮流表演节目的虫子演员们有蝴蝶、蜗牛、金铃子、青蛙、蟾蜍……而梯玛神歌、民间云图等民俗物象，更是灵动展示了神秘的地域色彩，祈神、求雨、占卜、符咒、原始图腾体现的是人神合一。而巫风傩雨也在时代的河流中沉睡，那些关于请神收魂的回忆，那些青面獠牙的神像，古老斑驳的难以定义的民间信仰伴随着牛角号"呜呜"声渐行渐远。历史进程下暗含的是无数的"最后一个"，不难从字里行间流露出文化逝去的哀伤。但是在作者心中，仍然有一个活态的巫傩世界存在，以留住悲悯大爱的文化物象和文化记忆。

也正是在《大地芬芳》里，有了爷孙两代人的连接，孙辈连接的未来和祖辈连接的过去，爷孙俩在脉脉深情中打趣逗乐，在撒娇与关爱中找到温暖的情感归宿。作者记录下自己和小女孩轻轻松松的聊天话语，在看似朴素简单的字里行间，处处透露出爷孙两代人之间的浓浓情意。在隔膜愈发加深的现代人群中，诗人抓住了个体的情感，以家庭关系和生命延续展现了强大的情感支柱，为人们找到了一份温暖与安慰。文本还穿插了微电影故事诗和大峰林交响诗，分别讲述的是人的故事与山的故事。作品以诗性的语言讲述了地理的运动与变化，大峰林的交响从远古的时空而演变，是一曲大自然的山籁。以人与山的赴约展开情节，讲述了山岳的形成过程，"大地的升降运动，海陆的轮番更替，气候的冷热交替，生物的生死嬗递。一切发生着惊心动魄的变化。"千百年前的自然生态与当下怀抱着的虔诚与冲动，"我"的血液里凝聚了喧嚣的波涛，我的胸脯上起伏着波浪般的呼吸，千里相会，在满含深情中欲辨已忘言。

四、无限可能的自由意识

文本的无限可能性，在鲁迅的《野草》里是其意蕴由有限到无限的象征世界，而在《大地五部曲》里则是现代语境探索下的共时性思考。通过调动剧本、新闻报道、微友跟帖选、纪录片画外音、诗歌、散文、童话、札记等多种形式，可以看到的是当下书写呈现的无限可能。多重文体的交织兼容，使得文本思想的容量进一步扩大，兼顾的同时，各种文体并没有弱化散文诗的诗性之本质特征，相反，它们一并展示出符合形式与思想的浑然一体。文本的五个部分都兼顾了叙事话语与抒情话语，保证了情节完整，也确保了思想意蕴的丰富。不同的形式不单单是承载思想意义的工具，在一定程度上，它也代表了作者感知世界、把握世界的方式。"文变染乎世情，兴衰关乎时序"适合于罗长江作品中文类变化的诠释。呈网状向周围散开的文本，无疑是对散文诗这一文体模式的巨大突破。这，恰恰是自由精神之于散文诗写作的成功体现。

除却影响文本的外部要素，在文学艺术的内部层面上，《大地五部曲》具有自律性的自由。在文学艺术的尝试中，这种自由不是语言的放纵，更不是形式的滥用，自由反映的是创造者理性精神的自由，每一部作品之层次的分明、整体的开阔，都是审美主体心灵的解放，"审美带有令人解放的性质"。在罗长江的文本里，诗美是韵律中的音乐美，排列直面的建筑美。诗人的审美是将形状、色彩等感受都自由流淌于人心之中。从艺术创造的宽阔视野看，气魄的充盈是必然的。

各有所长的作品风格和作家才情往往相互配合。五部曲里，自由呈现的文体都没有条条框框，几乎还可以承载更多的艺术形式，似乎还可以融合更加多元、深刻的时代脉搏。威克纳格所言："风格不是机械的技法，风格是面貌的生动表现，活的姿态的表现，是由含蓄的内在灵魂产生出来的。"从这个层面上去理解，诗人罗长江无疑找到了其文学地位的坐标，他以鲁迅、波德莱尔的散文诗为经纬，坚守自己的创作理念，向着其艺术理想开拓，追求更深地理解世界、更广地感受语言的文学理想。正是文本的内外相互应和，思与诗的交织结合，使得诗人罗长江的作品别具一格。聚焦其语言，他在选择词汇、构造句法、诗行延伸方面已然形成辨识度很高的行文风格，瑰丽飘逸却无半分浮华，借细节刻画以营造气氛、推动故事发展和塑造人物。五部曲对应五行金、木、水、火、土，分别表现农耕文明、民族战争、旧城改造、生态文明、人类梦想之重大题材，架构布局之错落有致、庞杂繁复可谓史无前例。他却能做到举重若轻、收放自如、张弛有度，或密不透风，或疏可跑马，彰显出巨大的驾驭与掌控能力，在他营造的这一文学王国里，无疑获得了总揽天下般的整体意义的大自由！

纵览《大地五部曲》，《大地苍黄》是二十四节气的时序变化的村庄回忆；《大地气象》是以民族战争为出发点而布局的英雄浩歌；《大地涅槃》是一条老街的前世今生；《大地芬芳》是具有温情的山水记录；《大地梦想》是以乐章为线索的人鸟纠葛和人类梦想。写完《大地梦想》已经是 2020 年的年底，自罗长江创作该系列的第一部作品《大地苍黄》到此，已跨越了十年光阴，他把自己对文学巨大的热情投入"大地"系列的创作中。这也正是"我"作为创作主体时常出现于文中的原因，他的真实与真诚已经展现在文中，或是以"我"的视角与儿子进行的对话，或是他与孙女的交谈。即便是第三人称的作品中，依然可以感觉到隐藏在作品背后的作者的气息。从"大地"这一意象出发，一方面是贴着创作者自我内心的生命感受，用关爱维系着亲人与朋友，而另一方面融合了梦幻与想象，将触角伸向了过去与未来，更是他对楚湘文化的认同与阐释。

（简德彬，美学家，教授，湖南省文学评论学会副会长，张家界学院校长；朱岚武，青年评论家，张家界学院副教授。）

注：此文刊于 2024 年第 3 期《艺海》。

罗长江和他的文学"大地"

贺秋菊

20世纪50年代，作家罗长江出生于雪峰山东麓的隆回县，70年代开始文学创作，90年代初前往武陵山区腹地张家界工作。从雪峰山到武陵山，横跨沈从文笔下的悠悠沅水，在不断重返故乡和深深的眷恋之中，作家建构了他的文学"大地"。

一

罗长江的文学"大地"之根在祖父的瓦窑里。祖父是中国文学中的一个重要意象，象征着亲情和对童年、故乡的眷恋，也是文学的生命源头。罗长江笔下烧瓦窑的祖父是作家对故乡深深的依恋，这份依恋扎根在大地深处，持久、稳定且生机勃勃。

对大地深沉的爱是从祖父聆听泥土的声音开始的。《大地五部曲》以"泥土的声音"开篇，思绪跨越时空飞越到"已经很老了"的老祖父那里。在这里，"很老"是情感的延伸，由老祖父而想到古老的大地、永恒的生命。大地在中国传统文化中象征着稳定、持久和力量，是孕育和保护万物的象征，在这里，祖父是大地具象化的承载体。

与祖父有关的记忆通过细腻的书写不断强化，滋养着作家的精神气质和审美韵味。在老祖父那里，种田种地、制瓦烧瓦是他和土地相互依存的方式，因为相互依存，所以彼此倾听、相互理解，"老祖父一辈子种田种地，制瓦烧瓦，跟泥土有着手足之情。/他说，泥土是有声音的。"作家一遍遍重返祖父的日常记忆，回到祖父耕种、烧瓦的细节里，聆听泥土的声音，"老祖父每天放慢步子，去田野丈量农时；去他那口瓦窑，用目光翻看一摞摞瓦片，如同翻看一册旧版的望星楼历书。/老祖父瘦瘦的，跟他拄的拐棍一样瘦。/蹲在晨光暮色里，吧唧吧唧吸烟，咳嗽，聆听泥土的声音，给二十四节气打分。"在这放慢了步子的生活里，我们体味到了祖父和作家共同的泥土深情，创作的精神力量在这份深情中升华、孕育。

除了烧瓦窑的祖父，身着蓝印花布的女知青、放牛娃雷生和雷生爹的"雷生崽"、蹲在鸭棚望着在溪河和水田里叽叽嘎嘎啄泥觅食的鸭群的鸭客佬、一生在茶园守候孟同归来的三姑娘……构成了罗长江文学"大地"上的人物记忆。我们读到了"小雷生在惊蛰雷声中出生，在惊蛰雷声中淹死"，女知青"植下一株棉花苗，植下一株蓝草苗，植下一种美学取向。/ 以植物的心情，祈求雨水降临"，鸭客佬"习惯了蹲在鸭棚门口，隔着檐水远望炊烟下的村庄和进出村庄的红男绿女"。或在晨光暮色里，或在无眠的暗夜，也或许是渔火飘忽的阡陌田垄、村庄的蓝印花布，他们来自广袤的大地，依存于自然万物，终将生命交付于大地。

罗长江既写散文、诗歌，也写报告文学。1987年，著名诗人洛夫主编的台湾《创世纪》诗刊为整合海峡两岸当代中国诗史，首次推出"大陆名诗人专辑"，入选了两位隆回诗人——"从梅山走来的抒情王子"罗长江的12首诗作和被誉为"真正意义的乡村诗人"匡国泰的多首诗作。尔后，两人都离开隆回去外地发展，但他们深爱着故乡大地，地理意义上的迁徙流动、现实的奔波与精神上的漂泊以及心中长存的浪漫主义理想相互缠绕、生长，以文学的方式共同勾勒出了湘西南神秘而充满诗性的大地，罗长江《大地五部曲》则是这样一部集大成的文学作品。评论家谢冕认为，"《大地五部曲》是一部宏伟的大地颂歌，也是迄今为止我读到的最长、最全面，也最系统的散文诗鸿篇巨制"，是"一部我称之为'盛大华美的大地交响曲'"。

二

一百年前，赛珍珠以其书写二十世纪初期中国农民生活情状的代表作《大地三部曲》以及她笔下的现实生活和中国传统民俗文化元素备受关注。一百年后，罗长江以长篇叙事散文诗《大地五部曲》展现了一位作家扎根大地的历史沉思、现实观照与诗意表达。"大地"是罗长江的文学沃土，也是他的文学视角。

湘西南的风俗、风情、风物滋养着作家的精神气质，罗长江在书写上表现出十足的用心和专注，通过大湘西的成长史、民族史、风俗史拷问人类的生命价值。《收脚迹》通过当地一辈一辈传下来的"收脚迹"传说，书写了一个美丽而凄凉的爱情故事。"长在屋边的白果树，怕有千儿八百年了"，"一雌一雄，下面盘根错节，上面的枝叶相连不分开"，于是，时常有相爱的人相约着在树下许下承诺，成亲时来到白果树下再还愿。村子里一对年轻的夫妻双双在白果树下许下心愿。后来，丈夫被抓壮丁，去了台湾。台湾老兵一直期盼着有朝一日回大陆再续前缘，两岸通航后兴冲冲归来，女人早已于无望中与另一男人结婚成家，共同侍奉老兵的双亲。身为女人，真就让她的心备受煎熬：几十年光景，也不晓得他一个大男人是怎么熬过来的……

文化生活之美亦是罗长江文学"大地"上的精神之美，女性正在承载着一切。在《裸月》中，作家从细微处落笔，用简练的笔法塑造了一位"有过两次婚史"、饱受折磨却依旧没有向命运妥协的女性形象。作者不是简单地呈现苦难，也不是正面讴歌伟大女性，而是选取一个极具地方特色的文化切入点，慢慢荡开，使人物精神境界尽显。作品从女人与山上的大树"同房"这一巫性十足的习俗开篇，进入人物的现实生活，"第一个男人猝死于建筑工地，第二个男人亡命于大货车追尾"，于是有了"长舌妇们背地里说她命里克夫"，好在是经历诸多挫折之后，她遇到了同样命运坎坷却勇敢抗争且真心爱她的男人，她实在不愿意往后的日子再生任何变故，于是"说服自己，依从了这一古老的风俗"。

古老的风俗是文学"大地"上动人的画卷，镌刻着生生不息的民族精神。《一样的月光》记录下一位被命运裹挟、终究无法逃离与抗争的女性的悲剧命运。面对青春年少时懵懂美好的爱情，他们有过追赶、一起并肩奋斗，"豆蔻年华的两人，是衔着浪花飞翔而撒落一地欢愉的小鸟"，幸福的日子里，"枯燥，紧张，落寞，惆怅，统统遗忘得一干二净"。高中时代第一次听到月女唱《一样的月光》，他就爱上了她。上大学的前夜，他们"谈理想，挫折，奋斗；谈新月，云彩，月光花"，还一起唱了好多好多首校园民谣。可是，生活并不总是顺遂人意。他上了大学，月女却是"三年复读，三年落选"。即使他在大学期间"仍与复读的月女保持书信联系"，而"接连受挫"的月女显然已经开始向命运低头，他的期许与承诺仿佛助长了她无尽的绝望。终于，月女选择了一种决绝的方式，她与以死抗婚的姑娘一起投了河。与"以死抗婚"的姑娘一同离去，更像是月女对自己悲剧命运的归类。

值得注意的是，罗长江笔下对"月"的书写。月与作家的遐想、女性、湘西南的浪漫文化密切相关。对不同的人来说，这"月"可以被赋予不同的意义。于罗长江而言，它是文学大地上的灯盏。

三

罗长江投入自己的生命体验创作，匍匐在广袤的大地之上，平凡岁月中的细小事物、真实感情都能成为他的创作动力。他坚持艺术探索，将情感投注在人民群众庸常的生活褶皱之中，文字朴实且细腻，情感真挚而富有哲思，智性的光芒和深沉的悲悯在字里行间闪耀。

注重在结构布局、诗性语言和细节表现方面进行探索，罗长江的书写让日常繁杂琐屑的细节闪现精神的光亮。丰富的生活阅历与人生经验，让他在文学中得以从容地面对大湘西的花草林木、山河湖海，面对芸芸众生。在他的文学作品中，为着那个"一家人平平安安，和和美美"的希望，女人"调好猪潲，关了鸡鸭，会野老公一般悄悄出了门"。这个画面是作家凝心刻画的特写镜头，"悄悄"在这里将女人的心思描画得惟妙惟肖。"四处黑森森，她怕。/夜风吹落半片树叶一瓣残花，她怕。/红腹锦鸡突然嘎的一声窜过草坡，她怕。"四个"她怕"凸显了女人的勇敢和义无反顾，勇气来自心底的爱。"她把眼前的树想象成自己的男人"，随后，大胆地使用复沓式的抒写方式描绘女人想象中的场景："常青藤一般缠绕着……被鸬鹚叼在嘴里一般酥软着……在妙处难与君说的晕色中沉醉着……"复沓式的抒写增强了作品的表现力。

除却文学艺术上的探索，罗长江的文学作品也表现出闪光的智性和沉潜的哲思。他不自觉间将个人的处世哲学用生动精练的语言表现出来，寥寥数语，却值得玩味。在《大地芬芳》里，作者回望渔猎时代，从孙女叶子的阅读开始。"我让叶子读一本关于猎人和鹿的图画书。/渔猎时代，猎人通过猎杀鹿而获得鹿皮、鹿血和鹿肉，从而养活自己和他的妻儿。/一个种类的血肉延续了另一个种类的生命，这是宿命，无法改变。/但与贪得无厌的斩尽杀绝无关，它只有一个目的——基本意义上的生存。"孙女叶子是罗长江文学"大地"上生命的延续。大自然激活了叶子的灵性，作者写下了她满心的欢喜，"森林醒来了。一大片永恒的绿色醒来了。/在一束花瓣被曙色刺痛眼睛的惊讶中醒来。/在一片叶子被远雷轻轻击落时的喊疼中醒来。"在祖孙的欢喜间，叶子认识了会写诗的虫子，懂得了怎么听松和雷声，学会了与植物私聊，还会守候群鹰聚会、等待一场桃花雨，不自觉地走进老猎人的梦……叶子仿佛大地上为万物生灵代言的小巫女。在这里，我们不由得想起了《大地五部曲》开篇那位"已经很老了"的祖父，这便是永恒的生命轮回和生生不息。跟孙女的对话中，熔铸着作家对生命的叩问与追索。"叶子呀，草木是有生命有灵性的。/学会像阳光一样俯下身子聆听草木的心跳，会渐渐明白人也是草木的道理。"这是作家内心表白。他意识到个人的渺小，坦然承认更强大的力量，比如风景区次生林的藤葛交织以及"接通天地间、人神间的灵性之物"茅草等。在无法触碰却又无处不在的自然神力面前，我们只有敬畏，也必须敬畏。

基于深沉的悲悯，罗长江笔下的牺牲写得悲壮、豪迈，坟墓是"地下的村庄"，唯有回归大地才能承接住一切情感与力量。《收脚迹》的结尾，"老槽门前方晾了一绺头发雨烟。/ 几只老鸹从村庄上空哇哇叫了过去，喑哑，苍凉，满腹心事的样子。/ 总归是深秋了。/ 一夜之间，白果树下铺满了落叶，色泽黄灿而斑驳。/……/ 在她眼里，落叶是他收走又搁下的一地脚印。"《拧苞谷的老人》结尾写道："每年，她将对面山上那片地种上苞谷。/ 一年到头，手中有拧不完的苞谷。/ 就这么一个人坐在门槛边，拧啊，拧啊。/ 拧着阳光在水笕间汩汩流淌的声息。/ 拧着小狗舐热脚背的亲狎。/ 拧着麻线线一般打结的山岚。/ 拧着尿片片一般燥人的云影。/ 拧着秋唱。/ 拧着春歌。/ 拧着记忆。/ 拧着岁月。/ 拧成一支永远的山歌。/ 拧成一个永远的传说。/ 拧成一片永远的风景。"作者通过诗情渲染，让难以掩饰的情感在此处决堤，一泻千里。

罗长江已然意识到了"人类回归大地，回归大地属性，重获大地的力量、大地的精神"的重要意义。他找到了属于自己的文学路径，努力建构自己的文学"大地"。他守望着老祖父的"瓦窑"，聆听"泥土的声音"，在他的文学"大地"之上继续开拓。

（贺秋菊，青年评论家，湖南省作家协会创研室主任）

注：此文刊于 2024 年 11 月 25 日《张家界日报》。

歌者罗长江

梁瑞郴

　　某弄文的兄弟，爱饮三五杯老酒，文胆豪发，居然要主编给他的专辑命名为"饮者某某某"。主编愕然，一时无语。

　　"古来圣贤皆寂寞，唯有饮者留其名。"这里的饮者，能按字面意思解释成喝酒的人吗？谁都知道，李白的心中，这饮者，在圣贤之上，能称得上饮者的，够资格的，那便是他自己了。"李白斗酒诗百篇，天子呼来不上船。"一个敢在皇帝面前放荡不羁的诗人，给自己加冕的也不过是一顶"饮者"的帽子。

　　但我要将歌者的桂冠送给长江兄。看官注意，这绝非同人互吹，廉价奉送。

　　置于我案头的有长江兄五卷本《大地五部曲》。我于评论，是道外之人，更何况《大地五部曲》有评论大佬齐齐列阵，持庖丁解牛之刀，握崔颢题诗之笔，恚然解剖，卓然勘析，已是门内精议了。而我只能于门外，随感而发，由人及文，说说书内书外的事。

　　长江兄与我，相识于 20 世纪 90 年代初。其时，张家界声名日隆，追寻者暴增，而文人更是趋之若鹜，这等山水，不一睹芳容，岂不有负今生？

　　我每次去张家界陪客人踏访，便呼来长江兄，请他张罗各种事务。人之相知，在心灵的契合。他是那种凡事认真、一诺千金的人。我与他，诸事的暗合，全因了品性的一致。也有朋友问，罗长江此人怎样？我毫不犹豫回答：靠谱！

　　这靠谱的人，也有极活泼、极爽朗的一面。一次，我们爬张家界黄石寨，汗水涔涔，他却兴致勃勃，诗兴大发，高声吟唱民歌。除了桑植民歌《马桑树上打灯台》外，有一首民歌给我留下很深印象：一个鸡蛋两个黄，一个情妹两个郎，前面一个扫露水，后面一个遮太阳。歌罢，他抚掌高呼，开怀大笑，并无限感慨地说：看！民歌对爱情的追求多么大胆直白。尤其是挑战男权，不惧世俗之见，只有在民歌中才能觅见！

　　诸君试想，如果没有张家界这举世无与伦比的山水，如果没有张家界（包括大湘西）粗犷淳朴的民风，能产生罗长江《大地五部曲》吗？

他，行走在这片风光旖旎、人情淳厚的大地上，他要尽情抒写对这片土地和人民的深爱，他找到了一种最好的表达形式，以完成奇瑰的叙事和浓烈的抒情。他用自由奔放、跌宕起伏、大开大合、逶迤回荡的散文诗，对大地作最深情的礼赞！

不管学者对《大地五部曲》作何种评析，以我对它最直白的印象，它所歌吟的是大湘西那种最原始、最血性、最倔强、最本色的人性。他歌吟这片大地上万物的生生不息和人事的代谢。他赞美他们伟大的创造力，坚韧不拔的改造力，不懈努力的追求力，气壮山河的抗击力。同时，他也痛心疾首、毫不留情地剖析民众的劣根性，因而使全部文本，既有礼赞的光辉，也有剖析的深度。《大地五部曲》在高声赞颂盛世中脚下这片土地日新月异的变化时，也表现出种种不安和忧郁。诗人尤其表现在对文化保护的思考上，发展与继承，开发与保护，摈弃与传承，历史与今天……把深深的思考寄寓于诗行中。爱之愈深，责之愈烈。正是这种家国情怀，让《大地五部曲》处处洋溢温暖之美，也透露一种冷峻之美。

当然，主色调是温暖而刚健的，这与时代是同频共振、并行不悖的。如果当我们躬逢盛世，生活在伟大的时代而视而不见，这便是有问题的眼睛了，你看不到这时代的本质，你看不清挟泥沙而下滚滚洪流的主流。时代没有出错，而是我们的眼睛错了，这是背弃真实的歌吟，这是一位歌者的悲哀。我以为长江兄有一双睿智的眼睛，他始终站在人民的立场，去审视历史与过往，去观察现实与当下，去思考前程与未来。我以为这是《大地五部曲》的内核本质。这不是任意拔高，而是我在赏读全部文本所得到的结果。正是这一结果，使我有了初步的认识，《大地五部曲》具有某种史诗的品质，这不是因为诗的长度，而是它本质性表现了大湘西各民族的某段生活的历程，给我们提供了可供观察的地域历史。当然，这种历史是文学的，散文诗化的。它更可激荡我们的心灵，给我们插上无比丰满的想象翅膀。

歌者罗长江，是雪峰山的儿子。这座屈子登临吟咏的山，堪为文化之山。这座曾经让侵略者低头的落"日"之山，更是英雄之山。长江兄伴其左右，十年磨一剑，成就《大地五部曲》，我要称它为罗长江的铸剑之山。

（梁瑞郴，作家，湖南省作家协会原副主席，湖南省散文学会会长。）

注：此文刊于 2022 年 2 月 18 日《长沙晚报》。见报后经网络转发，点击量一下子突破 30 万。一位叫欧阳朝夕的读者还写了读后感《写给歌者歌一样的美文》，刊发于 2022 年 3 月 29 日的"湖南日报·新湖南"客户端。原文照登如下：

为梁瑞郴老师的美文——《歌者罗长江》喝彩，为他多年来孜孜不倦鼓励湖湘文学"朝圣者"点赞！

歌者罗长江皇皇百万巨著，何止辛苦二字了得！那是人生步履厚实的点点滴滴，是岁月如歌的欢乐交响，是功底深厚的刀刻斧琢，是歌者的心灵深处温暖的记忆，是多维人生的七彩斑斓，是湘西大地之子赤诚的主流谱曲。

汉字的精彩在于能演绎出多种艺术形态的话语表达体系，是修辞手法通感最能勾连的载体！大音希声，最美的歌声和旋律是无声胜有声，最洪亮的分贝是永留史册的汉字——后世人都能明明白白、清清楚楚听懂看懂！

梁老师以平实的笔调给歌者最朴素的描摹："它所歌吟的是大湘西那种最原始、最血性、最倔强、最本色、最苍黄的人性。"砖头般皇皇巨著，在散文诗史上，绝无仅有，一骑绝尘。

百万巨著的分量的确令人发出窒息般的景仰，好在为歌者而歌的梁老师太熟悉歌者的生命底色和跃动的性灵。散文诗的意象繁杂难不倒梁老师思想的指向，为歌者而写的文辞简练而优美，既有梁老师惯有文字洗练的功底和表述的丰富，更是梁老师散文大家力道纯熟的自然流露。

正如梁老师自己所说："但我要将歌者的桂冠送给长江兄。看官注意，这绝非同人互吹，廉价奉送。……《大地五部曲》在高声赞颂盛世中脚下这片土地日新月异的变化时，也表现出种种不安和忧郁。诗人尤其表现在对文化保护的思考上，发展与继承，开发与保护，摈弃与传承，历史与今天……把深深思考寄寓于诗行中。爱之愈深，责之愈烈。正是这种家国情怀，使《大地五部曲》处处洋溢温暖之美，也透露一种冷峻之美。"

随着阅读梁老师作品数量的增加，我的喜爱由单篇作品的充分表达与宏大的表述到渐渐有了理性的归纳和总结，由思绪活泼的发散联想过渡到了古人作文惯常的义理、考据和辞章的形式与逻辑之中。

攀登高峰者自是有征服脚下困难与高度的成就和快乐，但更想体验高峰处的险峻风光和绝顶高度的异样视野。同理，阅读大家的文章，思维的触角同样能够爬升到作家意识形态高峰的顶点关注和终极思考的厚度，是能带给普通读者温暖、慰藉和启迪的一次次换脑的意念之旅。就像禅房打坐的悟道之人虽敛心静坐但心里广大，心绪遍周法界，来去自由，心体无滞，直澈心源，聚成般若，顿悟成佛，进而乾坤永大，日月生辉！

梁老师作为散文大家的哲理小品文或杂文或游记或随笔，往往有真意和深意！自古以来，一代名家的文章被下一代文化人的理解和解读会呈现出万紫千红的状态，这里会有非常高雅的误读或过度的理解，在我看来这恰恰是文学的魔力和精彩，横看成岭侧成峰，远近高低各不同。多么富有意境、内涵的延伸和拓展。也许原作者在文中有意无意留下的话题引子就是为了让时间来验证自己的判断和推断，相信后人的智慧和见识应该比自己这代人高明和长远，所以五千年的中华文明和文化在这种一代又一代的积累、阐释、补充、延伸、注释和解读中得以传承和发扬光大！

沉稳大气的梁瑞郴老师，读其文如睹其人，是谦谦君子的厚重，循循善诱的长者风范，对事一丝不苟，育人有教无类，待人赤诚真心，为文道心惟微，惟精惟一。如《歌者罗长江》这类文章，总得有个上百的数目，我有幸读过不少，每一篇力道不减，无一丝一毫应付的潦草，一人一书一风景，一文一道一特色。为我们的生活中有这样的贤能之师祈福，且行且珍惜吧。

史诗性重构与文体意识的拓展

——以《大地五部曲》第四卷《大地芬芳》为例

晏杰雄　凡哲汝

　　《大地芬芳》作为罗长江长篇散文诗《大地五部曲》的第四卷，与其他四卷诗集保持着内部的统一性，都是摄取重大题材，开展跨文体写作，完成诗性的表达，书写新时代的民族史诗。《大地芬芳》不断突破散文诗写作的界限，打破散文诗"三五百字"的固定模式，试图在这个宏大叙事逐渐解体的时代重新建构起整体性精神图景。与体现为民族性、整体性、英雄性、全景性等四个方面的史诗性的传统审美特征不同，《大地芬芳》的史诗性构建包容了与新的历史文化语境相契合的日常性和世俗性的因素，表现为日常性与整体性相交融的史诗性写作。《大地芬芳》以一对爷孙个体化的小视角为切入点来观照人与自然的宏大主题，营建出鸿篇巨制的史诗结构，追求崇高性、庄严性、超越性的精神价值。罗长江引入日常生活经验，大量描写叶子和爷爷在砂岩大峰林居住、游玩、观察、创作的日常场景，着力挖掘日常生活情境中所蕴藏的诗性与智性之美。《大地芬芳》从细微的、日常的、个体的经验出发，不断扩大想象的边界，建构起一个横跨古今，连接过去、现在、未来的共时性时空结构，在虚构与纪实之间探寻历史的真实，在一个碎片化的时代重新唤起人们对整一性与永恒性的渴望与追求，演奏出一首与时代合奏的自然生态文明交响曲。

一、小大之间：营构宏阔博大的想象空间

　　保罗·麦钱特说："一部史诗具有声势浩大和包罗万象这两个方面的意义。"罗长江在《大地芬芳》中建构了一个多层次、意蕴丰富、规模宏大的诗歌空间结构，超越了时空的藩篱，将那些历史的与现实的、神性的与日常的、想象性的与物质性的所有空间结构统一在一起，以恢宏的气势共同熔铸了《大地芬芳》全景式的空间架构。

《大地芬芳》中存在着大量的神话题材，那些富有灵性的鸟雀、草木、鱼虫，那些神秘的巫歌傩舞，那些拥有原始信仰的乡民们，一同营造了《大地芬芳》原生态的神性空间。《古老的民间云图——巫傩故事》组诗中《打醮求雨》一诗，记述了土家族的梯玛在明朝天启三年打醮求雨的全过程。"打醮求雨！打醮求雨！开坛啊。牛角号呜呜响。三眼铳嗵嗵响。请神。敬神。卜卦。踩罡。翻跟斗。斩鸡头。""老辈子传下来：遇到蛇虺捕蛇虺，遇到蜥蜴捕蜥蜴，取回来供奉膜拜，老天就会哗哗下雨了！"在大梯玛嘹亮亢进，笼盖四野的诵唱声中，"真神请到了。前呼后拥着接进村寨，领受大家的供奉、膜拜、急切和渴望。"在神的眷顾下，一场酣畅淋漓的雨水解救了深陷大旱灾难的人们。《雀宝郎逸闻录》以笔记小说形式记载了外出学艺归来的雀宝郎身上的种种奇闻逸事，他使用巫术将在战争中牺牲的贺龙侄子的棺材运回故乡。"砍来两根竹子，连着一堆目光往棺材上绑好。找来三片鹅毛，连着一堆目光往棺材上插好。焚香。烧纸。画符。卜卦。"使得原先需要七八个汉子才能抬起的棺材变轻了，"两条汉子轻轻松松抬起棺材，出发了。"《鬼婆草在风中摇曳》中记述了巫师烧纸、卜卦、驱邪的故事，"巫师为化解兽物阴魂的积怨，言辞恳切而温软。感染得河谷吹来的风，站立的姿势要比芦草还柔了；感染得山坡飞来的鸟，振翅的姿势要比树叶还软了；感染得蹲在门外的狗，摇着尾巴，跑去野地与狐狸周旋了……"诗中的巫师与梯玛恰似沟通天地人神的桥梁，连接人与自然万物的使者，将人们祈求与心愿送达给天上的众神，承担人与自然万物交流沟通的职责，化解着人与自然的矛盾分歧。在这种自然崇拜、神灵崇拜的原始思维与精神信仰之下，潜藏着的是一个神秘莫测，万物有灵的神性世界。诗人以深幽的眼光穿越历史的尘埃，再现了张家界地区的巫风神韵，描摹了一幅充满地域神性色彩的民间图画。

　　灵慧的神性空间是依托在宽广而琐碎的日常现实空间之上的，罗长江并未流连于圣词大词的旋涡中，相反他以及物写作的立场深入历史的现场，在完成日常经验叙写的同时，能够入乎其内，又出乎其外，完成对日常琐碎生活片段的祛蔽，求取宇宙人生的真谛和高远的大境界。微电影故事诗《邮路十八弯》讲述了发生在张家界大峰林山间邮路上的故事，邮递员严青在大山里跑了五年邮路后，"渐渐生出来度日如年的感觉。'云儿愿为一只鸟'，他巴不得马上有机会离开大山，飞去山外的世界。"可是接下来发生的事马上改变了他的想法，在一天夜里，他在路上意外受伤被村民所救，"屋内只有一张床。稍好的一床被子盖到严青身上。夫妇俩陪着请来为他驱鬼、招魂的法师，一直坐到天亮……"善良淳朴的村民和他们贫困艰难的生活条件深深地刺痛了严青的心。"爱一座山，让所有的石头开花啊。爱一座山，让所有的愿景开花啊。"严青为群山壮丽的风景赋诗，照看失独的孤身老人，让这十八弯的邮路真正成为一个情的世界。像这样表现小人物生活之悲喜的诗歌在《大地芬芳》中比比皆是，守林人的女儿等待母亲归来的故事，音乐人胡子郎回乡创作现代民谣的故事，少年为救母而寻找猴竭的故事，以及叶子和爷爷暑假居住在张家界风景区领略自然之美的故事。诗人将宽广博大的人性关怀倾注到诗歌当中，讲述了一个又一个普通人在平凡的生活中创造非凡价值的故事，将诗歌的笔触深入繁杂琐屑的日常生活现场，攫取一个个闪光的瞬间。

罗长江把张家界当作一个地理标识，进行虚构与写实、历史与现在、叙事与抒情等多重向度的写作实验，《大地芬芳》包含着的众多地理空间因素，构成了张家界地区独特的文化地理空间。《一册山河的岁月留痕——地名故事》介绍了天女散花、采药老人、板栗山、土高炉遗址这一系列张家界自然风景区的地名与景点名称的来历和历史文化背景。《半是抒情半是密码——风俗故事》介绍了张家界地区特色的民俗文化与风俗习俗。"旧时风俗：中秋之夜，山寨乡邻偷摘冬瓜，主动给期待生育的夫妇送去"的名为"偷中秋"的节令仪式。"除夕那天，一家人吃过团年饭，便张罗着去亡故的亲人坟前'送亮'，与之团圆"的名为"送亮"的祭祖仪式，还有张家界独具特色的地势地貌，楚地盛行的巫风傩雨，组成了以张家界为圆心的边地文化地理空间图景。张家界的奇山异水、云海溪流、峡谷岩石、鸟雀草木，以及民俗文化，还构成了一种文化地理空间美学，集秀、奇、险、雄于一身的地域风光与淳朴的风土人情，让人体验到层次丰富的地理空间美感。

在切实的地理文化空间之外，《大地芬芳》还隐藏着一个纯美的想象空间。叶子的童话、童诗、日记、树叶贴画，以及用手机随手记录的视频和音频，都充盈着对自然的丰富想象，将大自然中的动物、植物等自然之物拟人化处理，以清新优美的笔调，试图创造一个万物有灵、和谐欢愉、没有矛盾、没有冲突，宁静美好的世界，蕴藏着人类至真至纯至善的美好情感。例如《虫子联欢会——叶子的童话》中欢快和谐的虫子联欢会是一场自然界动植物的盛大聚会，天上飞的、水里游的、地上爬的动物悉数应邀出席，在叶子的想象世界里，自然界的一切都可以任由她派遣，动物之间不存在难以调和的矛盾，这是一个完全超越现实的自由的幻想空间。"蜗牛房车队出场了。哇！像森林小火车，不紧不慢往前走。像运河上的驳船，拖着长长的身子和晨雾……

坐在房车上兜风的蚂蚁、天牛、椿象、瓢虫们，唱着《开着房车去旅行》，开心极了。一路上不断有虫子跳上房车，加盟合唱团，开心极了。出够风头的'平足阿扁'蜗牛，开心极了。"将蜗牛想象成房车、小火车和驳船，蚂蚁、天牛等昆虫任意登场，组成一个合唱团，诗歌以开放的视角，展开无尽的想象，营造了一个爱与美的想象空间。

二、虚实之间：历史意识与现实意识交织

巴赫金曾在《史诗与长篇小说——长篇小说研究方法论》一文中将所有的文学体裁分为史诗和小说两大类，史诗所指代的正统文学表现的是绝对的过去，而与现实世界隔着一个无法跨越的"史诗距离"。罗长江的《大地芬芳》既有着史诗历史性的一面，又存有对现实已在、正在、将在发生事件的展现，历史维度里，一个民族神圣庄严的过往、神秘遥远的民族传说、勇敢无畏的民族英雄，与现实维度里未完成的当代现实，分别为《大地芬芳》增添了历史感与现实感。《大地芬芳》中那些关于草木鸟雀的神话，丰富的民俗故事，以及地名来历与神秘的历史传说，诗人沿着一草一木、一山一水逐步往上追溯，一直求索到历史发生的源头。诗人并不是如实记录和宣讲吟咏一个有始有终、自给自足的早已固化的过去的世界，而是将个人的联想与想象贯穿于历史性的叙写中。

《美丽千古的约会》与《曾经这群山》这两首大峰林交响诗更是将目光投向了人类还未诞生的远古世界。诗人在一个清辉的月夜伫立在砂岩大峰林地貌的制高点，思绪不经意间飘向了远方。"我想象我曾是一只漂瓶。随着原始海洋从这里退却，代之以厚达五百米的石英砂岩盆地沉积层；随着大陆板块的错动变化，古海洋再度涵盖这片盆地；随着石英砂岩高原的隆起，古海洋又一次从这里退却……"《美丽千古的约会》中诗人以漂流瓶为导航，将自我意识投射在漂流瓶之上，跟随漂流瓶历经沧海桑田的地势地貌演变和地球的诞生。"一天，地球上人类诞生了。寓言中的漂瓶搁浅沙滩时被一个孩童拾起。谁也不知道里面装着人类的所有欲望。当瓶塞拔开后，欲望纷纷跑了出来，遍布人间。"这里漂流瓶和潘多拉魔盒一样，蕴藏着人类原始的欲望与罪恶。人类诞生后，自然生态平衡和谐的状态被打破，人类的自我意识空前膨胀，成为世界的中心，肆意掠夺和操控自然。"红尘滚滚，拂去关于痛失家园的种种喟叹。长空，大河，山岳，湖泽乃至万古苍凉之上，一支音乐在回荡不已：不要问我从哪里来，我的故乡在远方……"诗人以沉痛的笔调呼唤人

们珍爱大自然，与自然和谐共处。《曾经这群山》将笔触探入至这片土地最原始的形态，探寻砂岩大峰林形成的全过程，从原初的一片混沌到古海洋和海生动物的出现，再到沧桑巨变，地壳运动，砂岩高原隆起，最后是被流水塑造的形态各异的山峰。诗人打破时空的局限，展开丰富的联想与想象，在史诗性的烛照下，将历史意识与现实意识同时注入诗中，共同指向一种诗性的历史真实与现实真实，达到一种虚实交织的美学意识，在开放性的未完成状态下，展开自由的想象，传达美好的期许。"往后的日子，我会更加珍惜情感，珍爱大自然。"这既是诗人许下的诺言，也是真诚的呼吁。《大地芬芳》就在这虚虚实实的历史意识与现实意识交织中，完成了对自然生态的史诗性书写。

三、跨越与杂糅：综合性的诗歌文本

20世纪90年代以来，随着市场经济时代的到来，纯文学日渐式微，诗人被不断边缘化。在80年代曾高居社会文化中心位置的诗歌受到消费主义的冲击，被放逐出社会的中心地带，不得不打上价格标签而沦为市场的消费产品。那些曾以高昂的斗志和激越的姿态占据社会文化中心的诗人们纷纷从时代的中心广场撤离。一个理想主义的时代已经结束了，一切崇高的、宏大的、理想主义的、英雄主义的时代话语逐渐被日常的、个人的、琐碎具体的时代话语所取代。当诗歌从对抗性写作的桎梏中解放出来之后，开始了探索诗歌创作新路径的道路。将"诗歌的叙事性、歌唱性、戏剧性熔为一炉"，"达到创造力的合唱效果"，这种综合小说、散文、戏剧等多种文体的艺术手法，丰富诗歌表现内容和表现形式的跨文体写作方式，成为诗歌主动适应社会环境变化，寻求新突破的重大举措。"1999年文学批评界把该年度称为'跨文体写作年'"，诗化小说、大散文、叙事化、散文化与戏剧化的诗歌争相涌现，大量的非文学文本也被吸纳进文学文本之中。文体的跨界、交叉、感染、杂糅一方面与我国90年代以来社会转型的时代变革息息相关，另一方面又与世界范围内后现代的去中心化思潮相契合。诗歌的跨文体写作无疑是折射这个碎片化、零散化、拼贴化时代的一种艺术表现形式。

罗长江大地五部曲之一的《大地芬芳》正是以其鲜明独特的跨文体写作接续了90年代诗歌跨文体书写的实践，同时立足于时代变化发展的新形势与新特征，将新的文学文体与大量的非文学文本熔铸于诗歌之中，以此来寻求诗歌精神与形式的创新，实现诗歌对时代与现实的诗性回应。体裁上，《大地

芬芳》兼采众多各自独立的文学体裁；语体上，《大地芬芳》吸纳了音乐、舞蹈、影视、自然科学、社会应用文本等非文学的话语样式；语言上，《大地芬芳》容纳了古语、典故、民歌、民谣、谚语、巫歌、咒语、网络语言等古典诗词传统和民间语言资源，实现口语与书面语的交叉运用；修辞上，《大地芬芳》实现了抒情与叙事双向运用，综合了纪实与虚构、改写与考证、铺陈排比、象征隐喻等多种修辞策略与手段。《大地芬芳》正是在兼采众长的基础之上，不断突破散文诗写作的边界，努力创造中国诗歌创作的新生长点。

　　《大地芬芳》以一个城市小女孩叶子和她爷爷在暑假期间前往张家界的"云上客栈"居住七周为诗歌的主要框架，通过观察与领略张家界砂岩大峰林美好的自然风光，抒写一首壮丽与秀美兼备的生态文明颂歌。《大地芬芳》中有2个童话故事，6篇日记，23个关于虫子、鸟雀、草木、巫傩、渔猎、地名、风俗的民间传说故事和神话故事。其中由叶子创作的《虫子联欢会》《小巫女》这两则童话和《与植物私聊》《种石头》《小松鼠越狱》等六篇叶子的日记，通过孩子的视角展现了自然界充满灵性和神秘色彩的纯真之美。取材于文献典籍、民间传说、神话、正史野史等主题各异的小故事或记录，或改写，或创造，将整个自然生态圈层中生物和环境囊括在一起，力图穷尽砂岩大峰林的种种景、物、人、事，描摹出一幅全景式的生态文明画卷。在虫子的故事中，诗人借鉴盘古开天地的神话创造出了蝴蝶创世的神话故事，将《搜神记·女化蚕》的志怪小说故事与黄帝大战蚩尤的神话传说结合起来创作出新版的"女儿虫"神话故事。在鸟雀的故事中，诗人改写了后羿射日的神话，融入了鸟雀的因素，黑老鸹下火蛋生出八个太阳，八个月亮，青年阿龙英勇抗争最终消灭黑老鸹，使人间重新恢复和平安宁。在巫傩故事中，诗人记载了土家族宗教职业者梯玛打醮求雨的故事，诗歌中间夹杂着极具民族特色的梯玛神歌。在风俗故事中，诗人以叙事化的手法创造一个个具体化的情境，记录了土家族"偷中秋""送亮""糊仓"的风俗习惯。童话、日记、神话、民间传说等这些叙事性文本的加入，把诗歌拉回广阔的生活大地，使得诗歌不浮于表面的、倾泻式的、粗暴的情感抒发，不局限于热情的颂歌赞歌，而是根植于历史与现实的复杂背景，赋予诗歌一定的历史纵深感与厚重的思想深度。神话原型与巫傩故事的融入更是为诗歌营造了浓郁的神秘性与幻想性的氛围，使得诗歌获得向上的超越性空间，不至于拘泥在现实之物的围城中而变得笨重呆滞。神性意识的流露给予诗歌超越个体、现实、历史的有限性，寻求无限性与永恒性的可能，使得诗歌既从自然生态系统的具体之物出发，又能有所超越，获得有关于人类自身、人与人、人与自然相处之道的终极奥秘。

影视、音乐、舞蹈、手机视频音频、绘画、自然科学等非文学文本与诗歌的杂糅也是《大地芬芳》跨文体写作的主要特征之一。穿插在诗歌中的微电影诗和大峰林交响诗就是借鉴了影视与音乐的表现形式，将以直观的视觉体验为主的微电影和专注听觉体验的音乐融入诗歌中，构造出兼顾多种感官体验的新类型诗歌。九首微电影故事诗以完整的情节结构、引人入胜的戏剧冲突，以及一幅幅真实可感的画面讲述了发生在张家界这个自然之境的风土人情故事；把电影脚本嫁接到诗歌上，用散文诗凝练而流畅、清新而舒缓的语言将动态画面定格在文字中，将文学与影视这两种不同的语言表达媒介联袂起来，以语词还原图像，以文字打造深层的审美空间。

十二首大峰林交响诗将"交响诗"这种音乐体裁移植到诗歌上，让"交响诗"这种本身以标题交响音乐与诗歌相结合，音乐性与文学性相交融的音乐体裁，在诗歌身上焕发出新的魅力。以歌唱天空、流水、云、鹰、群山等自然景物为主题的交响故事诗实现了音乐艺术与诗歌艺术的交相辉映与协同共奏。同时，出现在每首微电影故事诗开头的民歌、小调、鼓词，穿插在诗歌中的巫歌傩曲、现代民谣等歌曲，以及叶子手机录音"听松"，这些共同组成了诗歌跨越媒介限制的听觉叙事。再加上叶子的树叶贴画以及拍摄身边风景的手机视频，舞蹈《稻禾》的诗歌再现，这些与微电影故事诗和交响诗一起构造了《大地芬芳》横跨文字语言、视觉语言、听觉语言的多元语言表达模式，为散文诗这一诗歌样式注入了新的活力，创造出了一种跨文体与跨媒介的综合性诗歌文本。

四、驳杂而异彩纷呈的语言

《大地芬芳》在语言的锻造上呈现出驳杂而有序、综合又创新的特点，一方面吸取了古典诗词的传统，一方面又加入了富有生机活力的民间语言资源，体现出铺陈恣意与舒缓细腻交织的语言风格。加入古语和引文是《大地芬芳》学习吸收古典诗文传统的主要形式之一。"朝餐坠露暮汲竹……半床云雾半床书……"化用古诗的格律技巧，赋予诗歌典雅蕴藉的意味。"月白风清。蒹葭苍苍"分别出自苏轼的《后赤壁赋》和《诗经·关雎》，"'空山新雨后'的一个早晨"化用王维的五言律诗《山居秋暝》中的诗句。还有直接引用古诗、典籍，如"行到水穷处，坐看云起时 / 在两百六十四平方公里的砂岩大峰林高处坐看云起——"直接引用王维《终南别业》中的诗句,"宇宙在乎手者,眼前无非生机"引用明代书画家董其昌的绘画理论著作《画禅室随笔》中的句子,"神在天为风,在地为木"引用医学典籍《黄帝内经》中的语句。

除了古语和引文,《大地芬芳》还大量借鉴和运用赋文体的铺陈手法,吸取赋"铺张扬厉""品物毕图"的艺术特点,以并列式和递进式的铺陈手法增强诗歌文字的描绘能力,诗歌铺排名物、堆砌形容、藻饰采润,极力表现大自然幽深壮阔之美。《小引·山有木兮》开篇就铺排出了一幅生机勃勃的森林觉醒画卷。"森林醒来了。一大片永恒的绿色醒来了。/ 在一束花瓣被曙色刺痛眼睛的惊讶中醒来。/ 在一片叶子被远雷轻轻击落时的喊疼中醒来。/ 在一绺绺雾气勾兑着松鼠的长尾巴功能中醒来。/ 在灌木丛的藤萝们和长蛇伸着懒腰的呵欠中醒来。"句式整饬和谐,排比缜密齐整,由抽象的一大片绿色渐次过渡到森林里具体而微的花草、动物,乃至雾气,于是森林由内而外渐渐苏醒。"山有木兮!阳光穿过亚热带山地雨林的多层树冠,涌进原生植物群落的森林来了;涌进乔木层,灌木层以及草本、苔藓、地衣的地衣层来了;涌进成层现象、附生现象、连茎现象和绞杀现象来了;涌进特有植物、指示植物、孑遗植物、层外植物和枯立木来了;涌进'木'的主色调——青绿——植物的生命底色和体征来了。"以自然科学文本入诗,从不同方面、方位来描绘阳光涌入森林、照耀万物的场景。"那些芰荷为衣芙蓉为裳,那些石上藤萝洲前芦荻,那些朝饮木兰之坠露兮夕餐秋菊之落英,那些惟草木之零落兮恐美人之迟暮,那些被薜荔兮带女萝、被石兰兮带杜衡,那些江离、白芷、菌桂、蕙草、芒草、扶桑、木槿、留夷……枫木、茭白、紫葳……"绵密的物类典故纷至沓来,让人目不暇接,给诗歌语言增添了富赡、堂皇、华丽的色彩,一气直下的语势,狂欢化的语言,严整流畅的诗句,构成了《大地芬芳》铺陈宏丽、气势恢宏、而又兼具舒缓细腻的语言风格。

典故入诗也是《大地芬芳》学习借鉴古典诗词的另一大特点。通过借用、改编、转化、再现等手法运用古代神话、历史传说、文化典籍资源,甚至使典故成为诗歌的写作背景和支撑架构,融入诗歌的骨骼肌理与精神灵魂之中。在《美丽千古的约会》这首交响诗中重现了"尾生抱柱"的爱情典故。《虎耳草》以沈从文的《边城》为引子,引入对虎耳草的介绍,全诗笼罩着《边城》中那股美好而忧伤的气息,"虎耳草却是如此亲近!亲近得一不留神,就可以轻轻打开一个女子的秘密。你的心头也有一面崖壁啊,期待长出来虎耳草。"诗歌延续了虎耳草在《边城》中的象征意义,并且将这种象征意义延展加深,整首诗可以看作是对《边城》中虎耳草的诗歌演绎。

　　民歌民谣、巫歌傩曲，以及新事物、新词汇的等民间语言资源的加入同时也使得诗歌贴近生活的现场，超越精英化的独白低语而转向平视角的对话交流，呈现出富有时代感的世俗生活场景，彰显出强烈的生命活力，达到理性与感性的完美融合。微电影故事诗《云间的歌谣》以一首现代民谣《多想》贯穿始终，讲述了在都市闯荡多年的音乐人胡子郎返乡定居、创办民宿"云间的歌谣"，并结识女友沈晴的音乐爱情故事。"胡子郎通过图片文字，将回到老家的日常生活不断往网上晒。/——饭快熟了，母亲把菜锅子往灶上架好，让父亲去坡上拾枞菌。眨眼工夫，父亲提着一篮子时鲜和山歌小调回屋来了"以口语化、生活化的诗歌语言描绘胡子郎回乡后所见的乡间日常生活场景；"公众号，朋友圈，跟帖的越来越多。/羡慕的，质疑的，举双手力挺的，说风凉话的，热闹极了。/名叫沈晴的网友，为胡子郎的'是回归也是出发'点赞，一头云发像瀑布一般往后飞翔"将网络世界发生的事纳入诗歌中，发挥诗歌文体的开放性与包容性，促使诗歌不断地向日常生活打开，接纳更多的新事物与新词汇，深入探析丰富复杂的现代生活。

　　《大地芬芳》以自然生态为主题，深入探析人与自然的关系，在壮丽而优美、恢宏而细腻、铺陈而舒缓的语言叙述中，建构了一个跨越时空、想象力腾飞的自然生态空间，立足于当代现实生活，以诗歌的形式回应时代，关注自然之美，呼唤人与自然的和谐共处。作为散文和诗的融合物，散文诗本身就是文体跨界杂糅的产物。罗长江的《大地芬芳》更是将这种文体跨界进一步拓展。他根据诗歌写作的现实需要，在秉承散文诗不分行，段落化、片段化的散文化诗歌写作特性的同时，从不同的文体文类中借鉴技巧，移植手法，打通文体的界限，在更为自由的创作空间中坚守诗性书写的立场，给读者带来一种陌生化的与众不同的审美感受与审美体验。

　　（晏杰雄，评论家，中南大学人文学院教授，博士生导师；凡哲汝，中南大学人文学院研究生。）

　　注：此文连载于 2022 年第 8 期、第 9 期《散文诗》。

天空与大地之间的使者

——论罗长江《大地五部曲》第五部
《大地梦想》"鸟"意象的内涵

晏杰雄　胡诣涵

保尔·瓦雷里说:"每一个真正的诗人真正辩理与抽象思维的能力,比一般人想象的要强得多。"罗长江显然是这样一个诗人。在散文诗《大地梦想》之中,他以这种能力,将对于生命的体验与思考融化于笔下的"鸟"意象中。《大地梦想》中出现的鸟意象,从白鹭、鸿雁、天鹅,到乌鸦、杜鹃、荆棘鸟……无不深刻地显示出他的哲学理念与思索:在大地之上与天空之下,自然界的境况、人类的生存景象究竟如何?他以神话与现实为营养,在历史与未来间,将之进行细腻的抒发。

在《大地梦想》中,作者罗长江行走在千年鸟道之下,思索人世间、历史与未来,激发想象,将所思所感凝结于自然界之"鸟"。由此,千姿百态的"鸟"成为贯穿全书的意象。而想要分析"鸟"之意象,我们必须先弄明白一个问题,那就是:意象是什么?

意象作为一个文学理论术语,是文学作品最重要的灵魂之一。它作为写作主体在作品中期待与之倾注情感的最佳载体,无论是在西方文学史还是中国文学史中,都占据着重要的地位。中国古代文论通常将"意象"之意区分理解——"意象"是"意"与"象"的融合,"意"与"象"共同构成"意象",是诗人主观的意与客观的物象共同凝聚而成。也就是说,"意象"是客观物象与人的主观情意结合的统一体,中国文论强调情景交融,意与象合、象中有意、意中存象,内涵丰富,但目的是强调主观情思,"象"是感情化的物,"象"的目的是表达"意",物象往往渗透了主体的情感与意志,作者的感情色彩与思维是作品的中心,在含蓄的蕴藉中,具有了意味无穷的效果。在西方文论中,"意象"则被定义为"理智与情感在瞬间的复合物",这与晚期中国古典文论所推崇的"情景交融、情物相连"意象发生了不谋而合。"意象"意味着物象具有丰富的象征含义，被认为是生命力与创造力的表现，作者的情感和抽象的精神渗透、存在于那些具体的事物其中。

在千奇百怪的意象中，各种各样的"鸟"意象是不可忽视的一部分，它们在文学作品中数见不鲜，古往今来的文学作品中，它们留下了形形色色的靓丽身影。探其原因，我们可以大致归结于这些方面。

"鸟"作为自然界常见的动物之一，它们的身形或灵动可爱，或优雅高贵，它们的鸣叫或清脆悦耳，或悠远凄瑟，它们被称为"大自然的精灵"。追溯创作者对于"鸟"类动物审美心态的心理根源，也许正是由于人对自然的亲切认同——而鸟类就是人类距离自然界最近的物象之一。

同时，能在天地间恣意来往的鸟是宇宙与大地间之使者与媒介——这可说是鸟类意象的意义内核。鸟类横跨山川与冰河，飞越湿地与草原，它上天入地，破除空间之于人类的限制，它的自由、它的神秘，留给人类无限的向往与遐想。

由于鸟类的声色形态、生理特性、生活习性等特征，在"鸟"之意象里，蕴含着人类对于自然、生命、自由的思索、观照与追求。作家们通过描写鸟儿，寄托自己的幸福与哀愁、欢乐与悲伤，片刻的或是永恒的情绪借由它抒发。

在古往今来的文学作品中，鸟儿们留下了无数美丽的身影，它们的存在也为这些作品增色不少。我们翻开文学的长河，关于鸟的作品不胜枚举。

无论是《诗经》"关关雎鸠，在河之洲。窈窕淑女，君子好逑"中象征着爱情关关和鸣的雎鸠、刘禹锡《乌衣巷》"旧时王谢堂前燕，飞入寻常百姓家"中见证历史兴衰嬗变的燕子、王湾《次北固山下》"乡书何处达？归雁洛阳边"里寄托乡愁的鸿雁、杜甫《旅夜抒怀》中"飘飘何所似，天地一沙鸥"中那抒发人生孤寂飘零之感的沙鸥，还是高尔基《海燕之歌》中如黑色闪电般与暴风雨搏斗的海燕、考琳·麦卡洛《荆棘鸟》中面对死之降临依旧将棘刺深深扎进胸膛的荆棘鸟、丁尼生《鹰》中迅猛矫健，气势凛然傲然于天地间的雄鹰……各色万千的鸟儿都以它们所特有的风姿，成就一篇篇文学史上的经典。

一、鸟的远古图腾

20世纪，西方文论家们从四个方面来考察意象：心理意象、修辞意象、意象群、象征性意象（含神话原型）。他们发现，意象与神话原型、集体无意识紧密相关，承载着非常丰富的意蕴与历史文化内涵。

在中国，从遥远的上古时期，"鸟"的形象就作为一种原始又终极的意象开启了中国人对鸟的崇拜，激发、承载着种种民族心理积淀与潜意识的审美格局——于陕西华县泉护村出土的仰韶文化庙底沟类型彩陶上的"金乌载阳图"、在浙江河姆渡文化遗址中发现的骨匕上的双鸟连体纹、甲骨文中"……于帝史凤，二犬"（遗953）的记载、《诗经·商颂·玄鸟》中"天命玄鸟，降而生商"的神话，无不向我们诉说，遨游于天地之间的鸟儿是带来世间奥秘与光明的使者，它们被中国人民视为天地、神人之间联系的媒介，是人类咿呀学语的诞生初期的信仰的象征。古老的民族对于世界的敬畏、崇拜、虔诚乃至希冀、探索，寄托在这一能自由飞翔于天地的生命中。

《大地梦想》中，罗长江多次写下这些精彩的语句："太阳与鸟，是召唤生命和梦想的磁力场，是生命开始的地方""鸟首人身的盘古啄破蛋壳，开天，辟地。千年鸟道古时属楚地，楚人自称'鸟的传人'，其始祖祝融是凤凰的化身。凤凰是神鸟。满五百岁后，集香木自焚，复从香灰中涅槃重生"。在老鸦寨中，"乌鸦助力山民袭击匪寇，以十二座雪峰做背景，黑羽毛黑眼睛大放光芒；乌鸦护佑排工船夫平安飚滩，满谷满滩，让黑色的叫喊浮起来了；一只黑鸟在大学生画眉的身体内、歌声里飞翔……"

从罗长江的散文诗里，我们能看到，作者寄托在"鸟"之上的民族信仰："鸟"的形象对于中华民族来说，是意味深长的图腾，这些意象是上古先民与恶劣生存环境搏斗之信念，是对灵魂不死、到达彼岸之希冀，是民族精神之力、生命之力的象征，就像《庄子·逍遥游》里"抟扶摇而上者九万里"的大鹏，给予我们民族以灵性与神性的力量。

二、飞向远方的白鹭

对于远方与梦想的追寻是《大地梦想》的核心思想。在这些内容中，诗人喷薄而出的炽热情感经过理性的提炼，凝结在这一只只腾向远方的鸟儿中。那些向着远方飞行的候鸟，譬如白鹭，成为诗人笔下梦想的象征：

呀呀，是白鹭鸟！是鹭鸟群！……鹭鸟群绕着白鹭洲的树林子盘旋，飕飕之声，使人想起大海那磅礴遒劲的洋流，想起拔地排空的台风季……强大，昂扬的鸟族呀；

嘎嘎欢叫的鸟群，箭一般射向前方的鸟群呀；

充盈着生命活力、躁动与梦想的千年鸟道呀！天马行空的飞翔，满足了多少对飞翔的渴望！天马行空的梦想，唤醒着多少对梦想的向往；

当一座山有了远方，山便有了企盼。当一条水有了远方，水便有了渴望。当一只鸟有了远方，鸟便有了动力。当一个人有了远方，人便有了天堂。

作者以白鹭、鸿雁等候鸟的飞翔，作为远方与梦想的喻指，向读者说明，在一次又一次的远征中，生命才拥有了意义与力量。由此，自然界的鸟与人世间的人在这重意义上达到融合，"鸟"的意象之中所蕴含的是人类永不停下脚步的勇气与力量。

作者写到被逐出郢都、流放沅湘、有国不能投、有家不能回却发出天问的屈原，"一枚枚问号是鸟群逆风振翅云天"，由此引出一个深刻的命题：提问的力量重于回答的力量。在这里，鸟群的振翅云天寓意着人之为人的独立人格，寓意着敬人不敬天的自由意志，寓意着敢于挑战权威的怀疑精神与积极进取精神。向前飞，向前探索，才是生命意义之所在。

作者写到一生就像一只鸟的达·芬奇："达·芬奇的一生，与一只鸢有关。鸢的寓意是飞翔。"罗长江指出，飞翔是人类永恒的执着，而以达·芬奇为代表的生来就没有翅膀，却企图与鸟类一样自由飞翔的人类，想要飞翔离不开创新与幻想：他发明降落伞与滑翔机，试图给人类装上翅膀。在这里，代指达·芬奇的"鸢"，成为智慧、好奇心、想象力、创造力和探索精神的人类昼夜不停地追赶着梦想的象征。

作者写到被称为飞鸟般的作家卡尔维诺《树上的男爵》中的珂希莫。珂希莫成为树上的男爵，在生命的尽头爬上飞往天空的热气球，留下"他的一生——生活在树上——升入天空"的墓志铭，以一生都不接触地面与一生都在不断飞行的鸟儿形成灵魂的契合。在这里，作者企欲表达，对于远方的追寻即是对世俗与庸常的反抗。生命需要拒绝平庸，需要勇于跳出约束与规范、保持特立独行的勇气。

作者在千年鸟道下看见一次次候鸟远行，飞过高山、雪域、沙漠、平原、荒野、峡谷、湿地、海洋、城市、冰川、火山，也触碰到了人类追逐梦想的脚印。他看见发明世界上第一架飞机的莱特兄弟，看见探索浩瀚宇宙、飞向火星的"天问一号"，看见被大马林鱼拖着游了一天一夜的老人桑提亚哥，看见演说着《我有一个梦想》、追逐人类携手共进那天的马丁·路德·金……在《大地梦想》中，罗长江通过飞往远方、见识广阔世界的白鹭，喻指、赞颂着追逐远方的人类，在不断挑战的过程中，在充满崎岖与风险的路途中，怀揣着从鸟儿那汲取的勇气与冒险，开荒斩草，乘风破浪，追求着自身的终极蓝天——"以鸟的名义，以飞行的名义向风致敬！致敬东风、西风、南风、北风，致敬自由自在的生命！"

三、雄健劲烈的不死鸟

苏珊·朗格在《艺术问题》中曾指出，艺术中使用的符号是一种暗喻，一种包含着公开的或隐藏的真实意义的形象；而艺术符号确是一种终极的意象——一种非理性的和不可用言语表达的意象，一种诉诸直接的知觉的意象，一种充满了情感、生命和富有个性意象，一种诉诸感受的东西。也就是说，意象不是简单的符号，凝聚在意象之上的是生动的、真实的、喷涌而出的情感。

在《大地梦想》中，作者一次又一次地将情感诉诸充满力量的鸟儿之上：

有一种刚烈叫乌鹬。不自由，毋宁死！乌鹬一天比一天瘦了，依然不多看一眼笼中的食物。天色向晚。笼中的乌鹬拼尽全身气力，发出细若游丝又穿云裂帛的最后一声呐喊，发出刚烈、高贵的一声绝响！

灰烬中孵出鸟儿来了！中国的说法，叫凤凰涅槃；西方的说法叫不死鸟。苍天在上，祈愿我们这个东方古国是涅槃的凤凰，是不死之鸟！

逆境中求生存，候鸟们的生命力是如此坚韧与顽强。翅膀啊超越于生命！翅膀啊越过了死亡！一张张闪烁的翅膀挟雷携电，奋笔书写着一个汗津津的动词。

黑鸟是闪电！呼啸中一次次穿云破雾、鞭山赶水、击打猥琐与庸常。凌空飞行，星光四溅！贴地飞行，浪花四溅！黑鸟是火焰！燃烧中一次次点亮风雨、点亮光明、驱散阴晦与黑暗。哗啦，哗啦，哗啦，音乐在火花灼灼中波涌璀璨……黑鸟！黑鸟！你这天地间的精灵呀！你这灵性的象征、自由的象征、激情的象征、理性的象征、搏与击的象征、刚与柔的象征、力与美的象征、梦与幻的象征呀！你无所羁绊，顺时间飞翔。你无所畏惧，逆时间飞翔。

遭误解的乌鸦：黑色有什么不好？黑得像一团火焰有什么不

好？一身黑羽毛簇拥着一双洞穿世事的眼睛有什么不好？依然一只眼睛看光明，一只眼睛看黑暗。依然第三只眼睛关注灵与肉、生与死、时间与空间。

在这些刚烈得让人战栗的鸟类身上，作者寄寓着它们不可为而为之的决心、意志与力量。为了追寻目标，它们甘愿将自己燃烧为灰烬。绝食的乌鸦与命运做坚强的抗争，放弃诱惑与欲望只为实现自身的信念从而涅槃；填海的精卫面对滥施淫威、暴力残忍的大海，表现出惊人的、百折不挠的生命的勇气；永不停歇的燕子为了对抗沦落为爬行动物的结局，在残酷的自然选择中表现出超乎寻常的执着。这些鸟儿所拥有的共同点，是不惧揭开生命的黑暗，在充满痛苦与曲折的道路上做出巨大的牺牲去追寻光明。由此，罗长江引出与不死鸟一样面对痛苦与磨炼拥有铁一般意志的人类。

希腊神话中的伊卡洛斯，在权威的太阳神面前，自制出人类的翅膀在天空中飞翔，那因靠近太阳而融化、最终将之送命于大海的翅膀，意味着人类对权威与规范的僭越和搏击长空以追求自由荣誉的向往。由翅膀的灰烬席卷而成的一只不死鸟，象征着人在与命运的冲突中所作出的痛苦与毁灭，表现了作者对人类抗争精神和悲剧英雄的由衷敬佩与赞叹。

《肖申克的救赎》中的安迪，是那些"注定被关不住的鸟"的代表，如同他一样的人，翅膀上"永远闪耀着自由的光辉"。在这里，鸟儿的翅膀象征着逆境中所迸发出的信念与希望，在命运的束缚之下，仍然怀有不死的决心，面对生命的苦痛始终持有"火焰般燃烧的希望"，将自己救赎，如不死鸟一般涅槃。

被命运的荆棘穿透了身体的史铁生，从残缺的身体诞生出一双经过无数痛苦凝聚而成的心灵的翅膀。在绝望中找寻希望，在苦难中追寻悲悯，在贫瘠的身体里发掘人类最为丰满的思想。就像飞机、飞虻、被逼到命运悬崖上的荆棘鸟……他所关注的是充满着苦痛的残忍命运之外，需拥有一双灵魂的翅膀，无惧苦难，对爱、希望、自由、光明的信念支撑着人类一步步走向明天。

如在暴风雨中驱散阴晦、点亮光明的黑鸟，如刚烈英武、气魄浩然的苍鹰，如抟扶摇而上者九万里的大鹏，如远古的英雄——补天的女娲、填海的精卫、逐日的夸父、治水的大禹，如近代的烈士——为真理献身十字架的布鲁诺，为民族解放而道出绝唱"我自横刀向天笑，去留肝胆两昆仑"的谭嗣同，桀骜、凶悍、喋血前行、战胜蒙昧、为崇高献身是他们共同的特征，在对苦难的鄙夷与超越之中，在生命的悲壮与浩然之中，他们"每一根羽毛都在铿锵地燃烧"。

四、天鹅之死

有学者指出，文学作品以遮蔽的方式来显示诗人的内心情感冲突。而诗人的情感冲突则会以象征性意象的方式呈现出来。

在《大地梦想》中，关于人类的现实生存世界，除了那些希冀与向往，我们能看到作者罗长江由敏锐的察觉所引起的激烈情感的冲突，而这通过一只只扑腾的鸟展现得淋漓尽致：

> 挣扎着、扑腾着的鸟儿们，是一个个敲响生命丧钟的死亡乐符。千年鸟道，悲怆着标题为《鸟殇》的死亡奏鸣曲……千年鸟道，沦为职业团伙猎鸟卖鸟的产业链、利益链，牟取暴利的钞票传输带。欢呼声中，一只只殒命的飞鸟扑扑往下掉。一粒粒僵硬的哀鸣扑扑往下掉。一朵朵血污的落花扑扑往下掉。一个个生命的句号扑扑往下掉。一波波夭折的旅程扑扑往下掉。
>
> 成百上千只乌鸦在会场上空哇哇呐喊，一阵比一阵凄厉。紧接着，山坡错动……山体下滑……泥石流闷声闷气，往湿地方向倾泻。人们尖叫着四散逃命……跑迟了。好些人跑迟了。一只只头颅、一只只手掌，拼命挣扎着伸出地面，伸向天空，如同一根根树枝、一蔸蔸树根，在一个叫作"灭顶之灾"的词语里，越陷，越深……少年林生哇哇哭着，扒开乌云找父亲，扒开泥石找父亲。又当爹又当妈的父亲，相依为命的父亲呀；
>
> 往蓝天随意挥洒才情与艺术的鹭鸟们，把尊严与自由看得比生命还要紧，一旦被捕，拒绝进食，骨子透出来凛然赴死的贵族气质；
>
> 假如天空不再有鸟类飞翔，天空就死了。假如大地不再有鸟类栖息，大地就死了。
>
> ……

在这些描写中，作者在鸟儿们的意象中倾注了自己的现实考量与哲理思辨，由鸟儿们的生存环境之思引申至人与自然、人与欲望、人与自身的生存环境之思。

在《天鹅之死》中，天鹅高贵的哀鸣与人类卑贱的欢愉构成触目惊心的对比，象征着奄奄一息却拥有优雅、沉静、高贵的灵魂的天鹅，反衬出在世界快速发展之下的人类追求利益的野心与卑劣。惊弓之鸟、笼中之鸟、失林之鸟、鸟覆危巢、鸟尽弓藏、鸟骇鼠窜……作者给出一长串关于加害鸟类的贬义词，斥责人类的丑陋。无论是天鹅之死还是鸟骇鼠窜，象征的都是人类赤裸裸的欲望，作者在鄙斥着破坏自然性的人性的一部分。

这一部分造成了人性的分裂。比如在被称为"飞鸟般的作家"的卡尔维诺笔下，不仅只有《树上的男爵》，更诞生了《看不见的城市》。在对自然逐渐丧失了敬畏与悲悯的后工业时代，城市变得荒诞、沉重，被垃圾、尸体、欲望所充斥。人们像老鼠一样互相撕咬，物质与欲望成了社会最重要的组成部分。城市成为被肉欲推动、被煤粉和油烟所笼罩、人口稠密得生存空间被挤压、人们像老鼠一样互相撕咬而生活着的场所。在社会的快速发展与人类的欲望之下，道德沦丧，良知泯灭，对生命的敬畏消失，对尊严的重视永远地缺失。人类在追寻未来的路途中，面对人类自身的考量与危险而选择了沉沦。

罗长江又列举了一大串真实发生过的历史的悲剧：纳粹的出现、奥斯维辛集中营的惨剧、科技的隐患、生态环境被毁灭……在鼓吹弱肉强食、适者生存的丛林法则中，文明逐渐丧失了它本来的面目，人们在欲望的驱动下丧失了自我思考和信仰的能力，生存之地成为彻底的垃圾站。

因此，作者以泣血的笔触咏唱一首天鹅之歌，他赞颂那些如天鹅一般"鸟"类的意象，天鹅、超凡绝尘的鹤、高洁的沙鸥，以此呼吁人性的回归，纯洁的自然性是人性中不可缺失的一部分："当我们逐渐在成年社会中退化成猪，如同飞鸟退化成家禽的时候，红猪穿梭翱翔于蓝天海洋，那遥远的孩提梦想、青春渴望，仿佛又重新燃烧起来。"

在《大地梦想》中，作者以鸟寓意人类，以鸟类的自由、勇猛、生的力量指代人类的或是异化或是逃离桎梏的生存与生活处境。通过形形色色的不同类型的"鸟"之意象，作者将自己的人生感悟谱写其之身，以此做出企盼：在大地上，怀有如鸟之般高贵之心的人类，定能追寻到属于人类的真正梦想。

（晏杰雄，评论家，中南大学人文学院教授，博士生导师；胡诒涵，中南大学人文学院研究生。）

注：此文刊于 2024 年第 3 期《艺术中国》。

当代散文诗的颠覆性写作

——试论《大地苍黄》之文本创造和史诗品格

刘　强

　　长篇叙事散文诗《大地苍黄》的发表和出版（载《芙蓉》2012 年第 1 期，是年 5 月湖南人民出版社出版单行本），不啻是散文诗界的一个标志性事件。在势利和浮泛充斥的当下，《芙蓉》不惜篇幅刊发一部 10 万字的散文诗（而不是小说！），实属义举壮举；作品问世后反响热烈，则恰恰印证了《芙蓉》的慧眼识珠。毋庸置疑，《大地苍黄》拥有浓烈鲜明的艺术特色、厚重的思想含量和深广的文化内涵，其宏大叙事及在文本创造方面所做出的努力和贡献，堪称当代散文诗界的一次颠覆性写作。她的出现宛如一道鲜丽的早霞，照耀着中国散文诗坛的天空，给多少有些沉闷和沉寂的诗界带来了惊喜，也为当代散文诗乃至新诗的发展提供了若干可贵的启示。

一

　　以鲁迅《野草》为代表的中国散文诗，与自由体新诗是一对孪生兄弟，从诞生至今接近百年了。然而，整体意义上散文诗的成绩似不及自由诗。即如作者所痛陈者：由于观念陈旧落后等突出问题长时期存在，使得处于"初级阶段"的我国散文诗一直为"无足轻重"之边缘化的尴尬处境所困窘。长期以来人们几乎形成了一种错觉，以为散文诗就是廉价批发的花拳绣腿式的哲言警句（实则多是重复制造）、捏着鼻子浅唱低吟的风花雪月（实则多是矫情或滥情）以及迎合意识形态对于颂歌之大批量要求的"宫灯制作"等等。有鉴于此，诗人罗长江以厚重、大气为目标，凭着汪洋恣肆的才情和纵横开阔的视野，在致力拓展《大地苍黄》的社会容量和历史容量方面做出了巨大努力。

　　《陌上梅花》书写了梅娘和将军时间跨度为半个多世纪的爱情和命运：1927 年大革命失败，将军回乡拉队伍搞红色割据，留守上海的梅娘被叛徒出卖，并非共产党员却被当成"共党要犯"投监，身陷囹圄七年。抗战伊始梅娘获释回乡，以一曲《梅花引》唤醒乡人抗战情怀，也向长征陕北的夫君诉说无限思念。贫病交加中溘然长辞的这年春天，青冢前侧长出一株梅树，一缕梅魂化作白梅盛开。十年动乱，将军蒙冤屈死，白梅随即枯萎；几年后将军获平反，白梅随即复活，一树悲壮，箫声呜咽！那如雪如梦的意境，给人带来孤凄之美、悲壮之美和民族精神之美。究其实，梅娘和将军之爱情的悲欢离合和命运的坎坷沉浮，无不折射出历史风云、世事沉浮和家国情怀。此外，《三姑娘》中三姑娘和青年教师孟同的爱情悲剧，《收脚迹》中女人和前夫的爱情婚姻悲剧，分别从抗战时期和大陆解放前夕绵亘到80年代台湾开放回大陆探亲以后，时间跨度都在半个世纪以上，其离合悲欢、坎坷沉浮，同样一一折射出历史风云、世事沉浮和家国情怀。

纵览整部作品，沟通古今，题材涉及面至为广泛，体现出浓厚的历史意识。远古时期的，有部落迁徙、保卫家园之苦难与辉煌的《鼓·舞·火》；民国时期的，有地方政府捕杀农民暴动首领的《鸭客谣》，有将军回家乡拖队伍搞红色割据的《陌上梅花》，有小女子救下长征路过的红军伤员的《拧苞谷的老人》；抗日战争时期涉及雪峰山会战、"湘西抗日救国军"、日军飞机轰炸衡阳等内容的有《三姑娘》，演绎出让一船日本鬼子葬身鱼腹之英雄壮举的有《树故事》之三"神树"；共和国时期的，有解放之初第一任县长回老家过年的《树故事》之二"喂年饭"，有大跃进时代的《雷生与牛》，有以知青为背景的《蓝印花布》《媚草》，有反映包办婚姻"扁担亲"的《荞妹》；新时期以来的题材中，与土地承包到户有关的有《当暮色渐蓝》《界上农事》《水磨房》，以及高考复读的《一样的月光》、农民工死于外省的《七盏灯》、"公司加农户"建设蓝花布基地的《蓝印花布》、木叶女孩应邀出国参加国际民间艺术节的《天籁》、电视台拍摄村民表演炭花舞的《雁来红》、文化人下乡采风的《风动花开的季节》等等。七彩缤纷的各类题材，在诗人的精心构思下一并交织于24章之中，诸多故事富有传奇色彩，诸多习俗诡异而鲜为人知，诸多人物的命运际遇令人一唱三叹。多个篇章的题材足可以写成中篇乃至长篇小说，在这里却如浓缩铀一般，由诗人分别精心打磨成几千字的叙事散文诗。

处理好叙事与诗、史与诗之间的关系，犹如"戴着镣铐跳舞"，是需要功力和匠心的。诗评家邹岳汉称《大地苍黄》是一部有分量而又有很强可读性的作品。它整体上具有浓郁的诗性，同时又包含叙事作品应有的生动细节。它的故事是相对独立的片段，链接起来却成为一件精美的珠饰。它的故事是传奇性的，却呈现出历史渊源的深厚并引导对现实的对比与观照。它在题材上有鲜明的地域性、民间性，同时又呈现出一个民族的悲欢和命运"。总之，作品以充满张力的纯美的诗性叙事，将丰繁、复杂和广阔的社会生活场景引入长篇叙事散文诗写作，给人以大地般的泥土感、厚实感、起伏感、宏阔感、美丽感和沧桑感。触角伸展到风物、风土、风情、风韵等各个方面，倾情书写历史悲欢、岁月苍黄、民族命运、时序人伦、各色人物的生死歌哭，从而成功地提供了散文诗完全可以冲破"小圈子"的藩篱而承载厚重内容的孤本和范本。可以说，《大地苍黄》的出现，无形中对中国散文诗的某些文本是一种"收拾"，她的问世对通常意义上的散文诗写作构成了强烈的冲击，更是令一地鸡毛、鸡零狗碎的某些诗作相形见绌。却原来这么多的题材皆可以进入散文诗写作！却原来叙事散文诗也可以写得如此丰盈、厚重和大气！

二

罗长江的《大地苍黄》如高山流水，积贮深潭；又如蛟龙跃水，恣肆汪洋。为足以承载如此广阔浑灏、斑驳繁杂的内容，诗人在向惯常意义的散文诗文本发起挑战的过程中，以"众里寻他千百度""捻断数茎须"的精神，找到了跨文体写作这样一种方式，从而创造出一种全新的文本，完全颠覆了人们对散文诗的习惯性认知，刷新了诗人对散文诗的理解。

首先，整体架构由依二十四节气设置的 24 章构成，其构思可谓巧妙精到：作品聚焦一个村庄，书名"大地苍黄"，以二十四节气作为经线，串起一个个故事、场景和人物，将大自然的时序与人世间的冷暖交织融会，脉脉相通；营造出天人合一的氛围，此其一；节气轮回暗含岁月轮回、生命轮回、世事轮回之意，沟通古今的诸多故事各自走进节气氤氲的篇章之中，各章之间故事并不相同，也无先后之分，却一并发生在同一个村庄之中，同一个二十四节气的岁月轮回、生命轮回、世事轮回当中，24 章故事所一同怀想的美丽与沧桑，便在诗性叙事中氤氲成为气场，浑然一体，丰盈而醇厚，此其二。

线性结构的作品，容易导致内容的单薄。《大地苍黄》中的不少篇章采用复式结构，即在同一篇章中设两条线，一条线是故事发展的基本情节，另一条线是同步演绎、交替出现的其他样式：《三姑娘》中一条线是述说三姑娘终其一生追寻、等候恋人，另一条线则将民间小调《孟姜女寻夫》穿插其间；《当暮色渐蓝》中一条线是女人对夫妻恩爱的依依叙说，另一条线则将抒写水稻简史的《稻草人札记》穿插其间；《界上农事》中一条线是写村民一天中在界上的农事活动，另一条线则将农事活动派生的《薅草锣鼓》穿插其间；《拧苞谷的老人》中一条线是老人回想当年与红军哥之间的故事，另一条线则将民歌《十送红军》穿插其间；《荞妹》中一条线是荞妹与中学生的爱情夭折于包办婚姻，另一条线则将荞妹出嫁时的《哭嫁歌》穿插其间；《水磨房》中一条线是满叔与"我"的母亲之间的爱情悲剧故事，另一条线则将抒写"我"与恋人秀秀之间之爱情悲剧故事的自由体新诗《水磨房的诗》穿插其间；等等。这些穿插其间的另一条线，和故事发展之基本情节的主线相依相携，此起彼伏，一同成为作品结构的基本骨架，在拓展叙事空间、跌宕抒写节奏、丰富文化含量、提振诗性之张力等方面，取得了很好的效果。

接下来，诗人罗长江在文本创造上几乎持一种"想走多远就走多远"的独行侠心绪，"通过场景、细节、象征、情绪浓淡、节奏的舒缓等有机的诗化结构处理"（"我们"诗群语），致力将小说、散文、诗歌这几个基本要素熔冶于一炉，使之渗透和覆盖到作品的每一篇章每一局部；除此之外，戏剧的场景设置与情节安排，音乐的旋律、复调与乐章式结构，绘画的构图、色彩、泼墨与留白，摄影的定格、图像、光与影，电影的画外音、分镜头与蒙太奇，等等，经他之手——揉进其中。以音乐为例，好些篇章采用的复线结构，无疑取法于音乐作品中的复调和"二重唱"；由"梅花引""梅之欣""梅之凛""梅之寂""梅之殇""梅之魂""梅之香"七个乐章组成的《陌上梅花》，从内容到形式，都堪称一部文字版的交响音诗、交响音画，清丽超拔而苍凉悠远。至于绘画所拥有的丰富斑斓的生命图景和色彩缤纷的物质光辉，在《大地苍黄》中俯拾即是。如："花的原野。绿的阡陌。木叶如泉水，潺潺流淌……/泉底的天空给鸽哨摇晴了，远去的纸鸢牵一条小路的梦幻，将倒影——揉进水中。/泉边，有着金色轮子的向日葵，转动着灿然的思念。/月光赤着脚上岸了，蹑手蹑脚地走进院墙的葡萄架下。/稻田里，竹竿子高挑着破蒲扇，在风中一闪一合着晨风和荧光。/南瓜花嘟着粉黄色嘴巴，在向浮萍间的小青蛙诉说什么呢？/卵石给黎明的泉音浸润了，一位少年坐在那儿读浓丽的早霞；于是，便有波痕给悄悄抹上胭脂的颜色……"（《天籁》）分明是一幅幅葱茏、清丽的水墨或水彩，不胜浏亮与醇美。《天籁》中，木叶女孩在乡鞭炮厂一次爆炸事故中，为掩护车间众姐妹不幸被烧伤，双目失明。为着力渲染木叶女孩遭受残酷打击下的心灵创伤，作品运用电影蒙太奇手法，曲写天地亦为之悲恸："山风如受伤的野兽，低低嗥叫着。/闪电如蛇一样悸动。/喘息的峡谷，瀑布一般哭泣不已。/山洪中的裸根败枝，如象形文字狂草于喧嚣之中。/哑默的岩石，谛听万壑松风，若谛听大汗淋漓的呻吟。/浊浪撞击断崖。/浊流如搓动的绳索，将痛苦打成结而斗折蛇行……"

散文诗广采博取于其他体裁的文学样式，从中吸纳对强健自身基因有利的元素和养分，究其实跟物种的杂交优生学是同一个道理。许多年以前，大诗人波德莱尔就曾倡导"不同种类的艺术趋向于互相替代"。《大地苍黄》毫无"门户之见"地兼收并蓄，毫无保留地丢弃了那些诗的"裹脚布"，放开了诗的"天足"，创造了不受拘缚的主体性抒发在诗的形态上的自由，同时也就创造了诗的文本的艺术精神，终而集现代各种艺术技巧于一身，胎生出这样一个美丽可爱的"混血儿"。你可以说它是小说，却不仅仅是惯常意义的小说；你可以说它是散文，却不仅仅是惯常意义的散文；你可以说它是散文诗，却不仅仅是惯常意义的散文诗……乃至于评论家刘起林先生在开列湖南近些年的优秀长篇时，竟将《大地苍黄》呼之为"长篇诗体小说"；评论家龚旭东先生甚至建议不要非得往叙事散文诗这一文体属性靠，因为她本身已独立构建成为一个"诗性洋溢的新文本、全文本"了。

三

关于史诗，一般说来应该包括可贵的独创精神、史与诗完美统一的宏大叙事、厚重的思想容量和深广的文化内涵等几个方面。以此观照罗长江的《大地苍黄》，其可贵的独创精神、史与诗完美统一的宏大叙事，前文业已述及；本文就思想容量和文化内涵试作解读。

首先是厚重的思想容量。

书写村民祭祖的《鼓·舞·火》，所鼓所舞不啻是筚路蓝缕、生生不息的民族之魂。同样地，《雁来红》中炭花舞之于山村汉子，野天野地舞动的恰恰是村民们元气沛然的自由翱翔之魂。《陌上梅花》中，对革命和爱情无比坚贞的梅娘，其实就是冰肌玉骨的那一树梅花，梅花之魂即梅娘之魂，梅娘之魂即村魂、民族魂。《树故事》中的鸬鹚客赶三不慎落到日本兵手中，他怀着赴死的悲壮，设计让一船日本兵葬身于滔滔洪水，理所当然是村魂、民族魂！《拧苞谷的老人》中，老人少女时代救了一个受伤的红军后生，红军后生去追赶部队，少女为他生了一个崽，崽赴朝鲜战场为保护首长牺牲；少女当年救下的"红军哥"在京城做了大官，老人后来嫁的男人，要她央求"红军哥"帮忙给小儿子安排工作，被她婉拒；小儿子在水库工地点炮时被炸死，她搂着血肉模糊的儿子哭得死去活来，却并不为自己的做法后悔——拧苞谷的老人同样是令人肃然起敬的村魂、民族魂啊。在物欲横流的当下，人们或许不知该往何处寻找英雄的墓碑了，可是将军和梅娘的英雄热泪仍然化作一年一度的陌上梅花，飘洒在我们身上；"光雾迷离的神树红光闪烁"，依然辉映着鸬鹚客赶三当年一脸血污的影像……问世于"后英雄主义时代"的《大地苍黄》，分明在对灵魂、对英雄做深远召唤——"将群山撼动！与天宇共振！"

然而我要说，《大地苍黄》寄寓更深的，更见其思想容量和深度的，是对人性人情中最美好、最温暖部分的美好反刍和依依喊魂。《鸭客谣》中的鸭客佬，多年如一日照顾英雄遗孀一家，并资助其送儿子念书。一次他喝醉了，醒来发现英雄遗孀猫一般温顺地睡在自己身边，"他的脑袋一下子胀大、胀蒙了"，"这些年帮她，仅仅因为她是英雄的遗孀。可是有了这样一个夜晚，人家会不会猜忌他鸭客佬是故意醉的酒，甚至猜忌他鸭客佬早就没安好心肠……""鸭客佬愈想愈觉得羞愧难当。嚓的一下，扬起菜刀将胯间的孽根去了"。听英雄遗孀细诉衷肠，他暗暗觉得自己是有些草率了，但事已至此，他不能坑人，让人家守活寡啊。于是他把照顾英雄遗孀的事托付给干儿子，自己则悄悄去了抗日前线。忠心耿耿的烈性汉子鸭客佬所具有的侠肝义胆、古道热肠，不正是我们这个时代的稀缺元素吗？！《风琴》中的小学校给一场龙卷风和冰雹弄得面目全非，小学生丁丁和村民们马上想到住在学校的风琴老师，一个个不要命地奔小学校而去；《界上农事》中的村民们传承""斟手抓背"、相互帮衬的传统，各家各户一齐出动，投身一场场既辛苦又快乐的集体性劳作；《花动花开的季节》的眼镜佬一时冲动，与幺妹有了肌肤之亲；跑来寻求她的宽宥那天，村里发生了山火。山火扑灭后，村里的人在火烧地发现了因烧伤而昏迷的眼镜佬。咔嚓一声，"镜头"定格了："幺妹眼前一阵晕眩，只知道搂紧他的身子发呆。那散发着焦味的脸庞，被她的泪水清洗着，滋润着。眼镜已不知去向，一张脸好陌生……"爱怨交织的幺妹，实际上以她的善良和宽容，已经从心里原谅眼镜佬了；《萤火虫的传说》中小落落家的骑楼下是出入村子的交通要道，每到夜晚，她那瞎子母亲在屋前屋后走动时，总要点一盏灯提在手上，既为过路的人照了亮，别人也不会因为看不见而撞到她；《呜哇歌》中的山村歌王先后娶过两个女人，都早早去世了，算命先生说他克妻，他从此不再娶亲；《拧苞谷的老人》中，村姑冒着生命危险救起了重伤的过路红军，红军哥后来在京城做了大官，她却不曾希求任何回报；《血蝴蝶》中的军人为了兑现儿时承诺，在前线作战的间隙捕捉蝴蝶，陆续寄给已是大学生的小女伴，不慎踩中了敌方埋下的地雷；《树故事》中一辈子不曾娶妻生子的老铁匠抱养了一个弃婴，老铁匠过世后，八岁的小孙子成了全村的娃儿，靠吃百家饭活了下来；《七盏灯》中的村中伙伴，将死在打工地的二宝从千里之外步行背回村庄；《水磨房》中的满叔孤身一人，一辈子把心思放在初恋情人身上，买下早已废弃了的水磨房，只因为"水磨房所处的位置可以看到她的家，可以看到她每天从那里出出进进，可以让她听到他的琴声"，"听到她的琴声，她的心思、她的灵魂才会安妥下来"……置身世风日下、道德滑坡、人伦沦落的现实世界，人们深深为之忧郁、焦虑和茫然。读这些充满温馨、充满美好、充满感动的人和事，读这些关于土地、时序、人伦之和谐关系的娓娓述说，使人自然而然想起热诚、善良、和睦、同情、友爱、宽容、淳朴、侠骨柔肠、重然守诺、重义轻利、不求回报这些人性中最美好、最柔软的部分。——在《大地苍黄》里，即便是牛，亦是通人性的牛！即便是萤火虫，也是贴心贴肺的古道热肠！一头母牛因为自己啃吃了队上的庄稼，使得小主人雷生东躲西藏不敢回家而失足溺水身亡，于是它"腆着肚子，独自躺到埋葬雷生的一抔新土旁，泪眼汪汪的，一连三天三夜，牵它它不走，喂草它不吃。第四天，产下来一只牛崽子。之后，两腿一抻，断气了"（《雷生与牛》）。这是何等自省自责、有情有义的一头牛啊！一群萤火虫为小落落矢志治愈母亲眼疾的孝心所感动，主动跑来给她引路，为她助威，当老虎一口将小落落叼在嘴里，"多亏萤火虫们一齐扑向老虎的眼睛，晃得老虎无法睁开眼睛走路，懊恼之际，老虎便把她给放了。""萤火虫，热心肠的、神奇的萤火虫哟。"（《萤火虫的传说》）

当年"怀了不可言说的温爱"而创作出《边城》的沈从文先生，痛感于农民"性格灵魂被大力所压，失去了原来朴质，勤俭，和平，正直的典范"，遂将心目中深藏已久的情感记忆对象编织成美好图景，旨在"使其更有人性，更近人情"（沈从文语）。而同为描绘人性之风俗画、讴歌人性之赞美诗的《大地苍黄》，同样交织着故事背后蕴藏的热情和隐伏的痛切，同样寄寓着诗人罗长江的大悲悯、大情怀，寄寓着他对爱和美的痛切吟哦和殷殷呼唤！沈从文笔下的《边城》、罗长江笔下的《大地苍黄》，写的都是同一个湘西，都是源于对劳动人民那份不可言说的温爱，源于对劳动人民命运的关切和思考。只要用心去读，足可以品味个中的苦涩与暖意、轻盈与苍茫、幻美与救赎。

其次是深广的文化内涵。

二十四节气是中华民族弥足珍贵的文化遗产；而源于土家族地区的竹枝词，亦堪称中国旧体诗词艺术的一朵奇葩。《大地苍黄》以每章开篇的"竹枝词"作为题记，既昭示了二十四节气的延续与更迭，又增添了作品的灵动与雅致。竹枝词的内容有的体现季节特征，有的反映气候特征，有的抒写物候现象，有的吟哦风土人情，与正文内容或有关或无关，有无之间恰恰平添了一份参差美和弹性美。以《蓝印花布》为例，开篇的竹枝词《廿四节气·雨水》"半山烟雨浸丹青，淡抹浓妆总是春。水挂屋檐流日夜，犹如帘子卷黄昏"，体现的是季节性特点；而正文中多个章节皆是与"雨水"这一节气相应的自然现象和农事活动："（雨水。桃始华，仓庚鸣，鹰化为鸠。）/ 曙色骤然降临。春光骤然降临。/ 老式天井的屋檐水，叽叽咕咕议论着第一滴雨水落在什么地方。/ 一位小女子发现，山那边仓庚鸟的叫声像玉，明澈而苍凉。""半山烟雨。半山丹青。/ 一颗一颗瞳孔般透明的雨水里，村庄频频出镜……""天井里盛满屋檐水的木盆子，染房外的大水缸，分别以镜子的名义供村庄的天空随时更换衣裳。/ 刚刚钻出蛋壳的鸡雏，将一只只的'个'字歪歪斜斜写往湿湿的地上。/ 为山塘不致漏水，一袭蓑笠的农人扬起木制的夯锤，将塘坝拍得山响。/ 沉睡了整整一个冬天的种子，在雨水的怂恿下破土而出。/ 呀呀，村边染房师傅的床底下——长出笋子来了！"

二十四节气之于《大地苍黄》，除了赋予其构建作品骨架的特殊作用，还在提示演绎村庄时序更迭的过程中，隐含了大自然与人世间的某种神秘联系。比如：自从梅娘病逝于立春这天的风雪黎明，白梅总是在立春这天开花，立春这天总是会飘雪（《陌上梅花》）；小雷生生于惊蛰雷隆隆滚过的夜晚，十岁时死于惊蛰雷隆隆滚过的夜晚（《雷生与牛》）；三姑娘的故事始于清明时节的茶山，终于清明时节的茶山（《三姑娘》）；谷雨时节是多雨时节，农艺师夫妇的故事也给雨蓝色的忧伤濡染得渍湿渍湿的（《当暮色渐蓝》）；"露从今夜白，月是故乡明"，白露时节台湾老兵的魂魄回老家收脚迹来了，霜风吹落了一地的白果树叶，"在她眼里，落叶是他收走又搁下的一地脚印"（《收脚迹》）；雪花树在每年小雪和大雪两个节气之间开花，一开花必下雪，花开在树的上部，上半年年成便好，花开在树的下部，下半年年成便好，花开满树便是个全年成（《树故事》）……自然现象与社会现象之间形成的种种感应，似真似幻，亦真亦幻，静水深流般隐现于诸多篇章，令我们对老祖宗的"天人合一"倍生敬畏。

民间习俗、民间艺术素材的大量运用，也使得《大地苍黄》具备至为鲜明和浓烈的民间文化和地域文化特色。民间习俗如蓄童养媳，村邻亲友"斶手抓背"相互帮工，收脚迹，哭嫁，给果树喂年饭，冬至节祭祖，点河灯招魂等；民间艺术如印染、箫乐、薅草锣鼓、吹木叶、呜哇歌、炭花舞、二胡琴、哭嫁歌、红军歌谣、孟姜女小调、部落迁徙古歌、小龙王的传说、白果树和西兰卡普的传说，以及诸多章节里俯拾皆是的情歌、山歌等。一些篇章甚至由民间习俗和民间艺术的抒写成为基本架构或主体内容。比如《界上农事》就是由相互帮工及演唱"薅草锣鼓"两大块组成；冬至节祭祖活动、为客死外省的亡灵招魂，则分别是《鼓·舞·火》和《七盏灯》的全部内容；等等。诗人罗长江是如此倚重民间习俗和民间艺术的抒写，且在一部散文诗作品里占了如此大的比重，这在诗歌写作史上是十分罕见的。

更重要的是，将大量民间风俗和民间艺术内容引入《大地苍黄》，绝不是出于点缀或猎奇，而是基于故事情节的发展需要，无一不是与人物命运纠结在一起。《裸月》中写了这样一则风俗：丈夫非正常死亡后，女人改嫁前得跟山上的一棵树或一尊石头"同房"，让树或石头做"替死鬼"，前头的丈夫才不会向后来的丈夫索命。死过两次丈夫的女人，为了往后的日子平平安安，遵从了山村这一古老风习。于是她去与一棵树"同房"，就构成了这一故事的主体内容。再如《媚草》中写了这样一则习俗：民间流传"嬲嬲药"能使陌生男女一见钟情，夫妻失和的能够恩爱如初。于是，为唤回妻子的爱，猎人历经艰辛寻找制作"嬲嬲药"的关键原料媚草，构成了这一故事的主体内容。《荞妹》中的"哭嫁歌"，内容涵盖了哭姊妹、哭爹娘、骂媒人、辞祖宗、哭背亲、哭上轿即哭嫁的全过程，真可谓酣畅淋漓、浓墨重彩；然而恰恰是这哭嫁的热闹，反衬出包办婚姻所造成的弱女子的孤凄心境，以及在强悍命运面前的无助与无奈。可以说，民间习俗的书写，已沦肌浃髓于作品之中，而绝非可有可无的边角余料，更遑论哗众取宠的轻薄之类了。如此多的民间习俗、民间艺术元素荟萃于《大地苍黄》，其浓墨重彩已然酿成一种气象，为原生态地展示湘西乡村的风物、风土、风情、风韵及其瑰丽奇异的地域民间文化，起到了不可替代的作用。即如作家龚爱民所云，在美丽与苍凉、斑斓而深沉于历史深处的这幅风情风俗的立体长卷里，延续了千百年的乡村生活状态，在作者的歌哭吟哦里发出耀眼的光芒，既照亮了我们脚下苍黄的大地，又引我们张望头上辽阔的星空，唤起了我们无尽的遐思和追问。

至此我们有足够的理由认为，《大地苍黄》不仅在当代散文诗界成功地实施了一次颠覆性的文本革命，同时堪称具备了史诗品格和史诗气质的散文诗大著。

（刘强，评论家，作家。）

注：此文刊于 2012 年 9 月 11 日《张家界日报》。

让人豁然开眼的全新文本

——罗长江《大地苍黄》的三个看点

王志清

　　湖南是个诗意化了的地理名词。湖南是个创造文学奇迹的地方。

　　长篇叙事散文诗《大地苍黄》（湖南人民出版社 2012 年 5 月版）的作者罗长江不是以散文诗写作而著称的作家，或者说，罗长江在文学上的影响主要不在散文诗上。然而，罗长江的《大地苍黄》则以立体长卷式的全新文本，装点了散文诗的天空，让我们看到了散文诗并不黯淡的前景。

　　总括起来说，罗长江的《大地苍黄》有三个看点：

第一个看点是结构

　　《大地苍黄》的结构很特殊。整个作品共分《陌上梅花》《蓝印花布》《雷生与牛》《鸭客谣》《三姑娘》《雁来红》《血蝴蝶》等二十多个章节。这些章节，都是以"断章"与"片段"的形式出现的，章节与章节之间似乎没有什么连贯性，甚至也看不出什么逻辑性，是跳跃的、横列的、并置的，如蒙太奇，而又是块面的纵向层叠与递进的，这就是罗长江的一种书写策略，是其所追求的一种诗性结构。

　　长篇散文诗《大地苍黄》的结构，在语言形式上的串联性表现，也是很醒目的。作者用《竹枝词》来串联的二十四个节气，从"立春"到"大寒"，穿起这些相对独立的片段故事，成为有机的一体。譬如《当暮色渐蓝》一章，"二十四节气"是"谷雨"，将竹枝词类似题记："朝汲露水种南瓜，暮补篱笆就落霞。夫下河湾得手否，锅儿架起等鱼虾。"而每一个故事，则又有其自身的结构，再以《当暮色渐蓝》一章为例，其用"稻草人札记之一"，之二，之三，直到之八；又如《三姑娘》一章，则用"《孟姜女小调》之一，"之二，之三，直至之十二……这种标志性的语言串联形式，帮助诗章形成了结构上的跳跃性的衔接，形成了松散型的紧密。而《大地苍黄》中的多数章节，不用这样的语言衔接形式，而是纯任自然，仿佛生活原本就是这样的"无序"也无开头无结局，诗人挥洒自如又十分节制，自然展示了湘西北历史记忆深处的一幅幅的美丽与苍凉，形成了一幅哀婉而深沉的风情风俗的立体长卷。

笔者以为，最能够反映罗长江创新精神的是《大地苍黄》的架构。这种结构，表现出作者掌控全局的认知能力，非常适合表现诗人汪洋恣肆的才情与胸襟，非常适合展示其高远而开阔的视野，非常适合比较自如地抒写和描画。画面与画面之间各不相关，又互相映照互为依托，恰到好处地跳脱了对于生活和历史的史实性的拘泥而局促的记录。天地苍黄，时序更迭，物是人非，全在无序中显现其整体的秩序，实现了向人心逻辑的艺术转换，而所有的这些自由而恣肆的呈示，跌宕有致，暗合天道人情的规律性。

第二个看点是情韵

《大地苍黄》以极其鲜明的地域性、民间性的题材，来呈现出一个民族的悲欢与命运，通篇始终洋溢着浓郁而凝重、浑厚而深邃的情韵，具有扣动人心的饱满而浓郁的诗性精神，唤起了我们无尽的遐想和追问，从而感悟到生活真谛。

高友工在《中国语言文字对诗歌的影响》一文中指出："中国艺术的写实表层总免不了质化的过程，这实是艺术家的心是放在类性的层次。无论是用文字，还是用画笔，最后还是回到抽象的深层。最高的成就还是在传神以韵。"因此，"这个性质客观地看是'类'，主观地看是'情'；在物为'气'，在我为'意'；综合为一可以尊之为'神'"（《美典：中国文学艺术研究论集》，北京：三联书店 2008，P216）。笔者以为，《大地苍黄》的成功之处，就在于作者对审美物象的"质化"与"类性"的处理上。这是一个作家是否成熟的重要标志，也是一部作品是否具有"情韵"的主要手段。

1985 年，湖南作家韩少功写了一篇纲领性论文《文学的"根"》，成为一件轰动中国文坛的大事件。他在文中提出："应该在立足现实的同时，对现实世界进行超越，去揭示一些决定民族发展和人类生存的谜。"作为湖南作家的罗长江，张家界的好山好水成全了他，让他在与这方奇山异水 20 多年的相守厮磨中，发生了脐连的关系，培养了他发现美的眼睛，启迪了他深抵美的灵魂，并且生成了他解读美的敏锐以及呈现美的理性。因此，当他要化解这种日渐日深的"情结"而付诸文学形式的时候，必然摆脱不了"寻根"的集体无意识，也肯定不能没有那种文化归宗的意识和自觉。也因为如此，具有特殊的山水体验的罗长江，绝不会去表面性地罗列山水景观、风俗事件，而是对中国农耕时代末期最真挚乡恋的美好反刍，将湘西北人文地理风俗世相提炼出饱含诗意与哲理的情韵，在给人以美丽的同时引人对现实以深度、深沉的比照性思考。

概言之，罗长江的《大地苍黄》，通过对土地、时序与人伦关系作宏大叙事，展示中国腹地乡村的风物风土，展示传奇性故事所反映出来的特定地域的风情风韵，他的这种情、气、意、神一体的"类性"表达，处处充溢着湘西的灵性与精魂，让人感受到了诗人大悲悯的深情，形成了地域文化的博览，凸显出思想的美色，具有美丽、沧桑与悲怆同一节律的情韵。这种情韵，对抗了都市工业文明的喧嚣异化，暗合了现代人寻找精神家园的精神脉动，在某种程度上表现出在走向现代文明社会时的人文关怀的精神内核。

第三个看点是语言

《大地苍黄》读来令人神思摇曳，心情荡漾，这与作家的语言有着十分密切的关系。罗长江的语言具有明丽而深郁的质感，声情与辞情之兼作，诗性灵光与激情澎湃相交织，形成其语言特有的诗美生机。他在《大地苍黄》的自序中写道：

> 身为湘人，"霸得蛮、不信狠"之性格于是暗暗作祟了。我想仿效中国近代"睁眼看世界"第一人的乡贤魏源公，也来"吃"一回"螃蟹"试试。除却致力于取材、语言、结构乃至文本当与人们惯常见到的散文诗或多或少有所不同；我将笔墨集中于湘西北一个村庄，触角伸展到风物、风土、风情、风韵等各个层面，恣意书写历史悲欢、岁月苍黄、民族和人物命运，试图提供散文诗完全可以冲破"小圈子"的藩篱而进入社会生活之丰厚、复杂和广阔场景的种种可能性。

斯可见罗长江《大地苍黄》的创作初衷，他是有想法的，有预期的，甚至可以说是雄心勃勃的，非常想在中国当代散文诗领域走出一条属于自己的路。因此，他不仅仅在取材和结构上，而且在语言上，表现出特立独行的艺术个性和美学追求。

笔者一直以为，语言不仅是判定诗还是非诗的重要依据，也是衡量是诗还是散文诗的主要刻度。罗长江很想让一般人视作"小把玩"的散文诗来"承载厚重的内容"，从语言诗学的角度看，即是让散文诗同样能够成为诗人的生命精神与审美信息量以最大承载的文学文本。因此，从语言上看，他必须揖别当下散文诗（或者是诗）的那种不忍卒读的"文胜于质"的拿腔拿调，特别是揖别那种以花腔语言来掩饰思想贫血的现象。罗长江的语言，深得张家界之山水之灵气，语言中充溢着湘西的灵性与精魂。《大地苍黄》这部全新的"长篇叙事散文诗"文本，还熔铸进了作者在其他艺术门类如美术、书法、摄影、音乐、戏曲中的经营与尝试，主要是表现出其绘画方面的别样才情。诗人怀着敬畏之心性，怀着一腔真诚之感动，而却不动声色地述说着悲剧性的故事。这种述说，拿捏得非常具有分寸感，且又拿捏在历史与现实的结合点上，营造出一种让人心颤且心醉的情境，或者懊恼，或者惋惜，或者沉迷和哀怨，甚至是动容和扼腕。譬如《大地苍黄》中《鸭客谣》一章，写一个"鸭客"的悲剧，而悲剧的背景则放在"一个春水茫茫的日子"里展开。其中画面，看似信手涂鸦，清新平易，却有一种转折顿挫的蓄势，也生成了灵动婉丽而变化多姿的生动。又譬如"界上农事"章中"歌师傅"的一个片段，一个劳动中的欢乐场面：

> 高高的界上，敞天敞地。/ 只有宽广、浑厚、高亢的歌喉，才能生出"天似穹庐，笼盖四野"的覆盖感，也才具备"横扫千军如卷席"的穿透力啊。/ 蓊蓊郁郁的芭谷林，如同烟波浩渺的湖水。/ 阵阵笑声，被芭谷叶子拨弄得如同跳荡的浪花，拍打着界上的阳光。/ 阳光跳荡着，粼光闪闪。/ 歌谣俚曲是一尾尾美丽的鱼，游过去游过来。/ 在歌声的孵化下，一溜溜人影成了鱼，一团团卧石成了鱼，一只只飞鸟成了鱼，一道道山脊成了鱼……/ 白云是鳍，一拨一划着。/ 白云是鳃，一张一合着。/ 又大又轻是阳光的影子……

这种语言，仿佛是"文人画"的那种简洁与灵动，有一种洗尽铅华、直指人心的魅力，格外地具有音画质感和诗意韵味，平易自然而不失清新浏亮，澄澈清晰而不失从容磊落。诗人所勾勒的，不仅是人物出现的背景，也是艺术固化了的具有象征意义的实质性内容。

《大地苍黄》中《当暮色渐蓝》一章，是写"稻草人"的悲剧，诗篇是这样开头的：

> 雨生百谷。撒豆成茵。/ 正是谷种如雨点一般溅落秧田的季

节。/ 焐得发酵的谷种，从一双双茧手间溅落秧田的泥浆。/ 山那边，春光惊起一垅白鹭。/ 稻草人很近。西伯利亚很远——/ 寒流正在启程的路上。

谛听一粒粒胚芽成长过程中发出微响……/ 谛听一片片绿叶伸展过程中发出微响……/ 秧田里，一畦一畦秧芽如同唱诗班的孩童——/ 歌唱稼穑在春天里成长。/ 歌唱春天在梦想里成长。

诗人布罗茨基说："一首诗的抒情性其实就是诗人营造的乌托邦，它能让读者意识到自身的心理潜能。"这其实是要求诗的语言应该具有一种特殊的作用于人心的内涵。诗所以为诗，是因为其语言对于读者能够"唤起相似的内心运动"，而不是以简单性的事实陈述让读者处于现实的认知中。罗长江的语言，"染于苍则苍，染于黄则黄"。轻盈与沉郁交替，于轻盈中见沉郁；艳丽与苍莽更迭，于艳丽中显苍莽。无论是痛切的吟哦，还是醉美的描写，无论是不动声色的述说，还是激情飞扬的抒情，都能够也善于唤起读者心理潜能的运动，以至让人获得由表及里的深层次破译与解读。

虽然笔者至今仍未面识罗长江，却从《大地苍黄》中认识了作者"霸得蛮、不信狠"的艺术面目与追求，认识了作者的才情与创新精神。在散文诗作为一种文学的"另类"而被打入文学的"另册"，处于不能让人"正眼看"的尴尬时，这样为散文诗寻找出路的实验是何等的弥足珍贵呵！

注：此文刊于 2014 年第 6 期《西北军事文学》。

民族史诗的隐喻与镜像

聂 茂

一、现实的尴尬

在我国文学评论的格局中，学界对散文诗给出了定义，对叙事诗、长篇叙事诗和叙事散文诗也有各自的定义，但什么是长篇叙事散文诗，目前还没有一个最基本的定义。这里的关键词是三个：长篇，叙事，散文诗。因此，我把篇幅在一千行以上或字数在五万字以上，以叙事为主要特征的散文诗文本，统称为长篇叙事散文诗。

诚如大家都看到的那样，即便是散文诗，在中国当代文学史上也没有什么地位，不少评论家仅仅把它作为文学上的一种点缀，或者把它归属于诗歌，或者纳入散文的范畴，很少有人将它作为一个独立的文学门类进行阐发。这种境遇造成文学史上的"马太效应"，使散文诗的生存处境愈加艰难，而长篇叙事散文诗更是鲜有作家、诗人甘冒寂寞孤苦和失败的风险，全力以赴地进行创作。

而外国散文诗，特别是长篇叙事散文诗十分发达，不少卓有成就的作家、诗人，都创作过大量广有影响力的散文诗或长篇叙事散文诗，波德莱尔的《巴黎的忧郁》，纪伯伦的《人生》，赫·布洛魁仁的《海的坟墓》，博尔赫斯的《梦之虎》《趾甲》《布局》《王宫》《祈祷文》《无尽的礼物》，艾伦·金斯堡的《嚎叫》《卡第绪》，卢本·达里奥的《复活的玫瑰》，塞萨·瓦叶霍的《骨骼点名册》，王尔德的《智慧之师》，列那尔的《胡萝卜须的照相册》，直到尼采的《查拉图斯特拉如是说》，等等，这些作家和作品都在很大程度上，对散文诗这一独具魅力的文学形式进行过创造性的努力，写出了不朽名篇。而诺贝尔文学奖获得者的名单上，泰戈尔的《吉檀迦利》、安德烈·纪德的《地上的粮食》，希梅内斯的《小银和我》《四月诗情》，圣－琼·佩斯的《航标》《阿纳巴斯》《流亡》等，奥克塔维奥·帕斯的长章《入睡之前》，巴勃罗·聂鲁达的《英雄》，等等，也都把散文诗的创作提升到一个前所未有的高度。

事实上，中国二三十年代的文学大家如刘半农、鲁迅、周作人、郑振铎、朱自清、冰心等都写过一批高质量的散文诗，许地山、高长虹、王统照、陆蠡、李广田、何其芳、方敬等也进行过散文诗的创作。鲁迅先生的散文诗名著《野草》，语言俏奇瑰丽，意象玄妙奇美，曲折幽晦地表达了作者当时内心世界的苦闷和对现实社会的抗争，其中的《过客》更是以戏剧的形式，频频运用象征和隐语，从形而上到形而下，深刻地表现出作者的思辨哲学、智慧锋芒和人生态度。

进入新时期以来，对中国新诗和散文诗作出过重要贡献的彭燕郊，痛感于散文诗作家的自轻自贱，他在古稀之年，仍然创作并于十年前推出《混沌初开》这样洋洋数千行的散文诗，其格局、意境、视界、大气和文本的精神向度足以跟世界散文诗大家的作品相媲美。但总的来看很不乐观，长篇叙事散文诗境遇每况愈下是不争的事实，一些作家如柯蓝、郭风、耿林莽、李耕、许淇、王尔碑、邹岳汉等人坚持创作，也推出过皇泯的《七只笛孔洞穿的一支歌》《国歌》和唐朝晖《一个人的工厂》等难得一见的长篇叙事散文诗佳作，但影响力有限。尽管重视散文诗创作的呼声从未绝耳，但总体而言仍无足轻重的现状恐怕一时难以改变，评论界对它的轻慢和漠视，更使散文诗的发展雪上加霜，令人担忧。

二、诗人的诱惑

正是这种背景下，湖南作家罗长江数十年来坚持长篇叙事散文诗的创作殊为不易。应当说，罗长江在文学之路上出道较早，成名也早。作为文学湘军实力派作家之一，他的创作执拗而俊朗，特色鲜明，且在散文、诗歌、纪实文学、小说等领域均有不俗的表现，而成就最大和最有影响力的却是长篇叙事散文诗，从20世纪80年代的《资江之旅》《神女峰》，到90年代的《张家界大峰林》，再到21世纪以来发表和出版的《云水之乡》《澧水·印象》等作品，都获得了意料之中的成功。特别是2012年由《芙蓉》杂志全文发表、并由湖南人民出版社及时推出的《大地苍黄》，可以视为罗长江在长篇叙事散诗探索中的集大成者，达到了新的创作高度。这部10余万字的作品融合了小说、诗歌、散文、摄影、绘画、音乐、戏剧、民间文学等多种文体样式，创造出一种独具特色的超文本，在传统文学教科书中，我们很难找到一种与其作品相对应的、明确的归类。在激情的键盘敲击下，文本充满谜一样的书写，罗长江沉湎于象征、隐喻、模棱两可的符号和语言的流泻中不能自拔，他那自由奔放、风格多变、充满情感张力的一系列文本早已打破时空和地理的界限，神秘的民间话语里布满记忆、想象、情爱、呓语和沾着野花的泥土气息，他像一名莽汉，在美的诱惑下，义无反顾投身于对诗歌意义群无涯际的探寻和开掘。

在《大地苍黄》的自序中，罗长江颇为自恋地写道：一个女子的背影，给人的感觉是太美太美了。一个旅途中的诗人，见了后，发疯般地跳下车，不顾一切地奔向背影。与其说这个背影是散文和诗，不如说这个背影是艺术的隐喻，那个发疯般的旅人既是作者本人，也是所有的艺术家。艺术的背影是美好的，充满无限的诱惑，激发艺术家们不顾一切去追寻。因为艺术，埃利蒂斯不无自豪宣称：欧洲人在黑暗中发现了神秘，希腊人则是在永恒的光明中找到了它。当希腊的画家从一位晌午走向大海的少女裸露的乳房上，看到一只栖息的蝴蝶，光明中的神秘就在眼中呈现。因为艺术，叶芝在白发苍苍的暮年仍然能够发现心爱的人那"痛苦的皱纹"和"朝圣者的灵魂"。同样是因为艺术，罗长江却从湘西北一个村庄发现了中国古老大地的沧桑和"神秘之美"。在漫长的探寻途中，他的触角大胆地延伸到风物、风土、风情、风韵等各个维度，恣意书写历史悲欢、岁月苍黄、民族和人物命运，试图提供散文诗以别样的风景，从格局到境界都能冲破"小圈子"的藩篱而进入社会生活之丰厚、复杂和广阔场景的种种可能性。

罗长江在情感表达和语言追求的向度上力求空灵、诗意、含蓄和唯美，无论是叙事、抒情、对话、独白，乃至民歌民谣的选取和蒙太奇般镜头的切换，都努力承接着从波德莱尔到鲁迅先生关于散文诗辽阔、自由、舒展无尽的文化底蕴和精神血脉，简洁而丰沛的文字充满张力，一幅幅跳跃的画面，带着古井、草垛、炊烟、青山绿水、泥泞的梦和野荞麦般的苦涩而新鲜的气味，它所打开的，正是被探寻到的、被展示和被遮蔽了的在原象之外古老村庄的意义群！而在语言隐藏文本喻义的同时，创作者的审美诉求在艺术之路的阡陌小径上意外地与原本存在于梦幻和想象中的"美丽背影"撞了个满怀。

三、文本的精神向度

应该说，罗长江的坚守和努力便显得难能可贵。他精心打磨的《大地苍黄》赢得了文坛的尊重。茅盾文学奖评委、著名评论家龚旭东认为：作者将小说、诗歌、散文融冶于一炉，铸就出诗性洋溢的新文本、全文本，融通古今，寄寓大情怀、大浪漫、大悲悯，处处彰显湘西的灵性与精魂。而著名散文诗人和评论家邹岳汉也毫不吝啬地赞美它整体上具有浓郁的诗性，同时又包含叙事作品应有的生动细节，虽然故事是独立的片段，链接起来却成为精美的珠饰。他着重指出：作者用传奇性透析历史的渊源和一个民族的悲欢与命运，有着鲜明的地域性、民间性，凸显出作家雄厚的生活积累和艺术上的精益求精，引领当代散文诗走出一条属于自己的路。这些评论是相当中肯的。这部长篇叙事诗共分为 24 个章节，每一节的标题下都有一首借竹枝词格调写出的七言绝句，同时对应二十四节气中的一个节气，从立春写到大寒，可谓别具匠心。印象中，同为隆回诗人的匡国泰在《一天》中使用过类似的形式，小说家姜贻斌十年磨一剑新近推出的长篇小说《火鲤鱼》也使用了完全一致的节气叙事模式。但显然，罗长江有着自己的书写雄心：他将节气融入故事的叙述中，作为看似主题散漫和风格各异的章节之间的内驱力和逻辑接点，使整个作品既具时间上的连贯性，又有空间上的广阔性。例如，《呜哇歌》中的故事发生在处暑时节，此时正是苞谷秆开花、苞谷棒壮籽季节，同时也是老人守候庄稼、守候死去的妻子的季节，温存与苦涩之感相交。书中的很多章节中都明显采用了复调结构：一条明线叙述故事，一条暗线穿插一些民间文化（民歌、民谣、俚语、小调等），两线交叉进行，故事更具活力和神秘性，同时，消逝的原生流时间重新进入到当下的生活中，让互不相连的独立故事具有克里斯蒂娃式的文本互涉性，并勾连成一个整体，聚焦于一个村庄里，用大自然的节气更替隐喻人世间的冷暖沧桑，拓展了文本的精神空间，强化了文本的审美情感。

恩斯特·卡西尔（Enst Cassirer）在谈及审美情感在艺术创造的作用时说："在这个世界，我们所有的感情、本质和特征上，都经历了某种质变的过程。情感本身解除了它们的物质重负。我们在艺术中所感受到的，不是哪种单纯或单一的情感性质，而是生命本身的动态过程，是在相反两极——欢乐与悲伤、希望与恐惧、狂喜与绝望——之间持续摆动过程。使我们的情感赋有审美形式，也就是把它们变为自由积极的状态。"

换言之，审美情感让作家有了一个表达创作诉求的价值判断和生存状态，虽然这种状态在形式上是由语言来承担的，但其深层的命旨正是隐含在特定历史和当代社会的转圜之中。罗长江野心勃勃，试图使文本最大限度地彰显大爱、悲悯、劝诫、昭示和人性的各个维度，以及把个人"小我"对于民族和家国"大我"的情感寄寓蕴含于人文精神关怀的追寻之中。所有这些，都将为长篇散文叙事诗创作的精神向度，提供一个可资参悟生命本质和命运兴衰的理想窗口。

四、隐喻的力量

纵观世界上经典的长篇散文叙事诗佳作，没有哪一部作品不是立足于对高贵精神的追寻和深重痛苦的发掘。《大地苍黄》具备了优秀长篇叙事散文诗的品质，在古老湘西的版图上，有那么一个小小的村庄，邮票般贴在中国的额头上。无论是炎炎烈日还是凛凛朔风，无论是春夏秋冬还是白天黑夜，一位偏执的汉子狐狸般出没在村子的房前屋后，奔逐的身影，坚毅的目光，他是孤独的、虚妄的，也是唯一的、不灭的精灵。他借助思想的燃烧和隐喻的力量，将自己定格旷野之上，定格在民族苦难的剪影和历史记忆的深处。无疑，他的名字、他的文化之根属于湘西，属于中国，当然也理应属于世界的。如果说，沈从文笔下的边城属于民族的，也是世界的话，那么，同样地，罗长江笔下的无名小村也有着民族的"文化特质"和优秀作品的精神共性，因而，他也让自己的作品有了一个世界性存活和传承的理由。这个理由，在他的题记中标注得异常清晰："怀想一个村庄的美丽与沧桑。"

那么，用什么样的颜色去怀想呢？苍黄。这样的底色本来是指青色和黄色，一种变化的承续过程，语出《墨子·所染》："染于苍则苍，染于黄则黄；所入者变，其色亦变。"罗长江试图用这样的方式和色泽去看待那个神秘的村庄以及与村庄相关的世界。如同美国诗人兰斯顿·休斯《黑人谈河流》中的"河流"那样，作为一个高度凝练的意象，我们可以把"河流"理解为历史的象征，黑人对河流的追溯，就是对自身历史的追溯，就是对祖先和故土的寻根。当沈从文用"美丽是愁人的"之口吻讲述边城的爷爷和翠翠的故事，"边城"的意象从此永远铭刻在了读者心中。罗长江则用诗意的语言，平静地叙述小村庄的山山水水和各色人物，听不到喧嚣，像淡淡的水墨画。比如《蓝印花布》，写一位女知青，她见识并定格生活的美："一群进山去采菌子的女儿家，斜一方蓝头巾，提一篮山歌。"传统与现代，怀旧与时尚并存于蓝调子般的村庄中，连睡梦都弥漫着靛蓝靛蓝的气息。诗人把他看到的一部纪录片《蓝印花布：村庄的祥云》以明信片的方式呈现出来。

又比如，在《陌生梅花》一节中，开篇第一句："一夜之间，陌上那树白梅开了。"让人产生无数的联想。故事讲述的是一位长着美人痣的奇女子梅娘，十八岁嫁给了一个后来成为将军的夫君。一九二七年暴动失败后，夫君奉命回家乡搞革命，梅娘留在上海。后因叛徒告密，身陷囹圄七年。出狱后回到老家，夫君此时去了西北战场。"风雪狂舞的黎明"，梅娘"于贫病交加中溘然辞世"。十年动乱中，有灵的白梅俨然梅娘再生。将军蒙冤，白梅即枯萎；将军屈死，白梅即枯死。将军平反，白梅竟又复活过来。这哪里是白梅，分明是梅娘啊。

在这里，隐喻的力量像闪电一样击中人心最脆弱的部位。文本"倾向性预谋"让诗歌内核的弹性与张力骤然增大，令人想起博尔赫斯、米沃什、叶芝、塞弗里斯、里尔克，甚至博纳富瓦、但丁、布罗茨基等人的作品，隐藏在文本后面的丰沛意义不会一下子释放，而是需要读者进行细读和二度创作。作者处心积虑地对诗歌进行"意义整合""意义分解"和"意义解构"，同时也注重语言功能的"神性"提醒所带来的审美意蕴的改变。表面上，作品讲述的是一个女子的命运遭际依附于大自然的某种生灵，实际上隐藏着很多隐喻，它有许多平行空间，很多层次。换句话说，这是一个颇带寓言性质的悲剧，隐喻的切换快速而神秘，作者的书写克制而简洁，彼此的映射关系十分明朗。罗长江就是通过这种方式，赋予了笔下村庄不死的灵魂。我们在看似散漫的、互不相干的细节上却能见出作者深刻用意，每一处都经过精心设计，每一个意象都有它的功能和指向，只有全部了解，才能拼凑出作者试图表达的意义。他让本体和喻体反复出现，强化两者之间的关联，然后通过构建喻体之间的精神血脉，来揭示本体的命运，彰显批判的锋力。

五、民族史诗的镜像

一般而言，正如有学者指出的那样，散文诗人所创造的文本，都留有自己所处时代的印痕。他们作品所呈现的精神特质和纯美喻象大都融进了个人生命体验和语言本身带动的意义指向，以及超现实主义的神秘性和对自然物象的亲在体验，诗人往往以纵深隐喻拓展诗文本的思想空间，让思想在语言里得以释放，从而演绎出纷繁而复杂的社会与人生的浩大剧情。

罗长江正是这样做的。在《大地苍黄》中，他用多棱镜的方式亦真亦幻地进行书写，内在的节奏和多重主题以各自的复调结构进行叙事。例如，《三姑娘》中一条线写三姑娘对孟同的寻找与等候，一条线穿插了十二首《孟姜女小调》；《拧苞谷的老人》中一条线写老人回忆当年与红军哥的故事，一条线穿插民歌《十送红军》；《荞妹》中一条线写荞妹与学生哥分离后被迫嫁人的故事，一条线穿插湘西的风俗"哭嫁歌"。这些民歌民调，既有特定的时间属性，又有历史的精神印痕；既是个体生命独特的体验，又是民族记忆的共同命运。这种独特而巧妙的构思体现了作者对各种文体的掌握和运用能力，显示出高超的嫁接经验。

特别值得阐释的是《三姑娘》，这个故事简直就是一个民族的心路历程和悲壮史诗：省城来的青年美术教师孟同邂逅一位叫三姑娘的采茶女，顿时升起了爱情的彩虹。三姑娘是村里的孤儿，给人做童养媳，清纯温婉而野性未驯，有如荷塘里的一枝香荷。两人一来二往，很快坠入爱河。婆家人发现后，给予三姑娘一顿毒打，强行灌药堕胎，并把她锁在家中不让她出门。然而，一天深夜，三姑娘不顾一切地逃了出来，此时战火逼近，孟同奉命前往七百里外的雪峰山区转移。三姑娘毫不气馁，进行了气壮山河的爱情历练和矢志追寻："失足掉落几十丈深的悬崖；／身陷土匪窝，被迫当了将近两年的压寨夫人；／险些葬身于突如其来的洪水；／被视作给山寨带去厄运的灾星，差点让山民活活烧死；／逃命途中，误入黑熊窝；／给日本人当成探子关了好些日子；／遭遇一场路断人稀的霍乱而几乎毙命；／为减少麻烦而女扮男装，却被不由分说抓了壮丁。"经历了九死一生的追寻后，三姑娘终于找到了孟同所在的雪峰山区，其时，中国军队正与日本侵略者进入殊死的战斗。孟同所在的学校放了长假，孟同参加了湘西抗日救国军。而当三姑娘找到这支部队时，孟同却不知去向。

故事并没有止于此。三姑娘坚信孟同活在世上。她请人编写鼓词《三姑娘寻夫》，混迹于一个草台班子里演唱。得知孟同的父母被日本人炸死，她十分悲痛，继续流浪，固执地寻找。孟同的名字，成了支撑三姑娘活下去唯一的理由。"这时的她，已如山中的一茎藤条，韧性得百折不挠了。"

日本人投降了，抗战胜利，却还是不见孟同的消息。三姑娘去南岳庙里侍弄茶园，一边安心等待孟同的归来。四十年后，一位台湾老兵受孟同临终所托，将一摞画稿亲手转交给了三姑娘。直到此时，三姑娘才知道，孟同一九四九年去了台湾，几年前死于一场车祸。画稿所画，全是三姑娘以及有关三姑娘的记忆点滴。清明节那天，三姑娘走进茶园，"搂着一摞画稿，于白果树旁席地而卧，无疾而终"。诗人想象那一刻："东山上一弯彩虹倏地升起，照耀着云块、茶山、阡陌和村庄，格外美丽而楚楚动人。"这是死去生命的精神之虹，是孟同的魂魄与三姑娘同在的美好愿望。

这难道不是一个民族史诗的生动镜像吗？这样的一部长篇小说的素材，却被作者用短短的数千字简洁传神地书写出来，小小的文本竟然有着宇宙般爆炸的能量。如同艾米莉·狄金森对于孤独的迷恋，博尔赫斯对于老虎的质询，艾略特对于荒原的感叹，埃利蒂斯对于爱琴海的歌吟，帕斯对于太阳石的追问，聂鲁达对于马楚·比楚高峰的赞美，艾青对于大堰河的放歌，罗长江像所有这些诗人一样，因为内心澎湃着"炽热的民族情感"。作者让三姑娘从寓意丰富的村庄出发，带着他的思考，他的悲悯，他的痛苦体验，乃至他的生命感悟，让文本既忠实于历史的真实，又见证个人的爱情之痛与民族的记忆之伤。这种溢价式的文化存在，其意义和影响早已超出了三姑娘单一的形象，获得了个体生命所不能承载的宏大叙事的文化意义。

六、意义的归宿与记忆的伤痛

无论叙事还是抒情，散文诗要想在格局和境界上有所作为，语言上的突破是第一步。纵观世界长篇叙事散文诗的优秀作品，诗人们不仅善于运用柏格森所说的"空间时间"和"心理时间"，更重要的是把心理时间从空间时间（可用钟表测量的时间）剥离出来，因为前者是主观时间，是"纯粹的时间""真正的时间"，是有限度的时间，后者是客观时间，是机械物质论的虚妄，是无限度的时间。柏格森说："一个人可能具有多种人格，在人格前进的道路上有许多交叉点，在那里虽然我们只能选择一个方向，但却看到了许多可能的方向，悲剧诗人的想象，正在于'转过身来，把原来只是大致一看的各个方向从头到尾走上一遍'"。

罗长江要把意义的归宿了解透彻，要把一个村庄发生的各类故事"从头到尾走一遍"，就必须借助于柏格森的"心理时间"，唯其如此，他才有可能如刘勰所说"思接千载，视通万里"（《神思》），或庄子所言"神游万仞，心骛八极"（《逍遥游》）。有了这样的心理时间，无论季节、地点、生死界限、虚与实，无论历史还是当下、过去还是未来，都可能互换、倒置、重叠，甚至把飞舞的灵魂一劈两半之后，再搓揉在一起，仍是一个整体。在时间永恒的流动里，创作者可以循环往复回放、遮蔽、膨胀，思想的跳跃，想象的放飞，超越现实禁锢的一切，无所不能。就这样，罗长江彻底释放了自己，让灵魂自由的飞翔。那贯穿古今的各个故事，带着楚文化、民俗、史诗的印记，带着浓厚的历史穿透力和现代悲剧感，蝴蝶般地飞了过来。

于是，我们从各个方向上看到了发生在这个村庄各种版本的故事：有远古时期因部落迁徙而保卫家园的故事（《鼓·舞·火》），有民国时期地方政府捕杀农民暴动首领的故事（《鸭客谣》），有小女子救下长征路过的红军伤员的故事（《拧苞谷的老人》），还有"神树"的故事（《树故事》），有反映包办婚姻的故事《荞妹》，有包产到户的故事《界上农事》，高考复读的故事《一样的月光》，农民工进城的故事《七盏灯》，以及民间艺术节的故事《天籁》、山民表演炭花舞的故事《雁来红》和文化人下乡的故事《风动花开的季节》，等等。通过这些彰显历史和时代印记的故事，我们分明看过一个村庄的迁徙史、革命史、斗争史、奋进史，包含了巨大的社会历史容量，以及强烈的反思精神和责任意识，作者自觉地将人物的命运与民族的命运联系在一起，在记忆的伤痛上倾注了强烈的人文关怀，给人一种悲壮之美，凄凉之美和震撼之美。

为了把故事讲好、讲生动、讲传神，罗长江还调动了各种艺术表现形式，有说唱，有勾勒，有写意，有摄影，有戏剧，有独白，有画外音，有蒙太奇，凡此种种，不一而足。而最让人感佩的则是作者的绘画技艺，翻开《大地苍黄》，24 幅生动的绘画跃然纸上。24 幅画对应着 24 个节气，24 个节气对应 24 个章节，24 个章节对应 24 首竹枝词，于是，这 24 幅绘画有如每个章节的眼睛，24 首竹枝词有如每个章节的眼神，24 幅绘画起于月下梅花《陌上梅花》，终于琴声如泣《水磨房》，前者是静态，后者是动态，有月，有花，有歌，有人。这是何等的完美结构，这样的苦心孤诣，这样的精心设计，使原来看起来一盘散沙的文字，一堆乱象的故事，像一个个训练有素的士兵，听到了冲锋号，立即集结到一起，形成强大的生命气场。

基于使绘画的意义获得溢价式功效的设想，罗长江还将每个章节的故事进行高度浓缩和二度创作，这种创作不仅将这一章节的灵魂部分以"画龙点睛"提炼出来，这种提炼既是对绘画本身的要求，也是对配图文字的要求。即是说，所选文字既是该章节的"诗眼"或"诗魂"，又是该章节的"主旨"和"诗题"，这样，读者至少可以从原始文本、绘画文本和配图文本三个角度或三个方向来获取文本的价值与意义。因为任何故事的深层意义并不是作品单一主旨的最终归宿，它总是有意无意地模糊故事间彼此对立的两个方面，但又都将其在各个向度上的意义指向记忆的探寻和审美的表达。对罗长江来说，记忆是一切故事内容的来源，也是痛苦的根本所在，他对记忆永无止境的追逐（有如追逐那美丽的背影）既是为了摆脱苦难，又是为了提醒自己和读者不要忘记这个村庄曾经发生的一切。因为，虽然"过去总是被现在斩断"，但是，"当你忽然意识到过去正在离去时，那些消逝会让你感到震惊和伤痛"。

七、村庄开花：大地的颂歌

在商品因子渗透到社会各个角落的今天，优秀的传统文化价值正在失落。在迷惘、徘徊或无所适从中，谁能心存感恩，为我们赖以生存的村庄/大地做些什么？巴勃罗·聂鲁达说："当诗人们关在研究室里的时候，人民在用胶泥、土地、河流和矿山来歌唱。他们培植了迷人的鲜花，谱写了出色的史诗，炮制了小说，描述了灾难。他们歌颂了英雄，捍卫了权利，为圣人加冕，为死者痛苦。"这是时代的呼声，也是诗人对于历史和社会的担当与责任。

殊为可贵的是，罗长江自觉地担负起传承文化、烛照时代的重任。莎士比亚里曾写下这样的诗行："令人心疼的受了伤害的名字！我的胸脯将变作你的眠床，让你安睡！"（《维洛那二绅士》）。罗长江凝视脚下这片伤痕累累的土地，他走出了"小我"的精神视阈，转向对整个时代的悲悯、对每一个生命的尊重，并因此透露出深深的忧伤情怀。例如，《雷生与牛》讲述的虽是一个并不新鲜的故事，却浓缩了一个时代的沧海桑田：公共食堂时期，十岁的放牛娃雷生因牛吃了队上的庄稼而不敢回家，饿晕落入山塘而死。牛通人性。那头牛生下一只牛犊之后，也跟着雷生的魂魄而去。从此，雷生爹把小牛当"雷生崽"养。后来被虎所伤毙命，他的遗言竟然是：等到"雷生崽"老了，公家莫要杀它。这是一种乞求，一种愿望，一种卑微，但正是这样的卑微透露出来的温情升腾着一种人性的光芒。

与此同时，罗长江通过村庄的地理风貌、文化遗存、乡规民约、风土民情、婚恋嫁娶、节庆礼仪和伦理道德等的集中描述，反映湘西丰富的人文底蕴。作者对超自然力量的信仰和神秘文化的迷恋，既是民俗文化的真实记录，又是内心世界的美好愿望。如《媚草》中男子为爱情苦苦寻找"媚草"，据说媚草是一种能使陌生男女一见钟情，使夫妻失和后能恩爱如初的药。在《大地苍黄》中，还有《萤火虫的传说》《收脚迹》《裸月》《七盏灯》《荞妹》和《血蝴蝶》等文本，作者意在重建民众物质生活和精神生活的精神纽带，唤起人们对世代相传的生生不息的地缘文化的认同、尊重和传播。诗人通过这些文化遗留物的符篆展示，唤醒普罗大众对于本土文明的荣耀感和骄傲感。因为，真正的诗人就像民俗学家一样，书写的是犁，但关注的不是犁的形状，而是用犁耕田的仪式；书写的是渔具，但关注的不是渔具的制造，而是渔夫捞鱼时所遵守的禁忌；书写的是桥梁，但关注的不是桥梁屋宇的建筑术，而是建筑时所行的祭献等文化意义。因而，《大地苍黄》中民风民俗民歌民谣大面积的集中表现，充分彰显了湘西少数民族地区山民的性格特征，作者的创作诉求，绝不仅仅是展示一个玄奥的故事或一种简单的符号价值，而是作为一个民族的传统与习惯，早已渗透到中国人的血液之中，丰富了汉文化日益匮乏的理性资源，镌铸着华夏民族深层的心理积淀，与今日与未来都是息息相通的。

罗长江从村庄出发，满怀深情吟唱的这首大地的颂歌，其丰富多彩的自然景观、人文景观和历史景观，与时代氛围交融一起，构成了特定地域、特定时代的文化心理和民族交响，通过小社会传统村落生活的诗性叙事释放隐藏在大社会、大时代变迁下国家、集体和个人的历史缩影和情感灼痛。他借鉴了西方文学大师的叙事技巧，继承了20世纪三四十年代中国散文诗里的泥土的苦涩气息，并能在继承的基础上加以创新，找到属于自己的声音，找到艺术原野上飘过的"美丽背影"。聂鲁达说："诗歌陪伴着奄奄一息的人们，并医治了他们的痛苦，将他们引向胜利；诗歌陪伴着孤独的人们，像火一样炽热，像雪花一样清新飘逸。她有手、有手指、有指甲，像春天一样有蓓蕾，像格拉纳达城一样有眼睛；她比火箭更迅猛，比堡垒更坚固，她的根扎在人类的心田。"这是诗歌的力量，也是诗人的价值所在。作为长篇叙事散文诗，《大地苍黄》除了内容上的扎实、厚重和丰富外，在形式上也有着可贵的尝试与突破，这是罗长江个人创作上的成功，更是中国长篇叙事散文诗走向希冀和成熟的征兆。目前，雄心勃勃的罗长江正在创作长篇叙事散文诗"大地"系列，每部字数皆在10万字以上。我相信，在长篇叙事散文诗领域执着耕耘的罗长江，必将最大限度地发掘湘西神秘世界的原始意义，并呈现出更多的精彩，必将给文坛带来一股充满清新和野性的活力，也必将给读者更新的更高的期待。

（聂茂，评论家，诗人，文学博士，中南大学人文学院教授。）

注：此文刊于2013年第5期《湖南社会科学》。

"诗史"追求下的国殇悲歌

——评罗长江《大地血殇》

周会凌

作家罗长江多年来致力于长篇叙事散文诗创作,其力作《大地血殇》呈现出独特而鲜明的审美特征,堪称这一领域的重要艺术成果。

一、跨文体写作意识中宏阔的精神格局

罗长江"大地"系列长篇叙事散文诗体现出一种自觉且鲜明的跨文体写作意识,可以说是关于散文诗"怎么写"与"写什么"的双重突破,丰富与增强了散文诗的文体样式与文体表现力。

在"怎么写"方面,主要体现为对文体样式的创新。罗长江将散文、自由体新诗、小说、戏剧、纪实文学、民间歌谣等诸多文学艺术体裁的元素融为一体,而又不失散文诗的主体风格。而在"写什么"方面,过往我们所见的大部分"散文诗"往往体裁小巧,且专注于表现个人性情,是个人灵魂在诗意洋溢下的高歌或浅唱。但创作者的精神格局决定了作品的气象,这就是为什么是鲁迅代表了我们民族一个时代的精神高度。罗长江在坚持诗性原则下,让散文诗承载更为丰厚与沉郁的主题,诸如战争与和平、铭记与遗忘、人性与生态文明等,从而让作品变得厚重,显现出雄健的气魄和宏阔的胸襟。这一点在《大地血殇》上体现得尤为突出,读者感知到的是作家在浓郁诗性精神引导下再现历史演进的辽阔精神格局。作者用作品证明了叙事散文诗也可以写得如此沉郁顿挫、厚重大气!

二、"诗史"追求下"血性"湘西形象塑造

《大地血殇》是一部正面呈现湘西会战悲壮历史的厚重之作,再现了一段凝重悲壮的"国家记忆",体现出作者"以诗魂壮国魂"的"诗史"追求。

此作塑造了不屈的中华民族形象,同时也塑造了革命历史中的湘西形

象。在中国近现代革命历史中，"湘西"作为独特的地理、文化空间被书写时，已然形成一种"刻板印象"，就是以"匪叙事"的固化叙事模式来塑造一种"匪色湘西"形象。而《大地血殇》以一场为抗战阵亡将士招魂的民间祭祀活动为结构主线，将湘西会战全貌置于民族抗战和世界反法西斯战争的大背景中，展示了我们不屈的民族形象，也以对湘籍军士尤其是湘西民间人物的群像描摹展示红色历史中的"血性湘西"形象。如湘籍的名人军士有同盟会发起人之一陈天华、十八军第十一师师长杨伯涛、营长曹克仁等。而最让人印象深刻的是作品中对那些潜隐在宏大革命历史缝隙之中的湘西民间人物的书写，如成为号兵的唢呐客、替阵亡未婚夫尽孝的竹妹、纵身投江的"小桃红"、士兵歌手吴驼子、私塾先生刘忠臣、拒绝为日军带路的小学生丁先英、以生命为代价救助受伤飞虎队员的兄弟俩、湘西苗族子弟组成的苗子连等等，他们都为湘西会战乃至整个抗日作出贡献，他们就是梁启超曾经慨叹过的"无名之英雄"。正是这些湘人形象突显了更为纯粹的"血性"这一湘西地方文化人格乃至湖湘之地的整体文化人格特征，塑造了中国近现代革命历史中的"血性湘西"形象，这是对之前"匪色湘西"这一固化文学形象的突破，也是对中国近现代革命历史中的"湘西形象"强有力的正面赋形。

三、巫魅想象中解放感官的写作

"湘西"是一个地理、文化与历史的综合实体，是当代想象中所剩不多的神秘符号之一。因此书写湘西者必写湘西民俗，但其中却呈现出一种"自我"与"他者"间的审美歧途。像沈从文的《凤凰》《神巫之爱》《都市一妇人》《凤子》等篇中，也有对落洞、放蛊、辰州符、巫术等神秘湘西民俗的书写，但其目的并非贩卖与展示一个民族区域与地域文化中的神秘因子来取悦读者与市场，其重点是以此表现神秘湘西的"背面所隐藏的悲惨，正与表面所见出的美丽成分相等"，是为展现"湘西"这一自己的精神母地的诗性古朴以及湘西人特异的巫性生命形态，从而将文学作为民族与区域文化的载体，使自己的作品成为记载"诗意湘西"形象的民族志。

《大地血殇》中有大量湘西民俗的展示，洋溢着神秘而又悲壮的巫风楚韵。如哭嫁、踩地刀、造牢镇邪、傩舞、下葬歌、跳殇招魂、引魂渡桥，还有对土家族"跳丧"、湘西"落洞女"的书写。此外，《大地血殇》是以一场为抗战阵亡将士招魂的民间祭祀活动为主线，因此战争中的将士与民众，《九歌》中的湘君、湘夫人等诸神，为湘西会战阵亡将士作法招魂的神巫，还有山鬼、亡魂——登场，在作者飞扬无羁的想象中，人、神、鬼、魂相通，全文洋溢着屈原楚辞中浓郁的浪漫主义气息。这些极具地域色彩的湘西民俗与巫魅想象，无不体现出鲜明的湘西地域与民族特征，这是对红色记忆中的湘西历史的诗意还原，更是为湘西地方文化性情——"血性"这一关键词而服务，从而让读者感受到一种强烈的地气，一种鲜活的存在，感受到区域历史生活的血肉和纹理，从而凸显出根于地方的文化性格与生活形态。同时，作者在坚持诗性原则下，将纪实文学、民间歌谣、戏剧、诗歌等融于一体进行超文本写作，真正实现了一种解放感官的写作。《大地血殇》中有屈原的《九歌》、林怀民的舞剧，还有"二人剧"与"多人剧"。此外，每章后附有链接、镜头、画外音，撷取湘西会战中最富有表现力与冲击力的片段来书写，如"最后一电"颇有电影特写镜头的效果，具有很强的情感冲击力。

（周会凌，青年评论家，文学博士，广东第二师范学院副教授。）

注：此文刊于 2017 年 1 月 21 日《湖南日报》。

血与诗：湖湘大地的底色和灵魂

——读罗长江《大地血殇》

熊夫木

　　《大地血殇》是一部反映湖湘抗战题材的"长篇叙事散文诗"，全书二十余万字。本书开篇，作者将抗战这一宏大叙事，设置在一场为湖湘抗战阵亡将士招魂的民间祭祀仪式上，并以贯穿始终的《九歌》作道具，穿越历史时空，以协奏曲一般的结构反复铺陈、吟哦，时而写实时而抒情，时而紧凑时而散漫，波谲云诡，高潮迭起，惨烈的战争画面以及湘人的血性，无不在这本书里表现得淋漓尽致。而更令人称道的是，作品运用诗性化的笔触，交互使用纪实文学、民歌、戏剧、散文、小说等文体，互为补充，相得益彰，将一段沉甸甸的史实寓于娴熟的叙述技巧中，让读者跟随文字的游走，丰富了想象，激起强烈的阅读兴趣。因此，《大地血殇》带给人们的不单是浸润于湘天楚地的血与诗，也不尽然是家国情怀与浪漫主义的有机融合，而是它所蕴含的文化内涵远远超越"抗战"这一主题。在跳跃、灵巧的文本表现形式之下，博大精深、源远流长的湖湘文化，才是根植于这片沃土上的魂灵。是的，《大地血殇》的每一个字都饱含着作者对湖湘抗战殉难者的敬重，每一句话都流露出对湖湘文化的挚爱，每一段每一章都在展示着他对脚下这片土地的赤子情怀，并从中窥见作者浪漫的诗情和沉郁的哲理思辨，以及扎实、深厚的文化底蕴。

　　湘西会战，是中国十四年抗战史上值得大书特书的中日巅峰对决。这场战役发生在 1945 年春夏之交，中国军队依托七百里"雪峰天险"，在驻守于芷江机场的"飞虎队"的支援下，顽强抵抗着日本人的战略扩张，历时两个月战胜对手，并迫使敌人于此战结束三个月后，与中方在芷江县七里桥签订投降书。《大地血殇》正是以这次会战作为叙事主线，笔下所描述的战争场面是残酷而惊心动魄的，比如，着墨较多的几次大战，依稀能够看出这场中日决战的轮廓。在绥宁县梅口阻击战中，中日两军反复争夺珠玉山制高点，作者用"霜冷、尸寒、土腥、烟浓"八个字来反映战地的凄清与血腥。同样在绥宁县武阳争夺战中,面对强敌,阵地多次易手,战至最后一人的守军连长拉响了绑在身上的七枚手榴弹,"震得头顶的天空金星四冒,不住地摇晃",日军在这块弹丸之地接连冲杀了七天七夜,但"浑身上下血迹斑斑"的中国军人依然坚守武阳街头。在武冈保卫战中,守军阵地弹雨纷飞,"武冈城如同汪洋中的一块舢板,在炮火中颠簸、起伏、塌陷、摇晃",可守城军民顽强抵抗,"裹着硝烟的旗帜依然在城头哗哗飘扬"。在溆浦县龙潭司,围绕鹰形山而展开的20多天的拉锯战,敌我双方反复绞杀,"土壤吸血达到饱和,血、水已经渗不进去了。浇灌了太多太多人血的土壤,红得格外瘆人。"而在隆回县芙蓉山那场惊心动魄的夜战,"惨白的月光照耀下,尸体横七竖八,像雨水泡烂的一地红薯。尸体上的血窟窿,咕噜咕噜冒着热气或者倒灌着凉气。"书中这样的战例还有很多,有些描述甚至有点瘆心,但作者直面血流成河、尸横遍野的战地,以独特的视角,真实还原了中国军人抵御日军的悲壮与豪迈。

《大地血殇》写战争,也写战争带给人类的戕害,向读者娓娓道来那段永远不能遗忘的历史。战争的对垒,主要是由敌我双方的军人来执行,因而,在作者笔下,每一个生命都是立体而鲜活的,每一组充满血性的英雄群像栩栩如生。广袤的雪峰山下,面对地图运筹帷幄的司令官,把读地图比作下围棋,抑或演奏交响乐:"地图上的一道道山脉、河流、道路、边界、海拔以及图纸上所有标识如同五线谱,听命于一根无形的指挥棒。"寥寥数语,一位凝思运神的指挥官形象呼之欲出。那位身披薜荔的中国士兵,虽然是作者衍生、幻化的人物,"原本是山林世界的一棵树、一阵风、一片云……当战火点燃宁静的家园,他便成了手持刀枪的战神"。这名战士寄寓着作者的诗人情结和英雄崇拜,本是世居于此、怡然自得的"山鬼",当战争来临,他紧握枪杆上了前线,成为山魂、军魂、国魂的化身。迎着枪林弹雨吹冲锋号的壮士,原是雪峰山里的一名唢呐客,只因新婚妻子被日本兵蹂躏,便投军当了号兵,战场上被敌方弹片削去脑袋而屹立不倒。类似这种坚韧不拔、勇猛顽强的人物,还体现在营长高崇仁、代排长宋持钧身上,他们以身许国,视死如归,忠诚捍卫着中国军人的英武形象。除此之外,作者对深处战争中的寻常百姓也多有着墨,私塾先生刘忠臣面对日军小队长的威逼,从容不迫地写下"灭尔倭寇,还我河山"的对联,还有"排佬六指"等一伙人,被日本兵截住搭乘木排,驶到深水滩头,将木排打横,使七八个日本伤兵翻落水中……这样的书写不胜枚举,如小学生丁先英、晚清进士郑家溉、艺妓小桃红、杀猪匠吴二等等，这些有血有肉、栩栩如生的凡人壮举，极大地充实了这部战争史诗的质地。

抗战期间，在湖湘大地上发起的重大战役还有长沙、常德、衡阳三次会战，其中长沙会战历时两年半。这三次重大战略行动，重创了日军，加快了日本侵略者灭亡的步伐。在《大地血殇》中，作者虽然没有正面描写这三次会战，但运用了链接、镜头、画外音等手法对其作了艺术呈现。如在长沙第三次会战胜局已定之际，作者巧妙地设计了《天心阁群英会》这一剧目，国军战区司令官薛岳把酒临风，祭奠忠魂，他穿越时空，与曾经在这座阁楼上征战过的历史人物岳飞、辛弃疾、李苩畅谈湖湘英雄志，共话当年。写到常德会战，第七十四军五十七师师长余程万的英雄气概扑面而来，这次战役共有三位师长殉国，衡阳会战中的第十军军长方先觉，抱着必死信念困守孤城47天。除了一众高级将领，对不少中下层官兵的书写仍让人血脉偾张，长沙会战中的守军史恩华、曹克仁等与阵地共存亡，壮烈殉职。常德会战中的十几个炮兵兄弟，在炮弹打光后，不忍心将大炮落入敌手，安装炸药与大炮同归于尽……全书运用蒙太奇式的艺术技巧，穿插了大量古今英雄人物和战场画面，从多层次多角度展开从容的叙述，看似散乱，实则线条清晰流畅，没有一点紊乱杂芜之感。另外，本书对敌方人物的描写，也跳出了许多抗战题材格式化的窠臼，日军的冷酷残暴不容置喙，既有小笠原、永里堰彦、川崎茂等一帮杀人屠夫，但再阴暗的恶匪也是血肉之躯，在某些情感上还是有共性的，如那个找刘忠臣索字的日军小队长，在接到对方两行咒语式的墨迹时，出于对文人义士的怜惜而刀下留人；还有战后日本老兵多贺正文等重返衡阳战地，与昔日的对手握手言和，并以忏悔的心情反思这场不义之战。这也可以看出作者公允的立场和开明的心境。

《大地血殇》在对湘西会战进行全景式描写的同时，还以较大的篇幅表达作者追求和平，反对战争的理想。作者游走于湖湘大地，在溆浦县的招屈亭邂逅伟大的爱国诗人屈原，在芷江受降坊张扬凛然血性，在南岳忠烈祠哀叹英魂、拷问历史的遗忘……为深入解构反战理念，全书五次出现第一人称"我"，每一个"我"围绕一个主题展开，本书的历史纵深感和文化厚度也体现于此。作者向世界反复宣示：战争给人类带来的灾难是惨重而深远的。当今世界，霸权主义大行其道，战争并不遥远，战争的形态也在发生根本变化，地球村的人们要规避战火，像一家人一样友好相处。作者安插了大量的设问、反问，诘问等句式，不断地嫁接、移植各种自然风物和历史事件，与历代先贤对话，与社会众生对话，与山川生灵对话，讴歌抗战英烈，为死难同胞扼腕叹息，对纷乱复杂的国际局势忧心忡忡，既有重游战地的步步惊心，也有直抒胸臆式的情绪宣泄……一问一答，妙语连珠、金句迭出。凡此等等，无不折射出作者的悲悯情怀以及深邃睿智的哲学思辨。可以说，凡是有"我"出现的篇章，正是全书出彩和精髓所在。

《大地血殇》另一大亮点，是作者在写作本书所作的文本实验。就文体而言，通篇使用的是散文诗的笔调，诗性或者说抒情手法是本书的主基调。但全书以湘西会战的发轫与结束为起落，所展现的是一场波澜壮阔的战争画卷，有人物有故事，也有完整的叙述结构，从内容上完全具备小说的框架。同时，本书以一场民间祭祀仪式为线索，具有写实与新闻报道的特质，当读者翻开书本，仿佛置身于一场大型民间祭奠活动中，其中引用辞令民谚、情歌、傩戏段子、抬丧号子等，植入歌舞、跳丧、跳殇、招魂、引渡等民俗，形成一幕幕色彩纷呈、气势恢宏的声像世界。各种文体交织，看上去像大杂烩，实际蕴含着作者的奇思妙想和精心布局。如在许多民俗描写中，载歌载舞的白衣侠士与红衣女巫，翩跹而至的云中君，虚拟化的山鬼、林妖，富有灵性的山鹰、白马、野牛等，任由作者信手拈来，为其所用，眼花缭乱但不失精当、壮观。毫无溢美地说，罗长江先生在《大地血殇》中所作的文本实验是卓有成效的，可以预见，这位流淌着楚人血脉、荡漾着屈子诗情的作家，独辟蹊径，勇于创新，在传播湖湘文化的旅途中，必将走出一条别出心裁、独树一帜的新路。

（熊夫木，作家，编辑。）

注：此文刊于 2021 年 1 月 7 日《张家界日报》。

力透纸背的抵达

——从罗长江"大地"系列看长篇叙事散文诗

秦兆基

在长篇叙事散文诗这方被丢荒了土地上耕耘了三十余年，罗长江先生称得上是孤独的拓荒者。早在二十世纪八九十年代，他就陆续发表过二三十篇叙事散文诗，有的还得了奖，有的则被入选多种选本。其中长的如《江边，我在寻觅》，四千余字，发表于《湘江文学》1985 年第 5 期；《新月》，四千余字，发表于诗人阿红主编的《当代诗歌》1987 年第 8 期；《神女峰，伏在我的肩头》，三千余字，发表于《散文》1989 年第 9 期头条。短的如《姐儿河》，几百字，发表于《诗刊》1991 年第 4 期。不过那时人们尚未以叙事散文诗名之，甚或，作者自己也没有清楚地意识到自己正在为散文诗文体开拓新的疆宇。

地母给予他以丰厚的回报，近年来，他先后推出两部长篇叙事散文诗《大地苍黄》和《大地血殇》，标志着罗长江先生进入长篇叙事散文诗创作的成熟阶段，有了自觉的文体意识，亦即创作不仅是表露自己的人生见解，宣泄自己的情志，表述对于人类终极追求的热望，而且是在丰富文学样式和文体表现力，提供新的可能、新的借鉴。更具体地说，就是以自己的创作实践证明散文诗还可以这样写，打破经院诗学家们的种种清规戒律；以湘人的"霸得蛮、不信狠"的劲头，恣意纵横，揭示出散文诗在现实中国可能有的美学规范，新的，正在崛起的，称得上是力透纸背的。

一、必先乎正名

也许是长篇叙事散文诗创作上的不景气，引不起理论研究者的兴趣，形成散文诗理论研究的短板；也许是因为理论研究者关于散文诗本质、美学性格和分类、功能的种种设定，诸如"小品"说：散文诗就是小花小草，不能写成鸿篇巨制，至多不能超过五百字，要安于"小摆设"的地位；"文体分工"说：散文诗有别于报告文学、叙事散文、小说等叙事类的文学体裁，它有着属于自己的个性化的表现形式，有着属于自己的表达关心和关怀的场域与艺术手段，它是愉悦公众，特别是现代社会内心浮躁的一代人的"纯音乐"；"诗学性格"说：散文诗的美学性格是柔美，有如江南园林，一枝带雨的梨花，而不是高山大岫、大漠孤烟，容不得恣意放纵，容不得霸蛮。

罗长江先生为了替自己作品的文体——长篇叙事散文诗——定位，很花了些气力。《大地苍黄·自序》从自己钟情于长篇叙事散文诗执意追求的创作经历说起，结合中外文学史，特别是散文诗发生和发展的历史，对长篇叙事散文诗的现实存在和未来的愿景，做了比较全面的探究，称得上是一篇具体而微的专业论文。《大地血殇·自序》中，探究长篇叙事散文诗的地方仍然不少，不过角度稍有变化，主要是谈自己促使这种文体新变方面所作出的尝试，是怎样使作品实现"血性与生命的自由之舞"，体现出散文诗本体的自由精神之美的。

为长篇叙事散文诗定位，从本质上看就是正名，应得上孔老夫子的话，"必先乎正名"。是为了使这种散文诗样式得以存在，张扬和发展，是为了疗救散文诗当下偏枯、缺乏现实感和历史感的病象，也是为了补足散文诗文体研究的缺口。梳理一下其对长篇叙事散文诗定位和正名的思路，大致是从下面两个方面入手：

其一，道之必然。"道"，就是指带有普遍性的规律。作者运用形式逻辑的类比推理诘问："散文诗是构成现代汉诗'两翼'中的一翼。既然自由体新诗可以是抒情诗也可以是叙事诗，篇幅可以是短诗也可以是长诗，那么，作为现代汉诗'两翼'中之一翼的散文诗为什么就不能写成叙事体以及长篇叙事体呢？"长江先生再换一个角度，从散文诗在世界范围内的际遇看，用的还是类比推理，"国外诗人们能够将长篇叙事散文诗写成经典，写成诺贝尔奖代表作，为什么在我们中国诗人这里，长篇叙事散文诗领域却几近空白地带，鲜有人问津呢？"前一问，是针对散文诗理论研究家的偏见和缺失而言的，呼唤他们正视艺术规律，郑重地全面地思考问题，不要陷入自相矛盾的境地；后一问，是针对散文诗作者在长篇叙事散文诗面前裹足不前而言的，呼喊他们坚持艺术创新精神，致力拓宽散文诗的疆宇，为诗的殿堂作出更好的奉献。总的说来，就是需要认真而严肃的而不是轻忽而随心所欲的散文诗文体研究态度和创作态度。长篇叙事散文诗的创作规律不是那么容易把握的，长篇叙事散文诗的写作比起那些吟风弄月的短章篇什要困难许多。

其二，势之已然。"势"是指既成的局面、现状和发展的趋势。正如作者引用的已故诗人彭燕郊先生一次谈话所言及的："由于散文诗曾经被视为处于两个遥远的极端而被人为地凑合在一起的异物，传统观念习惯于将其当作无足轻重的'小道'，今天，……它已发展到不仅包容了自由诗，而且如圣－琼·佩斯的《航标》《阿纳巴斯》《流亡》，艾伦 · 金斯堡的《嚎叫》《卡第绪》所显示的那样，有着将在很大程度上取代自由诗的趋向。"散文诗能不能包容自由诗，即把自由诗置于自己的麾下，未来的诗坛会不会是自由诗的一统天下，论者还有不同的看法，还有待于以后事实的发展来证明。不过散文诗创作的斐然成就和发展后劲，是不容忽视的，彭老所提及的散文诗作家和诗作，都是长篇叙事散文诗的写手和堪为经典的珍品。

也正如作者于《大地苍黄》自序中引用的林贤治先生所言："中国散文诗是从泰戈尔和冰心的译文中发展过来的，匀称、圆融、静穆、优雅。"自然还少不了凝练、含蓄、短小精悍。泰戈尔的译作和冰心的散文诗，都是短章，中国当下文学理论家关于散文诗的种种看法，不能不说是与这个源头有关。文学研究者不能不注意到前面彭燕郊先生提及的那些。其实，"五四"以来从国外引进的散文诗作品，不止于"小诗派"的，很有些大家的鸿篇巨制，最为突出的是尼采的《苏鲁支语录》(一译《查拉图斯特拉如是说》)。这部哲理化的散文诗，或者说诗化的哲学著作，于异教教主苏鲁支的宣示、说教、论辩、游历活动的记叙中，阐释了尼采的哲学主张。说故事，写风景，勾画场面，倾诉人物内心活动，几乎无所不用其极。杂糅各种文类，大气磅礴，汪洋恣肆，可惜能够袭其神韵的，仅有鲁迅的《野草》而已，狂飙突进如高长虹者仅得其皮毛。

散文诗类型林林总总，诗论家们不宜把它简单地纯化。波德莱尔既有短章小制，如《巴黎的忧郁》，也有规模较大的中篇，如《拉·芬法罗》(*La Fanfaro*)，就是一部散文诗体的中篇小说，或者说中篇叙事散文诗；另一法国诗人洛特雷阿蒙的《马尔多罗之歌》(*Chantsde Maldoror*)，则是带有魔幻色彩的带有典范意味的长篇叙事散文诗。

从更广的意义上说，长江先生对散文诗的理论批评介入，不仅是为读者解读自己的作品做些引导，便于他们进入作品，更是体现了一种文体自觉。一种对于文体打造的自觉追求。王蒙先生说过一番很有意思的话："看一个作品的文体，就好比看一个人的胖瘦、高矮、线条、姿态、举止、风度，各部分的比例，以及眼神、表情、反应的灵敏度与速度，等等。文体是个性的外化，文体是艺术魅力的冲击，文体是审美愉悦的最初的源泉。"阐释了文体选择和运用之于作家、作品以及受众审美享受的重要。他还进一步地说："文学观念的变迁表现为文体的变迁，文学创作的探索表现为文体的革新。文学构思的怪异表现为文体的怪诞，文学思路的僵化表现为文体的千篇一律，文体个性的成熟表现为文体的成熟。"(《文体学丛书·序言》)

"五四"新文学是从文体革命发端的，新时期的诗歌变革，是从政治抒情诗走向"朦胧诗"开始的。如今沉滞、绮靡而茂密、繁荣的中国散文诗林，亟须吹进一股清新的风，长江先生对于长篇叙事散文诗的文体探究，其意义不止于对作者所运用的独特诗体的完善，还在于对散文诗一代诗风雄起的期盼。

二、持守诗心放纵野性

《大地苍黄》《大地血殇》和长江先生先前的一些叙事散文诗作品不尽相同，这不仅表现在体量上，更表现在创作主体的自觉性上。这种自觉性体现为作者是在有意识地进行文体打造的实验。其创作矢量，一方面，指向自己要成就的作品，将自己的艺术构思外化为文本；另一方面，指向文体奥秘的探究，穷尽其可能使用的表现手段，并使这两个方面达到完美的统一。就是说，既要在所择定的长篇叙事散文诗的形式中使自己的艺术追求得到很好的体现，又要使长篇叙事散文诗这种文体样式，在自己的经营下，得到发展和完善。

《大地苍黄》《大地血殇》的创作，细究起来，是源于作者诗心的叩求和个我野性的放纵。诗心，就是作诗之心，诗人之心。宋代王令《庭草》诗云："独有诗心在，时时一自哦。"有了"诗心"，才能有"诗思"，才能将其纳入语词，以一定的编码方式形成文本，从而获得相应的文体特征。就散文诗写作而言，就是把握住它的"诗"的特质。

关于"诗"的特质，钱锺书先生有着很好的论述，他认为："诗有三训，承也，志也，持也。"就是说"诗"可以有三个义项，窃以为其中最值得注意的是"志"和"持"两点。"诗，志之所之也"，"之"就是"去"，是"任心而扬，唯意所适"，就是长江先生所说的"野性""任性""自由精神"；"持"即"止"，就是要求诗人"自持性情，使喜怒哀乐，合度中节，异乎探喉肆口，直吐快心"，就是说，诗的创作要有节制，要合乎法度，要有理性介入，让诗作呈现出中和之美。他还进一步阐述："夫'长歌当哭'，而歌非哭也，哭者感情之天然发泄，而歌者情感之艺术表现也。"(《诗谱序》，《管锥编》第一卷)

综而述之，野性，自由精神，是在理性的制约下，对于艺术品打造的精益求精中透露出来的。《大地苍黄》《大地血殇》的创作，很能体现出长江先生是怎样在实现自觉地进行文体实验的前提下，使理性制约与野性放纵在文本打造中得到统一。

理性制约，是收敛的；野性放纵，是放射的。两者相反相成，形成了一个张力场，从而使作品获得更大的艺术张力。理性制约与野性放纵的有效组合，诗人是从以下三个方面着手的：

其一，作品有效容量的追求和生命本质最为真实的揭示。

任何一个艺术家总是想用有限的艺术空间展示尽可能广阔的现实世界，所谓"尺幅千里""纳须弥于芥子"都是言乎此的。"现实"，只是时间河流中一头连着过去，一头延伸向未来的带有动态的那一段。"现实"的把握，离不开对于历史和未来走向的观照。因为只有这样才能到达人心的最深处，显现出人性的温暖。

《大地苍黄》，诚如卷首"题记"所言："怀想一个村庄的美丽与沧桑。"是以一个普通村庄为基点，展示出湘西农村全貌的风俗画、风情画，有如鲁迅笔下的未庄、鲁镇，福克纳笔下的约克纳帕塔法县的杰弗生镇。这两位作家或以散篇，或以长卷反反复复地去写，写出了中国东南沿海地区和美国南部令人无限嗟叹、怀想、深思的民族的——人的命运史。长江先生的命意与这两位经典作家一致，但是取向很有些不同。他是以一部长篇叙事散文诗赅备种种，囊括一切，很有些佛祖烛照三界、历阅三世的味道。《大地苍黄》共二十四章，除了《界上农事》《呜哇歌》《鼓·舞·火》和《七盏灯》等四章是写群众场面和宗教仪式的以外，其余的二十章分别写了这个村庄里的种种人以及他们的命运史：守着这方土地的、怀春的、绝情的、殉情的少女，沦落的女知青，情奔的寡妇；放牛娃、猎户、渔民、铁匠、满怀绝技的民间艺人和潦倒的无名诗人、卸任的生产队长；进入这个天地的鸭客佬、采风的音乐人、会弹一首好风琴的女教师；走出这方天地的将军、农技干部、学生仔、打工仔、解放军士兵、女大学生、台湾老兵；等等。人物成分的构成，也许不如现代城市或者小镇复杂，但也胜过鲁迅笔下的未庄、鲁镇，近于福克纳笔下那个陌生国度的小镇。这些身份不同的人物，带着不同的既往经历、人生经验，怀着不同的目的，带着偶然性或必然性的由头，彼此碰撞、纠结，或是爱得死来活去，而后情变，或是两情浃洽，而后生死以之，或是缔结因缘，而后因为命运，终于分手。种种不同的故事：喜剧、悲剧、悲喜剧、正剧，纷至沓来，不过其中悲剧占据的分量更重一些，显示出一种凄清的美丽。

因为人物有着过往，就把这个似乎尘封沉滞的小村和悠远的历史以及不可见的远方勾连在一起了。前者使故事获得历史感，后者使故事更具有现实感。一个掉队的红军小战士与掩护他、照料他的村姑发生爱情，后来他成了将军，但也无法像薛平贵那样重返寒窑，这样就把小村和红军长征以及遥远的京城大院联系起来；走南闯北的鸭客佬，恋上风韵犹存的曾属于绿林好汉的寡妻，因而忏悔自宫投军，这样就把小村与民国江湖史、抗战史联系起来；一对恩爱夫妻，白首相期，后来丈夫当兵去了台湾，得以归来，妻子已成他人妇，这样就把小村和国共内战、改革开放、两岸直通的历史联系起来；被命运抛掷这里的城市姑娘与英武的猎户相结合，称得上如花美眷，但事变情移，终成怨偶，这样就把小村与"文革"期间知青"上山下乡"联系起来；少女考不上大学，绝望于爱情的错失，终而沉河，这样就把小村与现行的高考制度联系起来；血染的蝴蝶化成生物系女生标本册首页的"序言"，这样就把小村与20世纪80年代发生在南疆的那场战争联系起来；为在一次事故中的建筑民工招魂，就把城市化、现代文明的蛊惑对小村的冲击联系起来。由于作者将故事置于时、地、空的三维空间之中，立足现实，任性张扬，使得读者的视界穿透现实，拥抱历史，从广阔的背景中领略故事。

《大地苍黄》似乎比沈从文先生的《边城》走得更远，如果说萧萧只是从人性的本能和有限的信息出发，向往大山大江那边的天地，期盼自己成为女学生；而幺妹、月女则是扑灯的蛾，用全部生命去殉自己所要获得的爱情和幸福。这点除了作家的艺术个性不同使然以外，更因为人物的时代印记的不同，毕竟进入信息时代了。

《大地血殇》，诚如卷首题记所言："还原一场昨天的战争，还原一段国家记忆 / 以纪念中国抗日战争暨世界反法西斯战争胜利 70 周年"。作品是将呈现 1945 年湘西会战的历史镜像，置于全民抗战和世界反法西斯战争的大背景中，以还原那段"国家记忆"。

湘西会战，如今已经固化为文本，成为军事史研究的个案、历史学家的专著、大学生学位论文的选题；已经活化为艺术作品，拍摄成电视剧、电影，点缀着寥落、缺乏阳刚之气的屏幕，似乎已经获得自己存在的意义，尽管它曾经有过被践踏、被遗忘的时段。《大地血殇》撷拾这个话题，又有着怎样属于自己的意义呢？

还原国家记忆，是长江先生最高和最终的诉求。国家，在这里不是简单地指政府、行政机构、政治制度，而是指拥有共同的语言、文化、种族、血统、领土、政府，或者说，是一种历史的社会群体，一种带广泛性的社会共同体。国家记忆不只是记入国史、专业史的文章，不只是著于竹帛、勒于金石的文字，国家记忆是一种全民记忆、民间记忆——集体的意识和无意识。从时间上看，由过去到现在，延伸到未来，从广度上看，包含社会各个阶层，从最高决策者、王公大臣到黎民苍生。

在这个意义上，国家记忆，一方面，就是不止于大事、公共事件、重要历史人物的言行活动，国史馆留存的，学者们著录的，媒体报道的，还应包含无数亲历者的命运、遭遇和见闻，留在脑海中的，或者和绕膝的孙子偶尔话及的。实践国家记忆，就是不能止于搜寻历史文献，还要挖掘亲历者的记忆，让这些不为史学家所重视的历史碎片——普通人的活动、心理体验、事件的细枝末节——复活，还原历史现场，使之在艺术中获得新生命。2015 年诺贝尔文学奖得主、白俄罗斯女作家斯威特拉娜·阿列克谢耶维奇，就是这样做的。她撷拾历史碎片，予以实录，构成系列，成就了真正“国家记忆”中的二战史。罗长江先生与她有着相近的取向，但借以实现的艺术手段有所不同。阿列克谢耶维奇是著录口述历史，写的是非虚构文学，罗长江先生是借助于虚构想象，写的是长篇叙事散文诗；阿列克谢耶维奇同一主题下各种人物声音的聚合，或者说是复调音乐，罗长江先生是主题的多层次展开，历史碎片被有机整合，主旋律以变奏方式不断呈现，回旋而上，使得命意得到酣畅淋漓的显现。

《大地血殇》涉及社会地位和身份不同的种种人和种种事，其中有已经录于史册的，如国军高级将领，司令官，被称为战神的薛岳，指挥若定、决胜千里；高级将领中，军长方先觉、李玉堂、王甲本，常德会战牺牲的三位师长彭士堂、许国璋、孙明瑾，身先士卒、临危不惧；还有可能在战史中提及的国军的一些中下级军官、医护人员和普通士兵，比如营长史恩华、曹克仁，带有诗人气质的作战参谋，带着老父被杀的仇恨投军的战地医生，被伤员们称作天使会吹口琴的女护士长，金盆岭七壮士，扑向被迫炸毁的大炮壮烈牺牲的十多位战士等，以身许国，死不旋踵；还有或许在野史中有所记载的，比如重义然诺、笑傲江湖的绿林好汉王大麻子，用杀猪刀刃敌的屠夫吴二，用锄头杀敌的矮疤子，以智慧和计谋使敌人沉江的排佬六指，死守民族大节的私塾先生刘忠臣，跳塘殉难的晚清进士郑家溉，纵身入江不甘凌辱的艺妓小桃红，拒绝为日军带路的小学生丁先英；还有在历史的边缘之外的小人物的寻常事，比如国文教员熊先生用都德《最后一课》上的最后一课，为替已经阵亡的未婚夫奉养双亲而"嫁过去"的竹妹，以上帝的名义谴责日军暴行的外国神父和修女，等等。正是这些林林总总的众多人物，带着自己情怀的倾吐，以他们个人史的书写——在史学家们看来没有太多史料价值的碎片，——才成就了这本立体的、有血有肉的艺术的湘西抗战史，才揭示出"湖南人的血性，湖南人的霸蛮，湖南人的胆"，才画出"血殇"："血性开花的样子"。

《大地血殇》还邀约了历史的亡灵来助阵。他们之中有闻名遐迩的忠臣烈士，诸如墙上开口讲话的将军蔡锷，昭示国人要有担当的青春；聚会在天心阁的群英：岳飞、辛弃疾、李芾等湖南历史上的军政长官，他们向薛岳将军致贺，庆祝第三次长沙会战的胜利。他们之中还有孤魂野鬼，诸如过世百年的"猎神"的干尸，用"铿亮铿亮"的老铳惩戒溃败的日军，这不仅表现出日本侵略者到了人神、人鬼共愤的地步，也理出了有史可稽的湘人同仇敌忾的血性精神的脉络。

《大地血殇》还腾出笔来写敌方，除了揭露他们残暴的一面以外，还写出了他们心灵柔软的一面。他们有文化修养，也有诗情，也会吟诵俳句来消解乡愁，追怀亡友，"夕照樱花立，/可怜人去有谁知，/默默忍孤凄"。还写了他们兽性与人性并存的军国主义者的灵魂。一方面，苗寨山桃花怒放，小笠原大队长触景生情，念叨起望儿归的母亲；一方面，军曹"兽性大发，扑向美丽的苗家少妇施暴"。侵略军的暴虐与其文化程度和官阶高低无涉。

种种材料：现实与历史的，主流与非主流的，官方与民间的，我方与敌方的，严肃的与荒诞的，曾经发生的与想象臆造的，构成了人、魔、神、鬼麇集的世界，它们不苟同于官史，也不同于个人史、口述实录，是直指人心的诗化的民俗史和战争史。

其二，自足天地的经营与大千世界展现的有机整合。

这涉及长篇叙事散文诗的结构艺术。《大地苍黄》打造了一个个自足的天地，演绎出一出出离合悲欢的活剧，从不同角度显现山村面貌，不过那只是某个侧面。《大地血殇》写了一个个战役，每个战役的重要的关节点，把数字背后的亲历者生命具象化，成为行动的人，讲出属于他们的故事，不过这只是些历史碎片，至多是有待于装配的历史零部件。题材，即使是极有价值、极为感人的题材，只有在整合中才能发挥最大效应。比如《大地血殇》中有个老人，因为顾惜刚生产的母猫和一窝小猫，不肯转移，被炮火震塌的墙压倒，"母猫拼命刨挖着厚厚的土堆，领着小猫们喵呜喵呜泣号：/ 奶奶——奶奶——奶奶——""猫"救主人，比狗救主人更有传奇性。如果日常生活中，故事不失为人们饭余的谈资，不失为晚报的花边新闻，而将其置于武冈保卫战的大背景下，就显示出其特别性意义：中国老妇怜爱小生灵，不顾惜自己的生命，从深处写出中国民族性格——仁慈背后的勇敢、担当精神。

　　长篇叙事散文诗的写作素材需要有机地整合。黑格尔说过："史诗之所以成为自由艺术的作品，就单凭它本身就是一个完满的整体，通过整体来描述一个独立自足的世界。""史诗的整一性要靠两方面，一方面所叙述的具体动作本身应该是完满自足的，另一方面动作进展过程中所涉及的广阔世界也应该充分表现出来，使我们认识到。这两方面还要融贯一致，处于不可分割的整一体。""大地"系列是长篇叙事散文诗，也是史诗，必然要符合黑格尔关于史诗的规定性。它的结构就必须形成部分的独立性、松散性和全诗整一性的统一，也就是一个个自足天地和大千世界的统一。它较之剧诗和长篇小说、报告文学等叙事体的严谨说来，具有各个部分的独立性和松散性。《大地苍黄》和《大地血殇》，只要作者愿意，可以再行添加、增补、删削，也可以从中拉出一个一个部分，扩展开去成为一个新的作品。尽管这两部作品都有不少穿插、闲文，但是它们对于全诗的主旨，有着"内在本质的联系"。它们"熔铸成为一个本身完满的整体"。黑格尔赞美《荷马史诗》时说：在它那里"我们第一次看到诗所写的世界很巧妙地在家庭、国家和宗教信仰的普遍伦理生活基础与人物的个性和目的之间，维持住恰到好处的平衡，其中精神和自然，有目的的行动和客观事态，事业的民族基础和个别人物的意图行为这些对立面也是如此。"它"就连个别部分也都熔铸得很完美，各自成为独立自足的整体。"（《诗学》）黑格尔对史诗的经典论述和对于经典作品《荷马史诗》的评价，移来认识和评价"大地"系列，也可谓大致恰当。

　　对于整一性的追求，《大地苍黄》《大地血殇》比之于《荷马史诗》，还有着自己的尴尬的地方。《荷马史诗》都有贯穿情节、贯穿人物，是按照时序线性展开的，《大地苍黄》的小村故事，没有一以贯之的情节线索和人物，可谓人随事来，亦随事俱去；《大地血殇》本来可以按照战局的发展，按照时间顺序和空间变化写下来，但是作者有意识地打乱了这种顺序，时空交错。为了整合，亦即体现整一性，作者设计了自己的"程序"：《大地苍黄》以农历的二十四个节气为序，在每个节气中安排一个故事或者风俗场面；每章的前面都镶上一首有关这个节气的"竹枝词"，在诗章适当的地方插入相应的"候歌"。节气，最早著录于西汉刘安《淮南子》的《天文训》，在民间流传可能比文字记载要早得多，至今它仍然存活在几乎全部中国人的生活之中。特别是在农村，节气更是人们把握农时、安排农活，乃至生活秩序的标志，用"节气"来缩带乡风、民俗、村事，作为贯穿线索，不失为较好的选择。《大地血殇》用新的框架，将湘西会战置于民间祭祀，在连续的鲜活的场面中呈现：

开坛	招魂	英雄故事歌	跳殇	引魂	撤营
第一歌	第二歌	第三至六歌	第七歌	第八歌	第九歌
东皇太一	云中君	湘君 湘夫人	少司命 山鬼	国殇	大司命 礼魂

作者将《九歌》诸神从纸本上复活，并与楚风傩戏以及道士作法、招魂、超度的宗教仪式结合起来，组织了一场超大型演出。天神、地祇、人鬼，原始宗教、佛教、道教以及民间信仰中的种种精灵纷纷登场，用大典贯穿了整个湘西战役，打通了遥远的过去、昨天和未来。

其三，酣畅兴会的极致追求。

酣畅兴会，常常是艺术家，特别是带有豪放不羁的个性的艺术家追求的极致。苏轼就说过，他的文章如万斛泉水不择地而出，行其所当行，止其所当止，体现出精神自由。透露在作品表层，给予读者直接感受的就是文体性征和语言使用。

《大地苍黄》《大地血殇》，也是从作者个我的自由精神的抒发，实现大我的精神自由的；其艺术手段，也是从文体和话语兴革入手的。

文体的兴革，是指文类的杂糅。《大地苍黄》《大地血殇》作为长篇叙事散文诗，自然要符合散文诗作为散文与诗相结合而成新的文体的定义，一般理解，"散文"是指现代文学散文，"诗"是指现代自由诗。罗长江将这两者无限放大，几乎达到极致。所说到的"散文"，不仅突破了文学散文的藩篱，延伸到一般被称为"实用文"的疆域之中，诸如公文、新闻文体（消息、通讯）、应用文（书信、电文、日记、遗嘱），还涉足宗教文类，诸如请神辞、送神辞、神鬼附身作法的说辞、经咒；还打破时间界限，突破了现代文体的藩篱，延伸到古代文体的疆域之中，诸如对联、用骈体写作的祭文。所说到的"诗"，也是如此，不仅有自由诗，还有介于雅俗之间的竹枝词、雄奇峻拔的古风、典雅工巧的古诗词，歌咏男欢女爱、悲欢离合的民歌小调，朴素的古老歌谣，更有近于多声部的哭嫁联唱。

　　长江先生不仅跨越了最广义的散文和诗的疆宇，还将腿跨到其他的艺术门类，乃至非艺术门类。《大地血殇》取法的就是剧诗，体现了戏剧作为综合艺术的特点。其中还有互联网网页上应用的"链接"、视频上应用的"画外音"，电影中应用的特写镜头、闪回、蒙太奇手法。杂取诸"类"，为"我"所用，文体的变化从属于主旨的显现与推进，因而在大多数场合中，诗作显得如行云流水，而无杂凑的味道。

　　"跨界引发创新"。一味追求文体的纯、文体的定式，是没有太多意义的。文体在跨界中丰富，也推动了文学表现力的丰富。《史记》作为历史散文的典范，从文体学史角度看，也是文体创新的典范。《史记》文兼五体，打破了上古"左史记言，右史记事"的格局，除了纪传体的本纪、世家、列传以外，还有应用体的"表"，如《秦楚之际月表》，专业档案性质的"书"，如《封禅书》。

　　文体特征是由话语方式，亦即语体来体现的，不同的文体要有不同的话语方式，如诗歌语言的凝练性、语流的跳脱、遥接；散文语言的具象性，语流的绵延、舒展、铺陈；戏剧语言的动作性，语流适应情景表现的需要；公文的程式化、得体、凝重；等等。散文诗杂用种种很容易引起争议。鲁迅《野草》首章《秋夜》的开头："在我的后园，可以看到墙外有两株树，一株是枣树，还有一株也是枣树。"就是一例。现代文学批评家李长之讥为"堕入恶趣"，现代修辞学家陈望道则赞为妙句。其实鲁迅娴于内典，话语承受了佛经语言不厌其烦、反复叮咛的影响。

　　《大地苍黄》《大地血殇》充分地显现出散文语言舒展自由的特点，肆力铺陈，用的是"赋"体。刘勰有云："赋者，铺也。铺采摛文，体物写志也。""赋自诗出，分歧异派。写物图貌，蔚似雕画。枃滞必扬，言庸无隘。风归丽则，辞翦美稗。"（《文心雕龙·诠赋》）赋就是要铺陈开去，追求具象、逼真、工丽，做到内无遗思，外无遗物，长江先生作品话语长于铺陈的特点，表现在以下几个方面：一是从多个角度，反反复复地去写，如《大地苍黄》《大地血殇》的哭嫁词，惜别、送嫁，从不同身份的人的口中道出，多方面展示情愫。一是多用博喻和强喻。博喻，就是一连串用多种比喻。钱锺书先生从佛经中找出一个有代表性的例子来说明：《成唯识论》卷八：'心所虚妄变现，犹如幻事、阳焰、梦境、镜像、光影、谷响、水月。'则又非十如、八如、六如，而为七如也。"（《谈艺录》）心之虚妄举如七喻，把人的心理活动讲透了。罗作中不乏其例。强喻，就是在比喻中结合使用了拟人、比较、描写等手法。作者有时还将博喻和强喻结合起来运用，例如：

> 穿行在晾着晒着的蓝印花布之间——
> 仿佛闻得见阳光渗进植物纤维的芳香气息。
> 仿佛触得到和风吹拂时蓝草摇曳起伏的气息。
> 仿佛感觉得出"蓝与白"这一土色调的温度和弹性。
> 甚至觉得眼前这些晾着晒着的蓝印花布，就是一块晾着晒着的灵动的土地。图案中的花朵、草叶、鸟兽、童子质朴自然，简洁茁壮，如同大地的果实。

——《大地苍黄·蓝印花布》

在这里，明喻、暗喻、借喻、通感、示现、描写，错综交织，构成可感、可听、可睹、可嗅的诗的境界。三是组成复沓的长句。罗氏长篇叙事散文诗，常有一句长至五六行，近二百字的。长句会逼迫你去吟味、琢磨，放慢阅读速度，体味其特有的绵延悠长的美。法国作家普鲁斯特，他的长句之美很为评论家所称道，其标志性的长句——最长的句子出现在《追忆逝水年华》第五册，如果以标准印刷字体排成一列，差不多要有四米长。

"明月何皎皎"，"愁思当告谁"，面对着朗月普照下的湘西大地，诗人罗长江引发出对于土地山川古往今来的思考，融进属于自己的诗心，打造成现有的和将成的关于"大地"的长篇叙事散文诗系列。

三、抵达，重新出发

罗长江先生锐意新变，他是力图通过文体实验，来实现文学创作新变的。其创作经验是个我的，带有鲜明的个性特征，是关于长篇叙事散文诗的，带有文体写作的局限性，但从中可以引发出一些带普遍性的东西。要言之，有三：

其一，艺术创新的勇气。罗长江先生自负其"霸得蛮、不信狠"的湘人性格，不去迷信文学理论教科书上的条条，不追逐时下的文坛风习，立意开辟属于自己文学的道路。他以自己长篇叙事散文诗的实践，振一代雄风，证明了散文诗苑中可以有叙事散文诗一席之地，散文诗不仅可以是小品、小摆设，可以供都市白领把玩，也可以是"大品"、宏伟建筑，可以留存国家记忆，可以成为全民阅读的文本。

文体的规定性，常常束缚住才人们的手脚。苏轼一变宋代的词风，当时叫好的并不多。就连他的朋友、门人——苏门四学士，都不能完全接受，晁无咎说："居士词人谓多不谐音律，然横放杰出，自是曲子内缚不住者。"（《复斋漫录》）陈师道说："子瞻以诗为词，如教坊雷大使之舞，虽极天下之工，要非本色。"（《后山诗话》）两人都是为苏轼辩护的，但迫于舆论压力，只能说，苏老师的词是天下第一，尽管写得不像词。一千多年过去了，至今仍有持"本色"论，不以苏轼词为然的学者在。突破，需要艺术勇气，唯有突破，才能开辟艺术新天地。

其二，广泛借鉴，用心吸取。文学创作是要站在巨人的肩膀之上，要从前人的成果中，吸取经验，甚或对前人的成果改造制作。爱尔兰作家乔伊斯的《尤利西斯》整体构思取鉴"荷马史诗"《奥德赛》，连小说名和主人公的名字尤利西斯用的都是史诗的罗马译音。茅盾《子夜》的结构脱胎于左拉的《金钱》，巴金的"激流三部曲"分明留有《红楼梦》的影子。罗长江的《大地血殇》套用《九歌》结构，也可以说是很好地利用了神话、巫歌的原型。

其三，扎根生活的沃土，注意经营积累。正如作者在《大地苍黄》序言中引用诗人洛夫所言，"长诗并不是人人可写，也不是每个诗人都得写长诗"。长诗（含长篇叙事散文诗）难以出现，其中一个重要原因是限于学养、功力和毅力，"较少诗人掌握一首长诗的能力"（洛夫语）。长江先生得天独厚，生活于楚歌、巫风、傩舞之乡，但是熟悉这些，沉浸于其中，使之能为己用，就非得是生活中的有心人不可，非得有意识地经营和多方面地积累。要明白这点，光看看这两部作品中的师公作法的念念有词和女儿哭嫁的对唱就会明白一点。

"虽杼轴于予怀，怵他人之我先"，艺术创作的危机感、竞争意识、担当精神是永远需要的。祝长江先生在"大地"系列创作征途上，有着更多的开拓。

注：2017年第3期《创作与评论》（评论版）编发了罗长江"大地"长篇系列评论专辑近三万字。此为篇一。

万里昆仑谁凿破，无边波浪拍天来

——罗长江"大地"系列散文诗之纵论

王志清

一、壮美与优美交融

法国哲学家狄德罗说："诗需要一些壮大的、野蛮的、粗犷的气魄"。我以为，狄德罗所说的这种美，是一种壮美。美学研究者把美分为两个部分：优美与壮美。散文诗也如其他艺术一样，从宏观上说，其美也分为优美和壮美两大类。而于散文诗以一种小摆设、小格局、小气度的病弱之躯自降品格，让散文诗饱受歧视与凌辱时，我特别欣赏散文诗的壮大之风，也特别提倡呼吁散文诗也能够壮大起来。

罗长江的散文诗，给人最深刻的印象，抑或说总体印象是壮美，堂庑特大，气象恢宏，气势磅礴。罗长江的"大地"系列已经出版两部，即《大地苍黄》与《大地血殇》，根据其提供的创作构想，这个系列共五卷本，还有《大地涅槃》《大地芬芳》《大地梦想》，分别与传统文化之"五行"（金木水火土）相对应。这种构想的本身，就具有不同凡俗的壮大之美，诗人以宏大叙事，以大湘西为背景，而形成庞大的联袂性质的组唱。从已经出版的两部散文诗看，诗人熔铸史诗品质，将繁富复杂和已经陌生辽远的生活场景引入现代社会之宏阔时空，突破了散文诗小脚女人的藩篱。多声部交响性，联袂组唱，纵横捭阖而激越奔放。

罗长江于2016年初出版的反映抗战时期湖南会战题材的长篇作品《大地血殇》，乃散文诗史上第一次用散文诗正面描写战争，用作者自己的话说就是通过写战争来写民族心灵史，"还原一场昨天的战争，还原一段国家的记忆，以纪念中国抗日战争暨世界反法西斯战争胜利70周年"（自序）。这部长篇散文诗，以一场为抗日阵亡将士招魂的民间祭典为主线，正面书写湘西会战，穿插折射长沙会战、常德保卫战、衡阳保卫战等其他几场湖南会战。将巫风楚韵的民间祭祀与苍凉高古的屈原《九歌》对接，将悲壮惨烈的抗日战场与瑰丽奇谲的湖南风物、风土、风习、风情对接，将日渐远去的战争与当下世界对接，更与历尽沧桑的民族心灵史对接，作者调动一切可能调动的艺术手段，探索与发掘散文诗写作的种种可能性，最大限度地拓展社会容量，融纪实文学、民间歌谣、小说、戏剧、诗歌于一炉，铸就这样一部诗性洋溢的史诗新文本，无论是取材选题还是立意题旨乃至运笔调色，都具有震撼心魄的壮美。

《大地血殇》诗篇，涉及人和事甚多，既有被称为战神的国军高级将领薛岳，指挥若定的军长方先觉、李玉堂、王甲本等，又有身先士卒、临危不惧而在常德会战牺牲的三位师长彭士堂、许国璋、孙明瑾等，还有在战史中未能提及的国军的一些中下级军官、医护人员和普通士兵，营长史恩华、曹克仁，带有诗人气质的作战参谋，带着老父被杀的仇恨投军的战地医生，被伤员们称作天使、会吹口琴的女护士长，金盆岭七壮士，扑向被迫炸毁的大炮而壮烈牺牲的十多位战士，等等。这庞大的人物谱系，在以身许国，死不旋踵的主旋律下演绎出一部气壮山河的立体的湘西抗战的活剧。整个一部散文诗，集中表现湘人同仇敌忾的血性精神，气势磅礴而场面壮阔，气象恢宏而意境沉雄，具有直抵心扉的艺术感染力。

《大地苍黄》则是另一种的宏大叙事，全篇共二十四章，除了其中《界上农事》《呜哇歌》《鼓·舞·火》和《七盏灯》等四章写群众场面和宗教仪式的以外，其余的二十章分别写了该村庄里各色人等以及他们的命运史：既有猎户、渔民、铁匠、放牛娃、鸭客，又有身怀绝技的民间艺人和潦倒的无名诗人、采风的音乐人、会弹一首好风琴的女教师，还有走出这方天地的学生娃、打工仔、农技干部、军人、女大学生、台湾老兵等，以及那些殉情的少女、沦落的女知青、情奔的寡妇等。这些不同身份、不同经历、不同价值观、不同人生经验的人物，偶然或必然地彼此碰撞，互为纠结，出演了一场场的喜剧、悲剧、悲喜剧，抑或是正剧，生动而立体地反映了城市化进程中小村在现代文明蛊惑下的躁动。

散文诗是一种美文，大美的文体。罗长江选择了散文诗，选择了形式优美和内容广博相结合的体制，也就是选择了文学创作的高难度，同时也规范了他的创作走向和对于天地玄远之道的探求。今人在论及哲学范畴的总体性时认为，这是一种整体性与完整性的追求，而这种"总体性作为一种宏大叙事，具有一定抽象性，因而有湮没个性的危险"。①此论的意思是，即便是"宏大叙事"，也不能一味的壮美，而需要同时兼有优美。这类长篇散文诗比较高的境界是，壮美与优美，雄浑狂放与风华秀丽，互相对立而融为一体。

　　《大地血殇》以浪漫主义笔致，穿插了戏剧化和神话化的描写和浓郁的抒情，还邀约了历史亡灵来诸如岳飞、辛弃疾、李苖等忠臣烈士来为国军叫阵助威，还招来孤魂野鬼，诸如过世百年的"猎神"的干尸来惩戒日军。而诸如《雪峰安魂曲》这些部分则以非常优美的笔触来营造氛围："月白风清。烟霞明灭。青冥浩荡。/莽莽雪峰山，硝烟散去。一轮皓月散发着仙国般的光芒。/恍惚间，若闻仙乐缥缈……"在这肃穆而圣洁的气氛中，山鬼林妖踏歌而至。而这些部分的加入，使得全诗风情摇曳，生动流转，富有强烈的艺术感染力，给人优美的艺术享受。别林斯基曾说过："无论在哪一种情况下，美都是从灵魂深处发出的。因为大自然的景象是不可能绝对的美，这美隐藏在创造或者观察它们的那个人的灵魂里。"因此，从这些壮美与优美中，我们不是可以探入作者的灵魂吗？

二、散漫与严谨互参

　　我一直以为，散文诗是散文形态的诗，是现代社会的产物，是适应现代社会与现代人情绪而表现现代思想与躁动情感而派生的一种诗，就其体式形态而言，散文诗较之于诗就具有更大的优势，可以更自由，更灵活，更张扬，更多负载，也应该成为一种比诗还要诗的大有作为的诗。"诗"向"散文"借来的是自由，是形态上的散漫，是无所不能而腾挪跨越。因此，散漫是散文诗的特殊形态。散文诗的形态是以散漫与蓬松为主要特征的。但是，于散漫中见严谨，才是散文诗的最高境界。也因此，散文诗最需要解决好的矛盾是散漫与严谨的统一。而这个矛盾，又集中表现在结构上，长篇作品最棘手的也就是结构。

　　罗长江在《大地苍黄》序言中引用诗人洛夫的话说："长诗并不是人人可写，也不是每个诗人都得写长诗。"为什么呢？除了作家的才情以及文化底蕴不足等原因外，其中最难解决的问题估计也就是结构。我曾经著文认为，

---

① 高山奎、范为：《卢卡奇对马克思人学思想的理论掘进》，《南通大学学报》（社会科学报）2009 年第 2 期。

魏晋南北朝时兴起的小赋，大类于现代的散文诗。而唐诗中的庞然大物乐府歌行，是从小赋化出来的，歌行写得好的最突出的几个人，骆宾王、李白与岑参，都是以赋为诗的，或者是将赋的优势移植到诗中来了。骆宾王七言歌行，气势宏大，视野开阔，神采飞扬，跌宕激越，以慷慨磊落气息，驱使富艳瑰丽的词华，抒情叙事，间见杂出，形式非常灵活。而从罗长江这个具体的人看，从其创作的天赋与准备看，罗长江先生得天独厚，生活于楚歌、巫风、傩舞之乡，但是熟悉这些，沉浸于其中，使之能为己用，就非是生活中的有心人不可，非得有意识地经营和多方面地积累。这种庞大的联袂性质的组唱，最能够反映罗长江创新精神，最能够表现作者掌控全局的认知能力，也最适合表现诗人汪洋恣肆的才情与胸襟，最适合展示其高远而开阔的视野，最适合表现一种激荡情思和磊落风神的壮美。罗长江在自己的构想里说："形式上，则致力于'跨文体'，在保持和彰显散文诗本质特征和属性的前提下，将散文、小说、自由体新诗、纪实文学、戏剧、电影、民间歌谣、旧体辞赋乃至音乐、绘画、摄影等各个艺术门类的元素糅于一体。以其充满张力的诗性叙事，提供一个'散文诗还可以这样写'的新文本、全文本，为丰富散文诗这一文学样式和文体表现力，为提振当代散文诗写作的信心与前景，做切实努力。"罗长江以充沛的创新意识和探索精神进行着这种跨文体写作，而在这种写作中充分地享受着散文诗的自由，也充分地表现出散文诗形体的散漫。

　　笔者非常认同秦兆基先生的观点："《大地苍黄》《大地血殇》的创作，就文体认知而言，是对自由精神的体认；就作者而言，是个我自由精神的释放；就读者而言，是接受自由精神的洗礼。"[①]诗的灵魂是自由的。而具有诗之基因的"散文诗"比诗还要自由，非常适合挥洒自如地抒写和描画，非常适合于铺排，但是，也非常讲究叙述，讲究叙述的节奏、韵律与章法。艾略特《传统与个人才能》中有段名言："诗不是放纵感情，而是逃避感情，不是表现个性，而是逃避个性。自然，只有有个性和感情的人才会知道要逃避这种东西是什么意义。"也就是说，散文诗本身虽然发端于我们的情感，虽然需要张扬与散漫，但是依然需要以节制来结构来叙述，而表现为一种理性的节制。

---

① 秦兆基：《力透纸背的抵达——从罗长江"大地"系列看长篇叙事散文诗》，《创作与评论》2017 年第 3 期。

《大地血殇》不是按照战局发展的自然顺序，有意识地打乱了这种顺序，时空交错，设计了自己的"程序"，将湘西会战置于民间祭祀，在连续的鲜活的场面中呈现，显示了作者在构思的匠心，也形成了其结构的特点，形成了"一个完满的整体"，"一个独立自足的世界"。全篇九歌，开坛—招魂—英雄故事歌（四个部分）—跳殇—引魂—撤营。作者将《九歌》诸神从纸本上复活，并与楚风傩戏以及道士作法、招魂、超度的宗教仪式结合起来，组织了一场超大型演出。

罗长江已经出版的两部长篇散文诗已经获得了探索的成功，表现出特立独行的艺术个性和美学追求。我们希望他的下面三部长篇散文诗中，在这个问题上的探索更为自觉，也进入更为自由的王国。

三、诗情与理性并重

法国作家福楼拜在给友人的信中说他写作"特意回避偶然性和戏剧性。不要妖怪，不要英雄"。福楼拜明确指出："我总是强迫自己深入事物的灵魂，停止在广泛的普遍上"。这是就小说创作而言的，我们以为，诗亦然，散文诗尤需要如此。

散文诗在国外被称为思想的诗。因为散文诗最适合表现灵魂的惊悚，表达思想与思辨的过程与震颤。尼采的《查拉图斯特拉如是说》是一部诗化的阐释了尼采哲学主张的哲学著作，也属于长篇散文诗范畴，杂糅各种文类，说故事，写风景，游历活动，勾画场面，倾诉人物内心活动，深入事物的灵魂，因而也深抵读者的灵魂。

我们不是说散文诗一定要像尼采这样去写，而是说，散文诗并不绝对排斥理性，散文诗文体的优势即在于在思想上占有制高点。诚然，诗毕竟不是哲学，也不能是哲学的表达。散文诗中的哲学思考，思想深度，不是靠逻辑的分析与推理来实现的。德国浪漫主义理论家弗·施勒格尔说："现代诗的全部历史便是对简短的哲学正文所作的无穷无尽的注解；任何艺术都应当成为科学，任何科学都应当成为艺术；诗和哲学应统一起来。""诗和哲学应统一起来"这怎么成为可能呢？这就是要"强迫自己深入事物的灵魂，停止在广泛的普遍上"。真正的诗人应该是哲学家，或者是真正的诗人应该具有哲学的智慧，以诗来表现哲学的思考而深入事物的灵魂，而获得事物的本质规律与普泛共性，而使你的创作能够反映生活所具有的普遍意义，表现出社会关怀的哲学思考。而罗长江的散文诗，之所以有其惊心动魄的美，或者说，美得惊心动魄，就是因为不仅激情澎湃，而且具有哲学意味，具有思想的厚度。

刘熙载说："赋欲不朽，全在意胜。"①真正的好赋，须得意关宏旨。诗与散文诗何尝不如此？写作《大地血殇》，诚如卷首题记所言："还原一场昨天的战争，还原一段国家记忆"。罗长江将还原国家记忆，作为最高和最终的诉求，这本身就具有非同小可的意义。湘西会战，已经固化为历史文本，成为军事史研究的个案，作者通过撷拾历史碎片，还原历史现场，赋予这些碎片以艺术的新生命，而重新演绎成为一部气吞河山的壮剧。这样的命题立意，"意"关宏旨，深刻而高远，除了激发人们精神意志的诗情，也具有引发人们思考的烛照辉光。故而，其以意胜也。

从"大地"五部看，其选题命意，也正反映了罗长江的睿智，也反映了他对重大题材的把控艺术。虽然塑造人物不是散文诗的主要目标，而罗长江散文诗里对人物的白描，其中不少让人过目难忘。《大地苍黄》中的幺妹、月女等，被形容为扑灯的蛾，她们用全部生命去殉自己所要获得的爱情和幸福。这让我们自然想到了沈从文笔下的那些可爱、单纯的小女子，她们也追求爱情幸福，但多是出于人性的本能。时代不同了，罗长江由于强迫自己深入事物的灵魂，高度概括社会生活中某些人物或事物的共性，并反映了改革开放大潮冲击下闭塞乡村的某些社会本质，从而渗透了作家对于人生、生命、天地之道的人文关怀。因此，笔下的人物个性独特，具有鲜明的时代烙印，充满了诗性灵光，具有较高审美价值。

罗长江的长篇散文诗，没有什么情节，没有情节的主线，似乎也特别注重细节的提炼与设计。《大地血殇》"武冈保卫战"中，作者设计了一个"老人与猫"的细节，应该是虚构的，但是非常有诗意，以小见大，撼人心魄，也非常的耐人寻味。有这样一个老妪，因为顾惜刚生产的老猫和一窝小猫，不肯转移，被掩埋在炮火震塌的废墟里，"母猫拼命刨挖着厚厚的土堆，领着小猫们喵呜喵呜泣号:/奶奶——奶奶——奶奶——"动物救主，时有耳闻，"猫"救主人更有传奇性。而这个传奇放置于残酷而血腥的武冈保卫战的大背景下发生，也就更具有思想的分量，更具有艺术的感染力，也更加能够表现中国人对生命的热爱的程度，哪怕是动物，是幼小生灵，这也是对保卫战之将士们所以能够奋不顾身之最精湛的诠释。诗人布罗茨基说："一首诗的

---

① 刘熙载：《艺概·赋概》，上海古籍出版社1978年版，第98页。

抒情性其实就是诗人营造的乌托邦，它能让读者意识到自身的心理潜能。"①
这其实是要求诗（包括散文诗）应该合理虚构而酿造出一种作用于人心的特殊诗意，或者是，读者的心理潜能需要这种所谓"乌托邦"的营造。《大地血殇》里"最后一课"与"石屋子传说"等的设计，也都充满了诗意，而产生了耐人寻味的艺术魅力。

罗长江找到了最适合自己慷慨任气而磊落使才的文学体式，并且获得了重大突破，表现出前无古人的壮阔恢宏。笔者早就在罗长江《大地苍黄》的创作初衷中看出了他的勃勃雄心、艺术创新的勇气，他自负其"霸得蛮、不信狠"的湘人性格，不迷信教条，不追逐时风，立意开辟属于自己文学的道路而振一代雄风。罗长江有想法，有预期，也有勇力，在中国当代散文诗领域走出了一条属于自己的路。

注：此文为 2017 年第 3 期《创作与评论》（评论版）罗长江"大地"长篇系列评论专辑篇二。

---

① ［立陶宛］托马斯·温茨洛瓦：《托马斯·温茨洛瓦诗选》，青海人民出版社
2011 年版，第 159 页。

兼容并蓄：文学创作的另一种可能

——罗长江"大地"长篇系列研讨会综述

朱岚武

2016 年 12 月 9—11 日，罗长江"大地"长篇系列作品研讨会在吉首大学张家界学院举办。此次会议由湖南省文联、湖南省文艺评论家协会、湖南日报湘江周刊、吉首大学张家界学院主办，张家界市文艺评论家协会承办，由张家界市文联、民盟张家界市委、张家界日报、湘潭市文艺评论家协会、湘西州文艺评论家协会协办。来自省内外的 70 余名专家、学者参加了会议。与会专家、学者对罗长江作品的内容、跨文体写作实践和艺术特色进行全面研讨，认为罗长江"大地"长篇系列具有三个突出的特征：鲜明的艺术特色；成功地进行了跨文体写作的尝试；全面展现了神秘的湘西世界。

一、鲜明的艺术特色

与会学者一致认为罗长江的"大地"长篇系列充满哲学与史学、灵感与理性的宁静邃远之美，有着鲜明的艺术特色。开幕式上发言的四位嘉宾对此均有论述。比如，湖南省文联党组书记、副主席夏义生认为，罗长江默默地在大地上行走，把作品写在大地上，他的作品把民族、地域和现实结合得十分紧密，有深度、高度、厚度，做到了习近平总书记希望的"胸中有大义，心中有人民，肩上有责任，笔下有乾坤"。吉首大学张家界学院校长简德彬指出，罗长江以多文体的融合策略，以文学、书法、绘画、音乐的跨界写作，以豪迈飘逸的大地意象的建构，为我们这个肉身沉重，灵魂轻飘的时代，创作了诗意，守住了价值，昭示了崇高。民盟湖南省委副巡视员邹卫认为，罗长江的作品沟通古今，汇聚美丽与沧桑，体现了大情怀、大浪漫，大悲悯，处处充盈着湘西的灵性与精魂，诠释着乡土风情、风韵。湖南省文艺评论家协会主席余三定认为，罗长江的作品既有历史感又有现实气；既有艺术性又有哲理意味；既有现实主义精神又有浪漫情怀，很值得我们去阅读、思考和研讨。

在研讨会阶段，与会学者重点就罗长江作品的思想性、想象性和审美性进行了全方位、多角度的分析。湖南省作协副主席、湖南日报湘江周刊主编龚旭东重点谈了思想性，认为作品体现了人的最深切的，最深入的，最深沉的精神运动，所选择的创作对象既包括自然也包括江山，家园还包括我们的国土，具有大情怀。此外还有中国文联的胡艳玲博士、湖南省作协副主席余艳、吉首大学覃新菊教授、湖南第一师范学院张惠副教授也对作品的思想性进行了分析，大家认为：罗长江的作品既扎根湘西、表现湘西又巧妙地融合了中国传统文化元素，比如二十四节气、比如五行、比如音书画，表达了文化自信；作品题材选择具有宏大性，用史诗性的表达传递了正能量，作品接地气，有正气，有底气。

湖南师范大学赖力行教授重点谈了叙事的美感，认为罗长江的叙事是极具画面美感的叙事，是打破时空距离的美体叙事。吉首大学吴晓副教授也认为，正是这种打破时空的审美化，才能使得文本叙述的空间具有了超越区域、时代、民族的审美对象。河北大学刘起林教授认为作品采用散点叙事的方式具备了天人合一的审美韵味。江苏南通大学王志清教授重点谈了语言的美感，认为罗长江的语言具有明丽而深郁的质感，声情与辞情之兼作，诗性灵光与激情澎湃相交织，形成其语言特有的诗美生机。吉首大学佘佐辰教授认为，作品用湘西的灵性与精魂表现"抗日"这一重大历史题材，具备了崇高的审美意味，净化了人的灵魂。

湘潭大学吴广平教授重点谈了想象性，认为作品写得苍茫、博大、辽远、深刻，叙述的是英雄，彰显的是崇高，《大地苍黄》具有屈原《国殇》的现代扩充，运用再现想象、移情想象、联想想象、理想想象、虚创想象，写得瑰丽、奇特，有宇宙气象。吉首大学刘泰然副教授认为罗长江大胆地发挥想象，用文化来重新处理民族、国家话题，通过这样的互文关系，把所有人、事，包括整个政治的、民族的构架都依托在大地这样一个终极的背景，表达了更深的一种人文关怀。

诚如邹岳汉先生的评价那样："罗长江的作品具有浓郁的诗性，同时又包含生动的细节；每个故事是相对独立的片段，却又自然组合成一件精美的珠饰；故事具有传奇性，却引导出历史对现实的观照；题材具有地域性，同时又呈现一个民族的悲欢与命运。"罗长江因为有雄厚的生活积累，又有艺术上锲而不舍的精心打磨，最终开创了属于自己的艺术天地。

二、成功的跨文体写作实践

罗长江的跨文体写作实践是此次研讨会与会专家们另一关注的重点。众所周知，"五四"新文学是从文体革命发端的，新时期的诗歌变革，是从政治抒情诗走向"朦胧诗"开始的。而如今沉滞、绮靡而茂密、繁荣的中国散文诗林，亟须吹进一股清新的风。与会学者认为，罗长江对于长篇叙事散文诗的文体探究是卓有成效的，其意义不止于对作者所运用的独特诗体的完善，还在于对散文诗一代诗风雄起的期盼。

中外散文诗学会副主席秦兆基，湖南师范大学赖力行教授、杨合林教授，湘潭大学季水河教授重点从理论层面对跨文体写作进行了阐释。他们认为，文体实验一直在路上，因为文体的多变是源于文学描述对象的多姿多彩和众多作家主体体验的千差万别，所以所有的创作家都想突破包括文体上的突破，文学创作也理应扩体。中国古代文体理论当中就有"破体"为文的说法，当然有"破体"就有"变体"，就有文体对抗。对此，王蒙在《文体学丛书·序言》中说："文学观念的变迁表现为文体的变迁，文学创作的探索表现为文体的革新。文学构思的怪异表现为文体的怪诞，文学思路的僵化表现为文体的千篇一律，文体个性的成熟表现为文体的成熟。"周启超先生在《文学理论："跨文化"抑或"跨文学"》中也有"体裁对抗"和"体裁传承"的专门论述。湖南师范大学杨合林教授认为："从这个意义而言，'散文诗'就是'散文诗'，其他任何言说都是多余的。"这一有力表达为散文诗确立了合法性存在。

龚旭东先生、刘起林教授以及《创作与评论》执行主编王涘海重点结合文本进行了跨文体写作的精细解读。刘起林教授认为，罗长江的跨文体依托的不是为形式而形式，《大地苍黄》描述的是一种乡土生态，有经典的诗韵，纯正和深厚的底蕴；而《大地血殇》则是一个整体的框架，内涵更厚重，境界更宏大。龚旭东认为罗长江的散文诗有两大突出的创新之处，一是题材上的创新，不是用散文诗来表现一花一草的这种风花雪月的小情怀；二是创新还体现在他的超文本和全文本，比如《大地苍黄》就既有散文的因素又有诗歌的因素，甚至有小说、戏剧的因素，已经超越了传统的散文诗，成为一个超文本或者是一个全文本。湖南省文艺评论家协会副主席、《创作与评论》执行主编王涘海也指出，罗长江的作品可以说是诗，是散文诗，是散文，是小说，但是无法做出绝对判断。因为说它是诗歌，它又背离了诗歌最本质的抒情特点，小说的意味特别浓厚，有些篇章可以说是纯粹的叙事；如果说它是散文，它又违背了散文对真实的追求，里面有很多虚构的故事；如果说它是小说，小说注重的人物的刻画，曲折的情节它又没有，所以罗长江先生创造了一个全新的文本，是与小说，诗歌，散文，戏剧并列的第五文体。

对于跨文体的写作尝试，湖南省文艺评论家协会副主席陈善君从作品的内在性、内生性和内部性方面的提升与改进提出了中肯的建议，认为从内在性上叙述应该更有连贯性、更有整体性；在内生性上，要更倾向诗歌语言的叙事性和抒情性；在内部性上，文本所参考的原作品的内在精神与现代人的精神内核要做到更契合、更一体。

三、神秘湘西世界的呈现

罗长江是湖南隆回人，长期在张家界工作，历任张家界市作协一、二、三届主席，张家界市文联第三届主席，张家界市政协第四、五届副主席，多年的湘西生活、工作让他对这块土地的风物、风土、风情、风韵相当熟悉，极为热爱。他的作品对湘西世界进行了全面的书写。对此，与会专家们结合作品重点从湘西的诗性和血性角度进行了研讨。

湘西的诗性。吉首大学田茂军教授从民间风俗的角度分析了文本的审美韵味，引发读者对神秘湘西的想象；吉首大学张家界学院刘霞副教授则从两个维度对湘西的诗性进行了具体解读，一是神秘奇特的湘西形象，湘西既有神秘的恐怖，又有野蛮的优美，而罗长江笔下的无名小村兼有这种特质，描写了湘西诸多诡异习俗、疯狂而神秘的文化，并有意将湘西民间流传的传说与汉文化的传说比较，让文化神性跟魔性更生动；二是原生态的湘西形象，罗长江的大地系列作品里原生态的文化视角，农事、歌谣、祭祀等民俗风情建构了饱满的生态情景，而青山，溪流，古树，老井等古老而醇美的意象则是原生态的乐章，激发了人们回归本质的渴望。湖南第一师范学院的张惠副教授根据《大地苍黄》讲述的放牛娃的故事、拧苞谷老人的故事，印证了这里人的朴实、真诚以及诗意的生活方式。

湘西的血性。广东第二师范学院周会凌博士认为，在中国现代的革命历史的艺术书写中，湘西作为一个独特的地理和文化空间，被书写的时候已然形成了"匪色湘西"的刻板印像，而《大地血殇》展示的是抗战年代的血性湘西形象，这里的民众英勇抗日、绝不退缩，为捍卫国家、民族尊严做出了强有力的抗争，这是对之前"匪色湘西"这一固化形象的突破，也是对中国近现代革命历史当中的湘西形象的强而有力的正面复兴。吉首大学张家界学院朱岚武老师则结合作品所描述的常德会战进行了阐发，认为湘西形象在很长时间里都被误读了，这里的人有侠义精神，有担当情怀，流淌的也是爱国爱家的热血，文艺创作应该为湘西正名。

吉首大学胡显斌做了《跳出大地看大地，跳出湘西看湘西》的学术发言，他对"湘西"形象、概念做了系统归纳和梳理后，指出从屈原到陶渊明、柳宗元、沈从文、黄永玉再到罗长江已经建构起了湘西概念，现在可以提出另一个概念——湘西观，并最终建构"湘西学"的概念。

本次研讨会对罗长江已经创作完成的《大地苍黄》《大地血殇》《大地家山》进行了较为全面的研讨，既肯定了成绩也指出了不足，研讨会将对罗长江接下来的创作产生富有建设性的影响。

注：此文为 2017 年第 3 期《创作与评论》（评论版）罗长江"大地"长篇系列评论专辑篇三。

他将给散文诗带来新的"战栗"

——罗长江"大地"长篇系列作品研讨会发言摘登

2016 年 12 月 9—11 日，罗长江"大地"长篇系列作品研讨会在吉首大学张家界学院举行。研讨会由湖南省文联、湖南省文艺评论家协会、《湖南日报》"湘江周刊"、吉首大学张家界学院主办，张家界市文艺评论家协会承办，张家界市文联、民盟张家界市委、《张家界日报》、湘潭市文艺评论家协会、湘西州文艺评论家协会协办。来自省内外 70 余名专家、学者参加了会议。开幕式由湖南省文联党组书记、副主席夏义生主持。研讨分上半场、下半场和自由发言三个时段进行，每个时段分设主持人和评议人。与会专家、学者对罗长江作品的内容、跨文体写作实践和艺术特色进行了全面研讨。认为罗长江长期扎根湘西大地，不啻是一位具有大地气质的作家。他的"大地"长篇叙事散文诗系列作品《大地苍黄》《大地血殇》《大地家山》等展现了湘楚文化的灵性与精魂，具有三个突出的特征：鲜明的艺术特色；成功地进行了跨文体写作的尝试；全面展现了神秘的湘西世界，无疑是我国长篇叙事散文诗创作的可喜收获。有专家借用散文诗的奠基人波德莱尔的"战栗"一词，预言罗江将给散文诗带来新的"战栗"。

夏义生（评论家，湖南省文联党组书记、副主席）：

今天，我们大家聚集在冬日暖阳的张家界，为罗长江先生的大地长篇系列作品举办研讨会。今天研讨会的主角罗长江先生，是我们张家界的骄傲，也是我们文联系统的骄傲，更是我们文艺界的骄傲。他初心不改，像牛一样劳动，像土地一样的奉献，把创作作为自己终生的追求，把大量优秀作品写在大地之上，用作品证明自己生命的深度、高度、厚度，是真正的践行习近平总书记重要讲话精神的文艺家。创新是文学艺术的生命。不重复自己不重复他人这才是文学艺术的本质。长江先生的文学创作，总是致力追求打破已有的叙事方法，表现方式，致力于文体融合，把语言用罗长江的方式进行改造，从而把叙事散文诗写得更厚重，与民族、地域、现实结合得更紧密。他的这种创新性探索与实践，体现了文艺人的追求。

简德彬（湖南省文艺评论家协会副主席，张家界学院校长，教授）：

在我的感觉中，罗长江先生的创作是不断向新的高峰迈进，以多文体的融合策略，以文学、书法、绘画、音乐的跨界写作，以豪迈飘逸的大地意象的建构，为我们这个肉身沉重，灵魂轻飘的时代，创造了诗意，守住了价值。基督教文明、佛教文明、儒道文明，也许还有其他一些文明，可能共同经历了一个从大地到天国，从天国再到大地的螺旋式进程。西方哲人说，上帝死了，但是人自大地耸然而起。是的，大地的诗性，神性，崇高性。乃至于成为一个巨大的精神纠结和心灵隐痛，罗长江的全部作品也许可以站到这个角度去理解。

邹卫（民盟湖南省委副巡视员）：

罗长江先生是一位活跃于当代文坛的全能型作家。多年来，长江先生在勤奋刻苦中耐得住寂寞，守得住清净，不为名利所累，不为俗气所扰，真正做到了宁静致远，宽厚仁德，其人品和文品令人钦佩。其"大地"长篇系列作品将诗歌、散文、小说、戏剧等融汇一体，沟通古今，汇聚美丽与沧桑，寓大情怀、大浪漫，大悲悯，处处充溢着湘西的灵性与精魂，是最接地气最富有乐感的作家之一。省文联等主办单位联手召开长江先生"大地"长篇系列作品研讨会，并同时举办长江先生的书画作品展，不啻是他之艺术跨界行为的一次可喜展示，堪称文化盛宴。

余三定（湖南省文艺评论家协会主席，湖南理工学院教授）：

罗长江先生的"大地"系列，既有历史感又有现实气；既有艺术性又有哲理意味；既有现实主义精神又有浪漫情怀，很值得我们去阅读、思考和研讨。同时他又是很有人文底蕴的书画家，其书画作品耐人寻味，看了以后还给你留下思考。

季水河（湘潭大学文学院教授，博导）：

我不敢说罗长江先生他是湖南或者中国最好的作家，但是我敢说他是湖南或者中国最有特色的作家之一。我认为有三个特色：第一他融通了文学与艺术，在诗歌、散文、绘画、书法等方面都有代表性作品问世。第二，他融通了理论与创作，从他《大地苍黄》的自序中可以看出，他对国内外散文诗历史及理论相当熟悉，并都有自己的看法。第三，他是一名敢于探索的作家，他的"大地"长篇叙事散文诗系列作品既有探索精神也卓有成效。

龚旭东（湖南省作家协会副主席，《湖南日报》"湘江周刊"主编）：

早在 20 世纪 90 年代的时候，彭燕郊先生很慎重地向我推荐长江兄，从那以后我们就成了很好的朋友，知无不言的兄弟。所以他的作品我都有幸在草稿的阶段就有幸拜读，然后每一稿的改动都有幸了解。所以今天的研讨会我是特别的高兴。长江给我的感受，第一是他有一种真诚之心，无论是做人还是创作，都有真诚之心，沉静、蕴藉、温润又富有激情，他的书法其实是很能够体现他内心的这种真面貌。第二，我觉得他有一种大地情怀。这种大情怀的东西，既包括自然也包括家山，家园，还包括我们的国土。所以他的《大地苍黄》《大地血殇》以及《大地家山》，描写的都是这种大情怀的东西。第三，他的作品充满着诗意性，神韵性。长江是很早就有创作实绩和成就，90 年代他的张家界系列散文已经是非常出色的创作了，他的散文创作很有神韵，在散文创作界有很好的声誉。但是他一直不满足，他对于散文诗有一个非常深沉的，一种浓烈的情结，这个我认为是受了彭燕郊先生很大的影响。我觉得弄懂了他对散文诗的情结，也就弄懂了罗长江。所以如果要做罗长江作品的研究的话，我觉得他之散文诗情结是一个很重要的入口。最后，我认为他具有一种创新的气魄。罗长江的创新，我觉得首先在于他把很多不能入诗的东西入诗，这个曾经是彭燕郊特别提倡的。彭燕郊也好，罗长江也好，他们都追求把大家认为不能放到诗歌的东西放到诗歌里而且是很和谐的，出人意料而又在情理之中。第二，我认为罗长江散文诗的创新，还体现在他的超文本和全文本。比如《大地苍黄》，既有散文的因素又有诗歌的因素，甚至小说、戏剧的因素。所以我第一次看到《大地苍黄》就跟罗长江说了，其实你写的散文诗，或者说超越了传统的散文诗，已经是一个超文本了或者是一个全文本了。我觉得长江的这种探索精神是值得我们钦佩的。"大地"系列有五部作品，目前已经出版了两部《大地苍黄》《大地血殇》，即将出版的第三部《大地家山》我已拜读到书稿了，都是非常出色的作品。借用波德莱尔的一个词"战栗"，我认为长江散文诗创作必将给中国的散文诗带来新的"战栗"。

秦兆基（中外散文诗学会副主席，散文诗理论家）：

长江先生是我国为数不多的从事长篇叙事散文诗写作的作家。"大地"系列体现了长江先生文体革新的自觉追求，不仅是诗歌和散文的统一，而且把小说、戏剧以及电影、电视的一些元素都融为一体。

国外的散文诗不乏经典。在中国，散文诗的地位却相当低微，文学史上只提到鲁迅的《野草》。冰心、郑振铎他们翻译了泰戈尔的散文诗，读起来很轻松，能给人玩味，于是给读的人、写的人造成了错觉，很长时间以来，人们以为散文诗就是小花小草，登不了大雅之堂。长江先生却是用散文诗写民族战争和民族心灵史，写农耕文明、城市文明、生态文明和人的自由发展这样一些重大主题，是散文诗题材领域的重大突破。五部作品完成后应该是《战争与和平》一般的皇皇大著。我觉得他的追求可以用司马迁《报任安书》的几句话来概括："究天人之际，通古今之变，成一家之言。"

赖力行（湖南师范大学文学院教授，博导）：

在我的研读经历当中，罗长江先生这两部作品《大地苍黄》和《大地血殇》对我是一个挑战。我想谈的第一点，就是如何看待文体实验这样一个问题。文体实验是一个历代都在路上的话题。所有的创作家都想突破，包括文体上的突破。因为文体的多变是源于文学描述对象的多姿多彩和众多主体人的体验的千差万别，它必然会导致文体实验是一代一代都在进行。所以中国古代文体理论当中就有破体为文的说法，有破体就有辩体，辩体是评论家干的事情，破体是创作家干的事情。从国外的文体实验来看，就有体裁对抗和体裁传承。对抗的意思是创作冲动之下，作家他欲罢不能，就是要把多种东西融进来，不管怎么样我先融了再说。作家不太会去考虑既有的体裁规范这样一个传统的东西，因为他觉得这个不足以使他的才气得到挥洒。这样一种想法必然会形成一种对抗体裁。用这个概念来概括这种现象，从理论的层面来说，文体实验中外皆然。

我想谈的第二点，是罗长江先生之长篇叙事散文诗"大地"系列，具有两个方面的突出特色。第一个是文体的特色。作为长篇叙事散文诗，首先它在叙事方面的不同之处是给人以美感的叙事。他不是再现一种东西，给人身临其境的真实感，让你一步步地在他的悬念勾引、诱导之下不能罢休，他不是这一种；他是以美感为目标的，或者说他是给人以美感的叙事，这跟给人以真实感的叙事是有区别的。从我的阅读经验来看，它包括叙事画面的美感，另外就是人性的美感，民俗的美感。第二个特色是叙事艺术的空间化，他不是按照时间线索叙事，而是把很多事放在很高的一点，就像俯瞰一样，打破时空距离的美感叙事。

刘起林（河北大学教授，评论家）：

在中国现当代文学史上，存在着一个源远流长的"文学湘西"的审美境界。它大概包括三种类型或者三条路径：一个是文化民俗的湘西，第二个是铁血乱世的湘西，第三个是诗性浪漫的湘西。罗长江先生的散文诗就属于诗性浪漫的湘西这一种。它具体的特点包括在三个方面：第一个是思维跨界，第二个方面是意蕴融通，第三个是形式跨体。首先从思维跨界来谈，我觉得罗长江的散文诗写的是一种全局性的视野，他想把天地万物全部放在一起来看，而在这种全局视野的基础上再从散点入手，比如像《大地苍黄》，它选取一个个小故事，把古今中外天地自然融合在一起来写，这是一种散点方式来达到一种视野融合的境界，这是他的思维特征。在这种特征里面，其实不是以抒情为主，而是以一种议论性的思辨来推进，这使我想起了八十年代末期苏晓康的报告文学《河殇》。第二个方面是他的审美内涵。罗长江的审美内涵实际上是描写湘西风物，体现民间境界，达到了天人合一这么一种境界。比如《大地血殇》本来是写抗战的，抗战题材最容易写成民族史诗，他自己也说他写的是民族战争，但是他整体框架是湘西的祭祀，是"九歌"这么一种民间的境界，所以他骨子里是湘西人，不管外面的大千世界有多广，有多远，落脚点他的审美韵味体现的是湘西的这么一种境界。第三个方面，就是刚刚大家说了很多的，他在形式方面的跨文体写作。正因为他的思维是跨界的，他的意蕴是融通的，所以他在文体上面的跨文体写作是有依托的，不是为形式而形式的。从这点来说，我觉得他的形式创新也是值得肯定的。

再者，把这两部作品比较一下的话，我觉得《大地苍黄》应该是属于那种短篇作品连缀，那种细节性的，描述一种乡土生态。中国的乡土文学源远流长，所以，他描绘乡土生态本身就更具有文学的意蕴，更有经典性，更给人如诗如画的印象，具有一种形式感，读起来会感到《大地苍黄》的底蕴纯正而深厚。而《大地血殇》它是一个整体的框架，而且有史实的质地，所以我们读起来会感到它内涵更结实，形成一种有机融合和联系的整体性的诗意境界。我个人更喜欢《大地血殇》，因为它更有历史感，不仅仅是诗意。罗长江以大地的思考为根基，从精神角度来看具有一种正大之气，这种创作总体方向和路径是符合我们这个时代的文化趋势的。

王志清（南通大学教授，散文诗理论家）：

几年前初读《大地苍黄》，我就被一种磅礴之气所震慑，且生成了一种好感与预感："罗长江的《大地苍黄》以立体长卷式的全新文本，美丽地装点了散文诗寥落的天空，为散文诗长了脸，也使散文诗的呵护者与歧视者们看到了散文诗并不黯淡的前景。"两年后，又捧读《大地血殇》，我马上电复作者罗长江说："鸿篇巨制，长篇诗史，洵为创举也。全篇宏大叙事，严密建构，气势磅礴而惊心动魄，真可谓感召日月、歌泣鬼神。当下，国内散文诗已经成为病弱、甜腻的小摆设。罗长江的散文诗标新立异，独树一帜，追求壮大宏阔，是正路，是我反复呼吁的走向。散文诗不是文体不行让人看不起，而是写作散文诗的人实力不行，甚至自坏家门。在当下散文诗界，长江先生堪称一枝独秀，拔萃而出。"如今，看到罗长江的"大地"五部的构想，真可用"欢欣鼓舞"来形容我的心情。我立马想到北宋王安石的《狼山观海》中的两句诗："万里昆仑谁凿破，无边波浪拍天来"。罗长江用一部又一部的鸿篇巨制的散文诗文本制造了"无边波浪拍天来"的视觉冲击力，让我眼界顿开，欣喜无限。具体来说，我以为"大地"系列具有三个方面的突出特色，一是壮美与优美交融，二是散漫与严谨互参，三是诗情与理性并重。

胡艳琳（中国文联文艺资源中心副研究员，博士）：

我想谈一下罗长江老师的典型性和独特性。首先，我的第一印象，觉得这次研讨会的形式非常独特——举办"大地"作品研讨会的同时，展出罗长江老师的140多幅书法绘画作品，从走进大厅就让人眼前一亮。此前我们只知道罗长江老师是作家，诗人，没想到他还精通书画，这让我们看到了他身上承载的文人传统风范。包括他将中国传统文化中的五行——金、木、水、火、土融进五卷本"大地"的构想当中，所以说呢，罗长江老师身上浸透了中国传统文化的基因。另外，罗长江老师多年扎根湘西大地，而且他写的也是湘西大地。柳青当年在他的老家皇甫村扎根十三年，才写出《创业史》这样一部长篇小说。我觉得罗长江老师就像当年柳青扎根皇甫村一样，也是具有这样的潜力的。

余艳（作家，湖南省作家协会副主席）：

我认识长江兄二十年了，一直都读着他的书，而且一直以他为楷模的。我刚从全国第九次作代会回来，我觉得长江兄一直是"胸中有大义，心中有人民，肩头有责任，笔下有乾坤"的这么一个作家。他善于从中国文化宝库中撷取精华，吸取能量，保持对自身文化理想信念的高度自信，保持对自身文化生命力、创造力的高度自信。所以我觉得他的作品应该是"叫得响，传得开，留得住"的作品。刚才夏义生书记说长江兄像牛一样劳动，像土地一样奉献，这也是我对他这么多年来的一个印象。我从长江兄身上，学到的首先是那种正能量，那种自信。他真是那种接地气，有正气，有底气，聚人气的作家。我今年因为在写湘西题材的湘妹子，几次采访，都是长江兄陪着我。我读他的作品《大地苍黄》，第一个节气"立春"就是写贺龙夫人向元姑。当时我看了以后真的是心里酸酸的，因为他把这么一个女子比成白梅，那样子写，非常的形象。后来我见到向元姑的墓了，真的就是那么一堆孤草，一座孤坟，眼泪唰地就流下来，觉得她真就是长江兄笔下那个白梅。长江兄他多年来在这片大地上默默行走，贴近人民，贴近生活。他的作品和他的人格构成了一种魅力，所以我是特别敬重长江兄的。所以我发言的这个题目叫作《罗长江，具有大地气质的作家》。

佘佐辰（吉首大学研究生院院长，教授）：

很久没有看这种类型的作品了，看了以后，很不平静。感觉到"大地"系列它有一种超越性。第一就是它的文本、文体，对于中国散文诗是一个大幅度的拓展。比如《大地血殇》用散文诗来处理和把握抗战题材，我觉得是一次创新，同时也是一次超越。抗日题材我们见得多了，我们湖南的抗日，除了这个雪峰山会战，还有长沙会战、常德会战、长衡会战，这么大一个历史事件，用散文诗这种文体来创作，难度非常之大，挑战非常之大。但是呢，长江兄以他的抱负和实力，完成了历史性的建构，长江兄对湖南这一历史事件所做的艺术把握，我觉得是具有超越性的，给我的震撼非常之大。而且，整个文本时尚而现代，在形式上面有一种探索，有一种大的超越性。他通过自己的创作实践，建构了一种具有真正悲剧意味的崇高，非常震撼、非常净化人的灵魂。

杨合林（湖南师范大学社科处处长，教授，博士生导师）：

感谢张家界有这么一个优秀的作家，给我们带来这么一场盛会。感谢罗先生的"大地"系列唤醒了我们对大地的关注。我们经常感谢爹，感谢妈，却忘记了感谢大地，现在通过罗先生的"大地"系列，能够让我们多多关注大地。

王涘海（评论家，《创作与评论》执行主编）：

我主要用我自己的美的标准，职业习惯来谈一谈我对罗长江先生"大地"系列的两个感受。可以用两个关键字来概括，第一个是"难"，第二个是"美"。先说"难"。我认为他的写作是有难度的写作。我从事编辑工作将近二十年，现在我每个月大概要看一百多万字。大量的阅读和长期的编辑工作让我形成了两个职业习惯。第一个习惯：我拿到一个作品，首先评判是否是一个好的作品，也就是说怎么样最先发现我自己最满意的作品，有两个选择的标准。我认为一部好的作品，它能否给我一个新鲜的文学经验和一个陌生化的美学感受，这是我评判一部好的作品的第一个标准。首先，它是否是写别人没写过的题材；如果写的是熟悉的题材，那它是否写出了新意。再就是形式，看这部作品的形式，语言，创作技巧。罗长江先生的大地系列作品，特别是《大地苍黄》这个作品，很多专家朋友在研讨发言中都觉得很有新鲜感，是一种全新的文本。说句实话，我当初读他这部作品的时候，是把它当作一部小说来读的。这部作品实际上是一部很有争议的作品，可以说它是诗，是散文诗，是散文，是小说，但是呢似乎都不是。如果说它是诗歌的话，诗歌最本质的特点就是抒情，但是他的《大地苍黄》里的很多作品，小说的特点特别浓厚，有些篇章可以说是纯粹的叙事。尽管里面的很多作品曾经被选入了散文选本，但如果说它是散文的话，散文一个最主要的特点是要真实，而他里面有很多虚构的故事。如果说它是小说的话，小说注重的是人物的刻画，曲折的一些情节，它这里又没有。所以用哪一种文体分类都不能完全地概括它。我很赞同旭东兄对这部作品的评价，说这个作品是一个超文本。我认为这个评价很好，确实是用哪一个文本都不能概括它。甚至可以夸张地说，我认为罗长江先生创造了一个全新的文本，是与小说，诗歌，散文，戏剧并列的第五文体。第二个就是"美"，我评价一个作品是不是一个好的作品，就是它能否给我一个美的满足感，我认为这部作品绝对是一部唯美的作品，主要是表现在三个方面：文体美，人性美，想象美。

吴广平（湖南科技大学教授）：

读了罗长江先生的《大地苍黄》和《大地血殇》两部长篇叙事散文诗，觉得作者的心怀就像浩瀚的长江，作品就像书名"大地"一样，苍茫、博大、辽远、深刻。他抒写的是英雄，彰显的是崇高，有宇宙气象。尤其是读他的《大地血殇》我特别激动。我是研究屈原的，研究楚辞的，屈原是我心中的太阳、图腾和偶像，研究了三十多年，这方面的专著总共出了 15 本了。罗先生的《大地血殇》运用屈原的"九歌"结构全篇，不啻是扩充版的《九歌》，现代版的《国殇》。读来特别亲切和激动。看当代的一些散文诗，满足于打毛线、养金鱼之类的鸡零狗碎，一地鸡毛。看了"血殇"黄钟大吕，我觉得罗长江继承了屈原的精神基因，是屈原的真正传人。

周会凌（青年评论家，广东第二师范学院博士）：

我谈谈对于罗长江先生"大地"系列作品的三点感受。第一个是跨文体写作意识当中宏阔的精神视野。罗长江先生"大地"系列的几部作品，体现出非常自觉而且鲜明的跨文体写作意识，可以说是关于散文诗怎么写和写什么的一种双重的通透。在怎么写方面呢，他的文体样式的创新可以说是将散文、自由体的新诗、小说、戏剧、纪实文学以及民间歌谣等各种文学体裁的元素融为一体，但是又不失散文诗主体这样的一种风格。那么，在写什么方面，我们过往见到的散文诗大部分都是一种体裁小巧，专注于表现个人性情；但是我们说罗长江先生的作品他是在坚持诗性原则之下，让散文诗承载更为丰厚沉郁的主题，像他作品当中的"战争"与"和平"，"铭记"与"遗忘"等，作品因之变得更加厚重。特别是在《大地血殇》当中，让我们看到了对于历史演进的这种辽阔精神格局的体现，证明了散文诗也可以写的如此的沉郁顿挫。

第二点是诗史追求之下的一种血性湘西形象的塑造。作家选择正面表现"湘西会战"这一非常悲壮的民族记忆，体现了以诗魂壮国魂的一种诗史的追求。在这部作品当中，我们说它塑造了整个中华民族的形象，同时也塑造了抗战史上的湘西形象。中国现代以降，湘西作为一个独特的地理和文化空间被书写的时候，已然形成了一种刻板的印象，那就是以匪叙事来塑造匪色湘西形象，这样的作品比较知名的有六十年代周治平的《擒魔记》，七十年代张行的《武陵山下》，八十年代水运宪的《乌龙山剿匪记》，匪色湘西可以说成为中国近现代历史苏醒对于湘西形象一种固化的模式。但是在《大地血殇》当中，它对于湘籍军人尤其是湘西民间人物群像的描摹，展示了抗战时期血性湘西形象这么一种独特的面貌，其中他写了很多的具体的、淹没在历史的宏大叙事烟尘中的民间人物形象。这就是梁启超曾经说过的"无名之英雄"，而正是这些湘人形象凸显了更为纯粹的血性这一湘西地方文化人格，乃至整个湖湘大地的整体文化人格特征。这是对之前"匪色湘西"这一固化文学形象的一种突破，也是对于中国近现代历史当中的这种湘西形象的强而有力的正面复兴。

第三点是巫魅民俗与想象当中解放感官的写作。湘西可以说是当代想象当中所剩不多的一种诗意符号之一，所以写湘西题材者必写湘西的巫魅民俗。但是，这种书写当中呈现出一种自我与他者之间的审美歧途。沈从文先生的众多作品当中他也写过像落洞、放蛊、辰州符、巫术等湘西民俗的神秘，但是他并非贩卖和展示民族区域和民族文化的神秘因子来取悦读者和市场，他的重点在于表现我们神秘湘西背后所隐藏的悲惨，正如表面所见到的美丽成分相同。而在当代湘西形态的写作当中，不乏将奇风异俗作为卖点，这是一种单向度的审美，虽然有着海量的文本，但是表现的是他者视角下民间猎奇演绎和神秘文化噱头。在《大地血殇》当中，大家可以看到他书写了众多神秘的湘西民俗而且充满了巫魅的想象，让人、鬼、神、魂一一登场，但是他的这些描写都是为了血性湘西这一文化人格和艺术形象服务的。

田茂军（评论家，吉首大学文学院党委书记，教授）：

罗老师的书我很早读到了。我为此写了一篇文章，标题是《民间分析文本的现代呈现与超越》。《大地血殇》共九个篇章，与屈原的《九歌》达到一种默契和暗合，同时与民间傩戏的结构构成、演出的场景也达到了一种默契。当然不是那种沿袭民间文本的简单移植，更多是作为作家个人的，对民间传统文本的穿越以及用于现代抗战题材的驱遣。在这种穿越中间，他还化用了屈原《九歌》的结构框架，体现了他的文化自觉。充满了斑驳、神奇、诡异的傩戏和传统民间神话的叙事特色和诗意表达，这种叙事、抒情和戏剧的多文本的体现中，若隐若现闪耀着作家思想的、精神的光芒，其中有呐喊，有哭泣，有吟唱，也有癫痫病的发作。刚才吴广平教授说"屈原向我们走来"，我要说波德莱尔向我们走来，陀思妥耶夫斯基向我们走来，当然，最终是长江向我们走来。

刘霞（张家界学院副教授）：

我从三个方面来解读"大地"系列的湘西形象。

一是神秘奇特的湘西形象。湘西是一部集文化与历史于一体的大书，一部读不完的书，一部常写常新的书，是一种独特的文化与文学现象。早在屈原的诗歌中就有对神奇湘西的吟诵，从此湘西的地理空间一直被神秘的文化所包裹。沈从文关于湘西的描述，充满奇特与神秘，野蛮而优美。同样地，罗长江作品与现实生活息息相连，却又杂糅着神性与魔性，惊艳动人，神秘诱人。他笔下的无名小村沧桑美丽，有着民族的文化特质，有着优秀作品的精神共性。罗长江的大地系列作品无一不是湘西本土的诗意呈现，关于湘西诸多诡异习俗的叙写无一不是湘西意义的反复吟唱。我们惊叹那独特而神秘的文化风习，也为曾经发生在神奇土地上的传奇所震撼，如《大地苍黄》中的"收脚迹""裸月""冬至祭祖"等等，将读者带入民族的记忆之中，并有意无意将湘西民间的宗教信仰、神话传说与自然万物浑然于一体，引发人们的幻想情绪。

二是原生态的湘西形象。罗长江的大地系列作品以原生态的文化视角，呈现了湘西地域的民俗风情，建构起饱满的生态情景，青山、溪流、古树、老井，古老而醇美。罗长江在布局《大地苍黄》时，用竹枝词串联24个节气，从立春到大寒，将相对独立的一个个故事串联成有机的整体，运用跳跃性的结构以展示历史记忆深处的一幅幅美丽与苍凉的湘西图画，形成一幅没有遭受人为破坏的风情风俗长卷，呈现出的这一系列古老民俗是湘西最本源的一种生活状态。这股原生态的文学魅力激发了人们精神层面的文化生态意识，也激发了人们回归本原的渴望。

三是血性自由的湘西形象。罗长江笔下的男女形象质朴、自然、痴情、仗义，具有湘西人性的基本属性。如《鸭客谣》中鸭客佬的侠义情怀，在湘西这块土地上表现得是那么质朴与从容，一切都显得那么的顺理成章。如"三姑娘"的爱情故事，野性，热烈，艰难而充满活力，充分体现了湘西女性追求自由和爱情的执着与坚韧。罗长江继承了屈原的精神。伟大的爱国主义诗人屈原写作的《国殇》，是一首歌颂将士为国捐躯的劲歌；而罗长江的《大地血殇》以叙事散文诗的形式写战争，是为抗日战争中为国捐躯的湘西将士谱写的一首劲歌，一首悲壮惨烈的英雄颂歌。长诗融合了湘西的自然美景、民风民俗以及屈原式的爱国情怀，建构和张扬湘西人大义大爱的家国情怀和民族浩气，渲染了一种久违的英雄主义精神，具有相当厚重的美学意义和文化内涵。在当今全球化的背景下，《大地血殇》的血性精神对于中华民族具有不可忽视的意义。

陈善君（*湖南省文艺评论家协会副主席，秘书长*）：

研讨会上专家们的发言，对罗长江老师的作品多是肯定性的评价。我想从否定性的方面来谈一些想法和建议，因为我觉得一个批评家有责任帮助一个作家的创作更上一层楼。刚才我们的研讨着眼文体评论的比较多，另外就是从文本做出分析，还有就是从罗长江老师的为人这三个方面做出评论。但是我觉得还应该从三性上对罗老师来进行分析，从这个角度上提出一些建议。一个是他的内在性，一个是他的内深性，一个是他的内部性。我所说的内在性就是这部作品的叙事让大家都更多关注与他的文体的创新，我们看这个创新创得怎么样，我就从这个内在性来看。他的两个作品，《大地苍黄》写二十四节气是一贯的，但是他里面写的人物不是一贯的，不是写的是一个人。我们讲长篇叙事应该是有一个完整的历程，也就是长篇小说它的连贯性，它不是围绕一个主要人物来完成的，所以这个影响他的厚度和深度。第二个就是他的内深性。我是从他的语言讲，他的语言我们很多人愿意把他的语言归类在诗的上面，但是我觉得，尽管他的作品我们可以评价是诗与思的结合，诗与史的结合，诗与文——诗韵与散文的结合，甚至还是诗与画的结合，他的作品当中诗中有画画中有诗，或者，最后一个是诗与歌的结合，他的作品的音乐性都是很好的创新精神。但是真正从诗歌语言的角度来考量的话，它可能不是内在文本的需要，而是很多外在建设性的语言。所以我觉得在文体上是创新的，但是在语言上要更倾向诗歌的语言，诗歌的叙事性和抒情性不存在问题，但是诗歌的诗性语言是个问题。最后一个就是内部性。《大地苍黄》的二十四节气，《大地血殇》的"九歌"，我们在读的时候可以感觉出罗长江老师的古文功底很深厚，现代情怀也具备，时代精神也有，但是你既然是用"九歌"，那它们就是内在精神的意志上，我们通过形式往里面看，"九歌"它的每一个内在精神，和你所表述的现代生活和现代人的精神并不是高度契合或者是浑然一体，并不完全是从内部展现出来的。我那个时候读大学最怕的就是《离骚》，读也读不利索，想也想不明白，这就增加了阅读的难度，你自己有思考的难度，写作的难度，但是同时增加了阅读的难度。我们把这个难度一扒开往里面看，它的内部性并不是那么好，不是完全契合。应该是在内在的精神上而不只是形式上的"九歌"，我认为在内在精神上要与"九歌"的精神一致，我觉得这个方面还可以加强。

刘涵（吉首大学教务处副处长，博士）：

罗长江先生给我的总体印象，一个是他在写作上、文体上做了大量尝试与创新，他的跨界的文体写作从不同的艺术门类音乐、绘画、文学以及文学内部之间进行融合，这对我们作家寻找突破提供了一个很好的路子；二个是罗先生的写作具有非常丰润的内涵，散文诗的容量在我们做文学研究、做文学理论的看，是有限的，但是罗先生通过他的努力，把这个口袋扎得很充实，容量很宽广，包容更多的东西在里面，尤其是我看了罗先生的自序以及其他人的评价与评论之后，觉得这种探索与尝试真是难能可贵；第三个，罗先生的作品具有非常厚重的文化，具有非常浓郁的传统；第四个，罗先生的写作风格上具有很强的史诗性。正是因为这些，罗先生在当今的文坛取得了与众不同而让人瞩目的成绩。

覃新菊（吉首大学文学院教授）：

罗长江的《大地苍黄》二十四章，给每一个节气写一篇文章。在这之前，有一位叫苇岸的作家也写过二十四节气。相对于苇岸的纯粹而言，罗长江的《大地苍黄》我觉得就是一种融合，大地节气的变化催发着美丽人世的沧桑，他将大地的秘语，人间的习俗，人世的变动这繁复、宏阔、传奇的因子置放于大湘西的一个村庄，每一个节气都有一个美丽的民俗，都有一个大地之子或凄美或悲恸或纯美的故事，像立春中的梅娘，雨水里的女知青，惊蛰里的雷生，春分里的鸭客佬，清明里的三姑娘，谷雨里的两夫妇等。这让我想起《道德经》二十五章说的"有物混成，乃天地生"。大地上的气象染于苍则苍，染于黄则黄。苍黄大地自然的变迁，细节的流动，村庄的轮回，人世的沧桑，在罗长江的笔下都打造得浑然一体。尤其是人世的悲戚被连绵的大地所收容，所以我感觉是"有物混成乃苍黄"。

刘泰然（吉首大学文学院副教授，博士）：

我觉得长江先生这些文本除了他的跨文体特征，还有另外一个非常重要的特征，就是互文性特征。我读罗先生的两本书，发现他里面涉及很多的互文的东西。这种互文体现了他对中国古典诗词包括对屈原《九歌》的活用和化用，甚至还活用和化用一些西方的，比如荷马，但丁的东西。所以我在想罗长江先生写这两本书的时候，是有非常宏大的野心的，这种文化的野心它其实不仅仅体现在题材的选择上。比如说，他的《大地血殇》写抗战，抗战是个非常政治化的主题，你怎么让这个主题获得一种文化的、厚重的东西？所以，我觉得他其实用互文的这种方式，把这个属于中国近现代民族、国家的重大话题，放到更悠久的一个文化的传统当中去呈现和书写。所以我觉得他的一个抱负，就是用文化来重新处理一场民族战争和国家记忆。而且他不仅仅把他作为一个文化的呈现，还把它上升到神话的高度，或者说原型的高度。无论是他的《大地苍黄》还是《大地血殇》，背后都有一种仪式的东西，或者说神话的东西。我读《大地血殇》这个文本的时候，感觉到它不仅仅是一个文学作品，似乎还在读一个巫师的唱词。它背后无论是形式方面还是语言呈现方面，有点像苗族巫歌的感觉。所以说它背后涉及神话的、原型的一种东西。另外，两部作品书写的这个对象到底是什么？我觉得他有更深的一种关怀，就是说他写的是大地。所有这些人，这些事，包括整个政治的民族的构架，都已呈现着依托的这个终极性的大地这么个背景。我觉得罗长江先生他背后有个更终极的指向，就是把国家的东西，人世的东西，重新安顿到这么一个大地上。所以，至于他最后达到什么样的一个文学层次，这个我不说；但至少他背后包含的这么多的关怀，这么多的野心，这么多的抱负，我觉得就这一点上，他在这个散文诗的舞台上，确实提出了一些非常严肃的问题，而且也抵达了问题可能抵达的边界。

张惠（湖南第一师范学院副教授，博士）：

当我们翻开世界地图的时候，会发现我们这个星球是由两种颜色构成的，一种是黄色，一种是蓝色，这个也经常被大家认为是中华文明和西方文明的一种象征。黄色的文明就证明我们中国人与土地有着非常紧密的关联。我从罗先生的作品里面也非常深刻地看到了这一点，我们可以看到罗先生"大地"系列五卷本的这个构想，他用到黄色、青色、黑色、赤、白这些颜色，都是关于植物，关于土地，是大地本来的颜色。可见罗先生的这个作品，是跟土地有着最紧密关联的，这是我读的一个粗浅的印象。我认真地看了《大地苍黄》，这部作品有三个层面的内容。第一个层面，作品里面有一个巨大的历史背景。二十四章看起来都是一些小小的篇目，但是却拥有一个个重大的历史背景。比如《陌上梅花》是讲两个人的爱情，却有大革命失败后的那一段历史作背景；《蓝印花布》是知青题材；最让我感动的是《雷生与牛》这一篇，是讲大饥荒时代的，有一个叫雷生的放牛娃，因为去采一种地衣叫"雷公屎"，没想到他的牛把队上的庄稼啃去了一大片，因此队长就罚了他半个月的钵子饭。于是雷生很害怕，不敢回家，加之那天晚上他饿晕了，失足淹死在水塘。我觉得这些都有着巨大的历史悲怆性。还有他的《收脚迹》，讲的是海峡两岸的题材，等等。所以说罗老师的作品里面随处可见这种历史感、悲剧感。第二个方面，我觉得他的作品里面有人性的质朴。其中写到一个拧苞谷的老人，她年轻的时候救了一个受伤的红军，红军伤好了就走了，然后她为这位红军哥生了一个娃。然后她把这个娃送到了部队上，牺牲了。然后她生了一个小儿子。后来做了大官的红军哥问她有什么需要帮助，她的丈夫就让她开口，给小儿子解决一个正式工作。但是，她没有开这个口。后来小儿子在水库工地放炮时不慎被炸死，她丈夫也中风了，她的人生由一连串很悲剧的事情构成，但是她并没有因此而失掉这种生性淳朴。第三个方面，就是整个作品里面都有一种诗意的建构。比如说《陌上梅花》里面用了"梅花引""梅之欣""梅之凛""梅之寂""梅之殇""梅之魂""梅之香"多个乐章，让我们看到一串诗意的旋律与画卷。总的来说，罗先生的作品给我们一个既有历史感又有审美性的这样一种享受。

罗建辉（青年评论家，张家界市评论家协会副主席）：

《大地血殇》运用叙述散文诗正面描写战争，是一部充满创新意识与探索精神的跨文体写作。罗老师曾经对我说过他为什么要写这个长篇散文诗，他是觉得做事情要有探索与冒险的精神，他有一种挑战散文诗和挑战自我的强烈渴望。毫无疑义，创作上有抱负有想法的人不少，重要的是罗老师他把抱负和想法变成了事实，也才有今天这样一个隆重的研讨活动。

胡显斌（吉首大学美术学院教师，博士）：

我发言的题目是："跳出大地看大地，跳出湘西看湘西"。湘西在哪里？用演艺节目《魅力湘西》的主题曲来回答：湘西在沈从文的文章里，在黄文玉的画里，在宋祖英的歌里。其实，回答可以更全面些。第一，2300多年前，屈原的"沅有芷兮澧有兰，思公子兮未敢言"，最早将湘西写进了诗篇；此后，陶渊明、柳宗元先后都有湘西题材的诗文问世；20世纪以来，沈从文先生的湘西题材小说和散文，以及孙健忠、蔡测海、黄永玉等的湘西小说，一直到罗长江先生的"大地"长篇系列中的湘西形象，我们看到整个的一条脉络，是一条充盈着湘西形象的文脉。"湘西形象"这个概念最先由简德彬教授提出来的。我认为还可以提一个概念叫"湘西观"，从"湘西形象"到"湘西观"，最终我们可以构建"湘西学"的概念。

朱岚武（青年评论家，张家界市评论家协会副主席，秘书长）：

先说说罗长江先生的文人画。他的画让我想起黄永玉，让我看到黄永玉的影子。比如说有一幅画，画一个小男孩光着屁股，一只大公鸡咄咄逼人，题款是四个字"来日方长"，令人忍俊不禁。再是读罗长江先生的《大地血殇》，我看到了湘西的血性。记得当年我收到吉首大学录取通知书的时候，我竟然不知道吉首在哪里。我的老师拿出地图，然后问我两个问题：看过《乌龙山剿匪记》吗？看过。看过《湘西剿匪记》吗？看过。于是"匪色湘西"的印象在脑子里蔓延了好长一段日子。我在湘西待了十多年，自觉已感染上了湘西的品性。读了长江老师的作品之后，才发现湘西如同一部"大地交响乐"，是如此丰繁、壮美、苍茫与深远！

吴晓（吉首大学科技处副处长，博士）：

大地作为一个空间，长江先生他试图通过三种不同书写转换，赋予大地一种深刻，一种伟大。一种方式就是空间的时间化，比如《大地苍黄》通过二十四节气这么一种时间，将空间赋予了一种深度，把这个空间上的人的认知、生命、经历赋予出来。最近联合国教科文组织将中国的二十四节气列入世界非物质文化遗产名录。二十四节气是一种时间认知。大地要赋予时间才能使得大地纵横，形成一个丰满的空间。第二种方式是空间的文化化，把人们的感知、情感、认同赋予这个空间。被人们称为仪式、称为歌谣、称为习俗等等现象，都在这空间里面鲜活地呈现出来，这是空间的文化。第三种方式是空间的审美化，这一点是最突出的特征。唯有这样，才能使得这个空间超越区域，超越时代，超越民族，而成为一种永恒，成为跨越一切的一种审美对象。

罗长江致答谢词：

衷心感谢主办单位，承办单位，协办单位的热忱张罗与操持，衷心感谢来自全国各地的学者，教授，评论家，作家一同为"大地"长篇系列创作给力、把脉。"大地"长篇系列创作，初衷是试图提供"散文诗还可以这样写"的新文本，为丰富和拓展散文诗的文学样式和文体表现力，为提振当代散文诗的信心与前景做些切实努力。我当悉心听取和吸纳各位专家的真知灼见。借用当下一个网络热词，尽"洪荒之力"写好五卷本"大地"，以不忘初心，不负众望。衷心期待此次盛会能成为中国散文诗发展史上一次具有积极意义的事件而载入史册。

注：此文刊于 2016 年 12 月 13 日《张家界日报》。

应该对这样的探索和探索者表达敬意

——《大地苍黄》评介摘编

李元洛（诗评家、散文家）：

人生与文学，最可贵的就是有价值的创造。齐白石衰年变法，罗长江则壮年变法。他以诗为本，融小说、散文、戏剧、绘画、摄影、音乐之长，杂交出崭新诗歌文本《大地苍黄》，在当代文坛的首次闪亮登场。

看奇光与异彩，听掌声响起来！

——《大地苍黄》单行本推介词

邹岳汉（诗评家，中外散文诗学会副主席）：

《大地苍黄》是一部有分量而又可读性很强的作品。

它整体上具有浓郁的诗性；同时又包含叙事作品应有的生动细节。

它的故事是相对独立的片段；链接起来却成为一件精美的珠饰。

它的故事是传奇性的；却呈现出历史渊源的深厚并引导对现实的对比与观照。

它在题材上有鲜明的地域性、民间性，同时又呈现出一个民族的悲欢与命运。

它在取材、结构以至语言等方面都有所创新，凸显出作家雄厚的生活积累和艺术上锲而不舍的精心打磨，终于在中国当代散文诗领域走出一条属于自己的路。

——《大地苍黄》单行本推介词

龚旭东（文艺评论家，第八届茅盾文学奖评委）：

作者以散文名家，而将小说、诗歌、散文融冶于一炉，铸就这一部诗性洋溢之新文本、全文本，沟通古今，汇聚美丽与沧桑，寓大情怀、大浪漫、大悲悯，处处充溢着湘西的灵性与精魂，展示着中国腹地乡村的风物、风土、风情、风韵。

——《大地苍黄》单行本推介词

马萧萧（军旅诗人，《西北军事文学》主编）：

罗长江先生是我视野里最接地气、最富乐感的作家之一。读到他的长篇散文诗力作《大地苍黄》，不由得被其巧妙的架构、痛切的吟哦、醉美的情韵所震撼。这幅别出心裁的立体长卷，既是对土地、时序、人伦之和谐关系的宏大叙述和深远召唤，更是对中国农耕时代末期最真挚乡恋的美好反刍和依依喊魂。

——《大地苍黄》单行本推介词

唐朝晖（散文诗人，《青年文学》杂志执行主编）：

苍黄的文字，"染于苍则苍，染于黄则黄。"轻盈与苍茫的文字季节更迭，生动地承载着大地湘西的富足。《大地苍黄》收放自如地打开了沈从文先生命源之地的另一面。

——《大地苍黄》单行本推介词

许淇（散文诗人，中国散文诗学会副主席）：

长篇散文诗融入楚文化、民俗、史诗、传统，《大地苍黄》写得好！

——摘自写给作者的信

徐成淼（诗评家，中国散文诗学会副主席）：

散文诗用于长篇叙事，颇具难度。《大地苍黄》勇于攻坚，并取得突破性的业绩，功不可没！

——摘自写给作者的信

蒋登科（诗评家，教授，中国新诗研究所所长）：

罗长江的这部作品是值得关注的。我过去读他的文字不多，但通过这部作品，我们或多或少可以感受到他和其他一些诗人的差异。这是一部在语言上杂糅、在时间上跳跃、在空间上开阔的散文诗。这是一部脚踏实地又蕴含心灵体悟、以小见大的散文诗。这是一部读起来不一定顺畅，但读了之后使你觉得很别致、有所回味的散文诗。一切以散文诗文体探索为目的的试验，只要是严肃认真的，都应该是具有诗学意义的，我们应该对这样的探索和探索者表达敬意。

——摘自《酷暑中的清凉诗意》（载新浪博客）

卓今（评论家，湖南省社科院文学研究所所长）：

罗长江 10 余万字的散文诗《大地苍黄》在《芙蓉》2012 年第 1 期全文发表。发表后杂志编辑部收到一批读者来信，好评如潮。评论家也充分肯定其为拓展我国散文诗写作前景、提振我国长篇叙事散文诗之写作信心所做出的实绩性努力。作为一个在文体、取材、结构、语言诸方面都具备创造精神、创新意义的文本，内容上，将丰繁、复杂和广阔的社会生活场景引入叙事散文诗写作，成功地提供了散文诗完全可以冲破"小圈子"的藩篱而进入社会生活之宏阔空间的实验性文本。形式上，以其充满张力和纯美的诗性叙事，成功地保持和彰显散文诗的本质特征和属性的同时，提供了一个跨文体写作的新文本、全文本。

——摘自《反思与前进　坚守与超越——2012 年湖南文情报告》（载《湖南文学·文学风》2013 年第 3 期）

张千山（文艺评论家，中国文艺评论家协会会员）：

罗长江近作《大地苍黄》在《芙蓉》2012 年第 1 期全文发表，随即由湖南人民出版社于 2012 年 5 月出版发行。《诗选刊》2012 年第 9 期予以选载；国内两家权威的散文诗年度选本分别予以选编；有选家将其列为国内年度 10 部优秀散文诗集之一。《芙蓉》这类文学专刊一次性刊发一部 10 余万字篇幅的散文诗作品的作为，建国以来国内文学刊物尚无先例，为此有论者将《芙蓉》此举视为2012年度我国散文诗坛10大标志性事件之一。

　　咏叹着《杨梅梦里红》从隆回走出的罗长江，从本质而言就是一位来自梅山的抒情王子。他推出的10余万字的长篇叙事散文诗《大地苍黄》，从形式的创意、创新到内容结构的匠心独运，打造出来的简直就是一曲深厚绵长、高亢悠远的当代版《呜哇山歌》。

——摘自《古远梅山的文化图景——对隆回作家群的一种解读》

（载《湖南文学·文学风》2013年第3期）

张建安（评论家，作家，教授）：

　　学者王志清在《特立独行的全新文本——罗长江〈大地苍黄〉的三个看点》中这样评价《大地苍黄》："作者既联结了上苍，也接通了地气，进入到了自由之境，打开了畅想的空间，使得这些历史的、现实的、原生态的生活形态纷纷进入了作家当代意识的烛照，进入了诗性的文化的关怀。"诗人突破古今之囿，同时也疏离了具体现实和当下心灵，极其自由而流畅地驰骋着想象，忽古忽今，忽远忽近，忽虚忽实，忽浓忽淡，忽张忽驰，从容流转，娓娓道来，建构起张力饱满的生态情境。湘西南故乡的那些已经逝去的历史与故事，成为一方方美丽的块面，仿佛漫不经心地信手拈来，而形成了美与美的块面的组合，大类于王维诗歌纯以物象并置的手法，表现出强劲的艺术张力。尤其是作者通过这种画面的并置与叠加，反映出湘西南地域的成长史、文明史、民族史、风俗史、精神史，也表现出诗人对生命价值的拷问，对精神高度的向往。

——摘自《文脉绵延，弦歌不绝——隆回文学现象及作家论》

（载《湖南文学·文学风》2013年第3期）

张灵均（作家）：

　　这个文本独异，也很美！

——据湖南作家网

姚雅琼（作家）：

这部散文诗，大气，也不乏婉转，最大的特色是作者一直保持着创作中的感情汁水的饱满，作品读来让人爽口爽心。

——据湖南作家网

龚爱民（作家，编辑）：

长篇叙事散文诗《大地苍黄》是我所读作家罗长江所有作品中感受最强烈也最新最好最奇的一部史诗性作品。也可能是中国散文诗的里程碑作品，因为它完全称得上文学苑地里的孤本、绝本。这部长达10万字的作品，是一部融小说、诗歌、散文、绘画、民间文学等多种元素的全新散文诗文本。该作品最近在大型文学期刊《芙蓉》杂志发表，而且出版的单行本也即将面世。《大地苍黄》具有诗人汪洋恣肆的才情和纵横开阔的视野，作者对大湘西农业社会风俗世相的深情歌吟，散发出沧桑的历史感与震撼力；这是湘西北历史记忆深处的一幅美丽与苍凉、哀婉而深沉的风情风俗的立体长卷，是用诗人的视角和语言状绘湘西北人文地理提炼湘西北人生哲理的写真册页，同时又是有着沈从文《长河》一样胸襟和气势的大湘西叙事的全新文本；我们的祖先延续了几百年以及我们走向现代文明社会的生活状态，在作者的歌哭吟哦里发出耀眼的光芒，既照亮了我们脚下苍黄的大地，又引我们张望头上辽阔的星空，且又唤起了我们无尽的遐想和追问。作品内容丰富，文字空灵，文采飞扬，激情澎湃，色彩明丽，诗性灵光与沉郁情感相交织，形成特有的深厚与诗美素质，读来无不令人撼彻心扉。这部作品不仅是本市文学创作的重要收获，同时在湖南甚至全国也是独步的。

——"罗长江《大地苍黄》评论专辑编者按"

注：此文刊于2013年9月8日《张家界日报》。

罗长江：散文诗书写战争第一人
——长篇新作《大地血殇》评论摘登

李元洛（评论家，散文家，湖南省作家协会原副主席）：

《大地血殇》主题重大，场面宏阔，气势磅礴。像这样用散文诗正面表现宏大战争，以散文诗书写民族抗战还原国家记忆，应该是前无古人。散文诗留给人们的印象，一般是小巧玲珑。泰戈尔多抒情，曲水流觞；鲁迅《野草》重哲思，电光石火。但都不是这种宽银幕式的大场景大制作。《大地血殇》第一个这么写。第一个写得这么好。文体，文本，两方面都是了不起的创举。再者，正面书写战争的同时，糅合湖南的风土习俗，把古典与现代，把战争与湖南特有的地域文化融于一炉也极具特色。

徐成淼（评论家，诗人，中国散文诗学会副主席）：

中国当代散文诗肌体纤弱，少有黄钟大吕之作。罗长江有意以长篇叙事系列散文诗反映人类命运和历史演进，对当代散文诗的现代性转变，具有重大意义！

蔡旭（散文诗人，中国散文诗学会副主席）：

"大地"系列很有特色。叙事散文诗少有人涉及，长篇更难得。为长江先生在这一领域的辛勤开拓和可喜成果由衷祝贺！

王幅明（评论家，编辑家，中外散文诗学会副主席）：

罗长江的《大地血殇》是一部探索性长篇散文诗，可能会引起争议。这对散文诗发展有好处。

龚旭东（评论家，湖南省作家协会副主席、省文艺评论家协会副主席）：

很高兴又一部力作推出。我的感觉：比较"苍黄"（注：《大地苍黄》），"血殇"（注：《大地血殇》)主题更宏大，场景更开阔，写法更灵活，情感更充沛。

王志清（评论家，诗人，教授，中国王维研究会副会长）：

鸿篇巨制，长篇诗史，洵为创举也。全篇宏大叙事，严密建构，气势磅礴而惊心动魄，真可谓感召日月、歌泣鬼神。当下，国内散文诗已经成为病弱、甜腻的小摆设。罗长江的散文诗标新立异，独树一帜，追求壮大宏阔，是正路，是我反复呼吁的走向。散文诗不是文体不行让人看不起，而是写作散文诗的人实力不行，甚至自坏家门。在当下散文诗界，长江先生堪称一枝独秀，拔萃而出。

田茂军（评论家，教授，吉首大学文学院党委书记）：

《大地血殇》初读是跨文体写作，细读则是跨文化写作，立意深刻，表达新颖，令人惊叹！这是湖湘当代文学艺术创作的新收获，新标杆！

马萧萧（军旅诗人，《西北军事文学》主编，刊发《大地血殇》责编）：

在我接触到的同类体裁、同类题材作品中，《大地血殇》是不可多得的一部最富情韵与乐感，最具创造性和开阔性的感人力作。

李辉（图书责编）：

这些年，经我之手编辑出版的散文诗集不下百十种了，像《大地血殇》这种极富挑战性和实验性的长篇巨制真还是第一次遇到。它与我们平时见到的常态散文诗不一样。除了题材上是国内外运用长篇散文诗正面描写大规模战争第一人，写法上，将民间歌谣、纪实文学、自由体新诗、戏剧、散文、小说等诸多文学体裁的元素融为一体而又不失散文诗的主体风格，国内似也没人像他这样尝试过。论架构，论穿插与切入，皆举重若轻又游刃有余，精巧、缜密而始终透出一种大气度、大格局，很见腕力和匠心。将《大地血殇》与作者此前创作出版的"大地"系列之一部《大地苍黄》结合起来看，愈加发现作者是有备而来，有意要走一条前人不曾走过的路，而且，明显感觉到了其厚积薄发之势。既有在长篇叙事散文诗领域施展一番的雄心，又有出手不凡的实力，一本接一本，凭特立独行的作品发声。

注：此文刊于 2016 年 2 月 17 日《张家界日报》。

植根湘西的大地歌者

——罗长江《大地五部曲》研讨会综述

1月8日，由《诗刊》社、《中华辞赋》杂志社、湖南省作家协会、张家界市委宣传部和张家界市文联共同主办的罗长江长篇叙事散文诗《大地五部曲》研讨会，在北京中国现代文学馆举行。来自全国的作家评论家针对《大地五部曲》立足湘西大地的写作，围绕散文诗写作如何展现重大题材的史诗性、如何进行跨文体写作的探索性以及散文诗发展的广阔前景等多个话题展开深入研讨。

《诗刊》主编李少君认为，习近平总书记在中国文联十一大、中国作协十大开幕式上的讲话强调要"书写生生不息的人民史诗"，散文诗也可以发挥这样的作用。罗长江的《大地五部曲》就证明了这一点。罗长江把散文诗进行了开拓，具有突破性。散文诗原来被认为不适合重大题材，但《大地五部曲》写得开阔瑰丽，气势如虹，如同从大地上自然生长出来的繁花硕果，是新时代散文诗非常重要的成果。有学者认为，中国新诗的源头应该从鲁迅的《野草》开始，因为《野草》浓郁的现代性，才足以代表新诗的现代性。这一说法虽然引起很多争议，但也将散文诗的地位一下子提得很高。罗长江的散文诗有突破性，首先是散文诗题材边界的拓展，这也是在传统散文诗基础上的拓展与延伸。

李少君谈到，文学的演变，也包含题材范围的演变。宋词的演变中，苏东坡将原本主要写艳情的词，进行了改造、革新、创新，词境变得开阔，万事万物无不可入词。苏东坡提高了词品，把言情与言志结合、现实与幻想融汇、婉约与豪放并举，宋词终于取得了与唐诗同等的地位。当代散文诗也需要这样的开拓创新。自鲁迅的《野草》后有一段时间，散文诗主要是写一些小情小感。罗长江把散文诗进行了开拓，写得大气磅礴，他把民谣、神话、战争、历史、民间故事、人物小传等诸多题材都用散文诗的形式进行表现，将散文诗在题材内容的拓展上进行了探索。此外，他的散文诗创作对当代诗歌也有很多启迪，他把诗和剧、神话和现实、历史和当代结合起来。亚里士多德《诗学》中"诗"的概念是包括悲喜剧的，散文诗将"诗"的属性推及散文，这样的一种融合，就使散文诗变得包容大气，进而可以书写生生不息的人民史诗。

"《大地五部曲》结构宏大，是一部宏伟的大地颂歌，我称之为盛大华美的大地交响曲。"中国诗歌学会学术委员会主任谢冕认为，罗长江的写作是有准备的写作。他创作诗歌、小说、传记文学、纪实小说、散文，当然更有散文诗，拥有非常丰富的生活阅历和写作经验，他有自己的目标和追求，自言是"不甘平庸"的作家，这些长时间、多种文体的写作，加上他"熟读"了关于大地的经历和经验，这些可贵的积累，如今都集中到这部鸿篇巨制中来。他以散文诗为基点和出发点，完成了一次跨时空也跨文体的大超越。其中无所不在的湘西风情和中国意象，确立了这一交响乐章的基本主题。而传统的中国五行"金木水火土"，为宏伟乐章抹上了鲜明的中国底色，它们分别代表着关于大地的现实、历史和梦想。

谢冕谈到，沅湘流域不仅有迷人的湖山盛景，更有丰裕的历史积淀，屈原在此留下他行吟的足迹，留下了《离骚》《天问》等伟大的诗篇。在民族争取独立解放的战争中，这里发生过长沙保卫战、常德和衡阳保卫战等可歌可泣、气壮山河的战斗。作者引用《九歌》的构架，用新的九章祭奠新的国殇。鲜明沉郁的中国元素，成为这部交响乐曲中时时浮现的基本旋律。二十四节气，匹配着二十四首竹枝词，讲述一个村庄的二十四个故事，随处可见构思的缜密和诗意的充盈。它的色彩是中国大地的色彩，它的音响是中国大地的音响，他的想象是中国大地的想象。作家为了完成这部结构缜密复杂的恢宏的交响诗，调动了他毕生的积累，有抒情的、叙事的、想象的，不仅是叙事，作为整部交响乐的基础是抒情的散文诗，并且完成了质的飞腾。

湖南省作家协会主席王跃文认为罗长江的文学创作有三个特性。首先，生动诠释了习近平总书记"生活就是人民，人民就是生活"的最新论断。他的作品体现出鲜明的人民性。以人民为中心是社会主义文学的本质，罗长江的创作对人民性的顽强坚守值得赞颂。其次，再次印证了文学源于大地的朴素真理。罗长江是张家界建市之初从老家邵阳调过去的。张家界从"养在深闺人未识"的世外仙境，到"三千奇峰，八百秀水"誉满天下，成为全球闻名的旅游胜地，罗长江既是见证者，也是参与建设的拓荒者。他是被张家界这片土地所成就的作家。这也正是他把这部新作命名为《大地五部曲》的原因。再次，是文学艺术守正创新的成功探索。作品俯瞰大地，横贯古今，堪称皇皇巨构，有抟和诗歌、戏剧、小说、散文、民谣、新闻、微信各类文体的大笔力，调度自如，包罗万象。有大布局，有小细节；有大事件，有小人物；有锦山秀水里的儿女情长，也有抗日战场上的断腿决腹；为屈子招魂，更为美好新生活的奋斗颂赞。这是一部宏大立体的大湘西人文历史与自然生态的全景式诗篇，具有令人叹服的文学雄心与勇气。《大地五部曲》为散文诗艺术提供了一个可以探讨的极有价值的文本。

中国作家协会创研部主任何向阳对《大地五部曲》的读解是"致广大而尽精微"。何向阳认为，首先它是散文诗，但是它又有些异处，属于跨文体。这五卷各有侧重，但整体读来史诗的初衷和雄心跃然纸上，气势恢宏，有交响乐之磅礴。这确实像狄德罗说的，诗需要一些壮大、野蛮、粗犷的气魄。《大地五部曲》有点像马勒的《大地之歌》交响曲，六十万字的体量慷慨任气而又自由放纵。"致广大"起码有这样几层意思，作家对历史的、战争的、自然的、古今的、未来的跨越，都有把控能力，可见其掌控性是非常强的，像一个指挥家，要指挥着全部的乐团，然后演奏出不同的声音。其次，一般散文诗是以抒情性为主的，但这部作品里多为叙事性，甚至是历史性，却又不是把历史、战争这些现实层面的事物去直写，是把它们还原成人的心绪、人的感受。也就是说，在艺术层面上又打破了一些框架，写得自由开阔，不受约束，具有敞开性、无限性和衍生性。而衍生性确实是一种广大。《大地五部曲》体现了一种深度写作，这种深度写作也可称之为呼吸写作，从听觉写到嗅觉乃至人物等等。这部作品在抒情和叙事之上，构建了自己的史诗性。

《诗刊》副主编、《中华辞赋》杂志社社长王冰认为，罗长江的《大地五部曲》是一部颇具气象的长篇叙事散文诗，是散文诗写作中的又一次艰难跋涉之旅。作者凭借对于张家界这方土地的热爱，对于这方土地上的儿女、风物、历史的熟悉，像打扮自己女儿出嫁一样，精心细致地将张家界的各种美都呈现出来。秋月夏云、冬月春寒，作者在文中尽情摇荡起自己的性情，将自身融入张家界的山水和历史之中溶解它，渗透它，把作者的精神世界、张家界的山水情韵和张家界的历史烟云，运用诸如象征、意象、感觉、意识流、时空颠倒与跳跃等现代手法，细致入微地表现出来。文字厚重、深沉，文风含蓄、节制、老到，饱含物趣、意趣和情趣，颇有文士风骨和中国意绪，读来令人感喟不已，回味无穷。

《诗刊》编委、《中华辞赋》总编辑石厉认为，自 19 世纪到 20 世纪，文学极端表达的事例太多，从荷尔德林的疯癫到奈瓦尔的自杀，波德莱尔"恶之花"般的忧郁和纳博科夫小说中的变态恋情，拉丁美洲的魔幻，一直到我们诗歌小说中所谓的"试错"叙述，都试图不同凡响、一鸣惊人，以致文学作品常常被自己所制造的审美疲倦的洪流所内卷。这主要是写作者偏离自然之故。罗长江《大地五部曲》之所以让读者产生一读而快的兴趣，就在于其所涉内容虽然庞杂，但他如惠特曼一样，基本都能将其归于一种持久、普遍性的自然书写。天地常新，无论五行、花草和鸟虫，还是风景、民俗、战争与人物，他都得心应手将其统摄于空灵而芳香的土地。我们的身体、意识以及文化或历史其实都是自然演变的一部分，自然的状态可完美覆盖或呈现我们所谓诗性表现的本质。一旦将自然而非神偶作为在场的主体，诗歌的灵魂就开始生成，也可能所有语言表达中所潜藏的极端、幻象或迷惑都可得到自然的调适，这大概也是中国古人所说的"极高明而道中庸"，那是一种至大无外的包容。不要以为分行的文体就是诗歌，不应过于局限形式上是否是诗或非诗的形式，即使写作者并不刻意追求诗歌式的分行表述，其自然状态的修辞本身也必然呈现出诗歌的属性与追求，这似乎就是人们所说的散文诗。《大地五部曲》可谓是如此意义上的一个特例。另外这部作品并非传统意义上具有主要脉络与结构作为穹顶支撑的一部文学长篇，而是仿佛大地上盛开的一朵五瓣相依的鲜花，是自然天空中的五角星，抑或是更加灿烂的一棵语言大树上五根扇形排列的枝丫。作为长篇巨制，这种结构是发散的，而非线索式的内敛，因此又具有广阔的探索性。

《大地五部曲》让作家出版社编审唐晓渡大感震撼。他认为，这震撼固然和其体量有关，但考虑到类似体量的诗卷在当代并不仅见，故算不得最主要的原因；真正让他感到震撼的是这部作品的恣肆汪洋、元气淋漓，既是一个结构宏大、肌质复杂的语言织体，又是一个能量充沛、辐射着巨大生机和活力的自在生命。兼有如此质量和体量的当代作品，在他的阅读视野中，还当真是凤毛麟角。我们当然可以说这是散文诗的一个重大收获；然而，只要粗略分析一下其多支点的建构方式、多要素的肌理特征、多功能的语言转换、多调性的声音变化，再回到其以"大地"之名，将所有这些融为一体的有机整体性质，就会发现，这一文本的内涵，早就大大撑破，或者说溢出了通常所谓"散文诗"概念的外延，以至不能被任何现成的文体或文类概念所限定，而一般性地指称它属于"跨文体写作"，又显得过于刻意。如果一定要对其进行某种总体定性的话，我更愿意说，这正是许多诗人作家梦寐以求的"大心灵书写"或"诗性总体书写"的产物，一个兼具复调和复合性质的超级文本，一部不可多得的"奇书"，尽管其完成度还大有改善的余地。至于它与散文诗的关联，似更应从其挑战、颠覆，以至粉碎了迄今为止所有有关散文诗的成见这一角度来看待。

北京外国语大学教授、博士生导师汪剑钊阅读罗长江的《大地五部曲》，让他想起了费孝通先生的《乡土中国》。费孝通在书里指出，正是那些平时被我们看作"土头土脑的乡下人"才是中国社会的"基层"，土是他们的命根子，在农村，土地神恰好是在数量上占有最高地位的一尊神。可以说，土地这一丰富的资源让生长其上的人们形成了特定的空间感和时间感，进而影响到了他们的生活方式、政治秩序和道德规约。第一卷的"小引"中，作者告诉我们，泥土是有声音的，那就是天籁，一支与人类共在的古歌。正是顺着"小引"所设定的路径，汪剑钊进入这部鸿篇巨制的正文，也由此更深地感受到了作者在形式上精心的建构。全书共分五卷，以"大地苍黄""大地气象""大地涅槃""大地芬芳"和"大地梦想"收纳和铺展。通读全书，不由得让人对这部作品的文体归属产生一丝怀疑。它有抒情，有叙事，有议论，似乎集聚了诗、神话、歌谣、小说、戏剧、新闻、口述实录等各种元素，打破了以往散文诗的精短和两栖特征。这种跨文体性令人想到了麒麟的存在，它集龙、鹿、羊、狼、牛、马诸体征于一身，成为获得人们青睐的瑞兽。因此，应当对作者罗长江生出由衷的敬意，为他的大胆实验而称道点赞。《大地五部曲》是当代文坛的一部"心血之作"，就目前完成的篇幅而言，它已基本实现了作者的预设，我们也可以从字里行间体会到其中的甘苦。一个中国人以"五部曲"的形式为自己的民族立言，这是一个令人欣喜的成就。

在中国诗歌学会副会长王久辛看来，要创作好伟大时代的英雄史诗，就一定要遵循三个逻辑，即历史的、理论的、实践的逻辑。罗长江正是循着三个逻辑的内在精神创作的，他从家乡湘西的根性历史开始写起，写了这块土地上风云际会、波澜壮阔的大事件。他的五部曲起承转合，内在勾连，本质的推动力推动着作者的创造力，一部部作品创作出来。第一部《大地苍黄》写村庄的二十四个故事，苦涩与温暖，苍茫与救赎，命运与奋争，可见湘西漫长的成长、风俗与精神的演进；第二部《大地气象》写湘西会战、长沙会战、常德衡阳保卫战，写出了湘西惨烈英勇的战争与瑰丽奇谲的湘楚祭祀的氛围，更贴近地域人文的灵魂；第三部《大地涅槃》写六百年河街面临拆迁引发抢救文化记忆数十人的生死歌哭，引发关于诗意栖居和自我更新的思考；第四部《大地芬芳》写作者"我"与小孙女来张家界探寻自然奥秘，将文史哲美与风土人情融入诗性的表达和对生态严峻形势的叩问；第五部《大地梦想》以"天空""大地""追梦人"为书写对应物，以"我"行走于千年鸟道的所见所闻所感为演绎推进的脉络，写了人与鸟、大地与天空、神话与现实、光荣与梦想的多重交响。罗长江创作的作品，其底蕴的力量以及推动时序演进的故事与人性，是紧扣三个逻辑的，内容与形式是结实而华美的。

中国作协诗歌委员会副主任张清华认为，谢冕先生从新诗诞生以来散文诗文体的发展角度，用"从短笛到交响，从野草到丛林"这样一个比喻来概括，是精准的，给了这部作品一个定位，即一个具有"交响乐性质的大文本"。作者的写作抱负，可谓溢出了传统的文体观念，意图通过这一巨型文本，构造一部当代性的史诗，将中国现代史中湘楚大地上发生的重大事件，近代以来仁人志士的奋斗、抗战、现代化进程、城市改造等等历史元素，都以"历史串联"与"空间并置"相结合的方式予以了表现。同时，作者还通过融入中国传统文化元素，诸如五行"金木水火土"，天干地支，二十四节气，古曲的五种调性"宫商角徵羽"，等等，强化本土意味，使这些元素与丰富的历史内容之间，实现了对话与形式的匹配，并且以此来配合历史的空间化设置。再一点，是叙事中一种鲜明的现代性诉求。一方面它坚守了历史的真实，同时又有很高的哲学理念——是用"大地"这个总体意象作为承载，并将之具体化为土地、河流、族群的生存，大地上的所有表象，等等；同时还传递了城市化的进程对于自然和传统所形成的破坏的忧思，等等，贯穿了人文主义的精神和当代性的世界视野，不断与世界文学的经典作家与文本对话。另外，作者在写作的过程中，还生成了一个令人尊敬的"诗人的主体形象"，这也是值得肯定的一点。

《解放军文艺》原主编刘立云在读完《大地气象》的上半部，即《第四歌英雄故事歌·湘西会战（续）》之后，为诗人的胆识和才华击节赞叹，为他处变不惊的心态和从容不迫的倾诉频频叫好；同时也为他运用散文诗的形式处理这样一个重大而惨烈的战争题材而感到独具匠心，越读越被作品多视角多维度地反复交织和咏叹振奋不已，越读越有一种摧枯拉朽、荡气回肠的快感。作品采取复调的形式，设湘西会战纪念塔下那座阔大的舞台为祭坛，把绵延辽阔卧虎藏龙的雪峰山麓作为庞大的背景，以正在举行的纪念抗日战争胜利七十周年作为时间切口，在屈原《九歌》亦真亦幻的乐舞中，帷幕拉开，一场大型民间祭祀仪式宣告开始。从一脉脉山莽到野牛耸动的背脊，从野牛群大张的鼻孔、抖擞的毛发、狂野的光芒、响入云霄的叫喊，到漫山遍野的云呼水啸，山奔海立，雷霆万钧，这是闪回，是幻化，是通感，是穿越，是意象叠加，是乾坤颠倒。读着这些文字，或者听到这些朗诵，一颗心不由自主地跟随着他跳动，跟随他进入漫长而幽暗的历史隧道。忽然，心里跳出两个字：格局！这就是一首诗的格局。他把一场战争当成一首诗来写，或者反过来，把一首诗当成一场战争来写。当然，这首诗是一首大诗、一首长诗、一首暂时无法命名的诗。

中央民族大学教授敬文东认为，"沉重与飘逸，都听命于情感"。《大地五部曲》对散文诗另有理解，它首先是从语言的层面革新了散文诗的内涵，从而让它具有中国本土的特色、汉语言的特色。罗长江使用的汉语有两个极点，一个是沉重，另一个是飘逸。沉重和土地有关，飘逸则和天空联系在一起。毫无疑问，《大地五部曲》更偏重汉语的土地特质。作为土地的反面或必要的参照物，天空在《大地五部曲》当中也理所当然地得到了呈现。听命于语言，更应该听命于情感，这是《大地五部曲》对散文诗从语言的维度给出的独特理解。《大地五部曲》各种文体多管齐下，使得大地自身的复杂性、多样性、爱恨情仇一并得到了没有死角的诗情抚摸，提供了一个"散文诗还可以这样写"的新文本、全文本。

湖南省作家协会副主席龚旭东认为，散文诗应具有精神原创性与艺术先锋性。《大地五部曲》让我们有了一个可以真正作为文本分析的标本。散文诗的发展，从一开始就天然地具有精神的原创性和艺术的先锋性，从鲁迅开始就是如此，它直接和心灵与精神相关，是内心搏斗的深刻体现。《大地五部曲》为我们提供了这么一个认识的契机，为诗人和作家如何艺术地表现和回应我们所处的时代，提供了一个新的艺术经验。包括它对时代、对历史、对现实的思考，它的思维格局，思想和情怀，以及整体的结构和每一部的构架里面，是怎么样去体现的？其中有很多值得我们思考甚至反思的东西。书中有很多新鲜的艺术追求和艺术经验，比如发帖、跟帖，本来很难进入到诗歌里去，《大地五部曲》却用它们多层次、多角度地体现了各种社会观点、社会公共性的情感情绪观点，很和谐，打破了叙述和叙事单一的角度，具有很强的延展性。本书引导我们进一步思考：散文诗和分行的诗差异到底在哪儿？启示我们，散文诗更具有综合和开放的诗性，可以更多地为了意义表达的需要，将一切可以拿来的艺术形式、方式、方法、手段运用进来，去探索一切新的艺术可能性。在此基础上，文学的界限越模糊，散文诗的空间就越开阔。所以理想的文本创新，它一定是思想溢出或者撑破艺术的结果，这才是最好的艺术表达。

北京第二外国语学院教授李林荣谈到,《大地五部曲》的第五卷最能够突出交响乐特质,因为整个这一卷的结构方式就是交响乐的方式,而且定位特别准确,几乎把交响乐的各种要素、篇章结构的元素全都体现出来了。把散文诗的短章的小而微变成宏大华美,结构上有很多苦心孤诣而且精巧的设置。第五部中有一个部分,虽然占的篇幅不是很大,但是对于理解罗长江的散文诗创作的思想底蕴很有帮助,就是第三章当中的第一个变奏,也是整个第五部的末章,是一部戏剧体有点像伯克新的诗剧。在这个文本当中可以看到罗长江作为一个诗人,一个散文诗的探讨者、建构者对鲁迅深入的理解、对鲁迅《野草》的理解,以及旧体诗当中很隐秘的情怀,鲁迅思想当中和早年特别神往的诗人,还有思想上一直念念不忘的,都解读得很细。尽管是一个诗剧的形式,但既是诗也是戏剧,把从《野草》到鲁迅整体思想当中的关节,用生动形象的方式全都展现出来。第五部写得很沉重,但是就像交响乐的编排,有些乐章很强,有些乐章很弱。有些过渡确实是比较散淡的,但是实际上是为后面更强的乐章做准备的。

解放军艺术学院教授黄恩鹏认为,罗长江的《大地五部曲》是一部卷帙浩繁的散文诗叙事长卷,作品弥漫浓郁的"母土"气息:祖先、自由、爱情、生存、战争、神话等等,似曾相识的事件,以不同视角、结构和手法,构建了长篇散文诗滔滔时空的"宏大叙事"。作品的文本策略是以小说的语境、剧场的效应、电影蒙太奇等等手法安排和架构整体,不拘一格并葆有诸多新文体"杂糅",让语言的绵密与思想的布局相关,与理想化的风格相关,当然也不妨碍从整体的概念、风格、结构、人物、情节等来求证独特的语境对散文诗文本的适用,甚至是开掘性的。《大地五部曲》的文本立场明显,根基坚实,从而枝叶纷披、思情饱满、想象充沛,也让诗的意象粲然生光。诗人一方面受"物色"感知,喻写自然;一方面运用主体之思,关怀人类的处境。以含蕴"事典"的文本,打造生动活脱而又卓荦不凡的"大湘西"意境。还穿插"随笔式"的思考,将一种广义的"人类学"完美呈现。可以说,《大地五部曲》是散文诗又一个重要收获。

湖南省作家协会创研部主任贺秋菊认为,罗长江是一位有文学理想和文学追求的作家,《大地五部曲》是他沉潜多年创作的一部厚重之作。他的笔触朴实且细腻、真挚而富有哲思,气象辽阔。细读文本可以发现,罗长江善于在日常繁杂琐屑的河流之中用关切而深情的目光挖掘生活的细节,孕育成诗，打捞精神的光亮，迸发出丰沛动人的情感。在《大地苍黄》中，他写到烧瓦窑的祖父、身着蓝印花布的女知青、放牛娃雷生和雷生爹的"雷生崽"，写蹲在鸭棚望着鸭群在溪河和水田里叽叽嘎嘎啄泥觅食的鸭客佬，也记录下了一生坚守在茶园守候孟同归来的三姑娘的故事。平凡岁月中的小事物、真感情最是深藏诗意，最能遣发诗兴。我们读到，存储往事的匣子被无言地打开，有时是在晨光暮色里，有时是在无眠的暗夜，有时是在渔火飘忽的阡陌田垄、蓝印花布的村庄。诗人有时凝神沉思，有时自审自省，贯穿始终的是一位怀着虔敬之心在文学创作之路上坚定迈进的前行者，他坚守老祖父的"瓦窑"，倾听"泥土的声音"，匍匐在大地上一路探索。

注：此文刊于 2022 年 1 月 14 日《文艺报》。

"文学雄心"熔铸"伟大交响"

——罗长江《大地五部曲》评介摘编

　　罗长江的长篇叙事散文诗《大地五部曲》由《大地苍黄》《大地气象》《大地涅槃》《大地芬芳》《大地梦想》五部作品组成，共55万余字（山东人民出版社2021年11月版）。作品立足大湘西，彰显大地精神、中国底色和人类视野。第一部《大地苍黄》：乡村风情长卷，农耕文明挽歌，怀想一个村庄的美丽与沧桑；第二部《大地气象》：民族战争血史，民族心灵痛史，还原一场昨天的战争与国家记忆；第三部《大地涅槃》：历史街区改造，当下城市映象，见证一条老街的前尘与今生；第四部《大地芬芳》：绝版自然生态，斑斓地域风情，托出一群峰林的瑰丽与神奇；第五部《大地梦想》：聚焦千年鸟道，抒写人类梦想，聆听一阕天·地·人·鸟的交响。

　　《大地五部曲》作为诗人罗长江之"文学雄心"（王跃文语）熔铸的散文诗巨构，内容上摄取重大题材，将丰繁、复杂和辽远的社会生活场景引入散文诗写作；结构上五部作品互不雷同，各臻其妙，显示出强大的布局、驾驭与掌控能力；形式上"跨文体"，穷尽散文诗写作的种种可能；语言上坚持诗性书写，坚守散文诗的本质属性；思想上表现人的最深切的，最深入的，最深沉的精神运动。以其充满张力的诗性叙事，提供一个"散文诗还可以这样写"的新文本、全文本、超文本，构建了一个为既有的"散文诗"所无法涵盖的诗性的世界。用谢冕先生序言中的话说："五个恢宏的乐章组成了关于大地的伟大交响曲。这位来自湖湘大地的诗人罗长江，终于把'野草'培成了树林，把一曲乡间的叶笛奏成了博大恢宏的黄钟大吕。"

　　谢冕（诗评家，中国诗歌学会学术委员会主任，北京大学教授）：

　　《大地五部曲》是关于大地的伟大交响曲。罗长江以巨大的魄力和决心，建造一种深沉宏阔的交响诗，涵融今古，思接千载，既是中国的也是世界的，结构缜密复杂，凝聚而包容，华美而盛大，完成了跨时空、跨文体的大超越。罗长江把握和展开散文诗这一亲切的文体，圆满地到达他所憧憬的表现重大题材与熔铸史诗品质这一重大的创作蓝图。

李元洛（诗评家，散文家）：

人生与文学，最可贵的就是有价值的创造。罗长江以诗为本，融小说、散文、戏剧、电影、绘画、音乐之长，杂交出崭新诗歌文本。散文诗留给人们的印象，一般是小巧玲珑。泰戈尔多抒情，曲水流觞；鲁迅《野草》重哲思，电光石火。但都不是这种宽银幕式的大场景大制作。其中《大地气象》用散文诗正面表现宏大战争，以散文诗书写民族抗战还原国家记忆，主题重大，场面宏阔，气势磅礴，应该是前无古人。诗人罗长江第一个这么写，第一个写得这么好。文体方面所做的贡献，文本方面所做的贡献，都是开创性质的，都是了不起的创举。

王跃文（湖南省作家协会主席，鲁迅文学奖得主）：

罗长江的《大地五部曲》俯瞰大地，横贯古今，堪称皇皇巨构，有抟和诗歌、戏剧、小说、散文、民谣、新闻、微信各类文体的大笔力，调度自如，包罗万象。有大布局，有小细节；有大事件，有小人物；有锦山秀水里的儿女情长，也有抗日战场上的断腘决腹；为屈子招魂，更为美好新生活的奋斗颂赞。是一部宏大立体的大湘西人文历史与自然生态的全景式诗篇，具有令人叹服的文学雄心与勇气。

纪红建（作家，鲁迅文学奖得主）：

罗长江的《大地五部曲》是散文诗界鲜见的精品力作。无论是对一座村庄的美丽与沧桑的怀想，对一场昨天的战争与国家记忆的还原，还是见证一条老街的前尘与今生，托出一群峰林的瑰丽与神秘，聆听一阕天·地·人·鸟的交响，都是对现实诗意又彻底的表达，透射着诗意的唯美与现实的悲悯。宏大而独特，丰富而厚重，辽阔而深邃，饱含着对大地深情的歌颂与赞美，对历史与现实、人与自然的深刻思考与艺术呈现。

秦兆基（评论家，中国散文诗理论终身成就奖得主）：

罗长江身居湘楚之地，深濡屈子开辟的楚辞文学传统。其鸿篇巨制《大地五部曲》"究天人之际，通古今之变，成一家之言"，是类乎《战争与和平》的皇皇大著。在散文诗艺术形式上自铸新体，在思想追求上戛戛独造，以其开拓与独创，拓展了史诗的疆宇。在文学史上，《大地五部曲》应该有着自己的位置。

黄恩鹏（评论家，诗人，中国散文诗理论建设奖得主）：

长篇叙事散文诗《大地五部曲》多元立体，复调结构，纵横捭阖，思想滂沱，以小说的语境、剧场的效应、电影蒙太奇等等手法安排和架构整体，不拘一格并葆有诸多新文体"杂糅"，将民间歌谣、战争事件、神话与传说、笔记与典籍、历史与现实等等融熔于一炉，写地理故实与民生本态，写时间的流程与精神的沧桑，有江湖与庙堂的比较，有文明消亡与文化救赎的思辨。大地主题，人性思考，灵魂抒写，构建长篇散文诗滔滔时空的"宏大叙事"。《大地五部曲》是散文诗的重要收获，是散文诗界的《尤利西斯》，也是当下中国诗坛难得一遇的大作品！

王志清（评论家，诗人，中国王维研究会副会长）：

罗长江以他的"五部曲"告诉世人，散文诗具有"跨文体"写作的充分自由性，而作者也在跨越文体的写作中自由跨越且充分享受着自由跨越的深度自由。他的五部曲极其自由，什么都可以借鉴，什么都可以移入，什么都可以搬取，而在形式与表现上则超出了文学文体的狭隘局限，尽可能多地发掘与借鉴一切新的艺术，涵容了各种文学文体的生命基因、艺术优势与精神气质，而形成多元、开放、自由的艺术集合体，显示出对于长诗写作的把控能力，创造出以往艺术经验无法涵盖的高度自由的诗性时空，充分地表现出散文诗形体散漫的包容性，也表现出了散文诗的磊落风神与时代壮美。五部曲气象恢宏，大气磅礴，形成了极具张力的诗性叙事，建构起了散文诗同样可以反映家国情怀与人类命运的文学大气象。这种庞大的联袂性质的组唱，最能够反映罗长江的创新精神，最能够表现作者掌控全局的认知能力，也最适合表现诗人汪洋恣肆的才情与胸襟，最适合展示其高远而开阔的视野，最适合表现一种激荡情思和磊落风神的壮美。

萧风（诗人，中国散文诗研究中心主任）：

罗长江是一位执着于散文诗的多文体写作者，也是一位勇于突破散文诗文体局限的革新者。他倾注十年心血创作的《大地五部曲》，集史诗性、独异性、探索性、开拓性于一体，是一部气势恢宏、文采斐然、标新立异的散文诗鸿篇巨制，拓展了散文诗文体的表现力，堪称新世纪散文诗创作的重大突破和重要成果之一。

邹岳汉（评论家，编辑家，《散文诗》杂志创办人）：

长篇叙事散文诗鸿篇巨制《大地五部曲》突破散文诗文体的固有边界，超越时空，布局恢宏，独步一格，前无古人。它以"大地"为母题，而其中的五个分部各有其特定的历史背景、重大题材、思想指向、架构和叙写方式，开创了融分行与不分行、叙事与抒情、纪实与虚构、议论与评说，乃至小说、散文、诗歌、戏剧、电影、微信等多种文体巧妙地杂糅与连缀一体，极大地扩展了散文诗书写的可能性；并始终保持和彰显诗性这一本质特征和属性，整部作品淬炼到了散文诗应有的纯粹与浓度；在深入个体生命的书写，揭示人性的普遍性、复杂性方面，达到了同类作品里少有的高度。概言之，《大地五部曲》无论是在规模的宏大、抒写的广度、思想开掘的深度以及文体的拓展创新诸方面，在散文诗领域都堪称一个奇迹。在中国散文诗发展史上，彭燕郊树立了继鲁迅《野草》之后的又一座丰碑，在抒情散文诗领域创造了一个奇迹，一座高峰；罗长江则在叙事散文诗领域创造了另一个奇迹，另一座高峰。从彭燕郊到罗长江——"双峰并峙"。

龚旭东（评论家，湖南省作家协会副主席）：

诗人罗长江对以湘西为切入点的中国历史、自然、社会、战争、文化、现实生活等方方面面，进行了全方位的审视与思考，其视野之开阔、气势之雄浑、元气之充盈、架构之宏大、肌理之精巧缜密、形式表现之丰富多变等等，在当代中国文学特别是诗歌领域，是少有的。《大地五部曲》从厚重大地向精神天空飞升，提供了一个"散文诗还可以这么写"的新文本、全文本、超文本，充满思想艺术内在张力与自由精神，构成了吸纳一切艺术手段的灵活不羁的新文学形态，展示了散文诗可能、可以具有的广袤艺术空间。时间将证明，罗长江创造的这一艺术奇迹，将是当代中国文学文本研究绕不开的一部勇气之作、大气之作、开创之作。罗长江对历史和现实的思考、对自然生态与人文生态的审察，对人心、人情、人性的洞察与揭示，既有思想含量又有艺术创新勇气与成就的探索，具备非同一般的可贵品格与品位。他以自己独特的艺术方式，高扬了自己的思想艺术元气、正气、底气、生气、勇气，这，才是罗长江《大地五部曲》带给中国文学最重要的意义与启示！

卜寸丹（诗人，《散文诗》杂志总编辑）：

2021年，五卷本大型长篇叙事散文诗《大地五部曲》的横空出世，无疑令人震惊和感动。诗人罗长江历时十余年，专心于一，数易其稿，以大气魄、大格局、大主题完成这一熔铸史诗气质的鸿篇巨制，这不仅是贡献给散文诗界难得一遇的大文本，更是当代散文诗创作的重要收获。庞大的思想根系，精微的心灵气象，自如的气息吐纳，蓬勃的生命意识，罗长江将散文诗超拔到一个崭新高度，由此，我们有了在一个全新维度来探讨与解密散文诗的庞杂与丰富、先进与优越的可能。这也意味着，散文诗——它还可以建设更为复杂的美学、更为庞大的现场、更为隐秘的脉流、更为坚实的抒情，以象征、寓言、梦幻、时间的语言，描述万物交织共生的命运。

马萧萧（军旅诗人，《西北军事文学》主编）：

罗长江先生呕心沥血完成的鸿篇巨制《大地五部曲》，在中国散文诗的载重量、开放度、叙述力、可读性等方面做出了前无古人的成功探索，将这一独特体裁的巍峨与壮观推向了极致。

王涘海（评论家，《文艺论坛》执行主编）：

我认为一部好的作品，首先看它能否给我一个新鲜的文学经验和一个陌生化的美学感受。罗长江先生的大地系列作品，是散文诗又不像常规形态的散文诗，他以跨文体写作为散文诗提供了一个全新的超文本，用哪一种文体分类都不能完全地概括它。甚至可以夸张地说，罗长江先生创造了一个全新的文本，是与小说、诗歌、散文、戏剧并列的第五文体。

王幅明（评论家，编辑家，《中国散文诗百年经典》执行主编）：

罗长江的《大地五部曲》是一部极富艺术个性的文学史诗巨著，它既是中国当代长篇叙事散文诗的翘楚之作，也称得上中外长篇散文诗长廊里的新贵。波德莱尔对散文诗文体有开拓之功，但他只能代表十九世纪；鲁迅和彭燕郊则代表二十世纪；罗长江属于二十一世纪。笔者有种预感，《大地五部曲》或将作为二十一世纪散文诗的史诗性巨著，永久载入中国诗歌史。

徐成淼（评论家，贵州民族大学文学院教授）：

中国当代散文诗肌体纤弱，少有黄钟大吕之作。罗长江以长篇叙事系列散文诗反映人类命运和历史演进，对当代散文诗的现代性转变，具有重大意义。

陈小真（青年作家，残雪作品系列和阎真作品系列责任编辑）：

《大地五部曲》是一部野心之作。55万多字的散文诗，论体量在世界范围内绝无仅有，论写法是自铸新体、史诗品格。作者通过这样一部巨著，表达了对大地、对自然、对人类的博大、深沉的爱，让我们为之深深动容。

简德彬（美学家，教授，张家界学院校长）：

罗长江以多文体的融合策略和跨界写作，以豪迈飘逸的大地意象的建构，为我们这个肉身沉重、灵魂轻飘的时代，创作了诗意，守住了价值，昭示了崇高。

聂茂（评论家，诗人，中南大学文学院教授）：

罗长江自觉承接从波德莱尔到鲁迅先生关于散文诗辽阔、自由、舒展无尽的精神血脉。"大地"既是诗人罗长江个人创作上的成功，更是中国散文诗走向希冀和成熟的征兆。

周会凌（青年评论家，广东第二师范学院副教授）：

罗长江伫立于弥漫着巫风楚韵的湘西沃土之上，坚持诗性原则，张扬野性精神，在历史沉思、现实观照与诗意表达中笔力纵横，显现出无羁的想象、雄健的气魄，以及对既有审美范式大胆突破的鲜明"异质性"。

刘起林（评论家，河北大学文学院教授）：

大湘西山水绚丽、文化神奇，沈从文、黄永玉的通天灵性、无羁才情正是在这块土地上孕育出来的。如今，湘西又冒出一个罗长江，胸有丘壑而大气磅礴，以十年之功铺展出长篇叙事散文诗鸿篇巨制《大地五部曲》，咏叹乡土沧桑、颂扬民族抗战、省察旧城改造、礼赞生态文明、检索人类梦想，立足湘西大地而着眼人类命运前景。其全局性视野、跨界性思维、跨文体写作，其丰厚的内蕴、繁复的层次、超拔的艺术品格、正大健朗的思想风骨和精神元气，一并成就了与浩浩汤汤之湘西山水和文化相匹配的审美大气象，从而为散文诗提供了一个前无古人的里程碑式的独特文本。

周青丰（微言传媒总编辑，《大地五部曲》出版策划人）：

在以往的散文诗创作中，清新的，委婉的，不乏佳作，但以散文诗的体裁而有如此恢宏架构、大千气象的作品，唯有罗长江先生的《大地五部曲》。

注：此文刊于 2021 年 12 月 23 日《文学报》。

第三辑

作家创作谈

痛感于中国散文诗写作的种种流弊，身为湘人，在"霸得蛮、不信狠"之湖南骡子性格和"敢为天下先"的艺术荷尔蒙的驱动下，我的野心是写一部中外散文诗领域的里程碑式的作品、做一名文体作家。通过内容上摄取重大题材，熔铸史诗品质；结构上五部作品各异，构建大地交响；形式上"跨文体"，穷尽散文诗写作的种种可能；语言上坚持诗性书写，彰显散文诗的本质属性；思想上体现最深切、最深入、最深沉的精神运动——从内容到形式来一场颠覆式的革命，为中国散文诗蹚出一条新路，还散文诗以自由精神。

　　板凳一坐十年冷。我每天活在自己的世界里，电光石火，天马行空，内心淡定而充盈。我挑战散文诗也挑战自我。越具挑战性就越具征服欲，越能撩拨创造的激情，越能激发身为湘人的蛮劲和写作快感。写作中每当解决了一些高难度的难题，那种对自己创造力和价值感的一次次确认，那种只可意会不可言传的惬意和快感，实在是一种难得的状态和境地。当你意识到自己在做一桩前人和今人还没有这么做过的创造性劳动，便有一种庄严感、自豪感和价值感油然而生。写作于我，最大乐趣是享受这种堪称漫长的创造过程，享受这种创造性劳动带来的自足、美好和愉悦。

——罗长江

《大地苍黄》自序

罗长江

一

车行在晨雾不曾散去的原野。

原野上，一个女子的背影，给人的感觉是太美太美了。

旅客中一位诗人，发疯地捶打着车门，不等司机把车停稳，便不顾一切地跳下车，奔那背影而去……

背影所赋予的想象与诱惑是美丽的。

不顾一切奔那背影而去也是美丽的。

自从有人跟我说起这个故事以后，便总是觉得有一个充满想象与诱惑的背影，美丽地生动着我的追寻……

这背影便是：散文与诗。

这是 20 年前我给自己的第一个散文集《杨梅梦里红》撰写的"代后记"。旧事重提，是发觉自己眼下同样有一个充满想象与诱惑的背影，美丽地生动着我的追寻；而且真有人在旅途、惊鸿一瞥之际不顾一切奔她而去的感觉。只不过这回的背影具体而言是——

长篇叙事散文诗。

二

写作《大地苍黄》，换言之涉足长篇叙事散文诗，事出偶然。

终于可以静下心来读书了，一天，我翻出彭燕郊先生 1995 年送我的《隐形的城市》（花城出版社 1991 年版，"现代散文诗名著译丛"之一种）。燕郊先生是我所熟悉和敬重有加的大诗人，他生前一直为推进我国散文诗创作而不遗余力，并以自己的创作实绩为中国散文诗和新诗贡献了足以传诸后世的典范之作。读着他为主编这套译丛而撰写的总序，亦有说不出的亲切。之后，我就按照他在总序中开列的一些散文诗名著，以及我从其他途径得知的一些散文诗名著，以及以前我曾读过的泰戈尔、纪伯伦的多种散文诗集，等等，只要能够找到的都找来读了。毋庸置疑，这是一群拥有世界性声誉的散文诗人，其中安德烈·纪德、希梅内斯、圣－琼·佩斯等几位诺贝尔文学奖得主，都分别创作了以长篇叙事散文诗为体裁的不朽名篇，如安德烈·纪德的《地上的粮食》，希梅内斯的《小银和我》，圣－琼·佩斯的《航标》《阿纳巴斯》《流亡》等。于是，燕郊先生不无欣喜地感叹：由于散文诗曾经被视为处于两个遥远的极端而被人为地凑合在一起的异物，传统观念习惯于将其当作无足轻重的"小道"，今天，经过诗人们的努力，它已发展到不仅包容了自由诗，而且如圣－琼·佩斯的《航标》《阿纳巴斯》《流亡》，艾伦·金斯堡的《嚎叫》《卡第绪》所显示的那样，有着将在很大程度上取代自由诗的趋向。诗歌史上从未出现过的一场巨大变化正在悄悄地而不可遏止地进行着，这已是现代诗人面临的一个值得深思的问题了。

三

我的目光于是久久停留于"长篇叙事散文诗"七个字上面。

读散文诗奠基人波德莱尔的长篇叙事散文诗，"没有节律，没有脚韵，但富有音乐性，而且亦刚亦柔，足以适应心灵的抒情的冲动、幻想和意识的跳跃"，"依然是《恶之花》，但是有多得多的自由、细节和讥讽"（波德莱尔语）；读纪德的长篇叙事散文诗，参天入地，以人为本，关注人的幸福和命运，探讨人的本性，解剖人的灵魂，"以无所畏惧的对真理的热爱，并以敏锐的心理学洞察力，呈现了人性的种种问题与处境"（诺贝尔奖得奖理由）；读希梅内斯的长篇叙事散文诗，"为崇高的心灵与纯净的艺术，树立了一个典范"（诺贝尔奖得奖理由）；读佩斯的长篇叙事散文诗，"那振羽凌空的气势和丰富多彩的想象，将当代升华在幻想之中"（诺贝尔奖得奖理由）；等等。

然而，当我将"长篇叙事散文诗"七个字输入"百度搜索"，搜啊，搜啊，结果却令人失望而气馁：偌大一个中国，网上却难以找到长篇叙事散文诗发表、出版、评介之类的信息。散文诗是相对于分行排列的自由体新诗而言的现代汉诗之一种。即如邹岳汉先生所云，散文诗是构成现代汉诗"两翼"中的一翼。既然自由体新诗可以是抒情诗也可以是叙事诗，篇幅可以是短诗也可以是长诗；那么，作为现代汉诗"两翼"中之一翼的散文诗为什么就不能写成叙事体，就不能写成长篇叙事体呢？换言之，国外诗人们能够将长篇叙事散文诗能够写成经典，写成诺贝尔文学奖得主的代表作，为什么在我们中国诗人这里，长篇叙事散文诗领域却几近空白地带，鲜有人问津呢？

我们不应该视而不见。该轮到我们认真反思这个问题了。

四

或许有人会说与传统有关。西方国家的诗人们确有一个不成文的传统，似乎非要有大部头的长诗才能奠定其作为大诗人的地位，于是歌德便有了《浮士德》，弥尔顿便有了《失乐园》，普希金便有了《叶甫盖尼·奥涅金》，如此等等。而中国古体诗之于叙事诗，《孔雀东南飞》《长恨歌》要算篇幅长的了，每首仍然不过百十来句。不过这种现象到了新诗出现以后已经得到了改变，《王贵与李香香》（李季）、《雪与山谷》（郭小川）、《复仇的火焰》（闻捷）、《叙事诗》（杨炼）等一批大部头的长篇叙事诗已在不同时期问世。因此这一说法不足以服人。

或许如诗人洛夫所言，长诗并不是人人可写，也不是每个诗人都得写长诗。他说台湾诗坛除了20世纪70年代曾出现一些数百行的长诗，以后就极为罕见，其中原因"除了较少诗人具有掌握一首长诗的能力之外，更由于需要长诗的文化背景与社会因素大为减少，换言之，读者要的是矮小轻薄的作品，而重工业型的作品，不论是长诗或长篇小说都很难打入市场"。因此他说他写长诗是一种探险（洛夫先生所说的长诗，都是限于自由体新诗）。毫无疑义，包括长篇叙事散文诗在内的长诗并非人人可写，也并非每个诗人都得写长诗；但是中国的散文诗写作将近百年了，其长篇叙事体领域的写作却几近空白，这绝对不是一种应有的现象。因此这一说法也不足以解答问题的症结所在。

窃以为症结所在，乃是导致人们对散文诗这一文体形成误解和偏见的陈旧观念。由于观念陈旧落后等突出问题长时期存在，使得处于"初级阶段"的我国散文诗一直为"无足轻重"之边缘化的尴尬处境所困窘。长期以来人们几乎形成了一种错觉，以为散文诗就是廉价批发的花拳绣腿式的哲言警句（实则多是重复制造）、捏着鼻子浅唱低吟的风花雪月（实则多是矫情或滥情）之类。林贤治先生一语中的："中国现代散文诗是从泰戈尔和冰心的译文中发展过来的，匀称，圆融，静穆，优雅。1949年以后，连三四十年代的一些散文诗里泥土的苦涩气息也没有了。在意识形态对于颂歌的大批量的要求之下，散文诗在诗人手中正好用来制作凑热闹的小玩意，制作宫灯，它不是照耀的而是点缀的，风雪的夜空和泥泞的道路与它无关。"新时期以来，包括自由体新诗在内的各种文艺样式都经历了一场思想解放运动，即如"朦胧诗"讨论之于自由体新诗的观念更新，其收获是显而易见的。而在那样一场大的观念变革潮流中，遗憾的是我们的散文诗却处于某种缺位和失语状态。因此尽管"不少作者已经或者正在努力摆脱陈腐的浪漫主义影响的残余，摒弃那种新式风花雪月和多愁善感，厌恶那种以散文诗为博取廉价效果的精致玩艺的轻率作风，努力使自己的作品更有现代意识，更人性，更富于新的诗的素质"（彭燕郊语），但整体而言，观念陈旧滞后仍是制约我国散文诗创作的瓶颈。以至于到了近年间，据说仍有德高望重者辈在振振有词强调每首散文诗"最多不超过五百字"之类。类似这种孤陋寡闻而画地为牢、作茧自缚的现象，从一个侧面折射出散文诗界的观念更新是何等迫切了。

一部中国诗歌发展史告诉我们，从诗经、楚辞到汉赋、唐诗、宋词、元曲，再到现代社会的新诗写作，诗歌的文体从来就是处于不断的流变过程。所以散文诗作为一种崭新的文体应时而生并理所当然成为现代汉诗之一翼，是诗歌（包括现代汉诗在内）发展到一定阶段的必然产物。经验告诉我们，越是具有杂交优势的文体，就越具有生命活力与张力（究其实，小说、散文、戏剧等各类文学样式都一直在吸纳、杂取其他艺术门类的元素）。而且，我以为散文诗不只是杂糅了散文和诗的某些特征和长处，同时还为吸纳和借取"小说的叙事与细节，戏剧的场景设置与情节安排，美术的构图、图像与色彩，光与影、泼墨与留白等手法，以尽可能以精练的文字，自由地绽放生命的展开机制，通过场景、细节、象征、情绪浓淡、节奏的舒缓等有机的诗化结构处理等，创造出一种既超越于单纯地追求精练而隐藏，为了分行而跳跃的新诗，又区别于松散、冗长、拖泥带水的叙事散文以及浅白直抒、单纯平面的抒情散文，使其展现具备立体审美可能性的、全新的、综合现代各种艺术技巧于一身"（"我们"诗群语）提供了施展拳脚的广阔天地。其实，散文诗在波德莱尔、屠格涅夫、佩斯、纪德、泰戈尔、鲁迅他们那里，是一种自由的写作状态（鲁迅的《过客》借用戏剧的程式，即是很好的例证）。但是后来的散文诗写作者们把如此好的传统给漠视、给割断、给淡忘、给抛弃了。

五

于是，又一番"追寻背影"式的冲动油然而生。

一个朴素得不能再朴素的道理：既然国外那些大手笔能把长篇叙事散文

诗写得那么好，我们的诗人为什么就不能在这个领域开荒斩草，春种秋收？

20多年前，我曾将一首4000余字的叙事体散文诗投寄给诗人阿红主持的刊物《当代诗歌》，他很快就给发了出来，这给了我很大的鼓励。回想起来，许多年以后的今天，我得以满腔热忱构思写作《大地苍黄》，实则是20多年前阿红先生给了我以某种激赏与暗示。把叙事体引进散文诗，的确会遇到诸多难题。唯其有难度，也才愈加具有挑战性，也才愈能激发人的征服欲。以分行为标志的自由体新诗，早就有诸多叙事体的皇皇巨著；新世纪伊始，自由体新诗重视将叙事、细节引入抒情诗写作，并成为一种诗歌探索的日常性潮流。作为现代汉诗的它那一翼能在坚持诗性原则的前提下这么做，作为现代汉诗之散文诗的这一翼为什么就不能？

我们有必要承接源自波德莱尔关于散文诗辽阔、自由、舒展无尽的传统。我们有必要承接20世纪三四十年代中国散文诗里泥土的苦涩气息，让"风雪的夜空和泥泞的道路"自然而然出现在散文诗的领地。我们有必要摈弃并清算"不是照耀的而是点缀的"的宫灯式的散文诗模式，以及关于散文诗写作的种种画地为牢、作茧自缚的陈腐观念和为博取廉价效果而矫情、滥情的轻率作风。

我们需要自己照耀自己，同时照耀世界。

六

借用德国汉学家顾彬的说法，中国文学过去被政治左右，现在被市场左右。无须讳言，当下纯文学是冷门；纯文学中诗又是冷门中的冷门；在诗的小家庭里，散文诗仍未摆脱小妾的地位。然而，毕竟不是所有的人都会将自己的鼻子递出去让人牵着走。毕竟还是有人心甘情愿背对着市场，在文化的边缘地带寂寞地劳作着。

唯其如此，我对全文刊发这部作品的大型期刊《芙蓉》，真有说不出的亲切。我与《芙蓉》是有缘分的。20多年前，适值该刊将每期的诗歌版面改为集中刊发一两位诗人作品之际，我之200余行的组诗《红草莓，红草莓》于1985年第1期刊出，从而有幸成为该刊这一举措的第一个受惠者——至今我还珍藏着当时主持刊物的朱树诚先生写在审稿笺上的很长一段话（审稿笺是时任诗歌编辑的龚笃清先生转给我的），每每念及，满心窝皆是感念与温热。这回，《芙蓉》改版、首次于2012年第1期推出"实验"栏目之际，衷心感谢主编龚湘海先生和责任编辑李健先生鼎力推出我的长篇叙事散文诗《大地苍黄》，于是我又有缘成为该栏目的第一个作者。当然了，对于乐意出版此书的湖南人民出版社，我亦是由衷地充满敬意：谁都知道在市场经济时代，出版这种纯粹意义上的文学作品，尤其需要足够的热情和决心，需要一种文学担当的精神，正是因了责任编辑龙仕林先生和黎红霞女士的真诚理解和支持，这部作品方得以顺利问世。

曾经读到过作家张承志先生长篇小说《金草地》的自序，他说在中国，作家的基本幸福是存在的，总是可能有缘遇到理解或支持你的人。因了《大地苍黄》的发表和出版，我对此有了至为感性的认同。我应该倍加珍惜这份体恤和支持。在以后的日子里，努力写得好些，再好些。

2011 年 10 月于湖南张家界

注：《大地苍黄》发表于《芙蓉》2012 年第 1 期，同年由湖南人民出版社出版单行本。

《大地血殇》自序

罗长江

一

我之结缘叙事散文诗，说起来有些时日了。20世纪八九十年代，陆续发表过二三十篇叙事散文诗的东西，有的还得了奖，有的被入选多种选本。其中，长的如《江边，我在寻觅》，四千余字，发在1985年第6期的《文学月报》（即《湖南文学》）；四千余字的《新月》，发在诗人阿红主编的《当代诗歌》上。短的如《姐儿河》，几百字，发在《诗刊》。此外发在《散文》《湖南文学》之类期刊的，当时多是习惯性划作散文一类。回过头来看，其中好些似应归入叙事散文诗这个品种。譬如发在《散文》月刊1989年第9期头条的《神女峰，伏在我的肩头》，后来有人把它收进《新时期新锐散文鉴赏》（武汉出版社2006年版）一书。所谓"新锐"，无非与传统意义的散文有些不一样。不一样在哪里？庶几我的是散文诗的缘故吧。1991年由百花文艺出版社出版的散文和散文诗合集《杨梅梦里红》，凡是篇幅长些的，也都给划作散文类，其实许多篇是正儿八经的叙事散文诗。回想起来，写作时并没有严格的文体意识，心里觉得怎么样最能表达自己的感受就怎么写。或者说写作过程中潜意识赋予诗性原则，于是，不经意间就写成散文诗了。

相比之下，这几年我之涉足长篇叙事散文诗写作，则是自觉状态下进行的。我在"大地"系列之第一部《大地苍黄》的自序中坦言，国外诗人能够将长篇叙事散文诗写成经典、写成诺贝尔文学奖得主的代表作，而在我们中国诗人这里却鲜有人问津，觉得十分不是滋味。于是，在"霸得蛮、不信狠"之湘人性格撺使下，怀着热血青年一般、飞蛾扑火一般的冲动，就这么义无反顾地投身其中了。

需得加以说明的是，动手写作"大地"系列之前，我在"百度搜索"打下"长篇叙事散文诗"一行字，确是一无所获。后来，作品发表出版后，从评论家们的评论文字里才得知国内这些年有黄神彪的《花山壁画》，唐朝晖的《一个人的工厂》，皇泯的《国歌》《七只笛孔洞穿一支歌》等作品问世，足可见我之孤陋寡闻。当然，"百度搜索"的未予显示也从一个侧面说明，缺乏公众认知的"长篇叙事散文诗"，目前还没能享受长篇小说、长篇纪实文学、叙事长诗的同等待遇，尚未成为一个约定俗成的专有名词。

二

"大地"系列之第一部《大地苍黄》载大型文学期刊《芙蓉》2012年第1期。平心而论，由诗人龚湘海担任主编的《芙蓉》杂志，一次性将这样一部长篇叙事散文诗（而不是长篇小说！）全文刊出，实在是大气。作品问世后，国内散文诗界的一些资深人士对作品在文体、取材、结构、语言诸方面所做的某些努力，给予了热情肯定。许淇先生为"长篇散文诗融入楚文化、民俗、史诗、传统"点赞；徐成淼先生则以"散文诗用于长篇叙事，颇具难度。《大地苍黄》勇于攻坚，并取得突破性的业绩，功不可没"的赞语给力；邹岳汉先生称许《大地苍黄》是一部有分量而又是可读性很强的作品"，"在取材、结构以至语言等方面都有所创新，凸显出作家雄厚的生活积累和艺术上镤而不舍的精心打磨，终于在中国当代散文诗领域走出一条属于自己的路"；刘虔先生评价"作品的诗性叙事充满张力而纯美，艺术品位甚高"；王志清先生以《让人豁然开眼的全新文本》为题，从结构、情韵和语言三个方面对《大地苍黄》进行剖析，认为作品"以立体长卷式的全新文本，美丽地装点了散文诗寥落的天空，为散文诗长了脸，也使散文诗的呵护者与歧视者们看到了散文诗并不黯淡的前景"，并从中认识了"作者'霸得蛮、不信狠'的艺术面目与追求，认识了作者的才情与创新精神。在散文诗作为一种文学的'另类'而被打入文学的'另册'处于不能让人'正眼看'的尴尬时，这样为散文诗寻找出路的实验是何等的弥足珍贵呵"（见《西北军事文学》2014年第4期）；蒋登科先生的博客里写道："罗长江的这部作品是值得关注的。我过去读他的文字不多，但通过这部作品，我们或多或少可以感受到他和其他一些诗人的差异。这是一部在语言上杂糅、在时间上跳跃、在空间上开阔的散文诗。这是一部脚踏实地又蕴含心灵体悟、以小见大的散文诗。这是一部读起来不一定顺畅，但读了之后使你觉得很别致、有所回味的散文诗。一切以散文诗文体探索为目的的试验，只要是严肃认真的，都应该是具有诗学意义的，我们应该对这样的探索和探索者表达敬意。"

此外，李元洛、刘强、龚旭东、聂茂、卓今、马萧萧、唐朝晖、张建安、张千山、龚爱民等作家与评论家，分别从不同角度给予了评介。龚旭东先生第一个提出了"诗性洋溢的新文本、全文本"的文本界定。聂茂先生激情沛然地撰写了近万字的评论《民族史诗的隐喻与镜像》，其引言部分写道："在我国文学评论的格局中，有关长篇叙事散文诗的评论目前尚处于一个空白地带。即便是散文诗，在中国当代文学史上也没有什么地位。而外国散文诗，特别是长篇叙事散文诗十分发达，不少卓有成就的作家、诗人，都创作过大量广有影响力的散文诗或长篇叙事散文诗。在此背景下，罗长江推出大气磅礴的《大地苍黄》，难能可贵。该书聚焦湘西的一个村庄，将小说、诗歌、散文融冶于一炉，铸就诗性洋溢的新文本、全文本，融通古今，寄寓大情怀、大浪漫、大悲悯，唱响了大地的颂歌，成为民族史诗的隐喻和镜像，是我国长篇叙事散文诗的新收获。"（见《湖南社会科学》2013 年第 5 期）卓今女士在"2012 年湖南文情报告"中写道："罗长江 10 余万字的散文诗《大地苍黄》在《芙蓉》2012 年第 1 期全文发表后，刊物收到一批读者来信，好评如潮。评论家们充分肯定其为拓展我国散文诗写作前景、提振我国长篇叙事散文诗之写作信心所做出的实绩性努力。作为一个在文体、取材、结构、语言诸方面都具备创造精神、创新意义的文本，内容上，将丰繁、复杂和广阔的社会生活场景引入叙事散文诗写作，成功地提供了散文诗完全可以冲破'小圈子'的藩篱而进入社会生活之宏阔空间的实验性文本。形式上，以其充满张力和纯美的诗性叙事，成功地保持和彰显散文诗的本质特征和属性的同时，提供了一个跨文体写作的新文本、全文本。"（见《文学界·文学风》2013 年第 3 期）。刘强先生在《当代散文诗的颠覆性文本》中写道："许多年以前，大诗人波德莱尔就曾倡导'不同种类的艺术趋向于互相替代'。《大地苍黄》毫无'门户之见'地兼收并蓄，毫无保留地丢弃了那些诗的'裹脚布'，放开了诗的'天足'，创造了不受拘缚的主体性抒发在诗的形态上的自由，终而集现代各种艺术技巧于一身，胎生出一个美丽可爱的'混血儿'。《大地苍黄》的出现，无形中对中国散文诗的某些文本是一种'收拾'，对庸常意义上的散文诗写作构成了强烈的冲击，更是令一地鸡毛、鸡零狗碎的某些诗作相形见绌。"（见《张家界日报》2012 年 7 月 18 日）等等，等等。

业界人士的这些声音，对于我这样一个不甘平庸又多少有些冒失的写作者来说，该是多大的激励与鼓舞啊！毋庸置疑，这让往后的探索与追求平添了底气，进而有了更为明确的指向。

三

《大地血殇》是"大地"系列之第二部。

借用当下的网络热词"任性"——我是怀着散文诗能走多远就走多远的"任性",沉湎于这个抗战题材的。正面描写湘西会战,穿插式折射时间跨度六年多的湖南会战的另三场战役(即长沙会战、常德会战、长衡会战)。我想通过写战争来写民族心灵史。试图调动一切可能调动的艺术手段,探索与发掘散文诗写作的种种可能性,最大限度地拓展社会容量、历史容量、思想容量、文化容量和美学容量。试图美学成"血性与自由的生命之舞"(王幅明语),试图灵魂出"令人震颤的凛然风骨"(王志清语)。

我知道难写。但我想挑战——挑战自我,也挑战散文诗。

我十分认同王志清先生的一个观点,即散文诗美学本体的最本质内涵,是自由精神以及散文诗作者争取自由的精神自由。他的新著《散文诗美学》对鲁迅先生的《野草》做了充分解读。关于鲁迅在文体形式上的探索精神及其实验的成功,志清先生认为"《野草》突破了'文体外套'和'文化外套',超越了狭隘的文体和文化视野,超越了体裁的外在俗套而表现为文体高度自由的形态",成为"一个'散文诗'无法涵盖的诗性的世界",进而指出散文诗当下的境况最缺的两点:一是缺少血性真情,二是缺少自由精神。足可见将中断了的《野草》传统,将时下缺失的《野草》精神拾捡回来并发扬光大,不正是吾辈孜孜以求者吗!

于写作,我喜欢挑战,喜欢探索和冒险。一挑战,就来劲。一冒险,就快感。正因为是探索、是冒险,最怕眼高手低,志大才疏,所以究竟效果如何,心怀惴惴焉。将这些想法和做法和盘托出,包括引用散文诗界资深人士和评论家们的一些观点与见解,包括引用方家们之于《大地苍黄》的一些评介文字,无非是毫不设防地,真实祖露矢志长篇叙事散文诗写作的初衷与心路历程,以就正于各位方家和读者诸君。仅此而已!

四

公正地说,近年来散文诗写作已呈辉煌初发景象。不单是有好作品问世,而且在事关散文诗向何处去的重大问题上,不少业界人士贡献了真知灼见,且渐趋"英雄所见略同"的局面。在直指散文诗写作流弊方面,比如林贤治先生的"在意识形态对于颂歌的大批量的要求之下,散文诗在诗人手中正好用来制作凑热闹的小玩意，制作宫灯，它不是照耀的而是点缀的，风雪的夜空和泥泞的道路与它无关"的观点；比如徐成淼先生的"伤于巧"以至"过于绮靡"的观点；比如宓月女士的"缺乏直抵人心的力量"的观点；比如秦兆基先生的"从众者多，自我复制者多"的观点，以及方文竹先生的"目前散文诗的问题是'相似性写作'，而散文诗的先锋、探索、实验、多元化追求等还远远不够"的观点；等等。建设性意见中，比如耿林莽先生的"承载厚重内容"和"野一点"的观点；比如许淇先生的"文体的边界模糊是趋势，……散文诗具有广阔的包容性"的观点；比如王幅明先生的"美丽的混血儿"的观点；比如刘虔先生的"风骨与品格"的观点；比如箫风先生的"敢于为弱者'喊疼'，勇于对邪恶'说不'"的"社会担当"的观点；比如蒋登科先生的"散文诗是自由的精灵"的观点以及"我们"诗群的"自由地绽放生命的展开机制"，使之"具备立体审美可能性的、全新的、综合现代各种艺术技巧于一身"的文体特征的观点；等等。

"思路决定出路"这句话，同样适用于散文诗写作。中国散文诗非得有一个观念上的爆破式革命，才有可能真正走上自由、健康、蓬勃发展的大道，才可能出现《野草》式的为既有的"散文诗"所无法涵盖的诗性的世界，散文诗作家们也才有可能写出一批批真正有分量的作品来，从而从根本上改变人们的成见与偏见，赢得普遍意义上的刮目与尊重。诺奖得主纪德、泰戈尔、希内梅斯、佩斯们，都是凭着他们的作品为散文诗张目长脸，而步入世界最高文学殿堂的啊！

<h1 style="text-align:center">五</h1>

写作过程中，阅读并涉猎了若干作品和资料，如李一安主编的反映湖南会战的纪实文学丛书，中国文史出版社出版的《湖南会战》，湖南省政协文史委主编的《湖南抗战画史》，湖南省图书馆主编的《湖南抗战老兵口述》，崔永元主编的《我的抗战》，三湘都市报主编的《发现另一个湖南》丛书，林怀民编导的舞剧《九歌》及蒋勋的《舞动九歌》，凤凰卫视的纪实栏目，铁血社区网站的有关图文，以及诸多民间文学资料，等等。限于篇幅，就不一一开列清单了，在此一并表达谢意。

同时要感谢湖南省作家协会将《大地血殇》列为2014年度重点扶持作品。还要特别感谢净友、评论家龚旭东先生在书稿写作过程中所给予的尤为认真负责的建设性意见。感谢军旅诗人、《西北军事文学》主编马萧萧先生刊发这部作品时的不吝篇幅。感谢这套丛书的主编王幅明先生和责任编辑李辉先生，二位与我素昧平生，却十分痛快地欢迎我之加盟。幅明先生致函说："你的作品具有探索性，也许会有争议，这样会更有利于散文诗的发展。"寥寥数语，令温馨与感奋顿生。毫无疑义，我将坦诚面对各种声音并汲取教益。

2015 年 10 月，湖南张家界

注：《大地血殇》（节选）首发于《西北军事文学》2015 年第 4 期，2016 年由河南文艺出版社出版。入选《大地五部曲》时易名为《大地气象》。

《大地涅槃》自序

罗长江

《大地涅槃》是我之《大地五部曲》的第三部。《大地涅槃》杀青之际，"大地"系列的写作步入第八个年头了。置身文体突围的过程当中，发现不乏有人对散文诗之散文属性持有误解、傲慢和偏见；散文诗队伍里，亦不乏有人对散文诗的散文属性要么讳莫如深，要么避之而唯恐不及。殊不知，散文属性恰恰是散文诗相对于分行体新诗之文体优势所在，也是散文诗这一文体存在的理由；而将"诗"的属性推及散文，事关散文诗的写作取向和命运前景哪。

如鲠在喉，得为散文诗的散文属性一辩。

一、散文诗具备散文和诗的双重属性

散文诗脱胎于散文与诗。它既是"散文的诗"，也是"诗的散文"，却已不是原初意义的"散文的诗"和"诗的散文"，而是散文与诗歌杂交后生成的新的化合物。它既有散文的基因和特质，又有诗歌的基因和特质，更是二者基因与特质经过杂交后融为一体的"美丽的混血儿"（王幅明语），具备散文和诗的双重属性。一个黄种人与一个白种人结合，生下的孩子既有白种人的基因，又有黄种人的基因。但是他或她既不是原初意义的白种人，又不是原初意义的黄种人，无论长得像父亲还是像母亲，或者某些部位像父亲某些部位像母亲，都是我中有你、你中有我的双方的骨血。

对当代诗歌理论做出重大贡献的谢冕先生认为："历来对散文诗的特性有诸多探讨和界定，一般认为它是诗其神而散文其形。这样说并不周密，据此推论，则散文诗只是诗的一种，至多不过是不分行的诗，而散文的品格被无声地勾掉了。其实散文诗是综合和汲取了诗的集中、凝练、隽永以及散文的灵动、潇洒、自由的各自优长汇聚而成的一种新文体。"（《两栖的文体》）可见散文诗的"散文"和"诗"是并列关系而不是从属关系，"散文诗"是联合词组而不是偏正词组。散文诗必须具备诗性原则和特征，也必须具备散

文品格和属性，而且散文诗的诗性主要通过融入散文诗的散文要素予以呈现。阅读过程中，发现一些散文诗"没有自己的真面貌，与自由诗没有大的区别"（秦兆基：《散文诗：广阔的道路》），这跟人们片面地强调"散文诗是诗"有关。一讲到"诗"，便会自然而然想到分行体新诗，便有人自觉不自觉地把散文诗写作往分行体新诗靠，而有意无意削弱甚或剔除散文诗的散文属性，写来写去失去了散文诗的真面貌。有的人名义上打着散文诗的"番号"，实际上已倒戈、"哗变"到分行体新诗那里去了。这从一个侧面说明：把散文诗简单化为"散文的诗"，联合词组的"散文诗"不知不觉被挤兑成偏正词组，是对散文诗的一种误读和误导。

二、关于散文诗的诗歌属性

散文诗的文体特征决定了：散文诗的诗性写作≠分行体新诗的诗性写作。

散文诗自有其生成规律。其诗歌属性既具备和分行体新诗相通的诗歌共性，亦具备属于散文诗的诗歌个性。换句话说，散文诗与分行诗有相通的一面，也有文体间特质不同的一面。拿分行体新诗的那一套来套散文诗，就好比让散文诗的脚去穿分行诗的鞋子，干的是 削足适履的事情。

关于散文诗的诗歌属性，秦兆基先生在《散文诗：广阔的道路》中提炼出了"诗心"与"诗质"两个概念。他认为"怎样才不是简单地依据外形律来衡量某篇作品的文体是否为散文诗，除了对文本进行解读以外，更为重要的是探究作者的'诗心'，就是看看作者在构思过程中怎样将素材提炼、改造制作，也就是怎样将其诗化的"。"诗质的追求和把握，取决于诗人自我内心世界的开掘的深广度、取决于其对自身、社会人群乃至人类终极命运的关注，取决于其对生命意义持久而执着的思考"。我完全赞同秦先生的"诗心""诗质"之说。作者之"诗心""诗思"，作品之"诗化""诗质"，便是散文诗的诗歌属性和特征。作者的诗心和诗思，必须建立在充分调动和发挥散文诗之诗歌属性和散文属性的基础之上，让诗化、诗质渗透于作品的诗歌要素和散文要素之中。这，才是散文诗没有走样的诗歌属性。

诗人昌耀的诗歌成就为人们所公认。越到后来，他越是在分行体和散文诗之间游走且越加侧重散文诗写作。诗人说："我并不十分强调诗的分行（更勿论外在音律），也不认为诗定要分行，没有诗性的文字即便分行终难称作诗，相反，某些有意味的文字，即使不分行也未尝不配称作诗，诗之与否，我以心性去体味而不以貌取。"（《昌耀的诗》后记）他所说的"意味"和"心性"，应该与秦兆基先生的"诗心""诗质"是相通的，是一回事。

散文诗的诗性呈现，我赞成秦兆基先生的观点："有人认为是从结构到语言上的诗化，将散文因素压缩到最低值；有人认为散文诗艺术上的最高追求，是将西方现代主义的意象打造和中国传统诗学的意境统一起来。姑且不问这种说法在学理能不能站住脚，用这种方法律定诗歌创作的路数，会把诗歌创作的道路弄得越来越窄。唐代诗论家司空图提出二十四诗品，说明了不同的诗美要有不同的诗法去经营打造，意境美不能视为诗歌创作的唯一追求，也不能说成是散文诗创作的必由之路。多年前，听金启华师说唐诗陈子昂的《登幽州台歌》：'前不见古人，后不见来者！念天地之悠悠，独怆然而涕下！'没有形象的刻画，语言也是散文化的，全是直说，但不失为初唐第一等的好诗。"（《散文诗：广阔的道路》）

基于散文诗拥有散文和诗歌双重属性，优秀的散文诗人更注重整体意义的诗性，着眼于架构、节奏、色彩、旋律、情感、思想、语言风格等等呈现出来的诗性的整体气象。以尼采的散文诗名篇《狂人》为例：作品借狂人之口宣布"上帝已死"并一连提出十四个问题，让人们思考如何看待上帝之死，如何根据自我意志把握自身命运，不足千字的作品，主题可谓重大得惊世骇俗。当先知先觉的狂人不为世俗所理解所见容，便跑到教堂里去高唱《安魂曲》，嘲笑这些教堂："若不是上帝的坟墓，那又是什么呢？"通篇没有国内某些散文诗效法分行体新诗之字雕句镂，却磅礴着一种狂飙突进而睥睨一切的气势与节奏，诗的内形律迸溅着、律动着思想的力量和"内心生命力的充盈和健旺"（王志清语），以及岩石燃烧般炙人的激情与诗心诗质。

鲁迅先生的散文诗写作承袭波德莱尔和尼采一脉，恰是散文诗源起的初心与正流。他笔下的三人剧《过客》中，荒野上的过客孤独而决绝，通篇回荡着一个"叫我走"的声音，"常在前面催促我，叫唤我"。通篇回荡的这个声音构成内在旋律，加上荒野上的杂树、瓦砾、荒凉破败的丛葬、一条似路非路的痕迹、小土屋、枯树根、长着许多许多野百合野蔷薇的土坟等细节与氛围烘托，一并营造出孤远、决绝而沉郁的诗性的化境。

台湾诗人痖弦的散文诗名篇《盐》，其中一个情节写盲人二嬷嬷渴望得到一把盐却终究未能遂愿，最终上吊死在一棵榆树上。散文诗一经将"诗"的属性推及散文，散文化的语言表述一经诗性化处理，就成了期许中的散文诗：

二嬷嬷却从吊在榆树上的裹脚带上，走进了野狗的呼吸中，秃鹰的翅膀里；且很多声音伤逝在风中，盐呀，盐呀，给我一把盐呀！那年豌豆差不多完全开了白花。

散文诗当然也炼句。但是从以上举例中可见，散文诗更应该往区别于分行诗的优势处发力，注重内形律的，整体架构和整体意义上的诗性呈现。老子说：大美无言、大音希声、大象无形。最美的东西到了和自然融为一体的境界而无需张扬；伟大恢宏的声音就是听起来恍如没有声响；崇高壮丽的气派和境地，往往并不拘泥于具体的形态和格局……该是何等令人向往的一种散文诗的化境啊。

散文诗写作如果以诗性的名义"将散文因素压缩到最低值"（秦兆基语），甚至如谢冕先生所反对的："散文的品格被无声地勾掉了"（"无声地勾掉"几个字细思极恐，特无知、特无情、特令人无语）。一味往分行体新诗靠，其结果必然是失去自我，哪还有散文诗之"散文的灵动、潇洒、自由"（谢冕语）？哪还是散文诗？

三、关于散文诗的散文属性

散文诗写作必须注重和坚守诗性特征，已然共识。分歧在于有人只强调诗性特征而有意无意忽略、排斥和削弱散文诗的散文品格和属性，其结果势必导致散文诗这一文体后天失调、孱弱、萎缩和异化。把"诗"和"散文"比作散文诗的一双儿女，怎么可以一个宠爱有加，一个却视同弃儿呢？

说白了，在不忘忽略、淡化散文诗之散文属性和品格的人，多是担心一讲散文属性就会冲淡"诗意"，陷入散文的汪洋大海。事实上，确有一些无诗性可言的"豆腐干"冒充散文诗滥竽充数，败坏了读者胃口，也损害了散文诗的名声。但是这个黑锅，怎么能由散文诗的散文属性来背呢？分行体新诗不每每也有无诗性可言的"赝品"招摇过市，败坏读者胃口，损害分行体新诗的名声吗？分行体新诗同样没有义务替这些劣质品买单，当替罪羔羊。散文诗也好，分行诗也好，对付赝品、劣质品的治本之法是"良币"驱逐"劣币"，让好作品占领市场以驱逐假劣伪冒。如果有人挂羊头卖狗肉写冒牌散文诗，就鼓捣着要把"散文属性"去掉；那么，有人挂羊头卖狗肉写冒牌分行诗，莫非就不让其他人写分行诗了？

我亦对"诗其神而散文其形"之说投反对票。它让人联想到民间表演

"蚌壳舞"：蚌壳是纸扎的，一鲜丽女子浓妆艳抹，一开一合于蚌壳之中。散文诗之"散文属性"却不是纸扎的蚌壳，而是与诗歌属性血肉相连的共同肌体，有着"灵动、潇洒、自由"的质地，是散文诗相对于分行诗来说最具优势和魅力的部分。对散文诗之散文属性持谨慎态度的耿林莽先生认为，"一是由于想表现丰富复杂的题材内容，要适当地借鉴散文的描述手段；二是由于散文语言会接近生活化的口语，其中精华，有舒放灵动的美，巧为吸收运用，将使作品更具活力"，亦主张偏师借重散文属性："在保持诗性素质的前提下，适当地吸纳散文的某些可以入诗的因素，带入散文诗的肌体，以增强其舒放灵动的美，丰富它的表现能力。"（《散文诗六重奏》序）诗歌史上，美国诗人惠特曼将散文元素大批量带入他的诗歌创作；我国诗人艾青很早就倡导诗歌的散文美；1990年代以来国内新诗写作者热衷"叙事性元素"并蔚然成风；等等。分行体新诗写作者如此钟情将散文元素引进诗歌，散文诗队伍中却不乏其人把散文诗的"散文"品格和属性当成包袱，这不恰恰应了民间的讥讽和挖苦："身在宝山不识宝""端起金饭碗去要饭"吗？片面强调散文诗的诗性特征而不把"散文"当回事，以"诗"的名义削弱、消解、阉割和去势散文诗的散文品格和属性，等于自废武功。这，才是中国散文诗无法强大起来的症结所在。

有感于"散文诗原来被认为不适合重大题材"，"自鲁迅的《野草》后有一段时间，散文诗主要是写一些小情小感"，《诗刊》主编、诗人李少君注意到拙著《大地五部曲》"把散文诗进行了开拓"，"把包括民谣、神话、战争、历史、民间故事、人物小传等诸多题材都用散文诗的形式进行表现，将散文诗在题材内容的拓展上进行了探索。……散文诗将'诗'的属性推及散文，这样的一种融合，就使散文诗变得包容大气，进而可以书写生生不息的人民史诗"。进而追溯到宋词的演变："苏东坡将原本主要写艳情的词，进行了改造、革新、创新，词境变得开阔，万事万物无不可入词。苏东坡提高了词品，把言情与言志结合、现实与幻想融汇、婉约与豪放并举，宋词终于取得了与唐诗同等的地位。当代散文诗也需要这样的开拓创新。"（《植根湘西的大地歌者》，《文艺报》2021年1月14日）历史将证明："散文诗将'诗'的属性推及散文"是还原散文诗本质属性以实现文本突围，引导散文诗走向广阔道路的"葵花宝典"。

四、论文体，散文诗要比分行体新诗优越

论文体，散文诗要比分行体新诗优越。

其优越性恰恰在于比分行体新诗多了个"散文属性"。

我们习惯于称分行体新诗为"自由诗"。针对格律诗而言，分行体新诗的确拥有非常大的自由度；但与多了个"散文属性"的散文诗相比，其自由度则只能屈居其次了。散文诗批评家王志清在他的《散文诗美学》里，特别提到散文诗优越于分行体新诗的三个标识：自由、散漫与蓬松。他说："散文诗具有一种特殊书写的文体强势，崇尚自由也最为自由。""'诗'向'散文'借来的是自由，是形态上的散漫，是无所不能而腾挪跳跃。因此，散漫是散文诗的特殊形态。散文诗的形态是以散漫与蓬松为主要特征的。""所谓语言的蓬松，这是散文诗作为诗的一种专利。因为蓬松性，不仅成为散文诗区别于诗的本质特征，也使散文诗具有了其他种类的诗所不具有的文体优势。"

国内散文诗，曾经在很长时间给人的印象是小花小草，浅斟低唱，几乎造成散文诗等同于短笛牧歌的错觉。这是散文诗文体放弃"自由精神"，放弃散文诗优越于其他种类的诗的文体优势而导致弱化、矮化、退化的结果。笔者曾坦言：散文诗不只是短笛轻吹还可以黄钟大吕，不只是小桥流水还可以大江东去，不只是云淡风轻还可以携雷挟电，不只是流萤几点还可以星空璀璨，不只是浪花几朵还可以沧海横流，不只是雪泥片石还可以苍茫大地。

谢冕先生在《散文诗论》中写道："散文诗应该是多样性的。……轻松是我们的本领，沉重怎么表现呢？批判又怎么表现呢？……新诗做到了这一点，而散文诗没有做到。""长期以来人们所谓的散文诗的尴尬，其实并非基于它的'两栖文体'的尴尬，而是它的有局限的形式与内容上，与时代的、社会的、民族命运的重大题材之间的表达与承诺的矛盾造成的尴尬。"笔者以为，散文诗之所以很长时间里没能表现"时代的、社会的、民族命运的重大题材"，关键在自由精神缺位而未能充分调动和发挥自身的文体优势和潜能所致。

与散文诗的同道一样，笔者在文本突围的写作实践中发现，只要充分调动和发挥好散文诗优越于分行体新诗的文体强势，将"诗"的属性推及"散文"属性，散文诗就越能游刃有余地表现"时代的、社会的、民族命运的重大题材"。"新诗做到了"的，散文诗也可以做到；新诗未必能做到的，散文

诗兴许也可以做到。拙著《大地五部曲》之第三部《大地涅槃》，写一群民间人士在旧城改造中由抢救老街的文化记忆发展到抢救老街，系反映城市化进程，表现时代的、社会的、民族命运的重大题材。谋篇布局时剑走偏锋，将口语化生活化的微聊引入散文诗写作，借微信互动推动故事发展（让分行体新诗来写这个题材的话，估摸着很难引入口语化的微信聊天——大批量的微聊如若写成分行体新诗，想想就够别扭了）。由此也就对散文诗较之于分行体新诗"具有更大的优势"，"大凡文学能够到达的地方，散文诗皆可涉足其间"（谢冕：《散文诗漫话》）之说，以及"散文诗的自由精神，则是使散文诗超越狭隘的文体躯壳和文化视野而自由翱翔的文体优势，是散文诗之发生、生存的动因，也是散文诗赢得自身尊严和美学效应的最大化的核心竞争力"（王志清：《散文诗美学》）之说，有了至为真切的感受。

《大地涅槃》里有大量生活化口语化的微信聊天，笔者试图通过诗性叙事而呈现散文诗的散漫与蓬松之美。以第二章之《银鱼井》末尾的"微友跟帖选"为例：

周日　　21：09

@ 柴大官人

"银鱼井"，得名于井里长有一种银鱼儿，三两寸长，柳树叶子模样，井里游动时，身影闪亮着银子的光芒。

作者回复：取水的人，一不留神把银鱼儿舀进水桶，就等于把喜气、运气舀回家去了。

周日　　21：11

@ 快哉风

代代相传：从河里打回的鱼，眼珠子都翻白了，往银鱼井边一放，就会活过来。儿时，眼见一只蝉快断气了，我用双手护着它，傻乎乎往银鱼井跑，以为它也能像鱼一样活过来……

作者回复：小时候，我们都知道夏天很长，不知道蝉的生命很短。

@ 萍踪侠影

天黑后，我们几个"逆袭"分子在古井旁边坐了好大一阵。

潮湿的巷子里，水井四周的青石板温凉而沉默。巷子背后，天空交织着霓虹灯、探照灯、吊车和高层建筑，交织着人工版的新一轮地壳运动。

想起一篇写井的文字：

儿时，天天从井边经过。井水熬粥；井水泡茶；井水刷的凉床，铺在院子里看星星。后来，外出念书、求职，背井离乡。母亲在信中说，石榴开花了；外婆还能打井水；家里人都挺好的。

念想中，突然觉得满街满巷流落的全是乡愁，乡愁啊！

作者回复：昨晚，我刚好也梦见坐在银鱼井一旁的石块上。冰冷的月亮

从巷子尽头浮上来。风在游走。风撵着丛竹下的笋壳叶像一条响尾蛇在游走……

遥想当年波德莱尔，正是《巴黎的忧郁》比起格律体自由诗《恶之花》来有着"多得多的自由、细节和嘲讽"，"没有节律，没有脚韵，但富有音乐性，而且亦刚亦柔，足以适应心灵的抒情的冲动、幻想和意识的跳跃"（波德莱尔语），正是因为散文诗有着不同于并且优越于分行体新诗的潜质，这个名叫"散文诗"的文体才得以应运而生。守住诗意与神韵这一诗性原则的前提下，只管最大可能地放开散文诗的天足，"将'诗'的属性推及散文"。散文诗的散文品格和质地越是发挥到极致，散文诗之于分行体新诗的优越性和先进性就越能得到充分展示。不是吗！

五、是清算"纯诗论""美文论"的时候了

散文诗长期被"纯诗论""美文论"绑架和误导。

其始作俑者或者说代表性人物，是 20 世纪 30 年代写下《鲁迅批判》的李长之。此君"不虚美、不隐恶"，坚持独立的批评精神，创新批评方法和批评视角，给当时的批评界带来一股新鲜气息。但是，他作为一名 25 岁的大学生，由于不大懂得散文诗的生成规律，导致《鲁迅批判》一书明显存在

着偏见和硬伤。比如：他认为鲁迅先生的散文诗集《野草》中的许多作品"重在攻击愚妄者，重在礼赞战斗，讽刺的气息胜于抒情的气息，理智的色彩几等于情绪的色彩，它是不纯粹的，它不是审美的"。在李长之先生看来，"抒情的"才是"纯粹的""审美的"，才是散文诗；"攻击的""战斗的""讽刺的""理智的""情绪的"都不合他的"纯诗"理论，而不在散文诗之列。

　　散文诗发展到今天，稍有常识者都知道：界定"抒情的""纯粹的""审美的"，抑或"攻击的""战斗的""讽刺的""理智的""情绪的"是不是散文诗，不是取决于题材、风格、手法等，而是取决于其是否具备散文诗所特有的散文属性和诗歌属性。单以抒情论，不也有抒情散文这个品种吗？可见"抒情的"未必就是散文诗。礼赞战斗、讽刺气息、理智色彩、情感意绪只要经过诗化处理，可以入新诗也可以入散文诗。可见李长之的批判经不起推敲。

　　李长之"纯诗论"影响了许多人对散文诗的认识。很长时间里，由冰心翻译的泰戈尔体，冰心的"繁星""春水"体，以及后来柯蓝的颂歌体、郭风的牧歌体陆续风靡国内，影响了几代人，让人以为那便是散文诗的正宗。年长月久，关于散文诗，人们自觉不自觉地形成一个是否符合"纯诗"和"美文"标准的，根深蒂固的预设的模式，其流风遗响一直程度不同地绑架和误导散文诗的写作者和阅读者。1981年《诗刊》组织过一次"散文诗六人谈"，参加者之一耿林莽先生回忆说，那会儿"我对散文诗认识很肤浅，和许多局外人一样，将其视为一种浅唱低吟的美文小品"。决意以身相投后，发现了散文诗"在习惯势力尤其是某种误解、误导下形成的某些弊端"，"令人不安的是有人竟将其视为当然的常规"（《序：我的散文诗之旅》）。耿先生的现身说法，从一个侧面印证了中国散文诗备受习惯势力误解、误导的历史事实。

　　我在《大地苍黄·自序》中写道：新时期以来，包括自由体新诗在内的各种文艺样式都经历了一场思想解放运动，即如"朦胧诗"讨论之于分行体新诗的观念更新，其收获是显而易见的。而在那样一场大的观念变革潮流中，遗憾的是我们的散文诗却处于某种缺位和失语状态。因此尽管"不少作者已经或者正在努力摆脱陈腐的浪漫主义影响的残余，摒弃那种新式风花雪月和多愁善感，厌恶那种以散文诗为博取廉价效果的精致玩艺的轻率作风，努力使自己的作品更有现代意识，更人性，更富于新的诗的素质"（彭燕郊语），但整体而言，观念陈旧滞后仍是制约我国散文诗创作的瓶颈。尽管有波德莱尔、洛特雷阿蒙、兰波、纪德、佩斯、希内梅斯、尼采等等涌入国门，但有的人或孤陋寡闻或无意问津，有的人即便读到了，恐怕并没有悟出散文诗的道路原本十分广阔的道理——就像谁都知道中国散文诗的高山是鲁迅的《野草》，却未必有多少人真正悟出《野草》文本创造性的真谛所在一样。王志清先生的专著《散文诗美学》认为"《野草》突破了'文体外套'和'文化外套'，超越了狭隘的文体和文化视野，超越了体裁的外在俗套而表现为文体高度自由的形态"，成为"一个'散文诗'无法涵盖的诗性的世界"。志清先生所说的"散文诗"体裁的"外在俗套""文体外套"和"文化外套"，应该是针对散文诗所预设的模式而言。

关于散文诗，诗人叶延滨言简意赅："散文诗是诗与散文都努力达到的一种境界，非诗的，非散文的，也就不是散文诗的。"举凡优秀的散文诗和散文诗人，皆是心领神会散文诗两种属性的妙处而运用裕如的赢家。长期被"纯诗论""美文论"绑架和误导的我国散文诗，其遭遇充满苦涩与疼痛。事实证明，"纯诗论""美文论"的设限只能让散文诗的路越走越窄，直至断送散文诗的前程，是时候彻底清算并作一了断了。懂得散文诗的生成规律，懂得其与分行体新诗二者文体间的共性以及不同特质所在，是了解和认识散文诗的入场券。作家何建明在《中国散文诗百年经典》序言中有感而发："不懂和不会写散文诗的人怎能了解和认识散文诗呢？"

六、散文诗是有难度的写作

谢冕先生在《散文诗随想》一文中写道："好的散文诗往往能在诗的精约蕴藉和散文的自由流动之间，表现出它独有之美。""独有之美"散文诗，毋庸置疑是有难度的写作。难就难在"将'诗'的属性推及散文"，即散文诗之散文要素的诗性化。

我国古代文论中，散文是与韵文相对立的一个概念，"凡是不押韵、不讲究骈偶的散体文章，无论是文学作品，还是非文学作品，都称为散文。"（秦兆基：《散文诗诗学》）按照这个归类，神话、童话、寓言、民间故事、口述历史、纪实文学、小说、戏剧等叙事文体，以及种种实用的、世俗的非文学的话语样式，如新闻通讯、消息、博文、跟帖、简书、日记、书信、电报稿、布告、祭文等，皆在广义之列。与小说、诗歌、戏剧等并列于文学范畴的散文，当属狭义层面也。广义类和狭义类的这些散文性元素，林林总总为散文诗写作提供了一个取之不尽、用之不竭的巨大资源库。但是，将选取的散文要素诗性化既是刚需，又是难度化写作，非常具有挑战性。谁洞悉了散文诗的生成规律知难而进，顺势而为，谁就会种豆得豆、种瓜得瓜；反之，如果无法完成散文性要素的诗性化而不具备"散文诗将'诗'推及散文"的能力，就只能在散文诗的大门外溜达溜达，无缘登堂入室。散文诗队伍里，过不了诗性写作这道坎而浅尝辄止者、滥竽充数者、打道回府者，颇有人在。有的人正是因为不懂得抑或无力量将"诗"的属性推及散文，才扛着散文诗的番号却拼命往分行体新诗靠。"山重水复疑无路，柳暗花明又一村"。唯有锲而不舍探寻散文诗生成规律，致力将"诗"的属性推及散文，才是散文诗焕发无限生机，写作空间得以无限拓展的必由之路。为此，有必要重提谢冕先生的告诫：散文诗，不可让"散文的品格被无声地勾掉了"。

注：2019年底，拟出版《大地涅槃》单行本。后因时隔不久筹备出版《大地五部曲》而搁置下来。嗣后，此文稿不时有所修订。

《大地五部曲》后记

罗长江

像是完成一场马拉松，《大地五部曲》终于杀青并出版了。

回顾起来，支撑着我花十年时间坚持五部曲写作的内动力，是挑战散文诗也挑战自我的这股子激情。于我而言，越具挑战性就越具征服欲，就越能撩拨创造的激情，越能激发身为湘人的蛮劲；外动力则来自评论家、编辑家以及文友们的肯定和激励。

写得最早的一部是《大地苍黄》。先投寄文学期刊《芙蓉》，几个月不见动静，就改投诗人马萧萧主持的《西北军事文学》，萧萧主编由衷称好，拍板全文刊发。因为是散文诗体，排版时大大超出了电脑显示的字数所需的版面。正在犯难之际，《芙蓉》那边，责编李健电话告知过了终审；《西北军事文学》遂改发我另一部两万字的长篇叙事散文诗《云水之乡》，它还得了该刊的年度优秀作品奖。《大地苍黄》于《芙蓉》发出后，主编龚湘海告诉说，编辑部很快收到了近百封读者来信，好评如潮云云。近七万字的《大地苍黄》和两万字的《云水之乡》顺利刊发且反响不错，对我乘势而上，一鼓作气推进"大地"长篇系列的写作至关重要。此前，我在《当代诗歌》《文学月报》《湖南文学》《散文》等刊物陆续发过三五千字不等的叙事散文诗，但这回毕竟是"大部头"，头一炮打响了，自然越加信心满满。第二部《大地气象》（原名《大地血殇》）近八万字，在写法上走得更远，用长篇叙事散文诗正面描写浩大战争，在散文诗的历史上尚属首次。2016 年 12 月，湖南省文联、湖南省文艺评论家协会、《湖南日报·湘江周刊》和张家界学院四家联手，为我举办"罗长江'大地'长篇系列作品研讨会"。几十名评论家和学者踊跃发言，为我把脉。与会者充分肯定我将跨文体写作注入长篇叙事散文诗的探索，令我尤为欣慰和振奋。嗣后，文学期刊《创作与评论》2017 年第 3 期在"文艺湘军研究"栏目为我的"大地"写作编发了二十多个页码的评论专辑。如果把《大地五部曲》的写作比作汽车跑长途，这次研讨会和评论专辑则如同加油站，助我马不停蹄，继续尔后三部《大地涅槃》（十四万余字）、《大地芬芳》（十三万字）、《大地梦想》（近十八万字）的写作。近四年完成的后三部四十五万字，是前两部近十五万字的三倍，占全书的四分之三；此外，对第二部《大地气象》做了大幅度修改，数番对五部作品做全面修订。

板凳十年冷，甘苦寸心知。原本有很多话要说，比如对散文诗的认识，对散文诗现状的认识，等等。转念一想，作品本身在说话，便无须饶舌了。此时此刻，一个尤为渴望表达的愿望是感谢命运安排，让我在《大地五部曲》写作过程中，遇到这么多的知己、知音、高人和贵人！其中包括令我至为感激的龚旭东、王志清和秦兆基等评论家朋友，十年间不离不弃，一直关注着我、鞭策着我、帮助着我，每念及此，心里就充满感动、振奋和美好。即如给志清教授的短札所言：在漫长的竞走式写作中，有几位良师益友一直关注和陪伴，真是长江的幸运！以至于我在写作过程中渐渐觉得，这既是他们几位对我个人的关注、声援和支持，也是对散文诗的关注、声援和支持。隐隐觉得在我身上，寄托着几位高人对散文诗事业的企盼与期待。

兆基先生是我国散文诗理论终身成就奖得主，他在这一领域的造诣为业内公认。先生与我素昧平生，冒着酷暑为我撰写评论长文（志清教授亦然），其中一段话于我尤具激励："长江先生的追求可以用司马迁《报任安书》的几句话来概括：'究天人之际，通古今之变，成一家之言'。"出席我的作品研讨会那年，先生八十有三，步履健实，其谦和、宽厚与饱学睿智的长者之风，每每让我想起"民国风范"四个字。尔后的日子，先生为我的作品初稿提批评、出主意、寄资料，关怀有加。"套一句爱默生初读惠特曼《草叶集》时所说的话：'我在一个伟大文学生涯开端迎接你。'"——读这般热情洋溢的、满怀激赏和期待的文字，是多么令人奋发和青春的感觉啊！

志清教授是国内王维研究的权威，又是散文诗批评领域的实力派，其专著《散文诗美学》让我获益良多（兆基先生的《散文诗：广阔的道路》亦如是）。素昧平生的志清教授，接连为"大地"系列撰写评论文章，其中一句"罗长江找到了最适合自己慷慨任气而磊落使才的文学体式"有如醍醐灌顶。"五部曲"的写作，可以说是在志清教授的持续推动和敦促声中完成的。我曾使用过"跟踪"一词表达对志清教授关注和声援《大地五部曲》写作的感激之情。

旭东兄与我的交往源于散文诗大家彭燕郊老师，时间就长了。旭东兄做过茅盾文学奖评委，其人品、文品为湖南文学界素所敬重，其眼光之"毒"为圈内公认。他对散文诗的研究很深。他是最先界定我之"大地"作品将小说、诗歌、散文融冶于一炉，铸就"诗性洋溢之新文本、全文本、超文本"的第一人。五部作品，每一部从构思到初稿再到修订稿出来，或通过电话或亲赴长沙，我都要与他切磋并听取他的意见。作家与评论家之间的这份肝胆相照，实在是太难得太美好太让人心生庆幸了啊！我发给他的电子文档，或者纸质书稿，都有他的圈圈点点。十年磨一剑，君乃淬火者也。旭东兄把我的"五部曲"比作我的"五胞胎"，他在序言中写道："《大地五部曲》终于确定要出版了，令我欢喜莫名，兴奋之情几不亚于长江兄本人。""在这个过程中，我也跟着长江、跟着长江的这些'孩子们'一起沉思、欢乐、唏嘘、拍案……心潮澎湃，思接千载，想浮万里，出入于历史与现实。每一部作品，我都有幸成为最早的读者，感觉自己也像这'五胞胎'的亲人一般，时刻关注着、惦记着、关心着、琢磨着，真要感谢长江这十年的创作历程给了我如此丰富奇妙的感受与享受。"与旭东兄交往这些年，脑海里时时跳出鲁迅先生的"人生得一知己足矣"。谢谢亲爱的旭东兄，谢谢了！

我国第一家散文诗刊的创办人邹岳汉先生，一直活跃在散文诗界的前沿阵地，作为资深编辑家和评论家，邹先生对我的"大地"系列写作寄予厚望，几年前在湖南宾馆的一次长谈，言犹在耳："五部作品的规模、气魄、眼界、追求都是空前的，独一无二。""沉住气，相信自己的实力，让作品说话。"等等。将散文诗比作"美丽的混血儿"是评论家王幅明的专利，他是《中国散文诗90年：1918—2007》和《中国散文诗百年经典》的主编。迄今未曾谋面的幅明先生，数年前撰文称"长篇叙事散文诗开拓者罗长江"；《湘江文艺》和《文艺论坛》执行主编王涘海则认为，"罗长江先生创造了一个全新的文本，是与小说、诗歌、散文、戏剧并列的第五文体"。二位的高论于我皆是很大的激励。中国散文诗研究中心主任箫风先生，诗侠也，用他的话说，动容于我之"十年磨一剑"，出面延请谢冕先生作序。谢冕先生在那场朦胧诗论战中的理论勇气与学术担当，他关于散文诗的诸多精辟见解，都令我从内心敬佩和认同。能得到中国当代诗歌教父、诗歌理论泰斗谢冕先生的称许，自然是非常开心的事情。

衷心感谢评论家、湖南省文联党组书记夏义生。数年前，他以评论家和长期从事文艺组织、领导的双重眼光和情怀，主动促成"大地"系列长篇作品研讨会的召开；衷心感谢作家、湖南省作协主席王跃文给力《大地五部曲》写作，并撰写热情洋溢的推荐语；衷心感谢诗人、副市长欧阳斌等张家界市领导热心过问《大地五部曲》的写作、出版与研讨；衷心感谢美学家、张家界学院校长简德彬，数年前热心操持和成功承办"大地"系列长篇作品研讨会；

衷心感谢摄影家、张家界市文联主席覃文乐，湖南省文联三百工程办负责人邓清毅，湖南人民出版社高教分社原社长龙仕林；衷心感谢李元洛、许淇、徐成淼、刘虔、蒋登科、余三定、卓今、谢宗玉、余艳、李健、佘晔、陈善君、聂茂、刘强、张建安、张千山、刘起林、周会凌、刘泰然、蔡旭、周和平、吴旻以及参加"罗长江'大地'长篇系列作品研讨会"的评论家、作家和学者；衷心感谢陈小真、龚岳雄、钟铁夫和限于篇幅未能一一列举名字的朋友，通过各自的方式，关注和给力我的《大地五部曲》的写作和出版。

衷心感谢省作协和省文联分别给予的重点作品扶持。

衷心感谢出版社，感谢出版人周青丰先生和他的团队为确保作品如期出版，并致力保证出版质量所做的种种努力。

感谢家人，尤其要感谢夫人张建湘，这么多年包揽家中大小事情，悉心照料瘫痪在床多年且痴呆了的老母亲，还要操持我的冷暖起居，交流和贡献阅读书稿的意见。是这份相濡以沫，成全和加持了我的潜心写作。从工作岗位退下来的第一个夜晚启动"大地"系列写作伊始，十年间青灯黄卷，聊以自慰的是一份持续饱满的挑战激情和一份持续饱满的恣肆汪洋又触须密布。"不尽长江滚滚来"，长篇散文诗写作将与我一路同行。

感谢波德莱尔、鲁迅和彭燕郊三位前贤。散文诗奠基人波德莱尔1821出生，今年刚好是他的200周年诞辰，他的《巴黎的忧郁》为散文诗确立了独立文体的地位；中国散文诗奠基人鲁迅先生1881年出生，今年刚好是他的140周年诞辰，他的《野草》是巍峨高标的散文诗丰碑。还有一位被严重低估的散文诗大家彭燕郊先生，1920年出生，今年是他的101周年诞辰，他的《混沌初开》是开一代诗风的20世纪中国知识分子精神史诗。在这样一个年份出版《大地五部曲》，以之致敬我心目中的前贤和引路人，是一件多么庄严、美好和亲切的事情！

2021 年 10 月于张家界

《大地五部曲》是不安分写作的总爆发

——在毛泽东文学院第二十期湖南、新疆中青年作家班上的讲稿（节选）

罗长江

一、"不安分"是文学创作的应有之义

关于"不安分"，新华字典的解释：不守本分。百度百科的解释：贬义形容词。多指某个人的思想或行为不稳定。在一个相对好的环境中，还想要去做一些其他不稳妥的事情。

其实，安分与不安分是与生俱来的一种普遍现象。有的人生来安分，有的人生来不安分。同一个人身上，有时安分有时不安分。有的安分是好事，比如说官员不贪；有的安分未必是好事，比如说居安不思危，比如说安于现状抱残守缺、逆来顺受、得过且过。作家张爱玲有一个很有名的红玫瑰白玫瑰理论——娶了红玫瑰，久而久之，红的变成了墙上的一抹蚊子血，而白的还是"床前明月光"；娶了白玫瑰，白的便是衣服上的一颗饭粒子，红的是心口上的一颗朱砂痣。这种现象的存在，不就是人类天性引发的不安分吗！

例子多着了：哥白尼质疑并推翻了教会宣扬的地球中心论；布鲁诺为了坚持宇宙无限说而宁愿遭受火刑；哥伦布发现新大陆；明代大臣万户是世界上运用火箭原理升天的第一人，他失败了，但是几百年以后，国际天文学联合会将月球上的一座环形山以他的名字命名，纪念这位先驱。再比如：800多年前一群英国贵族冒死抗争，迫使国王坐到谈判桌前，签订了对人类文明产生深远影响的《大宪章》；200年前俄罗斯的十二月党人，一群获得战功的贵族军官为了宪政共和、废除农奴制而发动起义，被流放到西伯利亚服苦役。这些人都是生活优裕的贵族哪，但是他们为了社会的进步而不顾身家性命，做出了惊天动地的事情。湖南芒果台近期推出的《乘风破浪的姐姐》和《披

荆斩棘的哥哥》，其中诸多人物早已在演艺圈功成名就了，一个个却不安分，一副从头开始的架势。结尾的合唱曲中的"致敬成功，致敬失败，致敬高兴，致敬沮丧"，唤起了人们的广泛共鸣。所以，凭什么说换一种活法的不安分就该划作贬义词呢？凭什么说某个人在一个相对好的环境中，就不能去做一些看起来并不稳妥的事情呢？ 20 世纪 80 年代，诗人骆耕野写过一首诗叫《不满》，理直气壮为"不满"正名，指出不满足现状是推动人类文明进程的动力。不满也是基于不安分。可见不安分、不满足于现状作为人的一种天性，是构成生活丰富多彩的最活跃的因子，也是推动人类社会进步的原动力。不伤天害理，守住人性底线，守住法律底线就 OK 了，完全没必要也不应该把"不安分"无端加以贬损。

至于文学史上的"不安分"现象就不胜枚举了。

求新求变是艺术创作规律使然。循规蹈矩、墨守成规是艺术创作的大忌，是死穴。写作的不安分其实可以视作不甘平庸的同义词。

——读《史记》，除了震惊于作者司马迁秉笔直书的史家勇气，还震惊于其在写作艺术上的开拓精神。太史公之先，史书皆是沿袭编年、记事的体例，而太史公却不安分，不满足于既有的模式，他别开新面自铸新体，用本纪、书、表、世家、列传等，创立了纪传体史书体例，从此而成为定则。

——一部中国诗歌发展史告诉我们，从《诗经》《楚辞》到汉赋、唐诗、宋词、元曲，到现代诗，诗歌的文体从来就是处于不断的流变过程。

屈原的《离骚》《天问》《九歌》《九章》，从体量、句式到题材，极大地丰富与变革诗的体裁。尤为超拔高美的是，屈原作品通篇是一种心情的起伏，充满辞藻，却总在起伏流动一种飞翔的感觉。

苏轼一变宋代的词风，从内容、风格、词与音乐的关系、艺术手法、词的诗化诸方面（词从娱乐性过渡到文学性），为宋词发展开辟了新的道路。苏词的历史地位高过苏文和苏诗。

20 世纪 80 年代初，谢冕以及孙绍振、徐敬亚为代表的新锐派，凭着一介学者、批评家的理论勇气与学术担当，力挺食指、北岛、顾城、舒婷为代表的一代诗歌精英，从形式到内容向传统模式发起挑战，与艾青为代表的拥有话语权的元老派，展开了一场震惊朝野的关于朦胧诗的论战，成为远远超出诗歌本身的一场思想解放运动。

——波德莱尔写出《恶之花》之后，觉得这种分行的格律诗体并不足以畅达地表现自己的情怀，一个偶然的机会，读到路易·贝尔特朗的《夜之卡斯帕尔》，他发现贝尔特朗提供的艺术样式，更能承载自己的思想。于是创作了被所有散文诗人视为原典的《巴黎的忧郁》，命名曰"散文诗"，波德莱尔于是成为散文诗这一文体的奠基人。

——众多艺术门类的"不安分"。中国摄影第一人郎静山，将中国画的水墨意境引入摄影；当代画家尚扬在他的《董其昌计划》系列作品中，则将摄影手法引入国画；湖南将木刻、版画、速写、素描、农民画、水彩画等元素引入剪纸艺术；等等。再比如黄永玉，为画为文，可以说是一辈子都不曾安分过。几大本《无愁河的浪荡汉子》，自由率性，"东拉西扯"打破艺术体裁之间的陈规戒律，让90多岁的他赢得了文学先锋派的雅号。黄永玉说：我为文以小鸟作比，飞在空中，管什么人走的道路！再比如《蒙娜丽莎》的作者达·芬奇，通晓数学、生物学、物理学、天文学、地质学、解剖学、足迹学等学科，在绘画、雕刻、发明、建筑、城市规划设计众多领域成果斐然，他轻而易举发明了降落伞和滑翔机，还一门心思想给人类插上鸟类的翅膀。他说他是一只鸟儿，能飞的地方一定要飞去，不能飞的地方也要试着飞飞看。你说他安分吗？

古往今来的创作实践证明，唯有不安分才会挑战现状，另辟蹊径，寻求突破，开辟艺术新天地。如果说生活中的安分和不安分还得具体问题具体对待，那么不安分之于文学艺术创作，绝对是刚需。不安分之于文学艺术创作，如同荷尔蒙之于人体，是最具活力的，最为活跃的因素，是激活艺术能量和勇气，寻求艺术突破的原动力。所以，我私下给不安分取了个别名叫"艺术荷尔蒙"。

二、《大地五部曲》是我之不安分写作的总爆发

我写长篇叙事散文诗《大地五部曲》，一是对中国散文诗现状严重不满，二是发现长篇叙事散文诗写作有可能成就我的艺术梦想。

我非常赞成一位著名评论家的观点：在中国新诗发展史上，鲁迅先生的散文诗集《野草》是最早与世界诗歌发展同步且处于高峰的创作。但是，因为种种缘故，《野草》的精神传统未能发扬光大成为中国诗歌特别是散文诗的一贯主流。越到后来，散文诗越发成为陈旧的浪漫主义诗风与趣味的重灾区。法国的著名哲学家、诗学家狄德罗在200多年前就说过，"诗需要一些壮大的、野蛮的、粗犷的气魄"。而弥漫于散文诗坛的嗲声嗲气的娘娘腔，有时候真有

起鸡皮疙瘩的感觉。直到彭燕郊、昌耀的诗歌创作实践中，散文诗才真正接续了《野草》传统并有所开拓发展。

文学创作本来就应该是万紫千红。我不止一次说过，冰心完全可以写她的繁星春水，郭风完全可以吹他的山野叶笛，柯蓝也完全可以弄他的早霞短笛；但是，把他们的写法视作散文诗的正宗，或者说这才是散文诗，以至于相当长时间里误导为散文诗写作的时髦与程式，就是中国散文诗的悲哀了。湘籍老作家柯蓝先生，一直为我国散文诗事业奔走呼号，是个难得的组织者和活动家。遗憾的是离世前不久，老先生还在振振有词强调每首散文诗"最多不超过五百字"之类，还在给散文诗缠"裹脚布"，自觉不自觉地摧残其天性。邹岳汉先生说得好，散文诗和其他现代文学体式一样，只受其内部结构的约束，不可能也不应该有具体字数、篇幅的规定。短小精悍是散文诗的一般形态。但是，若把散文诗理解为"三五百字"的固定模式则欠妥了。举这样一个例子，只是想说明——如果任由这样一种画地为牢、作茧自缚、抱残守缺的思维模式扛大旗，中国散文诗能有什么指望呢？

近些年情况有较为明显的改观，大的趋势是逐步还散文诗以天足，涌现出一批有实力有想法的散文诗人和作品。但整体而言，仍存在：相似性写作；力气花在炼句上（有的除了不分行，与自由体新诗无异），因而缺格局、缺气象；缺乏直抵人心的力量；等等。希内梅斯、纪德、佩斯、泰戈尔等诺贝尔文学奖得主，能将长篇散文诗写成经典，写成代表作，我们为什么就不能在这个领域有所作为呢？

《大地五部曲》写作有一个逐步激发、逐步成型的过程。

第一部《大地苍黄》近7万字，在《芙蓉》2012年第1期全文刊发。近7万字的散文诗，排版出来，篇幅相当于一个十一二万字的小长篇。这里有一个背景，从这一年起，《芙蓉》不再刊发长篇小说了。何况我的不是小说而是散文诗！其时的主编龚湘海拍板，放在一个"实验"栏目发了出来，据我所知，此前此后，国内很可能没有哪家刊物发过7万字的散文诗！而且很快就收到近百封读者来信，用龚湘海主编的话说"好评如潮"，这于我鼓舞很大。同年由湖南人民出版社出版，评论家龚旭东撰写的推介语，第一个界定"将小说、诗歌、散文融冶于一炉，铸就这样一部诗性洋溢的新文本、全文本、超文本"，而跨文体写作，恰恰是我之于《大地苍黄》写作的初衷。两年后，我拿它参评第四届毛泽东文学奖的诗歌类，进入终评后出局了。有评委对我说，若报散文类，肯定就上了（这一届的散文因质量不够而空缺）。不久，茅盾文学奖的结果也出来了，湖南作家阎真的《活着之上》屈居第六名而与茅奖擦肩。为提振湖南作家士气，湖南日报约请湘籍评论家刘起林撰文，回顾和总结湖南作家长篇小说创作的得失，并指出努力的方向。在梳理近些年较为优秀的作品时，《大地苍黄》居然作为长篇诗体小说忝列其中，这让我大为惊讶又大为振奋。《大地苍黄》是散文诗，却可以当散文参评，还可以当小说看，这恰恰印证我的跨文体写作达到了预期的目标呀！因此，我兴致勃勃开始了第二部《大地气象》（当时名为《大地血殇》）的写作。2015 年是抗日战争和世界反法西斯战争胜利 70 周年，诗人马萧萧主持的《西北军事文学》，用 20 多个版面予以选载，随后由河南文艺出版社出版单行本。2016 年 12 月，由湖南省文联、省文艺评论家协会等四家单位联合举办"罗长江'大地'系列长篇研讨会"，与会的专家学者充分肯定了包括跨文体在内的探索性写作。2017 年第 3 期的《创作与评论》杂志"文艺湘军研究"栏目，刊发了一组关于我之"大地"系列作品的评论文章。在研讨会之前，我就基本形成了与"五行"对接的五部曲的构想。这样一个研讨会和这样一组近 3 万字的评论文章，如同跑长途的加油站，使我更加信心满满，按照既定的目标挺进。

特别值得一提的是，王志清先生评论文章中一句"罗长江找到了最适合自己慷慨任气而磊落使才的文学体式"，如醍醐灌顶。我琢磨了，我写小说、写新诗都写不过一流高手，写报告文学、纪实文学人家比我入道要早得多，写散文呢也未必能一览众山小，但我有涉猎长篇小说、长诗、长篇报告文学、长篇传记文学、散文、散文诗、戏剧、电影剧本乃至新闻特稿、电视专题片、文化读物、学术专著等各类文体，乃至音乐、书法、绘画、创意策划等方面的经历。比如说散文诗，20 世纪 80 年代就陆续有《月夜·乡情·故乡河》《江边，我在寻觅》《新月》《神女峰，伏在我的肩头》《瑶山，野性的瑶山》等一批作品在《文学月报》《当代诗歌》《散文》《湖南文学》等刊物发表，每篇都在三五千字左右（无意中早已打破柯蓝先生"三五百字"的训诫了）。我在写作第一、二部的过程中，发现这些经历都给派上用场，开始显露出综合效应来了。由此，我暗暗认定长篇散文诗非我莫属。

每一个不甘平庸的写作者，总是揣有一个艺术梦想，比如陈忠实写作《白鹿原》，就是希望写成一部能够安妥灵魂的书。身为湘人，"霸得蛮、不信狠"之湖南骡子性格和"敢为天下先"的艺术荷尔蒙冲动，激发我决计吃一回"螃蟹"试试，通过《大地五部曲》写作，挑战散文诗和挑战自我，以期实现自己的艺术梦想。于是，"咬定青山不放松"，板凳一坐十年冷。像是一场马拉松长跑，支撑着我花十年时间坚持五部曲写作的内动力，是不安分的艺术荷尔蒙在发挥作用，越具挑战性就越具征服欲，就越能撩拨创造的激情，越能激发身为湘人的蛮劲，创造着和享受着不安分带来的写作快感。

谢冕先生是我国当代诗歌理论泰斗级的人物。他在为大地五部曲撰写的序言中，也注意到了这一点，用他的话说："罗长江是一位有准备的作家。这些长时间的、多种文体的写作，加上'熟读'了关于大地的经历和经验，这些可贵的积累，都集中到这部鸿篇巨制来了。"评论家王幅明称："《大地五部曲》是罗长江有雄心、有长期准备、别具匠心的作品。在此之前，罗长江已经有40余年的创作经历，出版有长篇叙事散文诗、长篇小说、长篇纪实文学、长篇传记、散文集、诗集等22种，还有作品入选中学语文课本。现在看，以往的阅历和经验，好像都在为这部巨著的写作做准备。终于，十年磨一剑，一经出炉，便惊艳于世……中国散文诗终于迎来史诗性巨著！"

三、谈谈《大地五部曲》写作的艺术追求

王蒙先生关于文体的一段话，对我的触动很大。他说："文学观念的变迁表现为文体的变迁，文学创作的探索表现为文体的革新。文体个性的成熟表现为文体的成熟。"（《文体学丛书·序言》）

痛感于中国散文诗写作的种种流弊，我写大地五部曲，通过内容上摄取重大题材，熔铸史诗品质；结构上五部作品各异，构建大地交响；形式上"跨文体"，穷尽散文诗写作的种种可能；语言上坚持诗性书写，彰显散文诗的本质属性；思想上体现最深切、最深入、最深沉的精神运动，为开拓长篇叙事散文诗文体，做了一些探索和尝试。

（一）内容上摄取重大题材

如图表解构所示，五部作品分别是乡村秘史、民族战争、旧城改造、生态文明、千年鸟道之天、地、人、鸟的交响。彻底摈弃散文诗囿于"小花小草""小情小调"的藩篱，将丰繁、复杂和辽远的社会生活场景引入叙事散文诗写作，立足时代气息、中国特色和人类精神。大格局大情怀，必然带来内容的厚重，深沉和宏阔。王跃文主席说："罗长江的《大地五部曲》俯瞰大地，横贯古今，堪称皇皇巨构，有大布局，有大笔力，调度自如，包罗万象。是一部宏大立体的大湘西人文历史与自然生态的全景式诗篇。"龚旭东副主席说：

《大地五部曲》对以湘西为切入点的中国历史、自然、社会、战争、文化、现实生活等方方面面，进行了全方位的审视与思考，其视野之开阔、气势之雄浑、元气之充盈、架构之宏大、肌理之精巧缜密、形式表现之丰富多变等等，在当代中国文学特别是诗歌领域，是少有的。"

（二）结构上五部作品各不相同

长篇作品最棘手的是结构。结构成功了，作品成功就有了六成以上的把握。长篇叙事散文诗，其一，受文体的制约和局限（它必须是诗，是散文诗！），不可能跟长篇小说一样讲故事，因此更需要有一个适合叙事散文诗文体的架构。其二，怎么让五部作品的架构有变化有特色不单调不雷同，真就煞费苦心也。谢冕先生的序言中说："罗长江追求的是一部建立在散文诗这一基点上的史诗的建构。因为他深知散文诗这一文体的特性和局限，于是他要以巨大的魄力和决心，建造一种深沉宏阔的涵融今古、思接千载、既是中国的也是历史和世界的、凝聚而包容的交响诗——这就是他的关于大地的伟大颂歌。"谢冕先生说我"深知散文诗这一文体的特性和局限"，真还说到我的心坎上了。

为此，我大致做了这样一些探索和努力。其一是五部作品与传统文化之"五行"（金木水火土）相对应，以中华传统文化阴阳五行思维来命名这五部曲的作品属性，为交响曲抹上了鲜明的中国底色，它们分别代表着关于大地的现实、历史和梦想，能够体现一种大思维、大结构、大境界。其二是每一部的架构不同，各有自己的结构方式。第一部《大地苍黄》着眼于表现一个村庄的美丽与沧桑，有着更多的乡土味，于是就选择了二十四个节气的"竹枝词"贯穿全书。第二部《大地气象》着眼于表现昨天的战争，于是就选择了《楚辞·九歌》，用古老而又现代的民间祭祀仪式：招魂——迎神送神，贯穿全书。第三部《大地涅槃》着眼于书写六百年老街"拆迁"引发一场抢救文化记忆活动，事件发生在 21 世纪，于是通过手机微信跟帖互动，推动故事发展。第四部《大地芬芳》，城市的小女孩叶子与爷爷在砂岩大峰林度暑假，于是就有了按 7 周设置的序列，每周都插入微电影故事诗和大峰林交响诗。第五部《大地梦想》则通过三个乐章谱写天、地、人、鸟的交响乐，并为每个乐章标出曲式、节奏。

谢冕先生说：大地五部曲"是一部结构缜密复杂的巨大交响诗"。

龚旭东先生说："某种意义上，这浩大的思想艺术构想，也正是对当下文学创作太缺乏格局感的一种自觉匡正与反拨。"

（三）形式上"跨文体"，穷尽散文诗写作的种种可能

如秦兆基先生所梳理的：从散文这一块来讲，我除了容纳文学散文，还吸纳了神话、童话、民间故事、戏剧、小说、纪实文学、口述历史等叙事文体，还吸纳了文学文体以外的非文学的话语样式，诸如传统媒体的新闻消息，现代媒体中的博文、跟帖、简书，应用文类中的日记、书信、短评、电报稿、布告、祭文等等；从诗这一块来讲，除了容纳中国古典诗词、日本俳句，还吸纳了民歌、山歌、田歌、童谣、巫歌傩曲，带着表演说唱意味的套曲（《河街十二拍》《河街十二帖》《河街九张机》），甚至还有宗教和民间信仰中的经咒等等。所有这些形态各异、美学特性和功能不同的文类，经过移植、重组、嫁接、改造、揉搓、穿插等，成为整体意义上的散文诗《大地五部曲》的有机组成部分。在保持和彰显散文诗本质特征和属性的前提下，通过"跨文体"写作，构成了吸纳一切艺术手段的灵活不羁的新文学形态，展示了散文诗可能、可以具有的广袤艺术空间。所以，评论家称"'大地'系列提供了一个'散文诗还可以这样写'的新文本、全文本、超文本"。

——比如小说：第一部《大地苍黄》24个故事，第二部《大地气象》的29个故事，第三部《大地涅槃》的39个人物和风物故事，第五部《大地梦想》里7个章节的故事，都是小说笔法的散文诗体。

——比如戏剧：第二部《大地气象》中，链接了4个剧目（四人剧《天心阁群英会》，以长沙会战为背景；多人剧《火焰与灰烬》，以湘西会战为背景；《两个守墓人》以常德保卫战为背景；《湘江水，衡阳土》，以衡阳保卫战为背景）。第五部《大地梦想》中，万余字的三幕剧《荒野里的过客》，里面五个人物，鲁迅和他的影子、尼采、但丁、庄子、中外哲人次第出场，高端对话。

——比如歌谣：第一部《大地苍黄》中的四章，《三姑娘》与民间小调《孟姜女寻夫》，《界上农事》与田歌《薅草锣鼓》，《拧苞谷的老人》与红色歌谣《十送红军》，《荞妹》与土家族"哭嫁歌"分别交织成复调式结构，借以推动故事发展。第二部《大地气象》以祭祀仪式及巫歌傩曲作为推动故事发展的基本脉络。第五部《大地梦想》中的"在雁鹅界"，民间情歌与故事发展交织同步。

——比如神话、传说故事、童话：第五部《大地梦想》重构了8个中国的远古神话；第四部《大地芬芳》有关于虫子、鸟雀、草木、渔猎、巫傩、

地名、风俗等传说故事 23 个，童话 2 个；第二部《大地气象》有湘西会战期间流传的民间传说故事 8 个。

——比如日记：第二部《大地气象》有战地记者、随军医生、飞虎队员、作战参谋、日本军人的军中日记；第四部《大地芬芳》中有小女孩叶子的多篇日记。

——比如音乐：第五部《大地梦想》按交响乐的结构，设"大地""天空""追梦人"三个乐章，通过复调、和弦、变奏、广板、快板、行板、叙事曲、幻想曲、回旋曲等音乐手法，奏响天、地、人、鸟的交响。

——比如电影：第四部《大地芬芳》插入了九章微电影故事诗。

——比如新诗：第一部《大地苍黄》第 24 章，通过散文诗和新诗交织的复调式结构推动故事发展；第二部《大地气象》每一章开头部分，皆出现屈原《九歌》今译的新诗体。

——比如札记：第一部《大地苍黄》之《当暮色渐蓝》穿插有 8 则"艺术札记"；第五部《大地梦想》第三乐章有 5 篇读书札记，每篇在万字左右。

——比如解说词：第五部《大地梦想》之"大地上的远方"，总共 12 节，穿插交织有 6 节是电影纪录片风格的解说词。

——比如祭文、电报稿、布告：第二部《大地苍黄》第二歌中，两篇祭文分别用于祭奠湘西会战抗日阵亡将士和湖南会战抗日阵亡将士；第三歌中引用了常德保卫战"最后一电"；第四歌摘录了《五十七师保卫常德文告》；等等。

种种形式的文体，经过改造后都以散文诗的面目和本质呈现。

（四）语言上坚持诗性书写

叙事散文诗的本质同样是诗。叙事散文诗的创作必须保持和彰显散文诗的本质特征和属性。而近 60 万字的大体量，一以贯之保持诗性特征无疑是最大的挑战。我在写作随想录里多次提醒自己：守住诗性，就意味着成功。因为我对五部曲的题材、架构、跨文体、思想深度有一个基本的估量，整体而言应该是前无古人。但如果诗性上出了问题，就全盘皆输了。更为铤而走险的是，受达·芬奇一句话的鼓动和诱惑：能飞的地方一定要飞去，不能飞的地方也要试着飞飞看。于是我抱着挑战不可能的念头，尝试着将一般说来不宜入散文诗的题材写成散文诗。第二部《大地气象》正面写一场浩大战争，是犯忌的，为解决诗性这一难题几易其稿，时间跨度长达 8 年。第三部《大地涅槃》写一条老街在旧城改造中的命运沉浮，是犯忌的；用微信互动的方式推动整个故事的发展，更是犯忌——口语化的微信入诗，难度不是一般的大。可评论家龚旭东兄听了我的这番构想后，说这一创意提供了至为丰富的想象空间，极具能动性和张力，从而极力鼓动和怂恿。写到中途，觉得微信互动这一方式写起来难度太大，我曾试图放弃，旭东兄给我打气说："怕就怕想不到，不担心你写不好。再说，万一失败了也值！"于是我又咬住下唇继续。后来的事实证明，一旦解决好了诗性的问题，运用微信手法更能拓展写作时空而富有张力、富有参差感和蓬松感——散文诗的蓬松感被视为一种难得的状态。

邹岳汉先生是我国第一本散文诗杂志《散文诗》的创办人，他主编《中国年度散文诗》近20年了，一直活跃在中国散文诗的前沿地带，阅诗无数，老马识途。他说："作为一部成功的叙事散文诗作品，根本性的标志就是其诗性的纯粹与浓度。罗长江深谙此道，其叙事散文诗是地道的诗意的书写。"另有王志清等评论家用壮美与优美交融、散漫与严谨互参、诗情与理性并重，来概括《大地五部曲》语言的诗美生机。

（五）思想上体现最深切、最深入、最深沉的精神运动

作品真正见高下，在思想，在风骨，在直抵人心与人性的深度。

波兰诗人米沃什曾在《米沃什词典》的后记中写道："我们最应该做的，是深入到每一个人的生活和命运的核心……"

举一个例子：第三部《大地涅槃》中有一小节"外公之死"。河街济生堂药号，至外公章中藩已历五代，诚信为本。章中藩20岁那年赴贵州采购药材，归途中被土匪劫走大半。少掌柜章中藩怕父亲伤心，偷偷买了一些质量稍次些的药材补充。他父亲章季先发觉后，当即吩咐家人将章中藩绑了，令其跪在药王殿的药王爷雕像前忏悔，并将这些次等药材堆往药王殿前的场坪上，一把火烧了。一把大火将敬畏点燃，将诚信为本点燃。外公章中藩1949年以前做过崇城商会会长，几十年如一日济危扶困，济生堂药号每年给一批贫困人家减免药费；每年都是孤儿院善款的主要提供者，人们把他当"活菩萨"敬重。他带头为国民革命军北伐捐款，为抗日战场捐款，为抗美援朝捐款，捐一份沉甸甸的爱国情怀与担当。他冒着风险，暗中接济过贺龙的红军药品和钱财，接济前途未卜的一群革命党。1949年以后任崇城工商联副主席，"黑皮血骡膏"当年是济生堂药号的招牌产品，取皮过程至为讲究：从北方运来

良种黑皮骡子，喂得膘肥体壮了，择日拴于树桩。抽打者鞭鞭脆响，穿云裂帛；鞭鞭着痕，电光血影。竹鞭下骡子哀鸣不已，热血上蹿，渗透皮肤……药号早已收归国有了。但一天哪能制造十万片"黑皮血骡膏"呢？外公章中藩这回没办法在刀尖上跳舞了，选择在自家阁楼的书房悄然自戕，用生命捍卫诚信、操守和常识！

第五部《大地梦想》第三乐章"追梦人"有两条线，一条线是千年鸟道上各式各样的追梦人；一条线是阅读板块，写了五个梦：报国梦、天问梦、过客梦、救赎梦、未来梦。报国梦写了近代湖南书生中的几个先驱人物：开眼看世界的魏源和郭嵩焘，变法维新的谭嗣同，宪政之父宋教仁，护法讨袁反对帝制复辟、打天下而不坐天下的蔡锷，皆是"敢为天下先"的角色。天问梦写屈原，提炼出"提问是求索者的天职"的主题，强调知识分子应该发出自己的天问。过客梦提取鲁迅、尼采、但丁、庄子等古今哲人各自最核心的思想。未来梦直面人工智能时代到来，关于人类前景的思考与展望。救赎梦则探讨人世间的种种救赎之路：肖申克监狱中安迪的自我救赎；雨果《悲惨世界》的主人公冉阿让救赎自己和救赎他人；日本小说《人性的证明》中残存的母性的救赎；轮椅上的残疾人作家史铁生对苦难与精神救赎的思考；彭燕郊的《混沌初开》揭示唯有摆脱贪欲的引力，方能实现人性救赎；等等。总之，通过深入个体生命的书写，揭示人性的普遍性、复杂性，表现出对生命价值的拷问，对精神高度的向往，直抵人心与人性的深度。用评论家的话说："罗长江沿着传奇事件的脉络，深入到人物的心灵，发掘那幽微或光亮的人性之美，提示其存在的普遍性、复杂性、永恒性。"

四、写作《大地五部曲》的几点体会

（一）既要有艺术雄心，又要有板凳一坐十年冷的功夫

创作这个大部头，确有艺术野心和期许。用王跃文主席的话说："具有令人叹服的文学雄心与勇气。"散文诗进入中国一百年了，写一部中外散文诗领域的里程碑式的作品、做一名文体作家，为中国散文诗张目，是我的写作初衷。也叫不安分吧。

摘引韩少功和李泽厚二位湘籍文化大家的一段话与大家共勉。

韩少功先生新著《人生忽然》中有一段话："没有对文学的执着理想和孜孜以求，没有板凳一坐十年冷的功夫，就不会有忽然而至的创作成绩，写作

不能投机取巧，必须厚积薄发，才能达到'忽然即必然，必然即突然'的终极状态。"

刚刚谢世的李泽厚先生，是具有国际声誉的哲学家和美学家。他说："当代作家有点浮躁，急于成功，少有面壁十年、潜心构制、不问风雨如何、只管耕耘不息的精神和气概。作家不可太聪明，太聪明可能成不了大作家。我希望我们的作家气魄能更大一些，不必太着眼于发表，不要急功近利。真正有价值的文学作品是不怕被埋没的。"

（二）赢得自由精神就是胜利

不安分上升到哲学层面就是自由精神。

套用叶赛宁"找到故乡就是胜利"的句式，赢得自由精神就是胜利。

2020 年，在我的长篇报告文学《石头开花》的研讨会上，编辑家、评论家王淡海先生说：《石头开花》是报告文学又不是常规形态的报告文学，刷新了报告文学的传统面孔；让我们想起他的长篇叙事散文诗"大地"系列，像散文诗又不像散文诗，是跨文体写作，为散文诗写作提供了一个全新的超文本，是小说、散文、诗歌、戏剧之外的"第五文体"。这次的报告文学《石头开花》也是跨文体写作。

王淡海先生的一番话提醒了我。是的，《石头开花》与《大地五部曲》的写作理念和自由精神一脉相承。可以说，没有大地五部曲的写作历练，就没有《石头开花》这样一个报告文学版本的作品问世。《石头开花》也好，《大地五部曲》也好，如果说取得某些成功，那么这成功要归功于对自由精神的追求和坚守。

散文诗最突出的文体优势是自由，我选择了散文诗，也就是选择了散文诗无所不能的绝大自由；散文诗的自由精神，恰恰适合我恣意挥洒思想与才情。我在"跨文体"写作的探索中，充分地享受着跨越和穿越的深度自由。这五部作品，涵容了诗歌与散文乃至其他文学文体的生命基因、艺术优势与精神气质，什么都可以借鉴，什么都可以移入，什么都可以搬取，超出了文学文体的狭隘局限，而形成多元、开放、自由的艺术集合体，用评论家的话说，创造出以往艺术经验无法涵盖的高度自由的诗性时空。

（三）辛苦并快乐着

《大地五部曲》的写作，没有现成的模式可供借鉴。题材，架构，诗性，叙述方式，都靠自己"原创"。

应该是 2017 年吧，有一个专访《罗长江：潜心炼丹、挑战极限的文坛独行侠》挂到网上。我家孩子见到了，一是担心这么旷日持久又挑战极限的写作，身体是否吃得消？二是担心目标定得这么高，万一落差太大，心理能否承受？我于是回了一封长信。一是回答我当然知道必须要有一个好的身体，才能胜任这种马拉松式的写作，因此会百倍爱惜自己的健康；二是回答设定一个高端目标是必须的，否则我就没有写作的激情，再说我对自己的实力和创造力有一个基本的估量，相信自己的努力和结果能够成正比。我写道："如果说当年在农村玩命的写作是基于改变命运的渺茫指望，那么，现今我之与文学厮守，则完全是在实现人生价值的最大化。事实上，我每天活在自己的世界里，电光石火，天马行空，内心淡定而充盈，写作过程中每当跳出一些好的想法，解决了一些高难度的难题的时候，那种对自己创造力和价值感的一次次确认，那种只可意会不可言传的惬意和快感，实在是一种难得的状态和境地。其实，写作于我，带来的最大乐趣是享受这种堪称漫长的创造过程。"

借用凡·高的话："我越来越相信，创造美好的代价是：努力、失望以及毅力。首先是疼痛，然后才是欢乐。"我写《大地五部曲》，评论家说我提供了一个"散文诗还可以这么写"的新文本；我写《石头开花》，评论家说我提供了一个"报告文学还可以这么写"的新文本。无疑是对我之不安分写作的最好的肯定和嘉许。没有比这更开心的事情了！

对于写作而言，不安分就是不甘平庸，不拾人牙慧。当你意识到自己的创造性劳动，是在做一桩前人和今人还没有这么做过的事情，就有一种庄严感、自豪感和价值感油然而生。富于挑战的写作无疑是有难度的，是辛苦的，但同时也享受到了这种创造性劳动带来的自足，美好和快乐。如前所言，越具挑战性就越具征服欲，就越能撩拨创造性激情，就越有不安分不甘平庸带来的写作快感。我笃信，有出息的写作者，必然信奉不安分的写作和迷恋艺术荷尔蒙。愿不安分带来的写作快感与我们同在！

注：根据 2021 年 11 月 8 日在毛泽东文学院第二十期湖南、新疆中青年作家班上的文学讲座录音整理，有增删。原标题为《不安分带来的写作快感》。

"是亲爱的张家界成就了我"

——专访作家罗长江

唐　晴　曾甲长

> 像是完成了一场马拉松，支撑着我花十年时间坚持五部曲写作的内动力，是挑战散文诗也挑战自我的这股子激情。于我而言，越具挑战性就越具征服欲，就越能撩拨创造的激情，越能激发身为湘人的蛮劲。
>
> ——罗长江

前不久，在 2022 第八届中国诗歌春晚北京总会场暨颁奖晚会上，文学创作一级、诗人罗长江以"中国十佳散文诗人"之首摘取桂冠，60 万字的长篇叙事散文诗《大地五部曲》成为本年度颁奖亮点。《大地五部曲》是罗长江老师耗时十载的心血之作，全书共五卷，以"乡土文明""民族战争""旧城改造""环境保护""人类梦想"为主题，抚摸历史、审察现实、叩问未来，著名诗评家谢冕抑制不住喜悦之情，盛赞为"关于大地的伟大交响曲"。近日，记者有幸邀约到罗长江老师，对他进行了独家专访。

"《大地五部曲》将散文诗超拔到一个崭新高度"

记者：罗老师，您好，您的长篇叙事散文诗《大地五部曲》研讨会在北京中国现代文学馆举行，可以跟我们介绍一下此次研讨会的大致情形吗？

罗长江（以下简称"罗"）：这次活动由《诗刊》社《中华辞赋》杂志社、湖南省作家协会、张家界市委宣传部和张家界市文联共同主办，与会的评论家和诗人都是国内知名度很高的重量级。大家针对《大地五部曲》立足湘西大地的写作，围绕散文诗写作如何展现重大题材的史诗性、如何进行跨文体写作的探索性以及散文诗发展的广阔前景等多个话题展开深入研讨。专家学者们认为《大地五部曲》是中外散文诗领域的独特的文本，从内容到形式都具备难能可贵的开拓性和原创性。《诗刊》主编李少君说，散文诗原来被认为不适合重大题材，但《大地五部曲》写得开阔瑰丽，气势如虹，包容大气，散文诗经罗长江这样一番开拓，同样可以书写生生不息的人民史诗。他说《大地五部曲》是新时代散文诗非常重要的成果，对当代诗歌创作也有很多启迪。资深诗评家唐晓渡说《大地五部曲》让他大感震撼。他认为，这震撼固然和其体量有关，但真正让他感到震撼的是这部作品的恣肆汪洋、元气淋漓，既是一个结构宏大、肌质复杂的语言织体，又是一个能量充沛、辐射着巨大生机和活力的自在生命。兼有如此质量和体量的当代作品，在他的阅读视野中，还当真是凤毛麟角。这一文本的内涵，早就大大撑破，或者说溢出了通常所谓"散文诗"概念的外延，以至不能被任何现成的文体或文类概念所限定，而一般性地指称它属于"跨文体写作"，又显得过于刻意。如果一定要对其进行某种总体定性的话，更愿意说这正是许多诗人作家梦寐以求的"大心灵书写"或"诗性总体书写"的产物，一个兼具复调和复合性质的超级文本，一部不可多得的"奇书"。谢冕先生是我国当代诗歌理论泰斗，他认为"罗长江以巨大的魄力和决心，建造一种深沉宏阔的交响诗，涵融今古，思接千载，既是中国的也是世界的，结构缤密复杂，凝聚而包容，华美而盛大，完成了跨时空、跨文体的大超越。罗长江把握和展开散文诗这一亲切的文体，圆满地到达他所憧憬的表现重大题材与熔铸史诗品质这一重大的创作蓝图"。诗人、评论家、中国作协创研部主任何向阳认为《大地五部曲》"致广大而尽精微"，首先它是散文诗，但是它又有些异处，属于跨文体。五卷各有侧重，但整体读来史诗的初衷和雄心跃然纸上，气势恢宏，有交响乐之磅礴，有点像马勒的《大地之歌》交响曲。这确实像狄德罗说的，诗需要一些壮大、野蛮、粗犷的气魄。评论家、中国作协诗歌委员会副主任张清华则认为这部作品生成了一个令人尊敬的"诗人的主体形象"，一方面坚守了历史的真实，同时又有很高的哲学理念——是用"大地"这个总体意象作为承载，并将之具体化为土地、河流、族群的生存，大地上的所有表象，同时还传递了城市化的进程对于自然和传统所形成的破坏的忧思，等等，贯穿了人文主义的精神和当代性的世界视野，叙事中彰显出一种鲜明的现代性诉求。评论家敬文东认为《大地五部曲》首先是从语言的层面革新了散文诗的内涵，从而让它具有中国本土的特色，汉语言的特色。罗长江使用的汉语有两个极点，一个是沉重，另一个是飘逸。沉重和土地有关，飘逸则和天空联系在一起。《大地五部曲》各种文体多管齐下，使得大地自身的复杂性、多样性、爱恨情仇一并得到了没有死角的诗情抚摸，提供了一个散文诗还可以这样写的新文本、全文本。等等，等等。研讨会上大家各抒己见，气氛热烈。研讨会后的当天晚上，应邀参加著名散文诗人周庆荣召集的京城诗友聚会，著名评论家张清华说，《大地五部曲》让大家有话可讲，想讲，所以上午的研讨会看得出来大家的发言是真诚的，发自内心的，不仅没有敷衍应付的成分，反倒是主持人老是提醒控制发言时间，一个个言犹未尽，有一种踊跃感，一种热议的味道。他说他参加的研讨活动多着了，许多人在会上说些场面上的话，一出会场就一脸的不屑，今天的情形就完全不一样。作为作者，当自己的艺术追求得到国内一线评论家和诗人的关注和认可，无疑是欣慰的。

记者：我们注意到《大地五部曲》出版以来，好评如潮；而在人们的印象里，处于边缘化的散文诗很少引发过这样的热度。

罗：《大地五部曲》是 2021 年 11 月面世的。不长的时间里，《文学报》《文艺报》等国内具有影响力的主流媒体刊发大块评介文章；光明日报社主办的《博览群书》杂志，是国内很有影响的文化知识类期刊，今年第一期集中刊发"由《大地五部曲》想到的"为题的评论专辑，"编者按"中写道：《大地五部曲》文化艺术视野开阔，具有直抵人心的艺术感染力。在文本创新方面独具价值与意义，作者"跨界写作"，熔铸诗歌、小说、散文、戏剧、音乐、绘画、摄影、电影等各种艺术元素与表现手法，体现了波德莱尔以来世界散文诗发展所呈现的重要艺术法则及启示，表现出现代散文诗兼容并包、开阔自由的美学品质，展示了散文诗诗性叙事的最大可能，创造出以往艺术经验无法涵盖的高度自由的广袤艺术空间，为中国散文诗的开拓创新，提供了具有启示意义的文体文本。《散文诗》杂志是我国发行量最大的纯文学期刊之一，今年，该刊为《大地五部曲》特辟评论专栏。第一期的"编者按"写道：2021 年，五卷本大型叙事散文诗《大地五部曲》横空出世，令人震惊与感动。作者罗长江历时十余年，专心于一，数易其稿，以大气魄、大格局、大主题完成这一熔铸史诗气质的鸿篇巨制，难能可贵。书中历史与现实交织，山水与人文辉映，其庞大的思想根系，精微的心灵气象，自如的气息吐纳，蓬勃的生命气象，将散文诗超拔到一个崭新高度，我们认为，这不仅是贡献给散文诗界难得一遇的大文本，更是当代散文诗创作的重要收获。由此，我们有了在一个全新维度来探讨与解密散文诗的庞杂与丰富、先进与优越的可能性，云云。此外，一些报刊和网站已经和正在陆续推出评论文字。这些刊物和报纸的热情推介，令我温暖而感奋。

关于散文诗，著名评论家王志清说得好，散文诗不是文体不行，是我们的写作者把散文诗弄成一种小摆设、小格局、小气度而自降品格了。也由于社会对散文诗的误解，散文诗通常被人"低看一眼""矮人一等"，也就是你说的边缘化。我在《大地苍黄》单行本的序言中写道：在中国现代诗发展史上，中国最早的散文诗奠基人是鲁迅，鲁迅先生的散文诗集《野草》是最早与世界诗歌发展同步且处于高峰的创作。但是，因为种种缘故，《野草》的精神传统未能发扬光大成为中国诗歌特别是散文诗的一贯主流。越到后来，散文诗越发成为陈旧的浪漫主义诗风与趣味的重灾区，各种轻吟漫唱、风花雪月、自我私我、滥情矫情、无病呻吟的小情小调小摆设，单纯单调单薄的颂歌或牧歌，成为相当长时间里散文诗写作的时髦与程式。直到有了彭燕郊、昌耀的诗歌创作实践，散文诗才真正接续了《野草》传统并有所开拓发展。我正是愤然于散文诗在中国的尴尬处境，非要给中国散文诗争一口气，于是"拍案而起"。国外的希内梅斯、纪德、佩斯、泰戈尔等诺贝尔文学奖得主，能将长篇散文诗写成经典，写成代表作，我们为什么就不能在这个领域有所作为呢？我想通过我的努力，改变散文诗在人们心目中的形象。我的初衷是从内容到形式来一场颠覆式的革命，颠覆人们对散文诗的传统认知和审美。也就是评论家们所感叹的："散文诗还可以这样写"！

"写作于我，最大乐趣是享受这种堪称漫长的创造过程"

记者：《大地五部曲》整整写了十年，板凳一坐十年冷，十年磨一剑，在这个浮躁的，快餐化时代，何等的弥足珍贵！我想读者们非常乐意分享您关于《大地五部曲》的创作过程。

罗：我在一次文学讲座中谈到，《大地五部曲》写作有一个逐步激发、逐步成型的过程。第一部《大地苍黄》近7万字，在《芙蓉》2012年第1期全文刊发。近7万字的散文诗，排版出来，篇幅相当于一个十一、二万字的小长篇。这里有一个背景，从这一年起，《芙蓉》不再刊发长篇小说了。何况我的不是小说而是散文诗！其时的主编龚湘海拍板，放在一个"实验"栏目发了出来，据我所知，此前此后，国内很可能没有哪家刊物发过近7万字的散文诗！而且很快就收到近百封读者来信，用龚湘海主编的话说"好评如潮"，这于我鼓舞很大。同年由湖南人民出版社出版，评论家龚旭东撰写的推介语，第一个界定"将小说、诗歌、散文融冶于一炉，铸就这样一部诗性洋溢的新文本、全文本、超文本"，而跨文体写作，恰恰是我写作《大地苍黄》的初衷。

因此，我兴致勃勃开始了第二部《大地气象》(当时名为《大地血殇》)的写作。2015年是抗日战争和世界反法西斯战争胜利70周年，诗人马萧萧主持的《西北军事文学》，用20多个版面予以选载，随后由河南文艺出版社出版单行本。2016年12月，由湖南省文联、省文艺评论家协会等四家单位联合举办"罗长江'大地'系列长篇研讨会"，与会的专家学者充分肯定了包括跨文体在内的探索性写作。2017年第3期的《创作与评论》杂志"文艺湘军研究"栏目，为我的"大地"系列作品编发了近3万字的评论专辑。这样一个研讨会和这样一组近3万字的评论文章，如同跑长途的加油站，使我更加信心满满，按照既定的目标挺进。特别值得一提的是，王志清先生评论文章中一句"罗长江找到了最适合自己慷慨任气而磊落使才的文学体式"，如醍醐灌顶。身为湘人，"霸得蛮、不信狠"之湖南骡子性格和"敢为天下先"的艺术荷尔蒙冲动，激发我决计吃一回"螃蟹"试试，通过《大地五部曲》写作，挑战散文诗和挑战自我，以期实现自己的艺术梦想。于是，"咬定青山不放松"，板凳一坐十年冷。像是一场马拉松长跑，支撑着我花十年时间坚持五部曲写作的内动力，是不安分的艺术荷尔蒙在发挥作用，越具挑战性就越具征服欲，就越能撩拨创造的激情，越能激发身为湘人的蛮劲，创造着和享受着文学雄心驱动下带来的写作快感。

记者：您在毛泽东文学院的一个文学讲座上，谈到过您的文学雄心或者说"野心"。现实世界里，雄心勃勃不难，"播下龙种收获跳蚤"者却不少。请谈谈您的艺术追求和创作体会，您是怎样做到种瓜得瓜的？

罗：说到写作的艺术追求，就不能不提到王蒙先生关于文体的一段话对我的触动。他说："文学观念的变迁表现为文体的变迁，文学创作的探索表现为文体的革新。文体个性的成熟表现为文体的成熟。"(《文体学丛书·序言》)痛感于中国散文诗写作的种种流弊，我写大地五部曲，旨在从内容、结构、形式、语言、思想诸方面全面刷新散文诗的面孔，为开拓长篇叙事散文诗文体，做一些切实努力。或者说，我写作《大地五部曲》的"野心"就是做一名文体作家。

先说内容：我的定位是摄取重大题材，熔铸史诗品质。五部作品分别是乡村秘史、民族战争、旧城改造、生态文明、人类梦想，将丰繁、复杂和辽远的社会生活场景引入叙事散文诗写作大格局大情怀，必然带来内容的厚重、深沉和宏阔。王跃文主席说："罗长江的《大地五部曲》俯瞰大地，横贯古今，堪称皇皇巨构，有大布局，有大笔力，调度自如，包罗万象。是一

部宏大立体的大湘西人文历史与自然生态的全景式诗篇。"龚旭东副主席说:
"《大地五部曲》对以湘西为切入点的中国历史、自然、社会、战争、文化、
现实生活等方方面面,进行了全方位的审视与思考,其视野之开阔、气势之
雄浑、元气之充盈、架构之宏大、肌理之精巧缜密、形式表现之丰富多变等
等,在当代中国文学特别是诗歌领域,是少有的。"

再说结构。长篇作品最棘手的是结构。结构成功了,作品成功就有了六
成以上的把握。长篇叙事散文诗,其一,受文体的制约和局限(它必须是诗,
是散文诗!),不可能跟长篇小说一样讲故事,因此更需要有一个适合叙事散
文诗文体的架构。其二,五部曲由五部作品组成,怎么让五部作品的架构有变
化有特色不单调不雷同,真就煞费苦心。谢冕先生在序言中说我"深知散文
诗这一文体的特性和局限",可谓知人论文。回想起来,我大致做了这样一些
探索和努力。其一是五部作品与传统文化之"五行"(金木水火土)相对应,
以中华传统文化阴阳五行思维来命名这五部曲的作品属性,为交响曲抹上了
鲜明的中国底色,它们分别代表着关于大地的现实、历史和梦想,能够体现
一种大思维、大结构、大境界。其二是每一部的架构不同,各有自己的结构
方式。第一部《大地苍黄》着眼于表现一个村庄的美丽与沧桑,有着更多的
乡土味,于是就选择用竹枝词引出二十四个节气贯穿全书。第二部《大地气
象》着眼于表现昨天的战争,于是就选择了《楚辞·九歌》,用古老而又现代
的民间祭祀仪式:招魂——迎神送神,贯穿全书。第三部《大地涅槃》着眼
于书写六百年老街"拆迁"引发一场抢救文化记忆活动,事件发生在 21 世纪,
于是通过手机微信跟帖互动,推动故事发展。第四部《大地芬芳》,城市的小
女孩叶子与爷爷在砂岩大峰林度暑假,于是就有了按 7 周设置的序列,每周
都插入微电影故事诗和大峰林交响诗。第五部《大地梦想》则通过三个乐章
谱写天、地、人、鸟的交响乐,并为每个乐章标出曲式、节奏。谢冕先生说:
大地五部曲"是一部结构缜密复杂的巨大交响诗"。龚旭东先生说:"在某种
意义上,这浩大的思想艺术构想,也正是对当下文学创作太缺乏格局感的一
种自觉匡正与反拨。"

形式上"跨文体",穷尽散文诗写作的种种可能。著名评论家秦兆基对此
做过详尽的剖析。从散文这一块来讲,我除了容纳文学散文,还吸纳了神话、
童话、民间故事、戏剧、小说、纪实文学、口述历史等叙事文体,吸纳了文
学文体以外的非文学的话语样式,诸如传统媒体的新闻消息,现代媒体中的
博文、跟帖、简书,应用文类中的日记、书信、短评、电报稿、布告、祭文

等等；从诗这一块来讲，除了容纳中国古典诗词、日本俳句，还吸纳了民歌、山歌、田歌、童谣、巫歌傩曲，带着表演说唱意味的套曲，甚至还有宗教和民间信仰中的经咒等等。所有这些形态各异、美学特性和功能不同的文类，经过移植、重组、嫁接、改造、揉搓、穿插等，成为整体意义上的散文诗《大地五部曲》的有机组成部分。在保持和彰显散文诗本质特征和属性的前提下，通过"跨文体"写作，构成了吸纳一切艺术手段的灵活不羁的新文学形态，展示了散文诗可能、可以具有的广袤艺术空间。所以，评论家称"'大地'系列提供了一个'散文诗还可以这样写'的新文本、全文本、超文本"。

语言上则坚持诗性书写。叙事散文诗的本质同样是诗。叙事散文诗的创作必须保持和彰显散文诗的本质特征和属性。而60万字的大体量，一以贯之保持诗性特征无疑是最大的挑战。我在写作随想录里多次提醒自己：守住诗性，就意味着成功。我对五部曲的题材、架构、跨文体、思想深度有一个基本的估量，整体而言应该是前无古人。但如果诗性上出了问题，就全盘皆输了。我在毛泽东文学院的一次讲座中谈到了这个话题。我说更为铤而走险的是，受达·芬奇一句话的鼓动和诱惑：能飞的地方一定要飞去，不能飞的地方也要试着飞飞看。于是我抱着挑战不可能的念头，尝试着将一般说来不宜入散文诗的题材写成散文诗。第二部《大地气象》正面写一场浩大战争，是犯忌的，为解决诗性这一难题几易其稿，时间跨度长达8年。第三部《大地涅槃》写一条老街在旧城改造中的命运沉浮，是犯忌的；用微信互动的方式推动整个故事的发展，更是犯忌——口语化的微信入诗，难度不是一般的大。后来的事实证明，一旦解决好了诗性的问题，运用微信手法更能拓展写作时空而富有张力、富有参差感和蓬松感——散文诗的蓬松感被视为一种难得的状态。邹岳汉先生是我国第一本散文诗杂志的创办人，他主编《中国年度散文诗》近20年了，一直活跃在中国散文诗的前沿地带，阅诗无数，老马识途。他说：作为一部成功的叙事散文诗作品，根本性的标志就是其诗性的纯粹与浓度。罗长江深谙此道，其叙事散文诗是地道的诗意的书写。

再就是思想上体现最深切、最深入、最深沉的精神运动。作品真正见高下，在思想，在风骨，在直抵人心与人性的深度。波兰诗人米沃什在《米沃什词典》的后记中写道："我们最应该做的，是深入到每一个人的生活和命运的核心……"不啻我在写作这部作品时致力彰显思想分量的座右铭。黄恩鹏、陈啊妮等评论家用"卓荦的精神史""大地精神史诗"以及"《大地五部曲》是散文诗界鲜见的具备精神雄辩性的力作""一种以生命去写一部真正意义的精神大诗""字里行间始终汩汩流淌着诗人沉重思考的血滴子"这样的表述，表达他们注意到作品对"精神性"的追求。我是以"精神大诗"为写作目标的，唯有"精神大诗"才能奠定一部大诗的地位。第五部《大地梦想》第三乐章"追梦人"有两条线，一条线是千年鸟道上各式各样的追梦人；一条线是"阅读如飞鸟掠过生活"，写了五个梦：报国梦、天问梦、过客梦、救赎梦、未来梦。其中的第三乐章，有五段变奏。北京研讨会上，有几位评论家提到第三段变奏《荒野里的过客》，塑造了鲁迅、尼采、但丁、庄子以及鲁迅的影子等几个人物。李林荣先生觉得"对理解罗长江散文诗创作的思想底蕴很有帮助。它是一篇戏剧体的散文诗，或者说是一部微型的诗剧，形神两面都在向鲁迅《野草》里的《过客》遥遥致敬。从中我看到了罗长江作为一名诗人，特别是散文诗创作道路上的一位孤身探险者和执着的建设者，对鲁迅的文学和思想抱负的深入理解。鲁迅寄托在《野草》和旧体诗中的隐秘情怀，积压在鲁迅思想深处的那些他早年十分神往、之后也一直念念不忘的摩罗诗人的精神光彩，罗长江都用既是诗也是戏剧的诗剧的形式，把从《野草》到鲁迅整体思想当中的关节，给予了生动形象的解读和展示"。

说到体会，我在年前的一次文学讲座中谈道：一是既要有艺术雄心，又要有板凳一坐十年冷的功夫。王跃文主席说我写作大地五部曲，"具有令人叹服的文学雄心与勇气"。写一部中外散文诗领域的里程碑式的作品、做一名文体作家，为中国散文诗张目，是我的写作初衷。但是非得要沉得住气，耐得住寂寞。二是要对自己有个客观、理性的估价，设定的目标与自身的实力与潜能是否成正比。谢冕先生在序言中写道："罗长江是一位有准备的作家。这些长时间的、多种文体的写作，加上'熟读'了关于大地的经历和经验，这些可贵的积累，都集中到这部鸿篇巨制来了。"知名度很高的散文诗评论家王幅明也说："《大地五部曲》是罗长江有雄心、有长期准备、别具匠心的作品。在此之前，罗长江已经有四十余年的创作经历，出版有长篇叙事散文诗、长篇小说、长篇纪实文学、长篇传记、散文集、诗集等22种，还有作品入选中学语文课本。现在看，以往的阅历和经验，好像都在为这部巨著的写作做准备。"古往今来，有文学雄心的不少，志大才疏眼高手低的也不少。要实现自己的抱负，必得有相应的生活储备、知识储备、艺术储备做后盾。写作《大地五部曲》，我几乎是把自己几十年的积累都掏空了。三是辛苦并快乐着。富于挑战的写作无疑是有难度的，是辛苦的，但同时也享受到了这种创造性劳动带来的自足、美好和快乐。当你意识到自己在做一桩前人和今人还没有这么做过的创造性劳动，就有一种庄严感、自豪感和价值感油然而生。如前所言，越具挑战性就越具征服欲，就越能撩拨创造性激情，就越有不安分不甘平庸带来的写作快感。借用凡·高的话："我越来越相信，创造美好的代价是：努力、失望以及毅力。首先是疼痛，然后才是欢乐。"

"是亲爱的张家界成就了我"

记者：您在张家界奇山异水间已经写作、生活了30余年，我们想了解，这片土地的文化和生活，是如何影响了您的创作生涯？这种风土人情，民俗文化等本土元素在您的创作里占据什么地位？

罗：在今年元月的北京研讨会上，著名作家、省作协主席王跃文发言时说："罗长江是张家界建市之初从老家邵阳调过去的。张家界从'养在深闺人未识'的世外仙境，到'三千奇峰，八百秀水'誉满天下，成为全球闻名的旅游胜地，罗长江既是见证者，也是参与建设的拓荒者。他是被张家界这片土地所成就的作家。"我百分百认同这一说法。我首先是参与张家界建设的一员，其次才是一名业余时间从事写作的作家。1990年初我调来这里工作，是张家界日报的创办人之一。改行去市文化局分管文化艺术的日子，积极促成并主持面向全国征集张家界题材优秀旅游歌曲和组织编写摄制张家界风情礼仪歌曲，《我的张家界》《美丽的张家界》《敬酒歌》《送客歌》等传唱至今，就是这些活动的成果。进入新世纪的头十年，为了尽快改变中心城市建设严重滞后的状况，我从参政议政的角度，连年"盯"住城市建设这一全市工作重心开展调研，用时任市委书记的话说，长江同志建言献策的多是事关我市全局和大局的"重大题材"，涉及的内容既有宏观的、战略方面的，也有局部的和技术层面；重要的是这些意见和建议基本上一一得到采纳，很好地起到了帮助市决策层民主决策、科学决策的作用。用媒体的话说，推着城市往前跑。总之，这种建设者、拓荒者的角色，与一般意义的作家采风挂职和深入生活是不一样的。

身为作家，关注这块土地的历史、文化、自然、风土人情和现实生活，是天经地义的事情。30多年里，我走遍了这里的山山水水。配合"知我张家界爱我张家界"活动，我创意撰写了被誉为"百科全书"的文化读物《张家界读本》，由湖南人民出版社出版，市委办市政府办行文作为乡土教材组织推广。张家界地区在秦代以前的方志记载中，非常笼统的四个字"荆州之域"。我通过查阅和扒梳历史典籍、钩沉文物故实，第一次让张家界地区秦代以前的历史浮出水面，并对巴人是张家界地区土家族单一族源的偏颇观点予以澄清与纠正。2009 年，市委安排我给全市处级以上领导干部讲课，讲张家界历史、文化、民族，讲文化自信，反响不错。严格说来，关注城市建设推着城市往前跑，钻研历史文化写《张家界读本》，以及给天门山、张家界大峡谷等诸多项目作旅游策划，都与作家这一行当无关。我做这些的时候，也从未曾想到作家不作家的事情，我是张家界的一员，这块土地上的一分子，我应该报效这块热土。有一回，得知组织部门在提拔考察的结论中肯定我"对我市文化事业做出了突出贡献"，至感欣慰！

　　来张家界 30 多年，我出了 20 多部书，绝大多数是张家界题材。比如《山国》是国内第一部张家界题材的长篇小说，《与张家界大峰林对话》是国内第一部张家界题材的个人散文集，《张家界：神话与绝唱》是国内第一部全景式反映张家界旅游开发史的长篇报告文学，《张家界读本》是国内第一部地市级编撰的"读本"类文化读物，《特色城市之路》以张家界为例，聚焦城市建设与地域文化对接而填补了我国该领域空白的学术著作，《石头开花》是我市第一部反映旅游扶贫成果的长篇报告文学。此外，我为张家界写歌，写电视专题片，写电影剧本，主编画册、刊物、报告文学集，等等，等等。足可见这块土地对我的创作生涯影响之大！

　　至于风土人情，民俗文化等本土元素，某种意义上好比是盐，我特别注重让这些本土元素的文化书写，如盐入水般溶解在作品里头。以《石头开花》为例，我着意与那些急匆匆直奔主题的扁平化写作拉开距离，赋予决战贫困的主旋律以浓郁的文化意义和文化内涵。第一章写五号山谷，我将民宿文化与建筑文化、乡愁文化不留痕迹地进行时间和空间维度的融合与延伸。第二章写王作军种葛，穿插了葛文化的解读，葛所蕴含的医疗、养生价值，葛产品的开发现状与前景，以及自《诗经》时代袅袅而至的葛的清芬，一并呈现为一种文化现象。第二章写做大做强的土家织锦产业，则浓墨重彩地抒写这一民族工艺的灿烂历史、斑斓艺术及其深厚的文化渊源，一首首土家织锦题材的竹枝词、歌曲，一幅幅土家织锦的文化解读，成为整个篇章的副歌与和弦。第五章写童军的土著农耕，将 4200 多年前舜"放驩兜于崇山"，建立起南方农耕文明发祥地之一的历史，将世界水稻起源和传播中心之一的澧阳平原串联了起来；将沅水流域的"夸父石"传说所代表的夸父精神，与童军种田"敢为天下先"的死磕精神串联了起来，扑面而来历史的悠远和文化的厚重。第五章写"'贡米'种出好日子"，除了土司王、"盖碗肉""糊仓"之类的地方掌故风习的描摹，更是将土家族古歌《摆手歌》中的农事劳动歌，交织穿插为整个篇章的协奏与复调，回荡着一个民族的古老与新生。

"文学和艺术是相通的"

记者：《大地五部曲》的评论作品中，有一个叫作"跨界"的词出现频率较高。您的创作经历也是屡屡跨界，发表和出版有多部绘画、音乐、戏剧、书法、摄影作品，其中《澧水·印象》就是跨界于文学、美术的作品。您是如何理解二者的相通之处？如何将二者很好地结合起来？

罗：文学和艺术是相通的。我兼任市文联主席的时候参加各个协会的活动，就常常讲，搞美术的、搞书法、搞摄影的，尽可能多读文学，文学功底越好，艺术方面的造诣就会越深；搞文学的，要尽可能涉猎美术、书法、摄影、电影等艺术门类，涉猎越多越有利于写作。我写《大地五部曲》，除了整体是交响乐的格局，具体到每一部，乃至若干章节亦是复调式的交响乐风格。此外，戏剧、微电影、竹枝词、民间歌谣和唱词以及时尚的微信，一并在作品里相映生辉。以戏剧为例，第二部《大地气象》中，链接了4个剧目：四人剧《天心阁群英会》，以长沙会战为背景；多人剧《火焰与灰烬》，以湘西会战为背景；双人剧《两个守墓人》，以常德保卫战为背景；多人剧《湘江水，衡阳土》，以衡阳保卫战为背景。第五部《大地梦想》中，万余字的三幕剧《荒野里的过客》，里面五个人物，鲁迅和他的影子、尼采、但丁、庄子、中外哲人次第出场，高端对话。以电影为例，第四部《大地芬芳》插入了九章微电影故事诗。不同艺术形式的加盟，大大丰富了作品的表现力；第五部《大地梦想》插入了九段电影纪录片风格的解说词。写作实践告诉我，不同艺术门类、元素的杂交与融合，带给作品的是生气和活力。我一次次引用我最心仪的跨界奇才——达·芬奇的一句名言：鸟儿能够飞去的地方他都要飞去，鸟儿不能飞去的地方他也不愿放弃试飞的冲动。所以，我怎么可以拒绝跨界的诱惑！

《澧水·印象》的美术创作纯属偶然。当时文友廖静仁在做出版，他要做一本澧水题材的书，一页是短短的一段文字，留出大量空白来给读者，另一页是画，约请我来写文字。他当时的创意吸引了我，我就写了。商量请谁谁插图的时候，他突然跳出来一句：你自己能不能画啊，如果你自己能画，能更好把握作品内容。我从未涉猎过绘画，也根本就没有学过画，平时只是爱好阅读美术、摄影、书法、音乐之类，包括对作家贾平凹、周涛等的绘画，颇多留意，亦颇多激赏。当时正在省城开"两会"，鬼使神差，我没说自己从未画过画，而是说我画几幅给你看看，行的话，我就画，不行的话当然不能贻笑大方。我画了几幅给他，他看了以后说好啊，还可以放开些。啊哟，他这么一说，我就来劲了，回到家，利用春节的十来天假期，一股脑儿画啊，画啊，一鼓作气画出来108幅硬笔画。画到中途的时候，对方不放心，发短信询问进展如何，我就给他回了一句：渐入佳境。上班后，复印了一份发过去，三天以后给我回话：画作很棒！这四个字比得什么奖，出什么书都要开心。后来我跟静仁兄打趣说，是你发现了我这个画坛新秀啊，让我发现自己还有绘画的潜能。《澧水·印象》在《张家界日报》读书版连载了好长时间，在编辑吴旻鼓动下，又接连推出了《老家人物》和《老家风物》两个系列。2015年我在长沙搞书法绘画展，《老家人物》这个板块因为文化含量重而尤为引人注目。因此，我对吴旻和《张家界日报》一直心怀感谢。

"我对报社一直怀有很亲切的感情"

记者：您曾经在张家界日报工作过十年时间，作为张家界日报年轻一代的记者，我们是听着您的故事参与周刊工作的。关于报社，您有哪些印象挺深的小故事？报社的工作经历对于你后来从事创作，产生了哪些影响？

罗：非常高兴你提起这个话题！我一走进你们旅游周刊编辑部，看到墙上装裱的"月末版""周末版""旅游周末"创刊号报样，很有创意，一下子就把那个年代拉回来了，就觉得特亲切。我当时作为具体的操盘人，在社委会支持下，与同事们一道做了一些开荒斩草的工作，这些节点也就成为记载报社发展进程的见证。我是1990年春进报社工作的，报到那天正好碰上召开全市宣传工作会议，听市委书记赵杰兵做报告，印象很深的是他引用《我们村里的年轻人》中的电影插曲"樱桃好吃树难栽，不下苦功花不开，幸福不会从天降，社会主义等不来"，号召全市上下迎难而上，艰苦创业。张家界建市伊始，碰上国家紧缩银根，严格压缩基本建设投资，省里最初划拨的筹建经费仅仅一百万元。市四大家的牌子，只能一排排挂在天门路一家名叫紫舞饭店的大门口；市直机关单位靠租房来解决办公场地和工作人员食宿问题。真的是百业待举，形势逼人。嗣后，我为《大庸报》创刊号专门撰写了杂感《从"樱桃好吃树难栽"说开去》。当时报社租住在审计招待所，最初的时候，就我们几个人，尹业清负责新闻部，我负责副刊部，张世炎负责美术部，周怀立负责总编室，张心家协助负责整个编务工作。副刊部辟有文学版、文化版、旅游版、民族团结版和文摘版，我和熊夫木负责这些板块，我们是同事又一直是好朋友。2008年建市20周年，我受中国青年出版社委托写作长篇报告文学《张家界：神话与绝唱》，卷2写艰苦创业，引子即《那些寒山大曲浇灌的日子》：创业是艰苦的，但有欢乐相伴。以我早期参与创办市报《大庸报》（即现在的《张家界日报》）为例，大家很亢奋也很投入。几个人的编辑部租住在教场路的审计招待所二楼。"万事开头难"，何况我们人手少，做的又是一桩崭新的事业，因而忙到深更半夜是常事。这时，就有人到一楼服务台买酒，酒名"寒山大曲"，9块钱一瓶，另加几小包盐浸蚕花豆之类的佐酒之物，将报纸往某位的房间地板上一铺，几个人席地而坐，边喝酒边侃采编业务或者侃大山。那些由寒山大曲浇灌的深夜，真是一段好苦好累好单纯好开心好难以忘怀的日子。

印象特别深的另外一桩事：报社当时给每个采编人员发了一辆单车作交通工具，大家的都丢光光了，唯独我的单车一直平安无事，我笑谑是报社一级文物。现在我还收藏有一张当时推着单车在普光禅寺一侧的留影，风尘仆仆的样子，好生亲切。一天周末，我与夫人去枫香岗一带郊游，返程的时候天已黑了。走到现在的大庸西路尽头，当时那里是杳无人烟的野郊，月色下突然涌过来一群试图动手动脚的小流氓。我居然一点胆怯也没有，语音含混地低低吼了一声，推着坐在单车上的夫人径自往前走。奇怪的是，那些小流氓居然面面相觑，望着我们扬长而去。嗣后不免后怕，却怎么也无法给出一个合理的解释。

印象中是1992年开始办"月末版"的，1993年报社还尝试着让我承包了几个月的"月末版"，所以，我是报社较早通晓组稿、排版、广告、校对、印刷、发行全过程的人。1998年，四开改对开，又有了彩印，报社组织我们几个中层骨干去长沙晚报考察学习，"旅游周末"就应时而生了。这一年，张家界遭遇特大洪灾，洪灾过后，重整家园，我当时主持策划了一个重整家园的选题，总标题叫《洪水淹过的地方》，赶在市党代会期间推出。周末部五个人，分头赴区县采访，刚好碰上下雪，一个同事在路上还遇到车祸了，很辛苦的。我则跑到桑植县的上河溪，与龙山县交界的地方，那里一场泥石流，把整个村庄都埋掉了。那期的报纸一出来，就送到市党代会代表手中。当时，熊社长嘶哑着声音从会场上给我打来电话，我当时吃了一惊，以为出问题了，因为做报纸的，领导一打电话，第一感觉就是惹麻烦了。他在电话里告诉我，这期报纸反响非常好，我一颗悬着的心才放了下来。周末部虽然也跟整个报社一样吃大锅饭，但我们受责任心驱使，总想把报纸办得好一点，免不了要做策划，常常把我们几个采编人员整得加班加点，划版的，校对的，只好跟着我们加班加点。有时候请他们吃碗盒饭什么的安抚安抚。所以，全国民族地区地州市报的老总来张家界，全省地州市报老总来张家界，都夸我们的"旅游周末"办得大气，小地方办出了大格局。我在周末部，与同事们致力营造敬业、进取、和谐的小气候。都说周末部能锻炼人。掰开手指一数：卓今、周和平、朱诏臣、赵杰、何绍群、熊夫木、方西平、覃鸿飞，一个个或是走上了领导岗位，或是成为所在单位的中层骨干。

报社的工作经历直接间接地影响到我的文学创作。我早期的"与张家界大峰林对话"系列散文，就是 1994 年我主持周末版时候的作品，差不多是每周推出来一篇，这一篇才见报，就在酝酿写作等着见报的下一篇了。市内那个时间段上班的人，很多还对接连推出大峰林散文留有印象，有人将刊有大峰林散文的报纸一直珍藏到现在。一次，我陪同《湖南文学》主编王静宜去武陵源，时任区委书记的邓德芳即席与我交流他读大峰林散文系列的印象，甚至还能背出其中的一些句子来，令我大为诧异，暗暗对他多了一份刮目相看。可见大峰林散文的写作，既给报纸增加了品质和分量，也催生了这一时期我的重要作品问世。

总之，从我的讲述中，可以感受到我对报社一直怀着很亲切的感情。

"《大地五部曲》应该是可以安妥我灵魂的作品，最精彩的还是下一部"

记者： 据悉您的长篇报告文学《石头开花》新近斩获湖南省第二届文学艺术奖·毛泽东文学奖，成为我市首个获得这一权威性奖项的作家。给我的感觉您已进入文学创作的收获期，一派丰收景象。如何写好本土，相信您有话可说。接下来，您将如何继续讲好张家界故事、中国故事？

罗： 写好本土除了其他必得具备的条件，他必须热爱本土和了解本土。陈忠实写作《白鹿原》，建立在热爱本土和了解本土的基础之上，终于写成一部能够安妥灵魂的书。《大地五部曲》应该是可以安妥我灵魂的作品，但我相信我还会写出更满意的作品。人一定要有梦想，一定要珍惜自己的潜能，以实现人生价值的最大化。我将以我的方式继续讲好我的张家界故事和中国故事。我将继续主攻长篇叙事散文诗这一领域，通过创造性的写作，让自己继续活在自足、自信、自得的状态中，活出一种至为美好的生命状态和人生境界。我在《大地五部曲》的后记中写道："十年间青灯黄卷，聊以自慰的是一份持续饱满的挑战激情和一份持续饱满的恣肆汪洋又触须密布。"所以，我有足够的底气说：最精彩的还是下一部！

（唐晴、曾甲长，《张家界日报》"旅游周刊"记者）

注：此文刊于 2022 年 2 月 27 日《张家界日报》。

把一曲乡间叶笛奏成黄钟大吕

——罗长江《大地五部曲》一席谈

杨 丹

诗人、作家罗长江的长篇叙事散文诗《大地五部曲》自去年11月出版以来，受到业界的高度关注，热度不减。

该书不仅当选民间推举的2021年度中国散文诗十件大事之一，罗长江也因此名列第八届中国诗歌春晚2021年度"十大散文诗人"榜首；《文艺报》《文学报》等两大文学类主流报纸分别刊发大块评介文章；光明日报社主办的《博览群书》杂志，今年第一期刊发了以"由《大地五部曲》想到的"为题的评论专辑；《散文诗》杂志今年为《大地五部曲》开辟评论专栏，每期刊发一线评论家的文章。

《大地五部曲》皇皇百万字，共五卷，由《大地苍黄》《大地气象》《大地涅槃》《大地芬芳》《大地梦想》五个部分组成。五部曲庞大高亢的联袂组唱，不仅反映了罗长江的创新精神，还表现了他建构全局的把控能力，汪洋恣肆的才情睿思，及开阔高远的艺术视野。"五个恢宏的乐章组成了关于大地的伟大交响曲。这位来自湖湘大地的诗人，终于把'野草'培成了树林，把一曲乡间的叶笛奏成了博大恢宏的黄钟大吕……以巨大的魄力和决心，完成了一次跨时空也跨文体的大超越，圆满地到达他所憧憬的表现重大题材与熔铸史诗品质这一重大的创作蓝图。"（谢冕语）

创新散文诗文体，是罗长江的自觉追求。《大地五部曲》开辟出散文诗的一条新路，也是他从初心出发收获的硕果。近日，记者与罗长江做了一次深度访谈——

散文诗同样可以书写生生不息的人民史诗

湘江周刊： 罗老师，我们注意到了各种评论专辑和专栏的"编者按"，以及诸多评论文章对这部作品的推崇，认为《大地五部曲》的问世，将散文诗超拔到一个崭新高度，是当代散文诗的重要成果。

罗长江：《大地五部曲》作为一种探索性写作，有幸受到业界关注，可能与突破了散文诗的原有边界，提供了一个"散文诗还可以这样写"的文本有关。

比如《诗刊》主编李少君说，散文诗原来被认为不适合重大题材，但《大地五部曲》写得开阔瑰丽，气势如虹，包容大气，经罗长江这样一番开拓，说明散文诗同样可以书写生生不息的人民史诗。他由此追溯到宋词经苏东坡改造、革新与创新，把言情言志一结合，词品提高了，天下一切无不可入词，词境变开阔了，宋词终于取得了与唐诗同等的地位。

湘江周刊：散文诗是一种特殊的文体，散文为其形态，诗歌为其灵魂，是不分行的诗。在人们的印象里，处于边缘化的散文诗很少引发过这么高的关注度。请问您是怎么看的呢？

罗长江：散文诗不是文体不行，是早些时候我们的写作者把散文诗弄成一种小摆设、小格局、小气度而自降品格了。也由于社会对散文诗的误解，使得它逐渐被边缘化了。

近些年，一批实力派散文诗人卧薪尝胆，带动我国散文诗质量大幅度攀升。散文诗只要放开天足，效法苏词变革与革新，完全可以凭实力与分行体新诗平起平坐。希梅内斯、纪德、泰戈尔、佩斯能把散文诗写得获诺奖，中国散文诗人为什么就不能大有作为？

每一个不甘平庸的写作者，都揣有一个艺术梦想

湘江周刊：写作现代史诗型的长篇叙事散文诗，是一个巨大的挑战，不夸张地说，您在做一件别人还没做过的事情。开先河，做第一个吃螃蟹的人，需要莫大的勇气。是什么原因促使您选择长篇叙事散文诗写作？

罗长江：我在不同场合谈到，我写长篇叙事散文诗《大地五部曲》，一是我认为散文诗不是只能"短"，也可以"长"。尽管精短是散文诗的通常形态，但不等于散文诗只能精短。国外诗人、作家如洛特雷阿蒙的《马尔多罗之歌》，卡尔维诺的《隐形的城市》，希梅内斯的《小银和我》，纪德的《地上的粮食》，佩斯的《远征》等，都是长篇散文诗的珠玑之作。二是对中国散文诗曾经误入歧途严重不满，试图从内容到形式来一场颠覆式的革命，以期或多或少改变散文诗在人们心目中的固有形象。

我曾经这样表述过：在中国现代诗发展史上，中国散文诗的奠基人是鲁迅，鲁迅先生的散文诗集《野草》是最早与世界诗歌发展同步且处于高峰的

创作。但是，种种缘故导致《野草》的精神传统未能发扬光大而成为中国诗歌特别是散文诗的一贯主流。越到后来，散文诗越发成为陈旧的浪漫主义诗风与趣味的重灾区，各种轻吟漫唱、风花雪月、自我私我、滥情矫情、无病呻吟的小情小调小摆设，单调单薄的颂歌或牧歌，成为相当长时间里散文诗写作的时髦与程式。文学创作本来就应该是万紫千红。冰心可以写她的繁星春水，郭风可以吹他的山野叶笛，柯蓝也可以弄他的早霞短笛。但是，若把他们的写法误导为散文诗的正宗，或者说这才是散文诗，就是散文诗的悲哀了。直到有了彭燕郊、昌耀的创作实践，中国散文诗才真正接续了《野草》传统并有所开拓发展。

我是愤然于散文诗在中国的尴尬处境，非要给中国散文诗争一口气。既然是探索是实验，自然期待见仁见智的各种批评。

湘江周刊：著名评论家谢冕先生说，"罗长江是一位有准备的作家。这些长时间的、多种文体的写作，加上'熟读'了关于大地的经历和经验，这些可贵的积累，都集中到这部鸿篇巨制来了"。请说说您的准备。

罗长江：从20世纪80年代伊始，我就涉猎叙事散文诗写作了，"五部曲"之前，我就发表过长篇叙事散文诗《云水之乡》，加上有长篇小说、长诗、长篇报告文学、长篇传记文学、散文、戏剧、电影剧本等多种文体的历练。当然更重要的是生活、艺术和思想沉淀方面的积累。

省作协主席王跃文称《大地五部曲》"具有令人叹服的文学雄心和勇气"，究其实是"霸得蛮、不信狠"之湖南骡子性格驱使下，挑战散文诗也挑战自我，以期实现艺术梦想的一场竞走式跋涉。

做一名植根大湘西的大地歌者

湘江周刊：谢冕先生在序言中称《大地五部曲》"是关于大地的伟大交响曲"，足可见评价之高。五大卷，题材覆盖了乡土文明、民族战争、旧城改造、环境保护和人类梦想。叙事散文诗涉足这么多的宏大题材，此前似乎并无先例可循。书中无所不在的湘西风土和中国意象，确立了这一交响乐章的基本主题。您是基于什么样的初衷，倾心构建您的"大地"版图，做一名植根湘西的大地歌者呢？

罗长江：我在一篇创作谈坦言，一著名学者痛感中国作家有土地意识，而少有俄罗斯作家的大地意识和大地精神，这是促使我着手以"大地"为主题的主要动因。

百度"大地"：地球表面广阔的土地。我眼中的"大地"是植根我的母土——大湘西的大地：怀想一座村庄的美丽与沧桑（《大地苍黄》），还原一场昨天的战争与国家记忆（《大地气象》），见证一条老街的前尘与今生（《大地涅槃》），托出一群峰林的瑰丽与神秘（《大地芬芳》），聆听一曲"天地人鸟"的交响（《大地梦想》）……视野所及，则覆盖到中华大地乃至地球上凡有人类痕迹的所有地方，并致力彰显大地精神、中国底色和人类意识。当然也试图颠覆散文诗固有模式和形态，让散文诗如同大地般丰繁、辽远、斑斓与磅礴，呈现出大地般的泥土感、厚实感、起伏感、宏阔感、美丽感和沧桑感。

我想提醒人们：散文诗不只是短笛轻吹还可以黄钟大吕，不只是小桥流水还可以大江东去，不只是云淡风轻还可以携雷挟电，不只是流萤几点还可以星空璀璨，不只是浪花几朵还可以沧海横流，不只是雪泥片石还可以苍茫大地。

湘江周刊：您在张家界奇山异水间已经写作、生活了 30 余年，一直将目光投向基层和火热的生活，创作的反映旅游扶贫的长篇报告文学《石头开花》，获我省"梦圆 2020"专项文学创作一等奖，今年年初又斩获第二届湖南文学艺术奖·毛泽东文学奖。这片土地是如何影响了您的创作生涯？

罗长江：在今年元月的北京研讨会上，王跃文主席说："罗长江是张家界建市之初从老家邵阳调过去的。张家界从'养在深闺人未识'的世外仙境，到'三千奇峰，八百秀水'誉满天下，成为全球闻名的旅游胜地，罗长江既是见证者，也是参与建设的拓荒者。他是被张家界这片土地所成就的作家。"我非常认同这一说法。我热爱和感谢这片奇山异水，感谢大湘西这片土地对我的滋养！

我的"野心"是做一名文体作家

湘江周刊：有评论称您是"长篇叙事散文诗的开拓者"，您觉得自己做了哪些开拓性的努力？

罗长江：我一次次引用王蒙先生在《文体学丛书·序言》的一段话："文学观念的变迁表现为文体的变迁，文学创作的探索表现为文体的革新。文学构思的怪异表现为文体的怪诞，文学思路的僵化表现为文体的千篇一律，文体个性的成熟表现为文体的成熟。"

我在不同场合讲过，痛感于中国散文诗写作曾经的种种流弊，我的"野心"是做一名文体作家，试图通过内容上摄取重大题材，熔铸史诗品质；结构上五部作品各异，构建大地交响；形式上"跨文体"，穷尽散文诗写作的种种可能；语言上坚持诗性书写，彰显散文诗的本质属性；思想上体现最深切、最深入、最深沉的精神运动——为长篇叙事散文诗蹚出一条新路而尽其绵薄。

概言之，我所做的努力，就是使劲打开还散文诗以自由精神的大门和通道。

湘江周刊：《大地五部曲》对艺术创作的启示，不仅在于它的博取，更在糅合，使之进入化境。能否以这部作品为例，说说开拓性努力的具体表现方面？

罗长江：以内容为例，将丰繁、复杂和辽远的社会生活场景引入叙事散文诗写作，必然带来题材的重大，内容的厚重、深沉和宏阔。我抱着挑战不可能的念头，试图将不宜入散文诗的题材写成散文诗。比如用散文诗正面写一场浩大战争，写一条老街在旧城改造中的命运沉浮，都是犯忌的，没有先例的。叙事散文诗的本质是诗。百万字（注：书稿实际字数近 60 万字，正式出版物版权页标示 107 万字）的大体量，一以贯之保持诗性特征无疑是最大的挑战。我对五部曲的题材、架构、跨文体、思想厚度有一个基本的估量，但如果诗性上出了问题，就全盘皆输了。所以，第二卷《大地气象》写战争，为解决诗性这一难题几易其稿，时间跨度长达 8 年。

编辑家、评论家邹岳汉先生一直处于中国散文诗前沿地带，阅诗无数，老马识途。他在序言中写道："作为一部成功的叙事散文诗作品，根本性的标志就是其诗性的纯粹与浓度。罗长江深谙此道，其叙事散文诗是地道的诗意的书写。"他这么一说，我放心了。

以形式为例，"跨文体"写作可说是放开散文诗这一文体的天足，从观念上为散文诗彻底松绑，还散文诗以自由精神的，且越走越远的一次大胆尝试。

散文诗是散文和诗的混血儿。我曾引用过评论家秦兆基先生的梳理和剖析，从散文这一块来讲，除了容纳文学散文，还吸纳了神话、童话、民间故事、戏剧、小说、电影、纪实文学、口述历史等叙事文体；再就是吸纳了非文学的话语样式，诸如新闻消息，现代媒体中的博文、跟帖、简书，应用文类的日记、书信、短评、电报稿、布告、祭文等。从诗这一块来讲，除了容纳中国古典诗词、分行体新诗、日本俳句，还吸纳了民歌、童谣、巫歌傩曲、套曲等。所有这些形态各异、美学特性和功能不同的文类，经过移植、重组、嫁接、改造、揉搓、穿插等，成为整体意义之散文诗的有机组成部分。

湘江周刊：您刚刚提到"跨文体"写作，我们是不是可以这样理解，《大地五部曲》中，什么都可以借鉴，什么都可以移入，什么都可以搬取，各种文学文体的生命基因、艺术优势与精神气质都可以发掘与涵容，从而形成葆有散文诗主体属性的，多元、开放、自由的艺术集合体，是"大心灵书写"或"诗性总体书写"的产物。

罗长江：是的，可以这样理解。资深诗评家唐晓渡说，《大地五部曲》让他大感震撼，他认为这震撼固然和其体量有关，但真正让他感到震撼的是这部作品的恣肆汪洋、元气淋漓，既是一个结构宏大、肌质复杂的语言织体，又是一个能量充沛、辐射着巨大生机和活力的自在生命。兼有如此质量和体量的当代作品，在他的阅读视野中，还当真是凤毛麟角。这一文本的内涵，早就大大撑破，或者说溢出了通常所谓"散文诗"概念的外延。如果一定要对其进行某种总体定性的话，可以说这正是许多诗人作家梦寐以求的"大心灵书写"或"诗性总体书写"的产物，一个兼具复调和复合性质的超级文本，云云。当自己的艺术追求与探索得到印证与认可，没有比这更欣慰的了。

最大乐趣是享受这种堪称漫长的创造过程

湘江周刊：《大地五部曲》结构宏大，内涵丰富，构思和写作过程，能够和读者分享一下吗？

罗长江：大地主题、人性思考和灵魂抒写，大地精神、中国底色和人类意识，是我为"五部曲"写作确定的基调；五部作品分别对应"五行"金木水火土的构想，则是着意彰显中国底色的一种预设与生成。

写作过程中，先是第一部《大地苍黄》在《芙蓉》杂志顺利发表，主编告诉说很快收到近百封读者来信，好评如潮，令我信心大增。第二部《大地气象》在《西北军事文学》选载了几十个页码，中国散文诗理论终身成就奖得主秦兆基先生，引用爱默生初读惠特曼《草叶集》时所说的一句话相赠："我在一个伟大的文学生涯开端迎接你"，想想就诗意和美好得不行。接下来，省文联等四家单位为这两部作品举办研讨会，《创作与评论》杂志随后推出这两部作品的评论专辑，二者如同加油站和助推器，激励我一鼓作气，完成了后三部的写作。

湘江周刊：我看到《大地苍黄》成稿于2011年5月，真正是十年磨剑，十年如斯。写作《大地五部曲》板凳一坐十年冷，在这个浮躁的快餐化时代，这种创作心态何等的弥足珍贵。请问写作过程中的最突出感受是什么？

罗长江：辛苦并快乐着！我在毛泽东文学院第20期湖南·新疆中青年作

家班做讲座时，提到 2017 年的一个专访《罗长江：潜心炼丹、挑战极限的文坛独行侠》挂到网上，我家孩子见到了，一是担心这么旷日持久又挑战极限的写作，身体是否吃得消？二是担心目标定得这么高，万一落差太大，心理能否承受？我于是回了一封长信。其中写道："如果说当年在农村玩命地写作是基于改变命运的渺茫指望，那么，现今我之与文学厮守，则完全是在实现人生价值的最大化。我每天活在自己的世界里，电光石火，天马行空，内心淡定而充盈，写作过程中每当跳出一些好的想法，解决了一些高难度的难题的时候，那种对自己创造力和价值感的一次次确认，那种只可意会不可言传的惬意和快感，实在是一种难得的状态和境地。其实，写作于我，最大乐趣是享受这种堪称漫长的创造过程。"富于挑战的写作无疑是有难度的，是辛苦的，但也同时享受到了这种创造性劳动带来的自足、美好和快乐。当你意识到在做别人没有做过的事情，一种庄严感、自豪感和价值感油然而生。

注：此文刊于 2022 年 3 月 25 日《湖南日报·湘江周刊》。

散文诗写作与散文诗观
——答文友问

熊夫木　罗长江

每一个不甘平庸的写作者，都揣有一个艺术梦想。陈忠实希望写一部能够安妥灵魂的书，于是有了《白鹿原》。诗人罗长江的"野心"是做一名文体作家，写出里程碑式的作品，于是就有了《大地五部曲》。他尤其喜欢跨界奇人达·芬奇的一句话："能飞的地方一定要飞去，不能飞的地方也要飞去试试看。"

我就想从内容到形式来一场颠覆式的革命

熊夫木：您好！《散文诗》杂志2012年为您的长篇叙事散文诗《大地五部曲》开辟评论专栏，每期刊发一线评论家的文章。"编者按"称《大地五部曲》为熔铸史诗气质的鸿篇巨制："其庞大的思想根系，精微的心灵气象，自如的气息吐纳，蓬勃的生命意识，将散文诗超拔到一个崭新高度，我们认为，这不仅是贡献给散文诗界难得一遇的大文本，更是当代散文诗创作的重要收获。由此，我们有了在一个全新维度来探讨与解密散文诗的庞杂与丰富、先进与优越的可能。"是什么原因促使您历时十年，创作这样一部近六十万字的，体量堪称"世界之最"的散文诗巨构？

罗长江：非常感谢《散文诗》杂志，非常感谢为专栏以及在其他报刊为《大地五部曲》撰写评论文字的方家。诗人卜寸丹执掌的《散文诗》杂志，办得非常认真和投入，她对散文诗这一文体的先进性和优越性，有着超乎常人的体悟与认知。她认为散文诗是骄傲的艺术，散文诗写作是高贵的写作，作为掌门人，她是把《散文诗》当作一种神圣的事业来做的。

我写《大地五部曲》的动因，曾在多个场合下坦言过。一是认为散文诗并非只能"短"，也可以"长"。国外诗人、作家如卡尔维诺的《隐形的城市》，洛特雷阿蒙的《马尔多罗之歌》，希梅内斯的《小银和我》，纪德的《地上的粮食》，尼采的《查拉图斯特拉》，佩斯的《远征》，彭燕郊的《混沌初开》等，都是长篇散文诗的玑珠之作，可见尽管精短是散文诗的通常形态，但不等于散文诗只能精短。二是对中国散文诗曾经误入歧途严重不满，我就想从内容到形式来一场颠覆式的革命，以期或多或少改变散文诗在人们心目中的固有形象。三是我所敬重的一位学者痛感中国作家有土地意识，而少有俄罗斯作家的大地意识和大地精神，而大地的辽阔、丰繁、沉弘、浑灏、斑斓与芜杂，正好为散文诗彰显大地意识和大地精神提供一个施展拳脚的偌大舞台。

我在《大地苍黄》单行本的自序中写道：在中国现代诗发展史上，中国散文诗的奠基人是鲁迅，鲁迅先生的散文诗集《野草》是最早与世界诗歌发展同步且处于高峰的创作。但是，种种缘故导致《野草》的精神传统未能发扬光大而成为中国现代诗特别是散文诗的一贯主流。越到后来，散文诗越发成为陈旧的浪漫主义诗风与趣味的重灾区，各种轻吟漫唱、风花雪月、自我私我、滥情矫情、无病呻吟的小情小调小摆设，直白单薄的颂歌或牧歌，成为相当长时间里散文诗写作的时髦与程式。林贤治先生一语中的："中国现代散文诗是从泰戈尔和冰心的译文中发展过来的，匀称，圆融，静穆，优雅。1949 年以后，连三四十年代的一些散文诗里泥土的苦涩气息也没有了。在意识形态对于颂歌的大批量的要求之下，散文诗在诗人手中正好用来制作凑热闹的小玩意，制作宫灯，它不是照耀的而是点缀的，风雪的夜空和泥泞的道路与它无关。"新时期以来，包括分行体新诗在内的各种文艺样式都经历了一场思想解放运动，遗憾的是，"新时期散文诗没有像小说、诗歌那样经历深刻的自我否定和颠覆，以至于基本上是沿着传统的道路走过来，较少受到现代思潮影响和渗透"（徐成淼语），观念陈旧滞后仍是制约我国散文诗创作的瓶颈。直到有了彭燕郊、昌耀的创作实践，中国散文诗才真正接续了《野草》传统并有所开拓发展。"不少作者已经或者正在努力摆脱陈腐的浪漫主义影响的残余，摒弃那种新式风花雪月和多愁善感，厌恶那种以散文诗为博取廉价效果的精致玩艺的轻率作风，努力使自己的作品更有现代意识，更人性，更富于新的诗的素质"（彭燕郊语）。我是抱着非要给中国散文诗争一口气的想法，写作《大地五部曲》的。既然是探索是实验，自然期待见仁见智的各种批评。

我的"野心"是做一名文体作家，写出里程碑式的作品

熊夫木：谢冕先生在序言中将您的《大地五部曲》呼之为"关于大地的伟大交响曲"；秦兆基先生在他的新著《散文诗诗学》中称："持清醒公允的态度来看，时下中国散文诗也有足以震古烁今、与世界散文诗经典相颉颃的作品，如彭燕郊的《混沌初开》，罗长江的'大地'长篇系列。"又说："在文学史上，《大地五部曲》应该有着自己的位置。"邹岳汉先生在序言中称："在中国散文诗发展史上，彭燕郊树立了继鲁迅《野草》之后的又一座丰碑，在抒情散文诗领域创造了一个奇迹，一座高峰；罗长江则在叙事散文诗领域创造了另一个奇迹，另一座高峰。从彭燕郊到罗长江——'双峰并峙'。"王幅明先生在《散文诗的史诗性巨著》一文中称："波德莱尔对散文诗文体有开拓之功，但他只能代表十九世纪；鲁迅和彭燕郊则代表二十世纪；罗长江属于二十一世纪。笔者有种预感，《大地五部曲》或将作为二十一世纪散文诗的史诗性巨著，永久载入中国诗歌史。"这几位评论家都是圈内资深望重的高人，他们对《大地五部曲》的推崇，达到了罕见的高度，着实令人激动和振奋！

罗长江：如你所说，你所列举的几位评论家毫不吝惜他们的首肯和推崇，同样令我激动和振奋。先说诗学泰斗谢冕先生，他是我素所敬重的大家，尤为钦佩他在那场"朦胧诗"论争中表现出的学术担当与理论勇气，他在我国当代诗歌评论界的声誉为众望所归，得到他毫无保留的肯定，实在是一件至感开心的事情。与秦兆基先生的文字之交始于《大地五部曲》写作，他是我国散文诗理论终身成就奖得主，对我国散文诗理论的建树无人能出其右。邹岳汉先生是我国第一家散文诗刊物的创办人，尔后率先主编散文诗年选20余年了，一直身处我国散文诗事业的第一线，可谓居高声远，老马识途。王幅明先生以巨大的热忱相继主编《中国散文诗90年（1918-2007）》和《中国散文诗百年经典》，以极具情怀、眼光独到享誉散文诗界，把散文诗比作"美丽的混血儿"就是他的专利。

自己的艺术追求与探索得到印证与认可，没有比这更欣慰的了。

熊夫木：论体量，《大地五部曲》堪称"世界之最"；论题材和内容，覆盖到乡土文明、民族战争、城市嬗变、生态文明、人类梦想等，在叙事散文诗领域当也是前无古人吧。因此，有评论家说这是散文诗领域一场颠覆性的革命，狠狠颠覆了人们对散文诗的习惯性认知。您是怎么想到要以

大地为书写对象，而且一写就是重大题材，一写就五大部呢？

罗长江：以大地为书写对象的动因有二：一是有学者痛切地发现中国作家只有土地意识，而没有俄罗斯作家的大地意识；二是受此触动，惊喜地发现没有比"大地"更大气、更丰盈、更厚实、更接地气的了。至于五卷本的构思则是逐步完善的产物，当我意识到中国传统文化之五行与大地的隐秘、内在的联系，当即敲定：必须是五部，只能是五部曲！那种狂喜啊真是无法用语言来形容。便想起20世纪80年代初，我参加《芙蓉》杂志首届文学讲习班，听作家叶蔚林讲创作《没有航标的河流》的体会，其中留给我印象至深的一点：一个作家如能找到最适合自己作品的形式、载体和叙述方式，哪怕只有一次，就非常幸运了。因为大量的人也许一辈子都找不到或者遇不上。于是我想，我是幸运的，起码遇上这一次了。

以大地为写作对象，还原或致力接近大地的形态、属性和内蕴是我之写作的内驱力。写大地，理应呈现和彰显大地的丰繁、辽远、斑斓与磅礴，呈现和彰显大地的泥土感、厚实感、起伏感、宏阔感、美丽感和沧桑感。大地有平原亦有高原，有草地亦有沙漠，有坦荡的湖泊亦有皱褶的山岳和深深切割的峡谷，有大都市亦有无人区，有芳草地亦有泥石流，有星云亦有陨石，有明亮清纯亦有混沌晦暗，有朝晖夕阴、明月清风亦有狂风暴雨、山崩海啸……这才是真实的、立体的、三原色的苍茫大地。也就是说，大地从来就是包罗万象，丰繁而芜杂，从来就不曾纯粹过。倘用这种眼光看《大地五部曲》，庶几可以接近我的写作初衷和写作抱负。诗评家谢冕称"《大地五部曲》结构宏大，是一部宏伟的大地颂歌"；诗人、评论家何向阳称"《大地五部曲》有点像马勒的《大地之歌》交响曲"；评论家张清华称"用'大地'这个总体意象作为承载，并将之具体化为土地、河流、族群的生存，大地上的所有表象等等"；评论家敬文东称"《大地五部曲》各种文体多管齐下，使得大地自身的复杂性、多样性、爱恨情仇一并得到了没有死角的诗情抚摸"；诗评家唐晓渡先生所说的"以'大地'之名，将所有这些融溶为一的有机整体性质"，"恣肆汪洋、元气淋漓"，"结构宏大、肌质复杂"和"巨大生机和活力的自在生命"；等等。评论家们的洞见，令我顿生高山流水的知音之叹，他们不约而同地印证了我致力还原或致力接近大地形态、属性和内蕴所获。大地上这么多的生生死死、风云际会，这多纷纭的多色调的历史风尘、人类故事，太"交响"太"史诗"了啊。我写《大地五部曲》所追求的"交响曲"和史诗性，某种意义上即大地性，就是致力呈现苍茫大地所持有的生动而鲜活、斑斓而芜杂、宏阔而混沌的恒久状态。

我在接受《湖南日报》"湘江周刊"主编杨丹专访时说：我想通过作品告诉人们——散文诗不只是短笛轻吹还可以黄钟大吕，不只是小桥流水还可以大江东去，不只是云淡风轻还可以携雷挟电，不只是流萤几点还可以星空璀璨，不只是浪花几朵还可以沧海横流，不只是雪泥片石还可以苍茫大地。

我喜欢鼓捣点与众不同

熊夫木：部分地借用一家网刊的问答模式，请问您何时开始热爱散文诗并创作？

罗长江：中学时代摘抄过《繁星》《春水》《早霞短笛》里的句子，只是不大记得起内容了。1979年发在《湖南日报》副刊的《高压电杆》，是我写作的第一首散文诗。1980年代迷醉过泰戈尔。这期间，一桩与散文诗并无直接关系的事情，影响了我后来的写作取向：1983年中国地理学会、中央电视台、中国青年出版社几家联合举办游记文学征文，王蒙担纲评委会主任，冯牧、江晓天、姚雪垠的评委。承办方是《旅行家》杂志。赴京参加颁奖活动期间几位编辑私下告诉我，王蒙甚是喜欢我的《月夜·乡情·故乡河》，给的评语是："写得真美啊，简直是一篇意境优美的散文诗！"冯牧、江晓天也都一致称好；姚雪垠老先生却投了反对票，说不合游记的体例。出于对姚老先生的尊重，组委会取折中方案，评了个二等奖。我后来找来游记三要素一对照，完全合乎体例，猜是姚老先生习惯了固有的模式，而对标新立异之作持本能的排斥吧。接着我又找来一些散文诗予以对照，真还是像模像样的散文诗的味道。也就是说，我是不自觉地用散文诗的笔法写游记，或者说我是不自觉地把游记写成了散文诗。我琢磨着，唯其如此才被文坛大咖王蒙、冯牧、江晓天刮目相看；而姚老先生的中规中矩，本能地激发了我的挑战意识。从此，我不论写什么东西，都要努力鼓捣点与众不同。

20世纪八九十年代，我写新诗，写散文诗，也写散文。一批三、五千字的作品，除了《新月》在诗人阿红主持的《当代诗歌》（1987年8月号）发表时，明码标示"叙事散文诗"；其他都是归入散文的体例，散见于《散文》《文学月报》《湖南文学》《美文》《文艺报》等报刊。回过头来看，多是纯正的散文诗。比如发在《散文》1989年9月号头条的《神女峰，伏在我的肩头》，现在看来是非常正宗的抒情体散文诗。

自觉状态下主攻长篇叙事散文诗写作，则是 2010 年以后的事情了。

散文诗仍然面临彻底放开天足，拾回自由精神的问题

熊夫木：您如何看待中国散文诗创作现状？

罗长江：以一批实力派散文诗人卧薪尝胆，带动我国散文诗质量总体提升为标志，整体而言，无论创作还是评论，目前应该是散文诗进入中国以来最具亮色最见成绩的时期。以《散文诗》杂志为例，近年来几乎每期都能见到分量颇重的作品，这在以前是不可想象的事情。所以赞成评论家、编辑家王幅明的看法：中国散文诗百年（1918—2018），前九十年基本上是在寂寞中走过，后十年至今蓬勃发展、由寂寞走向绽放。

尽管如此，我国散文诗生存和发展的外部环境依然不佳。我在一篇谈散文诗散文属性和诗歌属性的文字中试着做过剖析：中国散文诗界开始出现经得起历史检验的优秀作家和作品，遗憾的是尚未得到应有的公允的看待。究其原因，有的是受历史成见的影响，仍然戴着有色眼镜；有的是门户之见而居高临下，一些分行体新诗写作者和评论家不知哪来的天然优越感，本能地排斥和低看散文诗；有的是对散文诗的现状缺乏了解；有的是专攻分行体新诗的诗人和评论家不太懂得散文诗的生成规律，殊不知散文诗与分行诗有相通的一面，也有文体间特质不同的一面，拿分行体新诗的那一套来套散文诗，就好比让散文诗的脚去穿分行诗的鞋子，干的削足适履的事情；有的呢既有门户之见，又不太懂得散文诗的生成规律；等等。作家何建明在《中国散文诗百年经典》序言中有感而发："那种体制下由几个'权威'将它排斥在一般意义上的文体之外的现象，早晚是要结束的。因为不懂和不会写散文诗的人怎能了解和认识散文诗呢？"

这种局面的形成和沿袭是综合因素的结果，根本性改善的关键在于散文诗人们的自强自立。前些年"我们"散文诗群的确弄出了一些响动，也集结了一些有想法有实力的作者。团队冲锋也好，独立作战也好，重要的是拿得出经得起时间检验的作品。我是"独行侠"一枚，我对所有致力为散文诗振兴而埋头苦干的同道葆有足够的敬意。

散文诗之振兴，观念上仍然面临彻底放开天足，拾回自由精神的问题。

2022 年 1 月，《大地五部曲》研讨会在北京中国现代文学馆举行。《诗刊》主编、诗人李少君谈到，文学的演变，也包含题材范围的演变。宋词的演变中，苏东坡将原本主要写艳情的词，进行了改造、革新、创新，词境

变得开阔，万事万物无不可入词。苏东坡提高了词品，把言情与言志结合、现实与幻想融汇、婉约与豪放并举，宋词终于取得了与唐诗同等的地位。他说："散文诗原来被认为不适合重大题材，但《大地五部曲》写得开阔瑰丽，气势如虹，如同从大地上自然生长出来的繁花硕果，是新时代散文诗非常重要的成果。""自鲁迅的《野草》后有一段时间，散文诗主要是写一些小情小感。罗长江把散文诗进行了开拓，写得大气磅礴，他把包括民谣、神话、战争、历史、民间故事、人物小传等诸多题材都用散文诗的形式进行表现，将散文诗在题材内容的拓展上进行了探索。此外，他的散文诗创作对当代诗歌也有很多启迪，他把诗和剧、神话和现实、历史与当代结合起来。散文诗将'诗'的属性推及散文，这样的一种融合，就使散文诗变得包容大气，进而可以书写生生不息的人民史诗。"（见《文艺报》2021年1月14日《植根湘西的大地歌者》）

　　无独有偶，此前秦兆基先生在《力透纸背的抵达——从罗长江"大地"系列看长篇叙事散文诗》（载《创作与评论》2017年第3期）一文中写道："文体的规定性，常常束缚住才人们的手脚。苏轼一变宋代的词风，当时叫好的并不多。就连他的朋友、门人——苏门四学士，都不能完全接受，晁无咎……陈师道……两人都是为苏轼辩护的，但迫于舆论压力，只能说，苏老师的词是天下第一，尽管写得不像词。一千多年过去了，至今仍有持'本色'论，不以苏轼词为然的学者在。突破，需要艺术勇气，唯有突破，才能开辟艺术新天地。"李、秦二位列举宋词经苏轼一番变革与革新，取得与唐诗同等的地位，为我们提供了很好的借鉴。散文诗只要放开天足，用诗人李少君的话说："散文诗将'诗'的属性推及散文"以充分发挥文体优势，就完全可以凭实力与分行体新诗平起平坐。

有感于某种劣根性之于诗界和散文诗界

熊夫木：您认为古今中外哪些散文诗作家或者作品值得推崇？

罗长江：国外如波德莱尔、兰波、惠特曼、纪德、尼采、希梅内斯、佩斯、泰戈尔，国内如鲁迅、彭燕郊。惠特曼给我最突出的感觉就是他的无所羁绊的自由精神，他的散文化很浓的分行体自由诗，洋溢着的蓬松感和自由感与散文诗无异，扑面而来浩荡之气、磅礴之气和淋漓元气；圣-琼·佩斯写远征、流亡、孤独和大海，"使人联想起那些流泻出和谐音乐的巨大海螺"。希内梅斯的《小银和我》同样是薄薄的一册小书，如同一个低音变奏，为一只名叫小银的小毛驴献上一支支动情的歌谣。《苏鲁支语录》（即《查拉图斯特拉如是说》）兼得先知的智慧、智者的雄辩和诗人的情感丰富与充盈，其说教布道，文辞充沛如江河滔滔，雄伟而又神秘，富有绘画性、雕塑性、音乐性以及戏剧成分，稍可惜者缺了些建筑性。纪德的《地粮》与尼采的《苏鲁支语录》相仿，二者都各自虚拟了一个假想的导师，向他的弟子发布关于个人的幸福和人生意义的福音书；同时也是一部热爱生活，讴歌人的自由、解放，帮助人认识自我、认识世界的生活书。泰戈尔的《吉檀迦利》《园丁集》《新月集》等，宗教、哲学和诗歌三位一体，将哲思融入诗中，为我们打开了一个爱、美、善的世界，回荡着动人的音乐的旋律。等等，等等。

我这里想特别说说彭燕郊。20世纪30年代伊始，彭燕郊在长达半个多世纪的写作生涯里，一手写分行的新诗，一手写不分行的散文诗。80年代复出后，他如同那个盗火种的普罗米修斯，致力于将外国诗歌作品推介给国内读者，由他主编的"现代散文诗名著译丛"（花城出版社出版），深深影响了一批又一批散文诗人。他在望八之年完成的散文诗巨作《混沌初开》，两万余言，是他一生不断实行艰难突围的精神自传和生命之歌，也是20世纪中国知识分子自我反思、寻求超越的精神史诗，堪称继鲁迅《野草》之后中国散文诗划时代的又一座高峰。先是在《芙蓉》杂志发表，后被入选诗人洛夫主编的《百年华语诗坛十二家》（台海出版社2003年版）。遗憾的是，除了为数不多的散文诗人和评论家推崇备至，若干散文诗论著要么一笔带过，要么只字未提；更遑论众多的文学史教本和大学课堂尚是一片空白了。用学者林贤治的话说："在中国诗人中，彭燕郊是富于创造力的。……他在没有氛围的地方升起，带着凛凛弧光，自己照耀自己。"我去中国现代文学馆，发现彭燕郊只是作为"七月派"诗人之一露了一下脸，这是很不公平的。彭燕郊是中国诗人中至为独特现象的艺术圣徒，早已撑破他身上的"七月派"标签，成为大师级诗人了，定格于"七月派"，"事实上极大地限制了人们对他诗歌成就的全面认识"（龚旭东语）。诗界与散文诗界面对这样一部博大精深的巨作波澜不惊，相当比例的人士几近视而不见，更遑论激动和欢呼之余去发掘"彭燕郊诗歌中那些许多人在今天还不能、不愿甚至不敢正视和承认的东西"（龚旭东语）了。散文诗界都说，有了鲁迅的《野草》这样的大作品，散文诗这一文体在中国的存在才有了底气；于是一个接一个呼唤传世之作诞生，借以提升中国散文诗的地位。吊诡的是，好不容易传世之作出来了，却基本上处于浑然不觉抑或不以为然的状态。二者的区别在于，前者之所以浑然不觉，估摸着尚未具备领悟《混沌初开》这种大作品的能力；后者之所以不以为然，兴许是自视甚高、目空一切，没把《混沌初开》这种大作品放在眼里——这让我想起莫言得了诺贝尔奖，照理说文学同行们高兴还来不及，可是说话难听者不乏其人，吃不到葡萄的那股酸溜溜的味道，实在令人大跌眼镜。自然而然让我想起19世纪俄国诗人涅克拉索夫，他读到24岁的陀思妥耶夫斯基的小说《穷人》后，兴奋得通宵未眠而等不起天亮就敲开作者的房门；随即向大批评家别林斯基鼎力推荐——别林斯基素来以发现新的天才为己任。在不太长的时间里，俄罗斯涌现那么多具有国际影响的作家、诗人，无疑与有利于人才脱颖而出的人文生态有关。

鲁迅《野草》之后，中国散文诗走了不少弯路，缺少与分行体新诗比肩的诗人和诗作，而在很长时间（直至今天）里让人瞧不起。终于有了大作品和散文诗大家问世，散文诗圈内却冷冷清清，状若"没有氛围的星星"（本雅明借尼采的譬喻评价波德莱尔），这种沉闷寂寥的不正常现象、这种梁山寨王伦式的劣根性何时才能有个了结呵？

开卷有益，好的书能让人受益无穷

熊夫木：说说您的读书习惯。读的书对您有什么指导意义？

罗长江：我读书颇杂，除了诗歌和文学，文史哲、艺术、地方文化，什么都读。既是兴趣所致，也是知识储备的需要，提升审美素养的需要，丰富人生开阔视野的需要。开卷有益，好的书能让人受益无穷。《大地五部曲》的第五部《大地梦想》，主线是"千年鸟道"上发生的种种故事。为此我网购了几十本与鸟有关的图书。诗人罗鹿鸣是资深"追鸟族"，读过拙著后引我为同好，相约一同去拍摄鸟类，乐得我窃笑不已。

"读书颇杂"会给写作带来意想不到的益处。比如作品中大量出现的民谣俚曲、巫风傩雨、风土人情，书架上的民间文学艺术和地方文化类图书就派上了用场。多年前，我曾随团赴台湾考察农业，其间安排半天时间自由活动。我去台北享有盛名的一家书店，几经周折，购得台湾舞蹈家林怀民出品的音像作品。购买动机纯粹是兴趣广泛的我对这位享有世界声誉的舞蹈大家仰慕之情，况且，来一趟不容易。后来，我在写作《大地血殇》的时候突然想到林怀民的舞蹈《九歌》，于是我在每一歌的引子部分，让大陆传统型的合唱《九歌》与林氏现代性的舞蹈语汇交织呈现，恰到好处地丰富了作品的表现力。正可谓得来全不费工夫啊！

激发我涉足长篇叙事散文诗写作的直接诱因，也是读书。卡尔维诺的《隐形的城市》（花城出版社 1991 年版，"现代散文诗名著译丛"之一种），为我打开了一个崭新的天地，与我此前见到国内的散文诗，完全不是一回事啊！薄薄的一本小书，异想天开且拥有丰饶的诗意，书中虚构的一座座城市，究其实是家乡威尼斯的影子。于是，尽其所能找来散文诗名著，读波德莱尔，读惠特曼，读兰波，读金斯堡，读米修，读埃利蒂斯，读《圣经》，读《神曲》；当然也读荷马史诗、弥尔顿的《失乐园》、歌德的《浮士德》、海涅的《德国，一个冬天的童话》、普希金的《叶甫盖尼·奥涅金》、阿赫玛托娃的《安魂曲》、华兹华斯《序曲或一位诗人心灵的成长》，以及国内艾青、洛夫、彭燕郊、昌耀、杨炼、欧阳江河、吉狄马加、马新朝等的分行体长诗。既然分行体新诗可以是抒情诗也可以是叙事诗，篇幅可以是短诗也可以是长诗；那么，散文诗也可以这么写呀。

散文诗理论建设，当务之急是"发现文本"

熊夫木：理论是创作的引擎。散文诗的振兴和发展，离不开理论指导。要怎样加强散文诗的理论建设？

罗长江：我以前较少涉猎理论。最近我找来一批散文诗理论与批评的著作和文字，恶补了一下。在弱势群体的散文诗园地，仍有这样一群不带"势利眼"的批评家理论家辛勤耕耘，令我平添深深的亲切和敬意。

是的，理论是创作的引擎。在我有限的阅读中，亦获益多多。比如彭燕郊为"现代散文诗名著译丛"撰写的总序，以及收进《与亮亮谈诗》一书中的长文《关于现代诗》，一下子给我植入了世界视野，通晓了世界现代诗和中国现代诗发展的轮廓。散文诗资深理论家秦兆基先生的长文《散文诗：广阔的道路》，其中关于散文诗之散文品格的论述唤起我的强烈共鸣，并在若干领域为我释疑解惑。实力派散文诗人兼评论家王志清赠我的专著《散文诗美学》，强调散文诗是血性和自由的生命之舞，其中将蓬松性、自由性这两个基本要素，视作分行体新诗所不具备的、为散文诗所独有的专利，视作散文诗文体的优越性，很有启发意义。我在写作《大地五部曲》第三部《大地涅槃》时借微信互动以推动故事发展，酽酽地体味到语言蓬松化带来的"自由恣肆而蓬松轻漫的张力美和弹性美"（王志清语）。另外，他在《万里昆仑谁凿破，无边波浪拍天来——罗长江大地系列散文诗之纵论》（载《创作与评论》2017 年第三期）一文中，一句"罗长江找到了最适合自己慷慨任气而磊落使才的文学体式"，令我眼前一亮，更加坚定长篇叙事散文诗写作的信心。

散文诗理论建设，呼唤真知灼见，呼唤使命与担当。比如艾青提倡诗的散文美的观点；比如彭燕郊关于"思想在美里，思考在诗里"的观点；比如郭风关于散文诗形式、长短不拘，尤为激赏王幅明《美丽的混血儿》中单独辟章推介"散文诗的宏构巨制"的观点；比如耿林莽关于散文诗"可以野一点"、"随意性"是个法宝、加强叙事成分的观点；比如邹岳汉关于散文诗是一种独立的诗体的观点；比如王幅明关于散文诗是美丽的混血儿的观点；比如崔国发关于造就一种活性的、跳脱性、解放性的、非同寻常的散文诗的观点；比如孙绍振关于散文诗要与诗歌分居、不要做诗歌的"小媳妇"的观点；比如王光明关于散文诗要把握时代的情绪和意识特点，或是人生的本质，或是一个历史时期的独特心理状态，或是一个民族深层的情感和性格的深层结构的观点；比如徐成淼关于散文诗亟须加速完成当代散文诗的现代性转变的观点；比如刘虔关于散文诗的风骨和品格的观点；比如箫风关于散文诗"敢于为弱者喊疼，勇于对邪恶说不"的观点；比如周庆荣、灵焚为代表的"我们"散文诗群倡导"意义化写作""当下性写作"以及"具备立体审美可能性的、全新的、综合现代各种艺术技巧于一身"之文体特征的观点；比如王剑冰提出革散文诗抒情的命，让矫情无立锥之地的观点；比如方文竹"独立写作，先锋到死"的观点；等等。

关于散文诗的文体，经过较长时间的理论探讨和辩论，基本上形成两种主要观点。一种观点：归属于诗，与分行体新诗同为现代汉诗的一翼；一种观点：以诗为神以散文为形的独立文体。两大主流观点都认同诗性是散文诗的本质属性。我以为现在不必把大量精力花在文体归属之争上，散文诗理论建设把重点放到指导创作以催生精品力作，提升散文诗的整体实力上面来。报告文学、杂文、随笔都是从文学散文中剥离出来的，报告文学不就自立门户了吗？一手写散文诗一手写评论的黄恩鹏说，他绝不人云亦云作"综述式"浅显罗列，那样毫无意义。他的《发现文本》，以及秦兆基的《散文诗品》《诗的言说》、陈志泽的《散文诗艺术技巧》等，都是走的创作、理论、评论密切结合的路子，功夫花在发现文本上，在散文诗文本的研究、推介上发力，这恰恰是当前散文诗创作最为需要的。开创散文诗的黄金时代，有赖于创作出一流作品，同样有赖于一流评论家慧眼识珠，"发现文本"。

这让我想起斯人远去的重量级评论家雷达，他的有生之年，始终处在中国文学创作前沿，对于这个时代的重要作家作品和重大文学现象，均做了及时的、充满生命激情和思想力量的回应。他的文学批评既有及时性又有持续性，既有启迪性又有准确性，积极、广泛地影响了中国当代文学的创作实践。散文诗界尤其呼唤雷达式即"别车杜"式的理论批评界高人！

在《大地五部曲》研讨会上，《诗刊》主编李少君说："罗长江把散文诗进行了开拓，写得大气磅礴……他的散文诗创作对当代诗歌也有很多启迪。"诗评家唐晓渡谈到他多年来疏远了散文诗，2021年应邀担任一个散文诗评奖活动的评委，集中读了一批作品，惊讶散文诗写作质量的大幅度提升，与他在《诗刊》做编辑那会儿真不是一回事了，真值得肯定和尊重。评论家敬文东将他几年前撰写的长文《为散文诗一辩》发与我分享，除了文章本身让我良多获益，冲这个标题，也对文东教授平添知音之感！限于篇幅，就举他们三人的例子吧。李少君（学生时代以散文诗出道，但后来却是以分行体新诗为业了）、唐晓渡、敬文东应该归属于散文诗圈外的诗人、评论家，感觉得出他们并无门户之见和门第观念，是一视同仁看待散文诗的。由此，寄希望散文诗圈内圈外的诗人和评论家，包括不太留意散文诗写作又拥有话语权的诗人和评论家，能以一种友好、客观、理性的眼光，给前进中的中国散文诗一份关注、理解、把脉与给力，一同推动其健康发展。

关于诗性和现代性

熊夫木：一家公众号的访谈栏目里，有这样一则提问：有人说缺少诗性和现代性是散文诗精品缺失的主源，您认同这样的观点吗？

罗长江：这个提问有点不得要领。先说诗性。诗性是散文诗的本质属性之一，也是散文诗的基本要求和底线，缺少诗性连散文诗都不是，更遑论精品了。曾有人为了区分散文诗与抒情散文，煞费苦心开列了若干条款却不得要领（包括限制字数在五百字以内的画地为牢）。邹岳汉先生说得好："散文诗和其他现代文学体式一样，只受其内部结构的约束，不可能也不应该有具体字数、篇幅的规定。"只要扣住"诗性"这两个字就 OK 了。没诗性，五百字以内也不行；有了诗性，五千字五万字亦欢迎——彭燕郊的《混沌初开》二万多字，不是非常纯正的散文诗精品吗！可见坚守散文诗的诗性才是关键所系，治本之举。散文诗也炼句，但更应该把精力放到炼意——整体意义上的诗性和诗意上去，如墨入水，如盐入水，让诗性和诗意濡染和渗透整个散文性肢体，才是散文诗诗性写作的应有之义。所以，我是既反对把散文诗写成不具备诗性的抒情小品；又反对拼命将散文诗往分行体新诗身上"靠"——这样"靠"的动因，也许是急于从分行体新诗那里寻找身份认同；这样"靠"的结果，等于把散文诗最具优势和魅力的部分给阉割了，去势了。我曾经尝试把他们中有的不分行拆成分行，居然跟分行体新诗是一回事，若是这般写法，那还要散文诗干什么？这种现象的出现，跟散文诗写作者对散文诗这一文体缺乏认知，从而缺乏自信有关；也与一些诗人和评论家，用新诗写作的那一套来质疑散文诗有关。他们中，有的是不太懂得散文诗的生成规律与特性奥妙所在，有的是出于门户之见而居高临下，产生误导或偏见也就不难理解了。讲究诗性是必须的，但是讲究诗性绝不意味着要把散文诗写成分行体新诗一个腔调、一个模式。散文之质地和品格，恰恰是散文诗这一文体优越于分行体新诗之所在，在坚持诗性原则的前提下，发挥这一优势大有可为。建议写作者、编辑和评论家不妨认真读读波德莱尔、屠格涅夫和鲁迅，他们的散文诗讲究整体意义的诗性而致力于散文之质地和品格的充分运用和发挥。诗人艾青早就倡导诗歌的散文美，他说的诗歌应该指分行体新诗；现在不少的新诗写作者纷纷做着"诗歌的散文美"的文章，值得我们的散文诗人深思。不是吗？

再说现代性。现代性是散文诗精品的重要品质。彭燕郊的《关于现代诗》，就是以现代意识、现代诗学为视角，纵览包括散文诗在内的现代诗的发展趋向的；邹岳汉特别强调散文诗的诗性和现代性原则；徐成淼特别强调散文诗的现代性和现代感，呼吁散文诗的现代性转型。崔国发的《中国散文诗学散论》中，强调现代化是突破散文诗写作瓶颈之关键，包括开放、自由、包容的状态全方位接纳新生事物，适应不断变化的艺术规律之诗学理念；内容具有强烈的时代意识与时代精神；吸收现代派的表现手法，举凡其他文体有益的表现形式取"拿来主义"为我所用，带来陌生的多样、多变和多彩等。王志清的《散文诗美学》中指出：共和国成立后的前20年，散文诗基本上是柯蓝、郭风模式。为了说明问题，王志清将耿林莽、李耕80年代初期作品依然是柯蓝、郭风的那种语言模式，与脱胎换骨的蜕变之后创作出鲜明现代性特征的作品进行比较，很有说服力。评论家黄永健称："王志清认为崛起于50年代中期的以柯蓝为代表的以'明朗''直露'为主要风格特征的散文诗，也浓缩了那个时代的某种典型情绪，这个评价是客观公允的，同时他也指出，柯蓝复出后，这种习惯流风仍有沿袭，暴露出与转型社会心理及时代审美价值取向不甚合拍的缺憾，这和徐成淼、王光明等散文诗理论研究观感不谋而合。"

以我的体会，现代性是一种写作理念也是一种写作方法。在现代意识和现代诗学观照下，举凡现代派的表现手法，如通感、断裂、拼贴、复调、跳跃、意象叠加等一并"拿来"为我所用，借以增强作品的表现力、张力和丰富性，个中三昧，止可谓"妙处难与君说"也。评论家张清华称《大地五部曲》"叙事中有一种鲜明的现代性诉求。一方面它坚守了历史的真实，同时又有很高的哲学理念……贯穿了人文主义的精神和当代性的世界视野"，于我是很大的鼓励。

不过，作为散文诗精品，光有现代性是不够的，它应该涵盖思想的磨砺、精神的深度、人性的丰富与深邃、语言的极致追求、异质变构的创新等。如此，方有可能炼成真正意义上的精品。

论文体，散文诗要比分行体新诗优越

熊夫木：一直以来，关于散文诗的定义众说纷纭，您以为呢？

罗长江：散文诗就是散文诗，兼有诗歌属性和散文属性，是融合诗歌之诗意和神韵，散文之质地和品格于一身的独立文体。而且，若论文体，散文诗要比分行诗优越。我有一篇文章，专谈散文诗得益于比分行体新诗多出一个散文属性，从而获得比分行体新诗优越的文体优势。

我在那篇文章里写道，我们习惯于称分行体新诗为"自由诗"。针对格律诗而言，分行体新诗的确拥有非常大的自由度；但与多了个"散文属性"的散文诗相比，其自由度则只能屈居其次了。散文诗批评家王志清在他的《散文诗美学》里，特别提到散文诗优越于分行体新诗的三个标识：自由、散漫与蓬松。他说："散文诗具有一种特殊书写的文体强势，崇尚自由也最为自由。""'诗'向'散文'借来的是自由，是形态上的散漫，是无所不能而腾挪跳跃。因此，散漫是散文诗的特殊形态。散文诗的形态是散漫与蓬松为主要特征的。""所谓语言的蓬松，这是散文诗作为诗的一种专利。因为蓬松性，不仅成为散文诗区别于诗的本质特征，也使散文诗具有了其他种类的诗所不具有的文体优势。"

我在那篇文章里由衷赞同谢冕先生的观点："历来对散文诗的特性有诸多探讨和界定，一般认为它是诗其形而散文其形。这样说并不周密，据此推

论，则散文诗只是诗的一种，至多不过是不分行的诗，而散文的品格被无声地勾掉了。其实散文诗是综合和汲取了诗的集中、凝练、隽永以及散文的灵动、潇洒、自由的各自优长汇聚而成的一种新文体。"且对"散文其形"的说法不以为然。它让我联想到民间表演"蚌壳舞"，蚌壳是纸扎的，一女子浓妆艳抹，置身于一开一合的蚌壳之中。散文诗的"散文"二字，有血有肉、有品有格，有着"灵动、潇洒、自由"的质地，绝非"蚌壳"式的一介躯壳而已。如果把散文比作男人把诗比作女人，那么散文诗就好比男女媾和的受精卵，经过十月怀胎，双方的结晶呱呱坠地，无论是男孩还是女孩，长得像父亲还是像母亲，或者某些部位像父亲某些部位像母亲，都是我中有你、你中有我的双方的骨血！

遥想当年波德莱尔，正是《巴黎的忧郁》比起《恶之花》来有着"多得多的自由、细节和嘲讽"，"没有节律，没有脚韵，但富有音乐性，而且亦刚亦柔，足以适应心灵的抒情的冲动、幻想和意识的跳跃"（波德莱尔语）。换言之，正是因为散文诗有着不同于并且优越于分行体新诗的潜质，这个名叫"散文诗"的文体才得以应运而生。毫不夸张地说，论文体，散文诗要比分行体新诗优越。守住诗意与神韵这一诗性原则的前提下，只管最大可能地放开散文诗的天足，"将'诗'的属性推及散文"。毫不夸张地说，散文诗的散文品格和质地越是发挥到极致，散文诗之于分行体新诗的优越性和先进性就越能得到充分展示。

冥冥中觉得自己是为散文诗而生

熊夫木：倾尽全力的《大地五部曲》，您说几乎把几十年的积累都掏空了。但以您的个性，会毫不犹豫选择继续扩大战果——用您的话说，实现人生价值的最大化。所以，很想听您聊聊您的"下一个"。

罗长江：（含笑）我在写作《大地五部曲》的后期就已经着手酝酿"下一个"五部曲了。《大地五部曲》的创作过程，让我一次次品尝"突破散文诗的原有边界"（邹岳汉语）而开疆拓土的快感，同时发现这种"突破"不存在设限，具有不可穷尽性。按照谢冕先生、王幅明先生的说法，我以前的写作和积累，仿佛都是为写作《大地五部曲》所做的准备工作。我曾坦言我的野心是做一名文体作家，有了《大地五部曲》的创作经历，我对持续推进这一目标愈加有了向往。冥冥中甚至觉得，我是为散文诗或者说为长篇散文诗而生的。掏空了不要紧，又可以加油、充电的。所幸我的大脑依然葆有海阔天空、恣肆汪洋的竞技状态，而这恰恰是"罗氏风格"散文诗写作的命脉所系。所以，我不可以辜负父母赐予我的这么一个脑瓜子，我会一如既往，将开辟的道路继续向前延伸，实现人生价值的最大化。

我的"下一个"仍然是几部曲架构。而且拟试水国际题材和古代题材。谋篇布局也会寻找新的路子，不重复自己。总之，从题材到架构，仍然持挑战自己也挑战散文诗的姿态。《大地五部曲》是可以安妥我的灵魂的作品，相信"下一个"三部曲同样会是安妥我的灵魂的作品。

（熊夫木，作家，媒体人。）

注：此文刊于中诗网 2024 年 4 月 15 日"名家访谈"。

第四辑

创作书简

板凳十年冷，甘苦寸心知。

《大地五部曲》写作期间，诗人罗长江得到几位评论家朋友的长期关注和帮助。诗人手头这些往来信札，尽管不完整，仍为我们从一个侧面窥见诗人与评论家朋友的切磋交流提供了形象化、感性化的资料佐证。如诗人所说："感谢命运安排，让我在《大地五部曲》写作过程中，遇到这么多的知己、知音、高人和贵人！其中包括令我至为感激的龚旭东、王志清和秦兆基等评论家朋友，十年间不离不弃，一直关注着我、鞭策着我、帮助着我，每念及此，心里就充满感动、振奋和美好。即如给志清教授的短札所言：在漫长的竞走式写作中，有几位良师益友一直关注和陪伴，真是长江的幸运！以至于我在写作过程中渐渐觉得，这既是他们几位对我个人的关注、声援和支持，也是对散文诗的关注、声援和支持。隐隐觉得在我身上，寄托着几位评论家对散文诗事业的企盼与期待。"

信函按时间顺序编发；有副标题处皆由编者所加；书札末尾的附、注之类，皆由罗长江执笔。

罗长江致邹岳汉

——关于《大地苍黄》

（2011 年 3 月 17 日）

岳汉老师：

您好！您三十余年如一日，致力于推动中国散文诗发展，令我等由衷钦佩与敬重也。说起来，我早期写的一篇散文诗，是 1985 年参加您之《散文诗》刊举办首届"会龙杯"大赛的应征作品《远处是岸》，还得了个奖，后来您把它收进一个选集去了（应该是漓江出版社出的）。

2009 年 3 月在张家界举办的散文诗笔会期间，我们匆匆一面，未及深谈。好在后来我留心买到您主编的 2009 年度散文诗选。一是发现选集中确实选进了一些好的作品；二是非常赞同您在《编者的话》中关于"中国散文诗的变革，对散文诗'诗性'的确认和现代审美意识的确立最为重要"的观点；三是因为您撰写的《编者的话》以及《中国诗歌》杂志（2010 年 12 月号）上蒋登科先生一篇谈散文诗的理论文章都郑重提到"我们"诗群，所以我从网上找来他们的《大诗歌》编后记读了，深以为然。

奉上我新近写作的这部散文诗稿《大地苍黄》，一是想听听您的高见，二是将我对散文诗创作的一些想法就正于您。

《大地苍黄》是一部叙事体散文诗，我将一个村庄作为中国乡村的缩影，触角伸展到风物、风土、风情、风韵等各个层面，并直抵乡村最隐秘的角落、直抵人性之深处。试图通过诗性叙事，书写岁月苍黄、人物命运，书写一个村庄的美丽与沧桑。我不知道在此之前是否有人如此大篇幅地运用叙事体的方式来写散文诗。反正我的初衷是把它作为拓展散文诗文体而作出的一种探索性尝试，或者说是"探索性散文诗"吧。

既然散文诗是相对于分行排列的自由体新诗而言的现代汉诗（或如"我们"诗群所称"大诗歌"）之一种——如您所云，散文诗是构成现代汉诗"两翼"中的一翼；既然自由体新诗可以是抒情诗也可以是叙事诗，篇幅可以是短诗也可以是长诗：那么，为什么作为现代汉诗"两翼"中之一翼的散文诗就不能写成叙事体，就不能写成长诗呢？

一部中国诗歌发展史告诉我们，从《诗经》《楚辞》到汉赋、唐诗、宋词、元曲，再到现代社会的新诗写作，诗歌的文体从来就是处于不断的流变过程。所以散文诗作为一种崭新的文体应时而生并理所当然成为现代汉诗之一翼，是诗歌（包括现代汉诗在内）发展到一定阶段的必然产物也。经验告诉我们，越是具有杂交优势的文体，就越具有生命活力与张力（究其实，小说、散文、戏剧等各类文学样式都一直在吸纳、杂取其他艺术门类的元素）。而且，我以为散文诗不只是杂糅了散文和诗的某些特征和长处，同时还为吸纳和借取"小说的叙事与细节，戏剧的场景设置与情节安排，美术的构图、图像与色彩，光与影、泼墨与留白等手法，以尽可能以精练的文字，自由地绽放生命的展开机制，通过场景、细节、象征、情绪浓淡、节奏的舒缓等有机的诗化结构处理等，创造出一种既超越于单纯地追求精练而隐藏，为了分行而跳跃的新诗，又区别于松散、冗长、拖泥带水的叙事散文以及浅白直抒、单纯平面的抒情散文，使其展现具备立体审美可能性的、全新的、综合现代各种艺术技巧于一身"（"我们"诗群语）提供了施展拳脚的广阔天地。其实，散文诗在波德莱尔、屠格涅夫、纪伯伦、佩斯、泰戈尔、鲁迅他们那里，是一种自由的写作状态（鲁迅的《过客》借用戏剧的程式，即是很好的例证）；但是处于"初级阶段"的我国散文诗，由于观念陈旧和同质化等突出问题长时期存在，使得"无足轻重"之边缘化的尴尬处境一直困窘着散文诗界。我在《大地苍黄·自序》里写道，长时期以来人们几乎形成了一种错觉，以为散文诗就是泰戈尔式、纪伯伦式以及冰心之繁星春水式、柯蓝之早霞短笛式，以为散文诗就是浅尝辄止的哲言警句（实则缺乏个性与创造的重复制造）、浅唱低吟的灵感一闪（实则一览无余的矫情或滥情）之类。新时期以来，包括自由体新诗在内的各种文艺样式都经历了一场思想解放运动，如"朦胧诗"讨论之于自由体新诗的观念更新，其收获是显而易见的。而在那样一场大的观念变革潮流中，遗憾的是我们的散文诗却处于某种缺位和失语状态。以至于到了近年间，德高望重如柯蓝先生者辈还在振振有词强调"最多不超过五百字"之类，类似这种画地为牢、作茧自缚的现象，从一个侧面折射出散文诗界的观念更新是何等迫切了！

我赞同"我们"诗群的"包容观"，即追求共同性，保持多样化；即既关注历史与现实，也关注未来，关注所有有意义的探索。散文诗当前要做的，不是指手画脚式的这也不能做那也不能做，而且在遵循"诗性"原则、确立现代审美意识的前提下，鼓励大家敢试敢冒敢闯，不拘一格，致力探索。如同一个国家拥有实力方才拥有地位和话语权一样，散文诗要从根本上改变边缘化的尴尬境遇，关键是要催生一大批让人服气的作品和作家。而散文诗要真正振兴，实实在在说观念更新乃关键所系。不知岳汉老师您以为然否？

基于这些思考，我选择了叙事体这一样式，和我所熟悉的乡村题材。我也曾偶尔读到过叙事性的散文诗，但在整个散文诗领域所占份额少之又少（也许是我孤陋寡闻所致）。思忖个中缘由，难写固然是客观事实，但不能因此将观念的陈旧迂腐给掩盖、给虚化了。

早在 1987 年的时候，我曾将一首 3000 余字的叙事体散文诗（即书稿中的《月女》一章），投寄给诗人阿红主持的刊物《当代诗歌》，他很快就给发了出来，这给了我很大的鼓励。回想起来，许多年以后的今天，我得以满腔热忱构思写作这个五万多字的叙事体散文诗《大地苍黄》，实则是 20 多年前阿红先生给了我以某种激赏与暗示呢。因此，基于上述的一些想法，凭着这样一种素朴的冲动，从去年岁末到今年初春，我着手这样一个作品的写作。写作过程中——

一是力求坚持诗性原则。除了人们通常注重的语言的诗性以外，我则更为注重包括每一章（即每一件作品）在内的整体意义上的诗性，即赋予它的题材、氛围、韵味等以应具的诗性。我以为这种总体意义上的覆盖全局的诗性，是最最重要的。至于在将一些叙事性的具体场景和细节进行诗化处理的过程中，则尽量采取提炼、熔化和浓缩等手段，调动语言的弹性与张力，等等。把叙事引进散文诗，的确会遇到诸多难题。唯其有难度，也才愈加具有挑战性，也才愈能激发人的征服欲。事实上，以分行为标志的自由体新诗，早就有诸多叙事体的皇皇巨著；新世纪伊始，自由体新诗重视将叙事、细节引入抒情诗写作，并成为一种诗歌探索的日常性潮流。作为现代汉诗的它那一翼能在坚持诗性原则的前提下这么做，作为现代汉诗之散文诗的这一翼为什么就不能？

二是最大限度地把丰厚、复杂和广阔的社会生活引入散文诗写作。某种意义上，题材的广度和厚度影响乃至在某种程度上决定着作品的广度、厚度和深度。我所设计的这 24 章（24 章的设计则是基于与廿四节气相吻合这一考虑），希冀给人以泥土般的质感，丰厚感，灵动感，深邃感，立体感，美丽与沧桑感，等等。希冀它除了讲究诗的纯度，还与人们平时见到的散文诗或多或少有所不同，给人一种鲜活感、清新感，等等。至于之所以一次写这么多，则无疑是希冀产生"集聚效应"或"规模效应"，唤起人们应有的注意或关注，旨在为人们提供散文诗完全可以冲破"自我小圈子"的藩篱而进入社会生活之广阔场景的种种可能性。

岳汉老师！一气说了这么多，是因为您作为我国第一家散文诗杂志的创办人，和首个中国散文诗年度选本的主编，这么多年一直居于我国散文诗的最前沿。您的一些观点以及您所主持编辑刊物和选本给我留下的印象，觉得我们的心是相通的。而且我相信，凭您的职业敏感，想必会对这样一种探索性写作给予格外的关切和关注。作为一种探索性实践，肯定存在诸多不足的地方，以此就正于您，听听您的意见，毫无疑义是很有意义和很愉快很美好的事情。

冒昧打搅之处，还望海涵。

务请不吝赐教！

即颂

春祺！

罗长江

2011 年 3 月 17 日

注：见到信后，邹岳汉先生与罗长江进行了电话长聊。《大地苍黄》先于《芙蓉》杂志 2022 年第 1 期全文发表，同年 5 月由湖南人民出版社出版，入选邹岳汉先生的推荐语，见前《大地苍黄》评介摘编。

龚旭东致罗长江

——关于《大地血殇》

（2014 年 12 月 24 日）

长江兄：

大著拜读完毕。很高兴老兄能够再接再厉写出又一部力作。我的感觉：比较"苍黄"，"血殇"主题更宏大，场景更开阔，写法更灵活，情感更充沛，有许多闪光点，特别是《九歌》和民间祭祀元素的运用，多有妙笔。而分观之，我以为雪峰山部分写得更出色和完整些。但恕我直言，我以为整体上，这部作品还只是一个粗坯，还没有达到"苍黄"的整体水准，还有待很好地打磨，不能就这样拿出去。其中我觉得比较重要的几个问题：一，是由于此作你的情感更充沛，也更激愤，故表达时常常更加直白，而缺乏感性的、艺术转换与想象创造，又由于运用（甚至是引用）了大量史料资料代入而不是融合其中，结构、场景转换、叙述与抒情、语言的诗性纯度等等都受到影响，驳杂而不统一（这方面"苍黄"做得较好），因此，很多地方还不是"创作"！！我之所以觉得雪峰山部分好，是因为在这方面它写得"圆润"些，在艺术的转换和主客观的交融方面做得好些。而常德与衡阳之战虽有一些好的片段，但驳杂得多，颇有在目前的素材基础上重新"创作"之必要。雪峰山部分的"写法"才是正确的路子。其次，在语言上，要坚持"苍黄"的诗性语言，这方面雪峰山的主体部分基本上做到了（结尾一节有问题），主要问题是语言的叙述性及如何诗意化（现在的大量语言是非诗性的，又口语、书面语等等混杂），同时，抒情部分太直白（激愤过头）并夹杂大量资料等等，以致语言上严重不纯、不协调！没有形成一种统一性和协调感。包括，纯叙述性的背景交代不应排为诗体等文体上的协调性、多样性、丰富性等，也存在问题。历史名人会聚一起对话部分，也较为单调，没有出彩。总之，我认为"大地"系列最重要的品质是诗性。但诗性不能简单地表述为表面的诗歌性（如形式上的分行排列等），真正的诗性是即使排成散文也仍是诗意的！"苍黄"做到了，目前的"血殇"还没有很好地、整体统一地做到这一点。粗坯很好，但还得再三再四地锻炼之。革命尚未成功，同志仍须努力。老兄还得多加几把子气力啊呵呵。我的责任是努力向老兄知无不言。我对老兄充满信心！特向老兄汇报如上，并将拜读大著时所作批注作业上呈。匆匆不一。祝圣诞快乐！

旭东 2014 年 12 月圣诞平安午后

注：《大地血殇》（五部曲出齐时易名《大地气象》）第一稿，全景式正面书写湖南抗战的四大战役，即长沙会战、常德保卫战、衡阳保卫战、湘西会战。龚旭东兄阅读罗长江发去的电子文稿后，用红颜色标注了 186 处点评式的意见和建议，并逐一梳理出来，附于此信件之后。内容涉及——

措辞不确切；标题不理想；标点符号更正；换表述方式；建议删除（标示"删"字者达 46 处）；句式与语气的定位；语言的密实度与口语化、诗性之关系；结构与写法上虚与实的关系处理需整理；写得太虚，结得太突兀；多一点这样的写法；这一部分还加强一点；岳飞现身，辛弃疾登场，李芾现身，四位曾主政湖南的军政长官会聚一堂；以下的写法应改为情景剧、对话诗剧；语言、意境好；上移为第四节；此节不排诗体；交代余程万；上面的叙述性交代干脆做一个散文性引子，否则与下面的诗体不谐；换字体；还可写得更充分些；造牢镇邪之对象是谁要明确（当为死于衡阳之日寇）；此节太散文化；不够充分……；太简单，不足以支撑一节；补记：报务员 70 年后的记忆与心声！此后应有两段祭祀：一段是祭祀死亡战友告慰抗战胜利，另一段是镇鬼驱邪（48000 日本死者）；总体上这一节写得太直白而驳杂，或者，这一节干脆就全用散文、报告文学和述评形式；这一节中各个部分都应该强调和贯彻"对抗遗忘"这个主题词，强调这也是一次"抗战"，而且是更加艰难的抗战！改楷体；这一节"度"的把握与表述方法还得斟酌斟酌；换说法；英烈们在大炼钢铁中再经受了一次烈火的炙烤；后面部分的表述方式太直白；这一节好！！！就应该这么写啊；语言也不一样了！就要这样的诗性的语言。即使叙述，也是诗性的；句法不对；雪峰山部分写得很好，路子正确！但许多部分还发展得不够充分、过瘾、酣畅。另外，全战役没有在最后形成一高潮；改标题；最好能够照应此章最前面的"身披薜荔的持枪战士肖像"；这一章应作为整个湖南会战或抗战（而不是雪峰山之战）的结语部分；这个章节有很好的感性与理性结合的部分，也有写得太过（太直白）的部分，感觉庞杂了些，还可以精缩一点；等等。

据实说，这些年来每当我展读抑或回想起旭东兄的这些圈圈点点，心中总会溢满经久的感动。旭东兄在湖南文学界的文品人品有口皆碑，作为一名资深评论家，他的眼光之"毒"、感觉之敏锐和独到亦令圈内人士为之折服。旭东兄是彭燕郊老师的高足，我亦为彭老师所偏爱，两人相识以来，一直是君子之交；写作

《大地五部曲》的十年间，旭东兄一直热度不减地深度介入。一部新作动笔之前，我要跟他聊构思；每完成一稿和每作一次修订，都要听取他的意见。天长日久，两人遂成莫逆之交也。彭燕郊老师后期主攻散文诗并取得巨大成就，旭东兄为此在散文诗研究领域用情很深且钻研很深。用他的话说，我之写作《大地五部曲》，某种意义上是在实现他对散文诗的一种期待。在物欲横流的当下，诗人与评论家之间能够拥有这种至为美好的交往和情谊，是我的幸运，命运予我的眷顾，亦是难得的佳话。我把这份美好感受写在《〈大地五部曲〉后记》里了。

消化完旭东兄的这些意见，我随即拿出第二稿，但是仍然觉得哪里不对。一番剖析、权衡之后，决定推倒重来。即放弃正面描写湖南四大战役而改为正面描写湘西会战，其他三次会战只作为背景略写一二。理由很简单，伤其十指不如断其一指。四面出击，平均发力，势必费力不讨好；何况四次会战中有三次是城市攻守战，缺乏异质化。而湘西会战天高地阔，加上地域历史、文化和风情，正好做文章。推翻重来之后，结构上就顺了。用散文诗正面书写一场浩大战役，庶几我是"第一个吃螃蟹"的人。为解决好诗性叙事这一难题，前前后后花费了八年时间才将这部作品完成。

（罗长江）

邹岳汉致罗长江

——关于《大地五部曲》

（2016 年 10 月中旬）

　　长江，听了你的介绍，很振奋。五部作品规模是空前的。历史的，现实的，大地的，宇宙的，有眼光有气魄，规模、题材独一无二。你有这种驾驭题材的能力、眼界、追求，人家没想到的。这么大的气魄，人家没有。要抓紧这几年完成。

　　五部现在才出来两部，暂时不必开研讨会，沉住气再干几年，等五部出齐了做一次搞。在张家界开个研讨会，把自己低估了。五部出来，研讨会的规格是在北京的现代文学馆。你的目标不是在地方上产生影响，是要走向全国乃至世界。你如果没这个能力，凑凑热闹也就罢了；而你不是这个情况，盖了码的牛肉面，要有这个信心，要沉住气。我的《启明星》准备再版，一篇一篇修订，有的作品重新推翻，自己要对得住自己。信我的，扎扎实实搞两年，五本书搞出来，一定要让作品说话。

　　出了的两本，现在装潢差一点。作品是精品，文字表现力很强，有实实在在的东西在里面。语言看似随随便便写出来，却没有啰唆，很干净，无矫情。比如《鸭客谣》，本身故事就很传奇。作品不在多，在于精。相信自己，五部书一齐出来，"文学梦"正当其时。

　　注意一下，目前第一部比第二部还要好。第二部会构成五部曲必然的组成部分，修订时注意吸取第一部的长处，有骨头有肉，有诗意而不空。保持传奇色彩，异想天开，闻所未闻。生活中来的，保持这个特点。

　　注：2016 年 10 月中旬，前辈诗人、编辑家邹岳汉先生下榻长沙市的湖南宾馆，我前往看望，邀请他参加我的作品研讨活动，他便说了这番话，令我感动，也很受触动。此为当时的记录稿。第二部《大地血殇》（后易名《大地气象》），反反复复修改到 2021 年才定稿。

（罗长江）

秦兆基致罗长江

——关于散文诗的广阔道路

（2016年9月5日）

长江先生：你好！

很高兴收到你的大札和惠赐的两本著作（注：《大地苍黄》和《大地血殇》）。20世纪"换笔"之风以后，纸质的信函已经成了文物。你恭书八行，有古士大夫之风，实在使人感动。为了便捷，也是为了藏拙，就在邮件里说几句。

你在散文诗体类的多样性上花气力，用自己的创作实践来证明，提出长篇叙事散文诗的主张，是很有意思的。散文诗本来是中间文体，可以走向诗，也可以走向散文。现在中国的散文诗，一是没有自己的真面貌，与自由诗没有大的区别；一是题材单调，儿女情多，风云气少；三是表现方法同质化，作者缺少创作个性。中国古代讲诗有"六义"，表现手法中，就提了赋、比、兴。赋，就是铺，铺排，直叙其事，是叙事必用的手法。如果一味抒情，势必无根，散文诗不能忽略或者放弃"赋"的手法的应用。

中国散文诗诚然受了泰戈尔小诗的影响，不少人以为那就是散文诗的正宗。其实泰戈尔作品原来是用本民族文字写的格律诗，他自己翻译为英文诗，——不合格律的诗，翻译成中文就成了散文诗，误打误撞。散文诗的源头是尼采的《苏鲁支语录》（即《查拉图斯特拉如是说》），再追上去就是《圣经》，是以叙事为主的，散文、韵文、歌词、祷告文……什么都有。长篇叙事散文诗外国有，中国也有，唐弢写过，无名氏的《无名书》长得无以复加，几百万字，他自己说是散文诗。他的第一卷《野兽野兽野兽》开篇，气魄不下佩斯。

前一阵，就这个问题，我写了一篇比较长的文章，给了一家刊物（尚未发），附上（注：《散文诗：广阔的道路》），供你参考。不多说了。天热，多保重。

过一天，寄两本旧作奉正。

顺颂近祺！

秦兆基

2016年9月5日

王志清致罗长江

——关于《大地血殇》

（2016 年 10 月 14 日）

长江主席：

鸿篇巨制，长篇诗史，洵为创举也。全篇宏大叙事，严密建构，气势磅礴而惊心动魄，真可谓感召日月、歌泣鬼神矣。

可以断言，发表后，洛阳纸贵，绝胜天下。

阁下在散文诗界一枝独秀，标新立异，而且，系列推出，影响不断。我曾建议，搞个首发式，或者研讨会，推一推非常有必要。

外出多会，电脑经过近一个月的时间才修好，迟复为歉。

发来新诗，请多晒正。行踪记录也。

近发表一短文，与文艺有点关系，也请一阅。

谨颂时祺！

王志清拜

2016 年 10 月 14 日

王志清致罗长江

——关于《大地涅槃》

（2017 年 11 月 4 日）

长江兄：好!

读罢大作，非常震撼，史诗规模，山乡百科。

非常感谢信任，让我饶舌，不揣冒昧也。

一、文字可压缩在十万字内。十万字，排版也要超过三百页了。散文诗也是诗，以凝练为本。需要强化诗意，将叙述象喻化，象征性。

二、大地涅槃，但是，涅槃之意不突出，而却在山乡的"历史"上不遗余力。这些内容过多，也过于沉重，读来有压抑感。

所谓"涅槃"，即"山乡巨变"也。而巨变才是重心，才是需要浓墨重彩的。

三、"抢救"贯穿，之一之二之七之八，似有题而无实也。

四、作品当以意取，当在素材提炼与内容表现上倾力，而不是"形式"。窃以为"微友链接、跟帖"之类，不宜入选。效果适得其反，冲淡了诗意。诗，以虚为美。

一己之见，仅供参考，时间关系，没能细读，匆匆以复，直言无忌，请多海涵。

恭祝大成!

志清

2017 年 11 月 4 日

秦兆基致罗长江

——关于《大地涅槃》

（2018 年 3 月 27 日）

长江：你好！

大作《大地涅槃》读了两遍，虽然是在屏幕上读的，有些吃力，但并不厌倦。很有些情味。

拆迁是个敏感的话题，写得不那么巧，就会被认为是传播负能量，犯了大忌。你角度选得很巧，从保存传统文化入手来写拆迁，可谓剑走偏锋。

将"打捞"和河街故事穿插开来写，河与街分开来写，在结构安排上用了"分叙"，就是"花开两朵，各表一枝"，或者说"蒙太奇"，有变化而不乱。

或重于写人，或重于写事，人物刻画和情节设置，大多能把握住火候。

有几个地方，能不能更注意一点：

能不能有更多更深厚的历史感。河街六百年，作品所写的多为民国故事，是不是能伸延到清代、明代。在改朝易姓之际，很有些慷慨悲歌的故事，前人筚路蓝缕的开辟，也会有点传奇故事。

小民在拆迁中最为关心的不是什么文物保护，而是补偿款的多少，中国人不是巴黎人，至多想到那座菩萨庙不该动。市民的冷漠、麻木，应该写一写。写得到位，可以反衬出保存记忆的艰难和必要。

第三，记忆附丽于物，一座房屋留存着一家人的历史，但不是每座房屋都有保留价值。但是离开了这些价值不大，乃至无价值的，有价值的文保建筑也就断了链。这点书中提到了，能不能更加突出一些。一个城市留一条古街，有何不可？罗马还留了那么多废墟。

第四，拆迁既是土地财政，又是门面工程，即所谓旧城改造，关系到官员政绩。政协来考察一下，能不能拯救河街的命运？

最后语言上还要打磨，有的地方显得拖沓，诗味不够。

顺颂笔祺！

秦兆基

2018 年 3 月 27 日

龚旭东与罗长江切磋备忘录

——关于《大地涅槃》

（2018 年 3 月 23 日）

　　与旭东兄会面于老地方，长沙湘雅路东安鸡餐馆。我是去年同时将《大地涅槃》发给他和志清、兆基二君的。电话中，旭东与我有过交流。结合此次面谈的一些基本印象，备忘如下：

　　一是采用微信互动以推动故事情节的发展，将极大地增强作品的张力，拓展作品容量。也是这部作品最具潜质的兴奋点，用好了，能使整部作品熠熠生辉。微信既要口语化生活化，来得自然，又要诗性化，难度的确不是一般的大。彭老师（罗注：彭燕郊老师）就特别心仪把不能入诗的东西写入散文诗、写成散文诗。所以，万一失败了，也值！但是，你老兄只有想不到、没有做不到，我对你抱有信心。

　　二是整体架构的匠心较前两部还要好。

　　三是有的地方诗化不够。这是成败攸关之所在。其他大的方面无需担心了。

　　四是跟帖部分现在基本是一边倒，代替作者的观点讲话。要设置不同声音、观点的碰撞，这样才真实，也才更有张力。

　　五是跟帖部分有的地方内容偏少，似弱了些。比如《河街文物：面临灭顶之灾》一章的跟帖，《京城来了视察团》一章的跟帖，《河街网红榜》一章的跟帖，反响不够热烈、偏少、偏弱了。

　　六是关于写到若干历史时期的一些伤痕（罗注：我提出的），先要不管不顾地写，不动声色地白描。至于怎么动，等出版时编辑提出意见再说。

　　七是书名易为《大地无量》，觉得过于理性，"大地无垠"？

　　注：这天，我将纸质的打印稿带来了。旭东兄后来在纸质打印稿上留下不少笔迹，主要是微信部分互动的时间以及互动不够处的提醒。书名后来易为《大地涅槃》，旭东兄投了赞成票。

（罗长江）

龚旭东与罗长江切磋备忘录

——关于《大地涅槃》和《大地芬芳》

（2018 年 9 月 20 日）

中午和旭东兄见面了。将陆续提出的意见梳理如下——

一、《大地涅槃》：

已趋成熟。既创新，又厚重。需得改进的是互动部分：一是时间刻板为早晚九点，跟帖也是同时间段，显得欠真实。发帖的时间可更自由些！有的帖应马上有跟帖（特别是内容紧急或甚好的，有的跟帖可间距长些）。回忆性文字可断续些；重大活动如晚会应有众多的声音、如考察团事件应有众多的反响，等等。二是外公外婆家族书写还可拿捏得更适度些，建议按去世先后排列。

二、《大地芬芳》：

——结构宜设章分节，以动物、植物名之，否则有些乱，也让读者一气读下去透不过气来。

——现在微电影故事那一块从体量和数量上都不能与大峰林交响诗匹配，需拓展。把人文的板块挖足。只有把这一块做足了，才能与前三部匹配。

——要加重巫风的内容，巫是人与自然即天人合一、万物有灵的载体。要写足。不是传说，而是事实，信不信由你。明确彭爷的梯玛身份，梯玛神歌、傩技、法术，加重这一块的分量就是加重地域文化底蕴。

——关键是思维要拓展，不担心完成的能力，思路越是开阔就越是有戏。也才可以与前三部比肩而立。

——语气词、介词及虚词，过渡性语言要去掉。

罗长江

2018 年 9 月 20 日

秦兆基致罗长江

——关于《大地芬芳》

（2019 年 3 月 16 日）

长江兄：你好！

尊作《大地芬芳》，已经读毕。这是一次心灵旅行，在愉悦、艰涩交织引发的沉思之中完成。这一部带有先锋性和探索精神的诗作，将为文体革新、文体交糅、文体越界、互文性追求提供新的样本，开散文诗的新生面。作品的长处就不一一陈述，待在日后总评中悉数细述。

现仅就觉得要修改或者说觉得可以完善的地方，谈几点意见：

第一，文本背景和人物（叙述人），是否需要添设必要的交代。

诗作在某种意义上，并不全是虚拟性文本，是以现实存在的"大峰林"书写自然之美、人情之美，与艾略特的《荒原》不同。对于一般读者来说，应该有较多的读前提示，比如大峰林的地理位置、历史沿革、命名的缘由等。再则作品是由"我"和夏子交谈、游览和其他的活动展开的，这点又构成作品的线索。夏子是个外来者，她以孩子的、陌生的、新奇的眼光来到大峰林，匆匆地在这个地方留了七周。可以设想她是生活在大都市来到祖父身边度暑假的，"我"是生活在这峰林中的，或者是普里什文式的行走诗人，阅读自然，为自然和苍生写传。

作者在卷前引用了席勒的诗，自己也写了"题记"，明确了"大峰林"与"大地"的关系，但是，对于张家界之外的读者似乎还不够。现在大局已定，是否可以仿照《水浒》在前面加一个"楔子"，用诗化的语言做个总的交代。

第二，线索设置与组合方式，是否要强化、缜密一些。

诗作是解构主义的，卡片式的，有类于罗兰·巴特的《恋人絮语》、米洛拉德·帕维奇的《哈扎尔辞典》、韩少功的《马桥词典》，但似乎又没有他们走得远。你安排了线索，并不止一个；设置了序，并非全部无序。你像希腊神话中那位多情的公主交给意中人的一个线团，好让他顺利地走出米诺斯迷宫一样，承接、遥接、隐接、切入、化出，竭尽闪转腾挪之能事。每个模块、板块都围绕一个中心，不枝不蔓。

既然设置了线索，不妨强化一些，使作品化为结构主义和解构主义的中间体，若断若续，丢一个线团让读者自己去走。是否可以强化一点情节性。将七章写得波澜起伏。具体的方法：1.强化对夏子的描写，写她的感情变化，从对大峰林生活从不适应（思念母亲、寂寞、作业烦恼种种可能）到留恋、不得不离而难以割舍。2.强化"我"对大峰林引发的心灵感悟。刘海粟十上黄山，每次都有新体验、新发现、新感悟。中国人读山，与西方人不同。西方人是自外与山林，身居江湖，心存魏阙，即使是在《瓦尔登湖》里，也会感受到作者心灵的躁动。中国人则是从山林和个我的契合中忘机，忘我。3.强化时间、天象、节令的变化。

不过这里有个矛盾，自夏及秋，盛夏到叶红，四十九天里难以完成，得好好琢磨一下。

第三，历史与现实的交结如何呈现，历史感、现实感的沉重如何表现。

大峰林可以贯穿历史，可以表现从开辟鸿蒙之前的混沌到当下全球化、信息化和迅速卷来的城市化热潮的全部历史进程，阅尽人间春色。可以借之烛照出它的子民的种种秉性：智慧聪明、仁爱博大和愚蠢无知、执拗偏执；可以表现大地恩泽于民的博大襟怀，也可以表现其视万物为刍狗的暴虐。成陆史的悲壮，大峰林的形成可以书写，人间的大灾难更应该写。人史似乎比自然史更值得写。作品中一位右派医生为狼接生和报恩的故事，知青凭吊亡友的场景、向王和贺龙造反的事迹，都很有意思。传奇中的深刻，悖论中的至理，很有些惊心动魄之处，不妨铺展开去，写点现实中国农村人们的窘境、出路和新貌；穿插更多的有力度的议论，——用画外音。

你尝试驱使神魔，让作品带上魔幻色彩，似乎可以更多一些，更浓一些，除了蚕马中拉来了蚩尤，巫师求雨之外，乾坤柱还可以做点文章，把《阿凡达》拉进来，把洋人拉进来，讲洋人眼中这个世界地质公园。

现代化、开发，富了一些人，改善了人们的生活状态，自然山川也有了现代色彩以及由此带来种种问题。你写了一些，如对荒废了的村办小学的凭吊，村庄的空心化。我记得在张家界见到一件事，一位老太太乘缆车去接孙女回山村，通过这件事可折射出乡人对教育的重视和对教育机会平等的期盼。

第四，中国传统观念以及诗学理念如何更好地体现。

武陵源，这个地名起得非常好，中国人执着于现实世界。对暴力压迫，不能反抗，还不能躲吗？避秦，用对世外天地的幻想，提供了另一种生存模式。中国本土固有的观念（原始宗教）中没有彼岸世界，淮南王、李白向往的是白日飞升，中国的神仙比印度的菩萨更有人情味和生活风趣，更为潇洒。地狱、天堂、轮回之类的说法，是从印度传来的。在写到村寨和原始宗教，在仪式描写之外能不能把这点——人们对现实的坚守和确信——凸显一下。

西方人很奇怪中国人的天人合一、天人感应的观念，希腊人是人神不分的，希伯来人与耶和华是契约关系，《圣经·旧约》中耶和华虽与人有交接，但很有些残暴。而在中国神与人是亲属关系。天象示警体现出一种人文关怀，人对天地也存在一种敬畏心。中国人是从这个角度看待环境保护的。大炼钢铁肆意伐木演绎了这样的理念，对于这个方面不妨强化——阐释和广植（多见）。

用镜像——意境去取代直说，有不少成功的地方，但有些地方不必避开直说，哲理要阐释，意与象要互补。

此外，多向视角、视角对照、互补，转换，应用得很好，"我"与夏子、"我"与全知视角的"他者"的对照可以强化，特别是一老一小，争得有趣。夏子的诗、童话、图画，能不能多一点 E.B. 怀特的味道，尽管他的《夏洛的网》显得成人化了一些。

文面上，有些细节得注意，如蝉的生命史，在地上的雨露晨风中，不止活了七天。七天说，见于法布尔的文章，不确，在地下也不止两三年，在昆虫世界中，它是寿星。你的作品涉及自然史，在科学问题上不要出现硬伤。引文要核对，尊作 161 页引斯特内斯库《追忆》第一句少了个"她"字，第二句"背后"为"后背"之误，这一少一误，影响对诗的理解。作品中的"象"与"像"，常常淆乱。

最后，我设想了一下，作品系列要有一个贯穿主题，逐渐深化，揭示大地与人的关系，赞美人，赞美生身人类的大地。

拉杂地写了这点，在江南的春夜里。未必有当，供参考。

套几句老话，纸短情长，不，应该是页面短情长，不禁依依。

顺颂春祺！

兆基顿首

2019 年 3 月 16 日

龚旭东致罗长江

——关于《大地梦想》

（2020 年 12 月 12 日）

一、与第二乐章《大地》相比较，第一乐章"天空"在内容、密实度、叙述力度和篇幅上，都要弱很多。厚度不够，建议做一些充实。

二、第一乐章《天空》：随想曲，行板，进行的，流动的；第二乐章《大地》：叙事曲，广板，宽广的，流动的；第三乐章《追梦的人》：幻想曲，小快板，稍快的，活泼的。

三、第一乐章《天空》与第二乐章《大地》可否调换位置？先是大地（天空下的大地），然后升向天空（大地上的天空）！先"大地"，再"天空"。

四、七个人与鸟的故事之间的排序可调整。

五、《大地上的伦理》一章，应增加一个打鸟人变为护鸟人的故事，表现救赎之主题与主题之升华！此救赎便是"大地上的伦理"！也是从大地向天空升华的飞翔！或将"羽"与"角"对调，让公雁救护母雁之章担负这一任务？但这个故事的重心不在猎雁者内心的改变与升华而在"爱情"，故似难以表现从打鸟变为护鸟的救赎伦理主题！

六、第三乐章《追梦的人》：五个板块的排序可作调整。

七、需要一篇有分量的尾声，才能作为压舱石压住全篇乃至整个五部曲（如果此部放最前面——金，则是开启后面四部）！

八、《有一类英雄叫"悟空"》标题有些突兀，还可斟酌。应与"飞行"联系或点出来。

九、大地性，即心灵向天空飞升！

十、《老五》一节太简略，对比度不够，应重写！需要一两个细节才好。位置似乎也可以后移一点？与《打工诗人》位置互换。

旭东

2020 年 12 月 12 日

注：以上内容系从旭东兄阅读纸质书稿上转抄下来。2020 年 12 月 14 日，旭东兄赴张家界参加"罗长江长篇报告文学《石头开花》首发式暨研讨会"，其间与我就《大地梦想》又做了面对面的深度交流。

（罗长江）

罗长江致王志清

——关于《大地五部曲》

（2021 年 2 月 25 日）

亲爱的王兄好！

可以说，五部曲是在您的持续推动和敦促下完成的。

记得我曾使用过"跟踪"一词，表达我对兄关注和声援"大地"系列的感激。在旷日持久的写作过程中，每每与兄微聊，兄皆是热情推动和敦促，令长江为之动容而不敢懈怠，不敢忘记初心。否则，有何面目见王兄、见江东啊？

有缘结识王兄，是长江的幸运！

在动手写这封信之前，我又重读了您先后赐写的两篇大作。深感知我者——王兄也！您一句"罗长江找到了最适合自己慷慨任气而磊落使才的文学体式……立意开辟属于自己文学的道路而振一代雄风"，给了我多么重要的鼓励！那种高山流水的知音感太强烈了！使我自然而然想起别林斯基，他是诗人普希金的知音，他在发现果戈理和陀思妥耶夫斯基等人的杰出作品时，那种"漫卷诗书喜欲狂"啊……深谢亲爱的王兄！

五部曲的写作，一直得到您，兆基老师，还有我们湖南的龚旭东——关注、鼓励和帮助。以至于我在写作过程中渐渐觉得，这既是你们对我个人的关注、声援和支持，也是对散文诗的关注、声援和支持。隐隐觉得在我身上，寄托着你们对散文诗事业的一种企盼与期待。我就愈发不敢辜负了你们。在漫长的竞走式写作中，有几位良师益友一直关注和陪伴，真是长江的幸运！至于获奖之事，能获奖自然好，但是好作品却不能获奖的多着呢，任其自然吧。断不可薄待了这份经过岁月淬火的深情厚谊！

书稿已交出版社，在静候佳音。我曾说过请您作序，一个很朴素的想法，想以这样一种方式存档我们之间这种特别的情谊和缘分。这么一大摞文字，不是一本而是五大本，知道会给兄添诸多辛苦。但兄如此知我惜我，兄不写谁写呢？好在除了《大地芬芳》《大地梦想》您是第一次见到，其他几本，有的深读过，有的读过初稿。兄在散文诗领域的研究和见地，远远高出国内衮衮诸公，是真正的实力派。兄出马作序，大地五部曲必大为增色也。书稿交付出版社之先，包括《大地苍黄》和《大地血殇》（现已易名为《大地气象》）和后来的三本，做了一次全面修订。我仍在继续做打磨工作。有哪些需得增删修订，请不吝指出，以便我及时吸纳；并请对五本书的先后排序提出指导意见：我现在是按写作先后，顺序为土、火、水、木、金，恰好将习惯性表述的金、木、水、火、土倒过来了。先将电子稿发过来，如需要纸质版，我随后打印好快递过来。

拜托、劳驾亲爱的王兄了！

即祝

牛年安康吉祥！鸿运当头！

长江顿首

2021 年 2 月 25 日

注：2021 年 5 月 5 日，王志清教授把电话打过来。通话毕，罗长江笔记其表述要点：

其一，前三部，一个村落，一场战争，一条老街，比较成熟了。第四、五部，一座大山，一条千年鸟道：一是删除一些引用的文字，可引可不引的不引，引用太多会影响整体感觉；二是要立足世界级，像××之类不宜引；三是可以不加引号的去掉引号。

其二，若不急着出，可考虑开个三五人的恳谈会，就进一步修订把脉，建言献策。

其三，写序的事，等落实出版社以后再商定。

（罗长江）

秦兆基致罗长江

——关于《大地梦想》

（2021 年 3 月 30 日）

长江：你好！

有一阵没有联系了，近况如何？念念。

"大地"系列恐怕仍在审读之中……还要不要适度修改，也常在悬想。

系列中其他几本，以前读过，有点印象，想以后等你定稿后，再贯穿起来读。最近花了近一个月的时间，读了最后一本《大地梦想》，形成了一些想法，就在后面说一说。

总的印象是大笔淋漓，而又不失之于粗疏，套一句爱默生初读惠特曼《草叶集》时所说的话："我在一个伟大文学生涯开端迎接你"。

作品对于大地进行本源性的考察，剥落伪饰的历史华衮，不去媚俗，表现出思想者的勇气。

作品精心结构，从无序的宇宙星辰、世相众生、岁月沧桑中，理出带有自洽性的序。

作品样式和组合方式的因袭、继承和独创，别裁伪体亲风雅。

但还有一些可待商榷的地方：

总体结构，分述大地种种，并按阴阳五行构成序列，还标出调号、节奏，切入了我们民族的原始思维和集体无意识，取鉴于交响诗的曲式结构，但对于一般读者领略把握都有些困难。是否可以简化一些，或者加上必要的标注？

章节中有待考量的问题——

一、仓颉造字鬼夜哭的理解。（93 页）

事见《淮南子·本经训》：

天地之大，可以矩表识也；星月之行，可以历推得也；雷震之声，可以鼓钟写也；风雨之变，可以音律知也。是故大可睹者，可得而量也；明可见者，可得而蔽也；声可闻者，可得而调也；色可察者，可得而别也。夫至大，天地弗能含也；至微，神明弗能领也。及至建律历，别五色，异清浊，味甘苦，则朴散而为器矣。立仁义，修礼乐，则德迁而为伪矣。及伪之生也，饰智以惊愚，设诈以巧上，天下有能持之者，有能治之者也。昔者仓颉作书，而天雨粟，鬼夜哭；伯益作井，而龙登玄云，神栖昆仑，能愈多而德愈薄矣。故周鼎著倕，使衔其指，以明大巧之不可为也。

高诱注："仓颉始视鸟迹之文造书契，则诈伪萌生，诈伪萌生则去本趋末、弃耕作之业而务锥刀之利。天知其将饿，故为雨粟。"

诚如老子所言"智慧出，有大伪"。人类不满足于道法自然，发明了文字、器用这些人工的东西，天地是不喜欢的，也像《圣经》中亚当和夏娃吃了禁果，被上帝认为有了智慧逐出伊甸园一样。（93 页）

二、对于阿炳的叙述和评价（105 页）：

阿炳与荷马都是盲人，又都是民间艺术家，不过荷马是传说人物，生平无法细考，阿炳是现代人，事迹基本可考。应该恢复其天才的浪子本色。他的代表作《二泉映月》，演奏后，问其曲名，他无以对，胡诌个《二泉"印"月》的名目，采风者认为"印"宜改为"映"，于是就有了这一代名曲。其实这本是一个妓女吐露思念情人心怀的乐曲。他的死，是因为社会转型，没有入选，没有毒品可吸。陆文夫本来想写真实的"阿炳传"，因心存顾忌未成。写真实的阿炳，似乎更有震撼力。

三、莱蒙托夫苦吟"子规啼血"的诗句（115 页）：俄罗斯文学中没有子规啼血的典故，他也没有接触过汉诗。

四、时代的一粒灰尘，落到个人头上是一座山（118 页）：
新冠疫情期间的话语。

五、（十二月党人的妻子）来到流放地的监狱（129 页）：
流放地，放逐者居留的是窝棚，不是监狱。（见有关列宁的西伯利亚的油画）

六、散文诗剧中《查拉图斯特拉如是说》，宜改为苏鲁支，徐梵澄译本之名即为鲁迅所定。

七、几个敏感的题材的处理：

——义士戴胜，交代一下易与义对他的恩情的具体内容，从传统道德高度去认识，对他的内心世界适当展开。(《赵氏孤儿》)

——饥荒年代人们的不幸命运、大跃进的疯狂。(290页)

适当调整角度，从土地不能餍足人们贪婪的无止境的勒索（人有多大胆，地有多大产），惩戒于人的角度去写。

——驼峰飞越和阿波罗号登月，加一点佐料（如中国的宇航成就）。(275页)

先想到这些，略陈于上，供参考。

顺颂

著安

秦兆基

2021年3月31日

罗长江致秦兆基

——关于《大地梦想》

（2021 年 4 月 6 日）

亲爱的秦老师：

三月三十日的大札，我认真研读了。谢谢您对《大地梦想》整体上的首肯，有了您的首肯，心里就踏实了。这是五部中篇幅最长的一部，也是最为海阔天空的一部，写作难度大。所指出需得修订的几处，都一一做了修订。敏感题材的处理，让《赵氏孤儿》古戏文的传统道德教化对接义士戴胜，点子实在太好了！

尼采的书，我手头是另外两个译本，您说了以后，我随即从孔夫子旧书网购得徐梵澄的译本《苏鲁支语录》。

至于"仓颉造字"，我纠结了一番，没有动了，我是把人类造字视作神性来写的，如果按照原文的原意来处理，就无法成立了。原文及高诱的注释对造字是持否定态度的，理由是文字一出，"则诈伪萌生"。事实上，文字作为文明的标识物，真是把双刃剑。但没有文字的人类，与其他动物没太大的区别，何来诗经楚辞唐诗宋词？所以我还是对文字的产生持敬畏之心。不知然否？

十二月党人流放西伯利亚是重刑犯，建有监狱严加看守的。我这里有史料。

至于序言，您是大手笔，怎么写怎么好。我哪能班门弄斧呀？

这两天，我就把纸质书稿给您邮过去。劳您费大神了。

致敬我亲爱的秦老师！

长江顿首

2021 年 4 月 6 日

秦兆基致罗长江

——关于《大地梦想》

（2021年4月10日）

长江：

大札奉悉。所言仓颉事，历来都有多种理解，可以按你的思路去理解，去阐释。想起一点可补充。美国国会图书馆有一新馆（相对而言，也有多年了）取名"仓颉馆"，大约是鉴于汉字为表意文字，一个一个地造，不像拼音文字可以批量生产，得费更多气力。

另：昨天看了刚收到的今年第二期《钟山》，觉得其中《盲者的史诗》（陈应松）很有些意思，这篇纪实文学写的是胡崇峻搜集整理《黑暗传》事。胡氏是一位业余的歌者，有"中国的荷马"之称，事迹很能感动人。不知你见到没有？似比阿炳合宜，不妨找来看看。

顺颂

近祺

秦兆基

2021年4月10日

附　录

如果说学生时代热衷文学是基于一种美好理想，那么，高中毕业回到农村，在外则报国无门、内则家无宁日的情形下，不甘命运摆布的我，只好一边挣工分养家糊口，一边将十分渺茫的希望寄托于一管水笔，拼命地写，狂热地写……终于告别乡村成为城市一员，不再为衣食犯愁了。身处物欲横流、世相浮躁的滚滚红尘之中，差可自慰的是，我一直与文学相依相携。青灯黄卷，岁月不老。愈到后来，愈是视文学为"宗教"，视写作为实现人生价值最大化的朝圣之旅。

　　——罗长江：《要怎样才能对得起曾经的艰难》

罗长江创作年谱

晏杰雄

一

1950—1955 年，1—5 岁。

1950 年农历九月十六，罗长江出生在湖南省隆回县石门乡为公村一个名叫"骡子塘"的小村落。20 世纪 30 年代，木匠世家的祖父败了官司，吃亏在家中的人没文化，于是痛下狠心，让一家大小勒紧腰带，送小儿子即罗长江的父亲罗伯南念书。入松坡中学念到初中二年级，遇上灾年，家中无力继续供读。时值抗战期间，罗长江的父亲与人结伴赴昆明，投奔邵阳老乡谋生。入后勤部的一家被服厂，由学徒做到代理二等军需佐（相当于代理排长），抗战一结束就离职还乡。50 年代伊始，他父亲身为小学老师，历次运动中都要如数交代一番，每次的结论是"历史清楚但不清白"。他父亲做了整整 30 年的乡村小学教师，30 年如一日，勤勉、敬业、和善、厚道而节俭；他母亲属于勤劳、善良、好强一类的农村妇女。他外公做了大半辈子屠夫，家庭成分原本是小土地出租，相当于富裕中农。60 年代初大队干部觉得"四类分子"太少了，外公家的成分被改成地主，成了管制对象。阶级斗争的风声越来越紧，这给正在上学的罗长江和身为国家公职人员的他父亲构成了压力，他们不得不有所顾忌，减少走动。这一家庭背景，或多或少往罗长江的成长过程投下这样那样的阴影。

二

1956—1962 年，6—12 岁。

1956 年重阳节，罗长江随母亲去父亲执教的曾家坳乡大洲小学。他跟一年级一学期小学生玩熟了，便与人共一张课桌，共一套课本，学期的半途中开蒙念书。

　　小学阶段，除了二年级二学期和五年级二学期在家庭所在地的石门小学上学，其他时间皆是随父亲执教学校的变动而辗转于多所小学。他父亲宿舍里，印象中除了见过一本儿童读物《小红放鹅》，就是按上面要求订阅的杂志《共产党员》《学习导报》《破与立》之类，以及中师函授教材。没有适合小学生阅读的课外书，这些政治时事类杂志他也读。五年级一学期，老师出了个《一个好社员》的作文题。他凭记忆和印象，借鉴这些杂志刊登过的一些先进人物事迹，用虚构手法和自己的语言，不时杂入自编的新民歌之类（也是受了杂志上偶尔刊登的新民歌影响），整整写了一个 16 开的大号作文本和一个 32 开的小作文本。消息很快在荷香桥区（下辖 5 个公社）的教师圈内传开了，啧啧称道"伯南老师（注：罗长江父亲）的崽，一篇作文写了两个作文本"。高年级的时候，能设法找到《三国》《水浒》《三侠五义》之类囫囵吞枣。六年级二学期转学到雉田小学，从班主任老师手里借到长篇小说《踏平东海万顷浪》，一口气连夜读完。第二天还书、借书，班主任老师一脸狐疑，不相信他一个晚上会读完厚厚一本，就拿书里前前后后的内容考他，他居然回答得有板有眼。第一次编故事写成新闻通讯《比翼双飞》，给《资江报》投稿未能采用，但至今还记得编辑回信中"有志者事竟成"的鼓励语。这一学期的升学考试，县立五中和十中是一个考区，他是考区作文第一名。

三

　　1962—1965 年，12 岁—15 岁。

　　罗长江在隆回五中度过了初中三年。每学期的课文选有鲁迅先生的作品，他无形中受到影响，作文时开始仿效其行文风格和遣词造句。初中二年级，听人说教自己语文的老师是向报刊投稿的"作者"，当时分不清作者和作家的区别，就觉得很神秘很崇拜。这位老师授课时，课堂上多次被罗长江的提问难住，便对他的印象不好了。不是批评他提问为什么不举手，断然拒绝回答；就是在他的作文本上红笔眉批"迟交半小时，不看"。而且语文老师还通过语文教研组长在全校语文课外活动时不点名批评罗长江：个别同学半文不白，好高骛远，云云。总之在这位老师执教语文课的三个学期，罗的学习情绪备受打击而几近冰点。三年级二学期，语文老师改为新接手的班主任。班主任老师每次将他的作文用红色水笔圈圈点点并写下不吝赞美的点评，几乎每周摆放到教室外走廊上的报架"传观"，供全班乃至全年级同学浏览。心情得到解放的罗长江哼起当时流行甚广的一句歌词："旱地里下了一场及时雨呀。"
这学期升学考试，他的作文是全县第一。

四

1966—1968 年，16 岁—18 岁。

1965 年下学期进入隆回一中高中部学习。做着文学梦的罗长江，晚餐后不是泡学校阅览室，就是去县文化馆阅览室或县总工会阅览室。狂热到课间休息都在写诗歌、散文、小说，并开始向文学刊物投稿。一年级二学期，《长江文艺》拟采用他一首几十行的诗歌。校方刚刚回复了刊物了解作者思想表现的来函，"文化大革命"开始了，包括《长江文艺》在内的文学刊物全部停刊。

高中二年级，他和两名同学鼓捣着办一份油印的纯文学刊物，用蜡纸刻写自己的诗歌、散文、小小说习作。刊物取名《晨》，请校内一位老师题写刊名。不想给老师和自己带来不少麻烦。

五

1969—1979 年，19 岁—29 岁。

从 1969 年 1 月毕业回乡务农，到 1979 年 10 月接班顶职成为体制内的教师，多年后他发在一家刊物的创作谈《要怎样才能对得起曾经的艰难》，有过关于这段岁月的表述："我曾有过整整十年在生活底层苦苦挣扎的经历。如果说学生时代热衷文学是基于一种美好理想，那么，高中毕业回到农村，在外则报国无门、内则家无宁日的情形下，不甘命运摆布的我，只好一边挣工分养家糊口，一边将十分渺茫的希望寄托于一管水笔，拼命地写，狂热地写……""适值双抢季节，生产队伍仅两台打谷机，为提高工效，安排劳动力轮流换班踩打谷机。轮到换班了，顾不上洗洗腿上的泥巴和抹抹脸上脖子上的汗水，一屁股坐到田塍上，或是树荫下，写我稚嫩的诗歌或多声部合唱去了。此后，为创作一部儿童题材的长篇，一挨到生产队收工，就躲到棉花地里写，躲到岩窠山里写，躲到楼板被虫蛀而颤颤悠悠的废楼上写，乃至蹲到茅厕上写……那部长篇的手稿我至今还保存着，文字一律写在学大寨年代统一印制的记工单背面，现在仍依稀可见斑斑点点溅留在字里行间的汗迹、雨迹和泪迹。"

1977 年国家恢复高考。先后于 1977 年和 1978 年参加高考且都过了分数线,1977 年邵阳和娄底两地区合为一个考区，他的高考作文是全考区第一名，一连多年由省内外教育部门编入流传甚广的《高考范文选》。只因为不小心得罪了公社党委个别人，两番在政审表上做手脚，终未能圆大学梦。1978年下学期，公社文教干事冲破阻挠，将他吸收到民办教师队伍，任教于石门公社中学。1979年，执教30年的父亲年届六旬，到了退休年龄，刚好碰上有政策可以让子女"顶职接班"，他才得以成为公办教师。1979年3月加入湖南省作家协会。

1971年，21岁。

7月，作词作曲的歌曲《春风吹开喇叭花》发表于县《工农兵文艺》（第7期），被视作印成铅字的处女作。

8月，作词作曲的歌曲《工地就是我的家》发表于县《工农兵文艺》（第8期）。受此鼓舞，几年里创作了10余首歌曲，并创作多声部大型组歌《大海航行靠舵手》（未发表）。

1972年，22岁。

4月，创作的花鼓戏《月夜开渠》发表于县《工农兵文艺》（第4期）。务农期间以大队业余文艺宣传队为平台，陆续创作、导演了大量戏剧、曲艺、歌舞类节目。

9月，将创作的长诗《韶山行放歌》投寄其时湖南省唯一的文艺刊物《工农兵文艺》，收到未能刊用和鼓励类的编辑部回信。多年后，才知道是诗人未央的笔迹。

1973年，23岁。

创作儿童题材长篇小说《阳春三月》。

1974年，24岁。

在县《工农兵文艺》发表新诗《重逢》《十里青山绕银河（外一首）》，儿歌二首，在邵阳地区编辑的《歌词集》发表《战士复员回山乡》。

1976年，26岁。

3月19日，百余行的组诗《白云深处唱战歌》（三首）发表于《湖南日报》（标题本来是《白云深处》，报社编辑出于对当时政治环境的考量，加了"唱战歌"三字，还往诗里加了四句配合形势的句子，遂得以顺利问世）。此前都是发表在内刊，相当于练笔、试跑；这是第一次在省级报刊公开发表作品，而且配以插图两幅，占了整整小半版篇幅！那一天，他正在稻田里薅草。从乡邮员手里见到样报，那份激动无以复加，两条沾满泥巴的腿子明显失重，走路都有点飘浮感。坐到田埂上，反反复复将样报看了一遍又一遍，其实什么也没看进去。省广播电台配乐播送。是年，被推为湖南省 10 年优秀作品。

6 月，参加湖南人民出版社举办的儿童文学笔会。

7 月，在县文化局副局长肖绍河安排下，由县文化馆提供食宿并发放工资，花一个月时间修改长篇小说《阳春三月》。随即投寄湖南人民出版社，出版方以未写与走资派斗争为由而退稿。

8 月，诗歌《山中云》发表于《湘江文艺》（第 4 期）。

9 月，作为湖南省青年诗人访问团成员中唯一的农民，随团赴井冈山、庐山等地参观访问。

10 月，诗歌《纳耶的心愿》发表于《湘江文艺》（第 5 期）。

12 月，诗歌《井冈石》发表于《湘江文艺》（第 6 期）。

1977 年，27 岁。

2 月，诗歌《井冈诗笺》（三首）发表于《诗刊》（第 2 期）。责任编辑李小雨在信中说，葛洛主编以及贺敬之等前辈诗人十分看好这组诗作。是年，组诗之一《土台上的脚印》编入诗歌选集《红太阳颂》（人民文学出版社）。

8 月，诗歌《井冈翠竹》发表于《湘江文艺》（第 8 期）。

10 月，诗歌《井冈攀登》发表于《江西文艺》（第 10 期）。

1978 年，28 岁。

是年，组诗《井冈诗笺》之一《井冈晨雾》，入选广东省编中小学语文教材（其时尚无全国统编教材）。

石门公社党委个别人授意以公社党委名义去函《湘江文艺》编辑部，要求暂停发表罗长江作品。《湖南群众文艺》主编黄剑锋专程从省城赴隆回看望罗长江；10 月，《湘江文艺》编辑部派员赴隆回调查了解，随后恢复其发表作品的权利。

1979 年，29 岁。

1 月，诗歌《姑娘的心思在哪里》发表于《湖南群众文艺》（第 1 期），被视为"湖南爱情诗的重要收获"，获该刊"建国 30 周年优秀作品奖"，后入选湖南省作家协会编选的庆祝中华人民共和国成立 30 年《湖南诗歌选（1949—1979）》（湖南人民出版社）。

4 月，散文诗《高压电杆》发表于《湖南日报》（7 日）。

6 月，诗歌《虹》发表于《湖南日报》（21 日）。

12 月，诗歌《白云深处》（二首）发表于《湘江文艺》（第 12 期）。

六

1980—1984 年，30—34 岁。

执教于荷香桥中学。1980 年新年伊始，收到《诗刊》社作品组副组长王燕生热情洋溢的来信："八十年代是属于你的！"正值创作上升期的他，念及终于有了一份来之不易的工作，将全副身心扑在教书育人上，来势看好的创作预期搁浅，教学领域则种瓜得瓜。担任班主任的两届毕业班的学生全部考入高中，超过半数的学生先后考入省属重点中学。被评为全县三个优秀班主任之一，并破格晋升两级工资。如何做好班主任工作的典型材料，由邵阳地区教育局在全地区推广。1980 年 10 月，参加《芙蓉》杂志举办的首届创作讲习班。1981 年 7—8 月，赴《湘江文艺》编辑部做实习编辑（编辑部培养作者的方式之一）。1984 年 3 月，散文处女作《月夜·乡情·故乡河》在北京获奖，中央电视台播放了颁奖活动的专题片，片中有采访他的镜头，这在当时的一个偏远县份，颇具轰动效应。其时教师是不允许改行的。经县委常委会集体研究，破格于 1984 年 6 月调至县文化馆任文学专干。

赴京参加颁奖活动期间，获悉担纲评委会主任的是王蒙，评委是冯牧、江晓天、姚雪垠。王蒙给《月夜·乡情·故乡河》的评语是："写得真美啊，简直是一篇意境优美的散文诗！"冯牧、江晓天也都一致称好；唯独姚雪垠老先生投了反对票，说不合游记的体例。组委会取折中方案，给了个二等奖。他尔后找来游记三要素一对照，完全合乎体例，猜是姚老先生习惯了固有的模式，而对标新立异之作持本能的排斥吧。接着又找来一些散文诗予以对照，还真是像模像样的散文诗的味道。也就是说，他是不自觉地用散文诗的笔法写游记，或者说是不自觉地把游记写成了散文诗。唯其与众不同，才被文坛大咖王蒙、冯牧、江晓天刮目相看；而姚老先生的中规中矩，则本能地激发了他的挑战意识。一桩与散文诗并无直接关系的事情，从而深深影响了尔后的写作取向。

1980 年，30 岁。

是年，在县级刊物、地区级刊物发表诗歌 20 余首。

将近百首知青题材的诗歌结集为《白云深处》，先后投寄湖南人民出版社和广东人民出版社，未能出版。

1981 年，31 岁。

12 月，诗歌《井冈晨雾》获湖南省政府文学艺术奖。

1982 年，32 岁。

5 月，诗歌《采石场抒情》发表于《湘江文艺》（第 5 期）。

8 月，仿民间情歌《好比糍粑烙雪糖》（三首）发表于《诗刊》（第 8 期）。

12 月，诗歌《在村口，我遇见了她》发表于《芙蓉》（第 6 期），后入选湖南省作家协会编选的诗集《我们播种未来》。

1983 年，33 岁。

6 月，诗歌《网》发表于《芙蓉》（第 3 期）。

7 月，诗歌《记忆》发表于《年轻人》（第 7 期）。

1984 年，34 岁。

1 月，诗歌《张家界散曲》（三首）发表于《湘江文学》（第 1 期）。

3 月，散文《月夜·乡情·故乡河》获中国地理学会、中央人民电台、中央电视台和《旅行家》杂志联合举办的全国游记文学征文二等奖，发表于《旅行家》（第 3 期）并入选获奖作品集《我爱祖国山河美》（中国青年出版社），1989 年入选湖南省作家协会编选的庆祝中华人民共和国成立 40 周年《湖南散文选（1949—1989）》（湖南文艺出版社）。

七

1985—1989 年，35—39 岁。

在县文化馆担任文学专干的五年多时间里，他开展文学社团的经验，由湖南省文联机关刊物《文坛艺苑》加"编者按"向全省推介。几年光景，隆回县呈现出浓郁的文学氛围和气象，并成为闻名全省的"诗歌之乡"。圈内认为：罗长江、匡国泰、马萧萧、谭克修、马笑泉、李晃、魏斌为代表的隆回诗人群，以及小说家马笑泉、郑小驴、江冬、李傻傻，散文家周伟，儿童文学作家陈静，歌词作家金沙，剧作家肖旭驰和周劲翔等一并形成的隆回作家群现象，或直接或间接受到这种文学氛围和气场不断氤氲、不断传播的濡染和影响。1985 年 4 月加入中国散文学会。1985 年 5 月当选为湖南省作家协会首届诗歌创作委员会委员。1984—1987 年参加高等教育自学考试并取得专科学历。这一阶段创作的亮点之一，是不经意间将若干散文写成了叙事散文诗（发表时皆冠以散文体裁，回过头来看其实是散文诗），为日后的长篇叙事散文诗写作埋下了伏笔。

1985 年，35 岁。

2 月，140 行的组诗《红草莓，红草莓》（三首）发表于《芙蓉》（第 1 期），

3月，散文《表妹》发表于《新花》（第2期）。

6月，4000余字的叙事散文诗《江边，我在寻觅》发表于《文学月报》（第6期）。

7月，诗歌《山垭·幽径》发表于《旅行家》（第7期）。

6—9月，散文诗《新月》《捞沙》《船夫》发表于《湖南日报》。

10月，诗歌《在北方》（三首）发表于《芙蓉》（第5期）。

12月，散文《月女》获湖南省第三次青年文学竞赛三等奖，入选获奖作品集《她乘白帆来》（湖南文艺出版社）。

1986年，36岁。

5月，散文《瑶寨花月夜》发表于《散文》（第5期）。

5月，组诗《细晶晶的小花》（八首）发表于《新诗报》（第2期）。

8月，诗歌《放蜂女》发表于《湖南文学》（第8期）。

8月，艺术札记《滩头年画，东方民间美术的一朵奇葩》发表于《文坛艺苑》（第8期）。

9月，儿童小说《山村月儿明》发表于江西省作协《摇篮》文学报（11日）。

9月，歌词《江南五月果子街》发表于《湘江歌声》（第9期）。

10月，诗歌《张家界风景线》（四首）发表于《科学晚报》（4日）。

11月，诗集《薄雪花》出版（辰河诗社）。

11—12月，散文诗《资江风景线（三章）》《湘西掠影（三章）》《小河流过小城》（三章）发表于《科学晚报》。

1987年，37岁。

1月，100余行的叙事诗《我的二胡琴，我的水磨房》发表于《芙蓉》（第1期）。

2月，4000余字的叙事散文诗《新月》发表于《当代诗歌》（第2期）。

6月，散文《故乡琐记》（二题）发表于《芙蓉》（第3期）。

6月，散文诗《虹之吟》发表于《湖南日报》（16日）。

8月，散文诗《岸之歌》发表于《散文诗》创刊号，获该刊"会龙杯"全国散文诗大赛优秀作品奖，后入选该刊十年作品选本(漓江出版社1995年版)。

8月，散文《家乡小景》（二题）发表于《湖南文学》（第8期）。

8月，诗歌《妻子》发表于《新花》（第7、8期）。

9月，散文《雪峰山行》（二题）发表于《湖南日报》（22日）

10月，散文诗《资江写意》发表于《湖南日报》（23日）。

12月，散文诗《雪歌》（三章）发表于《湖南日报》（15日）

12月，《庐山瀑布》《北京胡同漫步》《车过唐山》《张家界散曲》等12首诗作刊发于台湾诗人洛夫主编的《创世纪》诗刊（72期）之"大陆名诗人作品一百二十首"特辑。特辑前言的标题为"整合中国现代诗史"。鉴于台湾和大陆两地诗坛长期陷入各自发展的阶段，三十八年来，其中的差异已不言而喻，遂称"在中国现代诗史上，这一期的《创世纪》，是一个重要的里程碑"。

1988年，38岁。

1月，诗歌《箫中的月亮》发表于《青春诗历》（湖南文艺出版社）。

3月，歌词《架线阿哥进山来》发表于《词刊》（第3期）。

3月，散文《喷嚏趣记》发表于《散文百家》（第3期）。

4—12月，在《邵阳日报》副刊开辟"瑶山走笔"专栏，陆续刊发叙事散文诗《高山上的太阳》《讨念拜，计念拜》《山花》《漂布》《拧苞谷的老人》《苞谷林沙沙响》《裸月》《瑶妹》《古树下人家》等9篇。

7月，4000余字的叙事散文诗《瑶山，野性的瑶山》（三题）发表于《湖南文学》（第7期），同年入选《中国游记年选》（广东旅游出版社）。

9月，3000余字的叙事散文诗《灵动的瑶山》（二篇）发表于《散文》（第9期）。

10月，散文《遥远的小山村》（二篇）发表于《芙蓉》（第5期）。

11月，长篇报告文学《蔡伦的子孙们》（与人合作）出版(人民日报出版社）。

1989年，39岁。

9月，4000字的散文诗《神女峰，伏在我的肩头》发表于《散文》头条（第9期），2006年入选《新时期新锐散文鉴赏》（武汉出版社）。

8月，4000字的散文诗《箫歌》发表于《资江》（第4期）。

八

1990—2000年，40岁—50岁。

由隆回县文化馆调至大庸报社（1994年易名张家界日报社），从参与创办这份报纸到2001年8月离开，整整10年半时间。任副刊部副主任、周末部主任等。1991年5月，在国家教委、全国总工会、共青团中央、解放军总政治部等组织的评选活动中，因文学创作成绩突出而获"全国自学成才优秀人才"荣誉证书。1994年起兼任市文联副主席、市作家协会主席等社会职务。1995年当选为省作家协会理事。1996年8月，职称评定为文学创作二级。

1997 年 12 月，增补为中国散文学会第二届理事会理事。这一阶段的主要创作成果是推出了"与张家界大峰林对话"系列散文，评论界称道其构思恢宏、意境超拔、雄健自由，显示了建构一个美的世界的腕力，有一种站在自然、人生制高点的俯瞰感和穿透力，大大拓宽了山水散文的写作路数，造就了一种灵性自然和灵性文化。

1990 年，40 岁。

7 月，2000 余字的散文诗《浪淘风颠自天涯》发表于《散文》（第 7 期）。

7 月，3000 余字的叙事散文诗《江边，我在寻觅》发表于《散文》（第 7 期）。

9 月，诗歌《杵木声声响》入选《湖南新时期 10 年优秀文艺作品选·诗歌卷》（湖南文艺出版社）。

12 月，散文诗《姐儿河》发表于《诗刊》（第 12 期），2008 年入选《湖南新时期 30 年文学典藏·诗歌卷》（中华文化出版社）。

1991 年，41 岁。

4 月，散文、散文诗集《杨梅梦里红》出版（百花文艺出版社）。

4 月，散文《鸳鸯瀑，秋日的私语》发表于《散文》（第 4 期），同年入选散文、诗歌选集《长歌短曲伴君游》（湖南地图出版社），1999 年入选《20 世纪中国散文英华》（复旦大学出版社），尔后入选多个选本。

8 月，报告文学《大山不会忘记他》入选湖南省教委主编的报告文学集《老师的奉献》（湖南文艺出版社）。

1992 年，42 岁。

1 月，散文《村边有株梅神树》发表于《湖南文学》（第 1 期）。

12 月，长篇报告文学《初升的太阳》出版（中华文化出版社）。

1993 年，43 岁。

10 月，长篇纪实文学《太阳石》出版（百花文艺出版社）。

1994 年，44 岁。

6 月，散文《白马山天湖》发表于《人民保险报》（29 日）。

7 月起，《张家界日报》每月一篇，连载"与张家界大峰林对话"系列散文共 9 篇，其中《一个美丽千古的约会》获中国报纸副刊好作品二等奖。随即，系列散文陆续在国内各报纸杂志发表、选载，被关注和评介。

9 月，5000 字的散文诗《我爱，我却不能……》发表于《湖南文学》（第 9 期）。

11 月，中篇小说《风景区各色女郎》发表于《张家界》杂志创刊号。

11 月，报告文学《华夏第一园》入选湖南省委宣传部、省作家协会主编的报告文学集《潇湘潮》（湖南文艺出版社）。

12月，撰稿的电视专题片《芳菲万朵芙蓉国》（三集）出品（湖南音像出版社），并应邀创作了主题曲和插曲的歌词（曲作者为白诚仁），该专题片旨在纪念湖南高等教育自学考试10周年。

1995年，45岁。

1月，散文《风景的绝唱》发表于《湖南日报》（26日），2008年入选中等职业教育与五年制高等职业教育通用语文教材第四册（湖南人民出版社）。

2月，散文《三千零一峰是铜像》《一个美丽千古的约会》发表于《神地》（第1期），1997年入选《湘西散文选》（湖南文艺出版社）。

5月，散文《一个美丽千古的约会》发表于《湖南文学》（第5期），同年9月转载于《散文选刊》（第9期），后入选多种选本。

8月，散文集《黄龙洞探秘》出版（山西高校联合出版社）。

10月，散文诗《旅途之什》发表于《明镜报》（7日）。

12月，散文《山于绝处活芳草》发表于《书法报》（27日）。

12月，主编的报告文学集《初造辉煌》出版（百花文艺出版社）。

1996年，46岁。

1月，散文《神话出没的地方》发表于《美文》（第1期）。

3月，散文《三千零售一峰是铜像》发表于《湖南日报》（20日）。

3月，散文诗《神女峰，伏在我的肩头》发表于《三峡文学》（第3期）。

4月，4000余字的散文诗《坐看云起时》发表于《东方文化》（第4期）。

5月，散文诗《林中写意》（三章）获湖南省报纸副刊一等奖。

12月，3000余字的散文诗《红尘之上》发表于《湖南文学》（第12期）。

1997年，47岁。

1月，长篇小说《山国》出版（新疆青少年出版社）。

6月，散文《三千零一峰是铜像》发表于《岁月》（第6期）。

7月，散文《当暮色渐蓝》发表于《伴你同行》（第4期）。

8月，7000余字的散文诗《坐看云起时（外一篇）》发表于《小说家》（第4期）。

9月，散文《养在深闺人已识》发表于香港《中国旅游》总190期。

9月，散文《怀念灰屋，怀念"小芳"》获全国第八届报纸副刊好作品三等奖。

是年，主编的《五色花文学丛书》出版（新疆青少年出版社）。

1998 年，48 岁。

1 月，散文诗《林中写意》（三章）发表于《中国特产报》（12 日）。

8 月，纪念张家界建市 10 周年大型纪录片《旅游兴市绘宏图》（8 集）出品，罗长江是撰稿人。

8 月，散文《没落的城堡》发表于《旅行》（第 3、4 期）。

9 月，散文《怀念红薯》发表于《邵阳日报》（15 日），同年转载于《读者》（第 12 期）。

10 月，长篇传记文学《西蒙·波娃》出版（辽海出版社），后在台湾等地多次再版。

10 月，随笔《悟道山水笔生辉》发表于《书法赏评》（第 5 期）。

1999 年，49 岁。

10 月，主编的报告文学集《走向成熟》出版（太白文艺出版社）。

10 月，报告文学《神话天门山》《盛大的节日》入选报告文学集《走向成熟》（太白文艺出版社）。

12 月，散文《云破天惊穿"天门"》发表于《团结报》（19 日）。

九

2001—2004 年，51—54 岁。

任张家界市文化局副局长，分管文化艺术、文物等。创意、主持了面向全国征集张家界题材优秀旅游歌曲和编写、摄制张家界旅游礼仪风情歌曲等颇有影响的活动。动手创作剧本《蝴蝶妹和雀宝郎》，试图借一台常演不衰的节目以救活市民族艺术团，终因种种原因而搁浅。创作歌词并经人谱曲的《美丽的张家界》《去了去了又转来》《张家界圆舞曲》《摆手歌》《留客歌》等近 20 首歌曲出版发行（湖南电子音像出版社）。

2000 年，50 岁。

10 月，中篇小说《白馍》配创作谈发表于《土家族文学》（冬季号）。

2001 年，51 岁。

7 月起，长篇纪实文学《贺龙家族的红色寡妇》在《张家界日报》连载，2008 年发表于《今古传奇》（第 11 期），标题易为《贺门七十二烈女》。

2003 年，53 岁。

3 月，大型土家风情歌舞剧《背篓女》发表于《张家界日报》（6 日）。

6 月，散文《聆听天籁》发表于《神地》（第 3 期）。

10 月，作词的歌曲《美丽的张家界》获湖南省第三届群星奖银奖，同年获全国张家界题材旅游歌曲征集活动优秀歌曲奖。

10 月，散文《丽江：纳西人的精神家园》发表于《旅行》（第 5 期）。

2004 年，54 岁。

4 月，散文《风月泸沽湖》发表于《旅行》（第 2 期）。

6 月，散文诗《隔着屋檐水远望故乡（三章）》发表于《西北军事文学》（第三期）。

7 月，散文诗《一个美丽千古的约会》《鸳鸯瀑，秋日的私语》，散文《第三千零一峰是铜像》入选《张家界游记选》（北方文艺出版社）。

10 月，散文集《与张家界大峰林对话》出版（作家出版社），2004 年进入第二届毛泽东文学奖终评。

是年，主编的《张家界女作家书系》出版（湖南教育出版社）。

十

2005—2010 年，55—60 岁。

2005 年任张家界市政协文史委主任，2006 年任民盟张家界市委主委，2007 年 1 月任张家界市政协兼职副主席，2007 年 7 月至 2008 年 12 月任市监察局副局长，2009 年 1 月任市政协专职副主席，是年兼任市文联主席。2005 年，职称评定为文学创作一级。2007 年 6 月，当选为省作家协会散文报告文学委员会副主任。2009 年当选为省文联委员。2010 年 5 月，聘为永定区人民政府专家咨询委员会文化顾问。

2005 年，55 岁。

1 月，土家原生态歌舞史诗《湘西九歌》发表于《张家界日报》（30 日）。

11 月，散文诗《听松》《鸳鸯瀑布》发表于《文艺报》（25 日）。

2006 年，56 岁。

9 月，组诗《土家人过年》（四首）入选《天下湖南千年诗经·张家界卷》（中华图书出版社）。

9 月，散文《谒崇山》《玉皇洞石窟》入选《天下湖南千年游记·张家界卷》（中华图书出版社）。

2008 年，58 岁。

9 月，长篇报告文学《神话与绝唱：张家界》出版（中国青年出版社）。是年 11 月，中国青年出版社、湖南省作家协会、中共张家界市委宣传部联合召开作品研讨会，评介文字见《光明日报》《中国青年报》《文艺报》等。该作品是城市发展的立史之作，"视野开阔、叙事宏大、文采飞扬，既讴歌了湖南雄奇瑰丽的山川，又以张家界旅游开发为缩影展示了湖南改革开放 30 年的光辉历程"（引自《湖南省作家协会第七次代表大会工作报告》）。

10 月，图文集《澧水印象》出版(湖南地图出版社)。2010 年《张家界日报》辟专栏连载达一年之久。

11 月，作词的歌曲《鸽子花》发表于《音乐教育与创作》(第 11 期)。

12 月，报告文学《王国兴：笑起来感觉很月光》发表于《民族论坛》(第 12 期)。

2009 年，59 岁。

10 月，用散文笔调撰写的文化读物《张家界读本》出版（湖南人民出版社），以讲述和介绍历史、文化、市情为主旨，第一次让市域秦代以前的历史得以浮出水面，第一次让市域土家族的族源得以正本清源，第一次梳理出了本土的地域文化性格。2010 年获市社科读物特别奖。

十一

2011—2022 年，61—72 岁。

退休伊始，迎来文学创作的黄金时期。2010 年 11 月从岗位退下来的当天晚上，开始写作长篇叙事散文诗《大地五部曲》第一部《大地苍黄》。历时 10 年，陆续完成了《大地苍黄》《大地血殇》(后更名为《大地气象》)《大地涅槃》《大地芬芳》《大地梦想》五部曲的写作与出版。陆续见诸国内报刊公开发表的评论文章近 30 万字，评论界对这部史诗性巨著的推崇和评价达到罕见的高度。2014 年当选为湖南作家书画院副院长。2022 年应聘为湖南作家协会生态分会顾问。2022 年着手长篇叙事散文诗《时间三部曲》的写作。

2011 年，61 岁。

1 月，亦文亦图之《老家人物——1970 年代乡村记忆》(8 章) 发表于《自觉》(总第 4 期)。

2 月，作词的歌曲《青青马桑树》发表于《音乐教育与创作》(第 2 期)。

2 月，歌词《追着阿妹歌儿走》发表于《湖北音乐文学》(第 1—2 期)。

6 月，诗歌《箫中的月亮》《车过唐山》入选《湖南青年诗选》(中国戏剧出版社)。

7 月起，亦文亦图之《老家人物》辟专栏于《邵阳晚报》连载半年之久。

12月，2万字的长篇叙事散文诗《云水之乡》发表于《西北军事文学》（第6期），获该刊年度优秀作品奖。

2012年，62岁。

1月，7万余字的长篇叙事散文诗《大地苍黄》发表于《芙蓉》（第1期），同年由湖南人民出版社出版单行本。2014年进入第四届毛泽东文学奖终评。

2月，小叙事诗《红荞花》（三章）计301行，发表于《湖南文学》（第2期），同期配发亦文亦图作品《我的小村故事丛生——画说老家人物》六题。

3月起，亦文亦图的《乡间纪事》辟专栏于《张家界日报》连载一年之久。

6月起，节选自长篇叙事散文诗《大地苍黄》的《风动花开的季节》《天籁》《裸月》《媚草》等七章，陆续发表于《伊犁晚报》。

9月，散文《野生植物》发表于《湖南文学》（第9期）。

9月，3000余字的散文诗《水磨房》由《诗选刊》（第9期）转载。

11月，3000余字的散文诗《呜哇歌》发表于《青年文学》（第11期）。

12月，作词的歌曲《青青马桑树》获湖南省第十一届"五个一工程"作品奖，2013年入选《湖南文艺六十年·音乐卷》（湖南人民出版社）。

是年，叙事散文诗《裸月》分别由邹岳汉主编的《2012中国年度散文诗》（漓江出版社）和王幅明、陈惠琼主编的《2012中国散文诗年选》（花城出版社）选载。

2013年，63岁。

3月，3000余字的叙事散文诗《风琴》发表于《小溪流》（第3期）。

7月，散文诗《鸽子花缀满天空（外一章）》发表于《散文诗作家报》（第77期），分别入选王幅明、陈惠琼主编的《2012中国散文诗年选》（花城出版社）和夏寒、刘虔主编的《中国散文诗·2013卷》（线装书局）。

11月，散文诗《猎人与虎》《冰凌花开》发表于《天马散文诗页》（第11期），并入选邹岳汉主编的《2013中国年度散文诗》（漓江出版社）。

2014年，64岁。

2月，散文《坐在一条河流的发端（外一篇）》发表于《湖南文学》（第2期）。

11月，散文诗《眼底的河流》入选邹岳汉主编的《2014中国年度散文诗》（漓江出版社）。

12月，《江边，我在寻觅》入选夏寒、刘虔主编的《中国散文诗·2014卷》（线装书局）。

2015年，65岁。

8月，长篇叙事散文诗《大地血殇》（节选）发表于《西北军事文学》（第4期）。

8月，诗歌《有一种铿锵叫担当》发表于《湖南教育》（第8期）。

11月，作词的歌曲《美丽的张家界》获湖南省音乐家协会主办的"潇湘好歌曲传天下"首届歌曲征集活动优秀作品奖。

2016年，66岁。

1月，11万字的长篇叙事散文诗《大地血殇》出版（河南文艺出版社）。

3月，散文诗《眼底的河流》入选邹岳汉主编的《2015中国年度散文诗》。

4月，散文诗《梯田书》发表于《散文诗作家报》（第100期）。

12月，罗长江"大地"长篇系列作品研讨会在张家界召开，主办单位为湖南省文联、湖南省文艺评论家协会、湖南日报湘江周刊和张家界学院。来自省内外的70余名专家、学者对罗长江作品的内容、跨文体写作实践和艺术特色进行全面研讨，认为罗长江"大地"长篇系列具有三个突出的特征：鲜明的艺术特色；成功地进行了跨文体写作的尝试；全面展现了神秘的湘西世界。

2017年，67岁。

3月，罗长江"大地"长篇系列评论专辑近3万字，发表于《创作与评论》评论版（第3期）。

3月，散文诗《窨子屋里的琴声》发表于《天马散文诗页》，后入选邹岳汉主编的《2016中国年度散文诗》（漓江出版社）。

4月，随笔《我的"明媒正娶"和"私订终身"》，配以他创作的新文人画"乡愁"四条屏发表于《湖南日报》（28日）。

8月，随笔《联语雅赏俗玩拾趣》，配以他创作的书法作品发表于《湖南日报》（25日）。

2018年，68岁。

1月，电影文学剧本《云间的歌谣》分两期发表于《张家界日报》（22日，29日）。

2019年，69岁。

8月，长篇报告文学《石头开花》（节选）发表于《湖南报告文学》（第4期）。

12月，万余字的散文诗《与张家大峰林对话（二题）》发表于《湖南文学》（第12期）。

2020年，70岁。

2月，中篇报告文学《草样年华彭丽珍》发表于《湖南报告文学》（第2期）。

8月，中篇报告文学《一个农民的空中田园梦》发表于《湖南报告文学》（第4期）。

3月，长篇报告文学《石头开花》获湖南省"梦圆二○二○"专项文学一等奖，同年9月出版（湖南文艺出版社），2022年获湖南省第二届文学艺术奖·毛泽东文学奖。他把扶贫放到一个历史文化、民族文化至为悠久、地域文化性格至为鲜明的背景和语境中呈现。纪实与思辨分两条线并驾齐驱：一条线以散文化和诗意化的语言拓展纪实叙事的文体范式，倾情书写这一场伟大创举的成就；一条线尝试深层次思考一些隐性的问题，显示出拥抱现实的巨大热情和驾驭重大题材的出色腕力。作为"报告文学还可以这样写"的具有探索性意义的独特文本，《石头开花》开创了报告文学这一文体的新写法、新样式，出色的辨识度给读者带来久违的阅读兴奋，被推为我国扶贫题材报告文学的标杆性作品。

11月，散文《江华风（三题）》发表于《湖南日报》（22日）。

2021年，71岁。

11月，60万字的长篇叙事散文诗《大地五部曲》出版（山东人民出版社）。

11月，散文《他们在一个文学生涯开端迎接我》发表于《书都》（第11期）。

12月，散文《哭后兄》发表于《新花》（第3、4期合刊）。

2022年，72岁。

1月8日，诗刊社、中华辞赋杂志社、湖南省作家协会、张家界市文联联合举办的"罗长江《大地五部曲》研讨会"，在北京中国现代文学馆召开。谢冕、李少君、何向阳、王跃文、唐晓渡、张清华、王冰、石厉、汪剑钊、王久辛、刘立云、敬文东、龚旭东、黄恩鹏、李林荣、贺秋菊等评论家、诗人热议作品带来的开拓性、挑战性和振奋感。针对《大地五部曲》立足湘西大地的写作，围绕散文诗写作如何展现重大题材的史诗性、如何进行跨文体写作的探索性以及散文诗发展的广阔前景等多个话题展开深入研讨。

1月，《大地五部曲》获第八届中国诗歌春晚优秀散文诗集第一名暨"年度中国十大散文诗人"桂冠，是年12月获"中国长诗奖·最佳文本奖"，2023年4月获首届"朱自清文学奖入围奖"。

3月，散文诗《生命之河》（五章）发表于《当代诗人》（第3期）。

6月，《大地梦想》（节选）配评论文字，发表于《新花》（第1、2期合刊）。

7月，3000余字的散文诗《与一条河流相依为命》（节选）发表于《诗刊》

头条（第 7 期）。

7 月，散文诗《少年与白鹭洲》（节选）发表于《星星》（第 7 期）。

8 月，疫情封城 40 余天里，完成 20 余万字的长篇报告文学《青山作证》。是年获湖南省委宣传部、湖南省作家协会、湖南省生态环境厅举办的湖南省首届生态文学专项创作长篇类二等奖。

9 月，散文集《美丽千古的约会》出版（太白文艺出版社），2024 年获湖南省散文学会第三届"湘江散文奖"。

9 月，散文《聆听张家界（五题）》发表于《湖南文学》（增刊）。

10 月，散文《界上人家（四题）》发表于《湘江文艺》（第 5 期）。

10 月起，开始长篇叙事散文诗《时间三部曲》写作。

2023 年，73 岁。

5 月，散文诗《家住张家界（十二章）》，以独立小型张读本"罗长江卷"的形式发表于《散文诗》（上半月刊第 5 期）。

6 月，诗歌《落叶，通往春天的路碑》发表于《文学天地》（第 2 期），分别入选湖南省诗歌学会主编的《2023 湖南诗歌年选》和中国诗歌学会主编的《中国诗歌地图·2023 年卷》（人民文学出版社 2024 年版）。

9 月，散文《渔浦书院：英才辈出的"新人物"群体》发表于《湖南日报·湘江周刊》（1 日）。

9 月，序言《幸而相遇》载中共隆回县委宣传部、隆回县文联主编的图文集《早安隆回》（湖南人民出版社 2023 年 9 月版）。

10 月，书评《励志·情怀·本色——罗建云散文集《阳光灿烂的日子》赏读》发表于《湖南日报》"读书版"（14 日）。

11 月，完成舞台剧《芳华慈风》文学台本。

11 月，组诗《井冈诗笺（三首）》和散文诗《与一条河流相依为命（八章）》入选诗歌选本《诗与远方》（文化发展出版社 2023 年 11 月版）。

11 月，《沧桑看云，拈花含笑——序诗集《尘世间风景》》载张洪芳诗集《尘世间风景》（中国书籍出版社 2023 年 11 月版），新华网转发的点击量为 355 万人次。

编后记

　　为罗长江老师编《大地五部曲》评论集，起于在张家界的一次面见。2023年12月29日，湖南省文学评论学会年会在张家界学院举行，我因是第一次去张家界，在与会老师相继返程后滞留下来，拟看看张家界几个主要景点。30日，在去张家界国家森林公园路上，突然想起长江老师在张家界，便试发微信探问可否面见，他很快回信："您一动身从水绕四门乘车出来，就告知一声，我来标志门出站处迎候。"于是在森林公园转悠一天后，在暮色中抵达标志门所在武陵源小城，长江老师携夫人张老师接上我，找了镇上一个饭馆好酒好菜接待，温和谦让，全无半点文学前辈架子。席间谈文说艺，其乐融融，重点聊到了长江老师的散文诗巨著《大地五部曲》。当知晓这部书享誉国内文学界，已获评论名家、文学名家与高校学者相关评论30余万字，我建议不妨专门编一部评论集，以集中展示这一散文诗典型现象，彰显它的精神内蕴、艺术创新与文学史价值。当时只是友情建议，没想到长江老师特认真，我回长沙后不久，他就把整理得井井有条的30万字书稿发来了，面对如此虔诚之心，我和我的团队唯有努力干起活来，力求编出一本具专业性的集子，来对长江老师的丰沛创造力表达敬意。

　　又过了不久，2024年1月20日，作为长江老师的文学知音与这部巨著的催生者，湖南省作协副主席、著名评论家龚旭东老师又在长沙邀我和长江老师聚了一次，谈及这部集子要重点关注和发掘《大地五部曲》的文学史意义。龚老师提及，看待这部散文诗巨著，要从中国现当代散文诗百年的流变与承续来看。新文学初期，鲁迅的《野草》开创了现代散文诗的传统，即基于个体体验与时代意识交汇的大地诗意、生命诗学与精神省思，这是一个在开端就富有思想高度与心灵史标本意义的传统，但在百年现当代文学史进程中，这个传统在散文诗领域没有很好延续，基本处于断流状态，而《大地五部曲》在精神内核上是继承了《野草》传统的，且近60万字、五卷本的体量在文体上有新的开拓，可以看作新时代散文诗复兴的标志。作为晚学，我受教良多，深以为然，遂定下了专业性、资料性、文学史价值的基本编选原则。

首先，是评论集的定名，一开始就颇费踌躇。我们拟用过"大地意象""边地叙事""诗性开拓"等词语，长江老师比较倾向"大地意象"一词，并发来著名诗评家张清华老师评语作为佐证："用大地这个总体意象作为承载，并将之具体化为土地、河流、族群的生存，大地上的所有表象，等等，贯穿了人文主义的精神和当代性的世界视野，生成了一个令人尊敬的诗人的主体形象。"但我觉得书名还是要体现作者的主体性，建议用"大地意识"，更具动词性，与史诗建构、文体拓展相配。当然这只是用词之争，我们取书名主要还是从作者的创作理想、精神指向、艺术探索等方面考量，体现专业性与学术观照，经与两位老师商议，最终确立书名为《大地意识、史诗建构与文体拓展》。取一个好书名很难，达成共识也很难，在交流过程中两位老师从文学本身出发，体现了令人钦佩的文学直觉力与虚怀若谷的胸襟，基本上能尊重后学意见，正如龚旭东老师说的："这种推敲沟通交流的过程很美好。"

其次，是确定评论集的体例。这是编务的主要工作，也颇费了一些考量。在确立目录过程中，长江老师专门致函七封与我进行了深入的交流，不是发微信，而是做好文档发来，相当于现代版的鸿雁传书，殊为慎重，也让我再次体会到他们这一代作家的崇文风范与君子人格。他在第一封信中如是说："我的初衷一是将评论文字集中成束，呈现学术性；二是将写作过程中和发表前后的有关内容编入其中，尽可能还原其当时风貌，呈现资料性。以之感谢包括兄在内的评论家，感谢刊发的刊物、报纸，感谢关注作品的老友新朋，等等。接下来，就劳驾按照你们的规矩进行编辑，体现规范化和权威性。"长江老师的初衷当然值得敬重，我在主要吸收的同时，提议采用学术性和资料性的编写原则，不宜编成一个作品鉴赏集或酬谢纪念集，获得了认同。具体说来，本评论集采用以下编选凡例：

一、在结构上，据梳理已收集到的所有资料，分为名家序言、作品专论、作家创作谈、创作书简四辑，附录《罗长江创作年谱》。其中，作品专论是主体，名家序言是评价高度与文学史定位，分置前两部分，构成一个《大地五部曲》较全面的评价体系；作家创作谈、创作书简呈现作家创作思想与文本发生机制，汇同年谱，体现较好的资料性。

二、在入集标准上，专业性长文优先入选，报纸短评除有特别资料价值的外一般不入选；专业评论只入选已公开发表的，未发表的不入选；对于名家的作品研讨会发言，为保存文学现场反馈及一手资料，以评论摘登或摘编的方式入选；"作家创作谈"部分把作者之前对《大地五部曲》分卷自序及后记认作创作谈，并入选。

三、在编排顺序上，视每一辑具体情况公允灵活处理。第一辑"名家序言"按序者的年龄与业内资历排序，如谢冕老师这样的评论大家，能惠赐长序殊为难得，按年龄与资历都应列为首篇；第二辑"作品专论"按从整体论到部分论的顺序来编排，因《大地五部曲》的创作是一个长时段的宏大计划，部分分卷先写出来先期发表出版，也先期获得一些单卷评论，也有论者只选单卷评论的，故在编选时我们首选《大地五部曲》整体论，再选分卷论，然后选杂论与研讨会综述（在整体论部分又是按发表时间的先后来排序，在部分论中按分卷次序兼顾发表时间的先后来排序）；第三辑"作家创作谈"首先按时间顺序编排作者各分卷自序，然后排文学课讲稿、创作访谈等；第四"创作书简"基本按致信时间先后来排序，略顾及书信重要性。

最后，作为编选者，我想说明做单部作品评论集在散文诗领域是殊为罕见的，因为我和业内作家、评论家们相信《大地五部曲》将在中国新文学史上留下现象级文本，它的内质和艺术创新还没有得到应有的重视，它的文学史价值还没有被充分开掘出来。但愿这部评论集能够立此存照，为今后的文学史书写以及作家作品专门研究提供有益的资料借鉴。

晏杰雄于中南大学

2024 年 11 月